经典品读
——百年诺贝尔文学奖名作精义

滕 浩 选编

图书在版编目（CIP）数据

经典品读：百年诺贝尔文学奖名作精义/滕浩选编. —北京：当代世界出版社，2016.11
 ISBN 978-7-5090-1121-8

Ⅰ.①经… Ⅱ.①滕… Ⅲ.①世界文学—作品综合集 Ⅳ.①I11

中国版本图书馆CIP数据核字（2016）第152354号

出版发行：	当代世界出版社
地　　址：	北京市复兴路4号（100860）
网　　址：	http：//www.worldpress.org.cn
编务电话：	（010）83907332
发行电话：	（010）83908409
	（010）83908455
	（010）83908377
	（010）83908423（邮购）
	（010）83908410（传真）
经　　销：	全国新华书店
印　　刷：	北京欣睿虹彩印刷有限公司
开　　本：	700毫米×1000毫米　1/16
印　　张：	24
字　　数：	380千字
版　　次：	2017年1月第1版
印　　次：	2017年1月第1次
书　　号：	ISBN 978-7-5090-1121-8
定　　价：	29.80元

如发现印装质量问题，请与承印厂联系调换。
版权所有，翻印必究；未经许可，不得转载！

前　言

诺贝尔文学奖是世界级文学大奖，在各种文学奖中，没有任何一种可以和诺贝尔文学奖的知名度和权威性相媲美。获奖的作家们都是具有杰出成就的作家，他们的作品或是艺术创新，或是为人类的文明做出了贡献，或是有助于推动人类前进的理想。诺贝尔文学奖从1901年开始颁发，已有百余位作家获此殊荣（1914、1918、1935、1940、1941、1942、1943七年由于第一、二次世界大战而停止颁发），他们都为人类留下了具有时代意义和经得起历史考验的经典作品，这些作品都曾在某个时期、某个地区、某种形式的文学创作中产生过重大影响。本书在此基础上又精选了41位杰出作家的46部匠心之作，奉献给读者。

对于我们来说，这些文化大师们的生命虽然是有限的、短暂的，但他们为人类进步所创造的精神财富却是无限的、永恒的，是大师们深邃不朽的思想使自己的生命在书籍中得以延续，并且不断地同我们一代又一代人进行交谈，使我们在交谈的同时，拥有了一次又一次的超越。

什么样的信念是我们应当追随的？什么样的思想是我们应该舍弃的？……这些是我们经常思索的问题。通过了解大师们的这些典籍名篇，我们会得到真正的启示。大师们不朽的思想的滋养和磨砺，对我们来说将成为一生最宝贵的精神财富。

目 录

你往何处去？	亨利克·显克维奇 (2)
基姆	罗德亚德·吉卜林 (9)
约翰·克利斯朵夫	罗曼·罗兰 (16)
明娜	卡尔·阿道尔夫·吉勒鲁普 (30)
大地硕果	克努特·汉姆生 (39)
诸神渴了	阿纳托尔·法朗士 (48)
母亲	格拉齐亚·黛莱达 (56)
克丽丝丁	西格丽德·温塞特 (66)
布登勃洛克一家	托马斯·曼 (77)
大街	辛克莱·刘易斯 (87)
福尔赛世家	约翰·高尔斯华绥 (93)
乡村	伊凡·布宁 (103)
蒂博一家	罗歇·马丁·杜·伽尔 (113)
荒原狼	赫尔曼·黑塞 (122)
窄门	安德烈·纪德 (135)
伪币制造者	安德烈·纪德 (138)
喧哗与骚动	威廉·福克纳 (145)
爱的荒漠	弗朗索瓦·莫里亚克 (154)
老人与海	欧内斯特·密勒·海明威 (162)
局外人	阿尔贝·加缪 (170)
鼠疫	阿尔贝·加缪 (174)
日瓦戈医生	鲍里斯·帕斯捷尔纳克 (179)
德里纳河上的桥	伊沃·安德里奇 (188)
愤怒的葡萄	约翰·斯坦贝克 (196)
呕吐	让—保尔·萨特 (203)
墙	让—保尔·萨特 (206)

静静的顿河 ……………………………… 米哈依尔·肖洛霍夫（211）
订婚 ………………………………… 希莫尔·约瑟夫·阿格农（225）
总统先生 ……………………… 米格尔·安赫尔·阿斯图里亚斯（233）
雪国 ………………………………………………… 川端康成（239）
古都 ………………………………………………… 川端康成（244）
女士及众生相 ……………………………… 海因里希·伯尔（252）
人类之树 …………………………………… 帕特里克·怀特（262）
赫索格 ………………………………………… 索尔·贝娄（271）
庄园 ……………………………… 艾萨克·巴希维斯·辛格（282）
迷惘 …………………………………… 埃利亚斯·卡内蒂（289）
百年孤独 …………………………… 布里尔·加西亚·马尔克斯（303）
蝇王 ………………………………………… 威廉·戈尔丁（313）
弗兰德公路 ………………………………… 克洛德·西蒙（327）
声名狼藉的家 ……………………………… 纳吉布·马哈福兹（335）
帕斯库亚尔·杜阿尔特一家 …… 卡米洛·何塞·塞拉·特鲁洛克（342）
博格的女儿 ………………………………… 纳丁·戈迪默（349）
所罗门之歌 ………………………………… 托妮·莫瑞森（355）
个人的体验 ………………………………… 大江健三郎（362）
万延元年的足球队 ………………………… 大江健三郎（366）
铁皮鼓 ……………………………………… 君特·格拉斯（374）

1905 年
诺贝尔文学奖得主

"由于他作为一个历史小说家的显著功绩和对史诗般叙事艺术的杰出贡献。"

——获奖评语

亨利克·显克维奇
〔波兰〕

亨利克·显克维奇于 1846 年 5 月 5 日出生在俄占波兰的伏拉·奥克尔热斯卡,父母来自军事传统很强的中下阶层家庭。1866～1871 年间,他就读于华沙大学,接触了当时流行的实证主义思想。他未毕业就离开大学,于 1872 年从事新闻工作,并出版了第一部中篇小说《徒劳无益》。1875 年成为《波兰报》常任撰稿人,出版了第一个短篇小说集《老仆》。1876～1879 年间,他在美国和西欧旅行,回到华沙后重新为《波兰报》撰稿。1882 年在《斯多瓦》时报做编辑工作。他于 1881 年娶了玛丽娅·显克维奇,生有两个孩子。不幸的是玛丽娅染上肺结核并于 1885 年去世。此时,显克维奇作为小说家的文学生涯正开始获得广泛承认。

19 世纪 80 年代,波兰社会阶级矛盾日益尖锐。沙俄和普鲁士在他们占领的波兰地区推行同化政策,民族矛盾也日益加深。显克维奇开始历史小说的创作,力图唤起波兰人民的爱国信念。1883 年～1888 年,他写出了《火与剑》《洪流》《乌洛杜也夫斯基先生》三部曲。

此后,他创作了两部以现代生活为题材的长篇小说《毫无规则》《波瓦涅茨基一家》。大型历史小说《你往何处去》是显克维奇的创作高峰的表现。由于该书的成功,其后五六年时间内他在世界范围内日益受到人们喜爱,名声盛极一时,并有"显克维奇时代"之称。1905 年显克维奇获诺贝尔奖。第一次世界大战时他流亡到瑞士，从事救助波兰的战争受害者的工作。1916年11月15日死于动脉硬化症。

你往何处去

裴特洛纽斯快到中午才醒来，像往常一样十分疲乏，昨天晚上他以罗马帝国皇帝尼禄的"风雅大师"——娱乐顾问的身份出席了宴会，一直熬到深夜。他吩咐人们把他抬到温水浴室去。这时通报来客姓名的侍从从帷幔后面探进头来，禀报那新近才从小亚细亚归来的青年维尼裘斯来访。维尼裘斯是他大姐的儿子。裴特洛纽斯非常喜欢他，几乎达到了溺爱的程度，因为他是一个英俊的青年，又是一个竞技的能手，在放荡中也还知道怎样保持美感，这是裴特洛纽斯所最为重视的。

维尼裘斯告诉舅舅，他狂热地爱上了一个当作人质留在罗马的姑娘——黎吉亚。他激动得发着不连贯的声音说："我必须占有她。假如我是宙斯的话，我就要像他曾经变成了雨浇着达那厄那样浇在她的身上。我要吻她的唇直到她感到疼痛！我还要把她抱在怀里听她哀号。我要杀掉把她当女儿看待的奥鲁斯和庞波尼雅，把她抱到我的家里，今天晚上我睡不着觉了。我要吩咐人用鞭子抽我的一个奴隶，听一听他的号哭。"

裴特洛纽斯请他安静些，说已想出一个计划帮助他。维尼裘斯听后高兴地叫起来，"你比皇帝更伟大！"

裴特洛纽斯同皇帝尼禄作了一次推心置腹的谈话，就在第三天，一个百人队长率领着十多个禁卫军的士兵出现在奥鲁斯的家门前了，当百人队长用锤子敲着奥鲁斯的家门而前庭总管通报士兵们已经进了门道的时候，全家人都很恐慌。一家人立刻把老将军团团围住，庞波尼雅张开两臂抱住他的脖子，黎吉亚的脸色像麻布一样惨白地吻着他的手，小奥罗斯牵着他的外衣，整个房子都有成群的男女奴隶跑出来。到处都可以听见叹气声："天哪，天哪，大难临头啦！"在众人慌乱之时，百人队长却说："将军，向你致敬。"原来，他是奉尼禄皇帝的命令将人质黎吉亚带进宫去的。

在宫廷宴会上，皇帝尼禄趴在桌子上，眯缝着一只眼睛，拿着他经常使用的又圆又光泽的绿水晶凑着另一只眼睛，朝着黎吉亚瞧。"屁股太瘦啦。"他眨巴着眼睛说。

宴会上充满着狂野的叫喊和疯狂的放荡，黎吉亚觉得像是有一团活跃的火正在燃烧着她，喝得醉醺醺的维尼裘斯对她说："把外衣脱掉。你看！神仙和人都在追求恋爱。世界上除了爱情什么都没有！把你的头躺在我的胸上，合上你的眼睛。"黎吉亚的太阳穴和双手的脉搏跳得好厉害，她强烈地感到她正被人推向深渊，而维尼裘斯，不但不能把她救出来，反而把她推下去。维尼裘斯发出响亮的声音命令道："皇帝在接你之前，就答应把你送给我了……你一定是我的人了！把嘴唇赶快送过来！"他想要抱住她，黎吉亚看到维尼裘斯变成了一个醉酒的淫邪的色情狂，她心里充满了厌恶和恐怖。就在这一刹那，有一种强大过人的力量很轻松地把她的脖子从维尼裘斯的臂弯中抽出，原来是黎吉亚的随身卫士乌尔苏斯保护了她。

虽然逃脱了维尼裘斯的纠缠，但是黎吉亚又受到新的威胁。一天在宫廷花园里，皇后萨比娜率领着一小队随从的女奴，由乳母抱着小女儿游玩。她注意到着黎吉亚并仔细地端详着她，渐渐地蹙起眉头。原来皇后为了保全她自己美丽的容颜和权势，生怕有时会有一个幸运的敌手毁了她，宫中每一个俊美的面容都会激起她的猜忌。"这简直是个仙女，"她寻思着，"她是维纳斯的化身。"她不由得感到一阵惶恐，"尼禄大概还没见过这个姑娘，或者只是透过绿水晶见过一面，但是在白天，在太阳光下，如果他遇到这么一个尤物，那还了得。"

这天晚上，维尼裘斯派奴仆进宫接黎吉亚去他的家。在路上，遇到了黑压压的一群人，"那就是他！乌尔苏斯，还有那些基督教徒！"看到马上就要动手了，黎吉亚双唇颤抖着说："基督呀，帮助我！基督呀，搭救我！"刹那间所有的灯火都熄灭了。轿子周围发生了冲突，四周一片叫嚣和争斗的声音。

维尼裘斯在装饰着青绿的桃金娘和常青藤的住宅里等得有些沉不住气了。门口忽然听见了脚步声，奴隶们成群地冲进前庭里来，哼哼唧唧地开始报告。"黎吉亚在哪里？"他大声喊叫，声音很可怕，连嗓音都变了。"啊啊啊啊！看看我们流的血，老爷！我们拼了命保卫她！但……"报告人的话还没说完，维尼裘斯便抓起一只青铜灯，一下子就打碎了那个奴隶的脑壳。

就在黎吉亚遇见皇后的那天晚上，小公主突然生病了。庙堂祭祀、祷告和许愿、医生的治疗，以及最后在极端绝望之下采取的各种巫术手段都全然无效。一个星期以后，小公主死了。哀伤笼罩了宫廷和罗马。皇帝闷在自己屋里，有两天不肯吃东西。当他看见裴特洛纽斯时，他猛然跳起来，用悲剧似地声调大叫着，"哎哟！她的死都是你的罪过！听了你的主意，恶鬼走进房，它用眼一扫，便把她的生命夺走了……天哪！"

裴特洛纽斯离开皇宫以后，去找了维尼裘斯，要他设法找到黎吉亚，并把她藏在一个安全的地方，以免被作为女巫受到迫害。

在一个叫基罗的希腊人的帮助下，维尼裘斯在一个基督徒集会的地方看到了黎吉亚。爱情像一团火焰扫射着他，他愈加贪图占有这个女人，他命令随从的力士克洛托跟踪到她的住处，然后马上把她抢走。当他们走进黎吉亚住的地方时，克洛托猛地扑向乌尔苏斯，维尼裘斯则用一只胳膊紧抱着黎吉亚，黎吉亚一看到这副她曾经认识而在这一时刻是那么可怕的面容时，她的血液被吓得几乎凝固了。在搏斗中，克洛托被乌尔苏斯杀死，维尼裘斯也受了伤。一阵刺骨的疼痛使维尼裘斯醒过来，他在床边看见了黎吉亚。她端着一个装满水的小铜盆，让医生把一块海绵浸在水里，在他的头上浇着水。维尼裘斯注视着黎吉亚，可是他不相信这一切是真的。过了好长的一段时间，他才悄悄地说："黎吉亚……"她把充满悲哀的眼光转向他，"和平与你同在"，她发出低低的声音答话。当黎吉亚第二次拿水来的时候，虽然他很想握握她的手，但却不敢那么做，尽管他在皇帝的宴会上用暴力吻了她的唇，而且在她逃亡以后，他自己也曾发誓要抓住她的头发把她拖进寝室里，或是命令人鞭打她，但此时他却没有了这些想法了。

维尼裘斯很惊异那些人对于他的袭击不加以报复，反而体贴地为他包扎伤口，他认为一部分应归功于他们信奉的教义，更大部分应归功于黎吉亚，黎吉亚悉心地喂维尼裘斯吃饭，他感到难以自持的欢喜。每当她斜下了身子时，她身上的热气便传给了他，她散开的头发垂落在他的胸上，他不由得动了感情。在最初他曾经贪求她，现在他对她充满了满腔的热爱。

皇帝尼禄对罗马城非常厌倦，当他带着随从驾幸安提姆时，他说："这些狭小的街道，这些颠三倒四的房屋，这些肮脏的小胡同，要把我闷死了，啊，如果来一次地震把罗马毁掉，我就叫你们看看我怎样建起一座成为世界首府和我的首都的城市。"皇帝认为自己的诗才可以超过荷马。然而，他在诗中写的特洛伊的大火，火焰不够强，火力不够热。他承认："我从来没见过一座燃烧的城市，因此我的描写缺乏真实性。"

近臣蒂杰里奴斯献媚道："只要陛下命令，我就可烧掉安提姆。如果陛下舍不得这些庄园和宫殿，我就下令叫人烧毁那些停泊在奥斯恰港的船只，或者我在阿尔巴诺小山上建造一座木头城市，陛下可亲自把火焰投进去。"可是尼禄对他投射出轻蔑的目光。"要我去观望木造小屋的燃烧吗？你的头脑简直贫乏透了。"

在行宫的前厅，皇帝拿起了月琴，大臣们望着皇帝的嘴唇，等待着听歌曲的第一声。突然间从门道里传来了一阵喧嚣声和脚步声，只听得一阵大喊："罗马着大火啦！大半个都城都燃烧起来啦！……"听了这个消息，所有的人都从座位上跳了起来，尼禄放下了月琴说道："众神呀！……我就要看到一座燃烧的城市了，完成我的《特洛伊之歌》了。"然后他回过身来，面对着执政官"我要马上就去，还可以看到这场大火吗？""圣上啊！"执政官莱卡纽斯吓得面色苍白，答道："整个的都城已变成一片火海：烟雾腾腾，市民快要闷死啦，人们或是昏倒，或是因为发狂而投进火海里……罗马毁灭啦，圣上啊！"

罗马陷入了极度的混乱中，人们有的伤心绝望、流泪呻吟，有的精神失常、如醉如狂、愤怒发威、肆无忌惮。在这如浪潮般疯狂的人群上方，火焰怒吼着，直冲到这座世界上最大城市的山顶，朝着旋转不停的人群吹送着它那炽热的气息，散发着烟雾，把他们掩埋起来，甚至不能透过烟雾望见蔚蓝的天空了。人们看到维尼裘斯身着富丽的紧身上衣，便推断出他是一个皇族，立刻围住他大喊大叫："杀掉尼禄和他手下的放火凶手！"这时，几百只手朝着维尼裘斯伸过来，但是他那受了惊的马把他驮走了，马一面跑一面践踏着人们，同时一股黑烟滚过来，黑压压地遮盖了街道。人们辱骂皇帝、皇亲国戚和禁卫军，时时刻刻都有骚动发生。

尼禄希望夜间到达罗马城，这样更能一饱眼福，展望这个正在灭亡中的都市的全景。他开始思索最精彩的文句来描写这一时刻的危险，但是当他看到他周围的人们全都露出苍白的面容和惊惶的目光时，他也害怕了起来。

人民的暴动马上就要发生了。大臣们开始绞尽脑汁考虑怎样才能推卸他们对于火烧都市的责任。皇后和总督乘机献计，嫁祸于基督徒，诬陷是他们放的火。皇后知道在整个罗马，只有黎吉亚能够跟她媲美，甚至于胜过了她。因此她发誓要把那个信基督教的姑娘弄死。"圣上，"她说，"给我们的孩子报仇。"

"把基督教徒交给狮子吃掉"的喊声在城市的每一个角落里不停地响着。谁都不怀疑他们是这场灾难的祸首，谁也不愿意怀疑，因为惩罚基督教徒是市民们的一场精彩的娱乐。迫害者们害了疯狂症。有时就发生了这样的事：暴徒们从士兵们的手里抢夺了基督教徒，亲自动手把他们弄得粉身碎骨；妇女们被抓住头发拉到监狱里去；孩子们的脑袋被人往石头上撞。

罗马大剧场在这场大火中几乎全被烧毁了。尼禄下令新建一座巨大的能够收容人和兽的竞技场。几千个工匠不分昼夜地建造这座工程，人们不停地建造着和装潢着，往圆柱里镶嵌着铜、琥珀、象牙、珍珠母和海外运来的玳瑁。

竞技场落成后，大批基督徒被丢进场中，任凭凶恶的狼狗、狮子的撕咬、吞噬。被咬碎的肉体血流如注。群狗互相争夺着人们血淋淋的四肢，血腥气味比阿拉伯的香料更浓烈，弥漫了整个竞技场。皇帝、元老院议员们、观众们津津有味地观赏着这血淋淋的场面。为了看得更清楚些，有些人离开了位子，从走道向下行，拼命地你挤我、我挤你。

在连续举行的血腥屠杀中，角斗士们装扮成野兽形象凌辱临死前的少女，那种不要脸的摧残，使观众们大为开心。他们看见了一些还没有成熟的年轻姑娘们被野马分尸，人们不停地替尼禄的新节目鼓掌喝彩，而他也以此为荣，喝彩声使他大为开心，他注视着被铁器弄碎的雪白的肉体和牺牲者抽搐的颤动，连一秒钟的工夫也不肯把绿水晶从他的眼上取下来。

尼禄又想出了一个新花样，在一座巨大的花园里竖起无数的木桩，把基督徒钉在桩上一个个活活烧死。这时叛徒基罗良心发现，请求绑在火刑柱上的使徒保罗宽恕他的罪过，并且他当众宣布罗马大火的元凶是尼禄，基督徒是无罪的。但他很快被抓了起，也被钉上了十字架。

最后轮到黎吉亚了。一头硕大的日耳曼野牛，奔进了竞技场，牛头上驮着一个赤身裸体的女人。"黎吉亚！黎吉亚！"维尼裘斯大声喊叫起来。就在这时，乌尔苏斯奔向那只咆哮的畜牲，扑向那激怒的野牛，抓住了它的犄角。这个人和这头牛那么静止地停在那里，在这种表面的宁静里，有两个对抗的力量在进行一种令人毛骨悚然的拼命挣扎。场子上猛然发出一声像悲鸣般闷重的吼声，人们都以为自己是在做梦：那头野牛的大脑袋在那个野蛮人的铁掌里扭来扭去。又过了一阵，在坐得比较近的观众的耳朵里，像是听到折断骨头的噼啪声，然后那头牛被扭断了脖子滚在地上死掉了。千万人的吼声震动得建筑物的墙壁开始摇晃。自从有演出以来，从不曾见过这样的如醉如狂的表演。对于迷恋体力的人们，这个大汉现在成了宝物，他是罗马的第一人。乌尔苏斯两臂托着黎吉亚，在场子上兜圈子，用他的眼神，并做出一些动作，替她祈求生命。维尼裘斯猛然从他的座位上跳起来，跳过了那隔开了前排座席和场子的栏杆，奔向黎吉亚，用他的宽袍盖住了她那赤裸裸的身体。千千万万的观众的眼睛朝向皇帝，射出愤怒的目光，而且紧握着拳头。但是皇帝慢吞吞地迟疑不决。他的残酷性以及他那畸形的想象和畸形的本能，在这样的演技里找到了一种肉感的快乐。而现在人民要把他的这种快乐抢走，因此他那浮肿的脸上现出一股怒气。他的矜持也不肯让他对群众的愿望让步，可是由于他天生形成的怯懦，却又让他不敢反抗。于是他做出了开恩的表示。

　　罗马疯狂了好多时候，最后，这个征服了世界的城市，从内部开始瓦解了。谋叛者的人数之多使皇帝大为恐慌，他在城墙的四面布满了军队，像是有敌人围攻那样把守着城市，天天派出一些百人队长给受嫌疑的人家去送死刑状。

　　裴特洛纽斯的死刑也已经决定了。他泰然自若地听着这个消息，然后邀请皇亲国戚和所有的贵妇，到"风雅大师"的华丽庄园来赴宴。宴席间，他揭露了尼禄纵火烧罗马、嗜杀成性的罪行。最后，盼咐医生切开他的血管，从容死去。

　　这时尼禄已经恶贯满盈，这疯狂的喜剧临近收场了。一天夜里，从禁卫军的野营中有一个信使骑在冒着热气的马上奔来，传报本城的士兵也揭起了叛乱的旗帜。当信使到达的时候，尼禄正在睡觉，他醒了以后，赶忙喊叫那在夜间给他把守寝宫大门的卫队，可是白费，皇宫已经空了。尼禄看到大势已去，准备自杀，于是他把短刀对准了脖子，只是手有些发抖戳不进，显然他是绝不会有勇气戳进去的。他手下的一个奴隶出其不意地把他的手一推，短刀一直戳到柄，从他那粗壮的脖子上涌出一股黑血，倾注在花园的花卉上。他的两脚踢着土地，死掉了。这样，尼禄像旋风、雷雨、火焰、战争或是瘟疫一般过去了。在卡丕那门附近，至今还矗立着一个小教堂，上有少许模糊不清的题辞："主啊，你往何处去？"

1907年
诺贝尔文学奖得主

"这位举世闻名的作家的作品以观察入微、想象独特、气魄雄劲、叙述卓越见长。"
——获奖评语

罗德亚德·吉卜林
〔英国〕

吉卜林于1865年12月30日出生在印度孟买，他的父亲是当地一位艺术教师。两年后妹妹特丽克丝出生。两个孩子加上有天赋又勤奋的父母，组成了一个如吉卜林夫人所说的理想的"家庭四方阵"。在吉卜林六岁时，父母将他和妹妹送回英国，希望他们能健康成长，并接受优良的教育。可是，在寄养所里素不相识的人们很快便开始虐待年少的男孩。在被他称之为"荒凉屋"的这段时期的生活，其可怕的情景终生都影响着吉卜林。

吉卜林12～16岁的时候，在一所士兵学校当寄宿生，接受军事知识教育，但他视力很差，无法从军。由于他喜欢写作，于是，他父母给他在印度拉合尔的一家当地报社找了份从事新闻的工作。18岁时他已是助理编辑，同时开始在印度发表诗歌和短篇小说，随之便在英国获得读者的喜爱。

1888年，吉卜林第一部短篇小说集《山的故事》出版。同年，他的六个短篇小说集《三个士兵》《盖兹比一家的故事》《黑与白》《在喜马拉雅杉树下》《人力车怪影》《小威廉·温基》以"印度铁路丛书"小册子出版。

1892年，吉卜林与一位美国女子凯若琳·巴莱斯蒂结婚，并一起在弗蒙特住了几年。在这期间，他创作了大量重要作品，如短篇小说集《许多发明》，冒险小说《大宝石》，以丛林动物为主人公的著名作品《丛林之书》。但好日子并不长久，他先是同凯若琳的兄弟发生了一系列的争吵，继而又因长女约瑟芬夭折,而毁掉了他们在美国的幸福生活。从19世纪90年代后半期开始,他的创作题材从描写印度殖民地风土人情扩大到世界其他地区。1896年他写出了诗集《七海》,1897年写出了小说《勇敢的船长》。此后,陆续出版了回忆中学生活的短篇小说《斯托凯公司》、随笔集《从海到海》及短篇小说集《日常的工作》。

英国与南非的战争爆发了,他积极支持政府的扩张政策,吉卜林发表了一些帝国主义观点,这使他在一些人中间受到冷遇。

1901年,吉卜林著名的长篇小说《基姆》问世,这是他最后一部以印度为题材的作品,被评论家公认为是吉卜林最出色的长篇小说。此后,他又创作了优秀童话《供儿童阅读的平常故事》、短篇小说集《交通与文明》《作用与反作用》、诗集《五国》与历史故事《普克山的帕克》《奖赏和仙女》。

1907年吉卜林获诺贝尔文学奖。获奖以后的年月,他的生活中战争、伤病、死亡不断。第一次世界大战夺去了他的儿子约翰。丧子之痛与疾病缠身使吉卜林的后期作品中有不少涉及战争创伤、病态心理和疯狂、死亡的内容,如《各种各样的人》《借方和贷方》等。

1936年1月18日,吉卜林逝世,骨灰葬于西敏寺大教堂的诗人之角。

基 姆

在老拉哈尔博物馆对面一座砖砌的平台上,基姆把爬在号称"喷火龙"的大炮上的孩子踢了下来,因为这尊青黄铜大炮是征服者的战利品。基姆虽说皮肤晒得黝黑,像个印度人,但他是英国人。他和街市的野孩子们平等相处,大家都叫他"世界之友"。他是白人,不过是最穷最穷的白人。他3岁时父母就去世了,由开旧家具店的姨妈抚养,但她是个鸦片鬼。老基姆曾是掌旗军士,临终前说,将来有一天,会有一头绿地上的红公牛与骑着骏马的上校来照顾基姆的,他只给小基姆留下三份文件:退伍证书、共济会会员证与小基姆的出生证明。基姆早知道自己是白人,但因生活所迫,他常常在夜晚替油头粉面的时髦年轻人在拥挤的屋顶上办事,这些当然是不可告人的秘密事。他过的生活野得像天方夜谭里说的那样，可是传教士和慈善团体的老爷们看不出这种生活的美妙。

一天，基姆在被当地人称为"妙屋"的博物馆前遇到了一位从西藏来的老喇嘛。喇嘛跟着基姆进"妙屋"瞻仰神像。"世尊！世尊！是释迦牟尼亲身，"喇嘛呜咽起来并且开始低诵佛教法言。一个白胡子英国老头一直注视着喇嘛，他是这里的馆长，他盛情邀请并陪同喇嘛参观了全部藏品。馆长很想让学问高深的喇嘛留下来，但喇嘛拒绝了。他说："我决定到佛祖足迹所及的圣地去。世尊慈悲为怀，并积功德，他射出的箭的坠落处，出现了一条溪流，后来成为河，具有灵异，人在河中浴身，可洗去罪孽。我只身来此40年，就是为了寻找这条河。"基姆听到他们谈话，深为感动，他从未见过像喇嘛这样的人。他乐意跟着喇嘛去行乞，去找到那条能够洗去罪孽的河。当然，他也有自己的目标：寻找他的绿地红公牛。

基姆打算乘火车到贝纳尔斯去找那条河，他找到老相识马哈布，想向他借1个卢比。但这位马贩子很大方地给了他3个卢比，条件是把一份有关白雄马的血统证明交给乌姆巴拉的一个英国军官。基姆根本不相信马哈布让他送的是什么血统证明，不过，他已为马哈布干了好几次这类事了。这天，基姆和喇嘛住在马哈布的店里。深夜，基姆忽然发现有人用刀子搜索隔壁马哈布的房间，似乎在寻找什么重要的东西。基姆赶紧叫醒喇嘛连夜赶往火车站。

喇嘛从未见过火车，面对纵横交错的铁轨钢架，他吓得胆战心惊，以为这是魔鬼造出来的东西。到了乌姆巴拉，基姆很快找到了这位军官。他想知道所谓"血统证明"究竟是什么东西，于是他在门外偷听到军官同另外几个人正研究基姆送来的密件的谈话。基姆这才知道，他送来的是军事情报。这里的将军将出动大炮与8000人的部队，去攻打北方的五个土王。

基姆跟着喇嘛到处云游，连每一条小溪都进行了仔细地考查。一路上，凭着基姆的机灵，他们总能吃上好饭菜。

印度人对法师、喇嘛怀着特有的尊敬，基姆很会利用这种优势为他们师徒俩求布施。他知道什么人盼望母牛下犊，什么人祈求女人生孩子，他极力使那些求符贴的人明白：今天付出的代价一定会得到百倍的回报。基姆还将偷听来的军事秘密泄露给一位退役老军人，老军人惊诧不已，但刚从军队里回来的他的儿子却因基姆拿不出真凭实据而讥讽基姆带来的是市井流言。

《基姆》
罗德亚德·吉卜林

一天,他们走进一片芒果林,一群英国士兵正在操练。基姆指着10英尺外,被晚风吹得啪啪有声的那面绣着徽章的旗帜叫道:"在他们之后有一只公牛——绿地上的红公牛,你瞧,就是它!"原来基姆闯入了他父亲生前所在的以一只金红色公牛作为战神的"小牛团队"。那只金红色公牛是仿照从圆明园偷来的原件制成的。基姆为了看个清楚,他腹部贴地,一只手按住他脖子上挂的装着三个文件的"护身符"囊,朝帐篷口匍匐过去。他看到帐篷里的人们正举杯,朝餐桌上摆的金红色公牛乱喊。当基姆正抬头瞪着眼睛望那只公牛时,走出帐篷的牧师一只脚正好踩在他右肩胛骨上,牧师失去重心,跌倒在地上,但他很快就敏捷地提住基姆的脖子,几乎把他扼死。基姆拼命踢牧师的肚子,牧师疼得直喘气,但他始终不松手,把基姆拖回自己的帐篷。"哈,原来是个孩子!"他把他的俘虏拉到灯光下,使劲摇晃基姆的身子,吼道,"你在干什么?你是个小偷。小贼,你听懂得我的话吗?"基姆瞅了个机会,朝帐篷口窜去,可被牧师揪住脖子,弄断了系绳,基姆的那"护身符"囊落到了牧师手里。牧师把基姆的"护身符"交给维克托神父。神父从老基姆的退伍证书中得知,基姆是他曾主持过婚礼的军士基姆波尔与安妮的孩子。他不由得惊叹:"地下的撒旦真厉害。"

维克托神父决定把基姆送到学校去读书,使他成为一个体面的白人。基姆就这样同喇嘛分手了。喇嘛详细地询问了最好的学校需要多少费用,是不是钱付得越多学到的学问就越好等等情况。他继续他的寻找,在离开时,喇嘛要下了神父的地址。在军营里,基姆把偷听来的军事秘密讲给士兵们听,士兵们都认为他在胡编瞎话。但没几天,部队就接到了打仗的命令,军情与基姆说的不差分毫,基姆一下子被当作神童受到大家尊敬。

维克托神父请来教师为基姆上课。基姆怕被管束,溜到邮局写信向马哈布求援。喇嘛给神父来信,说随信寄来300卢比的银行支票,他要资助基姆去勒克瑙的学校受最好的教育。神父惊叹这位乞丐般的老头竟有如此财力,东方人的心理真是不可捉摸。马哈布来探望基姆,他把一个叫克莱顿的英国上校介绍给基姆。克莱顿于是受神父之托,把基姆送到勒克瑙去上学。在火车上,克莱顿同基姆说了很长时间,他要基姆好好读书,毕业后去他的"印度人种调查所"做事。在勒克瑙的圣威查尔学校门口,基姆见到了等候多时的肃仁寺德秀喇嘛——他的师傅。他拉着喇嘛的法袍哭了,要师傅把他带

11

走。喇嘛用颤抖的声音说，他希望基姆成为一个充满智慧的人。

基姆在学校一呆就是三年。每逢假期，他就出去逛逛，过以往那种游荡的生活。喇嘛总是按时寄钱来供他读书。马哈布也常把他带到珠宝店的罗干大人那里去度假。一次他偶然听到有两个人要谋杀马哈布，他立即向马哈布报信，马哈布机智地叫警察把那两个谋杀者收拾了，这样，马哈布与基姆的关系更亲近了。基姆毕业后，马哈布把他带到一个女巫那里，让她用法术保护他不受伤害。女巫给了他一个特制的护身符，里面装着罗干大人珠宝店里才有的小松石，这是"调查所"特工人员的标志，马哈布告诉基姆各种联络暗号。基姆很兴奋，他渴望自己跟马哈布一样，有一个字母和号码的尊称，有人悬赏他，他要搜寻整个印度，跟踪国王与首相！

一个偶然的机会，基姆遇到了喇嘛。喇嘛说他需要基姆，并说如果没有基姆，他将永远找不到他渴望找到的那条河。基姆于是继续同他漫游。有一次，基姆终于问起他是从哪儿来的！喇嘛平静地说："照人们看来，西藏有很多财富。我在我自己的地方枉受尊重，啊，寺里的黑高座，所有的沙弥排列整齐！"他一面用手指在尘土里画，一面讲起防雪崩的大寺的盛大仪式。他越来越想念他自己的庙。他向基姆断断续续地讲起他在印度从南到北到处漫游的经历。现在基姆已经非常敬爱他的师傅了，他们过得十分快活。喇嘛建议到北方雪山去搜寻，于是他们坐上了北去的火车。

火车刚开动，一个自称翻车受了伤的人跟跟跄跄地闯进车厢，基姆在为他包扎伤口时发现了他熟悉的护身符，就巧妙地同那人对上了暗号。原来那人代号"E23"，是克莱顿派出去取密件的；但他四处遭人暗算，现在还没摆脱险境，基姆机智地将他化装成一个全身赤裸、脸上涂着朱纹的托钵僧。火车一到站，冲上来一群士兵，"E23"同一个军官发生冲突，骂着古里古怪的话，基姆听着听着，大吃一惊。他听懂了，原来"E23"已同军官对上了暗号。

在哈萨伦坡，基姆遇到了"人种调查所"的贺瑞，他的代号是"R17"，在这里以"行医"为掩护。他对基姆在火车上的表现大加称赞。"R17"告诉基姆，北方山地出现了两个以猎山羊为名的外国人，政府怀疑他们与北方的土王勾结，"R17"要基姆同他一起前往监视，基姆没费多大劲就让喇嘛同意了他们的行进路线。由于回到雪山，喇嘛的精神状态好极了。在雪山下，山民们视喇嘛为圣人，纷纷跑来膜拜。贺瑞则忙碌地为山民们治大脖子病。在齐格瑙村，他终于发现了这两个外国人的踪影，立即踏着没膝的雪赶去。

两个外国人押送着装满地图与文件的背篮在雷雨中行走，浑身都湿透了。这时一个响雷把树劈成两半，土王派来侍候他们的20个挑夫认为这是不祥之兆，纷纷逃走。这时，贺瑞出现了。他装扮成土王的代理人出面调停，把那些逃走的挑夫们劝了回来。一路上，贺瑞把注意力放在一个蓝色背篮上，他已经发现那里装着土王与外国人勾结的全部证据。贺瑞把外国人引到喇嘛跟前，喇嘛正拿着一张自制的轮回图向基姆讲解，外国人想买下轮回图，喇嘛不肯，争执中，图被撕破了。信奉神明的山民们惊恐万状。受到侮辱的喇嘛拿起铁笔盒反击，但被外国人一拳打中脸部，基姆掏枪欲射击，被喇嘛阻止住，他同外国人扭成一团滚下山坡。愤怒的挑夫们用石头打走了两个外国人，救出了昏迷的喇嘛。贺瑞悄悄地告诉基姆，装密件的背篮在一个逃走的挑夫身上。这样，两个外国人八个月的苦心经营的结果落到基姆手中。现在基姆想的是如何把密件送到同伙那里。喇嘛吃了苦头后，感慨万千。他说："我入了歧途，跟着受到惩罚。那一拳对我是个启示，告诉我，雪山不是我的地方。"基姆凝视着那张残破的轮回图，它是从左到右斜角撕破的——从欲生子的第十一舍穿越人兽世界到第五舍——感官的宫舍。"我佛世尊悟道以前——"喇嘛恭敬地把图折好，"他受到了诱惑，我也受到了诱惑，可是这些都过去了。箭是落在平原地带——不是在山区，我们在这里做什么？"

基姆觉得对不起师傅，肉体与精神的重负使他感到自己快要垮掉了。他瞒着师傅捎信给一位在大道上结识的贵妇人，让她派人用轿子把他们抬到平原地带的她的家中。基姆昏睡了几天几夜，醒来时发现贺瑞已赶到这里，他说应向上司报功，但基姆对此无动于衷。他急于想知道老喇嘛怎样了。一会儿，喇嘛来了，他伸出一只又黄又长的手让他保持安静，基姆乖乖地盘起腿。"听我说！我带来消息，搜寻结束了。我们出了山区后，我把你交给了那位有德行的妇人。我不吃东西，不喝水，沉思了两天两夜，使我的心灵脱离躯体，并且按规定的方式呼吸。我的灵魂自由了，我见到整个印度，从海中的锡兰直到雪山，连我们歇脚过的最小村落也见到了。我是同时在一处看见它们的，因为它们都在灵魂之内。我已和万物合化为一，我七情俱尽地沉思了100万年，悟出了一切因果。我的灵魂就是这样冲出大灵魂，后来有个声音喊道：'这就是那条河'，我俯瞰整个世界，就像以前那样，同时在一处看到——我清清楚楚看到箭河在我脚下，在这里的芒果林后面——甚至连这里都是！"老喇嘛滔滔不绝地讲述着他的感受，他说法轮是大公无私的，他和基姆都得到了解脱。他在膝上交叉着双手，微笑着，那正是一个已为自己和心爱的人争取到灵魂得救的人才会有的神情。

**1915 年
诺贝尔文学奖得主**

"为了向他的文学作品中的高尚理想和他在描绘各种不同类型人物时所具有的同情和对真理的热爱表示敬意。"

——获奖评语

罗曼·罗兰
〔法国〕

1866 年 1 月 29 日，罗曼·罗兰出生在克莱默西的外省天主教家庭。对上帝虔诚且爱好音乐的母亲给了他很大的影响。他十分聪明，但体弱多病；幼年时，他从阅读莎士比亚的作品中建立起对英雄人物的一种热爱之情。为了使孩子受到的良好的教育，他母亲不惜代价地将家迁至巴黎，在那儿，他进了路易大帝中学。后来就学于高级师范学校，师从加比里亚·莫诺，专攻历史。1889 年获学士学位。在高级师范学校的时候，罗兰对宗教的信仰产生了动摇，对巴鲁哈·斯宾诺莎和列夫·托尔斯泰的作品产生了浓厚的兴趣。对巴黎文化的浅陋物质主义感到沮丧的罗兰写信给托尔斯泰，托尔斯泰充满友爱的回信对他产生了很大的影响。

罗兰在巴黎就学之后，又去罗马的法国历史考古学校学习了两年。然而，他最重要的学识是从他与马尔维达·冯·梅森布格——一位胡格诺派教徒后裔的德国人之间的友谊交往中得到的。梅森布格是一位社会主义者，她认识的朋友圈子里有亚历山大·赫林、几塞普·马兹尼、理查德·瓦格纳和弗雷德里奇·尼采等人。她与罗兰对这些人物的讨论唤醒了他对天才人物奋斗争的极大同情。

罗兰的第一期创作全是剧本，其中多数取材于 1789 年法国大革命时期的史实，如《圣路易》《哀尔帝》《群狼》《理性的胜利》《丹东》等。

1892年10月，他在巴黎娶了一位著名哲学家之女为妻。婚后他们前往罗马，在那儿罗兰从事他关于早期欧洲戏剧历史的研究和博士论文的写作。1895年，他极其成功地交出他的论文，并受聘在高级师范学校从事艺术史的教学，直至1901年。1904年到1913年的10年间，罗兰以每年一卷的速度，完成了使他名垂史册的长篇小说《约翰·克利斯朵夫》。作品表现的深刻主题和新颖独特的艺术风格，是罗兰艺术和思想发展的里程碑，奠定了他大文豪的地位。

　　为了改善身体状况，罗兰许多年来一直都在瑞士度暑假。1914年夏季第一次世界大战爆发时他在瑞士，这场战争成为他生活中重要的分界线：他的写作、友谊和影响都一分为二。对他的同胞来说，他是个懦夫，在祖国最需要的时候抛弃了它。可不顾这些攻击的罗兰继续留在瑞士，做他与国际主义相一致的工作。

　　1915年，罗兰获诺贝尔文学奖，他把奖金全部捐赠给了国际红十字会和法国难民组织。

　　1919年，罗兰与其母一同返回巴黎，母亲当时已病重。她死后，罗兰回到瑞士的维里纳浮，1922年至1938年，与他妹妹和父亲定居那儿。在这个时期，他对社会主义和东方宗教产生了兴趣。1929年，他遇见维浮·玛丽亚·库达柴夫，她在他的有生之年给了他许多帮助。1934年，他与她结为伉俪。

　　1937年，罗兰离开瑞士前往维兹雷，一个离他的故乡克莱默西不远的城镇。在那儿，他继续写作。1944年12月30日，罗兰谢世于家中。

约翰·克利斯朵夫

　　一个下着大雨的黄昏，在德国莱茵河畔的一个小城里，一个婴儿呱呱坠地了。

　　"哦，我的小乖乖，你多难看，多难看，我多疼你！"鲁意莎双手滚热，接过孩子搂在怀里。她瞅着他，又惭愧又欢喜地笑了笑。

　　她以前是个帮佣，嫁给约翰·米希尔的儿子曼希沃·克拉夫脱，这使大家都觉得奇怪,她自己尤其想不到。克拉夫脱家虽说没有什么财产,但在老人住了50多年的莱茵河流域的小城中是很受尊敬的。他们是父子相传的音乐家,从科隆到曼海姆一带,所有的音乐家都知道他们。曼希沃在宫廷剧场当提琴师,约翰·米希尔从前是大公爵的乐队指挥。老人曾为曼希沃的婚事大发雷霆,但在认清楚了媳妇的品性以后就原谅了她,甚至还对她有些慈父的温情。

曼希沃才结婚,他就对自己所做的事觉得委屈。而小约翰·克利斯朵夫便在命运的驱使之下来到这个世界。

克利斯朵夫一天天长大,他逐渐发现了周围神奇的天地,万事万物在他心灵中潜移默化。他躺在暖和的小床上,最甜美的幸福是母亲过来握着他的手,俯在他的身上,依着他的要求哼一支歌词没有意义的老调。尽管曼希沃觉得那种音乐是胡闹,可是克利斯朵夫却百听不厌。

克利斯朵夫很能吃苦。他结实的身体是父亲与祖父遗传的。

不久以前,祖父送给孩子们一架旧钢琴,这件礼物并没受到欢迎。唯有小克利斯朵夫不知为什么对这件新来的东西非常感兴趣。他认为这是一只神秘的匣子,里面有的是奇妙的故事。如今他最快乐的是母亲每天出去帮佣或上街买东西的时候,只有他一个人了,于是他揭开钢琴盖,拖过一张椅子,爬在上面,肩头刚和键盘一样高;那才妙呢!克利斯朵夫不知它们是什么,它们勾引他,使他神摇意荡。有一天他被父亲撞见了,"嗯,你喜欢这个么,孩子?"他说着亲热地拍拍孩子的头。"要不要我教你弹?"他高兴极了,嘟囔着回答说要,两人便一齐坐在钢琴前面学习。有一天晚上,克利斯朵夫听见父亲在隔壁屋里说话。哦,原来父亲是为了要把他训练成一个玩把戏的动物拿到人们面前去卖弄,才这样的折磨他,硬要他整天去拨动那些象牙键子的!父亲这样做,使他连去看看亲爱的河的时间都没有了。他的骄傲与自由都受到了伤害,他愤慨极了。他决意不是从此不再弄音乐,便是尽量地弹得坏,使父亲灰心。

虽然英勇的抵抗极其顽强,但终究被戒尺制服了。每天早上三个小时,晚上三个小时,克利斯朵夫必须坐在钢琴前面练习弹琴。老人看见小孙子哭,就郑重其事地对他说,为了人间最美最高尚的艺术,为了安慰苍生,为了为人类增光的艺术而吃些苦是值得的。克利斯朵夫一方面因为祖父把他当作大人看待而非常感激,一方面因为那些话跟他儿童的刻苦与高傲的精神非常投合而大为感动。

但最主要的原因，还是音乐所引起的某些情绪深深地印在他的心头，使他不由自主地留恋音乐，把一生奉献给这个他自以为深恶痛绝、竭力反抗而无效的艺术，有时他还自己编点音乐。有一天他在祖父家里打转，跺着脚、仰着脑袋、挺着肚子，无休无歇地转着、转着，直转得自己头晕，一边还哼着他的曲子。

过了一个星期，他已经把那件事完全忘了，祖父却像有什么秘密似地告诉他，说有些东西给他看。老人打开书桌，拿出一本乐谱放在钢琴上叫孩子弹。

乐谱的封面上，用美丽的哥特字体写着：

童年遣兴：咏叹调，小步舞曲，圆舞曲，进行曲。

约翰·克利斯朵夫·克拉夫脱作品第一号。

克利斯朵夫简直惊呆了。他看到自己的名字，美丽的题目，大本的乐谱，他的作品！

一天晚上，克利斯朵夫很惊讶地听见说，他，克利斯朵夫，把《童年遣兴》题献给雷沃博大公爵殿下了。原来曼希沃先设法探听亲王的意思，亲王表示很乐意接受这个敬意。于是曼希沃赶紧组织音乐会。宫廷音乐联合会答应帮忙，筹备用精美的版本印《童年遣兴》。作者的署名是"约翰·克利斯朵夫·克拉夫脱，时年六岁"。（其实他已经七岁半了。）

演出成功了。亲王笑着称他为"宫廷钢琴家、宫廷音乐师、再世的莫扎特"。还送给他一只金表，年轻的公主送他一盒精美的糖。

克利斯朵夫14岁时，祖父去世了，父亲也丢掉了提琴师的职务。从此，他便挑起了养家的沉重担子。乐队里的薪水已经不够应付家用，他便开始教课。

他现在每天只有一二小时的时间是自由的，他的精力就在那一二小时之内尽量迸射，像在岩石中间奔泻的急流一样。一个人的力量只能在严格的范围之内发挥，这对于艺术来说是最好的训练。在这一点上，贫穷不但可以说是思想的导师，并且是风格的导师；它使得精神与肉体同样懂得淡泊。因为生活的时间不多，倒反令人过了双倍的生活。克利斯朵夫的情形就是这样。

克利斯朵夫同克里赫太太母女俩相识了，并开始教15岁的弥娜小姐弹琴。三月里一个白茫茫的早晨，他们俩在书房里弹琴。弥娜弹错了一个音，

《约翰·克利斯朵夫》
罗曼·罗兰

照例推说是谱上写的。克利斯朵夫明知她在说谎，但仍不免探着身子，想把谱上争论的那一段仔细看一下。她一只手放在谱架上，并不拿开。他的嘴巴跟她的手靠得很近。他想看谱而没看见：原来他看见了另外一样东西，——望着那娇嫩的、透明的、像花瓣似的东西。突然之间，不知他的脑子里想到了什么，他把嘴唇用力压在那只小手上。他们俩都吃了一惊。他往后一退，她把手缩了回去，——两人都脸红了。

　　两个孩子再一次见面的时候，克利斯朵夫看到弥娜那么殷勤，不禁大为诧异。他们正在经历一个等待的时期：互相观察，心里存着欲望，可又互相畏惧。终于有一天，早上和大半个下午一直都阴雨不止。他们奔进花园，靠着花坛，眺望底下那片一直伸展到河边的草坪。突然之间，她头也没回过来，只抓着他的手说了声："来罢！"便拉着他奔入小树林。周围是一片静寂。她对他转过头来，像一道闪电那么快，她扑上他的脖子，他扑在她的怀里。他们坐在一条潮湿的凳子上，两人都被爱情浸透了，甜蜜的、深邃的、荒唐的爱情。其余的一切都消灭了。

　　克里赫太太不久便察觉了他们自以为巧妙而其实很笨拙的手段。为了断绝他们之间的往来，她带着弥娜上魏玛那边的亲戚家去玩几天。当时说好回来的日子已经过了，克利斯朵夫失魂落魄地奔到克里赫家，碰见的并非弥娜，而是克里赫太太。克里赫太太说克利斯朵夫滥用她的信任，把弥娜弄得神魂颠倒。并说他没有财产，他和她不能相爱。

　　他想自杀、想杀人。这是他少年时最凶险的难关。过了这一关，他的少年时代就结束了，意志受过锻炼了，可是也险些给完全摧毁掉。

　　一天晚上，家里的人都睡了。静悄悄的小街上忽然响起一阵脚步声，紧接着大门被敲了一下，敲门声把他从迷惘中惊醒了。人家在磨坊旁边的小沟里发现了曼希沃的尸体。一切都消灭了，别的痛苦都给扫空了，他扑在父亲身上痛哭着。

　　他看到人生是一场无休、无歇、无情的战斗，凡是要做个够得上称为人的人，都得时时刻刻向无形的敌人作战：本能中那些致人死命的力量，乱人心意的欲望，暧昧的念头，使你堕落使你自行毁灭的念头，都是这一类的顽敌。

　　父亲死后，仿佛一切都死了。经济的困难和父亲死后才发觉的债务，使他们不得不忍痛去找一个更简陋、更便宜的住所。他们搬到了地处市中心的菜市街上。在邻居中，唯一能引起克利斯朵夫注意的是20岁的新寡少妇萨皮纳。萨皮纳开着一个小针线铺，相貌很像佛罗伦萨的少女。她青春的风韵，温和的气息，天真的娇媚，自有动人怜爱的魔力。这激发了克利斯朵夫的好奇和痴情。他们成了好朋友，不言不语中早就互相了解，心心相印了。

这时，克利斯朵夫被人邀请到科仑与杜赛道夫两地去举行几次演奏会，因某种原因，他的行期延长了三四天。沉醉在爱情中的克利斯朵夫万万没有想到，回来后迎接他的竟是萨皮纳病逝的噩讯，他只感到眼前一片漆黑，世界不复存在了……

他口袋里有个纸绢包的小包，这是给她买的一双鞋子的银扣子。他记起他的手放在她脱了鞋子的脚上的那晚的情景。她纤小的脚如今在哪里？那是多么冷啊！……他又想这温暖的接触竟是他所有对于这心爱的肉体的唯一的回忆！他永远不敢触到她的肉体，把它抱在怀里，而今她去了，他却完全不曾认识她。关于她，他一无所知，灵与肉双方都是茫然的。她的外形，她的一生，她的爱情，他没有丝毫纪念可寻……她的爱情么？……他有什么证据呢？没有一封信，没有一件遗物，——什么也没有。除了他自己的心以外，到哪里去抓握，去寻找这证据？……噢！她所留下的唯有他对她的爱。

多雨的夏季之后，接着是晴朗的秋天。在一个星期日的下午，克利斯朵夫认识了大街上一家帽子铺的两个女店员：阿达和弥拉。阿达和克利斯朵夫相爱了。这是青春期美妙的、真诚的爱。克利斯朵夫在她身上才第一次认识女人。但是，阿达不久就感到厌倦了。阿达极想使克利斯朵夫受到屈辱，这使他感到厌恶。这种厌恶的心情一下子把阿达的爱情给毁灭了。

摆脱了！……摆脱了别人，摆脱了自己……一年以来把他束缚着的情欲之网突然破裂了。怎么破裂的呢？他完全不知道。在他的生命奋发之下，所有的锁链都松解了。

他痛恨以前没有热情就写下的作品，再加上他矫枉过正的脾气，他打定主意，从此不受热情驱使，决不再写作。他也不愿意再去捕捉自己的思想了，他发誓除非创作的欲望像打雷似地威逼他，他将永远放弃音乐了。

但他只是这么说，因为他明明知道暴风雨快来了。乐思把他渗透了：有时是单独而完整的一句；更多的时候是包裹着整部作品的一片星云，曲子的结构、大体的线条，都在一个幕后面映现出来；幕上还有些光华四射的句子，在阴暗中灿然呈现，跟雕像一样分明。那仅仅像一道闪电；有时是接踵

《约翰·克利斯朵夫》
罗曼·罗兰

而至的好几道闪电；而每一道光明都在黑暗中照出一些新的天地。克利斯朵夫一味体验着这种灵感的乐趣，对其余的一切都厌弃了。

一切民族，一切艺术，都有它的虚伪。谎言成为生存条件之一，唯有少数天生的奇才经过英勇的斗争之后，不怕在自己那个自由的思想领域内孤立的时候，才能摆脱。他很懊恼，因为他发现他最敬爱的某些大师也有说谎的。还有另一种更危险的，——据说克利斯朵夫在继续供职的宫廷中，胆敢在大公爵面前也不成体统地毁谤德高望重的大师。

他碰的第一个钉子是大公爵不到场。听众也不比主人殷勤：三分之一的座位是空的。终于《序曲》奏完了，大家有礼的、冷冰冰地拍了一阵手后，就静下来了，克利斯朵夫为此灰心到了极点。

其实他的失败不足为奇，他的作品不讨人喜欢的理由不止一个，而是有三个。第一，它们还不够成熟。第二，它们还太新鲜，不能使人一下子就听得懂。第三，把这肆无忌惮的青年教训一顿是大家都高兴的事。一个真正的艺术家，长时期地被人误解以后，看惯了人类无可救药的愚蠢，就会变得心胸开朗；而克利斯朵夫并不懂这一套，于是大惊小怪地叫起来。他童年的作品所以有意思，并非在于它幼稚无聊，而是在于有股前程无限的力量潜伏在那里！

他在热情冲动之下，像一颗炮弹似地去轰那个圣坛、那个禁地，——批评界，把同业骂得体无完肤。整个批评界都觉得受了侮辱，立刻把他看做国民的公敌，开始对他做剧烈的攻击。克利斯朵夫为颓废派诗人埃尔摩德的《伊芙琴尼亚》配乐，结果完全失败，《伊芙琴尼亚》受了批评。其实对于这种恶意的批评，最好是置之不理，继续创作。但克利斯朵夫还没有这点儿聪明，他对一切不公平的攻击都要还手。他在一份同大公爵作对的报纸上发表了反击文章。大公爵为此非常生气，把克利斯朵夫赶出了宫廷乐队。此时，他发觉自己的敌人多得出乎意料，他完全孤独了，所有的朋友也都不见了。正在挣扎的时候，黑夜里忽然像闪电似地显出了哈斯莱的形象，那是他儿童时代多么爱慕，而现在已经名震全国的人物。他的朋友们大吹大擂地说他是古往今来最伟大的音乐家。

在一个下着雨的早晨，克利斯朵夫抱着很大的希望，来到哈斯莱住的城里。他认为这个人物在艺术界是独立精神的象征，并指望能从他那儿听到些友善的勉励的话，使自己能继续那毫无收获却不可避免的斗争，那是一切真

21

正的艺术家和社会的斗争,一息尚存决不休止的斗争。然而哈斯莱用着高傲而不耐烦的态度接待了他,这使他心灰意冷。

乡土对于克利斯朵夫已经显得太窄了。他不能再在德国活下去。到哪儿去呢？他不知道。但他的眼睛望着南方的拉丁国家,第一是法兰西,法兰西永远是德国人彷徨无主的时候的救星。他决意走了。

在巴黎,克利斯朵夫也教授音乐。有一个叫高兰德的女学生,与她同时学钢琴的,还有一个不满14岁的女孩子。她是高兰德的表妹,叫葛拉齐亚,她的父母成年住在乡下,她是在恬静的空气中自由自在地长大的。她看上去那么平静,那么从容。葛拉齐亚看到表姐和克利斯朵夫亲密的样子很羡慕;虽然有些痛苦,但仍为他们高兴。后来当她必须在表姐与克利斯朵夫两者之间挑选一个的时候,她才觉得自己的心已经不再向着表姐了。终于有一天,这颗南国的小灵魂再也受不了放逐的痛苦,必须向着光明飞回去了。——那是在克利斯朵夫的音乐会之后。那天她眼看那些群众以侮辱一个艺术家为乐,她的心都碎了。……在葛拉齐亚眼里,艺术家就是艺术的化身,是生命中一切神圣的东西的化身。她想哭,想逃。但她非听完那些喧闹、嘘斥与叫嚣不可;回到姑母家倒在床上痛哭了半夜;她自言自语地和克利斯朵夫说着话,安慰他,恨不得把自己的生命献给他,因为没有办法使他幸福而难过得要死。从此,她不能再待在巴黎了,她求父亲接她回去。

在朋友家的一次聚会上,克利斯朵夫认识了崇拜他的青年诗人奥里维·耶南。"我有了一个朋友了。"当克利斯朵夫第二天醒来时,第一个念头就是想到奥里维·耶南。他立刻想要跟他见面。奥里维住在圣·日内维高岗下面的一条小街上。他在屋子里大踏步地踱着,不到四步就把整个房间走完了。他走到钢琴前面揭开琴盖,随便翻了翻乐谱,把键盘抚弄了一会儿,说道:"弹些曲子给我听听。"音乐最容易暴露一个人的心事,泄漏最隐秘的思想。在莫扎特那个伟大的曲子下面,克利斯朵夫发现了这个新朋友的真面目:他体会到凄凉高远的情调,羞怯而温柔的笑容,显出他是个神经质的、纯洁的、多情的、动不动会脸红的人。到了快终曲的时候,正当表现痛苦的爱情的乐句到了顶点而突然迸裂的时候,有种按捺不住的贞洁的情绪使奥里维没法再往下弹。

他们俩决意合租一个寓所。友谊把他改变了:他有种从来没有过的快乐、信赖、年轻的表情。他疼着奥里维。他从来不敢向奥里维问起他的家庭

《约翰·克利斯朵夫》
罗曼·罗兰

状况，只知道奥里维所有的亲人都已经故世；他羞怯得连对奥里维桌上的照片都不敢仔细瞧一眼。在新居住了两三个月后，奥里维忽然得了风寒，躺在床上。克利斯朵夫动了慈母一般的感情，又温柔又焦急地看护他。医生诊断奥里维肺尖上有点儿发炎，就嘱咐克利斯朵夫用碘摩擦病人的背。克利斯朵夫一本正经地做着这工作的时候，瞧见奥里维脖子上挂着一块圣牌。他知道奥里维对一切宗教的信仰比他摆脱得都干净，当下表示很奇怪。奥里维脸一红，说道："那是件纪念物，是我可怜的姐姐安多纳德临死的时候带着的。"他们俩一起哭了。

在奥里维身边，克利斯朵夫不知不觉中代替了安多纳德的职位；克利斯朵夫像友人的姐姐一样殷勤、细心地照顾奥里维，做许多体贴周到的安排，叫人看了很受感动。在柔情的牵动之下，他不声不响地到安多纳德墓上去供些花草。奥里维一直都不知道这件事，直到有一天在墓上发现了鲜花时才觉察，可还不敢肯定是克利斯朵夫去过的。当他怯生生的提到这问题时，克利斯朵夫却粗声大气的把话岔开了。他不愿意奥里维知道。终于有一天两人在公墓上碰到了。他们俩性情那么不同，但本质都那么纯粹。他们因为如是其不同又如是其相同，所以相知。

克利斯朵夫跟奥里维辩解，说他和他的姐姐不完全是法国人。

"可怜的朋友，"奥里维回答，"关于法国，你知道些什么呢？你连一个法国人都没见到。你只看到一个堕落的社会，一些享乐的禽兽，那些根本不是法国人，仅仅是批浪子、政客、废物，他们所有的骚动只是在法国的表面上飘过。你只看见太阳的反光和影子，可没看见内在的太阳，没看见我们几百年的灵魂。对于一个一千年始终在活动、在创造的民族，把它哥特式的艺术、17世纪的文化、大革命的巨潮传遍全世界的民族，——一个经过几十次磨炼而从来没死灭，而复活了几十次的民族，怎么能横加诬蔑呢？"

克利斯朵夫发现了理想主义那股气势伟大的力；当时法国的诗人、音乐家、学者都受着这股力鼓动。克利斯朵夫受着奥里维的指引，让法国诗神的精炼的美把他渗透了。

法国人对音乐的爱好使克利斯朵夫奇怪，尤其是法国人差不多和德国人爱好同样的音乐，这一点更使克利斯朵夫感到奇怪。"其实，"奥里维说，"如果艺术真有什么界限的话，倒不在于种族而在于阶级。我不知道是否真的有一种艺术叫做法国艺术，另外一种叫做德国艺术；但的确有一种有钱人的艺术跟一种没有钱的人的艺术。"

克利斯朵夫用着十倍的兴致重新埋头创作。奥里维也受了他的影响，为了需要把忧郁的思想廓清一下，他们根据拉伯雷的作品合作了一部史诗。《拉伯雷史诗》还没完工，巴黎某音乐会的会长就向克利斯朵夫索要这件作品。这次的成功出乎克利斯朵夫意料。他知道自己早晚会胜利的，可没想到胜利来得这么快。

这时他收到一封信，"亲爱的孩子，我身体不大好。要是可能，我还想见你一面。我拥抱你。妈妈。"克利斯朵夫哭了。当即上路赶回家。母亲见了他，并不惊奇，只微微笑着。那笑容是没法形容的，她勉强地笑着，心里想现在已经握到了儿子的手，自己在这个世界上也没什么要求了。克利斯朵夫突然觉得母亲的手在他的手里抽搐起来。她不胜怜爱地望着儿子，溘然长逝了。

克利斯朵夫经过了几年艰苦的奋斗和激昂的日子，领悟到他所爱着的成千上万的淳朴的心灵——他们在各个民族中间静静地燃烧，本身便是些纯洁的火焰，代表慈悲、信仰、牺牲。

命运总是在捉弄人。它会让一般粗心大意的人漏网，但决不放过那些提防的、谨慎的、有先见之明的人。投入巴黎罗网的倒并非克利斯朵夫而是奥里维。他的朋友的成功使他沾到好处：克利斯朵夫声名的光彩也射到他身上。爱神光临了，奥里维同雅葛丽纳结婚了。

后来奥里维带着孩子，带着一颗破碎的心回到克利斯朵夫身边。一个人对于幸福太容易上瘾了！等到自私的幸福变成了人生唯一的目标之后，不久人生就变得没有目标了。他们不得不分手了。

克利斯朵夫与葛拉齐亚相遇了。葛拉齐亚22岁，一年以前嫁了奥国大使馆的一个青年随员。她没忘记她的好朋友克利斯朵夫。她来到巴黎以后就想尽一切方法寻找他、邀请他，在请柬上加注她少女时代的名字。但克利斯朵夫没有留意，把请柬扔到纸篓里了。她并不因此而生气，继续暗暗地留神他的工作，甚至也探听他的生活状况。最近使报纸上抨击克利斯朵夫的笔战突然停止，便是由于她的力量。淳朴的葛拉齐亚和报界没有多大交际，但为了帮助一个朋友，她能够用狡猾的手段，笼络那些她最不喜欢的人。从前葛拉齐亚爱着克利斯朵夫，克利斯朵夫完全没注意。如今克利斯朵夫爱着葛拉齐亚，而葛拉齐亚对他只有一种恬静的友谊了：她爱着另外一个。好比两个生命钟：这一座比那一座走得稍微快了一点，就可以使双方全部生涯改观。

克利斯朵夫还遇到几个工人运动的领袖。他们之间没有多少好感。虽然共同的斗争好容易促成了一致的行动，可是没把大家的心联系起来。

"五一"节快要到了。巴黎传说工人要闹事。

这天，克利斯朵夫来接奥里维到城里去散步。克利斯朵夫说："我要去看看他们的'五一'节。要是我今晚不回来，你可以说我是给抓进去了。"

克利斯朵夫像楔子一般硬闯进密集的人堆，奥里维跟着他。人墙略微露出了一点儿隙缝，让他们过去，随后又合上了。克利斯朵夫兴高采烈，完全忘了五分钟以前自己还说民众不会暴动的话。不论他跟法国的群众和他们的要求是怎样不相干，他一卷进这股潮水，便立刻被融化了；不管群众要的是什么，他只知道跟着要；不管自己往哪儿去，他只知道往前，呼吸着这股狂乱的气息……

那时骑兵被大家扔石子扔得不耐烦了，上前来想清通到广场的入口。克利斯朵夫被工人们牵引着，加入了这场不知道是谁发动的混战，克利斯朵夫被一阵逆流挤到战场的另一头。他心里没有一点儿仇恨，只是兴高采烈地跟大家推来撞去，好似在乡村里赶集似的。他并没有想到事情的严重，所以被一个肩膀阔大的警察抓着手腕，拦腰抱住的时候，他还开玩笑地说："可要跳个华兹，小姐？"可是第二个警察又扑上他的背。对方眼里有了杀机，而他心中也起了杀机。不到一小时，局面完全变成了暴动的形势，全区都成了战场。克利斯朵夫的模样叫人认不得了，爬在障碍物上高声唱着他所作的革命歌，几十个声音在四周附和着。

奥里维死于这场暴乱，克利斯朵夫被同伴们送离巴黎。他过了边境，终于在一所屋子的门上看到了他要寻访的人的姓名，便敲起门来。主人勃罗姆热情地说："你愿意待多久就多久。只要你在这个地方，你就住在我们家里。"克利斯朵夫听了这些亲热的话大为感动，竟扑在勃罗姆的臂抱里。

巴尔扎克说过："真正的苦恼在心灵深处刻了一道很深的沟槽，它似乎毫无动静，睡熟了，实际上却继续在腐蚀灵魂。"克利斯朵夫虽然眼里燃烧着生命之火，但精神上已经有些东西被摧毁了。所有的妖魔都在他心里，不让他有一分钟安静。即使有高潮退落，表面上比较平静的时候，他也孤独到极点，在心中找不到一点儿自己的东西，思想、爱情、意志都被毁尽了。

创造！创造才是唯一的救星。把生命的残渣剩滓丢到波涛里罢！乘风破浪，逃到艺术的梦里去罢！……创造！他要创造，可是办不到。尽管不惜任何代价地要创造，可精神却不听指挥了。克利斯朵夫是孤零零的，他的手在黑夜里碰不到一只援助他的手。他没有力量再爬上山顶去迎接阳光。

他没头没脑地往森林里钻，朝着回家的方向爬上山坡，因为心绪很乱，迷了路，走进一个大松林。突然之间远远地来了一阵波涛。树林深处先卷起一阵风，像奔马似地到了树顶上，树尖都像水浪一般地波动着。那阵风好比米开朗琪罗画上的上帝在百丈巨涛中汹涌而来，在克利斯朵夫头顶上滚过。森林为之战栗，克利斯朵夫的心也为之战栗了。那是大地回春的先兆……

"你回来了！噢，生命！我又把你找到了！……"克利斯朵夫听见生命的歌声像泉水唱语一般在胸中响亮。滔滔汨汨的音乐，像春雨一般渗进那片在冬天龟裂的泥土。羞耻、哀伤、悲苦，如今都显出了它们神秘的使命：它们使泥土分解，给它肥料；痛苦这把犁刀一方面割破了你的心，一方面掘出了生命的新的水源。田野又开满了花，可不是上一个春天的花。一颗新的灵魂诞生了。

夏天将尽，一个巴黎朋友经过瑞士，发现了隐居的克利斯朵夫，特意登门拜访。他是音乐批评家，一向最赏识他的作品。和他同来的还有一位知名的画家，也很崇拜克利斯朵夫。他们告诉他，欧洲各地都在演奏他的作品，极受欢迎。克利斯朵夫对这个消息并不感兴趣，认为过去的他已经死了，早已不把那些作品放在心上。

生命飞逝，肉体与灵魂像流水似地过去。岁月镌刻在老去的树身上。整个有形的世界都在消耗、更新。不朽的音乐，唯有你常在。你是内在的海洋，你是深邃的灵魂，你自个儿就是一个完整的天地。你是一个心地清明的朋友，你是一个童贞的母亲，你抚慰了我痛苦的灵魂，恢复了我的安静、坚定、欢乐，恢复了我的爱，恢复了我的财富；从你眼里看到了不可思议的光明，从你缄默的嘴里看到了笑容；我蹲在你的心头听着永恒的生命跳动。

克利斯朵夫不再计算那些飞逝的年月，生命一点一滴地过去了。但他的生命是在别处。它没有历史，只有它创造的作品。音乐的灵泉滔滔不尽地歌唱着，充塞了灵魂，使它再也感觉不到外界的喧扰。克利斯朵夫得胜了，声名稳固了，头发也白了，年龄也到了。但他却毫不介意：他的心是永远年轻的；他的力、他的信仰，都保持原状。他又得到了安静，可不是燃烧的荆棘以前的安静。

《约翰·克利斯朵夫》
罗曼·罗兰

　　德国的旧案已经撤销，法国那桩流血的事也早已被忘了。现在他爱上哪儿都可以。但他怕到巴黎去会勾起伤心的往事。至于德国，虽然他回去过几个月，还不时地去指挥自己的作品，可并不久住。

　　夏天的一个傍晚，他在村子高头的山上散步，遇见了葛拉齐亚，他们握着手，一言不发。他问她丈夫在哪儿，她把身上戴的孝指给他看。他心里太激动了，没法再谈下去，便和她匆匆告别。她在这里只逗留了几天就走了。他们约定秋末在罗马相会。一到罗马，他马上去见葛拉齐亚。他以为她对他的感情是毫无问题的，但她此时对婚姻已经没有信心了。她说："幸福的婚姻实在太少了。这个制度有点儿违反天性。要把两个人联在一起，他们的意志必有一个受到摧残，或者是两败俱伤；而这种痛苦的磨炼还不能使灵魂得到什么益处。"她静了一会儿，望着他，随后突然凑近克利斯朵夫的脸，亲了他一下。那真是太突兀了，他愣住了。等到他想张开手臂搂抱她时，她已经挣脱了身子。从此，他不再和她提到爱情，而他跟她的关系也不像过去那么拘束了。

　　第二年的四月中旬，他得到巴黎方面的邀请，要他去指挥几个音乐会。他在巴黎留下了，因为他在艺术家好奇心的觉醒之下，被新生的艺术界景象迷住了。10年退隐之后再回到巴黎来，他不免在社会上轰动一时。可是命运却很捉弄人，这一回捧他的竟是他从前的敌人——时髦朋友和上流人物；一般艺术家反倒暗中对他抱着敌意，或者存着猜忌的心。他的权威是靠着他年代悠久的名字、数量巨大的作品、热烈肯定的语气、不顾一切的真诚。固然大家不得不承认他是个人物，不得不佩服他或敬重他，可是大家不了解他、不喜欢他。他已经站在当代的艺术潮流之处了。

　　他心中有一个计划，最近越来越成熟了：随着年龄的老去，他念念不忘地想回到家乡去终老。家乡总是家乡，它并不要求和你血统相同的人和你的思想也相同；大家暗中有着无数的联系；彼此的感觉都能领会天地这部大书，彼此的心也讲着同样的言语。他到了一个境界，便是痛苦也成为一种由你统治的力量。痛苦不能再使他屈服，而是他叫痛苦屈服了：它尽管骚动、暴跳，但始终被他关在笼子里。这个时期产生了他的最沉痛同时也是最快乐的作品：其中有《福音书》里的一幕；另外有一组悲壮的歌，依着西班牙的通俗歌谣写的，其中特别有一首情歌，凄怆的情调好比一朵黑色的火焰："我愿成为那座埋葬你的坟墓，使我的手臂可以永远抱着你"；还有两个交响曲，题目叫做《平静的岛》和《西比翁之梦》。在约翰·克利斯朵夫·克拉夫脱的全集中，这两件作品是把当时音乐上所有最高的成就，结合得最完满的：德意志的那种亲切、深奥、富有神秘气息的思想，意大利的那种热情的曲调，法兰西的那种细腻而丰富的节奏，层次极多的和声，都被他融和在一起了。

　　他创作的音乐的境界变得恬静了。当年的作品像春天的雷雨在胸中积聚，是爆发、消灭的雷雨。现在的作品却像夏日的白云、积雪的山峰，通体放光的大鹏缓缓地翱翔，把天空填满了……创造！就像在八月里宁静的太阳底下成熟的庄稼……

　　克利斯朵夫病了，病得很重。他长时期昏迷了一阵，发着高热，做着乱梦。而困乏的头脑还不由自主地推敲着这些和弦是怎么配合的，下面又应该是什么和弦。逐渐死去的头脑想着："门开了……我要找的和弦找到了！……"

　　于是，潺潺的河水、汹涌的海洋，和他一齐唱着："你将来会再生的。现在暂且休息罢！所有的心只是一颗心。日与夜交融为一，堆着微笑。和谐是爱与恨结合起来的庄严的配偶。我将讴歌那个掌管爱与恨的神明。颂赞生命！颂赞死亡！"

1917年
诺贝尔文学奖得主

"他在崇高理想鼓舞下写出了丰富多彩的作品。"
——获奖评语

卡尔·阿道尔夫·吉勒鲁普
〔丹麦〕

卡尔·阿道尔夫·吉勒鲁普于1857年6月2日出生在哥本哈根南部普拉斯托附近的罗霍尔特。他的父母亲都出身于学者和路德派教士的名望家族。三岁时,父亲去世,吉勒鲁普便在母亲的表哥家中长大。1874年,吉勒鲁普从哈泽斯莱乌文法学校毕业,同年他的养父举家迁至西兰岛乡下,吉勒鲁普在那儿度过暑假。那里的乡村教区生活成为他灵感的源泉,并出现在他大部分以丹麦为背景的作品里。吉勒鲁普在哥本哈根大学研究神学之后,于1878年获神学学士学位,同年以"爱泼戈纳斯"名义出版了第一部小说《一个理想主义者》。1879年出版了第二部小说《年轻的丹麦》。1881年他因一篇研究达尔文进化论的论文而获哥本哈根大学金质奖章。

1883年至1884年,吉勒鲁普出国游历了德国、意大利、瑞士、希腊和俄国之后,在哥本哈根停留了6个月,然后迁至德累斯顿。1887年10月24日,他与德籍的欧仁亚·安娜·卡罗琳结婚,定居在哥本哈根郊区海勒拉普。1889年创作了他的小说代表作《明娜》,同年吉勒鲁普接受丹麦政府终身奖金。1892年他迁回妻子的故乡德累斯顿。从这段时期起,他既用丹麦语又用德语写作。吉勒鲁普晚年的思想颇为复杂。他一度崇尚佛教出世思想,明显反映在《卡玛尼特朝圣记》《牺牲之火》《漫游世界》等小说。1917年获诺贝尔文学奖。1919年10月11日，吉勒鲁普逝世于德国的克罗兹查。

明　　娜

　　在工艺学院这个学期的生活过得相当紧张，我决定利用假期好好地放松一下。拉森这个可爱的地方曾在一次旅途的路过中给我留下了宁静安逸的印象。所以，几天以后，我在小车站下了车，去拉森安排假期住宿的地方。为了找个住处，我不得不东奔西跑。人们告诉我，在一幢新别墅里，我肯定能弄到一个单间。它看上去很雅致，绿色的百叶窗关着，有夹道的树行和爬满藤萝的阳台。这些虽然很吸引人，但却能吓退一个穷学生。尽管如此，我还是决定不惜代价租下最小的阁楼。这时，一群绅士和淑女在阳台上出现了，他们用嘲讽和轻蔑的语气对我品头论足，后来一个婢女帮我摆脱了困境。她说，这里没有房间出租，我要找的房子在上面。原来，那房子被这幢漂亮的别墅挡住了。在小山顶上我找到了这间房子，女房东保证在八天之内，即我开始度假时把一切都装修完成。

　　一个星期之后，我乘船出发，到洛什维茨时下起雨来；我走进前厅，有一位年轻女士带两个小姑娘坐在那儿。我从椅堆上取了一把折椅，裹紧风衣，坐在楼梯对面。年轻女士从衣袋里掏出一本小书，埋头读起来。可是她没能安静多久，因为那个年龄较小的女孩，一个金发的盛装洋娃娃哭起来了，年轻女士不得不去哄她。这时，我才发现她长得很漂亮。她的下巴和脸蛋几乎是我有生以来见过的最秀美的。她中等身材，体态苗条。她那本小厚书引起了我的好奇，书页突然一翻，我发现那是一本袖珍字典。这个发现更激起了我对这位小姐的兴趣，我想，大概是窘困的经济状况迫使她接受了这样一个不好当的家庭女教师的职务，她只好利用每一刻空闲，以最简捷而又最枯燥的方式丰富她的知识，一个如此漂亮的年轻女子有贫穷作背景，只会使她更加光彩照人。那个最小的女孩直喊冷，这位可怜的小姐没有别的办法，只好解下自己的披巾，把小家伙裹起来。因为我对寒冷十分敏感，所以我能强烈地体会到没有披巾对于她意味着什么，于是我给她留下了我的风衣，重又回到潮湿憋闷的小厅。船到拉森时，在匆匆走动的客流中，那位小姐对我粲然一笑，留给我一声谢谢和那件风衣，便消失在人流中了。

我度假住的这座"别墅"连着一段桦树小路。我刚走几步，就到了一个小岩洞前面。这里有一张桌子和几个凳子，我忽然看见长凳上有一本小书，拿起来一翻，惊讶地发现竟是一本《德语丹麦语字典》。到底是谁在德国有如此难得的热情，居然学起丹麦文来了？……另外，这本已经用旧的书我好像在哪儿见过。石子路上传来了轻快的脚步声，我抬起头，只见一个年轻姑娘站在路上，正是船上那位漂亮的女教师。"您大概常跟丹麦人来往吧？"我问。"我认识几个丹麦人。""于是这就促使您下功夫研究这样一种不常用的语言吗？""不——对不起！原来曾有人建议我去丹麦当家庭女教师，可是我已经放弃了。"从她那故意避开的目光中我发现她快要哭了，这一发现使得我不知所措。不容我说得更多，她已经走掉了。我再也忘不了这双眼睛。

我望情地欣赏大自然的美景，可是与前天的情况不同，不是怀着单纯欣赏的平静，而是带着一种精神上的亢奋，近乎喝过好酒后产生的快感。我期望能再次同她见面。从拉森的一位小学老师那里，我了解到那位年轻女士叫明娜·雅格曼。"就是侍从宫家里那个娇小的女教师，您大概已经见过她了吧？"他对明娜的介绍一开始就很平常，带着客观的色彩。明娜是个中学教师的女儿，父亲一年前去世了，母亲靠出租房屋生活，她自己教书挣些钱，主要是给外国人教德文。眼下，她担任家庭女教师，报酬优厚。他还说，"她是一个涉世不深的姑娘，被一个年轻的丹麦画家、一个轻浮的家伙给甩了，这是她不应该受到的待遇。"

有一天，我站立在一个小岩洞前时，又遇到了明娜，话题从德国作曲家瓦格纳和他的歌剧《尼伯龙根指环》转到了丹麦文学和德国文学。我们谈得很投机。

一天，赫兹夫妇邀请我去作客，并说为了不使我感到在老人那里作客而无聊，还邀请了一位"出众的姑娘"。原来，她就是赫兹太太的远亲明娜，我们装作初次见面，交谈就像精心排练好的一场戏那样，这使对话显得更加完美，我们确实给两位听众留下了很深的印象。赫兹先生对我说："您使小明娜变得健谈啦！她平时可没有这么伶俐的口才。"后来，明娜也悄悄地告诉我，赫兹太太当时对她说："这回你可找到合适的人跟你闲谈了。"于是，我们每星期都在赫兹先生的小屋里相见几次。原先笼罩着她的忧郁已渐渐让位给天真开朗的快乐。

一次,我们从采石场游玩回来,明娜兴奋地在斜坡上小跑着,坡上由于铺满了松针和松果的鳞片非常滑。她常常滑脚,每滑一次,她就发出低声的惊叫,把右臂伸到空中,宽大的衣袖滑到肘窝之上,另一只被太阳晒红的手慌忙去抓苔藓。忽然,我哈哈大笑。她转过身来用面带疑问的笑容瞅着我,我指指她的影子,那影子在她身边的石壁上显得既肥胖又难看。不料,她笑得比我更开心,也指指我的影子,原来我的影子歪在斜坡上,两腿竟然比仙鹤还长。玩得时间久了,我们都感觉有些口渴,于是我们开始赛着抢吃小小的灌木果实。因为弯腰久了不舒服,我们索性跪下来,手脚并用,从一丛吃到另一丛。我感受到一种难以抑制的欲望,真想吻她。我的唇在她的唇上印了一个长长的吻,正当我陶醉于初吻的幸福之中,半下意识地打算用手臂搂住她的肩膀时,她却一跃而起,沿着小路飞奔而去。

我在河边徘徊了良久,好像做梦一样。蓦然看见一个人带着孩子迎面走来。原来是房东和他的儿子从采石场回家了。等到走近了,那男孩子拿着一样白白的东西向我跑过来。"您的信!"他喊。"我的信?""因为信封上注明了寄往丹麦,在你们坐了许久的那个地方找到的。"在昏暗的暮色中,我吃力地辨出了已经有些模糊的收信人姓名,寄给画家斯蒂芬森先生。现在,"丹麦画家"忽然出现了!即使是一个幽灵出现,也不会让我如此心寒。天啊!斯蒂芬森!我当然认识他。我们当中有谁不知道那些青年艺术家呢?我今天刚好收到我表哥的一封信,信中也提及这位斯蒂芬森,说"这位巴黎的花花公子"正在发疯地追求我们熟识的年轻女士,一位虽不十分漂亮却很有钱的年轻女士。原来是他闯入了明娜的生活,而且扮演了非同小可的角色!

我拿着这封倒霉的信慢慢走回住处。我取出一张信纸,给明娜写道:这封信大概是她失落的,被人捡到并且送给了我,可是我不愿直接付邮,因为信已经被搞湿了,字迹很可能已无法辨认,或许她愿意重写一封吧。然后,我把这些都放进一个大信封,投入了邮箱。

几天后,我收到一封厚厚的信。是明娜的来信!我撕开信封,抽出几张写满字的纸和一封信——正是那封她寄给斯蒂芬森先生的信,没有封口。这令我感到惊讶,但我觉得似乎是个好兆头。她的信是这样写的:"亲爱的芬格先生,等我忏悔结束时,您对我的评价将会比原来想象的低。我不记得我是否告诉过您,我母亲有六个姐妹,她们是一个富裕的酒店老板的女儿,城

《明娜》
卡尔·阿道尔夫·吉勒鲁普

里的一流艺术家经常出入这家酒店。因为母亲忙于家务，父亲忙于生意，家里几乎没有什么天伦之乐。有一次我同母亲一起赴一个约会，一个陌生的男人吻了我，当时我刚满14岁。不久，一个年轻的音乐家住到我们家来了，他比其他房客跟我们更热乎，我喜欢上他了。有一天晚上玩赌罚游戏，刚好罚到他吻我，从那天起，我发现我爱上他了，年轻的音乐家找我母亲，要求跟我结婚。母亲说我还太年轻，还不到谈这个的时候。过后不久我听说，他打算跟另一个女人订婚，后来他搬出了我们家，14天以后，斯蒂芬森先生租了那间屋。后来他告诉我，他租这间屋完全是为了我，也就是说，他早就被我迷住了，他把我看成一个超凡脱俗的人。一天晚上，那个音乐家来向我们辞行，我送他到门口，在那里，他要求与我吻别。遗憾的是我同意了，而斯蒂芬森此时正躲在门边满怀妒意地偷听着。后来他告诉我，从那时候起，他就把我看成和别人一样的人了，他要用他的办法使我成为他的人。

斯蒂芬森先生常跟我谈论艺术，并且发现我对艺术有天生的鉴赏力。我希望他娶我，并向他保证我会做个好妻子。但他总是劝我打消这个念头。他说，他没有钱，而且这种束缚对艺术家是不利的，他必须外出旅行，从而完全献身于他的工作和信念。我发现他的道德观念相当轻浮，他的爱远不及我的爱这么深。后来，他居留的时间结束了，他离开了我，只是酸溜溜地安慰我，我们仍然是好朋友，要互相通信。我们的通信一直继续着，间隔或长或短，到现在已经超过了一年半。他回信总是相当快，并且要我也很快地给他回信！我希望您在得知这些情况后别过分严厉地评价我。"

我心里很乱，又打开了那封几天前我极想一睹为快的信。我的心怦怦乱跳地读到了下面几行："我认识了一个名叫芬格的年轻大学生，他是你的丹麦同胞。我常在赫兹家跟他见面。他长得并不英俊，但是有一张坦率的脸，叫人喜欢，尤其是他微笑的时候。我承认，他很尊重我。我不知道这是否只是暑假期间的一时狂热，我想时间会作出回答的。总之，我很喜欢这位芬格先生，跟他交往使我很愉快，又在某些方面受益良多。"明娜对于她并无过错的迷惘所表示的几乎夸大的悔恨，使我同情地笑了。我在回信中对她说，"您的亲切的信深深地感动了我，您的坦诚倾诉使您在我心目中的形象更加完美，更加深刻了。"

暑假结束了，我回到了德累斯顿。第一件事就是去拜访我那位没有见过面的岳母——雅格曼太太。她的房间里挂了好几幅斯蒂芬森的作品，其中一幅是明娜的彩粉像。明娜全身都裹在烟雾中，这种朦胧的画法当时刚从巴黎传入，很时兴。想不到，一个男子汉就这样给自己的恋人画像！我越看这幅画，越对这样画明娜的人充满愤恨和蔑视。若不是雅格曼太太端来了咖啡，说不定我真会把那幅画扯烂！"对，这是明娜的画像，您看到了……逼真得就是一张相片。啊，天哪！如此高超的艺术技巧！啊！画这幅像的还是您的同胞呢，他原先也是我们的房客，……他叫斯蒂芬森，在这里住了半年……"雅格曼太太用她没有表情的眼睛瞅着我。"是的，我已经知道了，明娜把一切都告诉了我，她什么都不瞒我。""当然不瞒。对，他也是丹麦人，而且是艺术家，您当然也听说了。"她说得很快，显然很高兴知道了该怎么敷衍我，"一个讨人喜欢的人，跟他交往真愉快！他总是按时付房钱，有时甚至提前——不是因为我要求，而是见我们困难，他真能体谅人。他只抽香烟——这自然跟我们现在的房客不同！"我告辞了，她并不挽留我，送我到门口，频频行礼道别。好了，我已经认识了我未来的岳母，对结果基本上还算满意。假如我有写日记的习惯，我会在这一天的日期下注明："放心——岳母不会碍事。"

两天之后明娜乘汽船到达德累斯顿。我去码头上接她。我们走在街上时，她的心情似乎有些沉重，"我收到了他的一封信——那天晚上我那封信的回音。""怎么样？""真烦死了——就好像故意想让我伤心似的。"回到家后，她走回屋里，从纸夹里抽出一封信递给我。信写在精美的信纸上，开头是几行无关紧要的话，接着是一首我没读过的海涅的诗：/"我马上又要离别我深深挚爱着的恋人，/我马上又要离别——/啊，你知道，我真愿意留下！……""废话！"我嚷道，不由自主地把信纸揉成一团。明娜见状连忙转过身，从我手中夺过信，把它重新抚平。她责备地看着我，说："假如有一天你跟我分手，哪怕你说出更难听的话，我也会同样对待你的信。"她把信小心翼翼地放回了纸夹。我猛地把她搂到怀里，狂吻她的脸和脖子，同时为我的荒唐行为、我的妒嫉和我的愚蠢猜疑向她结结巴巴地道歉，她那令人感动的方式使我惭愧万分。

第二天，明娜让我看她寄给斯蒂芬森的信。这封信安慰了我，因为我觉得它很适合终止那种暧昧的关系。我实在没料到她能这样做。一种无尽的幸福感和充实感陶醉了我，明娜戴上了我给她的订婚戒指。

一天傍晚，我正同明娜一起喝咖啡，忽然感到胳膊被猛地向后一拽。明娜目瞪口呆……天哪，她的脸上是什么样的表情啊！我顺着她的目光朝刚才我所指的地方望去，发现斯蒂芬森正迈着轻快的大步走过来，"你来德累斯顿真突然。"她恢复了镇定，这才定定地看着他，并且补充道，"两星期之前你给我的信里一点儿也没提起这事。"显然，他是为那封信赶到这儿的，我心里暗自诅咒一切书信与邮件来往。

斯蒂芬森的突然出现打乱了我们的平静，明娜对我说，"他拥有我的过去，以及其中有价值的一切；他认为，这使得他对我拥有某种权利——也许他真的有呢？""明娜，明娜，你在说什么呀！"我愤怒地说。"唉，我真的是进退两难哪！""你难道不明白，你属于我，我也属于你？"明娜站起身，深情地抱住我，"是的，亲爱的，这我知道。"教堂钟楼上的大钟敲了12下，我才向她告辞。

我快步往前走，正如某个德国抒情诗人吟唱的那样，"心里藏着梦，唇上留着吻。"我惬意地呼吸着夜间清新的空气。突然，斯蒂芬森横穿街道来到我面前，我不禁大吃一惊。"我想跟您谈谈，谈一个对咱们俩都极为重要的问题。咱们不妨找个熟悉的地方喝一杯啤酒，这样可以不受外界干扰。""好吧。"我尽可能随和地不动声色地回答，尽管我的感觉就好像有人建议我喝毒药。我们谈了很多。"那么，您到底想要什么？"我终于发火了，"您或许以为能使我放弃明娜？""哦，不——我不要求不可能的事。她应当自由选择——这就是我所要求的一切。"我从衣帽钩上取下我的帽子，礼貌性地行了个礼，离开了房间。

那一夜我失眠了。有什么东西比一个忠贞女子的爱更可靠，更远离危险呢？我感觉到明娜爱我，但真正可怕的却是像复仇女神那样，这种忠实又掉过头来反对我。她对旧情的忠实站出来反对她献给我的新爱。危险不仅是可能的，而且是实际的，它威胁着我——我好似在梦魇之下，在危险的重压之下呻吟。

我再次到明娜家时，我马上从她眼里看出，她哭过，而且哭得很厉害。明娜带着忧虑的恳求眼神说道："你虽然得到了一个爱你的妻子，而且你爱她更是远远超过了她的福分，但她也许永远不会使你幸福，因为她有内心的创伤，永远不能彻底治好，甚至还可能死于此伤。我将永远不会宽恕自己背叛了初恋的情人……家庭的幸福不可能驱散他的怪影，我要感谢他给了我最初的意识、最初的思想以及我的独立自主，并且唤醒了我最美好的情感——新的生活以及新的情感，可以说都属于他。啊，他的形象对于我来说曾经是多么可亲啊——而此刻却成了怪影，他谴责我，是因为我把这一切都给了另一个人，可是他却满怀信心地等着我，为我们的未来，为我们两个人而工作着。不，不——我永远不会幸福，也不会给你应有的快乐！"我面对这种突发的绝望感到既麻木又惊慌。"你真的同时爱两个男人吗？这不可能！"她扭开脸，眼看要哭了。"为什么！"她叫道，把泪盈盈的眼睛转向我，"为什么不许我两人都爱？也许我爱你最迫切……""啊——明娜！""可是我爱他最深。"她小声补充道，垂下了眼帘。我伸出的双臂垂了下来。我惊呆了，就好像当头挨了一棒。

我的嘴唇颤抖了，两眼噙着泪水。"今天斯蒂芬森和我说好了不再来见你，直到一切都定下来。这段时间最好你离开城里——如果你在乡下有亲戚，可以去……"明娜点点头。哭红的眼睛惊讶地瞪着我朝她伸出的手，并且发现我的另一只攥着帽子的手有些颤抖。

我终于收到了明娜的信。我的手不停地颤抖着，信里面包含着生或死——对我来说或许是比生死更庄严、更可怕的东西。房间围绕着我旋转起来。过了几分钟之后我才能使自己安静下来，"我的真心相爱的朋友：一切都过去了！我必须是他的。我感到自己没有力量与初恋决裂，无法拉起你的手开始新的生活。这将是我写给你的最后一封信，我真想把我心中一切的想法都说出来，那会是整整一本书……"我的头好痛，我的乱糟糟的想法发疯般地跳来窜去。

四年过去了，我仍是一个单身汉。有一次我来到哥本哈根，走进了"港口"咖啡馆。忽然听见从旁边的雅室里传出一个决不会认错的嗓音：斯蒂芬森的嗓音，我悄悄地坐到一个最便于观察那间雅室的位置上。在这伙活跃的人当中我只认得明娜，我看得见她的侧影，稍显"迷惘"的侧影。斯蒂芬森滔滔不绝的言词变成了关于未来艺术的一次完美无瑕的讲演。有位诗人提醒他："别再说废话了，斯蒂芬森。你太太不舒服，说实在话，她比你的全部未来艺术都更有价值！"我第二天就离开了此地，我听说明娜失去了一个刚出生不久的孩子。

最后一次见到明娜仍然是在拉森。我旧地重游，怅惘地探寻故迹。这时，石子路面上响起了轻盈、敏捷的脚步声。我吓了一跳，那情形跟当年我坐在这里，明娜朝我走过来时的情景完全相同。我惊叫了一声，从石桌上跳下来，这时明娜也惊叫了一声，在岩洞前站住了——是的，是明娜，并非幻想产生的错觉！我们还没能镇定下来，斯蒂芬森也出现了，他面带惊讶而又略带嘲讽的微笑着跟我打招呼。心中的爱人突然出现了，这不可避免地带来了狂喜，等最初的狂喜平定之后，我感到一种痛苦的失望。

后来我到德累斯顿，才知道明娜被斯蒂芬森送进了精神病院。得知这一消息后，我立即赶到医院，马上就跟明娜的医生见面。医生叫我放心，说眼下不必担心有危险。八天以后我再次去拜访时，医生说，明娜虽然患了忧郁症，但还不至于疯，只要治疗得当，在医院为她提供的良好环境中生活，就不会疯，直到完全恢复正常。但她的真正危险是心脏病，这可能是在几年前就已经种下了病根。"告诉我，"他突然问道，"您是她和她丈夫的朋友——他们在一起生活得快乐吗？"我考虑了一会儿，掂量我是否有权直言相告。"不，"我答道，"可以说，他们并不快乐。""这就对了！或许这是主要原因。毫无疑问，到出院时，她最好别再回到她丈夫身边。"

5月3上午，我像往常一样去"大花园"散步。在公共草坪边上，我的目光被一幅肖像画吸住了。肖像挂在一家古董店的橱窗里。我冲过去：不错，正是斯蒂芬森给明娜画的那幅彩粉画。肖像被嵌在一个破旧的被虫蛀过的画框里，下面贴了个标签："佚名大师作——18世纪中叶。"古董商是个瘦高的老头，出了个吓人的价钱，他说，这是稀世的名画之一，很可能出自德国画家孟斯的手笔。我很快就打掉了他的威风，但毕竟还是以大大超出其真实价值的价钱买了这幅画。我打算把它带回住处烧掉。我站在阿尔贝特桥上，忽然灵机一动：为什么不把它丢进易北河呢？我向四周扫了一眼，附近无人，于是，我松手让画像跌落下去，画像消失在水中。我听见它撞碎在桥墩的防波堤上。我心情沮丧地回家。桌上放着明娜医生的一封信，明娜已于今日清晨因心脏病猝发去世了。

第二天，我收到一个写有明娜笔迹的小包裹，上面还盖了医院的封印。首先是11张写得密密麻麻的信纸，信中说，"作为画家的妻子，我有特殊的敌人：模特儿。他自己抖漏出来的事远比我预料的多。结果证实，他的不忠可以追溯到最初的年月。""我真希望知道你对死的看法。你相信有天国的重逢吗？要想象这点是困难的，但是另一方面，我也无法想象自己像一盏灯那样熄灭。"我简直难以相信她已经不在人世，我已无法再见到她了。

我自作主张地操办了丧事。在坟上，我让人竖了一块萨克森蛇纹石碑，但在明娜的名字下面我并没有刻上《圣经》中的格言，而刻上了古老的民歌《精灵山》中的那句叠唱：自从我初次见到她。

1920年
诺贝尔文学奖得主

"由于他的里程碑式的作品《大地硕果》。"

——获奖评语

克努特·汉姆生
〔挪威〕

克努特·汉姆生，原名克努特·彼得生，1859年8月4日出生于挪威中部附近的洛姆城。他四岁时，全家迁至挪威北部的哈马洛伊，和他严厉的裁缝商叔叔奥尔逊住在一起。他从小由当牧师的叔父抚养，未受过正规教育。15岁时被叔父安排到一家鞋店当学徒。18岁时发表了处女作——诗歌《再次相逢》，但未引起文坛注意。

后来他离开鞋店，开始了流浪生活，1874年回到哈马洛伊，在当地一个有钱有势的商人手下干活。第二年，商人破产，克努特成了小贩。此后他便不断更换职业和栖息地：他当过制鞋铺的学徒，在博德城当过码头工人，在西奥伦岛当过学校教师和法庭职员的助手，在克里斯蒂安尼亚当过建筑工人，还当过记者。他还去过美国两次，在美国当过演说家、私人秘书、农场工人、电车售票员和教师。1885年他改名为"汉姆生"。1888年回到斯堪的纳维亚，这标志着他文学生涯的真正开始。早在19世纪70年代他就发表过两篇小说，但却是1890年发表的《饥饿》给他带来首次成功。

1894年《畜牧神》的出版，被认为是汉姆生创作上的一个突破。1898年另一部重要作品《维多利亚》问世，它被列为世界著名的爱情小说之一。

标志着汉姆生创作成熟的是他1920年获诺贝尔文学奖的代表作《大地硕果》，它被誉为"大地赞美诗"。

汉姆生的小说还有《神秘》《水泵旁的妇女》《梦想家》《最后一章》，诗集《野地的合唱》以及剧本《国门》《生活的游戏》《晚霞》三部曲。

1898年汉姆生与贝格洛特·比奇结婚，生下一个女儿维多利亚，1906年离婚。三年后，汉姆生又娶了一个比他年轻23岁的瑞典国家剧院女演员玛丽·安德生。1911年他定居在哈马洛伊。既是农民又是作家的双重职业使汉姆生的农场经营失败。1918年他们迁至南方，在挪威南部的诺霍尔姆安家，在那儿度过了大部分时光，直到1952年汉姆生去世为止。在汉姆生的鼓励和督促下，玛丽成为一个诗人和儿童故事作家。

汉姆生作为诺贝尔文学奖获得者和知名作家的声誉，加上他反动的政治观点和极端仇英心理，导致了他在第二次世界大战期间支持纳粹阵营。本来他并不太出入公共场合，但现在却在挪威和纳粹统治下的欧洲其他地区广泛游历，以弘扬阿道尔夫·希特勒第三帝国的事业。战后他因这些活动而被捕，并被软禁在一个养老院，被诊断为患有"长期脑功能损伤"，最后没收他所有财产作为罚金。他的最后一部作品就是对这段经历的回忆，名为《在树荫的小路上》。1952年2月19日他逝世于诺霍尔姆，死时一贫如洗。在他死前几个小时，他的妻子写道："此时汉姆生的作品在世界上被上演和阅读，人们称他为健在的最伟大的作家，而我们连给他的安葬费都没有。他现在正衣衫褴褛地躺在他的灵床上。"

大地硕果

这条穿过荒野一直通向森林的长路是由第一个最先来到这里的男人踩成的。他来之前，这里没有路。这是一个强壮而粗犷的男人，长着硬邦邦的红胡子，脸上和手上还留着些小小的伤疤。他随身带着一只口袋，里面装着食物和工具，似乎在寻找什么。他从山上往下走，到了一处长满了草的山坡，他停下来，拿出铁铲，这里铲铲、那里挖挖，发现这里的泥土是优良的松软沃土或因千百年的落叶、朽木而腐熟了的带泥土气味的肥土。这正是他所想要找的，这一切表明他找到了一处栖身之所：是的，他要在这里居住，在这里生活。他在一块悬空的岩石下面吊一张用松枝扎成的床,他感到这已经是自己的家了。他每天都要把桦树皮压平、晒干。当积累到一大提时,就跑好远的路运到村子里去,将它们当作建筑材料卖掉,然后带回一袋袋新的食品和工具:面粉和猪肉,一口炊锅,一把铲子。

不久,有个过路的陌生人从这里经过,对他说:"你要在这里常住吗?""是呀。"这人说。"你叫什么名字?""伊萨克。你知不知道哪里有女人愿意来帮忙的?""不知道,要是遇见的话,我会给你传个信的。"

春天来了,他在他的那块土地上种了马铃薯。他养的两只母山羊也各自产了一对小羊羔。后来,帮手终于来了,他所需要的那个女人。一个大个子、褐色眼珠的姑娘,名叫英格。她身材丰满而粗犷,有一双能干而粗笨的手,显然她已不再年轻了。现在这个独居的单身汉娶了英格为妻,过上了另外一种生活了。英格是兔唇,说话时出奇地不清楚,而且她总是把脸蛋儿歪向一边,但伊萨克对此并不在意。要不是她的嘴唇破了相,她才不会到他这儿来呢。说到长相,他自己也其貌不扬。英格见到他没有跑开已经是很不错的了。

英格从娘家带来了不少东西:衣服、一面镜子、一串精美的玻璃珠子、一架手纺车和一个梳毛器。后来又带来一头叫"金角"的奶牛。他们建造并迁入了新居,并将牲口关进原来那间泥炭小屋里。这两位荒原上的建设者干得很不错,这确实是个奇迹。

金角产下了小牛犊。这在荒地上是一件了不起的事、一件令人的快乐而又高兴的事。"它长大后一定是条好得不得了的奶牛。"英格说,"我们叫它什么名字好呢?"伊萨克说,"当然叫它'银角'了,还有什么别的叫法吗?"

他们存储的东西足够满足未来相当长一段时间的需要,他们已是富裕户了。这年冬天,他在他的木料堆旁徘徊思考,把一切都想好了。他将在山坡上开出更多的土地,把它整平;他将砍伐更多的树木,经过夏天晒干,等到冬天下雪,雪橇便于行驶时,他就装上满满两车拖到村里去。他的计划制定得很完美。

伊萨克驾着租来的马和雪橇,拖着木材静悄悄地离家到村里去了,第三天,当他还掉马和雪橇步行回家时,发现屋里有一种奇异的嘈杂声……有个小孩在哭叫。原来英格也是静悄悄地为他添了个男孩。

5月初,来了一位客人。这位妇女翻山越岭来到这个人们从未来过的人

《大地硕果》

克努特·汉姆生

迹罕至的地方。她是英格的一个远房亲属,她叫奥琳。"要是你愿意帮助我们,奥琳,"英格说,"一有空你就到我们这里来住几天,当我们不在家时为我们照看一下牲畜。"当然,奥琳很愿意做这件事。她回家时,英格给她从绵羊身上剪下一捆羊毛,奥琳小心谨慎地收好,她怕伊萨克瞧见。

伊萨克把时间全部用在了在地里的工作上。他又新开出一些土地,除掉树根和石头,耕地、施肥、耙地,要把他的土地摆弄得像块天鹅绒地毯一样。他播种了他的谷物,每撒一把种籽都仔细、小心、轻轻地抛撒。瞧!那些小小的谷粒将取得生命,生长、抽穗,结出更多的谷粒。

然而,持续的干旱把种粮食的田地几乎烤晒得焦枯了。白天,伊萨克无数次望着天空,祈盼能下场雨。也曾有好几个傍晚,天色看起来很像要下一场暴雨了,可是一两个小时之后,一切又跟从前一样,毫无希望。直到九个星期之后,上帝才赐给人们一场足足下了16个钟头的甘霖。英格看着马铃薯地,从缺裂的嘴唇中说出了充满希望的话:"它们还有五个星期的生长期呢。"尽管她说话时发出一种嘶嘶声,像从一个漏孔漏出蒸汽时一样,很难听。但在这未曾开垦的荒地,也同样是一种安慰。她任何时候都是一个愉快而高兴的人。"我希望你安排时间另外做一张床。"她对伊萨克说。"嗬!"他说。

一个漆黑的夜晚,伊萨克从森林回到家里时,英格又生下了另一个孩子。她不是那种人们称之为生育稀少的人。另外生个孩子对英格来说是一件微不足道的事。她长得不好看,在整个少女时期她都因为这个原因而饱受痛苦。她曾被人撇在一边,瞧都不瞧她一眼。现在,她的时运到了。她正处于鲜花怒放的生命阶段,不断地生育孩子。伊萨克,她的丈夫,还是跟从前一样,诚恳认真而又呆头呆脑,但他现在生活得很好,而且对此感到满足。

当大公牛长成一头巨大的牲畜,要吃很多的饲料时,英格把伊萨克有意支走,让他把它带到村子里去,交换一头牛崽来喂养。伊萨克走后,她才哼出声来。原来她又生下了一个女婴,只是女婴的嘴巴跟她的一模一样。为了避免女婴长大后的痛苦,英格狠心地把这个生下不到10分钟的女婴弄死了。

奥琳又一次来拜访他们,这一次,英格一开始就怀着敌意迎接她。"我要一勺子打破你的脸!"打她?是的,她打了奥琳,把她打得鼻青脸肿,而且在流血。因为她认为,自从她有了伊萨克,有了两个强健的男孩,奥琳就嫉妒得睡不好觉。在英格怀第三个孩子时,奥琳有意送给她一只兔子,正是这不祥的东西,使她的孩子带上兔唇,因为当年她母亲生她时也曾看见过一只兔子。

时间一天天过去了,10月的一天,乡长带着一个夹着手提包的男人来了。对她弄死女婴一事进行了调查,英格被叫去秘密审问,她对一切都供认不讳。按照刑法,她该判终身监禁。当她泪痕满面地解释说,她不忍心让那破了相的孩子活下来在世上受苦时,地方法官静静地、严肃地点了点头。"但是,"他说,"想想你自己,你也是个兔唇,可这并没损害你的一生呀!""感谢上帝,是没损害。"她只说了这么多。她无法把她孩提时代、少女时代所经受的许多痛苦告诉他们。尽管人们同情她,但她还是被判了八年刑。伊萨克觉得自己堕入了黑暗与空虚的迷雾。

伊萨克办理了买地手续,在他开垦的属于他的土地与国家的土地之间划出清楚的界线,伊萨克付给了地方政府一笔钱,被他取名为"塞兰拉埃"的土地将写入地契登记册。

当一个人年岁大了的时候,他总会有光阴似箭的感觉。但伊萨克现在还不算太老,他在自己的土地上操劳,让那铁一般坚硬的络腮胡子长得满脸都是。这块荒野上的单调情景,经常会被一个路过的拉普人或是一头出了问题的牲口所打破,接着,一切又复归如旧。有一次,前任乡长吉斯勒也来了,还带了两个人,随身带着镐、铲等采矿工具。他问起伊萨克两个孩子玩的那些挺沉的小石块,并同那两个人这里叩叩那里敲敲,确定"塞兰拉埃"埋着铜矿。伊萨克将自己的境遇告诉前乡长。吉斯勒对他说,他花了100元购买土地是小事一桩,"你很可能有成千上万的收入呢。"对英格的遭遇,前乡长也很关心,说:"你可以重新提出这个案子,很可能会使刑期改得短一些,或者我们可以打报告要求赦免她。"伊萨克对吉斯勒说,英格来信说,她在那里又有了一个女孩。吉斯勒吃惊地说,"这么说他们带走她时她正怀着身孕呢。他们是没有权力这么做的,这是应该让她早些出狱的理由。"

几年的时间过去了。"塞兰拉埃"又一次来了客人:一位工程师、一个工头和两名工人。他们翻过山岭来到这儿确定电报线路。这会使这块地方不再荒凉,而且说让这里的人们见识见识世面,也会使这里变得更加开明起来。工程师对伊萨克说:"很可能会要你来当这两条线路的线路员,你一年有25元的收入呢。""那不成,"伊萨克说,"春、夏、秋三季我要在地里干活,没时间干别的事。""你在地里干一天活所得的钱,能比为我们工作一天所得的钱多吗?""嗨,这我也说不准。"伊萨克回答说,"我在这里是靠土地生活的。我有一家几口要吃饭,还有许多牲畜要饲养——我们是靠土地养活的,土地是我们的命根子。"

英格入狱后,奥琳住在他家,帮他照料两个孩子。两个小家伙在肮脏和无知的乐园中成长,小西维特是逗人喜爱的孩子,埃莱塞乌斯则显得更加灵巧,更加深沉。然而奥琳多嘴多舌、无事生非,常使伊萨克大发雷霆,并且伊萨克还发现,家里少了一只母绵羊,他心里有数:奥琳完全是个贪婪的坏女人!可是,英格不在,没有奥琳他就毫无办法。

一天,吉斯勒又来了,他到这里来其实是要买伊萨克山上的那块土地——一个铜矿。他带来了关于英格的好消息:英格的案子已经呈到国王那儿去了;在狱中,英格生的女孩被安排在外面一家正派人家抚养,英格的嘴巴动了手术,现在已经不是兔唇了;她在狱中学会了缝纫、裁剪、染色等。吉斯勒给了伊萨克200元,作为山头上那块不毛之地的代价,这比伊萨克当初买下整个"塞兰拉埃"的价格还高出一倍。这对伊萨克来说,无论如何是个奇迹。

英格带着小女孩莉奥波尔丁乘着邮船回来了,也穿着奇特的衣服,看起来新奇而又漂亮。她随身带来了一个奇形的漂亮匣子,英格告诉丈夫,那是缝纫机。

奥琳走了,英格重新操起室内室外的家务活计,使家里起了惊人的变化,甚至那座泥炭糊的旧棚子的玻璃窗也擦干净了。不过,她对干这种活已经没有先前那么热心了,她跟城里人学到了不少本领,如果不好好使出来就太可惜了。她比以前更麻利地摆弄她的纺车和织布机,但她对缝纫机更感兴趣。她关心孩子们,教他们做各种事情,使他们受教育,让两个男孩识字。没有多久,就有许多人来拜访英格了。有一两位妇女出于好奇心,专门从山那边跑过来拜访。英格见过世面,待人和气,肯帮助人,手工又精巧,不用样子也可以裁料。这一年接近年尾时,村里几户有名人家请英格去上门做衣服。英格忙不过来,她同丈夫商量,要雇个帮手,这使伊萨克吃了一惊,英格却说:"城里的主妇都有仆人的。"

那年夏天,"塞拉兰埃"终于发生了一件不寻常的事。安装电线的工人现在已经远远离开了那块荒野地,一天夜里,走在前面的那一队人来到了伊萨克农场要求投宿。他们被安置在仓库里过夜。当天晚上,这地方就不那么安静了。工人们在这地方跳起舞来，30个男人缠着英格狂欢乱跳，舞会结束后，伊萨克发现英格同另一个人坐在林子里交谈。他心里极为烦恼，却又默默忍着不发作。

伊萨克的农场有了发展，而且还办了一个锯木厂。两个男孩也已经长大。在英格安排下，大儿子埃莱塞乌斯被送到城里去，在来架电线的工程师的办公室里找了个职业。小儿子西维特成为伊萨克的得力帮手。不仅如此，自从伊萨克在这儿开荒定居后，如今已有7户人家在这里占有土地，人口也有50多个了。

春末夏初时，从瑞典来了一些工程师和工人，准备修路、搭工房。他们干着各种各样的工作，包括爆破、平整、运输食品、租用马队、与海边的地主办交涉等等。开矿工程给荒原带来繁荣景象。一个叫阿伦森的商人在这里开了一只叫"斯多堡"的商店，生意做得真够大的。英格卖着牛奶和农产品，忙得不亦乐乎。财源滚滚，到处都生气勃勃，但伊萨克却步履沉重地到处走着，他要在地里干活，这一切都不能使他分心。

每逢星期天，都有人成群结队地从林子里一路上山来，去观看那奇妙的地方，几乎所有的人都去看过了。最后，英格也穿上盛装，戴上金戒指等首饰上山了。她还没开始发胖，身段依旧很好，高挑个儿，仍旧很中看。工人们对她很亲热，这使她很满意。一些厚脸皮的男人还挨到她身边，轻轻地捏捏她的胳膊，但英格一点也不反感。青年矿工古斯塔夫抓住英格的手，握得过于亲热，这使英格感到一阵感情冲动。

吉斯勒听说，矿上的试采没有达到预期的目标，他准备来矿上看看。这时，试采暂停了，矿工们一个个下了山，他们被解雇了。古斯塔夫梦寐以求的机会来了，他正可到"塞兰拉埃"来，借着帮伊萨克建牛棚的机会，与英格见面了。这天，伊萨克找英格，要她准备接待吉斯勒，可是英格已管不了那么多事了，她已陷入情网，同古斯塔夫爱得发狂，他们双双采莓子去了。她把裙子撩得高高的，露出她匀称的双腿，他们在灌木丛中找了个隐蔽的地方开始做爱。不久，矿上工程全停了，高原上又是死一般的静寂。古斯塔夫要走了，他不可能为了她的缘故，就在这儿一直呆着，浪荡下去。英格垂头丧气，心里很难过。对她来说，这是一次秋天的闪光，她已被完全迷住了，只想品尝、欣赏那种欢乐。哎，这真是一种充满邪意的忠诚。夜晚，内心充满难诉的怅惘的英格用一只胳膊支着身子说："我不是个好妻子，我十分难过。"伊萨克并不知道出了什么事，但他知道她是独一无二的女人，"别哭了，宝贝。"伊萨克说："我们谁也没法尽善尽美呀。"

埃莱塞乌斯到城里闯荡没有成功，但回到家里却又不能适应艰苦而乏味的农业劳作，整天摆出一副绅士派头，无所事事。他带着病态的、非正常的耐心隐藏在树丛中，窥探年轻的农场主阿克塞尔的女仆巴布罗的那座棚子，然而几乎要把他气死，他看到阿克塞尔和巴布罗双双走出棚子，他们相亲相爱，刚才他们已度过了一段销魂的时刻。他们走路时还互相紧紧搂抱着。埃莱塞乌斯用一种仿佛失去了一切的神情望着这对情侣，好像自己彻底被摧毁了。

巴布罗的事不知怎么露馅了。她怀了孩子，生下后溺死了，阿克塞尔为小尸体挖了坟墓。整整一个夏天，奥琳守候着每一个过路人，和他们悄悄说话，点着头，私下里把一切都告诉他们。"我说的话可千万别传出去啊。"每次她总要这样嘱咐别人。渐渐地蜚语流言出来了，飘飘忽忽的，就像是一层雾，飘到人的脸上，钻进人的耳朵。乡长只好过问此事了，于是巴布罗被捕了。阿克塞尔向前乡长吉斯勒求助。吉斯勒与公诉律师交谈后，知道没有干预的必要了，因为律师告诉他："我认为我们已对杀婴案采取更为人道的看法了，如果由我判决，我决不会判这姑娘的刑，根据本案的情况，我连定罪的要求也不能提出。"巴布罗坚持称她掉在溪水里生下孩子，孩子生下后就溺死了。结果法庭宣布她无罪释放。巴布罗案件的结局使奥琳很不高兴，她觉得这种偏袒不符合基督教义，感到恨恨不已。

埃莱塞乌斯买下了阿伦森拍卖的"斯多堡"商店，他用的是伊萨克卖掉铜矿土地的钱。他对前途的看法已多少有了点改变。其实在山区当一个贸易站的老板并不太差。他本人到全国各地旅行时，由一位伙计代干一切事情。他是个怪人，再也不喜欢姑娘了，再也不去追逐风花雪月，对那些风流韵事完全失去了兴趣。是的，但他毕竟是"总督"的公子，所以旅行要坐头等车船，还大宗大宗地买进货物。每次回来，他都要更时髦一点，更接近大人物一些。

那年春天，发生了一件出人意料的事，矿上复工了。铜矿几经易手，瑞典矿主把人、炸药和钱都带来了。连阿伦森也回来了，他打定主意要从埃莱塞乌斯手中赎回"斯多堡"。

埃莱塞乌斯花钱太多了，他进了许多棉布，洗礼帽的彩色缎带，黑白相间的草帽，还有长烟斗，这到底是为什么呢？山区从来没人买那些东西，村里的人只在没钱时才去"斯多堡"——他们赊走了印花棉布、咖啡、糖浆和石蜡。为了埃莱塞乌斯，为了他那商店，还有他漫天飞的长途旅行，伊萨克已垫付了不少钱，从矿上得来的钱现在已所剩不多了，以后怎么办呢？埃莱塞乌斯决定再次出走，他要去美国。他这一走再也没有回来。

奥琳如今已是一个老太婆了，岁月在她身上无情地留下了痕迹。这个把东家长西家短穷聊一通作为她的特权的老怪物，在一天晚上自生自灭了——第二天早晨人们进去时，她已浑身冰冷了。而她忌恨不已的阿克塞尔与巴布罗倒看起来十分圆满，巴布罗又回到了阿克塞尔的身边，他们结婚了。

西维特仍像他父亲那样，做着田地里应该做的一切。这一天，由伊萨克未来的小女婿安德森带队，把他租用的"斯多堡"店里的货物装在麻袋里，送上矿山销售，西维特也加入了送货队。但他们到了几处矿区，都没见到矿工。他们这才知道，矿厂又关闭了。好在村民与矿工手中还有钱，一连三天，"商队"都在卖货，麻袋里东西卖光了，这次生意真是成果辉煌。他们启程回家，到"塞兰拉埃"时，伊萨克已经开始播种了。气候很适宜，空气湿润，太阳不时露一下脸，天空中悬着一道巨大的彩虹。

伊萨克在播种。一身的穿戴全是自家产的——自己的羚羊毛制成的衣服，自己的牛皮制成的靴子。他的脸上，头发和胡子连成一圈，像一把扇子。这就是伊萨克，那位"总督"。从身体到灵魂，他都是个耕作者，是一个不知疲倦的庄稼汉。一个最早的拓荒者，荒野中的定居者。

现在，卖铜矿所得的钱都已花光了。矿业已停，群山死气沉沉地躺着，荒无人迹，谁还能从那笔飞来横财中保留住多少？但阿尔门宁大荒原仍在，上面还添了10户人家——吸引着成百家前来。

伊萨克在播种，傍晚的阳光照在他撒出的种子上，形成一条闪闪发光的弧，种子落在地上就像溅落的粒粒黄金。西维特耙地来了，然后是磙地，然后又是耙。森林和田野在观望着，一切都那么神圣，那么有力——胸有成竹、有条不紊地进行着。

叮咣……叮咣……牛铃声从远处的山脚下响起，越来越近。牲畜要回来过夜了，15头牛，还有45头羊，一共是60头。女人们带着奶桶出来了。英格在家里走来走去，像是一尊灶神在照料着厨房里的炉火。她曾在城里住过一段，但现在已回家了。世界是宽阔无垠的，麇集着无数的微不足道的尘粒——英格就曾是其中的一粒。在整个人类之中，这算不了什么，只不过是一颗尘埃而已。随后，暮色降临了。

1921年
贝尔文学奖得主

"他辉煌的文学成就，它的特色是高贵的风格、深厚的人类同情、优雅和真正法国人的气质。"

——获奖评语

阿纳托尔·法朗士
〔法国〕

阿纳托尔·法朗士生于1844年，是巴黎有名书商的独生子。他所受的教育一半来自他父亲的书库，一半来自巴黎的学校，因为他经常与那些出入书店、从事历史研究的文人作长时间的交谈。法朗士根据家庭习惯删去姓氏，以他的名字阿纳托尔和弗朗索瓦作笔名。

由于天性羞怯，小法朗士不愿继承父业，于是开始努力使自己成为一个作家，并以作为一个自由写稿的研究者和记者谋生。1868年加入标榜为艺术而艺术的"帕尔斯派"诗歌团体，1873年出版了处女作《金色诗篇》。

法朗士的成名作是《希尔维斯特·波纳尔的罪行》。1890年，他的小说《苔依丝》的成功，改变了他的经济状况。

1883年他结识了卡耶尔夫人，并为之倾倒，在感情的冲击下，他创作了爱情小说《红百合花》。1893年他与妻子离婚，同卡耶尔夫人的密切关系一直维系到她去世。

1894年，法国政府捏造"德雷福斯叛国案件"，以转移人们日趋激化的社会矛盾的视线。他的强烈的正义感使其卷入了要求重新审查德雷福斯案件的运动，并加入左派政治。然而由于法朗士缺乏参加公开辩论的气质，20世纪初他开始悄然退出，又回到个人天地里，只是用文学来参与公共事业。这一时期他的主要作品有《当代史话》4卷，包括《林荫道上的榆树》《奥希埃的模特儿》《红宝石戒指》《贝热瑞先生在巴黎》。1901年发表的《克兰比尔》被认为是他中短篇小说的代表作。1912年发表《诸神渴了》。1914年第一次世界大战的爆发使这个年已70的作家陷入深深的迷惘和悲观之中。他试图把他的和平主义信仰与对他所热爱的祖国利益的关心协调起来,而祖国却卷入了他所反对的战争中。他一生中最后十年里荣誉纷至,包括诺贝尔文学奖,然而他感到疲惫,才思枯竭。人们都觉得他与文学界不再相干。1924年逝世时,巴黎为他举行了隆重的国葬,但这似乎是对他早已过去的辉煌成就的褒奖。

诸神渴了

巴黎新桥区军事委员会委员、画家加姆兰一大早就赶到区会场——从前的教堂。教堂正门用黑字写着共和主义口号:"自由、平等、博爱或死亡。"教堂内的讲道坛现在变成了演说用的讲台,台下摆着长桌,监察委员会委员、木匠杜邦正审看一份要求开除22名不称职的委员的请愿书。加姆兰在这份文件上签了字。杜邦抱怨说,公民现在对集会漠不关心,900名有投票权的公民昨天仅有28名与会。加姆兰坚决地说:"得用罚款强制公民出席。"

加姆兰来到从前的圣器室、现在的军事委员会办公室,见书记泰吕贝尔正在堆满书籍、文件、钢锭、子弹与硝石样品的大桌上写字。为了保卫处在危急中的祖国,他强烈地感受到自己的生命与一个伟大民族的生命紧紧地融合起来了。他才28岁,但因过度劳累,他现在已皮肤干枯、头发稀疏,背也驼了。加姆兰向他表示了问候后,立即报告造炮的事。这时,公民包维沙杰走进来报告了一个坏消息:"库士丁从兰多撤退了!"加姆兰嚷道:"库士丁是卖国贼!""他该上断头台!"包维沙杰说。泰吕贝尔平静地说:"公安委员会会调查库士丁的行为。不管他是无能还是叛国,都必须由一位有决心打胜仗的将军来代替他!"

正是像加姆兰、泰吕贝尔这样的一群小人物推翻了王朝、摧毁了旧世界,他们决不向敌人求饶。他们只有在两条路中间选择:不是胜利就是死亡。因此，他们才能这样热情、这样镇静。

　　加姆兰的家住在钟表码头旁一幢五层楼旧房子的顶层，门一推就开了，他已穷得不必再费事地锁门与用钥匙开门。他对母亲说："谁也不会偷破烂。"以前，他画箭袋、鸟群，刻意地掀起牧鹅姑娘的裙子，在牧羊女乳头上饰些玫瑰花……如今，虽说他未满30岁，但感到这些主题已是历史的陈迹了。他以满腔的爱国热忱从事创作，画自由、人权、法国宪法、共和国的美德。但是天啊，他不能够以此为生。因为那些绘画艺术的鉴赏家、爱好者或已倾家荡产，或已远走高飞。那些发"革命财"的人——购买国有财产的乡下人、投机家、军需商……现在还不敢显耀他们的财富，因而对绘画艺术根本不关心。母亲拿出一条又粗又黑的面包，唉声叹气地埋怨飞涨的物价。加姆兰劝慰说："我们遭到的饥荒应该由囤积居奇的商人与投机家负责。我们把希望寄托在罗伯斯庇尔身上，他是正直的。我们尤其把希望寄托在马拉身上。他爱人民，认识人民的真正利益，并且关心人民利益。只有他才能挽救危急的共和国。"

　　版画商勃莱兹开了家叫"画家的爱人"的艺术品商店。加姆兰正热恋着勃莱兹的独生女爱洛蒂，爱洛蒂也拿定了主意要嫁给他，但她不敢指望父亲会同意她跟一个无名画家结合。加姆兰到"画家的爱人"找爱洛蒂，谈美、谈艺术，一直谈到勃莱兹回店出现在他们面前。勃莱兹露出亲切同情的样子说："年轻人听我的劝告吧。你要想养家糊口，就给我画女人，全要画得雪白粉嫩，小手小脚的，要记住：谁也不再关心革命了。"加姆兰愤怒地抗议他对革命的冷漠，断然地拒绝了他的赚钱的建议。

　　加姆兰写了信给爱洛蒂，表示不再去"画家的爱人"了。于是爱洛蒂就到林荫旁的长凳上同他约会。在树丛的暗影下，他给她一个很长的热吻，她在他怀中，非常幸福，感觉整个身心像蜡般地溶化了。此后，他们每天见面，恋恋不舍，并在国家广场上立下永不变心的誓约。

　　7月13日，加姆兰和母亲正在吃午餐。一名叫洛丝莫尔的妇女推门而入，她是原检察官的寡妇，美丽、丰满，由人权区革命委员会委员亨利陪同，以作为她的爱情与爱国活动的见证。她想请加姆兰作为引见人，跟马拉谈一次话。加姆兰婉言拒绝了她的请求，说自己是个无足轻重的人，不配介绍她见马拉，并补充说道："要是你有苦恼，他一定会接见你。他的伟大的心灵使他同情一切受苦受难的人。要是你有什么关于公安的机密要告诉他，他也会接见你，他发过誓一辈子都要揭发卖国贼。"其实，洛丝莫尔只是计划同银行家莫拉尔一起宴请一次马拉。这天傍晚，加姆兰途经新桥，见桥上挤满了三五成群的男女公民，人们惊慌地喊叫着，低声地叹息着，原来，马拉刚才被一个女人暗杀了，死在洗澡盆里。人们站在那里，像一群失去牧人的羊。他们说："我们失去了导师、保护人、朋友，怎么办呢？以后会变成什么样了？""马拉是被那双打算把我们斩尽杀绝的手所杀的。他的死是屠杀所有的优秀爱国分子的信号。"加姆兰痛苦地愣住了。他的泪水早已流干了，他的心里充满了悲伤、憎恨和崇敬。

法庭重新组织后分成四个分庭，每个分庭有15名陪审员。加姆兰于9月14日就任陪审员职务。监狱里的犯人多得挤不下，检察官每天要工作18个小时来处理各种案件。国民议会用恐怖手段对付战事的失利，各省的暴动、阴谋、诡计、叛变。诸神渴了。

为了适应自己担任的职责，加姆兰混在观众里，参加了巴黎最高法院对一个战败将军的审判。原告与被告陷在兵额、目标、军火、弹药、前进与退却那一套词汇里。加姆兰心想："最要紧的就是叫共和国的将军们知道，他们如果不能打胜仗，就没有命活！"为了不跟群众一起叫嚷"死刑！"他急忙走出大厅。

下午3点，加姆兰第一次参加开庭。法庭墙上挂着"人权宣言"，旁听席的第一排挤满了妇女，她们后面，一些公民零零落落地坐在一层比一层高的看台台阶上。被告吉埃格被控在供应共和国骑兵马料时有舞弊行为，但加姆兰发现，这些控诉没有证据。最后，15名陪审员中有7个人主张判刑，8个人主张释放。当吉埃格获得自由后，爱洛蒂激动地扑到加姆兰怀里，说："你真高尚、宽大！天啊，秉公判断多么好！你把他的生命和他的亲人的爱情都还给了他，他一定在祝福你。我爱上你是多么光荣和幸福啊！"

前线传来的消息相当可怕：控制着所有交通线的反法联军在挺进，保皇党人在旺北取得胜利，里昂在背叛，土伦投降了英国人——有14000英国军队在那儿登陆……这一切深深地影响着陪审员们的情感和行动。他们明白，要是他们的祖国毁灭了，他们也就注定要死亡。接下来的那些天里，加姆兰一个接一个地审判：一个毁坏小麦使人民挨饿的旧贵族、三个回到法国来煽动内战的逃亡分子、两个平等宫前的妓女、14个布尔塔尼的阴谋分子等。他们中有男人、女人、老年人、少年人、主人、佣人，罪状是有凭有据的，法律是明确的。加姆兰每一次都主张判死刑，最后所有的被告，除一个老园丁外，都被送上了断头台。罪犯当中，有一个20岁的姑娘，她的容貌娇艳，显得很可爱，蓝色的蝴蝶结束着金发，细麻布的围巾下露出雪白的脖颈。多么迷人啊，加姆兰想。但革命法庭对男女毫无差别，不管是性欲正常还是随时都会性欲冲动的人，都不会因犯人是女人而受影响。就在这一个星期中，加姆兰的那个分庭，已砍下了45个男人与18个女人的脑袋。"共和国啊？为了抵抗这么多的秘密和公开的敌人，你只有一个办法。神圣的断头台啊，救救祖国吧！"加姆兰这样想也这样做了。爱洛蒂心里如今充满了恐怖，在她看来，加姆兰好像是一头怪物：她怕他，但又崇拜他。她在"画家的爱人"楼上那间小卧房里等他。整整一夜，残忍的爱人与多情的少女狂热地搂在一起，默默地交换着疯狂的热吻。

　　加姆兰他们在因工作过度所造成的发烧和昏昏欲睡的情况中审判。说真的，他们也是人，并不比别的人坏，也不比别的人好。凡是愿意担任他们这个职位的人，都会采取跟他们一样的行动，凭着平凡的灵魂完成这些可怕的任务。他们每天把有名的或者无名的牺牲者奉献给祖国。不久，加姆兰被任命为市公社议会委员。

　　加姆兰的妹妹朱莉，原来是个帽子铺女工，因为爱上了原军官沙撒诺，两人一起逃亡到英国。这天，她突然着男装化装成一个小伙子来见母亲，要母亲安排她同哥哥加姆兰见面。原来，她的丈夫沙撒诺被捕了，她哀求道："妈妈，我不要别人把他杀死。我爱他！我们在一起过了很多艰难的日子！有人问我们是不是愿意到巴黎来完成一桩重要的任务……我们同意了。我们拿到了路费和一张到一个巴黎银行家那儿去取钱的汇票。但后来我们发现银行关闭了，那个银行家关在监狱里，快要上断头台了。我们一个子儿也没有，妈妈，帮我救他，可怜可怜你的女儿吧！"可怜的母亲抬起了头，举起了拳头，说："沙撒诺是一个贵族，一个逃亡分子。这足以使加姆兰把他当作一个敌人看待了，你还是不要求加姆兰替他说情……"

　　加姆兰回家了，朱莉躲进了卧房。母亲告诉他，他可以见到妹妹了，可妹妹过得并不幸福。加姆兰用可怕的嗓音打断母亲的话，说："要是她幸福，那才真丢脸呢！不要告诉我他俩回法国来了，不要让他们死在我手里。要是妹妹就在卧房里，我会马上跑到区监察委员会告发她！"母亲的脸色像头巾一样白，正在编织的袜子也从发抖的手里掉下来。她叹了一口气，说："我真不愿意相信，他是怪物……"

布罗托老头是加姆兰母亲的好朋友。母亲认为，他是最可爱、最可敬的一个人。他仅因为剪跳舞玩偶，被公安委员会怀疑为反对共和，同隆格玛尔神父一起被捕了。他被关进地牢，看守告诉他，若出得起钱，可住付费牢房。于是他在牢中用头发画肖像画出售，以使他同神父一起住进了条件好得多的付费牢房。他常在夜晚掏出随身带来的鲁克莱蒂乌斯诗集，就着灯光念几句严肃的但能给人安慰的格言。一天夜里，他正坐在石头的梯凳上读诗，听到一个甜蜜的女人的声音叫他，他认出那女人是他所喜爱的美丽的喜剧演员戴凡南，她现正通过关系争取获释。布罗托用急切的声音说："为了你珍爱的一切，不要去求任何人。不要想法打通法官、陪审员，不要去打通加姆兰。他们不是人，是东西。人是没法跟东西解释的。"戴凡南握住他双手，放在心口，说："我是属于你的……不管你要我怎么样。"他们隔着男女牢房的栅栏接吻。

当一次冗长的审判进行时，加姆兰闭眼思索着："他假装出心脏只为自由跳动的才有的勇敢，他扯着嗓门，共和国的敌人听了会簌簌发抖：他就是丹东，他的激烈的言论掩盖不住他的丑恶的温和主义，他的腐化本质终于显露出来了。……现在这一切为非作歹的人，这一切叛徒，都已经在斧子下面送了命，共和国得救了。罗伯斯庇尔的蓝眼睛在不久的将来还会发觉更虚伪的吗？叛徒们不断地露出马脚，不可腐蚀的人不断地揭发他们，这样不断地继续下去，要到什么时候才完呢？……"

现在审判不是一个一个，而是一批一批地进行了，检察官把许多案子并成一件案子，把那些在法庭上第一次见面的被告控为同谋犯。这一天，法庭审理30多名阴谋者时，加姆兰在被告席上发现了沙撒诺。他们目光相遇，彼此交换了蔑视的神情。每个被告被讯问三四分钟，审讯结论是判所有人死刑。当加姆兰走向法院楼梯的时候，一个年轻人拉住他，用可怕的声音嚷着说："坏蛋！恶棍！杀人犯！打我吧，懦夫！我是一个女人！把我抓起来，送上断头台，我是你的妹妹。"说完后，她朝他脸上吐了口唾沫。

加姆兰很疲倦，但无法安静地休息。他常在恶梦中惊醒，只有在爱洛蒂的怀中才能睡上几个小时。他心里这样想："我没有犯杀父罪，我是出于孝心，才叫祖国的敌人流出肮脏的血。"

阴谋案总也审不完，49名被告又把台上挤满了。布罗托、洛丝莫尔、隆格玛尔等都在其中。也许这些人谁也不认识谁,不过他们都是同谋犯,他们中有律师、新闻记者、旧贵族、资产者。书记官宣读公诉状,称布罗托是可怕阴谋的最危险的主使人,他向外国人出卖情报,宣传无神论,并傲慢无礼地说:"革命法庭就像莎士比亚的一出戏,将最血腥的那幕与最无聊的滑稽剧混合一起。"最后所有被告都被判处死刑。布罗托被第一个审问,他否认指控的罪状,说:"我从来没有制造过阴谋。我刚才听见读过的公诉状里的每句话都是不真实的。"当庭长把隆格玛尔神父称为"方济各会"修士的时候,这个老人忍不住:"我简直不能想象,还有比把一个方济各会的修士和一个使徒圣保罗亲自组织的巴拿巴会修士混为一谈更奇怪的错误了。"死刑在当天执行,当刽子手来到的时候,布罗托在安静地读那本诗集,他把丝带放在他开始看的那一页上。在刑车上,他像鉴赏家似地欣赏着年轻的女难友的雪白的脖子,心里留恋着阳光。

　　加姆兰坐在图勒里公园的长凳上,深思着,他在等爱洛蒂。他自言自语着:"神圣的恐怖!去年我们的保卫者是衣衫褴褛的战败者,如今我们配备精良、训练有素的军队正把自由带给全世界;去年共和国被派系斗争弄得四分五裂,如今团结一致的雅各宾派把它的力量与智慧扩展到统治权上……"然而他郁郁不乐,他孤独。以前说:"不胜利,毋宁死",其实应该说:"胜利和死亡"。人们对革命已失去热情,祖国在咒骂救它的人。"让它咒骂我们吧,只要它能够得救!"爱洛蒂脸色苍白、疲惫地跑到他身边,问他为何不去"画家的爱人",他告诉她:"为了向你道永别。"她叫道:"住口,加姆兰,住口!"但加姆兰坚定地说:"爱洛蒂,我不能接受你的爱。为了祖国,我把自己弄成一个十恶不赦的罪人。我必须放弃爱情,放弃一切的快乐,放弃生命的乐趣,甚至放弃生命。"爱洛蒂说:"你是属于我的,我不让你离开我。"加姆兰说:"将来有一天你会不会出来证明我活着的时候忠于我的责任,证明我的心是正直的,我的灵魂是纯洁的?"他要求爱洛蒂把他忘了。爱洛蒂绝望地嚷着说。"好吧!你也把我送上断头台,你也让人把我的头给砍下来吧!"她如疯如狂,披头散发,紧紧抓住他,像要把他扯碎。政局发生了急剧的变化。国民议会在一次长达6小时的会议后,宣布控告罗伯斯庇尔。加姆兰接到公社叫他到市政府去参加全体会议的命令。爱洛蒂阻止他:"你要是到市政府去,一定会白白送掉性命的。"加姆兰义无反顾,握了一下她的手,但又立刻放开:"你再看见我的时候,我一定是胜利了;要不然,你就永远不会看见我了。"加姆兰走进市政府会议厅，在签名簿上签了名，表示拥护罗伯斯庇尔。局势一度有了转机，罗伯斯庇尔来到公社，在一片惊人的欢呼声中发表演说。然而，国民议会的军队像雪崩一样穿过审议室，闯进会议厅，一声枪响，加姆兰看见罗伯斯庇尔倒在地上。加姆兰抓起小刀，把它刺进了自己的心脏。当他醒来时，他被从地牢里拖出来，带到法庭上，70名公社代表同他一样成为被告。他费力地走上囚车，伤口流着许多血。看热闹的人侮辱他，说他是"吃人肉的吸血鬼!"加姆兰想到受伤的罗伯斯庇尔已被送上重新搭在革命广场的断头台，想着想着，他相信自己想通了。"我死得应当，我们是软弱的，我们犯了宽大的罪，我们出卖了共和国。就说罗伯斯庇尔吧，他纯洁、神圣，但是犯了温和的仁慈的罪。他的错误被他的殉难洗刷干净了。共和国灭亡了，我跟它一起死也是应当的；我怜惜别人的血；那就让我自己的血流出来吧！让我死吧！我应该死……"

《母亲》
格拉齐亚·黛莱达

1926 年
诺贝尔文学奖得主

"为了表彰她那些为理想所鼓舞的作品以明晰的造型手法描述其海岛故乡的生活；并在洞察人类的一般问题上也表现的深刻和同情。"

——获奖评语

格拉齐亚·黛莱达
〔意大利〕

格拉齐亚·科西玛·黛莱达于 1871 年 9 月 27 日出生在撒丁岛上一个约有八千居民的小镇努奥罗城里。

和撒丁岛上其他女孩女比，格拉齐亚·黛莱达算是受到相当的教育了。但在努奥罗城，她十岁之后就再没有机会接受正规教育了。没有亲戚和老师的指导，她开始自学。她孜孜不倦地广泛阅读各种经典作品和普通文学作品，包括沃尔特·司各特士、拜伦、亨利希·海涅、维克多·雨果、夏多布里昂、欧仁·苏、奥诺雷·德·巴尔扎克、乔苏埃·卡尔杜齐、乔万尼·维尔加、列夫·托尔斯泰、伊万·屠格涅夫和费奥多尔·陀思妥耶夫斯基的作品。

她的文艺创作风格介于批判现实主义和自然主义之间，主张对社会现实作精细、不加修饰的描写。她以美丽的撒丁岛的自然风光为背景，以耳闻目睹的传说和真实生活为素材，创作了朴实、动人，带有戏剧性的作品，如《撒丁岛的传说》《正直的灵魂》《邪恶之路》《山中老人》等。

1899 年，黛莱达在卡拉里遇上一位财政部小职员帕尔米罗·莫德桑尼。不久他们就订了婚。1900 年 1 月 11 日，他们在努奥罗结婚。此后，莫德桑尼被调到罗马，这对夫妇一直在那儿愉快地生活。黛莱达始终不失为一个贤妻良母，而且还是个勤勉的作家。他们在意大利和法国游历并工作，最后定居在罗马。1911 年以后，黛莱达再也没回过努奥罗城。虽然她离开了撒丁岛，但心一直在家乡，只有撒丁岛才能唤起她创作的灵感，家乡生活仍是她创作的主要来源，这一时期，她的作品思想深刻，心理描写细腻，创作上日臻成熟。1920 年发表的《母亲》是他杰出的代表作。此外她的作品还有《灰烬》《常青藤》《鸽子和老鹰》《风中芦苇》《孤独的秘密》《生者的上帝》《飞过埃及》等。

1927 年黛莱达被发现患了乳腺癌，并逐渐扩散到全身。她就这样走完了她平平淡淡的一生。1936 年 8 月 15 日，在接受了最后的宗教仪式后，她被葬在罗马。后应努奥罗城居民的要求，她的遗体于第二次世界大战后被移至她家乡附近的一个教堂里。

母　亲

今天晚上，保罗好像又要出去了。母亲最近总能看见他像个女人一般对镜自盼，修剪指甲，把那头留得很长的头发梳到脑后，似乎想遮盖那块表明神父圣职的秃头。他还涂香水，用带香味的牙粉刷牙，甚至还刷眉毛。

母亲已经将门紧闭，并用两根十字铁棍牢牢抵住，为的是把风夜中四处游荡着寻找灵魂的恶魔堵住。其实，她知道，恶魔早已进了这小小的神父之家，它舔了保罗的杯子，飘荡在他靠窗挂着的镜前。

母亲听见保罗在隔壁轻轻地走动着。他是要出去的，他已将房门轻轻打开，静静地站着。终于，保罗走下楼梯，打开大门走了出去。刹那间，大风将他吞了进去卷走了。为了儿子，她一定要击败魔鬼。她走下楼去，也迈出了大门。狂风一把擒住了她。在这一片狂风哀嚎、怒云吞月的凄怆黑夜里，隐现着一份慈母寻子的悲伤。

直到她看到保罗穿过田野，直奔到山脚下的一幢古宅前之前，她仍抱着一丝自欺的妄想，希望走在她前面的儿子是去探望生病的教民。而山脊下那座古宅里除了一个年轻、健康而孤独的女人外，什么人都没有。古宅果园墙垣上的小门随即打开，像一张黑嘴，把他吞了进去。母亲张开双手用力猛

《母亲》

格拉齐亚·黛莱达

推，可小门关得紧紧的，抗拒着她。绝望之下，她凝神谛听，虽然什么也听不见，但她还是执意听着，因为她的灵魂深处，早已晓得宅子里头的真相了。她像一头受伤的动物回到家中。外边，风声更紧了，就像魔鬼在摧毁神父的家，摧毁这座教堂乃至整个的基督世界。

母亲哀号着，自问自答地说着话。"这是一个贫苦的教区，将近100年来没有过神父。后来总算来了一个，他仁慈圣洁，建起了教堂，修好了桥。可是后来他变了，变得像魔鬼一样邪恶，酗酒、专横、口出粗言，村民们都不愿接近他。他是身染重病死去的，可鬼魂常回村子作怪。10年以后，我跟保罗来到这里，一切又如大地回春。保罗念书、祈祷、不沾酒、不抽烟，从不看女人一眼。他把钱都存起来，想重修村子里的路。他28岁了，谁知被魔鬼附了身，一个女人把他迷住了。呵，主教啊，救救我的保罗，也救救那个女人。她富有，无牵无挂，家中无人，是孤独了一些，如果我们不帮助她，又有谁指引她，教导她呢？"

她将脸埋入手中，眼前出现了保罗和那女人在老宅小屋那梦魇般的景象，以及那女人见到她时真情乍现的眼神。

冬天随着秋季过去了，没有发生任何事情足以证实她的疑心。如今春回大地，魔鬼又故伎重演了。保罗晚上又出去了，又到那所老宅去了。"我该怎么办？怎么才能救他呢？"

她还记得他们刚到这村子时的情景。20多年了，她一天也没有停止过工作，抗拒了每一种诱惑，每次天生的本能，不但剥夺了自己的爱欲，甚至连生命都不顾了，只想一心一意地把儿子教养成人。她从小受尽折磨，后来嫁给一个年已半百的磨房帮工，在保罗还不会说话时，就守了寡。为了送保罗上学，她去神学院帮佣。她是为了他工作、生活的。她既没有机会，也没有心思去寻找乐趣，更不要说罪恶了。不少男人想要得到她，男人是猎人，女人是他们的猎物，但是她逃过了一切陷阱，保住了自己的贞节，这是因为她早已把自己视为一个神父的母亲了。

她面对悬挂在墙上钉着耶稣的十字架，大颗大颗的泪珠自脸颊流了下来。她觉得上帝带给她这样的悲痛是不公允的。她渐渐地感到昏晕、混乱的回忆涌到她的心头，她觉得自己正在神学院闷热的大厨房里。突然，她醒过来了，发现自己仍在自己的小厨房里。被风摇撼得咿呀作响的屋子里，响起了脚步声，一位矮胖的神父站在屋子中央，冲着她笑。她立刻认出他是以前那位神父。

"我活得很好，我很快就要把你和你的儿子赶出我的教区。""是的，我要走的。不管你是人是鬼，请忍耐几天，我们这就走。""到哪儿去都一样。让保罗去追随自己的命运吧。要不然他会重蹈我的覆辙。"她发现自己几乎同意他所说的了。她又好像听见那鬼魂的脚步，轻轻穿过厨房，从紧闭的大门中消失。

保罗从那女人的宅子里出来的时候，有一种怪异的感觉，好像风中有一种鬼魂般的东西把他从爱的甜梦中惊醒，身子感到阵阵刺冷。他清楚地意识到体内产生了一种可怕的却伟大的力量，有生以来第一次他爱上了一个女人，这是一种尘世之爱。数小时前，他还认定他的爱是纯精神的，但当两人的眼睛接触之后，他们的手也紧紧相握了，并且情不自禁地亲吻了。他感到体内流动的血液像是岩浆似地在血脉中汹涌，一时间被征服了。艾葛娜丝提议他们偷偷离开村子，或生或死都在一起。在那陶醉的片刻，他答应了，并决定第二天晚上相会时再决定一切计划。但此时面对现实，还有这要把他整个剥光的狂风，他全身冰冷，十分恐惧，好像一丝不挂地站在村子中央，被所有的教民瞧着。他的整个灵魂在挣扎，这是肉体的盲目直觉对精神主宰的最高抗拒。他跪倒在教堂门口，哭喊着："啊，主呵，救救我吧！"

片刻之后，他站了起来，他明白最使他犹豫不决，比他对上帝的畏惧和挚爱，比升职的欲望和对罪恶的憎恨还强烈的，则是对公开这件丑事的恐惧。但在灵魂深处，他知道此后他与那个女人将如生命一样，永远结合在一起了。

他沿着母亲刚才走过的路回到家里，看见母亲守着灶中的死灰，他感到一阵绞痛的悲哀，一种永远排除不掉的悲伤使他立刻明白了真相。"母亲，我对你发誓，从今以后我再也不进那个房子。"他随即走出了厨房，他感到一切都到此结束了。但当他穿过饭厅时，他听见母亲在放声恸哭，犹如在悲悼死人。过了一会儿，他涨红了脸，自语道："真正坚强的人是从不发誓的，发誓的人都会像戏一样，随时要毁誉的。"他立时意识到，一场挣扎其实才刚开始。他踉跄地摸到狭窄的床边，衣袍未脱便哭倒在床上。

痛苦过去之后他开始反省，一切都看清晰了。他是个神父，信仰上帝，与教会成了婚，也发过誓永不变心。他像一个已婚的男人，没有权利背弃妻子，他怎么会爱上这个女人而且现在仍然爱着她，他自己也说不清楚。也许他面临着生理上的紧迫关头,他 28 岁了,青春与精力骤然从过长的蛰眠中醒来,渴望异性的爱抚。艾葛娜丝与他缘分最近。她并不年轻,跟他一样被剥夺了生命和爱情,长年关在犹如修道院的深宅里。

然而他所有的反省却未能丝毫减轻压在他心头的苦恼,如今倒领悟到了这份苦恼的真正意义:这是死亡的悲痛,因为放弃爱情与舍弃艾葛娜丝,也就舍弃了生命本身。

不久他平静下来,像母亲一样,回想自己的过去,外头风声的呻吟与他模糊、朦胧的儿时回忆交织在一起。他想起修道院的生活,那是一个十月的早晨,母亲送他去的。他对自己的出身一直很自卑,因为母亲是个女佣,是修道院厨房里的苦工,而且来自一个傻瓜的村子,由此,他也相对地为自己是在上帝面前更感到骄傲。他知道母亲所做的一切都是为了他呀!他记得每逢他去忏悔和领圣餐时,修道院院长总命令他去亲吻母亲的手,请她宽恕他所犯的过错。他觉得他只是乞求上帝的原谅而不是母亲的宽恕,只有当他与母亲分开看不见她的时候,他才更爱她。

来到这个村子的头几年,他认为自己已经活过了,人生能赋予他的,他全认识到了:痛苦、羞辱、爱情、欢愉、罪恶与偿还。他像一个陷居世外的老人,只等待归返天国,而如今在一个女人的眼里他又看到了尘世的生活。

他必须站起来,追求指派给他的路径。他听见有人在敲门,是母亲在叫他起床。风已经静下来,教堂的钟声在清纯的空气里震荡,钟声在呼唤他。他在屋里四处走动着,终于在书桌前坐下来,开始书写:"请不要再盼望我了,……我不会再去看你了;请原谅我,不要写信给我,也不要想再见我了。"然后,他到楼下,叫母亲把信给她送去。

母亲送信去了,他感到松了一口气,精神也抖擞了起来,做弥撒的时候,母亲最后一个到教堂。看来信已经送到了,弥撒也做完了,他额头上冒出了大粒的汗珠,好像看见那女人读了他的信之后,一下子昏倒在地。

做完弥撒,母亲到楼上给保罗整理房子,她脑中有生以来第一次出现了这样的想法:"为什么不准神父结婚呢?"突然,她发觉这样的想法是多么可怕的罪恶。

看守教堂的少年安提奥楚斯到神父住所等待神父。他静静地坐在灶旁,两腿交叉,两手盘在两膝旁,和母亲交谈着。"你说话倒像个小圣人,就看你长大以后能不能做到,看你会不会真的把钱分给穷人。""会的,我一定要把所有的东西都给穷人,圣经上也是这么说的。""但是,一个男人如果是单身,他还可能那样做,但如果有孩子,那怎么办呢?""我一辈子不会有小孩,神父是不能有小孩的。""神父是不准结婚的,假如有一天你想娶个太太,怎么办?""我不想娶太太,因为这是上帝禁止的。""你事后会后悔的。"她似在自语地说。"后悔?你认为,你儿子也有过后悔?保罗说过神父不结婚是对的?"她轻声问。"除了他,还能有谁?再说,你儿子能跟谁结婚?""人是有的,比方艾葛娜丝。"安提奥楚斯心中不甘地反对说"不行,我不喜欢她,他也不喜欢她,她又老、又丑,又自以为是,再说……"

小厅里响起了脚步声,他们立刻闭上了嘴。

这一天,保罗几乎整天都在外边为他的教民们忙碌着,可他总也忘不掉自己的痛苦,忘不掉艾葛娜丝。他默默地鼓励自己:熬过今天晚上,我就得救了。到了晚上,他还是不想回自己的屋子,他怕看见艾葛娜丝手里拿着那封信,悄悄地等在那里。他先请了一些人在家里闲聊,尔后又去看望安提奥楚斯的母亲。

一整天,安提奥楚斯的母亲都在推测,这孩子说神父要来看她到底为什么。也许他要谈谈高利贷,或者她所从事的其他副业,要不就因为她常出借他家传下的一些古代遗物,但那纯粹是为了帮助穷病人,当然每次都得收点小钱;也说不定他是来借钱的,自己用或者代别人借。不管到底为什么来,当最后一个顾客离开酒店的时候,她就站在门口张望,等待神父的到来。

神父和安提奥楚斯来了。她非常殷勤,可是他们并不在意。"我是来谈这孩子的事的。"神父说,"我想你该考虑一下将来让他做什么了,他已经不小了。你是不是想让他学一门手艺?如果让他当神父的话,你要好好想想你得担负的责任。"临别的时候,孩子的母亲一定要敬神父一杯。妇人倒完酒后,转身将酒瓶放回到架子上,那孩子陶醉于自己的欢欣里,她们谁也没有注意到神父的脸色突然变得死一般惨白,眼睛瞪着门外,像是看见了鬼。

艾葛娜丝家的一名女仆正默默地穿过广场,朝酒馆门口走来,神父本能地走到酒馆的另一头。他不想知道那女仆跟妇人说些什么,然而,她的话却字字刺入他灵魂的最深处。

"她摔倒了,血从鼻子里淌出来,流个不停,请你快把埃及圣玛丽亚的钥匙给我,只有那个可以止血!"安提奥楚斯站在那里,听她这么说,立即跑去取那已经拆掉的老教堂的钥匙。据说,把它放在流鼻血的人的肩膀上就可以止血。"这都是做戏！"保罗心里想，"她说的没一句真话，她派她的女仆跟踪我，想尽法子把我引诱到她家里去，说不定还与这无聊的妇人串通好了呢。"然而，在他的内心深处，一股矛盾与动摇愈聚愈烈，他整个的人都要被震垮了。他仿佛看见她甜美的脸上染满了血污，而这一击正是他打的。女仆接过孩子递给她的钥匙，在围裙里包好，慢慢地向门口走过来，好像想用凝视的力量将他吸在身后，那妇人则冷冷地说："神父，你不去看看她？"

经过神父住所的时候，安提奥楚斯推了推门，神父推想母亲已经把门上了锁。"她知道我不会言而不行的。"他想，回头叫孩子回去，又威胁地看着女仆说："我不去了，除非她绝对需要我的时候。"保罗摸黑上了楼梯，走到母亲房前，轻敲几下，没等里面应声，就进去了。他直截了当地说："别点蜡烛了，我有事要告诉你。"他接着把女仆的话重复了一遍。

"你能确定看见那个女仆了吗？诱惑经常与我们玩阴险的把戏，而魔鬼是很会伪装的。昨天晚上我看见老神父了。""要是你去，你敢说你不再陷进去吗？"黑暗中神父露出一丝惨笑。"那么你就去吧。做你良知叫你做的事。"他走出了家门。

当女仆把他领进艾葛娜丝的房间时，他起先有点犹豫，但随即看见艾葛娜丝自里屋的幽暗处现出身来，一张白脸，拂着一缕缕蓬乱的黑发，像个溺死者的幽灵。慢慢地，这小身影来到灯光下，他几乎要哭了出来。

"你怎么样了？"他低声问道。片刻的沉静之后，他又说："艾葛娜丝，我们要坚强！""不！"她打断他，"我并没有派人请你来，你也不该来。然而，你既然来了，我就要问你，你为什么要那样做？为什么？……"

这时，保罗的确害怕了。"艾葛娜丝，听我说，昨天晚上我们两人都濒临了毁灭的边缘，如今上帝又拉了我们一把，引导着我们，我们不能再跌倒了。"他的声音激动得有些发颤："你以为我不痛苦吗？我觉得自己好像被活埋了一样，我的苦难永生永世也不会终结，我必须为我们的幸福和你的得救而忍耐。你会忘却我的，你会健康的，大好的人生还在你的眼前。"他停住了，仿佛所有的话都冻在了喉咙里。"不！那不是真话！昨天晚上，还有别的晚上，你为什么不这么说？你不是惧怕上帝，而是惧怕面对这个世界才离开我的。"他说不出话来，的确，她说的是对的。她朝他仰起头来，颤动的嘴唇与睫毛闪着泪滴。他的眼睛像被一潭深水的波光眩惑了，他所凝注的脸已不是艾葛娜丝的脸，也不是世界上任何一个女人的脸——那是爱的脸。他投入她的臂膀中，吻着她的嘴唇。他原以为早就永远断了线的缠绵，再一次施展魔力将他网住了。

"我知道你会回到我身边来的……""你现在快乐了，亲爱的，你是不会知道我受了多少苦的，但却是必要的。我把自己所有污秽的外壳都撕下来了，我鞭打自己直到流出血来。现在我回到你的身边，是你的了，但是按着上帝的意旨，我在精神上是属于你的，艾葛娜丝，嗨，我灵魂的灵魂，我能给你的，除了我的灵魂，还能是什么呢？"

"现在你该听我说了，"她的眼睛充满敌意地看着他的脸，"要是我们想生活在一起，就必须立刻走，今天夜里就走。我们不能再像这样生活下去了。快回答我，行还是不行？""我不能跟你一起走。""呃，那你为什么回来？走开！快走开！""呃，主啊？"他呻吟了一句，身子低向她，却被她用力地推开了。她终于暴怒了。

"我老了，是你在几小时内把我折磨老的！哼！我要找一个丈夫，让你给我们证婚，然后我们照样相会，一辈子也不会有人知道，这就是光明大道！昨天晚上你说，'我们离开这里，我们结了婚，我可以找事做。'可今天晚上你跑来对我谈上帝和牺牲。我们干脆一了百了，分手吧！可是你必须今天晚上就给我离开这村子，我再也不想看到你了。要是你明天到我们教堂作弥撒，我就站到圣坛上对大家说：'这就是你们的圣人，他白天显现圣迹，晚上却跑去玩弄无助的少女。'"他紧抱她的头，搂在胸前，惶然地想用手封住她的口。他记起母亲在黑暗中神秘的声音，老神父要把我们赶出教区！他把嘴唇靠在她的耳边："艾葛娜丝，我不要离开你！我要把灵魂像献给上帝那样献给你！我像一个身上着了火的人，越要逃出去，火焰越烧得厉害。今天我克制自己不要来，什么办法没有想过？但我还是来了，我不能忘记你。可是，我们得保护我们的名誉！我们一定要保护我们的爱情，用自制、甚至死亡来巩固它，你明白吗？"

她紧闭嘴唇和眼睛，犹如突然陷入沉睡中，做着复仇的梦。他握住她的手，只是此刻四只手对爱情与缠绵全然麻木了。"艾葛娜丝，你也许会恨我。如果明天你真那么做，那也是上帝的意旨。再见。"他清楚要向她妥协只有一个办法：再跪在她的脚下，犯下罪恶，永远与她一起迷失。而他永远永远也不会再那么做了。他恍恍然地迈出了他熟悉的小门。

第二天早晨，保罗醒来想到的第一件事就是昨晚与艾葛娜丝分手时，她对他的恐吓，这使他不觉恐惧起来。他如实地告诉了母亲。母亲什么也没说，匆忙穿好衣服，把头巾紧紧系在下巴上，以克制明显的颤抖，她要陪保罗去教堂。保罗到了教堂，几名心急的忏悔者已经在小忏悔室等他了。他朝着本堂一直走去，心中暗藏的焦虑也强烈了。他的袈裟擦过了艾葛娜丝平常坐的位子，那是她们家庭的老席位，前头的跪凳上雕满了华丽的花纹。他用眼睛和步数衡量着这个座位与圣坛之间的距离。"要是我看见她站起来要发出她致命的恐吓时，我还来得及躲进收藏室。"

他看见母亲满脸严峻，纹丝不动地跪在本堂后头靠门边的跪凳上，看紧了每一个进入教堂的人，仿佛整个教堂若塌落下来，她也要支撑住似的。但是他已经没有剩余的勇气了，只留下心中那一点希望，死亡的希望。他觉得自己正一步一步走向死亡。

安提奥楚斯看见神父的脸色如死尸般恐怖地变化着，他靠近了他，万一他摔倒时好扶住他。孩子用明亮的眼睛向他使了一个宽慰的眼色，好像告诉他："我在这儿，不要紧，继续……"

到了领圣餐的时候，流入他胸腔的几滴葡萄酒像救生的血，他的心里充满了上帝的感召。艾葛娜丝坐在座椅上，身影突出在低下头的人群中。也许她得鼓足了勇气才能移动。突然他对她生起了无限的怜悯。

领受圣餐的仪式一完，一个老农就唱起了圣诗，大家低声跟着他唱，就像还没有多少人住在森林中人们所哼唱的最古老的祷告。四周的低吟逼起了艾葛娜丝的回想，好像黑夜中，她在一片原始森林中屏息着狂奔，突然来到了海岸的沙丘上，满地是香花，朝曦中一片金黄。她觉得整个世界随着她旋转，就像她头顶着地走了一阵之后，又恢复了原来的姿势似的。

她的过去与她的种族的过去，夹带着妇人与老人的吟唱，她妈妈和女仆们，为她建造房屋，打扫住所，耕田，纺纱，为她做尿布的男男女女的声音，一齐向她涌来。她怎么可以在这些敬仰她，把她看得比圣坛上的神父还纯洁的人的面前公然抨击自己呢？她在这种传统中长大，一种纯朴而威严的气氛使她在这块地方显得高远，像一颗紧闭在硬壳中的珍珠。

他也感到了那股自她意志里散发出来的邪气，像在严寒的清晨，他的手指冻僵了，一阵难抑的冷战直逼他的脊梁。他瞥见艾葛娜丝正瞪着他，一刹时，他们的眼睛接触了，像一个濒死的人，他记起了整个一生的欢愉，全然地整个地来自她爱情中的欢愉。他突然看见她从座位上站起身来，手里拿着圣经。

他大声地祷告、等待,在教民一片杂乱的祈祷声中,他觉得他听出艾葛娜丝的脚步正向圣坛迈过来。屋顶似乎掉了下来,砸裂了他的头骨,他的膝盖勉强支撑着他。他看见艾葛娜丝已经走到围栏旁,就要踏上台阶了。"呵,主啊,怎么不让我死?"他呻吟着。她在栏杆外最后一个台阶上绊了一脚,突然像有一道墙自她面前升起,她立即跪了下来。一阵浓雾迷住了她的视线,她无法再走上去了。她在胸前划了一个十字,站起身来往门口走去,女仆跟在她的后面,老人、妇人和孩子转身向她微笑,用眼睛向她祝福。她是他们的主人,美与诚的象征,离他们那么遥远,却仍在他们之中,在他们的一切苦难之中,像荆棘中的一朵野蔷薇。

在教堂门口,艾葛娜丝土灰色的脸转向神父的母亲跪了一早的那个地方。神父的母亲在地上一动不动地坐着,头缩在胸前,肩头靠着墙头,像是晕倒时费尽了力气才靠过去的。一个妇女注意到艾葛娜丝与女仆的凝视,也转身去看。她奔到神父的母亲的身边,跟她说话,将她的头扳到自己手中。"她死了!"妇人尖叫一声。顿时,教堂里的人跑着挤到了后头。

保罗仍穿着祭袍,一个箭步奔到了那里,扑跪了下去,要看看躺在地上的母亲的脸。她的头枕在一个妇人的腿上,被四周的人围得严严实实。"母亲!母亲!"那脸是静止而僵硬的,眼睛半闭,牙齿咬得紧紧的,为的是不喊出声来。他立刻知道她是被刚才一幕吓死的,而方才,他也勉强克制着同一恐怖。

他抬起头来的时候,也咬紧了牙关,为的是不要哭出声来;穿过涌在他身旁困惑的人群时,他的眼睛触到了艾葛娜丝凝视着他的眼睛。

1928 年
诺贝尔文学奖得主

"主要是由于她对中世纪北国生活之有力描绘。"
——获奖评语

西格丽德·温塞特
〔挪威〕

  西格丽德·温塞特于 1882 年生于丹麦。在她两岁时全家迁到挪威。因父亲的早逝,使得家庭经济拮据,于是温塞特在 17 岁时结束了商业学校的学业,并在奥斯陆找到一份秘书的职业,所得的收入用来帮助家庭生活,直到她的小妹妹能够自立。同时,在这一时期内她开始创作并发表作品。

  1911 年《贞妮》的出版在社会上引起了较大的反响。1912 年,她嫁给了一个离了婚并带着三个孩子的挪威画家安德斯·斯瓦斯塔,她生了两个儿子和一个患智力障碍症的女儿。尽管有这些繁重的家庭负担,她的写作却能够获得成功。但她的婚姻没能成功,在 1924 年解除婚姻关系后,她成为一个罗马天主教徒。

  温塞特的早期作品大多描写中小资产阶级妇女的内心苦闷和不安,这是由于第一次世界大战前阴云笼罩的社会生活造成的。1920 年至 1922 年她出版了《克丽丝丁》,这部长篇小说的巨大成就不仅震撼了挪威文坛,而且引起了国际文学界的注意。这是一部具有史诗规模的历史小说,它生动地描绘出了中古时代人民的生活和历史。

  她的作品还有《欧拉夫·奥顿逊》《白兰花》《伊达·艾丽莎白》《忠实的妻子》《多蒂娅太太》等。

  她是挪威有史以来第一位获挪威国王颁赠的大十字奖的平民女子。

  20 世纪 30 年代,她发表演说和文章,反对纳粹势力的崛起。1936 年,她写的书被清除出德国各个图书馆。1940年纳粹入侵挪威时，她被迫逃离，其间她失去了大儿子。她和小儿子在纽约住了下来，直到1945年她才回到利勒哈默尔。1947年，温塞特获得了她祖国的最高荣誉——挪威圣奥拉夫十字勋章。她于1949年患中风不治而逝世。

克丽丝丁

第一部 新娘的花冠

1306年拉弗伦斯和拉根菲丽从挪威奥斯陆附近的斯科格庄园迁居到北方山谷约伦戈尔德庄园，做了主人，身边带着年幼的女儿克丽丝丁。拉弗伦斯出身瑞典贵族家庭，青年时代在国王禁卫军当卫士，有很好的教养。他仁慈谦虚，办事循规蹈矩，仅仅几年的时间，便成了拥有大量土地的庄园主。他把原有的斯科格庄园交给了弟弟。拉弗伦斯非常疼爱小克丽丝丁，他们的生活过得清静、悠闲，他们极少与外人往来，但全家都很尊敬神父埃里克，常常去教堂做礼拜。几年后，7岁的克丽丝丁有了妹妹乌尔希尔，不幸的是在乌尔希尔3岁时，由于庄园的一头公牛撒野，碰倒了一根大圆木压坏了她的背脊。埃里克神父对此无能为力，于是，克丽丝丁的母亲请来了豪根农庄的奥丝希尔夫人，一个被人称为女巫但出身高贵的女人。山谷里长大的克丽丝丁认识了这位曾与皇后交往的美丽、端庄的女巫婆，整个夏天，克丽丝丁都陪着奥丝希尔夫人努力治疗乌尔希尔的伤，为她采集草药，但妹妹最终还是站不起来。从此以后，奥丝希尔夫人常来约戈尔德庄园小住，克丽丝丁从她那里不仅知道了南方美丽的王宫、许多皇家旧事，也第一次听说了遥远的胡萨比庄园住着门第高贵的埃伦，他是奥丝希尔夫人的外甥。

克丽丝丁15岁时，在拉弗伦斯的安排下，与一个爵士的儿子西蒙订了亲。虽然没有举行订婚大典，但拉弗伦斯和拉根菲丽夫妇对这门亲事都很称心满意。不久，庄园里发生了一件出人意料的事情，有一个暗恋克丽丝丁的青年为了克丽丝丁的名誉与人决斗身亡。为了平静克丽丝丁的情绪，拉弗伦斯决定让她去奥斯陆的女修道院暂住一段时间。

克丽丝丁在未婚夫西蒙和父亲的陪同下离开山谷，来到了奥斯陆的修道院。和她睡在同一宿舍里的姑娘英琪比耶格，也是显贵出身，她多嘴而贪玩。几个星期后的夏季，英琪比耶格违反院规带着克丽丝丁单独进城。繁华的街市、拥挤的人群使她俩大开眼界。在回修道院的途中，她们迷了路，有两个男人企图对她们非礼，克丽丝丁奋力搏斗呼喊。这时，一位骑马的绅士前来营救，他就是胡萨比庄园的埃伦——豪根农庄奥丝希尔夫人的外甥。埃伦挥剑赶走了那两个家伙，并送姑娘们回修道院。这一次的出游，虽然遭到院长的训斥，但克丽丝丁仍感到很兴奋。

几天后的圣玛格丽特弥撒日，克丽丝丁在教堂看见了高大英俊的埃伦，他们互相凝视着。

埃伦带着克丽丝丁，他的表哥穆南爵士带着英琪比耶格悄悄地离开了教堂。夜深了，埃伦和克丽丝丁在舞会的一角互诉衷肠。克丽丝丁决定请求父亲改变她的婚事。第二天，英琪比耶格告诉了克丽丝丁昨晚穆南爵士所说的有关埃伦的事：10年前，他18岁时，曾在北方勾引有夫之妇埃莉，并无视他的亲戚国王和大主教的禁令，带着埃莉回到胡萨比庄园同居，并生了两个孩子。在国王的干涉下，埃伦不得已逃到瑞典，并交出很多土地和财产。此后，禁令虽然撤销，他却不能再回胡萨比庄园了……

当天晚上，克丽丝丁去和埃伦约会，仍表示恪守前一天晚上立下的誓言。以后频频的约会，使克丽丝丁陷入深深的爱情之中，也使她过早地体验了两性之爱。

新年来到了，未婚夫西蒙一家让克丽丝丁向修道院请假，同他们一起在奥斯陆小住几天。克丽丝丁的冷淡使西蒙十分难过。不几天，西蒙一家和克丽丝丁去王宫参加圣诞节大宴会，克丽丝丁看见王后的边上站着埃伦。在舞会上，克丽丝丁因为埃伦而紧张地晕了过去，这一切引起西蒙的注意……

不久，埃伦以克丽丝丁叔叔的名义向修道院约请克丽丝丁在一个小阁楼约会，克丽丝丁要求埃伦带着她逃离，但埃伦希望克丽丝丁能够先解除与西蒙的婚约。克丽丝丁哭了，她本来就觉得她的爱情里有点什么不对头和不光彩的地方，而现在她明白了，这错误是她犯下的。

西蒙终于知道了克丽丝丁要解除婚约和埃伦的存在。第二天，在约会的小阁楼里，西蒙闯了进来。三个人一言不发地僵持了一阵子。理智的西蒙指出,在婚约解除之前,克丽丝丁必须离开埃伦,对此埃伦无言以对。

克丽丝丁忍着屈辱随西蒙走出了阁楼,西蒙为了克丽丝丁和她父亲的名声,答应解除婚约。

三个星期后,拉弗伦斯来奥斯陆接女儿回家,他不同意女儿和埃伦的婚事。"你还年轻,也不太精明,一个看上别人未婚妻的人,总不是正派人。"女儿轻率的决定使拉弗伦斯深感悲哀。

17岁的克丽丝丁回到家乡,因为国王去世,拉弗伦斯作为王侯去王宫参加新国王登基仪式。在那里,穆南爵士替埃伦向拉弗伦斯提亲,遭到拒绝,克丽丝丁得知此事后极不愉快。

不久,埃伦趁克丽丝丁父母离开庄园的机会,带着随从来到了豪根农庄,决定用强硬手段把克丽丝丁带往瑞典。奥丝希尔夫人出于同情,从约伦戈尔德庄园带克丽丝丁去了豪根农庄,一对情人紧紧地拥抱在一起。正当他们商量私奔时,埃莉从胡萨比庄园来到了他们面前,她成了寡妇,这使埃伦大吃一惊。当埃莉要埃伦为了她和孩子兑现往日的结婚许诺时,埃伦拒绝了。第二天早晨,当埃莉和克丽丝丁单独在一起时,埃莉拿出一个小酒壶请克丽丝丁喝酒,当克丽丝丁接过酒壶时,埃伦进来夺下毒酒壶逼埃莉喝。埃莉尖叫着抓起匕首刺进了自己的胸口,倒在埃伦怀里。

在奥丝希尔夫人和其他人的帮助下,克丽丝丁从杀人现场回到约伦戈尔德庄园。埃伦把装有女尸的棺材运到奥斯陆,在教堂的墓地举行了基督教仪式的葬礼。然后向奥斯陆的主教作忏悔,主教罚他作苦行,到斯未林去朝拜圣血。

冬天才过去,克丽丝丁的妹妹乌尔希尔去世了,克丽丝丁几乎麻木了,但她仍不改和埃伦的旧约。拉弗伦斯看出她的决心和极度的悲伤,不忍心再反对她和埃伦的婚事。

春天来了。一天晚上,穆南爵士和埃伦的养父巴尔爵士来到了约伦戈尔德庄园再次提婚。拉弗伦斯勉强答应了埃伦的求婚。

克丽丝丁和母亲一起整理所有为她准备的嫁妆,届时将有200个客人参加婚礼。这时,克丽丝丁突然发现自己怀孕了,她感到非常羞愧。

一天晚上,一阵雷电烧毁了教堂,在火光中拉弗伦斯和埃伦带着村民奋力救火。这个意外的事件,使拉弗伦斯和埃伦之间达成了某种和解。

两个月以来,克丽丝丁感到乳房逐渐地在变大,再有一个月左右她就能感到胎动了。这天奥丝希尔夫人也来参加了婚礼。母亲取出新娘花冠戴在克丽丝丁头上,当她和埃伦在婚礼上拜天地时,她仿佛觉得周围的一切全是骗局——蜡烛、画像、发光的金银器皿以及身穿白长袍的牧师。

克丽丝丁努力使自己保持镇静,宴会、跳舞、致谢问候。她太累了,当几个妇女领新娘去睡觉时,克丽丝丁几乎没有力气再挣扎,阻止她们这样做。

大家开始道晚安,最后走的是拉弗伦斯,克丽丝丁搂着埃伦的肩膀大声哭泣——一切可怕的幻影都已烟消云散。

在干草仓库里,拉弗伦斯对着拉根菲丽哭了,因为他意识到埃伦早已占有了克丽丝丁。

第二部 胡萨比庄园的女人

埃伦和自己年轻的妻子克丽丝丁坐着大帆船来到近海的胡萨比庄园。埃伦从小就喜欢航海,他兴高采烈地骑马带着妻子衣锦荣归。庄园热闹了五天。庄园内一大串屋子的钥匙从此挂在了克丽丝丁的腰带上。

客人陆续走了,当克丽丝丁随着埃伦参观庄园和农场时,发现这里因为缺乏管理,一切都很糟糕,几乎什么事情都需要她亲自掌管和料理。克丽丝丁想起了约伦戈尔德庄园的有条有理,想起了自己如愿以偿,嫁给了自己心爱的人。与父亲道别时,她看到了父亲的眼睛,心里不禁感到绞痛。当克丽丝丁向埃伦打听有关胡萨比庄园上几代人的生活情况时,令人惊讶的是,埃伦对此简直是一无所知。而克丽丝丁的家里,父母对自己祖先的权势,丰功伟绩知道得一清二楚,并为之骄傲。星期天,巴尔先生和女儿以及穆南夫妇来胡萨比庄园作客,餐桌上、酒宴上,两个男人大打出手,一片狼藉。克丽丝丁感到非常惊讶,因为她家里从来不会发生这样的事;也从来没有像埃伦家亲戚间这样互相谩骂、攻击的。

埃伦终于发现克丽丝丁怀孕了,他沉默着。几天过去,当克丽丝丁随埃伦去一个农庄巡视,克丽丝丁当众透露了她怀孕的消息,令埃伦十分不悦。回家路上,他们第一次发生了争吵。突然,胎儿动弹了一下,克丽丝丁的一切愤怒都冰消雪解了。

克丽丝丁勤奋劳动,并在埃伦仆人乌尔夫的帮助下,使胡萨比庄园有了转机,也赢得了人们对她的尊敬和爱戴。

随着克丽丝丁的肉体痛苦和身体的负担越来越厉害，她开始感到孤独，异乎寻常地想念自己的家，但她不愿叫娘家的任何女仆到夫家来，更不愿母亲在寒冬来照顾她。

克丽丝丁生产的前晚，埃伦的哥哥贡努尔夫主教来到了庄园看望弟弟。他学问渊博，在巴黎和西方的许多大学里念过书。他平易近人，善于交谈，克丽丝丁非常喜欢听他讲话。这一晚是克丽丝丁来到胡萨比庄园度过的最愉快的夜晚，兄弟俩也非常欢乐。

接生婆一个个来了，但克丽丝丁还是难产，断断续续的痛苦的叫喊声使埃伦全身颤抖。最后在贡努尔夫的帮助下，克丽丝丁终于产下了孩子——内克维。当她从昏厥中苏醒过来时，埃伦和他哥哥安详地站在她身旁。施过洗礼的婴儿给了她无限的欣慰。因为他刚冲洗掉一切从父母亲身上带来的罪孽。

埃伦独自冒着雾雪前往约伦戈尔德庄园报喜，老人们感到很高兴。几天后，拉弗伦斯和埃伦回到胡萨比庄园，克丽丝丁扑在父亲的怀里，哭得那样地伤心。在岳父、哥哥和妻子的规劝下，埃伦重整家园的决心很大，不到半年，庄园呈现一片复苏的景象。从此，克丽丝丁更为虔诚地信奉基督教。

新年伊始，胡萨比庄园来了几位不速之客：拉弗伦斯和斯密德，还有埃伦的亲戚埃尔林爵士和哈夫脱。随着谈话的深入，克丽丝丁意识到拉弗伦斯和他的朋友的到来是另有所谋。

由于国王年幼无知，挪威的贵族和王室之间矛盾重重，而且挪威北方外族不断骚扰进犯，为此，贵族们举荐既是国王亲戚，又在贵族和元老中享有声誉的埃伦离开庄园去北方当军事首领。

晚上，躺在床上的埃伦回忆起青年时代的成功，他明白现在是他作出决定和赢得荣誉的时刻了。原来这样游手好闲的生活始终是自己感到厌烦的根本原因。

那次聚会以后，埃伦开始着手自己的工作。他四处奔波，征集船员，接待客人和联系各方人士。埃伦显得那样年轻、乐观和英俊，充满了自信。克丽丝丁以往所看到的那种玩世不恭的习气一扫而光。不久，喜讯传来，埃伦在北方又立下了战功。

克丽丝丁已有第二个孩子比耶尔克，她对埃伦与埃莉的儿子奥尔姆也十分喜爱。她深感自己的罪孽，经常去教堂向贡努尔夫主教忏悔，渴望灵魂获得拯救。

　　瘦弱的高特是克丽丝丁的第三个儿子。这年夏天，三个儿子都染上了猩红热，克丽丝丁为了照顾孩子们五天五夜未曾休息过，一直守在床边。接着，奥尔姆病倒。因过度的劳累，克丽丝丁终于累垮了，当她醒来时，奥尔姆已下葬两周了。

　　以后连续两个夏天，埃伦远离家乡，在北方追逐海盗船。他以行动迅速大胆而闻名遐迩，在北方有不少朋友。不久，国王与俄国人和卡雷尔人签订了和约。埃伦作为国王特派的官员被任命奥克多拉省总督。他获得了自己父亲曾经享受过的荣誉和职位，不禁踌躇满志。

　　这期间，克丽丝丁又为埃伦生下了一对双胞胎：伊瓦尔和斯库莱。豪根农场的奥丝希尔夫妇死了，穆南爵士继承了庄园。

　　当西蒙和克丽丝丁的妹妹兰姆博格订婚的消息传来时，克丽丝丁惊讶万分。西蒙和兰姆博格的年龄相差很多。当西蒙不安地向拉弗伦斯提亲时，拉弗伦斯却高兴地认为西蒙是他最称心的女婿。

　　埃伦和西蒙自从那天晚上在奥斯陆的那所阁楼里分手以后再也没有见过面，如今他们成了连襟。克丽丝丁全家回到约伦戈尔德庄园参加妹妹的婚礼时，埃伦和西蒙互相之间十分友好地祝贺，西蒙很能控制自己，而埃伦早已忘了过去的不愉快。克丽丝丁和西蒙握手时，心中各自有一股说不出的感觉。

　　埃伦现在薪俸很高，但他花销更大，也不善经营产业。拉弗伦斯对待埃伦，更多的是出于怜悯而表现出谅解和友好，而对待西蒙，就像朋友和伙伴。克丽丝丁对此十分恼火，常常对埃伦发脾气。拉弗伦斯注意到克丽丝丁已经变成了能干的、明事理的贵妇人了，心里感到莫大的安慰。

　　以后的一年中，克丽丝丁待在胡萨比庄园，哪儿都不去。埃伦经常离家外出，对他与埃莉的女儿玛格丽特的教育问题常是夫妻之间产生不和的根源。

　　在克丽丝丁产下第六个儿子时，拉弗伦斯将不久于人世，他决定让外孙用自己的名字拉弗伦斯。他一直坚持到兰姆博格的第一个女儿乌尔希尔出生后才死去。两年后，拉根菲丽也去世了。克丽丝丁成了约伦戈尔德庄园的女主人，由西蒙照看和管理财产。

　　埃伦现在是强有力的人物，女儿玛格丽特则是个有诱惑力的少女，这些年来埃伦宠坏了她。克丽丝丁为此深感不安。终于在一天夜里,埃伦用剑砍伤了前来与玛格丽特幽会的青年哈孔。面对玛格丽特的悲痛,克丽丝丁想起自己的过去。经过一番交易,埃伦把女儿嫁给了一个德国商人的儿子以平息这一丑闻。

克丽丝丁第七个儿子穆南降生时,挪威的国情十分混乱,王室内纠争不断,国王长期居住在瑞典。这年春天,埃伦因与克丽丝丁发生口角而忿然出走,在城里鬼混了几天。无意中泄露了他和哈夫脱等人想让国王弟弟取代国王统治挪威的计划。为此,他被法庭判罪监禁。

克丽丝丁和西蒙为了营救埃伦,离开了庄园和孩子们一起去南方,四处托人求情。传教途中的贡努尔夫主教得知这项计划的伟大后,对此表示支持,但对弟弟的营救却束手无策。迫于人数众多的贵族的压力和交涉,埃伦终于获得国王的特赦,但是被没收了包括胡萨比庄园在内的全部财产。哈夫脱则自杀了。

第三部 十字架

埃伦和克丽丝丁在约伦戈尔德庄园安顿下来。

这个山谷在埃伦看来竟是如此闭塞,以致天天无所事事,带着大孩子们打猎、漫游。克丽丝丁想,她的七个儿子决不能再像他们的父亲那样长大了——一味只知道弄枪舞剑、打猎、漫游、骑马娱乐。如今,埃伦的儿子已不太可能去专门从事骑士生涯了。可惜,在所有儿子中,只有13岁的高特是唯一愿意从事农业技术和耕作的人。

埃伦及随从总是独往独来,不与庄园里的人交往。他以外来客人的身份寄居在妻子的庄园里,平平静静,不肯低头,这使庄园的人对他十分反感,而孩子们却尊敬父亲。对此克丽丝丁烦闷不已。

一天深夜,烦躁不安的克丽丝丁独自在户外散心,突然西蒙骑马而来,他的爱子安德烈斯病得厉害,西蒙请克丽丝丁帮助医治。克丽丝丁离家整整10天,陪伴着病孩子直至痊愈。西蒙对克丽丝丁重又产生了深情。

不久,因为拉弗伦斯生前的土地买卖发生纠纷,埃伦和西蒙参加与对方谈判,情绪低落的西蒙与几个农场主斗殴成一团,危急之中,埃伦拔剑相助,救出了西蒙。表示了感谢之后,西蒙陷入深深的矛盾境地,他不能掩盖对克丽丝丁的感情和对埃伦的妒意。西蒙终于痛苦地与埃伦断交了。但克丽丝丁不了解西蒙和埃伦因为自己而失和，她觉得这一定是埃伦的错。克丽丝丁为自己曾欠了西蒙许多人情债，如今又难以偿还而大为伤心。

此时，挪威国内局势动荡不定，隐居山谷的埃伦经常与儿子们谈论这些国家大事。克丽丝丁虽然为儿子们有父亲那样的男子汉气概而自豪，但同时也为此陷入了深深的担忧之中。埃伦坚决反对孩子们做安分守己的农民。他相信他们的儿子中适合过那种田园生活的没有几个，孩子们不会永远要藏在母亲的裙子底下生活的。克丽丝丁则认为埃伦自恃是国王的近亲而骄傲，盛气凌人。埃伦尽管已成了没有亲朋好友的穷人，但他仍寄希望于几个儿子，他们会拿回上帝赐给他们的爵位的。

终于有一天，这种争吵过了火，克丽丝丁老账重提，埃伦怒气冲冲不辞而别，独自骑马到豪根农庄去了。穆南爵士把豪根农庄送给了埃伦。儿子们十分难过，常背着母亲偷偷地去豪根农庄看望父亲，克丽丝丁当然也知道了孩子们去哪里。

日子一天天过去，起初克丽丝丁并不担心，但直到年底，埃伦仍未下山，克丽丝丁为此有些心神不宁，虽然埃伦后来让高特给妻子带来了40张美丽的貂皮，克丽丝丁仍心情烦乱、沉默寡言。她来到教堂找埃里克神父，老神父劝克丽丝丁上山找埃伦好好谈谈。

圣诞节期间，西蒙和怀孕的妻子兰姆博格去他哥哥家作客，西蒙和朋友先回家，不料在途中一个小酒店休息时，遇见几个毛皮贩子打架，西蒙去劝架，右臂挨了一刀，竟迅速发炎恶化。回到庄园后，叫人请来了克丽丝丁，西蒙在临终时要克丽丝丁代他向埃伦问候并请求他们原谅自己的小心眼儿，并劝他们夫妻早日和解，克丽丝丁答应了。当兰姆博格赶回家时，西蒙已经去世了，终年42岁。

干草收割的季节，克丽丝丁告别了高高兴兴的儿子们上山去看望埃伦。寂寞的埃伦笑眯眯地迎接了妻子。他们热烈地交谈，和好如初。但每当克丽丝丁劝埃伦回约伦戈尔德庄园时，埃伦都不同意。埃伦自知不善于管理财产和庄园，而且庄园里几乎每一个人都把他当成是一个外来人，再说他独自往来的性格也是妻子难以容忍的，而在豪根农庄埃伦是个自由人。夫妻俩都想努力说服对方留在自己的农庄里，结果谁都没有成功。过了夏天，克丽丝丁回家了，埃伦仍固执地留在豪根农庄。

克丽丝丁又怀孕了。她几次派孩子们去请丈夫回家，但埃伦反而劝妻子来豪根农庄团聚,克丽丝丁觉得埃伦太狠心了。而庄园里则流传起他们夫妻不和、克丽丝丁与仆人乌尔夫接近的传闻来。但仆人们都瞒着女主人不让她知道。

新生儿被克丽丝丁报复性地唤作埃伦,这是她丈夫的名字,等于暗示丈夫已经死去。这一举动引起了全体教民和神父们的震惊,更把传闻看成是真的。小埃伦却因为克丽丝丁悲痛万分、养育不好而过早夭折了。绝望使克丽丝丁更加无法原谅埃伦的固执了。

两个月后,克丽丝丁带8岁的小儿子穆南在教堂中行基督教按手礼时,与主教和误会的教民们发生了冲突,仆人乌尔夫被抓进教堂。回到家中的克丽丝丁很伤感,5个大孩子在内克维的带领下,带着武器冲进教堂和教民们打起架来,在主教的劝说下才住手,乌尔夫被保释放了。

当埃伦得知克丽丝丁的遭遇后,痛苦万分,他手提斧子骑马下山,在庄园中失去理智地砍杀周围的农民们,最后被矛枪刺中。在鲜血和悲痛中,克丽丝丁冰冷的心化为泪水和疯狂的哭喊。埃伦痛苦地死去,直到死他也不愿意曾诽谤过他妻子的主教为他作临终祷告。

"各种各样的火焰终于熄灭了。"西蒙临终的话在克丽丝丁心中响起。多年以后,成了寡妇的克丽丝丁早已心灰意冷,仿佛她因丈夫被刺伤亡,自己体内也在慢慢地流血,一步步走向坟墓,追随埃伦而去。

拉弗伦斯成了家里最小的儿子,他的七弟穆南埋在父亲和小弟弟小埃伦的墓旁已经有好几年了,穆南是在埃伦去世后第二年夭折的。

内克维和比耶尔古去了尼格罗斯的教堂做修士,双胞胎斯库莱和伊瓦尔分别去南方投靠了贵族们。拉弗伦斯去了冰岛,他总想走遍世界。高特在庄园中颇得人缘,虽然由于埃伦被杀,害得一些人遭到严厉的审判,部分农场主和家庭讨厌见埃伦的儿子们,但唯有高特是例外,约伦戈尔德庄园归高特管理了。

现在在克丽丝丁处处以老年妇人自居了,无尽的回忆带给她当年从孩子们身上得来的乐趣,只有在这种时候,忧愁悲哀才会被克丽丝丁抛到脑后。

在挪威,马格努斯国王已让两个儿子分别统治挪威和瑞典两个王国,就像埃伦当年策划的那样。不过,克丽丝丁认为埃伦当年虽是被朋友和阔亲戚出卖了,但主要还是怪埃伦太任性、太放荡。

克丽丝丁在高特娶妻、做爸爸之后,不顾高特夫妇的挽留,离开了约伦戈尔德庄园。她认为这样高特会发展得更有前途，事业上会有更大的成功。克丽丝丁曾按照自己的意志安排了命运，她已经享受了自己选定的一生幸福，但她无法按照自己的意志去塑造儿子们的命运和生活方式。

她步行走进尼格罗斯城，在赖因修道院当了修女。在城里她遇见了贡努尔夫传教士。

在教堂内，她回忆着过去，就像从峡谷的最高处俯视她自己的一生。她看到在修道院的寂寞生涯和死亡的大门口，有一个高高举起十字架的人正在等着她。

不久，一场鼠疫传播开来。克丽丝丁和比耶古尔都未能幸免于难。

在这场历时几个星期的灾难中，克丽丝丁勇敢地和修道院院长一起带领大家祈祷，救治病人。在鼠疫行将消亡前夕，克丽丝丁染病倒下，她眼前出现了奇特的幻觉。这一次，她竟然看见了儿子小穆南的脸蛋，小男孩从一扇半开的门偷看着她，然后又迅即缩回小脑袋，母亲盯着房门希望小男孩能再来看她一眼。没想到看到的是修道院院长，院长用湿布为她擦脸。虽然没有再看到儿子，但她已感到很高兴。一切声音都静止了下来，克丽丝丁知道自己快死了——。

1929 年
诺贝尔文学奖得主

"主要是由于他的伟大小说《布登勃洛克一家》，使它成为当代文学经典作品的地位一年比一年巩固。"

——获奖评语

托马斯·曼
〔德国〕

托马斯·曼于1875年6月6日出生在德国北部卢卑克。他的家族历史久远，受人尊敬，几代人在卢卑克经营海运业，生意颇为兴隆。托马斯·曼认为，他的家庭背景是他成长为一个艺术家的主要因素。

托马斯·曼曾作为非正式录取生在慕尼黑的工科大学听课；这时他打算做一名记者。1895年，他第一次跟哥哥亨利希一起到意大利旅行，此行促使他先是写中篇小说，后来写长篇小说，于是开始了他的文学生涯。

1901年，他发表了第一部长篇小说《布登勃洛克一家》，从此便成了辉耀世界文坛的巨星，1929年，这部小说获得诺贝尔文学奖。

1905年，托马斯·曼跟凯蒂娅·普林斯海姆结婚，他们共有4个儿女。

1901年到第一次世界大战是他创作的丰收期，有著名的讽刺长篇小说《王爷殿下》和不少出色的中短篇小说。

虽然托马斯·曼在第一次世界大战中曾支持德国，但是在20世纪20年代里，他先是私下后来发展到公开与正在得势的法西斯主义发生冲突。这些年他多次到国外旅行，最为突出的是1929年领取诺贝尔文学奖金的斯德哥尔摩之行和1930年的埃及、巴勒斯坦之行。

1936年，德国法西斯政府宣布托马斯·曼为"不受欢迎的人"，波恩市的莱因弗里德里希-威廉大学校董事会在政府压力下取消了他的名誉学位。

纳粹政府最后剥夺了他的国籍,并警告他不得返回德国。托马斯·曼在美国度过了战争岁月,其间他坚持写作,到各地演讲,并得到种种荣誉。

托马斯·曼经历了两次世界大战,在文学上也经历了从自然主义到表现主义种种流派的兴衰。但现实主义始终是他创作的支点。他的作品结构严谨,人物形象鲜明,心理描写细致入微,遣词造句颇为节制,表现出他严肃的创作态度,堪称杰出的现实主义艺术家。

他的代表作有《魔山》《绿蒂在魏玛》《约瑟夫和他的兄弟们》及《浮士德博士》等。

他多半时间住在加利福尼亚州的帕西菲克帕利塞兹,并于1944年加入美国国籍。然而,回归故土欧洲的强烈愿望,加上他对美国政治形势的反感,托马斯·曼最终迁居瑞士苏黎世附近的基尔希贝格。1955年8月12日在那里逝世。

布登勃洛克一家

1835年约翰·布登勃洛克公司在孟街购置了一座宽大的老宅邸。在布登勃洛克一家刚搬进新居不久的一个星期四,按照老规矩,家人团聚在一起,还请了住在本城的几位亲戚朋友吃一顿便餐。席间,亲戚朋友都祝贺他们乔迁新居,一位诗人还献诗一首,以志纪念。

这个家的主人约翰·布登勃洛克年近70,在反对拿破仑的卫国战争中和普鲁士军队做粮食生意发了财。他的先祖于1768年创建的约翰·布登勃洛克公司在他手上更加兴旺,公司拥有大量的粮栈、农庄、轮船和地产,经济实力雄厚,信誉极高。他家的地位在全城也是顶尖的。老约翰所奉行的格言是:"我的儿子,白天勤于业,勿做亏心事,夜晚好安眠。"这一年,布登勃洛克一家正处在鼎盛时期。

大约在这一家迁入孟街新居六年后的一个寒冷的正月里,老约翰的老伴去世了。从此以后,老约翰常常是心不在焉地沉默着,好像陷入了模模糊糊的冥想之中。不久以后,一张印制精细的启事就分发到城里各个人家去了。

这份公司易主的启事上说，老约翰·布登勃洛克由于年迈体衰，不能继续操持商务，自本日起将约翰·布登勃洛克公司连同一切资产与债务交由其子小约翰·布登勃洛克继承云云……最后是老约翰·布登勃洛克的签名。

三月中旬，距老伴去世大约两个月，老约翰因害了一点伤风而躺倒了，没过多久也咽了气。

老约翰的长子、小约翰的异母哥哥高特霍尔德因为在婚姻上不听父命而被逐出家门。老约翰死后他找上门来，想得到比父亲当初许诺的更多的遗产。如果他的要求得逞，这对公司将是个沉重的打击，于是小约翰坚决拒绝了，兄弟之间也并没有伤什么和气。

继承了家业的小约翰的干练与敬业精神同父亲一样，但他缺少父亲那种锐利的目光和从容不迫的风度。由于遗产的分割，公司的资金大为减少，工业化的加速使竞争愈演愈烈，暴发户哈根施特吕姆咄咄逼人，处处与小约翰作对，这对公司无疑是个巨大的威胁，再加上时局动荡不安，行情变幻无常，小约翰虽是殚精竭虑，也不过是勉强维持，在他手上家业虽然尚未到险象环生的地步，但也屡屡出现了不祥的兆头。

除了公司的业务，小约翰还要操心自己的四个子女。二儿子克利斯蒂安喜怒无常，有时做出滑稽突兀的傻态，有时会把全家人吓得灵魂出窍。大女儿托尼骄傲自负、天真坦率、虚荣心特别强。小女儿克拉拉严肃有余，活泼不足、孤芳自赏。唯有大儿子托马斯举止有度，性格活泼，但不张狂，动作、言语和笑容都很稳重、很有分寸。

小约翰寄希望于托马斯，希望他能做一个正派商人，重振家业，光宗耀祖；要求克利斯蒂安能自食其力，做一个有用的人；盼望托尼和克拉拉都能找到一个好丈夫，将来在经济上能相互依靠。可惜的是他所有这些希望都破灭了，首先是托尼的婚姻，给了他沉重的打击。

托尼的第一任丈夫格林利希是小约翰一眼相中的，在他眼中格林利希是一个家世渊远、讲究信义、通情达理而又相貌堂堂的殷实商人，女儿要是嫁给他会给公司带来好处。他极力促成这门亲事。为此他还专门对格林利希的财产状况进行了调查，结果使他非常满意。可托尼并不喜欢格林利希，甚至讨厌他，可是到头来托尼还是经不住父母的软硬兼施，经不住格林利希的苦苦哀求，她受着虚荣心的驱使，抱着重振家业的雄心，和这位"买卖发达"的商人结成了连理，亲手在家庭记事簿里写上"……1845年9月22日和汉

《布登勃洛克一家》
托马斯·曼

堡商人本迪可斯·格林利希先生订婚"。然而格林利希并不是什么"规矩正派的殷实商人"，而是一个骗子，一个负债累累的诈骗犯。他和债主们精心设计了骗局来让小约翰受骗上当。最后他破了产，小约翰带着托尼和外孙女艾丽卡回到了家中。

这门赔了女儿又赔钱的亲事使得小约翰元气大伤，随着他身体的日渐衰老，他对宗教的热诚与日俱增，不久便溘然长逝。

1855年小约翰死后，托马斯·布登勃洛克便成了"约翰·布登勃洛克"的年轻的主人。托马斯继承了家族"诚实"、"谨慎"、"温和"、"不图暴利"的家风，刚一上台，他便将本该由他承继的先父的"参议"头衔拱手让给了伯父，博得了"通情达理"、"绅士风度"的美名。他处处以家业为重，以公司的利益和发展为重，他的目光里强烈地闪耀着对行动、胜利和权力的追求以及想征服幸福的野心，他决心发扬光大这一古老家庭的声威。

父亲逝世的第二年，离家八年之久的弟弟克利斯蒂安终于回到了故乡。他在国外游荡多年，但并没有变得深沉稳重，还是像往常那样喜怒无常，他对戏剧的狂热并没有减弱，他模仿的才能也得到进一步发展。是他第一个打破父亲过世后的悲痛气氛，恢复了开朗的心情。尽管托马斯认为克利斯蒂安过于关心自己，过于关心自己内心的事情，缺少心灵的均衡与平静，过于坦率，不会掩饰自己，精神无法集中，但他还是给了他一个经理的位子，对外代表公司。但具体工作不过是处理英文资料，因为他说得一口流利的英文，写得一手漂亮的英文。托马斯给了他很高的薪金并告诫他，要遵守上下班作息时间和公司的制度，切不可自视特殊，滥用特权。

托马斯·布登勃洛克按照父亲的既定方针踏踏实实地开展着业务，喜欢在每场战斗中亲自出马。他态度殷勤，举止文雅，手腕圆通，公司上下出现了一种活泼进取的精神。他最大的乐事就是能亲手做成一笔生意。伯父高特霍尔德·布登勃洛克死后，尼德兰王家参议的头衔又自然地转到了他的头上。

克利斯蒂安在开始上班的头几天全力以赴地投入了工作，仿佛商业活动使他感到特别舒畅，感到其乐融融，连吃饭也有了胃口，他甚至说："商人真是一个美丽的、使人充满幸福感的职业！"并自认为"生来就适于做商人"，可是一个星期过后，他的工作热情便开始明显降低，一张报、一杯啤酒、一支烟，这是他工作之前的享受。渐渐地这种享受所占的时间越来越长，最后整整一上午就是烟、酒、报。后来他干脆不再受上下班的时间约束，中午去俱乐部，有时下午根本不再回来上班。他又和那些纨绔子弟混在一起了。他的即兴表演出色，故事说得最动人；他还能在钢琴前边模仿音乐家，模仿英国和大西洋彼岸的演员……在这里，他充分显示了他那使大家消愁解闷的本领。

托马斯的小妹妹克拉拉已经出落成一个端庄的有着自己独特风韵的美丽的大姑娘了。无论是在交际场合，还是在家中，她总是摆出一副傲慢派头。小约翰的太太，看着亭亭玉立的女儿爱怜不尽，但又忧愁丛生，尽管陪嫁丰厚，克拉拉治家也有能力，但是谁有勇气碰碰这位"艳若桃花，冷若冰霜"的少女呢？她担心性格严肃、笃信上帝的克拉拉只能找一个传教士为终身伴侣。结果克拉拉还真的嫁给了一个大脑袋矮个子的牧师，远嫁到里加。

托马斯因公司生意上的事情去荷兰的阿姆斯特丹出差。他这次的出差可说是双丰收：他带回家的不仅仅是生意上的成功，而且还带回了如花似玉的未婚妻。未婚妻盖尔达是个荷兰女郎，富有音乐才能，身材高挑，体态丰满，年方27岁，高贵而又迷人。盖尔达不仅美丽，而且还带来了10万塔勒的陪嫁。凑巧的是她与托尼还是老同学，托尼满眼泪水地拥抱这位新嫂子，向她诉说自己不幸的婚姻；托马斯的母亲称儿媳为"美丽可爱的小女儿"。托马斯的美满姻缘也使克利斯蒂安有了结婚的愿望，托马斯的婚姻和托尼的婚姻恰恰形成鲜明的对比，前者为家业的振兴带来了光明与希望。

托尼·布登勃洛克离婚之后带着女儿艾丽卡一直住在娘家。已到而立之年的她徐娘半老，可风韵犹存：金灰色的头发非常茂密，灰蓝色的眼睛闪耀着温柔的目光。美丽的上唇、美丽的鹅蛋脸和柔嫩的皮肤，使她看上去像一个20多岁的女郎。她不甘寂寞，她要重新踏进生活。于是她将女儿送进寄宿学校，应朋友之邀只身一人来到慕尼黑。在慕尼黑她认识了一个名叫佩尔曼内德的啤酒花商人，他后来成了托尼的第二位丈夫。托尼要使第一次婚姻的损失在第二次婚姻中得到补偿，她要光耀布登勃洛克家族的门楣，她要以第二次婚姻的幸福堵住家庭宿敌的嘴巴，她要舒舒服服地度过后半生。然而她又失望了。这次婚姻的失败使她永远打消了再婚的愿望。

原来佩尔曼内德胸无大志，一味贪图安逸享受，他娶托尼只是为了她的陪嫁。佩尔曼内德将托尼的陪嫁连同他的资本全都存入银行生息，专靠利息过起日子来了。佩尔曼内德每晚都到王家酒店喝啤酒，然后便去打牌。托尼

《布登勃洛克一家》
托马斯·曼

只得忍气吞声，日子一天天过去，托尼怀孕的消息使布登勃洛克全家上下欣喜异常，然而小生命只活了一刻钟便夭折了，托尼也差一点一命归西。而佩尔曼内德并未对妻子表示应有的关心。托尼在给母亲的信中写道："我受了多少罪啊！先是格林利希破产，继而佩尔曼内德整天不务正业，而今又是孩子夭折。我有什么罪过要遭受这么多的不幸啊？"然而不幸并没有到此终结。佩尔曼内德竟试图强奸女仆，恰被托尼撞见，他恼羞成怒，大骂托尼："滚到地狱里去吧。你这臭娘们！"

托尼就这样又回到故城，结束了她的第二次婚姻。

1861年的春天，托马斯的儿子汉诺出世了。对于他，人们早就在谈论、在期待、在企盼了。在他的身上寄托了多少的希望啊。为参加孩子的洗礼，亲朋好友们从四面八方赶来，克利斯蒂安从汉堡赶来，克拉拉夫妇从遥远的里加赶来，本城的市长做了小汉诺的教父，布登勃洛克一家重又充满喜气洋洋的气氛。

克利斯蒂安在家一直过着花天酒地的生活。最不能使托马斯容忍的是他在外面信口开河、胡说八道。他曾公开宣称"做买卖的人都是骗人的"，这使一向标榜"诚实无欺"做生意的托马斯怒不可遏，兄弟之间爆发了一场激烈的争吵，最后克利斯蒂安拿了5万马克去了汉堡，与人合伙做生意去了。这次他从汉堡回来又告诉托马斯，他的生意维持不下去了，他和一个叫阿林娜的女人有了来往，并生下一个女孩，他后来去了伦敦，当了一名"逍遥自在的"职员。

尽管家庭屡遭挫折，生意也不那么顺手，可自有了小汉诺之后，托马斯重又恢复了自信。他不但要在商业方面大展宏图，而且要在市政上一显身手：竞选议员，竞选的主要对手是赫尔曼·哈根施特吕姆，后者的公司在生意上也是托马斯的竞争的对手。哈根施特吕姆身材高大，生活奢华，赚起钱来大把大把，花起钱来也同流水一般。他的行事方式和老式商人截然不同，老式商人讲究勤俭持家，谨慎从事，循规蹈矩；而他则不受传统的束缚，不懂得遵奉旧习，他自有自己的立脚点，他热衷于公益事业，他是全城第一个使用煤气照明的人。哈根斯特吕姆的祖父是个默默无闻的小人物，他父亲娶了一个身份可疑的富婆，在社交界几乎没有立足之地，但他却和本城的名门望族攀了亲，他身后有一批拥护者，托马斯也不敢小觑他。

托马斯的威信建立在有百年历史的商人传统上，他以优美大方的风度维护和体现着这一传统，他父亲、祖父，乃至曾祖的风范有人还记忆犹新，老门旧家的威望自是和暴发户不同。托尼对哥哥的竞选最为热心，宪法上有关议员选举的所有条款她能烂熟于心，选民的誓词她也能倒背如流，最后托马斯终于击败了他的强劲对手而当选为本城的议员。

这一年可说是托马斯"升官发财"的一年，登上了议员宝座，生意也特别好，"好得只有祖父活着的时候才能比得上"。在各方面都顺意的情况下，托马斯决定建一座宽敞的新房，以此来改变原有生活的沉闷。这个计划首先得到了托尼的支持，第二个支持他的是妻子盖尔达，她需要一间大音乐室，他的母亲更是把新屋的建造看成是一连串福运的自然结果。新居建成了，方圆数十里也找不出这么漂亮的住宅。

然而新居并没有给他们带来好运。小汉诺先天不足，15个月了还不会走路，尚在襁褓中的他就要和病魔搏斗。在他刚刚长出牙齿的时候，抽搐症便接踵而至，最后竟到了气若游丝的程度，这场大病延缓了他的发育。克拉拉也病倒了，得的是脑结核。本来她就一心向往着天国，这样一来，她连一点儿求生的愿望也没有了。克利斯蒂安也病倒住院了，风湿性关节痛使他生活不能自理，连写信也得由护士代笔，信写得凄凄惨惨，托马斯低声说："真是祸不单行！"他最近做生意也赔了钱，在铁路监察理事会上哈根施特吕姆参议又将他驳得体无完肤，几乎令他当场出丑。

托马斯失去了往日的自信，人虽未到不惑之年，但精力却已开始锐减，体力也大不如从前，医生劝他多多休息，但是总有一股力量推着他向前，使他无法得到片刻的安宁，他觉得有什么东西正从他手中滑落，他已预感到衰败正向他家招手。他想起土耳其的一个谚语："房子竣工，死神来临。"

果不其然，死神来了，首先被死神召去的是克拉拉。托马斯风尘仆仆地赶到里加参加了妹妹的葬礼。为了克拉拉遗产分配的事情，母子之间发生了争吵，最后他还是屈从了母意，其实这只是他内心软弱的另一种表现形式而已。

托尼的两次婚姻因为没有爱情做基础，所以两次都惨遭失败。她也曾爱过一个名叫莫尔滕·施瓦尔茨考普夫的医科大学生，然而山盟海誓没能抵得住名誉、地位、金钱的诱惑，她轻易地放弃了爱情，而今她再也没有什么感情上的奢望，她将一切寄托在女儿艾丽卡·格林利希身上了。艾丽卡已经出落成了一个健壮美丽的20岁的妙龄少女。托尼一心要为她物色一个好对象，

《布登勃洛克一家》

托马斯·曼

她要在女儿身上实现自己的愿望：结一门幸福、实利而又能光耀门庭的婚事。母女二人都选中了威恩申克，虽然他的外貌不那么讨人喜欢，而且不善言谈，但他是水灾保险公司的经理，年薪1.2万马克，精力充沛，勤奋肯干，没有任何不良嗜好。在艾丽卡眼中他甚至还是个美男子呢。艾丽卡和威恩申克很快便订了婚，托尼忙上忙下，乐不可支，仿佛焕发了青春。她亲手将艾丽卡的名字和威恩申克的名字一起登上了家庭记事簿。女儿成婚，她这次又能离开这所空旷的老房子，不再是寄人篱下的弃妇，她要和女儿女婿一起生活，主持他们的家政。

托尼的老同学阿姆嘉德是个贵族出身的小姐，后来嫁给了世家子弟梅布姆，夫妻二人住在梅布姆的农庄里，可梅布姆嗜赌成性，欠下的赌债像沙子一样多。为了还赌债，他想预先将农庄今年全年的收成卖掉来换取这笔款子。阿姆嘉德想通过托尼帮忙和托马斯做成这笔买卖。按正常年景估算，所取得的收益会使人发一笔横财。但托马斯认为这桩生意有失他的身份，与他家的经商传统不合。但受"暴利"的吸引，他又不想让哈根施特吕姆捷足先登，于是做成了这笔生意。

生意成功之后，托马斯曾兴高采烈过一阵子。但没过多久，他又消沉了，自觉失去了精神支柱，甚至懊悔起来。1868年7月7日是约翰·布登勃洛克公司成立100周年的日子，这个日子眼看就到了，而托马斯却无动于衷，最后还是托尼提醒了他，但他竟想"忽略"过去算了。全城的人都知道这个日子，它是"忽略"不过去的。全家、乃至全城的人都喜气洋洋，托马斯只好强打精神应酬周旋。

为增添喜庆气氛，盖尔达让汉诺背首诗，可他手足无措，羞怯地低声背了两句便卡壳了，托马斯插进来教导他，可汉诺被吓得竟呜呜咽咽哭了起来，这使得托马斯很懊丧。

百年大庆之后，约翰·布登勃洛克公司可说是江河日下。托马斯和梅布姆做成的那笔生意，因庄稼在收获之前遭到一场无情的雹灾而全部落空。这几乎使他失去了理智，连说："这倒好，这倒好，这非常好！"

托尼又面临第三次打击。她的女婿，保险公司经理威恩申克被人控告了：将火灾的保险费转嫁给其他的火灾保险公司，嫁祸于人！案子转到检察官手里，检察官正是赫尔曼·哈根施特吕姆的弟弟莫里茨。如没有2.5万马克的保证金，检察官就立即下拘捕票。因为没有那么多的钱，她只得求救于托马斯，托马斯立即支付了保证金，可这也没能挽救威恩申克，他还是被判了三年半的徒刑，托尼最后的希望也破灭了。

托马斯的母亲因肺部发炎，卧床不起，最后呼喊着丈夫与小女儿克拉拉的名字，说着"我来了"便与世长辞了。

老太太一死，全家乱成一锅粥，她的女佣立即抢起她的遗物来。他们兄妹三人为分配母亲的遗物而大动肝火，连一向懒散的克利斯蒂安也从汉堡准时赶到，他这时"流露出来的热心几乎达到贪婪的程度"；托尼也"表现得特别热心"，大部分家具都被她自己、她的女儿艾丽卡和外孙女伊丽莎白·威恩申克争到了手。克里斯蒂安宣布结婚，托马斯发作了，他不允许败家子使财产外流，兄弟二人隔着桌子对骂，互揭老底。盖尔达带着讥笑的面容看看这个，看看那个。托尼在一旁苦苦哀求："托马斯，克利斯蒂安，母亲还没入殓呢！"克利斯蒂安对哥哥的"周到"、"圆滑"、"庄严"、"体统"大加攻击，托马斯则坚决不许他"再把母亲财产的四分之一扔给那个婊子和她的几个私生子身上！""婊子"是克利斯蒂安的相好阿林娜。

托马斯要把他们祖居的房子卖掉，托尼对此无比伤心，但又找不出反对的理由，托马斯强调"天下没有不散的筵席"。托尼泪流满面，对老屋无比怀念。

1872年老屋完全腾空了，使女也被辞退了，而房子的新主人正是布登勃洛克一家的死对头赫尔曼·哈根施特吕姆。

托马斯的儿子汉诺慢慢长大了，但他耽于音乐，对商业毫无兴趣；身体羸弱，性格内向怯懦，学习成绩也一直上不去，这与他对儿子的希望相差太远，托马斯很是失望。他的健康状况日益恶化，他一向食欲不振，睡眠不佳，头晕恶寒，而今更严重了，四十几岁的人已大见衰老，他想到了死。为求解脱，他读起了叔本华的著作。

母亲一死，克利斯蒂安更自由了，他放弃了一切商务活动，为了打发日子，他甚至学习起了汉语。他和托马斯又重新言归于好，两人甚至一起去海滨疗养。

威恩申克提前半年出狱，可艾丽卡还是和他离婚了，她和母亲托尼及女儿租屋另过。托尼还不时回来探望哥哥。

托马斯在回家的路上摔了一跤，从此便一病不起，没过多久，便撒手人寰。托尼扑到哥哥身上大声号哭起来，一任感情的发泄，后来又搂着盖尔达放声大哭。克里斯蒂安一进门,就听到哥哥去世的消息,他压低嗓音说:"真是太惨了。"

盖尔达卖掉那华美的新屋子,房子太大,母子二人住着太空旷了,于是她们另租了一个小别墅,1876年秋天,盖尔达和汉诺、仆人搬进了别墅。

托尼每次来探望嫂子,总要把侄子拉过来,给他讲布登勃洛克一家的历史,并展望未来,激励侄子有一天能东山再起,重振家业。可小小年纪的汉诺对什么都失去了兴趣,甚至连成名也不愿意,他自称是出身于没落的家庭。他甚至羡慕起被关进汉堡一家精神病院里的叔叔克利斯蒂安。

小汉诺的身体愈益不济,15岁时得了伤寒,医生费尽心思也没能治好,布登勃洛克一家从此便绝了后。半年之后,盖尔达·布登勃洛克也要回荷兰去了。临行前,托尼请了几个亲戚朋友聚了一次,和盖尔达辞别。当有人提到汉诺的名字时,屋子里变得寂静无声,只听到屋外唰唰的雨声。

"汉诺,小汉诺,"托尼接着说下去,泪水从她松软、苍白的面颊上流下来……"托马斯,父亲,祖父和所有别的人!他们都到哪儿去了?我们再也看不见他们了,哎,这是多么残酷无情啊!"

1930年
诺贝尔文学奖得主

"由于他的描述的刚健有力、栩栩如生和以机智幽默创造新型性格的才能。"

——获奖评语

辛克莱·刘易斯
〔美国〕

辛克莱·刘易斯1885年2月7日出生于明尼苏达州的"苏克中心"。他的父亲是位乡镇医生。1891年6月25日刘易斯的母亲逝世,第二年父亲又同伊莎贝尔·华纳结婚。后母是个严厉的人,刘易斯从来没把她当成自己寄托亲情的母亲。

刘易斯从许多方面观察到,写作是一种处世的方式,因此考虑选择文学作为自己的事业。他是一个孤独的人,如果说不愉快的童年对文学事业是极好的准备,那么刘易斯就得到过这极好的训练。

到了上大学的年龄,刘易斯准备逃出他认为是愚昧不堪的"苏克中心"的氛围。苏克中心就是以后《大街》中戈弗草原的原型。因此他没有上明尼苏达大学,而进了东部的耶鲁大学。在那里,他仍然只有很少几个朋友,但这并不能影响他的文学才能的展现。他是唯一能够在《耶鲁文学杂志》上发表作品的低年级学生,该作品是一首有关圆桌骑士兰斯洛特先生的丁尼生体诗。到了高年级,他还被吸收为该杂志的编辑部成员。

1908年毕业后,刘易斯在国内到处漫游,寻求用笔为自己谋生的机会。1912年写出了他的第一部作品《步行与飞机》,这是为儿童们写的历险故事。1914年他的第一部长篇小说《我们的雷恩先生》出版,开始引起文学界的瞩目。1915年,当他能以1000美元的价格把四篇故事卖给《星期六邮报》的时候，他就开始专心从事于他的小说创作了。

1920年，刘易斯的主题新颖、风格别致的长篇小说《大街》出版。一年内再版了28次，被称为"20世纪美国出版史上最轰动的事件"，评论家还认为它是美国文学中描述地方风情的最出色的教科书。

他的作品还有《巴比特》《阿罗史密斯》《多兹沃兹》《了解柯立芝的人》《不能在我们这里发生》等。

在刘易斯的生涯中，他不断地旅游和写作，常常把以前的经历当作以后创作的材料。他结婚两次，但两次都以离婚告终。1949年，他离开美国到了意大利，形单影只，心力交瘁。1951年1月10日，他因心脏病突发，在罗马近郊逝世。

大　街

卡萝尔是一个天真无邪、活泼而又富有魅力的少女，她们班上有两三个女孩子比她漂亮，可谁都没有她那么惹人注目。无论在课堂里还是在舞会上，她同样都表现得很出色。她浑身上下每一个细胞都充满着活力——柔细的手腕、粉嫩的肌肤、乌黑的卷发以及稚真的少女的眼睛。她充满理想，认为一个人要是受了大学教育，就应该学以致用、造福社会。

毕业后卡萝尔在加哥住了一年，从事图书分类编目、登录，以及有关参考书籍的业务工作，既说不上有什么不愉快，但也并不感到特别兴奋。她在图书馆工作了三年，这期间有好几个男人不断地向她献殷勤。后来，卡萝尔在马伯里家里遇见了威尔大夫，二人一见钟情，很快就结了婚。结束蜜月旅行后，他们来到威尔的家乡——戈镇生活。但卡萝尔很快发现，戈镇和他们一路上所看到的无数村庄简直毫无区别，在戈镇不会有什么前程远大的希望。戈镇的居民——跟他们的房子一样单调乏味，跟他们的农田一样平淡无奇。看来她在这里是待不下去的，尤其是，当卡萝尔只用了32分钟就已经从东到西，从南到北，把戈镇都走遍了时，她更加失望了。大街两旁立着一些两层楼高的砖砌的商铺和一层楼半的木头房子。两条混凝土人行道中间，是一大片一大片的烂泥地。像这样的弹丸之地，实在引不起她的兴趣。各条街道两侧，都有一大段一大段的豁口，在那里可以窥见莽莽无边的大草原。她深深感到四周的世界是那样空旷、那么巨大。

尽管如此，他们还是在戈镇定居下来。威尔是戈镇深受人们欢迎的开业医生，卡萝尔立志要改造戈镇。她从丈夫身上着手做起，打算在灯下教他如何欣赏诗歌的美，可惜这件事一再被延误，始终实行不了。她积极参加"妇女读书会"的活动，去公共图书馆查阅市镇建设的文献。她坐在那里沉思冥想，眼前仿佛看到戈镇有一幢乔治风格的市政厅大会堂：红砖墙、白百叶窗、扇形气窗、宽敞的长廊和弯曲的楼梯。在她的心目中，它不仅是整个戈镇，而且也是周围乡村人人心驰神往的大家庭。市政厅大会堂应该包括法庭、收藏各种最优秀的版画的公共图书馆、专供农妇们使用的休息室和标准厨房、剧场、讲坛、免费入场的舞厅、农政科以及健身房。她仿佛看到了，以市政厅大会堂为中心，形成了一个崭新的乔治风格的市镇。"妇女读书会"要使上面这些理想变成现实，想必不会碰到多大困难的，因为读书会里有好几位会员，她们的丈夫手里就掌握着戈镇政治经济的命脉。她觉得她这个设想是切实可行的，不由得沾沾自喜起来。

卡萝尔与几位太太们商量这件事，但没有任何结果，最后只好不了了之。

在卡萝尔家庭沙龙上，她发现在戈镇就数单身律师波洛克举止言谈最文雅。他们谈得十分投机，但她不得不忍痛回绝他的疯狂的爱情，尽管她很喜欢这位26岁的"风流王子"。她心里不再像过去那样充满罗曼蒂克情调，也不再把自己设想成一个伟大的改革家了，她要踏踏实实地做一位乡村医生的妻子。

威尔平生有五大爱好：行医、置地产、喜爱卡萝尔、开汽车和去野外打猎。至于他的这些爱好，究竟孰重孰轻、孰先孰后，似乎并没有定规。可是他认为上面这些事情中哪一件都比不上开汽车更能令他开心。

令卡萝尔意想不到的是，没过多久她就被新镇长奥利任命为公共图书馆馆务委员会委员。她去参加第一次会议时，还打算把图书馆整个系统来一番改革，但去参加第二次会议的时候，已不打算再进行任何改革，只是一心希望贤明的长辈们能耐心听取她的建议，改变一下少儿读物在书架上陈列的方式。在她任职的两年期内，卡萝尔总是定期参加会议，后来维达被任命为馆务委员，接替了她的职位。此后有关图书馆的改革工作，她就再也不去想它了。她的单调乏味的生活照旧没有变化，当然更没有什么新的东西可谈了。

威尔做地产生意赚了一笔钱，但她并未表现出十分高兴或者激动。其实，真的叫她感到激动不安的是他的决定，那次他既像低声耳语，又像脱口而出，既有丈夫的体贴心情，又有医生的冷静头脑，突然对她宣布说，"我们现在应该有个小孩了，而且现在我们也养得起了。"她害怕生小孩，可心里又想得发慌，不知道该怎么办才好。她犹犹豫豫地点头同意了，可是她心里又有点儿后悔。

不久，世界大战在欧洲爆发了。虽然刚开始的时候人们感到恐慌、害怕，但没过多久，就不再提它了。那年秋天，她知道自己有了身孕，她生活中这个了不起的变化，尽管包含着危险，但终于使她预见到了有趣的生活远景。后来婴儿终于出生了，这个婴儿取名为休，是随他的外祖父的名字。在这两年里，她一心一意抚养孩子。休已经成为她生活的宗旨，未来的希望，爱慕的对象——同时也是一个给她消愁解闷的玩物。

卡萝尔认为，世界上所有的小镇，不管在哪一个时代、哪一个国家都有这样一种倾向：小镇上不但死气沉沉，而且卑鄙可恶，此外还有着难以遏制的好奇心。像这样的小镇，虽然它自以为是广大世界的一部分，并把自己跟罗马和维也纳相提并论，但它决不会得到足以使它变得伟大的科学精神和国际主义思想。

卡萝尔最喜欢带着休一块儿出去溜达。休见了什么都要问一问，他总想知道黄杨树在说什么，"福特"汽车在说什么，那儿一大片的云彩在说什么，——她都一一告诉了他，而且使他觉得，她的回答绝不是凭空杜撰出来的，她是在揭示出天底下所有一切事物的精髓所在。这时，她心中的烦恼仿佛早已一扫而光。她对休说："我们好像是两个可怜的、年老的吟游诗人在到处流浪。"这时，休也会跟着她说，"到处流浪——到处流浪。"

卡萝尔平静的生活又一次被一个青年人打破了。戈镇成衣铺新来的裁缝、爱好文艺的埃里克在郊游时向她吐露了爱慕之情。她深信她并没有爱上了埃里克，只不过是"喜欢他，指望他能有点儿出息"罢了。可是，她从埃里克身上发现了她所渴望已久的青春，同时知道青春也在热情地召唤她。在她心中梦寐以求的并不是埃里克，而是无所不在的那种欢乐的青春。她突然意识到自己爱上了埃里克。由于见不到他，她倍觉孤寂，颇有度日如年之感。每一天不论在任何时候,她都会突然喃喃自语地说,"哦,我多么想见见埃里克呀!"他们的恋情很快被威尔发现了,威尔心平气和地对她说"……难道你还不明白——瞧你还自以为是精通心理学呢!只不过因为他跟戈镇那些人比,埃里克他才显得好像很懂艺术的样子来。你要是在纽约那些地地道道的画室里头一次和他见面,我想恐怕你就根本不会注意到他身上去吧!"他低下头去吻她的脖子。"我倒是很想说句公道话。我承认,爱情——是一个很伟大的东西,但难道说我就是那么坏吗?难道你一丁点儿都不喜欢我吗?我可是一直都是打心眼儿里喜爱你呀!"她被感动了,抽抽噎噎地说,"从明天起我再也不跟他见面了。说真的,我也不会离开你的。"

埃里克不得不离开了戈镇。这场风波后,威尔夫妇俩出门旅行长达三个半月之久。他们看过了大峡谷,进入墨西哥,接着到达洛杉矶、旧金山,他们在海滨洗过澡,跳过交际舞,还看过一场马球比赛,参观过电影厂摄制影片的过程。他们在夹着雨雹的大风暴中回到了戈镇。

初夏的时候,这里发起了一个繁荣戈镇的运动。商会认为戈镇不但是个盛产小麦的中心,而且也是设立各种工厂、避暑别墅和政府机关的好地方。发起这个运动的是新近到戈镇来做地产投机生意的布劳塞先生。不久,镇上终于修起了一条"白光大街"。所谓"白光大街",不外乎是沿着大街的两三个街区,竖起一些富于装饰性的灯柱,灯柱上再安装一簇簇大功率的电灯罩了。戈镇商会后来还招徕了一家资金不足的小厂商,准备在这里制造木质的汽车方向盘。但卡萝尔对这么一个既寒碜而又狂妄的小镇,感到实在难以忍受。她对"繁荣戈镇运动"丝毫不感兴趣,她决定离开戈镇,带着儿子休去华盛顿参加战时服务活动。

卡萝尔在华盛顿军人保险局找到了工作。她整天忙着把来往的信函一一归档,接着又口授答复函询的信稿。这是一种没完没了、极其琐碎单调的工作,但她自认为她已经找到了"真正的工作"。没有多久她的幻想又破灭了。她发觉:任何机关团体内部都是勾心斗角,丑不可闻,如同戈镇一样。她还发现华盛顿处处也带有浓厚的大街色彩。戈镇那种拘谨沉闷的气氛,照样会在华盛顿兼包膳食的公寓大楼出现。卡萝尔在华盛顿住了一年,对军人保险局的工作感到有些厌烦。

她住在华盛顿的两年时间里,威尔来探望过她。六月份,卡萝尔动身返回戈镇,这时,她的腹中又有了一个小生命。卡萝尔生了一个女孩子。她拿

《大街》
辛克莱·刘易斯

不定主意今后让这个女儿做一个妇女运动领袖呢，还是做一位科学家的妻子呢，还是这两种身份兼而有之。她把威尔领到婴儿室门口，指着她女儿那一头宛如绒毛似的褐色短发说："如果那个小女孩在公元2000年去世以前，她的所见所闻和所作所为又会是什么样的情景呢？说不定她会看到全世界工人联合起来，人类的飞船正在驶向火星！""哦，是的，到了那时候，说不定会有很大的变化呢。"威尔打着呵欠说。

经典品读

1932年
诺贝尔文学奖得主

"由于他出色的小说艺术——该艺术在《福尔赛世家》中具有高超的表现。"
——获奖评语

约翰·高尔斯华绥
〔英国〕

约翰·高尔斯华绥1867年8月14日生于伦敦附近的金斯敦希尔。高尔斯华绥曾在伦敦附近的著名私立男子公学哈罗公学就读，因足球踢得好和善于越野赛跑，他在该校获得了不少奖励。而后，他进入牛津大学新学院攻读法理学，1889年他的学习成绩名列第二。1890年，他取得了律师资格，但他没有兴趣去积极从事法律工作。在以后的几年里，他周游世界，主要是为了学习海洋法，同时也是为了逃避一桩不适当的爱情纠葛。在旅行期间，他首先遇到了约瑟夫·康拉德，此人后来成了他的朋友和文学导师。1895年，高尔斯华绥返回伦敦时，他和堂兄亚萨的妻子艾达间的爱情有了发展。艾达和亚萨感情不和，但和高尔斯华绥倒是情投意合。在艾达的鼓励下，高尔斯华绥决心从事专业写作。

高尔斯华绥的父亲是一位带着维多利亚女王时代特征的道德家，也是高尔斯华绥的经济支柱，他不能容忍自己的儿子同亲属之妻胡来，他不能让离婚和再婚之事发生。因此在他的堂兄1904年死去之前，高尔斯华绥同艾达之间的关系一直处于隐蔽状态。1905年，艾达和高尔斯华绥这对情人终成眷属。随着感情生活的稳定和事业的确立，高尔斯华绥便专心致力于写作。除了文学创作，他还花费时间，用文章和金钱来支持多种慈善事业。他支持资助的方面包括反对戏剧检查制度、废除牢房中的单独拘禁、不得虐待动物以及战争中禁用飞机。他特别关心"笔会"的工作,"笔会"是个国际性的作家组织,他本人是创始会员并担任了第一任会长。他生前做的最后一件事是捐赠诺贝尔奖金,用于建立"笔会"信托基金。

高尔斯华绥几乎每年都要旅游,他经常出访欧洲大陆和美国,奥地利是他最爱去的地方。第一次世界大战期间,他年事已高,不能服役,就将自己当时的全部收入捐献给了战争机构,并在法国的一个医院里服务了将近6个月。战争结束后,高尔斯华绥继续过着写作和旅行的生活。

他的主要作品有《福尔赛世家》,这是一个由三部长篇小说《有产业的人》《骑虎》《出租》构成的三部曲。他的第二个三部曲《现代喜剧》由《白猿》《钥匙》《天鹅之歌》组成。他的第三个三部曲《尾声》由《女侍》《开花的荒野》《河那边》组成。此外,还有很多未收进三部曲的关于福尔赛的小说,如《庄园》《友爱》《有教养的人》等等。

他拥有曼彻斯特大学、剑桥大学、牛津大学、普林斯顿大学的荣誉学位。1929年,他还获得过殊功勋位。

1932年,高尔斯华绥被确认患了脑瘤,并已是晚期。因此,他未能去瑞典接受诺贝尔奖。1933年1月31日,在颁奖后不到两个月,他就与世长辞了。

福尔赛世家

第一部　有产业的人

1886年6月15日那天举行的茶会是为了庆祝老乔里恩的孙女琼和波辛尼先生订婚。有资格参加福尔赛家茶会的人都来了,人们的穿戴都是说不尽的豪华。这种场面不但看了开心,也增长见识。那是福尔赛家的全盛时代。大家都知道老乔里恩的全部财产要由琼继承,而年轻的建筑师波辛尼能够同琼订上婚,人们不能不佩服他的本领。

在茶会上,一个曾经被一个福尔赛家的人比作希腊女神的身材颀长的女子一直微笑着望着这一对情人。她庄重而迷人的面庞偏向一边，把所有近处男子的眼睛都吸引住了。琼把自己的爱人领到那个身材苗条的女子面前。"伊琳是我最要好的朋友，"她说，"我要你们两个也成为好朋友！"琼这句命令式的话引得三个人全笑了。当他们笑着时，老乔里恩的弟弟詹姆士的儿子——伊林的丈夫——索米斯一声不响地出现在她身后。凡是在交际场合，他很少离开伊琳的左右，即便是在应酬上暂时不得不离开她的时候，你也可以看见他的眼睛盯着她转，就像是监视和渴望。

　　索米斯的外表并不漂亮，塌肩膀，瘦削的两颊，瘦削的身材，脸剃得光光的，可是整个外表，却带有一种圆滑的、深沉的神情。他的职业是个律师，但却被人们戏称为"有产业的人"。一个偶然的机会，他遇上了伊琳。此后一年半的时间里，他向伊琳大献殷勤，想出种种方法请她出去游玩、送她礼物，每隔一个时期就向她求婚一次，经常缠着她使其他追求她的人无法接近。当他看出伊琳不喜欢自己的家庭环境时，他就巧妙地利用了这一点，竟赢得了伊琳的芳心。这就是书上和人们嘴里所赞许的那种真正忠实的求爱；等到百炼钢化为绕指柔时，男人的殷勤就获得了酬报，而当婚礼的钟声响了之后，一切都应该是幸福而快乐的了。

　　为了把伊琳迁出伦敦，不让她有走动和拜客的机会，使她和那些向她的脑子里灌输思想的朋友隔绝，索米斯决定在罗宾山建座房子。房子的式样要造得与众不同，普通建筑师是不能胜任的，他想到波辛尼，因为他们认为他是个聪明的新潮建筑师。

　　福尔赛家所有的人都有个窝，这个窝包括环境、财产、交游和妻子。一个福尔赛家人如果没有一个窝，那简直是件不可想象的事情。在福尔赛家人眼中，波辛尼就是没有这个窝的人。波辛尼在史龙街的两间房子外面钉了一块牌子，写着"波辛尼建筑师事务所"。事务所内只用帘子隔开一大块地方来藏起他那些生活必需的东西——一张小床、一张舒适的椅子、烟斗、酒袋、小说、拖鞋等等。

　　波辛尼接手建造索米斯的新居，他经常出入于索米斯家，渐渐地与伊琳相爱了。他们经常一起郊游、看戏与幽会。然而在这个福尔赛的世界里，这一切都没能逃得了旁观者的眼睛。尽管福尔赛家许多年轻人公开声称不愿意有人探听他的私事，可是波辛尼与伊琳的私情还是沸沸扬扬地传了，这种家庭中的流言好比一股看不见的强有力的电流。

波辛尼爱上伊琳后，琼失魂落魄，痛苦之极。她一定要夺回自己的爱人，这种强烈的心情支撑着她。老乔里恩望着整天哭都哭不出来的孙女，焦急万分。他不得已去找琼的生父小乔里恩。小乔里恩 15 年前，抛下妻子与年幼的琼，同一个法国女子私奔，并同父亲断绝了关系，他同那个法国女子生了一男一女，取名乔里与好丽。乔里恩父子久别重逢，话题很快转到两性关系的问题上来。老乔里恩说："这个波辛尼，我真想好好收拾他一顿，可是我做不到，不过，我觉得你可以做到。"小乔里恩却说："他犯了什么错呢？如果他们两个合不来，这样结束婚姻也不错呀！"15 年前他对两性关系所采取的看法跟他父亲的看法就大不相同，至今这条鸿沟是没法贯通的。他又说："我想波辛尼是爱上别的女人了，是不是？""是的，是索米斯的老婆！"小乔里恩听后并不惊讶。他自己一生的遭遇使他对这种事情无法表示惊讶，他看看自己的父亲，脸上浮现着微笑。"可怜的琼！"小乔里恩低低地说。经历过婚姻波折的小乔里恩根本无法说服波辛尼爱自己的亲生女儿。

索米斯决定对波辛尼进行报复，他就建筑费超出原定 1.25 万镑的最大款项的权限提出诉讼。法庭最后判决被告应当赔偿原告超过协定的最大款项的部分。判决时，波辛尼没有出庭。老乔里恩与他的弟弟詹姆士注视着这场官司。詹姆士说："波辛尼的官司打输了，我敢说他要弄得身败名裂了。""毫无疑问，"老乔里恩跟着说，"如果波辛尼破产，那索米斯就要破费了，哦，我想到一件事情：他如果不预备住进去的话——"他看见詹姆士眼睛里露出诧异和疑惑，就迅速说下去："我想伊琳是不会去住的，我曾经考虑过在乡下买幢房子，如果这房子合适并且有价钱可谈的话，我倒不妨看看。"

老乔里恩兄弟正在谈论准备买进索米斯的乡间住宅的时候，门开了，索米斯走进来，说有警察在外面，要见老乔里恩。警长被引进书房。10 分钟过去，老乔里恩来到自己弟弟身边，抬起手，缓缓地说："小波辛尼被车子撞死了。"然后他低下头，深陷的眼睛望着兄弟和侄儿，"有人说是自杀。"詹姆士恍惚地望望老乔里恩，又望望儿子，他本能地否定了自杀的传说。他不敢接受这种想法，这对他自己、他的儿子，对于福尔赛家族都太不利了。

波辛尼死亡的悲剧把一切的面目都改变了。在索米斯的堂兄——罗杰之子乔治眼中，是索米斯把波辛尼毁了，是索米斯用他那关于财产的诉讼，逼得波辛尼在那天走投无路，以致神情恍惚，被车撞死了。索米斯的脸色变得苍白，嘴唇张开就像要咬人似的，匆匆走了。到了家，索米斯看见妻子外出时用的镶金阳伞放在地毯柜上,伊琳坐在她平日坐的长沙发角上。他轻轻关上门,向她走去。她一动不动,而且好像没有看见他似的。她的脸色是那样苍白,那样毫无表情,仿佛血液已经停止了流动似的,原来那刚健婀娜的身条也已经看不见了,她像中了枪的奄奄一息的鸟儿一样蜷缩着。很显然她刚从外面回来,已经知道了波辛尼的死讯。索米斯这时才真正明白波辛尼是她的情人。

几年后5月里的最后一天的下午,老乔里恩坐在罗宾山自己房子走廊前那棵橡树下面,回忆着往事。"我都85岁了!"老乔里恩想,"然而我并不觉得老——只是偶然这里有点痛罢了。"3年前,自从买下自己侄儿索米斯这所不祥的房子,在罗宾山安居下来之后,他始终没有觉得老过。他抬起腿,像平时一样,缓步穿过草地散步。在山坡上遇到了来凭吊波辛尼的伊琳,他这才知道她已离开索米斯,独自生活,老乔里恩原谅了她的过去。而她此后则常陪他吃晚饭、看歌剧,她的风韵与美色使老人感到快乐。在这个世界上,快乐是有价钱的。老乔里恩于是要求遗嘱执行人追加一条,赠给侄媳伊琳1.5万英镑遗产。不久,老乔里恩在罗宾山上安然逝世。

第二部 骑 虎

索米斯同伊琳已分居12年了。在这12年里,他一心只想着赚钱,此外什么事都不管,因此他的财产以惊人的速度不断地增加。现在他的身价足足在10万镑以上,然而偌大的家财却没有一个人可以托付。在索米斯的性格里,家庭观念、儿孙观念本来一直就很强烈,过去是由于受到挫折而潜藏起来,现在这些思想又蠕动了。近来更由于受到一个绝色女子的吸引,嗣续观念变得更加具体、更加强烈,简直使他一脑门子都只有这一件事了。

这位绝色女子是苏荷区饭店管账的安耐特,一个漂亮的法国姑娘。索米斯有些懊悔当初波辛尼被车子撞死时,为什么不把事情彻底解决,办好离婚手续呢?这给他的现在造成了一点麻烦。他决定去找伊琳的经济委托人乔里恩。

索米斯与乔里恩,这两个第二代的福尔赛人比起第一代来还要虚情假意得多。两个人见面时显得有点勉强,同时表面上却装得十分亲热。"好久没有看见你了。"乔里恩说。"好久没有见了,"索米斯含糊地回答一下,"我听人说,她的事是你管的。"乔里恩点点头,点起一支烟。"你究竟打算怎样呢!""我要离婚。""你愿意的话,我可以去找她谈谈,"乔里恩说。"我想她说不定愿意离婚。"索米斯点点头。

乔里恩坐上马车,来到伊琳住的小公寓。岁月并未给伊琳留下什么痕迹,她穿着一件深灰色的丝绒上衣站在那里,看上去一点也没有老。"你是不是有什么驻颜术,伊琳?""心如死灰的人都保养得非常之好。"这话让人听起来多么伤感!可正是一个好的开头,他凑上去:"你记得我的堂弟索米斯吗?"这句话问得有点突兀,他看出她微微笑了一下,立刻接下去说:"他前天跑来看我!要同你离婚,你愿意吗?""事隔 12 年?会不会有困难呢?除非目前我有个情人。可是那事以后,我从来就没有过。"她低声说,"如果我做得到,倒愿意帮助他得到自由。"乔里恩喜欢上了这个依然娇艳的孤单的女子。

乔里恩找到了索米斯,告诉了他伊琳的态度。"她对你没有自由很抱歉。12 年是很长的一段时间,法律是你的本行,你应该很清楚,有没有办法可想,你是知道的。"按照英国法律,必须证明一方通奸或有了情人才能解除婚约,而索米斯不能拿 12 年前的旧事作为如今解除婚约的理由。乔里恩离开索米斯的事务所,心情非常激动。坐在火车里,他一路上都想着伊琳在她冷清的公寓里,想着索米斯在他冷清的事务所里,想着两个人的生命同样没来由地被冻结着。"这叫骑虎难下!"他心里想。

索米斯在俱乐部吃了晚饭,喝了一杯酒壮胆,他要去干那件需要更多勇气的事:亲自找伊琳谈离婚的事。当他走进伊琳家的大门时,他觉得舌头发干,心跳得很快。伊琳斜靠着钢琴,一只手放在琴键上,好像靠它撑着身体。"你的要求你哥哥已经告诉我了,我一直就愿意。"她讲话的声音既矜持又严峻。索米斯恶狠狠地看着她,她是变了,并不是容貌和身材变了,而是她精神上变了,看上去又活跃又勇敢,而在过去仅仅是消极的抵抗。这个女人,他的妻子!已经有了一股力量了!他觉得这股力量从她身上发出来。天哪!这双眼睛多么清澈,还有那一头火一样的琥珀色的头发!"你仍旧是我的妻子。"说这种废话,简直近乎荒唐,为什么说这句话,他自己也搞不懂。"握握手好吗?"他说。她的唇边浮出一点微笑,把手伸了出来。在回家的路上,索米斯想了许多。她仍具有可诅咒的魅力,而他在法律上仍对她拥有"宗主权"。

伊琳 37 岁生日这一天,索米斯买了昂贵的钻石别针再次去找她。"伊琳,"他说,"过去的事情算是过去了,我们来重新开头。我只求你一件事情。我要——我要一个儿子。"伊琳两只手在胸前作了一个痛苦的姿势。索米斯一把抓住她的手。"不要!"她低声说。"我是一个人住在这里,你不能再有从前那样的举动。你只能接受一个残酷的真理,你所求的是不可能的,我宁肯死。"

伊琳为了避开索米斯,在乔里恩的建议下离开英国,来到巴黎。乔里恩发现,一个人要想使感情保持现状并不那么容易。他从来没有把传统的美德真正放在眼里过。他在潜意识里爱着伊琳,他对她的生活这样无聊、孤寂充满不平,他觉察到自己能给她一种安慰。他跟着来到巴黎。他有些担心,她会爱上他这么大年纪的人吗?不久,他接到电报说儿子乔里已报名参加皇家义勇兵,他只得返回伦敦。

索米斯把他的失败归咎于乔里恩。他找到返回伦敦的乔里恩,说:"你知道,挑拨人家夫妻关系,你要负重大的责任的。"乔里恩对他微微一鞠躬,"再见。"他说,也不跟索米斯握手,就走开了。索米斯回到自己家里那空荡荡的大客厅,心情极为沮丧。他要有个妻子!有一个人谈谈心。一个人有权利这样做!他妈的!一个人有权利这样做!他赶到巴黎,找到伊琳住的旅馆,"你听我说,"他对伊琳叫道:"回家吧,有什么条件你可以提出来。"伊琳的脸上和身上都射出愤怒:"没有条件!没有!没有!你可以一直追我到死,我死也不回去。"两个人为此事大吵一顿后,索米斯走了。当他晚上再去找伊琳时,旅馆里的人告诉他,伊琳已动身回英国了。

索米斯别无选择,通过诉讼,法庭判决同意他同伊琳解除婚姻。他结算了自己的财产,不下13万镑。他决定赠予安耐特1.5万镑,和老乔里恩当初赠予伊琳的数目恰巧一样。他们的婚礼是1901年1月的最后一天在巴黎举行,安耐特穿上巴黎最讲究的服装越发美了,索米斯不由得踌躇满志。这年冬天,安耐特生了个女儿,取名芙蕾。由于是难产,她不能再生育了。索米斯为此极度失望!人生在世决不会样样满足的,他只好把她作为自己财产的继承人了。

伊琳同乔里恩结婚了,他们的儿子乔恩也是1901年出世的。但这两家人在10多年里再也不来往了。

第三部 出 租

1920年5月12日下午,已经65岁的索米斯约女儿芙蕾去考克街附近一家画店看画展。索米斯先到了,便拿了一份目录进了画店。迎面有一座像是被公共汽车撞弯的电灯杆子,他见目录上写的是"朱庇特"——罗马神话中的天帝。他带着好奇心细地看这座石像,心想不知天帝的妻子朱诺又是什么样子。突然间,他看见朱诺了,就在对面。朱诺简直像一只两个柄的水泵,穿一件雪白的薄衣裳。当他凝望这座像时,两个东张西望的人走到他左边停下来。"太妙了!"他听见其中一个人说了一句法文。"狗屁!"索米斯一个人暗骂。他找了一处凹进的小间坐了下来。小间对面屏风上是一块大画布,上面涂了许多番茄色的方块,此外什么都没有,他看一下目录:"32号——未来的城市——保尔·波斯特"。

索米斯觉察到一个妇人和一个青年站在自己和那张"未来城市"之间,一点没有错,伊琳!是他的前妻伊琳!那个年轻人无疑是她的儿子、她和乔里恩生的儿子。伊琳的头发已经花白了,但身材仍和从前一样婀娜。那个孩子向她笑得多么亲热呀!索米斯心里百感交集:他比芙蕾对自己还要亲热!他听见那男孩说:"妈,这是不是琼姑的一个可怜虫画的?""想来是的,乖乖。"这两个字使索米斯望见朱诺的这一边站着自己的女儿。他能看见芙蕾正斜着眼看着那个男孩子,男孩子也回看着她。这时伊琳用手挽着男孩子胳膊,把他拉走了。但那男孩子又走过来,把芙蕾有意丢掉的手绢递给她。索米斯无意再看画展,便与芙蕾离开画店,来到一家设有茶座的糖果店。可是他的身体才坐下来,灵魂立刻惊得跳起来。那三个人——伊琳、她的儿子乔恩、琼正走进来。他听见乔恩说:"妈,这地方不错,我请客。"三个人坐了下来。索米斯一生中从没有这样窘过,他的福尔赛血统里生出一种酸溜溜的感觉,一种和快感只有一发之差的微妙痛苦。茶座上,乔恩与芙蕾互通了姓名。"福尔赛吗?怎么——我也姓这个。也许我们是一家呢。""是吗!一定是一家。再没有别家姓福尔赛的。我住在买波杜伦,你呢?""我住罗宾山。"两个人一问一答非常之快,索米斯还没有来得及干涉时,他们的谈话已经结束了。他看见伊琳脸上充满惊讶的神情,便微微摇了一下头,挽起芙蕾的胳膊走了。一路上,芙蕾问个不停:"你为什么不喜欢那些亲戚?""是这样,"索米斯说,"你祖父和他的哥哥不和,所以两家不来往。""为什么不和?"他听见芙蕾问。"为了一幢房子。""罗宾山在哪儿?"罗宾山!罗宾山!当初那出悲剧发生的中心!她要知道罗宾山做什么?

几天后,乔恩到姐夫法尔的农场去实习一段时期。乔里恩特地写了一封短信给好丽与法尔，要女儿与女婿"切记着乔恩并不知道家里的历史"，不要露口风。碰巧，好丽已邀请芙蕾来农场度周末。这样，两位年轻人又在美丽的农场相遇了。芙蕾对乔恩说："你知道我们两家有仇吗？"乔恩讷讷地说："有仇？什么仇？""真像是故事里的事，可也真无聊。"芙蕾在果树中间跑起来，乔恩在后面追，心里装满了爱，装满了春天，脚下踏着白色的花片。芙蕾感受到了初恋的纯真与甜蜜，她相信，这也是她最后一次恋爱。

乔恩回家后，伊琳察觉到儿子和芙蕾相爱了，这使她忧心忡忡，她和乔里恩商量，决定带乔恩出国一段时期，以忘却萌芽的情丝。乔恩要求去西班牙，这是他第一次出国旅行，他希望能同母亲一起玩得新鲜。但他惦念着芙蕾，建议把两个月的旅行缩短为六个星期。年轻的男爵孟特经营着一家出版社，是个极端乐观的人，他拜访索米斯，向芙蕾求婚。安耐特对他挺中意的，索米斯告诉他。"芙蕾是我的命。这件事要由她自己决定。"但他对这门亲事还是赞成的。

旅行结束，乔恩马上见芙蕾，并把她带到罗宾山作客。芙蕾感觉到乔恩父母对她客气中的冷淡。"我觉得罗宾山不对头，我家里的人也不对头。"她对乔恩说。"可是——"乔恩嗫嚅地说，"并没有人跟我说过什么呀。""可是他们决心要阻止我们。爱我你就先把我弄到手，事后再让他们知道。"芙蕾大胆地说。"可是这会使他们伤心的！"乔恩心绪极端烦乱。原来他宁可使她伤心，也不愿使他家里人伤心！芙蕾挣开了他的搂抱。

芙蕾把上罗宾山的事告诉了父亲，并公开了她同乔恩的恋情。"爸爸，你不要生气，我自己也没有办法。"她看见索米斯脸色像白纸一样，用脚踢热水管发泄着仇恨。"你听着，"他说，"你是用两个月的感情来对抗35年的仇恨！两个月里你们不过见过五六次面，几次谈话和散步，几次接吻，而你要用这些来对抗你无从想象的，任何人不亲身经历都不能想象的仇恨。芙蕾，放理智点吧！这简直是疯狂透顶了！""疯狂的是让过去毁掉一切。我们管过去干什么？这是我们的生命，不是你们的。"芙蕾把手中的花一点一点地扯碎掉。"你是谁的孩子？"他说。"他又是谁的孩子？现在是和过去联着的，未来也是和现在、和过去联着的。你没法逃避得了。"索米斯猛然做了一个否定的手势。

72岁的乔里恩已心力衰竭，他自知将不久于人世，他挣扎着给乔恩写了一封长信，把两家的仇恨告诉儿子，说："我把这件事告诉你，是因为我们看到你对这个人的女儿的感情，将使你盲目地走向一个结局，那就是即使不毁掉你自己的幸福,最后一定会把你母亲的幸福毁灭无余,你不过刚踏上人生的道路,你认识这个女孩子才两个月,不管你自以为多么爱她,我求你和她立即断绝往来。不要使你母亲终身都感到这种摧心的痛苦和耻辱。"乔里恩写完信后第二天早晨就去世了,在获悉乔恩父亲死讯之后,芙蕾就写了一封信给他。三天后,她收到乔恩的回信:"我已获悉全部往事了。我当然非常想念你,不过目前我认为我们无法结合——有一种强烈的力量非把我们拆开不可。"

  索米斯从芙蕾的表情中知道大难要临头了。芙蕾要求父亲去罗宾山见伊琳,说服乔恩:"你就看她这一次,这对你来说也不会太难堪吧?"索米斯百般无奈:"为了你的幸福,我什么事都愿意做。"索米斯来到那个充满回忆的罗宾山,对伊琳说:"我的女儿简直发疯了,可是我把她娇纵惯了,所以只好跑来。"伊琳淡淡地说:"这事由乔恩决定。"乔恩这时站在帘幕拉开的地方,他盯着母亲,静静地说:"请你告诉芙蕾,这事不成;我必须按照我父亲去世前的意愿行事。""故事结束!"索米斯心想,出了大门走了。

  不久,报上刊登了芙蕾与孟特举行婚礼的消息。他们的结合可以看出阶级渗透的外在标志,而阶级渗透正是国家政治安定的保证,乔恩也跟着母亲离开罗宾山,去国外定居。罗宾山的住宅挂上了"出租"的牌子。"出租"——那个福尔赛时代和福尔赛生活方式,那个人们可以毫无阻碍、毫无疑问地占有自己的灵魂、自己的投资、自己的女人的时代——出租了。这有什么关系?有一天总会又跑来,又在房子里住下。

1933年
诺贝尔文学奖得主

"由于他以谨严的艺术技巧继承了俄国散文写作中的古典传统。"

——获奖评语

伊凡·布宁
〔俄国〕

伊凡·布宁于1870年10月22日诞生在俄罗斯中部沃罗涅日一个没落的家庭。他受到的正规教育相当少,是自学和在家听哥哥授课弥补了知识的不足。广泛的阅读使布宁在写诗上一试手笔,他在1887年第一次发表诗作,1891年出了一本诗集。刚刚成年不久的布宁还在短篇小说方面崭露头角。

有一段时期,布宁的个人生活不够稳定,他流水浮萍般地到处游历,这些都在他的中期创作上留下了印记。1898年,他跟一个报纸出版商的女儿结婚。这次草率的结合仅仅维持了两年,他的独生子尼古拉1905年死于猩红热病。1906年,布宁再次结婚,这次婚姻一直持续到布宁逝世。

布宁分别于1903年、1909年和1915年获得普希金奖金;1909年,他还当选为俄国科学院名誉院士。

第一次世界大战期间,布宁出于对他祖国命运的担忧而郁郁寡欢;在1917年革命中,这种郁闷更成为切肤之痛。他感到有一种超越政治的不祥之兆,就在1920年彻底地离开了祖国,到法国定居。这段时间,他的文学作品继续大量涌现,写出了几部瑞典文学院特别提到的著作。在布宁获得诺贝尔文学奖之后,他的著作发行更加广泛,并出版了俄语和各种文字的译本。因为政治原因,他一直是一个无国籍的俄罗斯人。1951年,他成为流亡作家国际笔会中心的第一个名誉会员。

《乡村》
伊凡·布宁

由于疾病缠身和个人处境拮据，伊凡·布宁的暮年暗淡无光；此时从已出版的著作所得到的收入充其量也只能是杯水车薪。同时，思乡之情使他忧郁不堪，更为他在法国的滞留增添了难以忍受的打击。由于年迈，在与呼吸器官疾病做了最后的搏斗之后，布宁于1953年11月8日在巴黎的寓所逝世。

乡 村

克拉索夫家两弟兄的曾祖父因为勾搭上了杜尔诺沃地主老爷的姘妇，被主人放纵的猎狗咬死了。他们的祖父赎出了自己的身子，带着妻儿进城，居然很快地红了起来：成了一个远近闻名的窃贼。两弟兄的父亲是个小贩，他在全县各地跑单帮，有一个时期住在故乡杜尔诺夫卡村里，在那儿开了个小铺子，但是后来亏了本钱，喝上了酒，回到城里就死了。他们两弟兄，季洪和库齐玛，先在小铺子里当伙计，后来也贩一些货物。但是，这样在各地跑了几年，有一次弟兄俩差点儿闹得白刀子进红刀子出，于是，为了避免惹祸，他们终于分道扬镳。库齐玛被一个牲口贩子雇走，季洪则在离杜尔诺夫卡五里地的小镇车站附近的公路上开了一家小酒店和一个杂货铺。

季洪将近40岁那年，胡子已经开始花白。他面色严肃，黝黑中略微露出几块麻瘢，肩背宽阔结实，举止迅速灵活，说话的口气有力而决断。只是眉毛开始比以前更频频地蹙起，眼睛更锐利地闪出光芒。他不知疲劳地向地主们购买没收割的庄稼，用极低的价钱租下耕地……他和一个哑巴厨娘同居了很长一段时间，跟她有了一个孩子，可是有一次她睡梦中压在孩子身上，把孩子憋死了。后来他娶了老郡主沙霍娃已过中年的侍女。他买下了杜尔诺沃家的小田庄，整个杜尔诺夫卡村的地几乎都归克拉索夫家族所有了！庄稼人都十分惊讶：他怎么能够在百忙中分出身来，又要做交易，又要进货物，而且几乎每天都要到田庄上去察看，像只老鹰似地注视着每一寸土地……他的妻子经常怀孕，可是每次生的都是女孩，而且全夭折了。季洪生活中的两件憾事是：自己对生儿育女绝望。当他死了一条心，知道自己再不会做父亲的时候，他就明显地衰老了。如今政府的烟酒专卖办法又如在他的伤口里撒了把盐，他经营的八家小酒店关了门，再加上那年夏天，好像老天故意肆虐，气候热燥干旱，黑麦完全没有指望了。于是，他把满腹的苦闷向顾客们一吐为快。他把他的生活叫苦役、套索、金丝笼子。接下来的几个年头很单调地过去了，仿佛全部时间凑成了一个工作日。最近同日本开战，爆发了革命，这事件是人们完全不曾料到的。只要听到有关俄国军队一败涂地的消息，他就幸灾乐祸地叫好，但是，只要谈到土地收归国有的传说，他就会气炸了肺。一个星期天，有消息传来说有人在杜尔诺夫卡村召开了大会，正在计划攻打他的庄园。季洪露出愤怒的激动的眼光，感觉到浑身异常地有力，准备杀一下那些家伙的威风。他刚一到那儿，人们就从谷地里向庄园蜂拥而来，院子里只听到一片叫骂声，人群紧挤在阶前，把他推到房门上，这时他靠着一根马鞭冲杀了出来。就在同一天里，几乎在全县各地，庄稼汉们都掀起了暴动。有谣言传出，说什么杜尔诺夫卡村的人打算害死他，于是他有些害怕，不敢在杜尔诺夫卡村待得太晚。

这一年，季洪已经50岁了。然而，做父亲的梦想仍旧在他脑海中萦绕。正是由于这一梦想，使他和罗季卡成了冤家。罗季卡这个身材又高又瘦，神情显得忧郁的小伙子，入伍当兵后，新媳妇开始在庄园里做临时工，她身材匀称好看，皮肤十分白嫩，脸上带着薄薄的红晕，睫毛永远耷拉着。而正是这些睫毛使季洪大为动心。他想强奸她，但一直没达到目的。直到罗季卡瞎了一只眼，提早退役后，季洪趁机将他们两口子安置在杜尔诺夫卡庄园上。一天，罗季卡进城去买扫帚和铲子，而新媳妇则在家里洗地板，季洪冲进去搂住了她，满足了自己的欲望。经过这件事，他一看见妻子和罗季卡，一想到罗季卡和新媳妇睡觉，知道他白天黑夜里都毒打她，就感到痛苦。他脑海中闪过一个荒唐的念头：得想个办法，比如说，让罗季卡被屋顶压死在底下，或者被泥土活埋在里面……然而，一个月过去了，又一个月过去，那个希望，那个产生这个念头使他陶醉的希望，终于冷酷地落了空。

一个偶然的机会使季洪和兄弟库齐玛言归于好。于是季洪和兄弟谈妥，由他来照管杜尔诺夫卡村的事务。他从城里的一个熟人那得知，库齐玛多年来一直在地主家当管事，更使人感到惊讶的是，他已经成了一位"作家"。季洪摆脱了罗季卡，把事务托给了兄弟照理，觉得精神舒畅了，事情顺手了。但是，后来杜尔诺夫卡村里发生了一件完全出人意料的事。十月里，罗

《乡村》

伊凡·布宁

季卡到铁路上去干活,而新媳妇则在家里闲呆着,只偶尔到庄地的果园里去挣一二十个戈比。她的举动很怪:在家里一声不吭,只知道哭,但一到了果园里,举止便显得很轻浮。结果招致了一件极其不幸的事:几个镇上的人,在喀山圣母节前夕进城,在他们的帐篷里开"晚会",他们把一个绰号叫母山羊的女人和新媳妇邀请了去,手风琴整整拉了一夜,请两位女人吃薄荷饼、喝茶、饮烧酒。可是,到了天亮,他们嘻嘻哈哈地把喝醉了的新媳妇推倒在地,齐腰下剥得精光,吊在一棵树上。等他们走后,母山羊把她从树上解了下来,信誓旦旦地说,要是村里人知道这事,就叫雷把她劈死……可是,过了不到一个星期,新媳妇受辱的消息已经传遍整个杜尔诺夫卡村。大伙儿都急着盼望罗季卡回来,盼望他回来给妻子复仇。季洪从他的雇工口中得知果园的事,以为罗季卡也要找他报仇,于是感到很紧张,要知道这样的事说不定会演成杀人的惨案!然而,结果却是大伙都没想到的,发生了比杀人或这类案件更使杜尔诺夫卡村里人震惊的事:罗季卡回到家里"换衣服"时"肚子痛",疼死了!季洪得知此消息后,冒雨赶到兄弟那儿,边喝酒、边热情激动地向他作了坦白:"我犯的罪,兄弟,是我犯了罪!"库齐玛听完他的话,没头没脑地说:"你倒想想,有比咱们俄国人更残酷的吗?"接着,他便劝季洪花上几个钱把罗季卡葬了,再把新媳妇雇到他这儿来当厨娘,也就一切都解决了。季洪回去后,一切照此办理。新媳妇为了履行仪式,送殡时哭得十分悲切,于是季洪才逐渐把这件提心吊胆的事搁开了。

　　季洪其他的杂事多得忙不过来,却又没有帮手。他的妻子能帮助他的地方很少。季洪雇用的人又都是"游牧民",现在在他们已经被打发走了。剩下的人不多,单是照料牲口就够麻烦了。妻子进城后,他独自在田野里漫无目标地踱了一会儿,遇到了一向以对待庄稼人粗暴出了名的邮局局长。季洪激动地告诉他,"要知道,咱们的故乡完全荒废了!只留下一个空名,哪还有什么飞禽,哪还有什么走兽!"他辞别邮局局长后,在公路上站了很久,无聊地向四处看望。夜里,外面下着倾盆大雨,四周黑得伸手不见五指。他翻来覆去睡不好,梦见了许多小时候的事。有时候他恍惚觉得有贼来,把那匹雄马牵到黑地里去了。如果那些人知道他在这儿,他们会杀死他的……有时候他又回到现实里,然而现实生活也使他惴惴不安。他不分昼夜地指挥着佣人们干活,可他们都不肯老老实实听话,你说他一句,他顶你十句!你说他十句,他顶你一百句!"忙得连画十字的功夫都没有。"他心里想。他连莫斯科也没去过，最初是为了贩卖货色，后来是为了开大车店，再后来是为了照管小酒店。而现在呢，则是因为那匹雄马和那几头猪不放他走。一晃50岁了，眼看一辈子就要完了，好像光着屁股跑是不久以前的事。他曾回想起夏天、暴动、新媳妇、兄弟、妻子……想到自己年龄已经不轻了！多少和他同年的人已经到了另一个世界里！而死亡和衰老是无法避免的。即使是自己的孩子，他们也不能挽救你，再说，他也不会了解自己的孩子，对孩子也是生疏的，就像对所有的亲人一样，不论是在世的，或者已故的。世上的人像天上的星星一样多。但人生却是这样短促，人是这样迅速地衰老和死亡，他们彼此间是这样缺乏了解，他们将一切的感受遗忘得这样迅速，所以，只要严肃认真地想一想这一切，你真要发疯啦！

有一天，外面寒气逼人，季洪绕过自家的小园，登上高高的石台阶，恰巧碰上坚尼斯卡。他是谢雷依的儿子，是个鞋匠，此时，他正心事重重，想到图拉去找个工作做。季洪问起他父亲时，他说："暂时没活儿干。""这样说来，谢雷依闲呆在家里抽烟解闷啰？""没出息的家伙！"坚尼斯卡深信不疑地说。季洪用指节敲了敲他脑袋。"你别这样放肆吧！有谁这样批评爸爸的？""老雄狗，他才不配做我爸爸哩。"坚尼斯卡声色不动地回答。但是，季洪没听完坚尼斯卡的话，他准备开始谈正经事。他想让坚尼斯卡与新媳妇成亲，还要给她陪份嫁妆，而坚尼斯卡有的是相好的，讲到娶媳妇，他不反对，说开斋前回来再说。

库齐玛一生向往的就是读书和写作。诗算得了什么！他写诗只是为了好玩而已。他要叙述自己怎样走向毁灭，要用非常冷峻的笔调描绘自己的穷苦，描绘可怕的日常生活，说明那种生活怎样使他失去活动能力，变成"一棵不结实的无花果树"。回想自己的一生，他又是责怪自己，又是为自己鸣不平。他出生在一个有着一亿以上文盲的国土中，他是在乔尔纳雅自由村里长大的，那里的居民直到如今还常在拳赛中打死人，所以，他是在极度野蛮和非常粗暴的风气中长大的。是修补套鞋的邻居别尔金教会他和季洪读书识字的，而别尔金之所以教他们，是因为自己老是闲着没活儿干。在市场上的店铺里，弟兄俩学会了读信看书。库齐玛被市场上那个自由思想的怪人巴拉什金老头儿所赠的小书迷住了。就在那铺子里，库齐玛开始写作。他从写短篇故事开始，而后又迎合人们的兴趣写了些打油诗之类的东西。过后，他沉痛地认识到这些没什么意义。后来，他们离开店铺，卖去母亲死后留下的东西，开始做叫卖小贩。他们常常回到故乡镇上，库齐玛仍旧同巴拉什金一起讨论文学问题。他整整当了五年小贩，而那正是他一生中最宝贵的年华！那时，他甚至觉得每进一次城都是极大的幸福。库齐玛最后摆脱了这种苦役生活时，他大大地划了个十字。但是，这时他仍需要想办法糊口。此后，差不多10年，他一直在某镇的一个粮食收集站附近闲混，有时候当经纪人，有时候给报纸写些有关粮食业的短文，读一些托尔斯泰的文章或谢德林的讽刺作品来消遣时光，同时他设法排除经常折磨着他的念头：他的一生要毁了，已经毁了。1890年，巴拉什金生病死了。在这前不久，库齐玛最后一次看见他，那次谈话多么值得怀念啊！当库齐玛对他说起"我要写有关乡村的，有关平民的作品，你自个儿不是总说：俄罗斯、俄罗斯吗……"时，他对库齐玛说："俄罗斯整个儿都是乡村，这一点你可要记牢！瞧瞧四周围的一切：你以为这儿是城镇吗？每天傍晚，成群的牲口满街乱跑，扬起的尘土迷得你连隔壁人家都看不清……可是，你还以为这儿是城镇！"

  有一次主人派他到基辅办事，在涅仁车站上，库齐玛看见一大群人聚集在车站门旁，站长和一个身材高大的宪兵正在训斥三个乌克兰人，他们头上缠着绷带，眼睛肿着，脸上青一块、黄一块，满是血斑，创口的血凝结后发了黑：他们是被一只疯狼咬了，现在被送到基辅去医治，然而他们身边没一片面包、没一文钱，沿途靠施舍过活，现在只是因为这列车名为"快车"，站上的人就不准他们乘。他不禁义愤填膺，向那个宪兵跺脚大喊，结果被扣留下来，写了份笔录。后来在等下一班火车时，他喝得酩酊大醉。他又是恨那个宪兵，又是恨这些穿厚棉袍的顺民，以致激动得喘不过气来。瞧，多么愚笨，多么野蛮，真该死……然而，这就是俄罗斯啊，古老的俄罗斯。后来到了基辅，他丢下事情不去办，喝得醉醺醺的、懒洋洋的，在城里各处溜达或是在德聂伯河边陡岸上散步。人们看见他咬紧牙齿，把稀疏的花白胡子低垂在胸口，闭着那双深陷下去的眼睛，露出痛苦而又幸福的神情，聆听大教堂上空悠扬低沉回荡的钟声；看见他坐在残废的男孩子身旁，隐隐地露出苦笑……

  他已经堕落到无可救药的程度。然而，就是在这种情形下，他改过自新了，决心过十分平淡和从事劳动的生活，比如说，去租果园、菜园……在和季洪言归于好的前几个月，他回到故乡想去租用果园。但他见到的景象又是什么呢？那是五月初，天下着雨，库齐玛刚要搭车，一个赤着双脚，拿着一叠报纸的男孩迎面跑来，边跑边喊："看总罢工消息呀！""你的报过时了，小家伙，"库齐玛说，"没更新的消息了吗？"男孩子停下，眼睛炯炯闪亮。"新出的报纸被车站上的警察抢去了。"他回答。"好一部庄严的宪法。"库齐玛尖酸刻薄地说，接着又继续前进。火车上，以前大伙只谈雨水和干旱，现在许多人都手里拿着窸窣作响的报纸，谈的又是杜马、自由和土地收归国有的问题，没一个人理会那倾泻在车顶上的瓢泼大雨。车开到第四个站时，他下了火车，雇了一辆马车。在马车上，他留心看着走过的那条路。多么好的黑土啊！大路上的烂泥映出青色，那么肥沃；苍翠的树林，还有草地和菜园，那么葱郁、浓密……但那些农舍都是用黏土盖的，屋子很小，顶上铺着畜粪。再向前，马车拐向一片牧草场。牧草场上正在举行市集。再过去，一所官营小酒店旁边密密层层地挤了一群姑娘和男人，传来军乐声和叫喊声，他们什么信仰也没有。他看到了为了儿子卖掉了所有衣服的守寡的老母，儿子几乎每天都要揍她；看见了眼睛里露出痛苦和哀求神气的庄稼人。他还曾背过身，不愿意看见一个在农舍前面，怀里抱着小孩的小姑娘。她一面嚼烂黑面包，伸出舌头，喂那面包糊给孩子吃……路上他遇到了一阵夹雹子的倾盆大雨。到了卡扎科夫村后，他便开始打听老爷的住处，准备借宿。当地人对他说，这事必须找经营卡扎科夫府上事务的庄头儿谈。可是他家发生了一件悲惨的事：他家的婴孩死了，所以库齐玛受到了冷漠的接待。在昏暗的屋子里，他看见了窗口长凳上放着一个当小棺材用的小洗衣槽，里面装着死婴孩。一个瞎眼胖姑娘正用大木瓢把用牛奶泡了的几片面包从一个碗里舀出来吃。苍蝇像窝里的蜂，在她头顶上空嗡嗡地飞，在死婴的小脸上乱爬，然后落在牛奶里，但是瞎子姑娘仍然直挺挺地坐在那儿，白眼珠紧盯着黑暗里，一口一口地吃着。库齐玛感到恐怖，扭转了身。阵阵冷风吹过来，在乌云笼罩下一切显得更昏暗了。黄昏和晚上，他都留在果园里等庄头儿回来，好不容易才得到允许在这儿过夜。他遇见了三个病病歪歪的打更守夜人，他想到他将来也许会和他们一样过这种牲畜的生活。在果园里度过的这一夜，使他明白了原来打算租果园的想法是痴心妄想。他回到城里，认真考虑了自己的情况，就开始找店员和管家的位置；而后来，只要能够糊口，他任何事都肯做了。然而，找事、托人、请求，一切都成了泡影。在城里，他早已被人们看作是大怪物。可不是，你哪里看过这样一个小市民，已经到了他这个岁

《乡村》

伊凡·布宁

数,仍旧住在客栈里,过着光棍儿的生活,穷得像一个走江湖奏手风琴的乐师:除了一口小箱子和一把笨重的旧雨伞外,一身别无长物!这个小市民,身体瘦瘠,头发已经由于经常挨饿和深思而花白了,他老是管自己叫无政府主义者,可是又不能清楚地说明什么是无政府主义,他究竟是为了什么人,又是为了什么事而生活在这个世界上呢?那年的夏天漫长得好像没尽头。将近秋天,库齐玛已深信不疑:他要不就是去圣地或寺院里朝拜神道,要不就是用剃刀抹脖子一死了事。幸好,这时有人给他带来了季洪要他管理庄园的信函,九月底库齐玛搬到杜尔诺夫卡村去了。

库齐玛回来后,兴致很好,他满意地看着四周展开的平坦、干燥的褐色耕地。夏季里那种阳光、莹澈的空气、淡青的晴空,这一切都使人感到愉快。在这个村子里他接触了许多人,连同过去看到的,他都记录了下来,在所有人当中,他最感兴趣的是谢雷依。谢雷依是全村中最穷苦也是最空闲的庄稼人。他租出了自己的土地,没固定工作,他闲呆在家里忍饥受冻,一心只想能在哪儿白吃一顿饭。无论什么人聚会,都有他在场;无论哪家结婚、受洗或者出殡,都有他的份儿。然而,按照他的说法,他的命运实在不佳,永远找不到一份称心的工作!谢雷依和兄弟分了家,有好长一段时期他一直东投西宿,在城里或者庄园上当佣工。那年秋天,他用赚来的钱盖了一间砖房,可他用来吃饭的钱却没了着落。他不得不拆下橡子当柴烧,于是房子就那样一年没屋顶,整个儿被熏得乌黑。最后,谢雷依死了心,决定卖掉这间屋子,另去修盖或购买一间便宜的泥土房,但最终这件事也没办成。整个冬天,谢雷依一直闲呆在家,坐在没灯没火阴冷的屋子里,忍着饥饿,露出心事重重的神气。大斋期间,他设法到图拉郊外去当上了雇工,因为本乡里已经没人雇佣他了。但是,做了不满一个月,他嫌主人苛刻,有些厌烦了。于是整个夏天,谢雷依又一直闲呆在家里,等待杜马的救济。一天,村边上一个刚垛好的草堆着了火,谢雷依第一个赶到火场,嗓子喊哑了,睫毛燎光了,全身湿透了,指挥人们救火。又一次,那是十月里,连下了几场倾盆大雨,刮了一次凛冽的暴风雪,池塘里结了冰,邻近庄园的一口骟猪从冰冻的土堆上滑下去,撞破池面的冰,开始下沉,这时谢雷依飞快地跑去,首先一个扎猛子跳下水去抢救……骟猪到底还是淹死了,但是,由于这件事,谢雷依就名正言顺地从池塘里跑进下房,索取一些烧酒、烟草和下酒的菜。当他喝得醉醺醺时，就开始吹起牛来，又谈到从前他怎样规规矩矩地侍候神父，去年他怎样玩了个巧妙的手段，嫁了他的女儿。库齐玛听得津津有味，他甚至拿自己跟谢雷依相比，咳，可不是，他和谢雷依很相似呀！他也是一贫如洗、意志薄弱，一辈子都在期待过上工作称心的幸福日子。天色昏暗时，一看到谢雷依的屋子，库齐玛就感到愁闷。它是那样冷冷清清的，死气沉沉的。库齐玛知道，你刚要走进它那半露天的昏暗的门厅，就会感觉到自己到了个几乎类似兽窝的地方。你推门进去，看不见一个人，但是可以猜到：主人正坐在铺板上，因为他的烟斗像炭烬闪着红光；女主人正在轻轻地摇那吱吱喳喳的摇篮，一个患软骨病的婴儿，面色苍白，饿得瞌睡了，正在摇篮里翻腾。几个孩子挤在那微微有点儿暖意的炉灶上，叽叽咕咕地不知道说些什么。铺板下，霉烂的麦秸堆里窸窸窣窣地响着，那里有几个要好的朋友：一只山羊和几只小猪。

一向沉默寡言的新媳妇现在变得比苦行修女还要严肃忧郁。她就住在库齐玛隔壁的前室，村里人都深信这件事定有蹊跷。库齐玛已听到某些人的流言蜚语了，于是，每天一睡醒就想起这件事，感到又羞愧又厌恶。他总是搔搔那堵墙，让新媳妇知道他在等着喝茶，然后一面哼哼一面抽烟卷儿，这样他心里就感到舒畅了。他想："这些人真不要脸！连我女儿都有她这年纪了……"他想到了一个年轻女人每夜睡在隔壁，但这只能撩起他慈父般的爱：白天里，她对人严肃，很少说话，临睡时，好像一个孩子，她显得那么忧郁、孤单。可是，村里人会相信他是怀着这种慈父般的爱吗？连季洪都不相信，因为有时候他会怪模怪样地冷笑。在重重的压力下，新媳妇为了避嫌，也对他采取敬而远之的态度。有一年冬天，库齐玛病了，发烧的脑袋变得迷糊、沉重了，他立刻就要倒下，再也起不来了。当他听见新媳妇向前廊走来时，便亲切地叫住她。谁知新媳妇无动于衷，冷冷地回答："怎么，要烧茶炊吗？"她甚至也不问他哪儿不舒服。库齐玛觉得无限凄凉，仿佛已进入坟墓。过了好多天，库齐玛仍旧感到不舒服。想到春天，他觉得又是忧郁又是快乐，只巴望能早点儿离开杜尔诺夫卡村。季洪很赞同他的想法："到了三月一号，我自己连铺子和住宅都要让出去了，咱们到城里去吧，好兄弟，远离开点这些狠毒的家伙吧！"但是库齐玛想：季洪发了疯似地硬逼着新媳妇跟心肠狠毒的坚尼斯卡结婚，他自个儿不也是心肠狠毒吗？当初听到议这门亲事时，库齐玛拿定主意决不能让它谈成功。当他和新媳妇谈到了季洪的打

《乡村》

伊凡·布宁

算时,她冷静地回答:"哦,没什么了不起的,这件事我已经和季洪谈过,愿主保佑他身体健康,难为他想的很好。""很好!"库齐玛觉得奇怪了。新媳妇朝他看一眼,点了点头说:"这又有什么不好呢?你真奇怪,他答应出钱,还要给我办喜事……"当库齐玛再劝说她时,新媳妇竟认为这是一种"恶意"。她脸涨得通红,眼睛炯炯闪亮,急躁和粗鲁地说:"您的意思是叫我上哪儿去?一辈子向人家求乞?吃人家剩饭?做一个无家可归的叫花子到处流浪?再不,去找个孤老头子吗?我吞到肚里的眼泪还少吗?"讲到这里,她声音都变了,哭起来,走出去了。那晚,库齐玛向她保证,他绝对无意破坏这件婚事,她终于相信了,亲切和羞愧地笑了。但是这时泪珠在她睫毛上颤动,于是库齐玛又困惑地摊开双手。"那么,现在你又哭什么呢?"他问。新媳妇悄声回答:"咳,恐怕坚尼斯卡也不是那么可爱啊……"

有人从邮局带回来几乎积了一个半月的报纸。库齐玛从早到晚一直坐在窗口看报。新闻中那些"恐怖行为"和判处死刑的数目使他震惊,他呆住了。他赶忙乘坐马车来到季洪家里,他们谈起了判死刑的事、坚尼斯卡的婚事。季洪无限感叹地谈到了自己:"你以为我得到这金鸟笼是容易吗?你以为我做了一辈子拴着链条的狗,尤其是和个老太婆一起过这样的生活,是好受的吗?好兄弟,我从来不可怜人家……咳,可人家又何尝可怜我!你以为我不知道人家怎样恨我吗?你以为,如果那些庄稼人真的反了起来,如果你们在这样的革命里获胜,他们不会把我活活打死吗?你等着瞧吧,等着瞧吧,这种事会来到的,会来到的!咱们把他们害得太苦了!"他还说:"我这辈子完了,兄弟!你瞧,从前我有个哑巴厨娘,我送给她一条外国货头巾,可是她很快就把它反过来用破了……你懂吗?这是因为她又愚笨又吝啬。她平时不舍得用正面,说要等节日里用,可是,等到节日来临时,头巾已被用成块破烂布了……现在我的情形也是这样……对自己生活就是这样。真的,就是这样!"在回杜尔诺夫卡村的途中,库齐玛只感到沉闷、孤寂。此后在杜尔诺夫卡村中度过的那些日子,也都是那样沉闷、孤寂。

坚尼斯卡和新媳妇结婚了。在教堂里人们看见坚尼斯卡两条腿那么短,穿着借来的皮靴和借来的外衣,这时正尴尬地、害怕地、脑袋一动不动地顶稳了那个铜制的婚礼冠,新媳妇戴上了婚礼冠,显得更美丽,但脸色也更加死人般苍白。这时一只手一直哆嗦着,于是融化的蜡烛就把烛泪滴在她那天蓝色衣服的宽边儿上……

1937年
诺贝尔文学奖得主

"由于他的长篇小说《蒂博一家》所表现的强而有力的艺术性与真实性，——透过这些，他描绘了人性的冲突，以及当代生活的若干基本层面。"

——获奖评语

歇·马丁·杜·伽尔
〔法国〕

罗歇·马丁·杜·伽尔，1881年3月23日生在巴黎郊区塞纳河畔讷伊，他的父亲是巴黎著名的律师。1892年进入费内隆中学学习，在这里他受到一位现代主义教派牧师马塞尔·埃贝尔的影响。中学毕业后，马丁·杜·伽尔到巴黎大学学习文学，后来他又决定进巴黎文献学院，在此他受到专门培训而成了一名古文书学者。在1905年的论文答辩通过后，他获得了巴黎文献学院的毕业文凭。

1906年，罗歇·马丁·杜·伽尔与埃莱娜·富科结婚。在北非度蜜月期间，他就开始认真构思他的第一部小说，但他很快便放弃了这一尝试。于是他又到巴黎学习心理学，后来根据他失败的第一次尝试写了一部小说。1908年出版了处女作《成功》。1910年到1913年间，他在法国中部的乡村家中致力于一项雄心勃勃的计划：写一部观念历史小说，取名为《若望·巴鲁瓦》。这期间，他与安德烈·纪德、让·施卢姆贝格尔以及雅克·科波合作创办了《新法兰西评论》。第一次世界大战期间，马丁·杜·伽尔在前线一个汽车运输师服役了四年。

20世纪20年代初，他曾在科波的维约-科隆比耶剧社工作，但最后还是把全部时间投入到《蒂博一家》的写作中。《蒂博一家》的出版，在法国引起了巨大反响，成为继罗曼·罗兰的《约翰·克利斯朵夫》后又一部风行一时的长篇小说。

罗歇·马丁·杜·伽尔很少公开露面，不过倒是经常到纪德家中做客，并且出席由保罗·德雅尔丹倡议在蓬蒂尼举行的座谈会。1940年以后，罗歇·马丁·杜·伽尔的著述骤减。1949年他的妻子去世后，他彻底地放弃了写作。在法国被纳粹德国占领期间，直到他1958年逝世，他大部分时间都住在尼斯。

蒂博一家

蒂博先生14岁的小儿子雅克离家出走了，这种挑战行为对一向威严的蒂博先生来说是不能容忍的。他和正在攻读医学的儿子安托万一起来到雅克所在的学校找比诺神父。

比诺神父告诉蒂博先生，雅克受了一个危险同学的影响，在学校里读邓南遮的《岩石上的童贞女》、罗梭的《忏悔录》、左拉的《穆雷神父的罪过》之类可疑的书，并同一个叫达尼埃尔的学生交往过密，如恋人般热狂的书信频传，校方没收了这些书与信件，雅克竟以自杀要挟，最后被关进一间小诵经室禁闭一小时。雅克就是同达尼埃尔一起逃走的。

"无赖！"蒂博先生喊了一声。想起那个逃走的儿子，他激动得两腿发软。"但愿这一回不要引起太大的风波！"他一边嘟囔着，一边也许是生平第一次悄悄挽起了儿子的胳膊。

第二天早晨，安托万去达尼埃尔家探听消息。达尼埃尔的母亲丰塔南夫人虽说40多岁了，但风韵犹存。因为儿子离家出走，她度过了一个焦急不安的不眠之夜，她的女儿珍妮为了替哥哥保守秘密，紧张得晕了过去。安托万走后，丰塔南夫人打开《巴黎名人录》，才知道儿子的同伴雅克的父亲蒂博是省前议员，儿童道德教育联盟副主席，社会防罪事业协会创始人、主席，巴黎教区天主教慈善事业部司库。

他们从巴黎逃到马赛，已是后半夜了，出走时激动的心情已经平静下来。他们谎称是兄弟俩，投宿车站小旅店，第二天清晨像幽灵一样地离店，逛遍了马赛后,他们决定搭船远行去突尼斯。他们请求一个长得矮墩墩的大胡子船员准许他们搭船。这位船员很快识破了他们编造的谎言,要同另一位船员一起把他们抓住。雅克与达尼埃尔慌忙夺路而逃。两人走散了。

午夜时分,疲惫不堪的雅克一头栽到散发着湿木头味的箱子中间睡着了。达尼埃尔这时靠在一堵工厂的墙上闭上了眼睛,他被一个挺和善的女人带进一幢低矮的房子。女人很年轻,像大姐姐似地把他的脑袋贴在胸前,他一动也不敢动,透过衬衣,他的脸颊感觉到她的胸脯一起一伏,感觉到她身体的温热。第二天中午,达尼埃尔才在一家咖啡馆大门口遇到了雅克。雅克使劲搂着朋友哭了起来。达尼埃尔没有哭,他感到由于有了昨晚那段搅乱了他血液的经历,从此他与朋友隔绝了,雅克在他看来只不过是个孩子。他们在海边的一家旅店又以兄弟俩的名义投宿,可是,当他们在清晨醒来时,老板娘已带来了警察。他们被带进拘留所,警方通知他们家长领人。就这样,这两个少年的出逃计划破灭了。

蒂博先生把雅克送进自己创办的克鲁伊儿童教养院。九个月后,安托万瞒着父亲去探望弟弟。教养院院长殷勤地接待了这位不速之客。在小教堂门前的台阶上,安托万见到了雅克。雅克变化真大,使当哥哥的几乎认不出来了。作为"特殊学生",雅克住在靠办公楼的一间很高的、干净的房间,屋里放着硬叶松木的衣柜、软椅、桌子等。他变得目光呆滞、彬彬有礼,这使安托万大为震惊。安托万带弟弟到城里去玩,雅克停在人行道上,盯着堆满点心的五个货架,一动不动,连气都喘不出来了。在点心铺,雅克吃得很快,每吃完一块点心就停住嘴,等待安托万再给他拿。回教养院的路上,雅克紧紧依偎在安托万怀里,恋恋不舍。

安托万回家后,对父亲说:"雅克不能再在克鲁伊待下去了,那里并不是什么好地方,我们需要尽早把他从那儿领出来。"蒂博先生恼怒之极,他禁止安托万再去教养院,要安托万滚出去。安托万求比诺神父帮忙。在神父的劝说下,蒂博先生被迫让步,同意雅克回家。

雅克回家不久,同家里19岁的女仆利斯拜茨打得火热,他们长时间地搂抱着、抚摸着,沉醉在纯洁和诗意中。然而,利斯拜茨要走了,她没有勇气告诉雅克,因为她早已迷上了他的哥哥安托万,最后一夜她是同安托万度过的。雅克知道后,凄厉地叫着,好像死亡就在眼前。雅克决意要去见达尼埃尔,他需要把他青春的秘密告诉另外一个年轻人,他要跟达尼埃尔一起分担令他窒息的心理压力。但达尼埃尔只是向他诉说他对另一位姑娘的爱，尽管他和雅克仍然是好朋友，但已不再是孩提时代的情谊了，灵魂的窗户已经关闭。

几年以后，达尼埃尔成了一个小有名气的画家，雅克也以第三名的优异成绩考上了高等师范学校。他十分激动，血液在他的体内奔流起来。他仿佛看到一个陷阱、一个牢笼就在面前，他想："我陷进去了。"在庆祝雅克成功的那天晚上，安托万去抢救一个被车撞伤的小女孩，他遇到了护理小女孩的拉歇尔小姐。她那鲜艳的肌肤、丰满的身躯令他震动，使他动情。小女孩脱险后，安托万搂住了拉歇尔小姐的腰，拉歇尔把嘴唇贴到了安托万嘴上来。

夏天，蒂博一家和丰塔南一家都在郊区度假，两家的别墅相邻。在网球场上，雅克与达尼埃尔的妹妹珍妮相遇了。从前珍妮认为雅克只是一个粗暴平庸的男孩子，如今他们谈诗歌、谈哲学，从雅克狂热的言词中，珍妮感到心中燃烧着一把火。一天晚上，珍妮站在小径中间，在月光的照射下，墙上印下了一个清晰精致的黑色天鹅绒的剪影。雅克心里起了一个疯狂的念头，他不假思索地向墙弯下身去，吻着他热爱的那脸庞的影子。安托万与拉歇尔也沉浸在热恋的幸福中。然而，拉歇尔告诉他，她要出一次远门，去非洲办一些事。原来，她要去追寻旧日的情人。安托万目送着轮船的渐渐远行，痛苦已达到心碎的地步，他几乎想自杀，以求得解脱。

高等师范学校开学前，雅克又突然失踪了，连续三年无影无踪。老蒂博已病入膏肓，他惦念着雅克，用低沉、亲切、急迫的声调对安托万说："我还有别的事要交代，就是雅克的死。可怜的孩子……我尽到了我的义务了吗？"其实雅克并没有死。安托万收到了一封寄给雅克的信，信是一位著名的大学教授、学院院士雅里库尔发出的。信中说："我读了您的小说，这种浪漫风格与我们传统式的教育和大部分人的爱好都格格不入，但它会引发人们对它的兴趣"安托万两腿抖个不停，心中涌起希望：找到雅克，叫他回来！从雅里库尔教授那里，安托万探听到雅克可能在瑞士的日内瓦，他还读到了弟弟写的小说《索莱丽娜》，小说中的人物名字虽陌生，但分明有他周围的人的影子，包括蒂博先生、安托万、丰塔南夫人、达尼埃尔等，这使他一下子回忆起一大堆往事。为了迅速找到雅克，他向一个私人侦探交代了任务。三天后，侦探告诉他雅克的确切地址：瑞士洛桑的卡麦尔辛公寓。

在卡麦尔辛公寓，安托万见到了正同十几位流亡瑞士的知识分子争辩的雅克。雅克说得很快，语气热烈，没有拘束，看得出他很受这批知识分子的推崇。兄弟俩握了一下手，安托万告诉弟弟"爸爸病危"。雅克已三年没有听到"我的小弟！"这个称呼了，他心里深受感动。他尽管执拗，但回家的想法不再是完全不可接受的了。三年来，自己在痛苦、高傲和孤独之中一砖一石亲手建造的这栖身之地土崩瓦解了。他向哥哥吐露心迹"你一定得了解我，我怎么肯在他们那个学校里耗费我三年的生命呢？我厌恶那种教育机构，那种乏味的生活。"他有志当个小说家，但生活无着落，在社会的最底层挣扎，还被拘留过。"我以前的生活说不出口，安托万……说不出口！"他绝望地重复着，就像做忏悔似的。他不由自主地又依附于他的哥哥，并且通过这个哥哥，又跟他的过去联系在一起了。兄弟俩于是一起坐火车返回巴黎，去看望垂死的父亲。

尿毒症折磨着蒂博先生，雅克一点也认不出父亲昔日的模样了，他弯着腰，两只胳膊紧紧搂住不断抽搐的身体，看到父亲不停止的惊厥越来越严重，雅克摇着哥哥的手臂，说："必须减轻他的痛苦！应该想个主意！"安托万也不忍心看父亲遭受如此巨大痛苦，他毅然为他注射了麻醉剂，让父亲摆脱已经太长久的折磨。

蒂博先生逝世后，雅克没有继承遗产，他又回到瑞士那群各种出身、各种信仰的革命者中间。他为《明灯报》撰稿，参加革命者的辩论。那群革命者的首领是被称为"飞行家"的梅奈斯泰勒，他是退役的飞机驾驶员，他喜欢同雅克在一起躲在总部顶上的一个房间里，探讨革命的理论问题。在这种小小的国际性聚会里，雅克发现了两种类型的革命者：宣教家和实干家。他倾向于那些宣教家——不管是社会主义的、共产主义的还是无政府主义的。他本能地感觉到跟这些豪爽的神秘主义者在一起心情舒畅。这些人都像他一样，梦想着在现今世界的废墟上建立一个公正的社会。当时欧洲战云密布，革命者争论着如何阻止战争爆发。雅克信守和平主义，反对血腥的暴力，他说："你们所宣扬的这种暴力，我非常清楚地觉得它同时威胁着精神领域。我希望革命是一种普遍秩序的胜利、广泛的人道秩序的胜利。"

这时，发生了奥匈帝国王储、斐迪南大公及夫人在波斯尼亚首府萨拉热窝被一革命青年刺杀的事件。雅克奉命去巴黎，考察法国左派的动向。他在巴黎大学街的拐角停住，这里本来应该是自己的家呀，可房顶上搭着脚手架，有些认不出来了。他犹豫了一下，终于穿过了马路，走进了大门。在楼

《蒂博一家》
罗歇·马丁·杜伽尔

梯上，人造大理石的墙壁、锻铁的栏杆、宽敞的彩画大玻璃窗代替了昔日那深色的、百合花图案的糊墙纸，曲折的栏杆，老式的彩色玻璃窗。昔日的房间也改成了钉着铜牌，放着卡片匣、书架的工作室。安托万利用父亲的遗产促进事业上的发展，正加紧进行小儿病理学的个人研究。兄弟俩见面后，雅克问："你在这儿难道一点也没有发觉正在酝酿着什么事？"安托万轻声地反问："正在酝酿什么呢？""战争。"雅克用沙哑的嗓子说。"是吗？"安托万问道，抽着烟，他微笑了："应该围绕着巴尔干各国为百姓建立一个防疫线……"雅克盯着他，仿佛做出最后判决似地想道："他和我之间的鸿沟是不可逾越的！"

达尼埃尔的父亲丰塔南放荡、糜烂，晚年归来后，他感到痛苦、羞愧，终于拿起手枪，朝自己的太阳穴扣动了扳机。珍妮闯入安托万家，请他去抢救。碰巧遇到了雅克，她惊骇地哆嗦起来。安托万未能挽救丰塔南的生命。在葬礼上，雅克极力想在三个戴着黑面纱、显得一样的女人中找到珍妮。但直到在火车站台上，他才偶然遇见她，他第一个动作是想逃走，躲起来。珍妮睁大眼睛，露出惊骇的目光，她明白自己被逮住了，两腿发软，但是她对抗着，打量着他。"珍妮，我请您原谅……"雅克谦卑、悲怆地说。"我那时突然出走，我要对你说清楚。我非常不幸！我的学习，我的家庭生活，我的父亲……"他倾诉着内心的向往："珍妮，我敢肯定，在世界上有一个人，可以治好我的病，使我安定下来，这就是您！"两颗爱恋的心在分别了四年后，又相互贴近，彼此的肩膀和手臂都感觉到对方灼热的体温。

这时，奥地利和塞尔维亚断绝外交关系，战争火药味已浓得呛人。这天，雅克接到白纸上用显影药水写的梅奈斯泰勒的指示：马上去柏林执行秘密任务。在柏林波茨坦梅广场的阿斯汉吉饭店，他同接头的德国人特劳顿巴赫见面。特劳顿巴赫长期生活在柏林的贼帮当中，多次利用这个违法的帮派为革命事业服务。雅克很快得到从一个德国上校那里窃来的文件，迅速把它带出德国，交给梅奈斯泰勒。梅奈斯泰勒独自在房间里看了两个钟头，他不再怀疑日耳曼两国参谋部已经合谋：证据俱在，无可辩驳！德国的社会民主党人，除了几个人以外，完全没有想到维也纳和柏林已经勾结在一起。秘密文件显然是个揭露帝国阴谋的武器。如果它落到李卜克内西手中，有可能阻止战争的爆发，因为他是主张利用战争危机进行革命的。于是，他用决断的动作从床底下拖出一个小手提箱，自语说："把这些东西锁起来，不跟任何人说……等待时机！"

雅克把蒂博先生留下家财中的一半——差不多25万法郎的南美股票，匿名捐赠给"第二国际"的国际局使用，差不多在同一时间，安托万正在为外交部官员吕梅尔打针，这使他成为巴黎城内消息最灵通的人士之一。整个巴黎沸腾了，到处都在骚动，到处都在示威。雅克带着珍妮来到人山人海的剧场门口，他在这里发表慷慨激昂的演说："战争！已经向我们逼近，24小时之内，就可能在欧洲打起来，只有你们能够制止……那就是团结起来一致反战！拒绝打仗！"他向听众激动地挥手，要大家静下来，说："只有罢工，这唯一的行动，还能使我们大家得救！团结在'国际'领袖的周围！准备进行无产阶级力量的伟大冲击。国家的命运，欧洲的命运就取决于这个行动！"他的演说博得了好几分钟的欢呼声，群众在呼喊："说得好！打倒战争！罢工！和平万岁！"

在安托万的诊疗室里，大家也在议论战争。安托万的医生同行表示，如果法国明天进行动员，不管我们心里怎么想，我们都要去救死扶伤，不能逃避。雅克激动地说："我不能接受暴力，甚至连反对暴力的暴力在内！我拒绝一切战争，不管它被称为'正义的'还是'非正义'的！"他们一直争论到深夜，同行们走后，安托万与雅克又争论起来。安托万问："一旦动员，他们要把所有的人都送上前线……你打算怎么办？"雅克说："我宁愿自己剁掉两只手，也不会上前线的。"安托万说："在目前情况下，拒绝服兵役，就是把个人利益置于总的利益之上。"雅克反驳说："总的利益，群众的利益，显然是和平，而不是战争！"安托万不耐烦地说："整个国家都动员起来，绝大多数人都要接受保卫国家的义务，还有什么比孤立一人的反抗行动更无意义，更注定要失败的呢？"雅克耐心而又坚决地说："我要继续进行反战斗争！要用一切办法！如果必要的话……包括革命破坏活动！"

不久，总动员的白色告示贴遍了大街小巷，一个小时之内，巴黎全城完全变了样。每个行人都好像发现自己还有一些困难需要赶快解决，有些事要安排，有些事只得放弃，有些亲戚朋友要看望，跟某些人要赶快和解、跟某些人要把关系彻底断绝。令雅克目瞪口呆的是，甚至在社会党领袖们中间实际上已没有一个人同意牺牲民族利益了，这同他们一直声称的"国际主义理想"自相矛盾。安托万作为"军医官"应征入伍了，雅克为他送行。两个人都在对方的眼神里看出同样的疑问："我还能见到你吗？"泪水同时涌上了他们的眼睛。突然之间，他们的过去，世上唯有他们两人才共同拥有的，那不值一提却又独一无二的家庭的故事，他们通过形象回忆了起来。他们同时张开双臂，笨拙地搂在一起。许多年来，就从刹那间他们两人一同回想起来的那童年时代起，他们就没有拥抱过。

雅克决定带珍妮同往瑞士，他很清楚为什么要到瑞士去，在那里准备干什么。他要用具有决定性的单独行动，为自己的信念而斗争，阻止战争的发生！他去看望丰塔南夫人，要带走她的女儿。丰塔南夫人极为痛苦、震怒，她对珍妮说："这样严重、后果如此深远的决定，怎么可以在几天之内就做出呢？这个决定关系到你整个的一生，不仅是你的一生，还有我们的……"她用手捧着头，哭了起来。在火车站上，珍妮经过痛苦的抉择，决定留下来。她答应尽早去瑞士同雅克在一起。雅克勉强答应，"好，尽可能早！"他心里明白，他永远再也见不到心爱的珍妮了，是使他陶醉的英雄主义把他孤立了起来。

一到日内瓦，雅克发现这里到处是悲观、消沉的情绪。他的同志告诉他，瑞士政府保持中立，支部里没有人了。同志们把他带到梅奈斯泰勒的住处，这位革命家情绪也十分沮丧，他对雅克说，在日内瓦同在巴黎一样，什么事情也干不成。他甚至说："人一旦把死当作一种……自觉的行动，最后的行动，有用的行动，那么，死大概就不那么困难了。"雅克提议同他合作，用飞机飞越前线，向交战的法国部队与德国部队撒出千百万张印着宣言的传单。宣言向工人、农民们说明他们的处境，告诉他们互相残杀是一桩荒谬的罪行！梅奈斯泰勒第二天才同意了雅克的提议，说："咱们两个都有任务，我去准备飞机，你准备传单。"雅克乘上去巴塞尔的火车，以解决100万份传单的印刷问题。他在火车的角落里，在记事本上奋笔疾书："这个以绝大多数人的血汗为少数人的利益服务的等级社会制度，使你们装上刺刀，把你们抛到前线，去保卫那些对于他们中的差不多每个人几乎完全无关、甚至有害的利益！……因此，对战争道德应负责的人，就是一小撮民众的剥削者、金融巨头、工业大亨，他们在国家与国家之间掀起你死我活的竞争。他们在每个国家都有政府官员保证予以支持，……在该负责的人中间，处于第二位的，就是一小撮自大狂的政治家……"

梅奈斯泰勒驾驶着飞机按约定时间、地点到达，雅克在登机前，掏出笔记本，撕下一页，飞快地写道："珍妮，我一生中唯一的爱。我最后思念的就是你。"他把纸条交给一位同志，就义无反顾地上了飞机。他无论如何也没有想到，梅奈斯泰勒把这次反战行动看作自杀的机会，他在飞机升到高空后突然关掉了发动机，飞机于是向下俯冲。雅克伸手抓住一捆传单准备散发，可是只感到天旋地转，凹凸不平的地面在抽搐，像是一张水彩画着了火，正在上升，令人目眩地向他升上来，发出狂风似的呼啸，他的身体似乎裂成一片片……他在麻木的睡眠中醒来时，发觉自己的肢体已布满创伤。他躺在担架上，被溃退的法国士兵称为"德国间谍。"担架一会儿抬起来，摇晃着，一会儿又停下来，满目疮痍。士兵们谁也不肯抬这副担架。突然一声尖锐的呼啸，划破了空气，紧接着一声爆炸，把脑浆都震得在颅腔里跳起来。这支溃退的队伍遇到了夹击，一个士兵为了壮胆，向重伤的雅克扣动了扳机。

四年过去了。安托万重返故居。他在1917年视察前线时中了毒，在养病期间，他越发思念故乡。安托万走进家门，他感到不是回到自己的家，而是回到了父亲的家。他看到了过去，现在隐没了。父亲、雅克等都不在了，如果再能回到从前，花多少代价他也愿意！追思往日，也混合着今日的悲伤，他觉得他完全垮了。幸亏雅克留下的遗腹子让·保罗，在珍妮与他的哥哥的照料下，十分活泼可爱，这给了他不少安慰。达尼埃尔在战争中失去大腿，要不是丰塔南夫人还在世，他宁愿结束自己的生命。安托万与达尼埃尔谈起战争，感慨万千。他认为，"必须使和平思想在舆论中间深深扎根，广泛传播，成为阻碍各国政府好战政策的不可逾越的障碍。"他写日记，许多是写给让·保罗的，他把爱全部倾注于这个蒂博家的唯一的后代身上。他在日记中希望让·保罗"成为一个有价值的人"，有"更为美好的前途"。他叮咛："卷入集体狂热的广阔运动中也很吸引人！信仰也很吸引人，因为这很方便，因为这最舒服！不过，你要学会抵制这样的吸引力……这并不容易。"在最后的岁月中，他写道："我们过去的所有希望，我们本来该有的所有愿望，我们没有完成的一切，都要你去实现，我的孩子。"他给自己打了一针吗啡，结束了自己的生命。

《荒原狼》
赫尔曼·黑塞

1946年
诺贝尔文学奖得主

赫尔曼·黑塞
〔德国〕

"他的充满灵感的作品既具有高度的创意和深刻的洞察力，也为崇高的人道主义理想和高尚的风格提供了一个范例。"

——获奖评语

赫尔曼·黑塞于1877年7月2日出生在温顿伯格的卡尔夫，那是德国黑森林中的一个村庄。在他少年时期，因父亲的工作原因，全家在瑞士巴塞尔生活了六年，在他的早期小说中有不少关于少年时代在德国和瑞士看到的那些群峰林立的山区的描写。在他12岁时便把成为一名诗人视为自己毕生的奋斗目标。

结束早期学业之后，黑塞进了毛尔布仑神学院，可不到一年就因精神极度忧郁而离开。他在一所预科学校的短暂求学也不愉快地告终。黑塞先后在图宾根和巴塞尔的书店里谋职，这份工作给黑塞提供了广泛阅读的机会和潜心写作的良好环境。他的第一部小说《彼得·卡门青特》非常畅销，这使他下决心终生献身于文学。

1904年黑塞和玛丽亚·贝诺里结婚，并有了三个儿子。他们在靠近瑞士边境的康斯坦湖畔的盖霍芬定居下来，黑塞在那里兼做编辑、评论家和作家。同年长篇小说《彼得·卡门青特》问世，受到广泛好评，成为他的成名作，黑塞从此走上了职业作家的道路。后来迁居到了伯尔尼，继续写作和编辑工作。虽然黑塞曾多次访问德国，却从未再度在那儿定居。第一次世界大战前不断加剧的德国军国主义使他深感失望，他同自己的祖国越来越疏远，终于在1923年加入瑞士国籍。同年黑塞与他的第一位妻子离异。他的第二次短暂婚姻也以离婚结束。1931年黑塞和尼侬·多宾结婚，这次结合一直持续到他逝世。

黑塞早期的作品有《在轮下》《盖特露德》《罗斯哈尔德》《克诺尔普》等。1919年出版的长篇小说《德米安》深受青年欢迎。《荒原狼》是黑塞最有创作力的一部小说，托马斯·曼把它誉为德国的《尤里西斯》。

1943年问世的《玻璃球游戏》是他的最后一部长篇小说，在他的全部作品中占有特殊地位。

1919年黑塞迁至瑞士蒙塔格诺拉，在此度过了余生。黑塞是个有点离群索居的职业文人，但他明确表示反对德国纳粹运动。第二次世界大战后，黑塞因他对文学的贡献而获得多项荣誉和奖金，其中包括歌德奖1946和德国出版协会和平奖。经过长时间与病魔的搏斗，黑塞于1962年8月9日在蒙塔格诺拉辞世。

荒原狼

荒原狼是个年近50的人，他叫哈立·哈勒。几年前的一天，他租下了我姑妈家的阁楼和旁边的一间小卧室，在这里住了九十个月。他沉默寡言，不善交往，有时确实像他自称的那样，是一只狼，一个陌生的、野性而又胆怯的、来自另一个世界的生物。至于他是在怎样深沉的孤独中依靠自己的天赋和命运混日子，又是如何自觉地把这种孤独当作命运来理解，这一切我是从他留下的手记里才得知的。

荒原狼个子不高，但走起路来昂首阔步，像个大个子。当时他身穿一件舒适入时的大衣，胡子刮得很干净，头发留得很短，他的脸充满智慧，表情显得非常温柔而灵活，这反映出他那有趣的、动荡不安的、非常细腻而敏感的内心世界。和他交谈时，如果他能摆脱他的生疏感而说出富有个人特色的话语，就会使人对他心悦诚服。他想得比别人多，智力上具有那种近乎冷静的客观性。他深思熟虑、知识渊博，这些只有真正的智者才具备，这样的人没有虚荣心，他们从不希望闪光，从不希望说服别人，从不固执己见。

《荒原狼》
赫尔曼·黑塞

有一次，我拉他去听一位著名的历史哲学家兼文艺批评家、全欧名人的报告。看着这个自命不凡的人，荒原狼向我投来一瞥目光，那令人难忘而又可怕的目光使那位名人变得一文不值。那目光与其说是讽刺，不如说更多的是伤心，它包含着无比绝望的悲哀。他用这种绝望的目光不仅看透了爱虚荣的讲演者个人，而且刺穿了我们整个时代，刺穿了一切忙忙碌碌、装腔作势，一切追名逐利之举，一切虚荣，一切自负而浅薄的智力的表面游戏。它直指一切人类的内心世界，说出了一个思想家对人生的尊严和意义的全部怀疑。

我一开始就注意到他有点与众不同。我觉得这个人有某种精神病或者忧郁症。他很悲观，但他的悲观主义的基础不是鄙视人世，而是鄙视自己，他把自己所能做到的尖刻、批判、厌恶和憎恨，全部发泄在自己身上，而对其他人，对周围世界，他始终勇敢而严肃地尝试着去热爱，因为"爱他人"就像恨自己一样深深地印在他的心灵上。可是他十分清楚，人活着，不爱自己就不可能爱别人。而憎恨自己，最终会导致可怕的孤立和绝望。

哈立·哈勒搬来之后，在起居室的墙上挂起了照片，贴上了画。书柜里放满了书，写字台上、沙发上、椅子上、地板上也到处是书，书里还夹着经常更换的纸签。他的书绝大部分是世界各国各个时代作家的作品。屋子里到处是烟蒂和烟灰缸，还有许多酒瓶子。他的生活和工作也像他的房间一样，乱七八糟，毫无规律的。一天傍晚我下班回家时，在楼梯上遇到他，他邀我到他房间里看诺瓦利斯全集里的一句话，他从书堆里抽出一本书，翻找着。"啊，这句话也很好。"他说，"您听听这句话：'应当以痛苦为骄傲——每一次痛苦都使我们想到我们的高等地位。'在尼采之前 80 年就有人说出这样的话！但这还不是我所说的那句话，哦，我找到那句话了，听：'绝大多数人在会游泳之前都不愿意游泳！人是为大地而降生的，不是为水而降生的。他们当然也不愿意思考，谁要是把思考当成重要的事情，他当然可以在这方面有所成就，但同时他也就把土地和水的位置相互替换了，那他有朝一日终将被淹死。'"

这初次的接触使我对他产生了兴趣。我越来越发现他十分赞赏、喜爱我们这种平民世界，他把它当作可靠的安身之地，当作他高不可攀的境界，当作他无路通达的故乡和安息地。他是一只因迷路而跑到我们这里、跑进城市里、跑进群居生活世界的荒原狼——除此之外，没有其他形象更能恰当地表现他，表现他怕见世面的孤独，表现他的野性、他的不安、他的思乡情绪和他那无家可归的命运了。他是在过着一种多么绝望、孤独和放任自流的生活啊！这是一种自杀的生活。

有一天，他在付清一切欠款之后，突然不辞而别地离开了我们的城市，从此我们再也没有听到关于他的任何消息。他把他在这里写下的一份手记送给了我，并说可以任凭我处理。我在手记中发现哈勒的精神病不是什么个人的奇思怪想，而是这个时代的病症。这份手记是一种尝试，那就是对这个巨大的时代病症不是通过回避和美化来克服，而是把这病症描绘出来加以克服。这份手记是名副其实的穿越地狱的足迹，是穿越阴暗的内心世界的混乱的记录。它时而充满恐惧，时而勇气倍增，决心横跨地狱，对抗混乱，把厄运忍受到底。

记得他对我说："每一个时代，每一种文化，每一种道德风俗与传统都有自己的方式，都有与之相适应的温和与严厉，美好与残暴都会把某种痛苦视为理所当然，都会容忍一些坏事。只有当两个时代、两种文化和宗教相互交错的时候，人的生活才会变成真正的痛苦，变成地狱。有时候整整一代人隐于两个时代、两种生活方式的交替之间，这一代人失去了一切本来是理所当然的东西，失去了一切惯例、一切安全感和纯洁无邪。当然，不是每个人的感觉都同样强烈。像尼采那时孤独而不被理解所饱尝的东西，正是我们今天成千上万人所遭受的苦难。"

在阅读这份手记时我老是想到这段话。哈勒就是属于两个时代交替之间的一代人。他们被从安全与纯洁的环境中抛出来，他们的命运就是把人类生活中一切成问题的地方当作个人的痛苦与地狱来加倍地体验。我认为，这就是他的这份手记的意义所在。

以下是哈立·哈勒留下的手记

仅供狂人一阅

这一天像往常一样过去了：写了几小时东西，翻了翻旧书，难受了两个小时，吃了点药，疼痛又止住了，洗了个热水澡，做了次呼吸运动，思维运动因为贪图舒服没有做，散了一个小时步，发现天空画上了柔和、珍贵、美丽的羽片云。这是我长期以来所过的那种平淡岁月中的一天：一种既无特殊痛苦也无特殊忧虑，既无真正的苦恼也没有绝望的日子。

《荒原狼》
赫尔曼·黑塞

在大多数人看来，与世无争，没有痛苦，过着平凡的日子，这是一件美事。遗憾的是，我受不了这种与世无争，我非得躲到另一种空气中去不可。如果我有一段时间既无欢乐也无痛苦，我孩童般的内心就会感到阵阵痛苦。于是在我心中燃起了对强烈感情的渴望，燃起要打碎什么东西的疯狂欲望，砸烂一个百货商店，或者一个大教堂，哪怕毁掉我自己也行。我深深地憎恨、厌恶、诅咒这一切：与世无争、健康舒适、中产阶级所推崇的乐观，中庸之道的繁文缛节。

夜幕降临时，我带着这种情绪结束了这庸庸碌碌的一天，情绪低落地穿上鞋，穿上大衣，在昏暗和雾霭中向城里走去，我要到饭店里去喝点什么。路灯在阴冷潮湿的灰暗中眨着眼睛，这使我顿时想起我那忘却的青春岁月。那时我是多么喜爱这样阴暗、忧郁的深秋和初冬的夜晚，是那样如饥似渴、如痴如梦地吮吸着这种孤独、伤感的气息，而现在这一切都已成为过去。对此我并不遗憾，我感到遗憾的是现在，今天。在如此满足现状，如此中产阶级化，如此缺少精神的时代，面对这种建筑、这种商业交易、这种政治、这样的人群，我怎么可能不变成一只荒原狼、一个粗野的隐士呢！我不能理解在拥挤的铁路上和旅馆里、在乐曲沉郁的咖啡馆里、在摩登都市的酒吧和游乐场里、在世界性的展览会上、在节日的彩车上、在为渴求教育的人所举办的讲座上、在巨大的运动场上人们所寻求的究竟是什么样的兴致和乐趣。成千上万的人为之追逐和奋斗的那种欢乐我本来也可以得到，但是我不能理解这种欢乐，也无法分享它。相反，在我那不常有的愉快时刻所发生的一切，对我来讲却是幸福的、不平凡的、令人着迷的、振奋人心的，对于这些，世俗的人们只能在文艺作品中去了解、去寻找、去喜爱，一旦放到现实生活中去，他们就会认为这些都是疯狂。如果世俗的人们是对的，如果那咖啡馆的音乐、那大众化的消遣、那满足于蝇头小利的美国人是正确的话，那么我就是错误的，我就是发疯，我的确就如我经常自称的那样，是一只荒原狼，是在一个陌生而无法理解的世界里的一头迷途的野兽，是再也找不到家乡、空气和食物的野兽。

我带着这些想法在湿淋淋的大街上向前奔跑，跑到本市最安静、最古老的一个城区。一堵灰色的旧城墙矗立在黑暗之中。我看到城墙上有一片隐约发亮地方，上面有彩色的字母在闪动，时而消失，时而复现，难以辨认。现在我终于认出一些字句来了，这些字句是：

魔术剧

限制入场

——不做公演

忽然字母没有了，字母变的戏法也结束了。我久久地站在泥泞中等待着，这时一些彩色的闪光字母纷纷落到了我面前反光的水泥地上：

只——供——狂人——观赏！

我双脚湿透，浑身发冷，但还是等了一会儿，想看看还有什么东西，结果什么也没有发生。我只好继续往前走，但我仍渴望找到魔术剧院的大门，去观看那仅供狂人欣赏的魔术剧。这是另一个世界给我带来的问候，那彩色字母在我心灵上舞蹈，拨动着那隐藏着的共鸣。

我走进一家简朴无华的小酒店，这里没有人群，没有喊叫，没有音乐，只有几个人在安静地喝酒。喝酒是件好事，酒一下肚，我顿觉心旷神怡，我进入了天国，我想到永恒，想到莫扎特，想到星辰，我又可以自由地呼吸一个小时了，又可以存在下去，而不需要忍受痛苦了。

我离开酒店，走上了夜深人静的大街。我该到哪里去呢？我犹豫不决地踏上了归途。我从一家舞厅门前经过，门里传出强烈的爵士音乐，我站了片刻，侧耳倾听那感情奔放、血淋淋、赤裸裸的刺耳音乐。尽管我讨厌这种音乐，可它对我总有一股暗中的吸引力，它以其欢乐而粗犷的野性深深地触动着我的本能，散发出质朴诚实的情欲。那乐曲的抒情部分包含着过分的伤感和甜蜜，甜蜜的外表掩饰不了伤感的内心；粗犷部分则是狂野无常、充满活力的。然而两部分却又自然而和谐地结合在一起，构成了一个整体。这是没落的音乐，却又体现了伟大的诚实与正直，体现了黑人的禀性和欢乐天真的情绪。

我又来到了老城区，突然我想起了晚上那件事，那神秘的尖拱城门，那带着嘲讽姿态舞动着的闪光字母。我看着老城墙，暗暗希望魔法再次出现，邀请我这狂人进去。可是城门紧闭，城墙无洞可入，我微笑着向城墙上点头致意，继续往前走。这时，有一个人从一条漆黑的胡同里突然窜到我面前，吓了我一跳。他头戴便帽，身穿蓝色制服，肩扛一根挂有广告牌的棍子，胸前面挂着一个打开着的箱子。我把他叫住，才看清广告牌上的字：

《荒原狼》
赫尔曼·黑塞

无政府主义的晚会！
魔术剧！
限制入……

"你们的晚会在哪里举行？什么时候举行？""限制入场。"他一边往前走，一边无动于衷地说，声调里充满着睡意。"请等一下，"我叫着向他追去，"您那箱子里是什么？我想向您买一些。"那人边走边机械地从箱子里抽出一本小册子递给我。我迅速接过来把它收好，正要掏钱，他已经弯进另一条路，进了一个门后关上大门消失了。我突然感到自己很疲倦，于是加快步伐，回到家里。我脱下湿淋淋的大衣，从口袋里抽出那本小册子，坐在靠背椅上读着那标题：《论荒原狼——仅供狂人阅读》。

这篇文章里说，从前有一个名叫哈立的人，号称荒原狼。他用两条腿走路，身上穿着衣服，是一个人，然而他实际上是一只荒原狼。荒原狼有两种特性，一是人性，一是狼性，这就是他的命运。其实这种命运并不罕见。不少人身上有很多狗性、或者狐性、鱼性以及蛇性。在这些人身上，人和狐，人和鱼共存一体，互不妨碍，甚至还互有补益。但在哈立身上，人性和狼性互不协调，不仅不能相互补益，相反还互为死敌。当这两者在一个灵魂里互相敌对时，生活就很痛苦。当然，哈立也有幸福的时候，狼和人偶然有和平共处，互相亲热的时候。许多艺术家就是与哈立同类的人，这些人内心都有两个灵魂，两种特性。神和鬼、享福和受苦，这些都敌对而混合地在这类人身上相互共存和相互渗透，如同狼和人在哈立身上一样。这类人的生活很不安定，在偶尔出现的少有的幸福时刻，他们领略到了难以言传的美好，这片刻欢欣的浪花有时会如此光彩夺目地高跃于苦海之上，于是艺术作品就诞生了。

文章还说，从来没有一个人像荒原狼那样深切而强烈地需要独立。他越来越独立了，没有人能命令他，他自由而独立地确定自己的言行和取舍。但是在已经到手的自由中，哈立突然觉察到，他的自由就是死亡，周围的一切使他陷入寂寞，世人都和他没有任何关系，连他自己也与自己无关了。他在变得越来越稀薄的没有交往、孤苦伶仃的空气中缓慢地窒息而亡。但是，死亡之路无时不通，死亡之门永远敞开着这种想法，反而给他以力量，使他有兴趣，甚至是好奇地去饱尝痛苦和逆境。

文章最后指出,"荒原狼"只是一个假定。如果哈立自己觉得自己是个狼人,是由两种敌视的、对立的东西构成的,那不过是一个简单化了的神话。哈立是一个很复杂的多面性人物,如果我们把他真看作狼和人的双重生物,那是一种错觉。哈立不是由两种本质构成的,而是由一百种、一千种本质构成的,他的生活并不是像在本能和智慧之间,或者在圣贤与酒色徒之间那样只在两极之间摇摆,而是在上千对、无数对极性之间摇摆。实际上,没有一个"自我"是统一的,没有哪个自我是一个整体,自我是一个非常多元化的世界,一个群星闪烁的小天体,一个由各种形式、各种阶段、各种状态、各种继承下来的天性与可能性组成的杂乱无章的混合体。

这本小册子毫无掩饰地勾画出了我郁郁寡欢的人生,展示了我那无法忍受、难以继续的现状。这样的荒原狼必须死去,他必须用自己的手来结束他可憎的存在——或者他必须熔化在重新认识自己的死亡的火焰中去,进行新的自我演变。而比其他一切更深地打动了我的心弦,使我深思的是那舞动着的闪光字块所做的充满希望的预告。"限制入场!""仅供狂人观赏!"正是这些使我疯狂,要我抛弃理智,抛弃所有的东西,去投身于灵魂和幻想的波涛汹涌的世界。有一天,我在城郊遇到一个殡葬队,发现有个人很面熟,好像就是那个扛广告牌、往我手里塞那本小册子的人。他告诉我:"如果需要消遣就到黑鹰酒店去。"

当我从图书馆经过时,遇到了一位年轻的教授。我以前曾和他交谈过几次东方神话问题。他极其热情地邀请我今晚去他家做客,并一再说,他有许多东西得归功于我的启发,他常常想念我。我接受了邀请,到他家去吃晚饭,在我见到他时,他手里正拿着一份煽动战争的报纸,说报上一个与我同姓的政论家写了一篇反战文章,编辑部公开谴责了这个不要祖国的家伙。当他发觉我对此不感兴趣时,就把话题转到了其他方面。他没想到这个家伙就是我。在他大谈卖国贼哈勒的时候,我感到一种沮丧和绝望堵塞了我的心,结果晚饭吃得很不愉快。饭后我又对教授夫人所喜爱的一幅歌德画像发了一通直率而不客气的议论,惹恼了这位夫人,最后我只得起身告辞,并告诉教授那个"卖国贼"就是我。

我愤怒而又万分悲哀地在大街上东跑西撞。这是多么索然无味的一天啊!这样的日子再过下去难道还有什么意义吗?没有!我应该回家去自杀,反正早晚都会死的,但有一种无形的力量又拉着我继续在城里绕圈子,好像不让我死掉。我不时到某个酒店呆一会儿，喝上杯酒，然后又继续走，直到深夜，这时我来到一个不太熟悉的地方，走进一家酒店，店门上挂着一块旧招牌：黑鹰酒店。这里人声鼎沸，烟雾缭绕，酒气扑鼻。大厅里正在跳舞，舞曲声强烈刺耳。我看见一位身穿舞衣的漂亮姑娘坐在一张长凳上，她见我走过去，就友善地给我让了个位子。

我坐在她身边和她交谈起来。我告诉她我不能回家，家里有东西在等着我。她点点头，似乎很理解我。她替我擦干净眼镜，要了一份汉堡包命令我吃下去，并给我斟了一杯酒。她的爱护正是我所需要的，我很喜欢她，很愿意听从她的命令。我的事情她好像全知道似的，她还提到了家里使我害怕的东西，她说一个人如果要自杀，肯定是有原因的，但如果他还活着，那么他就得为生活操心。我对她说我为生活够操心的了，自杀也许很难，但活着更难。她说活着再容易不过了，她叫我跟她一起跳舞。我说我一生从未学过跳舞。她微笑地摇着头说，你连一步舞也没跳过，怎么能说为生活尽了力呢？她问我今晚发生什么事了，怎么弄得这样失魂落魄。我就把去教授家做客的事说给她听。她像教训小孩子一样教训了我一顿。她说她要去别处赴约。我真不情愿让她走，可她说她不能失信，叫我回家去好好睡一觉。我说我不能回家，她就在酒店里给我订了一间客房。我请她星期二在老朗西斯卡酒店吃晚饭。她临走时又对我谈起关于歌德画像的事，她说她能够理解我。

我回到房间，和衣躺在床上。这位神奇的姑娘打碎了笼罩在我身上的死亡的阴影。她说哪怕是最奇怪的癖好也不单单是我一个人才有的，我是可以理解的。我几乎冻僵的心灵又开始呼吸了。我进入了梦乡。第二天，当我回到家里时，再也不感到恐惧了。

我与那姑娘的关系已经变得非常重要，我一心想着她，把一切希望寄托在她身上。我丝毫没有爱她的意思，但我愿意为她赴汤蹈火。她是我阴暗的恐怖地狱中的一扇小窗，一个小小的亮孔。她是拯救者，是通向自由的路，她肯定会教我如何生活或者如何死亡，她使我对生活产生了新的兴趣。

星期二我和这位美丽的跳舞女郎在那家舒适的老酒店里吃了晚饭。吃饭时，她告诉我她叫赫尔米娜。赫尔米娜时而快活得像孩子一样，时而又极其严肃，一对大眼睛充满着智慧的悲哀，似乎经历过一切可以想象得出的痛苦，但她对此毫无怨言。她说她知道我喜欢她，但她觉得还不够，她还要使我爱上她。她说她并不爱我，正像我不爱她一样，但是她需要我，就像我需要她一样。她说我现在需要她，因为我正处在绝望之中，需要有人推我下水，使我再活过来，我需要她是为了学会跳舞、学会笑、学会生活。而她需要我不是为了今天，而是为了以后，为了某种重要很美好的事情。当我将来爱上她的时候，她就会给我下达她最后的命令。她说这对我不会是件很容易的事，但是我会去完成她的命令，把她杀死。她说完这些话，阴沉的脸变得平静了，嘴角突然出现了一丝可爱的微笑，然后摇了摇头，又津津有味地吃了起来。她还没说出"最后命令"时，我已经猜到了，因此这对我一点也不惊骇。这是命运决定的，我接受了。不过我并不认为她的话具有百分之百的真实性和严肃性。我看到这样聪明、健康、自信的赫尔米娜也有幻想和意识混乱的时候。我点点头表示安慰。而她已经又笑了起来，正使劲地用刀子切着她的烤鸭。

　　这个完全把我看透了的女人，她好像比所有智者都更了解生活。她正在做及时行乐的生活小游戏，她的高明手法立刻使我佩服得五体投地。饭快吃完时，她对我说一定要教我跳舞，尽管我对爵士乐和现代舞曲十分反感，但她有权命令我，我当然要服从。第二天我们一起去买了一台留声机和一些舞曲唱片，然后回到我的住处，她教我跳狐步舞。后来她又来教过我一次，并说我已经学会了，要我第二天和她到饭店里去跳舞，我真感到害怕，因为我还不能算会跳舞。第二天在饭店里我不得不跟她跳了两三轮舞。其间她介绍我认识了萨克管演奏师帕勃罗，一个西班牙或南美洲血统的小伙子。他看上去和赫尔米娜很要好。我对他竟怀有某种嫉妒，友谊上的嫉妒。赫尔米娜一再被人邀去跳舞了，我独自坐在茶桌旁。两个舞跳得很好的漂亮姑娘吸引了我的目光，我又是赞赏，又是羡慕，这时赫尔米娜走过来，坚持要我去请其中一个姑娘跳舞，我窘迫地走过去邀请，那姑娘没有拒绝。当她注意到我不怎么会跳时，就带着我跳。她跳得好极了，我热情地跟着她跳起来，竟一次也没有踩着她的脚。

　　赫尔米娜看出我有点爱上这个名叫玛丽娅的姑娘了，就要我去献点殷勤，说我应当学会恋爱，普通的世俗的恋爱，并说对爱情和音乐这些东西不要看得过于认真，比如我以前受不了的那些世俗音乐现在已经喜欢了，这就是一个进步。她说现在可以教我波士顿舞了，三周后她要带我去参加在环球大厅举行的化装舞会。

　　就像留声机污染了我书斋里的苦行僧精神，美洲舞曲毁坏了我高雅的音乐世界一样，一种新的、可怕的、瓦解一切的东西正从四面八方涌进我与世隔绝的生活。《论荒原狼》一文关于人有上千个灵魂的说法是一点不错的，我身上除了旧灵魂外，每天都出现几个新灵魂，它们提出各种要求，喧闹不已。有时候，新与旧、痛苦与欢乐、恐惧与喜悦非常奇妙地混杂在一起。旧哈立和新哈立时而激烈争吵，时而又和睦相处。

几天后的一个晚上，我在教堂听完古典音乐会回到卧室，发现美丽的玛丽娅竟躺在我的床上，我既惊讶又兴奋，毫无怀疑是赫尔米娜把她送来的。这一夜我躺在玛丽娅身边，睡着的时间并不长，然而我却像孩子似地睡得很熟很甜。在睡眠的间隙中，我领受了她那美丽欢快的青春。自从我生活不如意以来，这一夜我第一次又用闪闪发光的眼睛看到了我自己生活的道路。童年时代和母亲，许多我爱过的、追求过的、歌颂过的女性，这些形象一下子都出现了，她们是我生活的财富和价值。我热切地预感到，我只需把那些散乱的形象拼接起来，把哈立·哈勒的荒原狼的一生作为一个整体提升为一个形象，我就能进入那各种形象的世界得到永生。难道这不就是我们的目标，人生不就意味着奔向这个目标的尝试吗？

从我认识玛丽娅到参加大型化装舞会这段不太长的时间是我真正幸福的时刻，但我从未觉得这是一种解脱，一种已经达到的极乐世界，我非常清楚地感到，这一切都是序幕，是准备，一切都在急剧地向前发展，好戏还在后头。我生来不是享受幸福的，我的命运与此相反，是不幸，它使我怀着渴望去受苦，带着欢乐去死。

在举行化装舞会的那天晚上，我没有化装，独自去了环球舞厅。我被戴着假面具的人群推拥着，从一个房间到另一个房间，上楼又下楼。我开始寻找赫尔米娜和玛丽娅，但是到了深夜还没有找到她们。我失望而恼火地想穿上大衣一走了之，可到了存衣间一摸口袋才发现存衣牌不见了！这时，一个穿红戴黄的小魔鬼在旁边说："你可以拿我的，兄弟。"说着就把一个牌子递给我。牌子上根本没有号码，只有几个潦草的小字：

　　　　　今天夜里从四点起有魔术剧
　　　　　　——仅供狂人观赏——
　　　　　　入场就要失去理智，
　　　　　　不对一般人开放。

经典品读

> 赫尔米娜在地狱里。

我又兴奋起来，跑回喧闹之中，跳着一步舞穿过所有舞厅快速向由地下室的一条过道装饰成的地狱跑去。半路上我碰到了玛丽娅，和她跳了一会儿舞，然后依依不舍地和她分手。在地狱里，我找到了赫尔米娜，她化装成一个穿着礼服的漂亮小伙子，很像我青年时代的朋友赫尔曼。赫尔米娜似乎没费多少劲就使我很快爱上了她。我已被她的魔力征服了，这是一种两性共体的魔力。因为她跟我谈童年时代，那个年龄的爱的能力不仅包含两性，而且包含一切，肉体的和精神的，它赋予一切以爱的魔力。我和她分别和别的女人跳舞、狂欢，我第一次和人群融为一体，第一次溶解在节日的陶醉之中。突然，在人群中出现了一个美丽活跃的姑娘，她化装成涂白脸，穿黑衣的女小丑。我走过去搂住她，和她跳起舞来，当我试图吻她的时候，她的嘴角突然露出了我熟悉的微笑，我认出这是赫尔米娜，她已经换了装。我们的嘴唇热烈地贴在一起，我们继续跳着。我是属于她的。

舞会终于结束，人们都离去了，只剩下我们两个。音乐师帕勃罗把我们带到一个剧场的半圆形走廊正中，说是请我参加一个小小的娱乐，并说我所渴望的就是我自己的灵魂的世界，他会帮助我见到这个世界，而在我内心不存在的东西他是无法给我的。通向两边的走廊里有无数个窄小的包厢门。帕勃罗说每个门后面都有我们所寻求的东西。他叫我到左边去，赫尔米娜到右边去，并说我们可以随时在剧场中间相会。

我好奇地走过一个又一个门，每个门上都有一块招牌，一个引诱、一个许诺。在贴着"请来快活地狩猎 猎取汽车"这块招牌的门里，我看到了人与机器的搏斗，所有的人都成了破坏狂和谋杀狂，我也高兴地参加了这场战斗。在"个性建设指南 保证有效"的门里，我了解到人是由很多灵魂、很多自我组成的，人表面统一的个性可以分解为许多形象，分解了的形象也可以按自己喜爱的次序进行新的排列组合，这样就可以实现生活游戏的无穷多样性。在"驯荒原狼奇迹表演"的门里，我看到人有人性，也有狼性。在"所有的姑娘都属于你！"的门里，我重新经历了我的青年时代，经历了我全部的爱情生活，我曾爱过的每一个姑娘现在都属于我，我品尝到了各种各样的爱。在"怎样通过爱情杀人"的门前，我不寒而栗。我想起了赫尔米娜的"最后命令"，于是我惊恐地在走廊里奔跑，跑过一个又一个门，在最后一扇门前停了下来。我打开门,看到地毯上赤身裸体地躺着两个人,美丽的赫尔米娜和英俊的帕勃罗,他们紧靠在一起,睡得很熟,他们由于爱的嬉戏而疲惫不堪,赫尔米娜左边胸脯上有一个圆形血痕,那是帕勃罗在亲热时用牙咬的。就在血痕上我扎了一刀,鲜血流了出来,赫尔米娜的眼睛睁开了一会儿,痛苦万分,惊讶不已,然后又闭上,一动不动了。帕勃罗爬起来,微笑地看着赫尔米娜,把地毯的一角盖在她身上,遮住了伤口,然后走出了包厢。

在一个光秃秃的院子里,检察官宣判我永生,并剥夺我进入魔术剧场的权利12小时,还罚我受耻笑一次,因为我把美丽的形象大厅与所谓的现实混为一谈,用镜子里的刀子杀死了一个镜子里的姑娘,这不仅玷污了高尚的艺术,还表明我毫无幽默感地企图把魔术剧当作自杀的工具。

帕勃罗出现在我面前,他说我使他有点失望,说我把小魔术剧的幽默破坏了,他说他原以为我会干得更好一点,不过他说这是可以改正的。他拿起缩小成一个棋子形象的赫尔米娜装进了口袋。

啊,我明白了,生活戏剧的所有10万个形象棋子都在我的口袋里,我猜测到了这件事的意义,愿意再一次开始这个游戏,再次去品尝痛苦,反复去穿越,游历我内心的地狱。

我总有一天会把这形象游戏玩得更好些,我总有一天会学会笑。

1947年
诺贝尔文学奖得主

"为了他内容广博和艺术意味深长的作品——这些作品以对真理的大无畏的热爱和敏锐的心理洞察力而表现了人类的问题和处境。"

——获奖评语

安德烈·纪德
〔法国〕

安德烈·纪德1869年11月22日生于巴黎，是诺曼底一个富有家族的后代，所以他的母亲在他成长过程中起了主导作用。

1880年他的父亲去世后，纪德随母亲离开巴黎，来到外祖父家。1889年通过学士学位考试之后，纪德向表姐玛德莱娜求婚，但遭到拒绝。直到20多岁，他一直未与其他女子交往，并继续向比他稍稍年长的表姐求爱，却一直遭到拒绝。为了摆脱现实生活中的束缚，他叩响了文学创作的大门，于1891年写成了第一部作品《安德烈·瓦尔德的记事本》。1897年出版的散文诗集《人间食粮》是他的第一部重要作品。

1895年5月其母死后，玛德莱娜应纪德母亲在病榻上的请求最终同意与纪德结婚。在几十年之后，纪德才确实意识到，自己与表姐的婚姻从来没有幸福过。

纪德自称他的作品是孪生的，几部作品是同时构思而成。一部作品往往表达两个互相矛盾的真理，而用一个完善的艺术形式使之统一。他的三部作品《蔑视道德的人》《窄门》《田园交响乐》就是根据这种观点创作的。

《伪币制造者》是纪德唯一的一部长篇小说。

1925～1926年，纪德在刚果和乍得旅行时，卷入了支持共产主义的政治活动。由于他长期严重脱离人民，把自己封闭在内心世界的探寻中，所以他的政治立场具有很大的摇摆性。

1939年他出版了1889～1939年间的日记,以后他继续写作,并于1947年获诺贝尔奖。他除了小说、游记外,还发表了多卷文学评论集,如《借题发挥集》《新借题集》《偶惑集》等。纪德于1951年2月19日在巴黎辞世。

窄 门

我要说的故事是我的亲身经历。在我不满12岁时,父亲死了。为了我的学业,母亲便把家搬到了巴黎。因为我的身体很弱,每年夏天我们都要去勒阿弗尔郊区的封格斯玛尔庄园,在舅舅布科森家过夏天,母亲说这样对我的健康有好处。表姐阿莉莎比我大两岁,长得很漂亮,但我当时却没有发现;我愿意和她在一起,是因为她有一种非同一般的魅力。

一天,我来到阿莉莎的门前,我推了一下门,房门便静悄悄地打开了。她跪在床头上,背朝着透进一线昏暗光亮的窗子,她的脸颊上流满了泪水,……这一刻决定了我的一生,就是今天回想起来,我也仍旧会感到心慌意乱。当时我并不十分了解阿莉莎痛苦的原因,但我强烈地感到,对于这颗颤抖着的幼小心灵来说,对于这个哭得浑身哆嗦的娇弱躯体来说,这个痛苦来得太剧烈了。

那天早上,小教堂里的人不太多。沃蒂埃牧师显然是有意把讲经的题目选为基督的一句话:"你们努力从窄门进来吧。"阿莉莎端坐在我的前几排的位置上,我只能看到她的侧面。我目不转睛地注视着她,简直到了忘我的程度。牧师首先把这段《圣经》整个念了一遍:"你们努力从窄门进来吧,因为宽敞的门和宽广的路会使人堕入地狱,许多人都是从这里堕落的;但窄门和狭路却会使人得到永生,只是很少有人能够发现窄门和狭路。"念完之后,他便从宽广的路讲起,分别阐述这段话的主题。……我听着听着便开始走神了,后来,这扇窄门又变成了阿莉莎的房门,为了进到里面去,我像苦行僧一样排除了头脑中的一切私心杂念。

我自小就受到了一种严格的教育,这使我自然而然就成了一个有责任感的人，再加上父母以身作则，用清教徒的清规戒律约束我情窦初开时的冲动，终于使我从内心崇尚美德。作为一个 14 岁的孩子，我的思想还没有定型，但不久以后，我对阿莉莎的爱便使我毫不犹豫地朝着这个方向发展下去了。

那天，我颤抖着抓住她的手说："我将来的一切都是为你存在的。""但是杰罗姆，我也会离开你的。"我从心眼里吐出这样一句肺腑之言："我是永远也不会离开你的。"她微微耸了一下肩膀："你没有足够的力量走自己的路吗？可是我们每一个人都必须独自到上帝那里去。""但是只有你才能给我指明道路。""你为什么不向基督求助，却要另找向导呢？……难道你认为我们俩在一起会比我们各自忘记对方，面向上帝祈祷更接近么？"

我和阿莉莎恋爱，母亲很高兴，她很喜欢阿莉莎。不久我母亲因心脏病发作而逝世了，第二天舅舅就到了，他把自己女儿的一封信交给了我。阿莉莎在信中写道："……杰罗姆，我的朋友和弟弟，我为没有能在她临终前把话说出来，让她心满意足地死去而感到非常难过。愿上帝能够成为我们俩今后的唯一向导！再见了，可怜的朋友，我是你的阿莉莎，而且比任何时候都更加温柔。"这封信是什么意思？她为没有把话说出来而难过，但这些话如果不是对我们未来所下的保证又会是什么呢？

表妹朱丽叶比阿莉莎起得早，因此，每天都是她和我一起到楼下的花园去，她成了我和她姐姐之间的信使；我向她滔滔不绝地讲述我们的爱情，而她似乎也永远听不厌似的。我对朱丽叶诉说我不敢对阿莉莎说的话，而阿莉莎似乎对这种把戏也听之任之，不知道或者假装不知道我们所谈的其实就是她。爱情啊爱情，你妙就妙在令人难以捉摸，甚至会使人神魂颠倒。

我考入巴黎高等师范学校，去学校报到的第二天，我收到了阿莉莎的一封信。信中说："我担心自己的年龄比你大太多了，会配不上你。你还没有机会看一看别的女人；请你再等一等，等到你涉世稍深一点再说。"中断我们的爱情！会有这样的问题吗？我感到奇怪，更感到伤心，我心里乱极了。

圣诞节的晚上，我回家迟了，晚会已经开始了。正当我心急如焚地等待阿莉莎的时候，忽然觉得有人抓住了我的胳膊。原来是朱丽叶，"走，到花房去，"她说得很快，"我有话要对你说。"她满脸通红，双眉紧蹙，目光中透出一种难言的痛苦。"你知道阿莉莎想让我和谁结婚么？"我愣愣地站在那里，没有回答。"是你，"她喊了一声。"这简直是发疯！""可不是！"朱丽叶又失望、又得意地说。

我神情恍惚，仿佛天旋地转一般，只觉得浑身的血全都涌到太阳穴上来了。我慌乱极了，脑子里只有一个念头：去找朱丽叶的男友阿贝尔。阿贝尔把头靠在我的肩膀上泣不成声地哭道："对不起，我真傻，我和你一样糊涂呀，可怜的朋友。朱丽叶并不喜欢我，她喜欢的是你，我俩谁也没有看出来，只有阿莉莎无意中发现了妹妹的秘密，并且甘愿把位置让给她。"突然，圣诞树那边传来一声叫喊，接着就是一阵乱七八糟的响动。……我们跑过去一看，原来是朱丽叶昏倒在姨妈的怀里。阿莉莎抬起妹妹的脚温柔地抱在怀里，阿贝尔则托着朱丽叶向后仰去的脑袋，——我看见他把那些散乱的头发重新拢在了一起，然后弯下身子一个劲儿地吻着朱丽叶。

第二天，姨妈交给我一封信，说是她刚刚收到的，"我恳求杰罗姆这几天不要来，因为朱丽叶会听出他的脚步声或说话声，而她必须非常安静才行。朱丽叶病成这样，我恐怕一时是脱不开身的。请你告诉他，我会给他写信的。"

时间慢慢地过去了。阿莉莎以种种借口不和我见面，只保持通信。但她的信中也只谈别人的事，不谈自己的感情。我从意大利回来后不久，便应征入伍到南锡服兵役去了。我把长期分离看作是一次对我们各自勇气理所应当的考验。

朱丽叶结婚了，那年四月底，我回到了封格斯玛尔。舅舅像父亲一样拥抱着我说："阿莉莎正在花园里等你呢。"她当时在花园深处，我想走到她面前跪下，她猛地站起身来，手中的刺绣也滚落到地上。她穿着一身洁白的衣服，在她那张有些过于严肃的脸上，我又看到了她童年时的微笑。……"阿莉莎，"我高兴地对她说，"现在朱丽叶已经找到自己的幸福了，难道你不想让我们也……"没等我说完，她的脸色一下子就变得惨白惨白的："我在你身边已经感到非常幸福了，我简直想象不出还有谁还会像我这样幸福，……不过我相信：我们不是为了幸福而生的。""除了幸福，我们的灵魂还需要什么呢？"我一冲动喊了起来。她低声说道："神圣的上帝，……"她说这个词时声音是那么低，我简直没有听清，完全是靠猜才猜出来的。一时间，我觉得眼前的幸福全都不翼而飞了。我把头埋在她的膝上，像孩子似地哭了："没有你我就找不到上帝。"

夏天，我们再见面时，阿莉莎全变样了，她换了一种平直的发型，使面部线条显得非常呆板,她身上的那件上衣也显得很不合身,不仅颜色暗淡,而且质地粗糙,穿着它,简直把她那亭亭玉立的身姿都扭曲了。

　　我再次见到阿莉莎……已是三年以后的事情,我显得有些粗暴,一把将她抱在怀里,疯子一样地吻她。她斜着身子依在我的怀里半天没动,眼睛里充满了泪水。过了一会儿,她把眼睛闭上,以一种无与伦比动听的声音说:"不要再折磨我们了,还是别把我们的爱情毁了吧!"我突然跪倒在她面前,情真意切地望着她说:"为什么我们还要等待呢?三年来由于你不在身边,我一直过着艰难的流浪生活,……"夜幕降临了。"我冷,"她一边说一边站起身来,把披巾紧紧地裹在身上,"还记得《圣经》中的那段话吧:'他们并没有得到所希望的东西,因为上帝还有更美好的东西留给我们……'我们当时真担心,生怕没有读懂这段话的意思。""你始终相信这些话?"我们肩并肩地向前走去,谁也不作声了。过了好一阵她才接着说:"再见了!你也不要再来了,再见,亲爱的。从现在起,最美好的东西……开始了。"她把手搭在我的肩上,用力抱了我一下又马上把我推开;她久久地注视着我,眼睛里充满了一种难以表达的爱……

　　快一个月了,我收到了朱丽叶的来信:"亲爱的杰罗姆,我要告诉你一个非常不幸的消息:我们可怜的阿莉莎已经不在人世了……葬礼是前天举行的,护送灵柩的有许多病友,她们一再坚持要参加葬礼,并把遗体送到墓地。……"

伪币制造者

第一部　巴　　黎

　　裴奈尔留在家里准备他的会考时,发现了一封未署名的情书,是写给他母亲的。信上的日期是个证明,信上所指的孩子除了他以外,不会是别人。他回想这些年来父亲对他的关爱,从中感到一种不可名状的愤怒,现在一切情感都崩溃了,原来他是个私生子!他给父亲留了一封措辞尖刻的信,从此离开这个家。

普罗费当第先生在法院的工作特别繁重，今天他的肝痛病又发作了。当他急忙赶回家，想好好休息时，他看到一个信封很明显地放在他平时写字坐的靠椅前。信中说："先生，由于今天下午我偶然获得的某种发现，我知道此后我不应再把你认作我的父亲。如果你愿意我把出走的原因保守秘密，就请千万别设法使我回来。我离开您的决心可以说绝无挽回的余地。"他如同挨了当头一棒，但他不得不压制自己的痛楚，向妻子与儿女们平静地宣布："我有一件很伤心的事要告诉你们。裴奈尔已离开我们，他并不是我们的孩子……他母亲临终时把他托付给我们，但今天他的一位舅舅……来把他领走了。"

裴奈尔到俄理维家借宿，俄理维非常佩服他的朋友。他十分担心裴奈尔今后的生活，他想帮助裴奈尔，但他知道裴奈尔的个性很强。裴奈尔向他保证：他什么都可以干，但决不再回家去。

俄理维的哥哥文桑刚念完医科前期，为谋生起见，欣然接受了中学时代同学巴萨房提出的建议，每晚去帮助他那位因手术后尚未复原的年老的父亲做些洗涤、检验、注射之类的工作。他同一个有夫之妇萝拉私通，使她怀孕了，他准备把母亲辛辛苦苦为他开业而积攒下来的5000法郎用来接济她。但他被人引诱去赌博，把这笔钱赌输了。

萝拉的女友莉莉安让巴萨房借钱给文桑，好让他再去赌场。这次文桑凯旋而归，赢了5万法郎，莉莉安快乐得大叫起来。她吻他的前额、他的双颊、他的嘴唇。"现在，你想怎么办呢？"他用双手支着头，呜咽着说："我不知道。"她把一样金属的小东西塞在文桑手中，那是她卧室的钥匙。

莉莉安爱文桑，喜欢文桑的高大、年轻、英俊，但他的举止比较笨拙。她发现他面露忧色，于是讲起自己的一段经历："你知道'部尔哥尼号'出事沉没的那一天，我也在船上，那时我才17岁，在那只救生艇中，我们挤得满满的一共40个人，我挤在船尾，紧紧地抱着我所救起的小女孩。这时，两个水手中一个水手拿着一柄斧头，另一个拿着一把菜刀……他们砍着攀在绳上挣扎着想上来的那些人的手指和腕节。我又冷、又惊、又怕，牙齿不住地发抖；其中一个水手说他不能不这样做，否则，我们大家都要送命了。目睹这一生死搏斗的惨状，我当时就昏迷过去了，那时我才懂得我已不再是同一个人，我已不再是昔日那个多愁善感的女孩子，我懂得一部分的我已跟着

'部尔哥尼号'沉向大海,此后对于无数娇柔的情感我也一律砍去它们的手指与腕节,不使它们潜入我的心底,免得使我的心同归于尽。"

离开莉莉安的卧室,文桑一面走,一面沉思着。他感到欲望满足后的一种悲哀,一种伴随着快乐而同时隐匿在这快乐后面的绝望的心境。

在开往巴黎的快车中,俄理维的舅舅,也是萝拉的朋友爱德华读着刚在第厄普车站买的巴萨房的新著《铁杠》。他觉得巴萨房不配称艺术家,而只是一个走江湖者之流。他从口袋中掏出萝拉的信,萝拉向他诉说她被文桑抛弃的不幸,向他求援,说:"给我想点办法!除您以外我已失去一切希望。"爱德华从皮夹内取出100法郎,又把皮夹子放回手提箱,他要去安慰萝拉,援救萝拉;他想一定要设法劝她出来一同用晚餐。这时,爱德华又陷入了他正在写的那本小说的构想之中,这书应该和他以前的作品完全不同,他还没有确定用《伪币制造者》来当作书名是否适宜。

在巴黎车站上,爱德华与俄理维热烈地握着手臂,爱德华希望能够吸引他的目光,他神经质地在手指间搓着一张纸条,那是刚才行李房给他的行李寄存收条,但他未曾注意,那张纸条随风吹远在他们身后的行人道上。如果他多注意一下,就可以看到一个年轻人把它拾走了,这人正是裴奈尔。裴奈尔在他们走出车站以后,一直跟着他们。一种奇怪的感觉使他领取了行李,那是一只手提箱。这时,好奇心促使他打开箱子看了看箱子里面的东西,然后打算物归原主。他想,我并不是一个小偷,我只是对箱子里的日记本感兴趣。这正是那本日记,里面夹着萝拉那封凄楚的信。

裴奈尔念到夹在日记本中的萝拉写给爱德华的那封信。他眼前一阵昏眩。由于他朋友俄理维平日对他所讲的以及爱德华日记所记的汇合成的双重报告,使他觉得他自己是唯一对这一情节认识得最清楚的人。"今天早晨我还不知道究竟该做些什么;如今,我已不再怀疑了。"他自语着走出屋。他来到波纳路,即萝拉信上所写的地址。萝拉服饰简朴,全身黑色,颇似戴孝。"我是俄理维的朋友……"他有点踌躇,感到有些站不稳;"俄理维,也就是您那位无情的情人文桑的弟弟……"萝拉摇摇欲坠,他抢上去一把把她扶住,夹杂着呜咽絮声地说:"我知道您的困境,而……我希望能帮助您。"这时,有人敲门。他们两人不约而同地说道:"请进来!"进屋的人是爱德华,他已在门外听了一会儿他们的谈话了,他明白那说话的正是窃取他箱子的小偷。"我想我一定会在这儿找到您。"裴奈尔知道自己被捉住了,除了厚着脸皮之外，他没有别的办法，于是他便决定孤注一掷："我也希望会在这儿遇到您，先生，你所失去的东西，对我来说实在是太需要了。啊！别把我看作一个小偷。我把您的手提箱取走，最大的原因是想借此认识您。"裴奈尔提出，愿意当他的秘书，爱德华表示可以考虑。

文桑和莉莉安呆在一起，像一对情人似的。莉莉安诱惑他说："你要想成功就得和我合作，你要和萝拉一刀两断，并把你以前答应给她的5000法郎送去。这事了结以后，我们到对你工作最适宜的地方去度夏。"文桑默不作声。他不愿告诉莉莉安，在他来此之前，他曾去过那个让萝拉绝望地等着他的旅馆。他在一个信封中装了她已不再希望得到的5000法郎，但萝拉把它退了回来，在信封上批道："太迟了。"

第二部 沙　费

裴奈尔寄信给俄理维，信中说："我已放弃会考，一个唯一的机会让我出发去旅行。把我带走的人就是你的舅舅爱德华。被你哥哥文桑抛弃的那个可怜的女人，也就是那天晚上在你门口啜泣的那个女人正是爱德华的好朋友。她是一个非常好的女人，我已经爱上她了。"裴奈尔为人太直爽、太自然、太纯洁，他对俄理维了解得太少了，因此他没有想到这信会在俄理维心中掀起可怕的汹涌浪涛，一种掺杂着忧愤、绝望与怨恨的潮浪。

当裴奈尔最初接受秘书职位时，他幻想着自己已坐在一张办公桌前，替爱德华笔录腹稿或是誊清稿件。但爱德华从不令人笔录，至于他的文稿，如有的话，也始终锁在箱内。裴奈尔可以自由支配一天内的任何时间。有一次，大家在一起喝茶的时候，莎费洛尼斯加夫人受裴奈尔与萝拉的怂恿，大胆地要求爱德华报告一点关于他在计划中的小说，如果这对他并不讨厌的话。"那没有关系，"爱德华说，"裴奈尔，请您告诉她们。""我可以吗？……《伪币制造者》，"裴奈尔说，"但如今，再请您告诉我们：这些伪币制造者……究竟是指哪些人呢？""那我也不知道。"爱德华说。说实在，爱德华所谓伪币制造者，最初指的是他的某些同行，特别是巴萨房伯爵。但不久这个涵义就转移得很广了。爱德华不能把这一切明说，只好呆呆地不发一言，而这不知所措地沉默使其余三人都局促起来，最后他便问道："你们手上曾用到过假钱吗？"裴奈尔说："有过。"但他的回答被两位太太的"没有"遮没了。"好吧！设想这儿是一枚10法郎的金币，但它是假的，因此实际上它只值几分钱。但只要你不发现它是假的，它就值10个法郎。我就从这意境出发……""但为什么要用一种意境做出发点呢？"裴奈尔焦切地把他的话打断，"如果你一开始就详细地陈述一件事实，意境自然就能包含在里面。我要写伪币制造者的话，我就先把这假钱捉出来，就是您刚才所说的……而这儿就是。"说着，他就从裤袋中掏出一枚10法郎的小金币拿来放在桌上。"您听这声音多好！几乎和真的完全一样。您可以赌咒说它是真的。今天早晨一个开食品铺的人找给我，我一点没有发觉。"爱德华把它放在手中，一面细心地赏玩着。

裴奈尔的头贴着萝拉的衣裙，双手垂在身后，造成一种膜拜的姿势；但当他觉到萝拉的手按在他的额前时，他把自己的嘴唇紧吻在她的手上。"裴奈尔，我不是自由的人。"说着，她把手缩了回去，她收到杜维哀求她回家的信，"我嫁在他家，我应和他共同生活。您也很清楚这一点。"在分手时，萝拉向裴奈尔要了那枚伪造硬币留作纪念。

裴奈尔收到俄理维的信，信中说："我已通过了考试，现在是新杂志《前卫》的总编辑。实际这杂志的后台是巴萨房伯爵，但他不很愿让人知道，因此封面上只印我的名字。"裴奈尔把这封信递给爱德华看，爱德华对信中关于巴萨房的每一句话都感到愤怒、厌恶。这天夜里，裴奈尔失眠了，俄理维的信使他困扰。他见爱德华也在床上来回翻复睡不着，就轻声问道："如果您也没有睡熟，我还想再问您……您对巴萨房伯爵做何感想？"裴奈尔愤然说，"我想杀死他。"

第三部 巴　　黎

在巴黎奥迪安戏院围廊下，爱德华遇见裴奈尔的同学莫里尼哀，他们约定一同去吃饭。爱德华对莫里尼哀坦率地表示他不喜欢巴萨房，也不喜欢他的作品。莫里尼哀认为这是文人相轻，他反驳说："你们同行间有时相互的批评总比较苛刻。我曾试读他最近出版的小说，这书颇受有些批评家的赞誉。我并不发觉有什么了不起；不过，您知道，在这方面，我是外行……"

裴奈尔在巴黎大学上学了。俄理维一回到巴黎，就立即赶到那儿，他知道裴奈尔正在那里考试。裴奈尔并不曾想到能遇见俄理维。他拉着他，边问边走。旧友重逢的快乐使他感到非常突然。在讨论试题时，两人因对拉封丹的诗评价不同而发生了争执。裴奈尔对俄理维引用巴萨房的观点十分反感。

俄理维的弟弟乔治在他伙伴吉赫的教唆下，用1法郎换了伪币，到铺子里买了一包上等烟,还找了7个法郎,他递给吉赫3个法郎,唆使另一同伴菲利浦也试一试。

爱德华住在巴赛一所大厦的顶楼。他的卧室前面是一间很大的工作室,俄理维就借住在他那儿。黎明,一种难闻的煤气味使他感觉异样。他不放心俄理维就去看他,结果发现俄理维打开煤气自杀了,已昏倒在地。爱德华不顾一切,设法挽救这行将绝灭的一息生命。俄理维逐渐苏醒了。这时,有人按门铃,来客正是裴奈尔与贝加,"是我先和他谈起自杀,"裴奈尔对爱德华说:"他说他认为自杀的可能性只会发生在人们达到某种最愉快的阶段。"裴奈尔很后悔同俄理维说了这些话。

爱德华继续写《伪币制造者》。他认为一个好小说家当写作之前就应知道他的书以何收局。他任自己书中的情节自由发展,因为生命呈现在我们眼前的一切本来就没有始终。所谓终者,未有不能看作是另一个新的起点。"可续……"他就想用类似的字来结束他的《伪币制造者》。

经典品读

1949年
诺贝尔文学奖得主

"他对当代美国小说做出了强有力的艺术上无与伦比的贡献。"
——获奖评语

威廉·福克纳
〔美国〕

威廉·福克纳是美国以描写南方的历史、风俗、人情为主要题材的"南方文学"流派的代表性作家，于1897年9月25日生于美国密西西比州的新沃尔巴尼，1902年他家迁居密西西比州奥克斯福，他未接受过多少学校的正规教育。福克纳年轻时干过许多工作，在美国和欧洲有广泛的游历，这些都为他的写作奠定了基础。1924年他在新奥尔良结识了舍伍德·安德森。他帮助福克纳出版了第一部小说《士兵的报酬》。同一年他把自己家姓法克纳改为福克纳。1927年又出版了讽刺小说《群蚁》，但这两部小说都没能引起人们的注意。1929年福克纳同艾斯特尔·奥尔德姆结婚，在1930年买下了他的永久居住地罗湾奥克。他唯一活下来的孩子吉尔出生于1933年。因夫妻俩嗜酒成性，他们婚后生活非常艰难。出于经济上的需要，他去好莱坞编写电影剧本。

1929年，从他的《萨托里斯》出版开始，福克纳逐渐形成了自己的创作体系和特色。《喧哗与骚动》是他最具代表性的作品。其重要的作品有：《我弥留之际》《八月之光》《寓言》《老人》等。他后期最重要的作品是《村子》《小镇》《大宅》，这三部小说被称作"斯诺普斯三部曲"。他的最后一部小说《掠夺者》是在他去世前一个月出版的。

从结婚到获得诺贝尔奖这段时期，他的创作力最为旺盛，几乎所有杰作都出版于这一时期。获奖之后,福克纳与外界的接触增加了。他还得到其他许多奖项,包括国家图书奖和普利策奖。在他生活的最后十年,他作为美国的代表去国外游历了几次,并接受了几所大学的邀请。福克纳被西方文坛称为"现代的经典作家"。他的作品被认为表现了"时代的精神"。他的创作方法有许多独创之处,"意识流"的大量运用,"时序颠倒"、"象征隐喻"等手法的采用,使他的作品具有变幻莫测的神秘色彩与万花筒般地杂乱、繁复,引人入胜。

有一次,福克纳与人打赌喝了大量的酒,被送进医院,不久因心脏病发作而逝世,时为1962年7月6日。

喧哗与骚动

1928年4月7日

透过栅栏,穿过盘绕花枝的空当,我看见他们在打球。"班吉,你哼哼得多难听。"年轻的黑人看护勒斯特说。"也真有你的,都33岁了,还是这副样子。"勒斯特打算看当天晚上的演出,指望能找到高尔夫球场上丢失的两毛五分的钱币。我顺着栅栏走回到小镇附近去。"过来呀。"勒斯特说。"那边咱们找过了。咱们上河沟那边去找。"

我停住哼叫,走进水里。这时罗斯库司走来说去吃晚饭吧,凯蒂就说,还没有到吃晚饭的时候呢。她衣服湿了。我们在河沟里玩,凯蒂往下一蹲把衣裙都弄湿了。凯蒂把衣裙脱下,扔在岸上,这一来,她身上除了背心和衬裤,再没有别的东西了。

这时秋千架上有两个人,接着只有一个了。凯蒂急急地走了过来,在黑暗中是白蒙蒙的一片。她用胳膊搂住我,我不吱声了,我拽住她的衣服,想把她拉走。坐在秋千架上的那人站起来走了过来,我哭着,使劲拽凯蒂的衣服。"看管他的那个黑小子呢?"查利说。"他们干嘛让他到处乱跑。"查利过来把两只手放在凯蒂身上,于是我哭得更厉害了。"别,别。"凯蒂说。"他又不会说话。"查利说。"你疯了吗?"凯蒂说,她的呼吸急促起来了,"他看得见。别这样。"凯蒂挣扎着。他们两人呼吸都急促起来了。"把他支开去。"查利说。"你放开我。"凯蒂说。我听得见她的呼吸,感到她的胸脯在一起一伏。凯蒂和我跑着,我们跑上厨房台阶。我们走进厨房,开亮了灯,凯蒂拿了厨房里的肥皂到水池边使劲搓洗她的嘴。凯蒂像树一样香。

"我不是经常关照你别上那边去吗,"勒斯特说。他们急匆匆地在秋千座上坐起来。凯蒂的女儿昆丁伸出双手去理头发。那个男的系着一根红领带。"你这疯傻子,"昆丁说。我要告诉迪尔西,你让他到处跟踪我,我要叫她狠狠地抽你一顿。我顺着栅栏一直走到大铁门那儿,背书包的姑娘们总打这儿经过。"喂,班吉。"勒斯特说。"你回这边来呀。"

"你从大门里往外瞧有什么用呀,"T.P.说。"凯蒂小姐早就不知上哪儿去了。嫁人了,离开你了"。他对母亲说:"班吉以为只要他到大门口去,凯蒂小姐就会回来的。"简直是胡说八道,母亲说。

我一直走到大铁门,姑娘们背着书包打这儿走过去。我想说话,可是她们只管往前走,没有人理会我,于是,我就沿着栅栏跟着她们。"他走不出来。反正他是不会伤害人的。走过去吧。""我害怕。"她们走过来了。我拉开铁门,她们停了步,把身子转过来。我一把抓住了她,想说话,可是她尖声大叫起来,我一个劲地想说话。这时明亮的形影开始看不清了,我想爬出来。我想把它从面前拂走,可是那些明亮的形影又看不清了。他们朝山上走去,又朝山坡往下落的地方走去,我想喊他们。可我是吸进了气,却吐不出气,发不出声音,我一心想不让自己掉到山下去,却偏偏从山上摔下来,落进明亮的、打着旋的形影中去。

我脱掉衣服,瞧了瞧自己,我哭起来了。"别哭了,"勒斯特说,"你找它们有什么用呢?它们早不在了。"他帮我穿上睡袍。我不吱声了,这时勒斯特停下手,把头朝窗口扭过去。我们走到窗前,朝外面望去。那黑影从昆丁小姐那间房的窗子里爬出来,爬到了树上。我们看到那棵树在摇晃。摇晃的地方一点点往下落,接着黑影离开了树,我们看见它穿过草地。

1910年6月2日

窗框的影子又显现在窗帘上,时间是7点到8点之间,我又回到时间里来了,听见表在滴嗒滴嗒地响。这表是爷爷留下来的。父亲给我的时候,他说，昆丁，这只表是一切希望与欲望的陵墓，我现在把它交给你；你靠它，很容易掌握证明所有人类经验都是谬误的归谬法。我来到梳妆台前拿起那只表面朝下的表。我把玻璃蒙子往台角一磕，用手把碎玻璃接住，把它们放在烟灰缸里，表还在滴滴嗒嗒地走。我的大拇指开始觉得刺痛，我放下表，在伤口上抹了点碘酒。我穿上那套新西服，把表放进衣袋，把另外那套西服、袖钮等杂物以及剃刀、牙刷等等放进我的手提包。我写了两张简短的字条，在两个信封上都贴了邮票，把给我父亲的那封扔进信箱，给施里夫的那封揣进衣服里面的口袋，吃完早饭，我买了一支雪茄。我看见马路对面有一家五金店。我以前还不知道熨斗是论磅买的呢。我买了两只6磅的小熨斗，因为用纸一包可以冒充一双皮鞋。想起了我当初差一点进不了哈佛。也许要到明年才行；我想也许要在学校里呆上两年才能学会恰当地干成这种事。

一辆有轨电车开过来，我跳了上去。电车停下了，启动了，又停了下来。我跳下了电车，吊桥正打开了，让一只帆船驶过去。桥的影子、一条条栏杆的影子以及我的影子都平躺在河面上，我那么容易地欺骗了它。这影子至少有50吋长，但愿我用什么东西把它按到水里去，按住它直到把它淹死。凯蒂说，只是不愿在家里与他见面。"你干吗不把他带到家里来呢，凯蒂？你干吗非得像个黑女人那样在草地里、土沟里、丛林里，躲在黑黝黝的树丛里犯贱呢。"脸上堆满了笑，赛璐珞似的虚情假意就像是个旅行推销员，一脸都是大白兜却是皮笑肉不笑。"我在北边就听说你了，上车吧昆丁，这是她的车，你的小妹妹拥有全镇第一辆汽车，你不感到骄傲吗？是赫伯特送的礼。谨订于1910年4月25日在密西西比州杰弗生镇为小女儿凯丹斯与赫伯特先生举行婚礼，恭请光临……"施里夫在人行道上走过来，蹒跚珊珊的。"我给执事一张字条，我今天下午也许回不去，所以千万请你等到明天再带给他，行不行？""行啊。"他盯着看我。"嗨，你今天到底干什么呀？穿得整整齐齐地逛来逛去，像是等着看印度寡妇自焚殉夫。你手里拿的是什么？""没什么。是双我拿去打了前掌的皮鞋。"

空中回荡着报半点钟的钟声。不，是报三刻的钟声。这么说离12点也就只有10分钟光景了。要离开哈佛，你母亲的梦想是让你进哈佛，因此得卖掉班吉的牧场，你母亲告诉过我，你们康普生家都是那种自命不凡的人，哦进来呀，亲爱的昆丁和我刚刚认识，咱们在聊哈佛的事呢，你是找我吗，你瞧，她一刻儿都离不开她的好情人，是不是你先出去一会儿？赫伯特，我要跟昆丁谈一件事。凯蒂你好像在发烧,你病了,你是怎么得病的?别嫁给这个坏蛋!凯蒂我总得嫁人呀!是有过很多情人吗?凯蒂,我也不知道,人太多了。你可以照顾班吉和父亲吗?

当你推门时,那铃铛响了起来,迎面而来的是一股新鲜的烘烤植物的香气。店堂里只有一个眼睛像玩具熊,两根小辫像漆皮般又黑又亮肮里肮脏的小姑娘。我对老板娘说:"请你给我两个这种面包。"我打开纸包,拿出一个圆面包给小姑娘。她走在我身旁,一面走一面吃,这时我们听到跑步声。"那是朱里奥",小姑娘开腔了,话没说完,一个人向我扑来,"你拐走了我的妹妹。"朱里奥说。警长挡住了他,又转身向我。"你愿意老老实实自己走呢,还是要我把你铐走?"

我们过了桥,跨过铁轨,人们都走到门口来看我们。这时我看到布兰特太太叫道:"咦,那不是昆丁吗!"接着我看到了吉拉德,还有施里夫。"下午好,"我说,把帽子举了举。"我被逮捕了。""谁被逮捕了?"施里夫说。"是怎么一回事啊?"他们对法官说:"他不过是个到哈佛来念书的乡下小伙子。他可是个守本分的人。我想警长会发现这里面有误会。他父亲是公理会的一个牧师呢。"法官说:"好吧,小伙子,我看你得给朱里奥赔偿一些损失,你耽误了他的工作。"

"上车吧,昆丁,你把这档子蠢事原原本本地告诉我。"布兰特太太说,我告诉了他们。施里夫缩起脖子,在他那个小座位上生气。他抱着两只胳膊,眼光越过吉拉德的鸭舌帽向前瞪视。你做过这样的事吗。那种帽子可是英国人开汽车时戴的,一路上不断向下伛去,这两个人合二而一,怎么也分不清了他当过兵、杀过人。

他们抚触到我时,我就死过去了。你爱他吗?凯蒂,你恨他,对不对,是的,我恨他,我情愿为他死去,我已经为他死过了,每次有这样的事我都一次又一次地为他死去。你没有干过那样的事是吗?什么干过什么事?就是我干过的事。我干的事,干过,干过许多次,跟许多姑娘。接着我哭了起来,她的手又抚摸着我,我扑在她潮湿的胸前,哭着,我把刀尖对准她的咽喉,用不了一秒钟,只要一秒钟,然后我就可以刺我自己,刺我自己。我没哭啊,凯蒂!你捅呀,你倒是捅呀!

血不断地流淌,流了很久,可是我的脸觉得发冷,像是死了似的,我的眼睛,还有我手指上破了的地方,又感到刺痛了,"我是不是也把他打伤了一点?"我拧干手帕,想把我背心上的血迹擦干净。"也许你揍他一两下,他可是把你打了个落花流水。你干嘛要挥动拳头跟他打架?布兰特太太因为吉拉德给你放了血,还劈头劈脸地骂他呢。"施里夫说。

我们房间的窗户黑漆漆的。我是贴紧左边的墙进去的。我把外衣、背心、硬领、领带和衬衫一一脱下。领带上也沾上了血迹。我关了灯回到我的卧室。报三刻的钟声开始了。我只要一想到那丛树,便仿佛听见了耳语声,秘密的波浪涌来,闻到了祖裸的皮肉下热血在跳动的声间,透过红彤彤的眼帘观看松了捆绑的一对对猪,一面交配一面冲向大海,他说每一个人都是自己的道德观念的仲裁者。我说我将她从喧闹的世界里孤立出来,这样就可以给我们摆脱一种负担。他说,你对自己内心的思想对普遍真理的那一部分,亦即自然事物的递次次序以及它们的原因,仍然蒙然无所知。这些原因使每个人的头上笼上阴影。我说就算我能理解你的用意。他说谁也不该为他人的幸福开处方。

最后一下钟声也打响了。我穿上背心。在镜子里也看不出有什么血迹了,我穿上外衣。我发现忘了戴帽子了。我也忘掉刷帽子了,不过施里夫也有一把帽刷,因此我也不必再去找开旅行袋了。

1928年4月6日

我总是说,天生是贱坯就永远是贱坯。我也总是说,要是您操心的光是她逃学的问题,那就还算是有福气的呢。这时候母亲开口了:"可是,让学校当局以为我管不了她——""您是管不了,她已经17岁了,您还能把她怎么样?"我说,"我没机会像昆丁那样上哈佛大学,也没时间像爸爸那样,整天醉醺醺直到进入黄泉。我得干活呀。不过当然了,若是您想让我跟踪她,监视她干了什么坏事没有,我可以辞掉店里的差事,找个晚班的活呀。"

我走出屋,一直往楼下走去,我听到了她在厨房里的声音。昆丁倚在餐桌上,在系浴衣的带子。我死死地盯着她。"我来问你,逃学不算,还向你外婆撒谎,让你外婆愁得又犯了病。你这是什么意思?"我用一只手抓住她。这时候,她不再挣扎了,只顾望着我,她那双眼睛瞪得越来越大,乌黑乌黑的。我松开手,昆丁踉踉跄跄地朝墙上倒去,一边还把浴衣拉严。我把汽车退出来,掉了个头。昆丁坐在车子里,扭过头去,"我现在已经后悔了!"她说,"我不明白自己为什么要出生到这个世界上来。"我在学校门前停了车。"只要再有一次让我听说你逃学,你会感到自己还是在地狱里的好。"我说。

她把头一扭,跑着穿过校门口那片空地。

我上邮局去,取了信件,接着就开车来到店门口,把车停好。我来到后院,老约伯正在那儿拆板条箱。我先拆开她的信,把支票取出来。信中说:"我曾去信提起昆丁的复活节新衣服,但未收到回信。衣服收到无误否?我也没有收到她对我上两次去信的回信,虽然第二封信中的支票和第一封信中那张一样,都已兑了现。她有没有生病?盼立刻示知,否则我就要亲自来探望她了。"某种预感告诉我应该在回家前把给昆丁的信拆开。可正在这时,艾尔在大声叫了,我只好把东西放下,到前面去伺候那个该死的乡下佬,这个土老儿足足花了15分钟,还不能决定到底买2角钱的马轭绳呢,还是买3角5的。艾尔忙得团团转,像鸡埘里的一只母鸡,嘴里念念有词地说:"是的,太太,康普先生生会来伺候您的。杰生,给这位太太拿上炼黄油的搅拌筒,再拿5分钱百叶窗钩子。"

是啊,杰生喜欢跑跑颠颠地伺候人,我说我可不喜欢,我从来没有上大学的福分。当她把小昆丁送回家也要我来养时,我说这大概没什么问题,不用我赶到北方去找活干,活儿倒找上门来了。这时候母亲哭了起来。我说:如您相信她的保证,以为她不会来看孩子,那你就是自己骗自己。母亲说:"我的亲生女儿都让她的丈夫抛弃了。可怜的无辜的小宝宝啊,"她一边瞅着小昆丁一边说,"你不知道你给别人带来了多么大的痛苦。"我往房外走去,但母亲叫住了我,扑在我身上哭了一会。"你是我唯一的希望了,"她说,"每天晚上,我都为你而感谢上帝。"

当人们快把墓穴填满时,母亲号啕大哭起来。她站在那儿,穿着一件黑斗篷,在看一束花儿,我第一眼就认出那是谁了。"你来这儿干什么?"我说,"你不是答应过母亲再不回来吗。""那个职位。"她眼睛盯住坟墓。"这件事我是感到很抱歉的,杰生。""你真有心眼,父亲一死马上就溜回来。不过你不会捞到什么好处的。"我说:"我明白。"她说,"如果你想办法让我看她一分钟,我给你50块钱。"于是我告诉她到什么地方去等我,说完我就朝马车行走去。我们把车子赶进小巷,我说母亲要让小昆丁去一下。我抱起她回到小巷里坐上了马车,我让明克把车子赶到火车站去。这时我看见凯蒂站在路口街灯下,我就吩咐明克让车子挨近人行道走,等到我说"快走时",给牲口抽上一鞭子。这时我把小昆丁的雨衣脱下来,把她举在马车窗前,凯蒂一看见她简直要往前扑过来。"抽鞭子呀,明克!"我说,于是明克狠狠地往马身上抽了一下,我们像一辆救火车似地从她身边冲了过去。"现在,快上火车吧,这是你答应了的。"我说。我透过马车后窗可以看到她跟在我们后面奔跑。"再抽一鞭,"我说,"咱们回家吧。"我们在路口拐弯时她仍在奔跑。那天晚上,我再一次数钱并且把钱放好时,我心里美滋滋的。我心里说,我看这下子你可知道我的厉害了。我想现在你知道不能弄丢了我的差事就此完事了吧。

2点30分,我眼光朝门外扫过去,她正一边盯着店门,一边沿着小巷的墙根蹑手蹑脚地溜过去。我马上跳出店门跟踪起来。在大白天居然在后街小巷里盯别人的梢,这可完全是为了维护我母亲的名誉啊。我来到大街上,可是已经不见她同戏班子里那个戏子的影子了。哼,我早就觉得这家人全都是疯疯癫癫的。卖了地供他去上哈佛大学,多年来纳税资助一家州立大学,这学校除了在举行棒球联赛时我进去过两回之外,平时跟它毫无关系,还不让在家里提她女儿名字,到后来父亲都不到镇上去了,他整天就抱着一只酒瓶坐在那里。

屋子里开始暗下来了,我开车回家。"要是我有两毛五,"勒斯特说,"我就能去看戏了。""我倒想起来,"我说,"人家给了我两张票。"我把票从上衣口袋里掏了出来。"给我一张,杰生先生!"他说。"你反正用不着两张的。"我返回到炉子跟前。"我是来把它们烧掉的。"我抽完雪茄上楼的时候,昆丁房里的灯光还亮着。她用功的时候可真够安静的。我跟母亲说了声晚安就走进自己的房间,我把箱子取出来又把钱点了一遍。我听见那位"美国头号大太监"鼾声如雷,就像一家锯木厂在通夜开工。我看他当时想干什么连自己都不清楚呢,还不明白伯吉斯先生干吗要用栅栏桩子把他打晕。我敢说康普生家的人是不会考虑这样一个直截了当的办法的。总要等到他冲出了大门,在街上追赶一个小姑娘,而她的爸爸又恰好在近旁看到了这幅景象,他们才肯采取措施。哼,我早就说过了,他们迟迟不舍得用刀。我早说过,天生是贱坯,就永远是贱坯。

1928年4月8日

迪尔西在门口站了一会儿,对着阴雨的天空仰起她那张被皱纹划分成无数个小块的瘪陷的脸。她走进厨房,生好火,开始准备早饭。"勒斯特!"她喊道,"你敢不抱上一堆柴火就进这扇门!"迪尔西在餐厅里来回走动,过了一会儿,她摇响一只清脆的小铃,接着,勒斯特在厨房里听见康普生太太与杰生下楼来的声音。"我真的不明白那个窗子怎么会打破的。"康普生太太说。"就是昨天打的。"杰生说。

"大事不好啦。"康普生太太说，又哭了起来。小昆丁的门打开了，这不像是一个姑娘家的闺房。地板上扔着一件穿脏的内衣，一只长筒袜子从衣柜半开的抽屉里挂下来。迪尔西说："我10分钟内就把她找回来。"康普生太太甩开了她。"快找字条，"她说，"昆丁那次是留下字条的。"

杰生急忙回自己的房间。他从壁橱里捧了一只小铁箱出来。他把箱子放在床上，站在那里打量那扭坏的锁，小心翼翼地把箱子里的东西全倒在床上。他藏起来的积蓄已不翼而飞，他下楼来到电话边，使劲控制着自己的声音。"准备好一辆汽车，一位副警长，是抢劫。我家里。我知道是谁。"

雨已经停了。迪尔西带班吉去参加复活节礼拜。教堂内部修饰一新。那客席牧师站起来讲话了，当洪亮的声音的回声在四壁之间逐渐消失时，它却深深地嵌进人们的心里。他的整个身姿像十字架上那个圣洁、受苦的形象。迪尔西背脊挺得笔直地坐着，一只手按在班吉的膝盖上。两颗泪珠顺着凹陷的脸下流，在牺牲、克己和时光所造成的千百个反光的皱折里进进出出。回来时，她停住了脚步，撩起裙子，用最外面那条衬裙擦干自己泪。

杰生这时候正在20英里以外的地方。"你先坐下，把情况跟我说一说，我会保障你的利益的。"警长说，杰生跟他说了，他一肚子气没地方出，嗓门说着说着就大了起来。警长用那双冷静闪光的眼睛一动不动地盯着他。"不过你并不真的知道是他们干的。"他说。"不知道？"杰生说，"我花了整整两天工夫尾随着她在大街小巷钻进钻出，你还居然说我不知道是那小娼——""你干吗把3000元钱藏在家里呢？""什么？"杰生说，"我把钱放在哪儿是我自己的事。你的任务是帮我把钱找回来。"

杰生只得自己去搜寻昆丁与那笔钱。在一处加油站上，人家告诉他演戏的帐篷还没有支起来，不过那几辆戏班子的专车正停靠在车站的旁轨上。于是他驾车往那儿驶去。他走到车厢前，不知什么东西在他后脑勺上沉沉地撞击了一下，有人把他从地上拖起来，推着往外走。"听着，"那人说，"你快离开这儿，再别回来。"杰生说："我方才是想找两个人，找一个姑娘，还有一个男的，他们俩抢走了我的钱。"那人说："他们不在这儿。"杰生只能绝望地返家。一回到镇上的住宅，他就马上吩咐不再饲养为班吉拉车的马匹。当吵闹平静下来，一切如旧时，班吉又回到他脑子里一片空白的幸福状态。

《爱的荒漠》
弗朗索瓦·莫里亚克

1952年
诺贝尔文学奖得主

"因为他在小说中深入刻画了人类生活的戏剧时所展示的精神洞察力和艺术激情。"
——获奖评语

弗朗索瓦·莫里亚克
〔法国〕

弗朗索瓦·莫里亚克于1885年10月11日出生在法国的波尔多，一个殷实的中产阶级家庭，其拥有的家产为他最成功的长篇小说提供了令人难忘的背景。他在波尔多大学学习了两年，接着又在1908年进入了著名的沙特尔学院。然而他最感兴趣的是文学生涯，并且家庭的经济情况使他无需谋求任何职位，因此莫里亚克很快就离开学院，成了一位自由撰稿人。

他开始在巴黎的各种杂志上发表诗歌，并通过出版界的一位朋友于1909年自费出版了一本诗集《合手敬礼》。这部诗集引起了一些评论家的兴趣，尤其是博得了著名法国诗人莫里斯·巴雷斯的青睐。最初发表的小说有《身带镣铐的儿童》《白袍记》。1913年，他与让娜·拉封特结婚。第一次世界大战爆发，他参加伤兵救护工作，亲自体验了战争的残酷，后因重病被遣送回家。战后发表了《血肉斗》《优先权》等。

1922年出版的《和麻风病人亲吻》给莫里亚克带来了巨大的声誉。在随后的十年中，莫里亚克体验了几乎是前所未有的成功，他一共出版了11部备受欢迎的小说，如《火之河》《吉尼特里克斯》等。

《爱的荒漠》奠定了他在法国文学中的地位，获得法兰西学院的小说大奖。1927年发表的小说《黛雷丝·台丝盖鲁》被认为是20世纪上半叶法国最佳小说之一。1932年发表的小说《腹蛇结》是他最优秀的小说之一。

20世纪30年代初，莫里亚克与喉癌进行了一场殊死的搏斗，从此他在余生中只能低语。1933年，他入选法兰西学院。

莫里亚克在奠定了文学地位以后，便把注意力转向了戏剧理论和政治评论。1936年他在报界发起了一场反对西班牙弗朗西斯科·佛朗哥将军的运动，有人认为这代表了他后半生的关注。第二次世界大战期间，莫里亚克住在法国被占领土马尔加的自家庄园中，用"福雷茨"的假名出版了攻击纳粹主义的《黑色笔记本》。他在长期的文学生涯中所获的荣誉以1952年的诺贝尔奖为顶点。法国总统夏尔·戴高乐于1958年任命莫里亚克为荣誉团高级军官，以表彰他的爱国主义行动。莫里亚克直言不讳的自由观点和他对戴高乐的积极支持招来了某些人的忌恨，直到20世纪60年代初他仍受到生命威胁。

在他生命的最后20年中，莫里亚克致力于撰写回忆录、新闻报道和社论。他的12卷全集在1950年至1956年间出版。然而他的"宗教"小说在国际上仍闻名遐迩，受到极高的赞誉。那些作品试图描写人性的阴暗面，并在那些本来是无可救药的人物刻画中展示人类对于神圣上帝赎罪的真切需要。莫里亚克于1970年在巴黎逝世。

爱的荒漠

多年来，雷蒙一直希望再次遇见玛丽娅，渴望对她进行报复。后来，时间医治了他的积怨，因此，当命运使他再次碰见她时，他并未感到那种夹杂着狂怒的欢乐。今天晚上，在巴黎迪福路只有曼陀铃在轻声弹奏的空空的酒吧间里，他热切地看着镜中所反映的这个长着浓发的人的面孔——这张还没有被35岁的年龄损坏的面孔。他感到坐立不安。他在夜礼服的衣袋里摸着父亲的那封信……库雷热大夫对儿子总是用一种简练的语言，一眼就能记住："我住在大饭店，参加医学大会。早9时以前，晚11时以后，可来看我。父　保尔·库雷热。"雷蒙喃喃说："决不……"不知不觉他露出一种挑战的神气。他怨恨这个父亲，因为他瞧不起家里所有的人。雷蒙30岁的时候曾经要求得到像姐姐嫁妆那样的一笔财产,但未能如愿。在遭到父母拒绝后,他便同他们断绝了关系。这时他本能地,在精神上和肉体上感觉到那个女人正向他靠近。他认出了她,她由 50 多岁的维克多陪着。他自言自语说:"她现在有 44 岁了,那时我 18 岁,她 27 岁。"雷蒙的思绪无法控制地飞向了过去的岁月。女人在离雷蒙不远的地方坐下。

那时,雷蒙还是一个念中学的孩子。寡妇玛丽亚的儿子患脑膜炎死了,她要求为儿子使用上等的白幛单,这一切都成了雷蒙家的话题,库雷热太太骂玛丽亚不顾廉耻地靠情人养活,还炫耀那种无耻的奢侈:马呀,车呀,等等等等。

这年夏天,雷蒙满 17 岁了。他以"中等"评语通过了考试,他父亲和奶奶每人给他 100 法郎,加上他已经积攒的 800 法郎,那样一来,他就拥有一张 1000 法郎的票子。有了那张票子,他便可以周游世界,使自己和家庭之间隔着一段漫长无边的距离。他长得很漂亮,但他却深信自己是个又丑又脏的怪物;父亲对他的关注也少了。库雷热大夫永远不会有休息的间隙,他有的是工作,实验室尤其是他的避风港,他沉溺在研究中,直到突然间吉时来临。他该走了,去到塔朗斯教室后面,推开玛丽娅住的那座房子的铁栅门。

玛丽娅抬起那满眶热泪的美丽的眼睛说:"您是伟大的……您,您是我认识的最最高贵的人……您的存在本身就足以使我相信善良……"他想申辩说:"我并不像您想象的那样,玛丽娅,我只是一个很可怜的男人,和别的男人一样也被欲念缠身……""如果您不鄙视自己,那您也成不了现在这样的圣人。"她回答说,"不,不,玛丽娅,不是圣人!你不知道……"这个女人对他的牵强崇拜使他的爱情感到绝望。他意识到自己的不幸是无法弥补的:世界上没有任何东西可以改变他们相互关系的性质;她不是情妇,而是弟子;他不是情夫,而是神师。一个女人在一个男人面前竟能如此无动于衷,而她还尊重,甚至于敬重他,而她还以与他交往为荣,但他却使她腻味!

一月底,冬季已经在这些地区衰退——在挤满工人的电车里,雷蒙惊奇地看到他对面的那个女人。而她也在仔细打量他!这天晚上,雷蒙心不在焉,对饭桌上的一切都没看见。父亲的气色从来没有如此坏过,他回忆起他的痛苦,但他不讲出来。在约定时间,他记得自己等待玛丽娅等得有些不耐烦了，她不回来也不事先通知他，可见他在她的生活中毫无地位。这时，门厅里响起了脚步声，他的生命仿佛一下停住了。门开了，出现的不是他所期待的女人，而是维克多。

第二天，雷蒙在电车上又遇见这个陌生的女人，她还是坐在老地方，用那安详的眼光打量着这个少年的面孔。就在这天，她那封道歉的长信使库雷热大夫无比痛苦。玛丽娅写道："是您使我想到放弃那个我引以为耻的可怕的奢侈品；由于没有马车，我就不能早早回来在往常的钟点接待您；我去墓地也比较晚，我很喜欢呆在那里，我感到我的孩子在赞同我，我没法告诉您我是多么喜欢乘电车回家。亲爱的大夫，我们在精神上是联结在一起的。给我写信吧，您的信对我就足够了，亲爱的神师！玛·克"。

在这段期间，医生尽量克制自己。干双倍的工作，靠着强劳动的鸦片来得到解脱。当然她乘电车是对的，可是为什么每天都出门呢？他请求她告诉他哪一天她在家，他会想办法脱身在往常的钟点去看她。整个星期他都在等回信。一天晚上，他精疲力竭地回到家中，看见了那封信："……去墓园，对我来说，这是神圣的义务。不管刮风下雨，我都毫不动摇地去那里朝圣。我感到在黄昏时分我离我们的小天使最近。……你可以在晚上回家以前到我这里来，我知道您不喜欢遇见维克多先生，可是您只需要和他寒暄几句就行了……"库雷热大夫撕掉信，将碎纸片扔了。在好几个星期里，他写了一封又一封最愤怒、最疯狂的信，写完又撕掉，最后他写了一封简短而冷淡的信，信里说，既然她不愿意在家里呆一个下午，那表明她的身体已经非常好，不需要他去看病了。她立刻回了信，满满四页纸尽是道歉和表白的词句，而且告诉他第三天，也就是星期天，她整天都等着他。

在和玛丽娅见面以前的那两天里，他沉醉在自娱而臆想的情节中，他要和妻子决裂，因为他和她生活在一起感到沉闷、厌烦。他才52岁，还来得及过几年幸福日子，他要大胆地爱玛丽娅，要和她一起获得重生。在这个他认为和玛丽娅的见面会改变自己的命运的星期天，他看到小座钟正指着四点，便遣走了病人。六点钟当他快到铁栅门的时候，突然他看见她正要出门。他们站住了，她气喘吁吁，也像他一样跑过步。她用一种难以觉察的气恼的声调说："我写的是：五点半钟。"这一切和他的想象多么不同呀！巨大的怯弱之感使他说出："既然也许有人在别处等你，那我们下次再谈吧。"确实，她约库雷热大夫星期日来，是因为她确信那个陌生的孩子在星期日是不会乘六点钟的电车的,可是,既然医生没有在约定的时间来,她又满怀欢乐和希望,想去碰碰运气:"他为了见我而乘往常的这趟车,哪怕这只有千分之一的可能性……啊!别放弃这种愉快……"可惜!她永远也不会知道,在这一天,当那个陌生的孩子在六点钟的电车上没有看见她时是否感到难受。

电流的中断使电车都停住了,它们一动不动地排在大马路上,像一串小毛虫。这件意外事故终于使雷蒙和玛丽娅彼此打招呼。"我是库雷热的儿子。""大夫的儿子?"他热情地说:"他是有名人物,是吧?"他发现她脸色发白。她说:"确实……你千万别对他提起我。"她又一次久久地看着他:医生的儿子!这只能是一个十分天真而虔诚的中学生。等他知道她的姓名以后,他会厌恶得逃掉的。"告诉我你的名字……我的名字已经告诉你了。"玛丽娅想道:"说出我的姓名,也许我会失去他……不过,难道我没有责任让他离开我吗?"她的确很难受,迅速地说:"玛丽娅·克罗丝。"

他走进饭厅时,父亲正在裁开一本杂志的书页,"我今晚见到了玛丽娅·克罗丝。"医生立刻死死地盯住他,问道:"她是一个人?"雷蒙回答说:"一个人。"于是医生又裁起书页来。但他对玛丽娅的感情又在心中蠕动起来。

工作是库雷热大夫唯一的精神鸦片。医生的精神已经扎进了实验室,而情欲只是使他隐约有所感觉的、麻木的痛处。回到家里,他还是要想着玛丽娅。他回忆着她的儿子病危及死后的痛苦表情,他相信她是真诚的。这个死了丈夫的女人,当了维克多的秘书。维克多的妻子去世后,她才成了他的情人。维克多曾亲口对库雷热大夫说:"我们私下说说,她不喜欢那个……你明白我的意思,嗯?大夫!比起鄙视她的漂亮而规矩的太太们来,她要清白得多。"那么,究竟是谁征服了玛丽娅的心呢?医生百思不解,他哪里知道玛丽娅正把同雷蒙的约会看作最幸福的事。

玛丽娅劝雷蒙去她家,并说他在那里不会撞上任何人的。她要他到家里来仅仅是为了享受她已经在六点钟的电车上尝到的那种愉快。就仅仅是这些?"……这么说,我想象在这个客厅里,我们之间不会发生别的事,只是相互谈谈心里话,母性的爱抚,平静的亲吻,可是你得有勇气承认,在这纯洁的幸福之外,你会预感到整整一段既禁止又开放的区域,不用跨越世界,这是一片空闲地,你会逐步陷进去;这是一片黑暗,你会消灭在其中,仿佛由于不当心……那么以后呢?谁能禁止我们得到幸福?难道我不会使这个孩子幸福吗？……在这一点上，你开始欺骗你自己了，这是库雷热医生的孩子，这位圣人医生……"玛丽娅在心中对自己说。

星期日早上，他在风雨中拜访她的家，当他来到眼前时，她不敢挪动一步，也不敢呼唤他，她内心的情欲在起伏翻滚，使她晕头转向。她拿来一本相册放在雷蒙膝上，让他看夭折的孩子的照片。初次来访在拘谨中过去了。她眼泪盈眶，镇定地一直把他送到门口，没有约好下次见面的时间。以后的几天，雷蒙没有来，这使玛丽娅极为痛苦与不安。她把他想成一个纯洁的孩子，她渴望纯洁的爱情。星期六下午他再次来访，这次雷蒙战胜了胆怯，突然，他双手抓住她的小臂，将她往长椅那边推。她勉强笑着说："放开我！"她在长沙发旁绊了一下，她看到离她很近的那个低额头上成千的汗珠和他鼻翼两侧的黑斑，她呼吸到一股发酸的气味。"噢，孩子，你以为能靠暴力来占有女人吗？"她对纯洁爱情的渴望化为乌有了。而他，这个青春时期的雄性动物受到了侮辱，失败使他狂怒。当他来到大路上，突然想到他应该当面骂这个婊子的那番话……太晚了！一个念头后来折磨了他好多年："他没有狠狠教训一顿就走了。"

他一到家就希望去见父亲。父亲病了。雷蒙正朝躺在床上的父亲俯身，仿佛要亲吻他，"我受骗了，爸爸，只有你熟悉玛丽娅，所以我一定得告诉你。现在你休息吧，你多么苍白！""我对玛丽娅的看法早就定了……"使他和玛丽娅分开不仅仅是因为年龄，即使他25岁，他也照样无法越过他和这个女人之间的荒漠。他不用去寻找必须在孤独中死去的原因。即使在青年时代，他就服从了孤独的命运。这天晚上，他在昏昏欲睡中听到有人敲门，说玛丽娅头朝下摔下来摔伤了。

医生拖着生病的身子去替她治伤。此刻，他俯在她赤裸的胸脯上，这胸脯的轻柔而朦胧的生命，过去曾使他战栗；他谛听心脏，他的眼睛盯着表，数她的脉搏。这个身体被托付于他是为了让他医治，而不是让他占有。他知道自己的眼睛是用来观察的，而不是受迷惑的。

玛丽娅否认自己是自杀，她向库雷热大夫诉说自己痛苦的思考："……您想想，我们和他人之间没有其他道路相通，只有触摸，拥抱……总之是肉体的享受！但我们很清楚并不通往我们所追求的东西……在我和我想占有的人之间，总隔着那块发臭的地方，那个沼泽，那片污泥……他们不明白……他们以为我叫他来是为了一道陷下去……"库雷热大夫身体虚弱至极

《爱的荒漠》
弗朗索瓦·莫里亚克

点,他出诊回来,倒在妻子身上,把他的头靠在她肩上,便失去了知觉。

就这样,17年后,雷蒙又与玛丽娅不期而遇,玛丽娅独自坐在桌前,又喝了一口香槟酒,然后放下杯。她茫然微笑,对于雷蒙的在场无动于衷。他不再希望进行报复了。他只是谦逊地想让这个女人了解他爱情上的经历,以及他的一个接一个的胜利。维克多已经到柜台边和那两个小俄国女人混在一起了。雷蒙与玛丽娅很不自然地说着话。她告诉他,已同维克多先生结了婚,又说:"那位亲爱的医生呢?生活使我们离开最好的朋友……"雷蒙说:"我父亲正好在巴黎,住在大饭店,他会十分高兴……"他鼓起勇气大胆去碰这个棘手的问题:"你不再埋怨我的笨拙吧?我那时只是一个粗野的孩子,而且毕竟多么幼稚。"她假装莫名其妙,然后说道:"啊,你指的是那一件荒唐事……可你没有什么事要我原谅呀;我想那时我是有些发疯了。你只是个孩子,可我和你认真!今天想起来多么没有意思!你想不到这件事如今离我多么遥远。"雷蒙对一切都有准备,只是没有估计到这个最坏的情况——冷漠。

正在这时,在柜台那边有一个沉重的物体乓地一声倒在地上。雷蒙赶紧跑过去,和柜台侍者一起试着将维克多扶起来,他喝醉了倒在地上受了伤,包扎他受伤的手的那条手绢上的血迹愈来愈大。雷蒙想起父亲正在巴黎,脑子一动,想叫他来,便和玛丽娅说了。

医生跟着玛丽娅走到门厅,羞怯地说:"我们又相逢了,总算是运气……"他多么希望能唤起过去的感情!然而玛丽娅却冷漠然而柔声地说:"是啊,今晚不是相逢了吗?我们还会相逢的。"

现在,轮到父子相对了。他们都把感情压在心底,雷蒙握着稍稍靠在他身上的老头的手,说道:"我不知道她结了婚。""他们谁也没有通知;我希望如此……"医生接着突然问道:"你怎么认识她的……""那是老早的事了,我念哲学班,我们大概在电车上交谈了几句吧。"医生似乎放了心,缩在角落里喃喃说道:"再说,这和我有什么关系?"他两手捂着脸,直起身子,稍稍转向雷蒙,竭力摆脱自己,竭力想他的儿子:"等你有了确定的地位以后,你就结婚吧,孩子。"雷蒙笑着说不,老头又回想到自己。又谈起自己:"你不会相信的,生活在家庭深处是多么好呀……它使我们忘记隐痛的创伤,在生活中为自己创造一个避难所,这是很重要的。"

雷蒙也在追忆自己的生活,他的全部过去突然蜂拥而来:他的接触曾经决定了多少女人的命运！但他并不知道，由于他，某个女人弄死了腹中的胚胎，某位姑娘死去，某位同伴进了神学院，而每个悲剧都引起一连串的其他悲剧。今天的生活中没有玛丽娅，这是一个严酷的空虚，他站在空虚的边沿上，既发现了这种依赖关系，也发现了这种孤独；除了麻醉和睡眠以外，他面前还有什么别的道路呢？……

《老人与海》
欧内斯特·密勒·海明威

**1954年
诺贝尔文学奖得主**

"因为他精通于叙事艺术，突出地表现在他的近著《老人与海》中，同时也因为他在当代风格中所发挥的影响。"

——获奖评语

内斯特·密勒·海明威
〔美国〕

欧内斯特·密勒·海明威1899年7月21日生于芝加哥伊利诺州的橡树园。每逢放暑假时海明威跟随父亲去密执安北部的荒野消夏，培养起对自然界的强烈爱好，后来这些在他创作中占了中心位置。

在中学时，海明威是校刊《吊架》的编辑，1916年2月，他在校办文艺杂志《书版》上发表了第一篇小说《马尼托的判断》，接着又发表了小说《色素》。第二年又发表了他第一篇重要的短篇小说《赛皮·金根》。

上大学之前，海明威在堪萨斯市《星报》当了一年记者。他非常想参军，但因为眼疾未能服役，他志愿参加红十字会车队当了司机，1918年被派往意大利，军衔少尉。7月他在皮亚维河边的福萨尔村受了重伤。1921年同哈德莱·理查逊结婚后，夫妇二人同赴巴黎，海明威成了一个特殊的艺术家、作家团体的一分子，其中包括埃兹拉·庞德、詹姆斯·乔伊斯和葛屈露德·斯泰因。他边当记者边写小说，开始了他的文学生涯，走上成名之路。

1927年，即他的第一部长篇小说《太阳照样升起》出版的第二年，他与哈德莱离婚，同保琳·帕发弗结婚。1928年他迁居基维斯岛，在美国住了12年。海明威曾去西班牙收集过材料，准备写长篇小说，1939年他迁居古巴，一年之后同保琳离婚，与玛瑟·盖尔荷恩结婚。第二次世界大战爆发的头几年，他在古巴附近侦察德国潜艇，1944年去欧洲当战地记者，还自封军官，参加战斗，最后率领一伙"自由法国"游击队员先于解放巴黎的盟军进入巴黎。

1945年，海明威同玛瑟离婚，与玛丽·威尔什结婚，此后十年他在加勒比岛写作，过着名人生活。去非洲旅游时，遇到一连串意外事故，包括两次飞机失事，受了重伤。1951年创作《老人与海》，并于1952年出版。1955年和1959年，他访问西班牙，为《体育画报》报道斗牛情况。古巴总统巴斯蒂塔倒台之后，海明威回到美国，在爱达荷州的克秋姆买了一所房子。1959年他开始去梅约疗养院治疗身体和精神方面的疾病。1961年7月2日，海明威受不了艺术创作能力与体力的丧失而饮弹自杀。

老人与海

他是个独自驾一艘小船在墨西哥湾里打鱼的老头儿，他到那儿接连去了84天，可是一条鱼也没有捉到。

老头儿后颈上凝聚了深刻的皱纹，显得又瘦又憔悴。因长期摆弄网绳上的大鱼，两只手上都留下了很深的伤疤。他身上的每一部分都衰老了，只有那一双眼睛是个例外。那双眼睛像海水一样蓝，是愉快的，毫不沮丧的。

"桑提亚哥，"孩子对他说。"我又能跟你一道下海啦。我家里已经攒了一些钱。"

老头儿教会了孩子捕鱼，所以孩子很爱他。

"不，"老头儿说。"你们那只船运气好。你还是跟他们一道吧。"

"我还是想跟你一起去。就是不能跟你一道打鱼，我也想替你做些别的事儿。"

"你要是我自个儿的孩子，我就会带你去冒一冒险了，"他说，"可是，你现在的状况已经很好了，不值得冒险。"

"可是，你现在的力气足够捉住一条真正的大鱼吗？"

"我想是可以的，何况还有许多诀窍呢。"

《老人与海》
欧内斯特·密勒·海明威

　　他俩吃饭的时候，桌上连个灯也没有，孩子走开以后，老头儿摸黑上了床，他把裤子卷起来当枕头，然后用军毯裹住身子，躺在铺在破床的弹簧上面的旧报纸上。

　　他不久就睡着了，梦见了他儿童时代所看到的非洲，还有长长的金黄色的海滩和白得刺眼的海浪，高耸的海岬和褐色的大山。

　　通常，一闻到地面上吹来的风，他就会醒来，穿上衣服，前去把孩子叫醒。但是今晚上地面上的风吹来的很早，他在梦里知道时间还早，因此继续做梦下去，他梦见土著的小艇乘风破浪而来，梦中听见了巨浪的吼声。

　　老头儿终于醒来了，他正慢慢地喝着他的咖啡。这是他今天一整天的饮食，他在船头上放了一瓶水，这就是他一整天需要的东西了。他把桨上的绳结儿套在桨架上，然后弯下身去，把桨叶往水里一撑，在黑暗里开始划出了港口。

　　老头儿在黑暗里可以感觉到早晨的来到，他一面摇桨，一面听见飞鱼离开水面时的颤动声，他非常喜欢飞鱼，因为它们是他在海洋上的主要朋友。

　　他慢慢地划着，把钓丝送到适当的深处，一上一下地让它成一条直线。天大亮了，过不多久太阳就要出来了。

　　一会儿太阳越来越明亮了，耀眼的光芒射在水面上，随后越上升越红，平滑的海面把太阳的光芒反射到他的脸上，剧烈地刺痛了他的眼睛，因此他就把眼光移到一旁，只管划下去。

　　他看见一只老鹰展着长长的黑翅膀在他前面的天中盘旋。它忽然俯冲下去，老头儿看见一条飞鱼从水里跃出，从水面上拼命地飞过去。

　　他放下船桨，从船头下面拿出一根细小的钓丝。钓丝上有一根粗铁丝和一个中等大小的钓钩，他把一条沙丁鱼挂在钓钩上，把钓具抛出船外，然后系在船尾的一个环形螺栓上。他又在另一根钓丝上安上了鱼食，让它盘绕在船头的阴暗地方。然后他又划起船来，望着那只长翅膀的黑色老鹰在水面上低低地飞来飞去。

　　他想，我完全可以让船自在地漂流，我先睡一觉，用一个绳扣儿系在我的脚趾上，让它随时把我弄醒。但又想到今天是第85天了，我应该好好儿打鱼才成。

　　他感觉到轻轻地、小心地一扯，接着又是猛烈地一拉，这时肯定有一条沙丁鱼的头不容易从钩子上扯去。

163

一会儿他觉得钩丝轻轻地动了一下,他高兴起来。接着他又觉得有一件硬邦邦的东西,重得惊人,他知道这是鱼儿的重量,下面越来越重了,他又松下一段的钓丝。

"好大的鱼,"他说,"现在我让它好好儿吃吧。"

"得!"他大叫一声,同时用双手拼命收着钓丝,收进了一米长,然后收了又收,使出胳膊上的全副力气和支持身子的重量,两只胳膊轮换地甩动着绳子来对抗大鱼的拉力。

但一点用也没有。大鱼拖着小船慢慢地游开去了,老头儿还是不能把它提上来一点。四个小时过去了,那条大鱼照旧拖着这只小船不慌不忙地向着浩渺无边的海面上游去,老头儿呢,照旧毫不松劲地拉住背在脊梁上的钓丝。太阳落下去了,天气很冷,老头儿的汗珠干了以后,他的背上、胳膊上和老腿上都是冷冰冰的。"真希望孩子在这儿能帮帮我的忙,顺便长长见识。"老头儿大声说。

夜里,一对小海豚游到小船的附近,他听到它们的翻腾声,喷水声。他突然可怜起那条被他钓住的大鱼来。他想,它真了不起,我从来没见过这么猛的鱼,也没看到动作这么奇怪的鱼。也许它太狡猾,不肯跳来跳去的。它只消一跳,或者往前猛的一冲,它就可以要了我的命。他想,这儿只有你孤零零的一个人,你现在最好还是去收拾那最后一根钓丝吧,剪断了它把两盘钓丝卷儿连结起来。

他就这样做了。这时那条鱼一下子掀起了一条大浪,把他冲得脸朝下跌倒在船里,眼皮下也划破了一个口子。血沿着面颊往下流,还没流到下巴上就凝结住,干了。

"鱼啊,"他温和地、高声地说,"我到死也要跟你在一道儿。"这时候那条大鱼突然把船扯得晃荡了一下,老头儿被拖得倒向船头那边去,如果他不稳住身子,又放出了一段钓丝的话,他准会被拖到海里去了。

当他弯着身子扳住钓丝,把左手放在大腿上不停地拍打的时候,他看见钓丝斜斜地慢慢往上浮。船前边海面上鼓起大浪花,大鱼露出来了。它不停地往上冒,水从它的身边往四下里直渗。在太阳里,它浑身明亮耀眼,头、背,都是深紫色的,身段两边的条纹被太阳照得现出了一片淡紫色。它的唇锋长得像球棒,尖得像一把细长的剑,它的全身都露出水面,然后又像潜水艇似地钻进水里去。"它比小船还长两英尺,"老头儿说。他试着用双手稳住钓丝，维持紧而不断的程度。他知道，他如果不用稳定的压力使大鱼慢下来，大鱼会拉出所有的钓丝，然后把它拉断。

下午，有一次钓丝又冒上来。然而鱼只是在稍微高一些的水里继续往前游去。

天快黑的时候，他那根小钓丝被海豚扯住了。老头儿把海豚从鱼钩上取下，他想：明天我又有饭吃啦。

于是他替那条没东西吃的大鱼伤心起来，可是他要杀它的决心并没有因为替它伤心而松懈下去。他想：它的肉要给多少人吃啊。

他把钓丝紧紧地攥在右手里，用大腿顶住右手，全身的重量都靠在船头的木板上。然后把肩上的绳子稍微往下拉，将左手系在绳子上。就这样他睡着了。他又梦见他躺在村子里的他的床上，月亮上来很久，他还是睡不醒。

鱼开始打着转儿的时候，太阳正在出来，这是他下海以来第三次出太阳了。他早就安排好了他的鱼叉，现在鱼转到前面来了，它看起来举止从容不迫，非常优美，只有那条大尾巴在摆动。老头儿用力去拽，想把它拽近前些。

老头儿放下了钓丝，用脚踩住，然后尽可能高举鱼叉，同时使出全身的力量，把鱼叉扎进大鱼侧面胸鳍后方，那个胸鳍高高地挺在空中，有一个人的胸部那么高，他觉得铁叉已经扎进鱼身了，于是他靠在叉把上面，把鱼叉扎得更深一点，再用全身的重量把它推进去。

这时候鱼作了一次死前的挣扎。它跳出水面，把它的长、宽、威力和美都显示了出来。它仿佛悬在空中，俯视船里的老头儿，然后它轰隆一声落到水里，把浪花溅了老头儿一身，溅满了整个一条船。

他看见那条鱼仰躺着，银白色的肚皮翻到上面来。鱼叉的把子露在外面，和鱼的前背构成了一个角度，这时海水被它心脏流出的血染成了殷红的颜色，先是在一英里多深的蓝色的海水里黑黝黝地像一座浅滩，然后又像云彩似地扩散了开去。那条鱼是白色的，一动也不动地随着海浪飘来飘去。

"动手干活吧，老家伙，"他说，他喝了一点儿水，"仗虽然打完，还有好多辛苦的活儿得干呢。"

他把大鱼固定在船头、船梢和中间的坐板上。那条鱼可真大，活像小船旁边也绑着一只比它大得多的船。

他们在海里走得很顺当，老头儿把手泡在咸咸的海水里，想让脑子清醒些。他不断地看看大鱼，要确定它真正存在。这时候是第一条鲨鱼朝它扑来的前一个钟头。

鲨鱼的出现不是偶然的。当一大股暗黑色的血沉在一英里深的海里，然后又散开的时候，它就从下面水深的地方窜上来。它游得那么快，什么都不被它放在眼里，一冲出蓝色的水面就沐浴在阳光下。然后它又钻进水里去，嗅出了踪迹，开始顺着船和鱼所走的航线游来。这是一条巨大的鲭鲨，是海中游速快的鱼类之一。它周身的一切都是美的，只有颚部是个例外。它的脊背蓝蓝的，像是旗鱼的脊背，肚子是银白色的，皮是光滑的，漂亮的。在它紧闭的双唇里，它的八排牙齿全部向内倾斜着。

老头儿现在的头脑很清醒，他有坚强的决心，但是希望不大。他想，我不能阻止它攻击，我只要能够撑下去就行啦。

鲨鱼飞快地逼近船尾。它咬那条大鱼的时候，老头儿看见它的嘴大张着，眼睛很古怪，它猛力咬鱼尾巴上的肉的时候，能听见那条大鱼身上皮开肉绽的声音。鲨鱼的头伸在水面上，它的脊背也正在露出来，老头儿用鱼叉猛刺鲨鱼的头部。

鲨鱼在海里翻滚过来。老头儿看见它的眼珠已经没有了生气，但是它又翻滚一下，身体裹在两个绳圈里。老头儿知道它是死定了，鲨鱼却不肯听天由命。

他靠在船边上，在被鲨鱼咬开的地方撕下了一块肉。他嚼了嚼，觉得肉很好，味道也香，像牲口的肉，又紧凑又有水分，可就是颜色不红。

"呀。"他嚷了一声。这个声音是没法可以表达出来的，"星鲨"。他看见第二条鱼的鳍随着第一条鱼的鳍冒上来，根据那褐色的三角形的鳍和那摆来摆去的尾巴，他认出这是两条犁头鲨。一条鲨鱼转了一个身，就钻到船底下看不见的地方把那条死鱼一拉一扯，老头儿感觉到船在晃动。另一条鲨鱼用它裂缝似的黄眼睛望着老头儿，然后飞快地游到船跟前，张着半圆形的大嘴朝死鱼身上被咬过的部分咬去。在它那褐色的头顶和后面大脑与脊髓相连的地方，清清楚楚地现出了一条纹路，老头儿就用绑在桨上的刀子朝那交界处扎进去，又抽出来，再刺进它那猫似的黄眼睛里，鲨鱼放开了它咬的死鱼，从鱼身上滑下去，死去的时候还吞着它咬下的那块鱼肉。

看见另一条鲨鱼正在猛吃死鱼，他就从船边弯着身子把刀子朝它身上扎去。鲨鱼很快地又露出头来，当它的鼻子伸出水面来靠在死鱼身上的时候，

《老人与海》

欧内斯特·密勒·海明威

老头儿对准它的扁平的脑顶中央扎去，然后把刀子拔出，又朝同一个地方扎了一下。它依旧闭紧了嘴咬住鱼，于是老头儿再从它的左眼上刺进去，但它还是缠住死鱼不放。

下一个来到的鲨鱼是一头犁头鲨。老头儿先让它去咬那条死鱼，然后才把绑在桨上的刀扎进它的脑子里去。但是鲨鱼往后一歪，打了个滚，那把刀子喀嚓一声折断了。

直到太阳快落下去的时候，老头儿看见两个棕色的鳍顺着死鱼在水里所造成的那条宽阔的血波追踪而至。它们甚至不去追查气味，就肩并肩地直朝着小船扑来。

两条鲨鱼一道儿来到跟前，他看见离得最近的一条张开大嘴插进死鱼的银白色肚皮时，他把短棍高高地举起，使劲捶下，猛朝鲨鱼的宽大的头顶劈下去。鲨鱼从死鱼身上滑下去的时候，他又朝它的鼻尖上狠狠地揍了一棍。

另一条鲨鱼原是忽隐忽现的，这时又张开了大嘴扑上来。老头儿又揍了它一棍，但是打中的只是橡皮似的又粗又结实的地方。鲨鱼慢慢吞吞地把一块鱼肉撕掉，然后从死鱼身上滑下去了。

在他跟鲨鱼格斗的时候，太阳已经落下去。"马上就要天黑，"他说，"那时候我应该看见哈瓦那的灯火。如果我往东走得更远，我会看见从新海滩上射出来的灯光。"

大约在夜里10点钟的时候，他看了城里的灯火映在天上的红光。希望就在眼前了，现在他身上的伤口开始发痛。但愿不会再有鲨鱼来攻击我了，他想。

可是到了半夜的时候，他又打了一仗，这回他知道斗也不会赢了。它们是成群结队而来的，他拉下舵柄，用它去打，去砍，两只手抱住它，一次又一次地劈下去，但是它们已经窜到船头跟前去咬那条死鱼，一会儿是一个接着一个地扑上来，一会儿又一拥而上，当它们再一次折转身扑来的时候，它们把水面下发亮的鱼肉一块一块地撕去了。

最后，一条鲨鱼朝死鱼的头上扑来，他知道一切都完了。于是他用舵柄对准鲨鱼的头打去。鲨鱼的两颚正卡在又粗又重的死鱼头上，不能把它咬碎。他又迎面劈去，一次，两次，又一次。他听到舵柄折断的声音，他马上拿起那裂开了的短木往鲨鱼身上戳去。

现在老头儿几乎喘不过气来，同时他觉得嘴里有一股奇怪的味道。这种味道带着铜味,有点甜。他一时感到害怕。不过那种味道并不多。

他往海里啐了一口唾沫,说:"吃吧,星鲨,作你们的梦去吧,梦见你们杀了一个人吧。"

他知道他终于给打败了,他感觉到他已经驶进海流里面,能看得出海滨居住区的灯光了。他知道他现在走到了什么地方,回家没什么困难了。

当他进小港的时候,海滨酒店的灯火已经熄灭,港口是静悄悄的。他尽力把船划到岸边,从船里走出,把船系在岩石旁边。

第二天早上,他睡得正熟的时候,孩子来到了门口,朝里面张望着,看见老头儿还活着,又看到老头儿的双手,不禁痛哭失声。

"他怎样啦?"一个打鱼的大声地问。

"睡着呢。"孩子大声地回答,人们看见他在哭,他也毫不在乎。"谁都别去惊醒他。"

最后老头儿终于醒来了。

"别坐起来,"孩子说,"把咖啡喝掉吧。"他把咖啡倒了些在玻璃杯里。

"它们把我给打败啦,曼诺林,"他说,"它们真的打败了我。"

"它没有打败你。那条鱼并没有打败你。"

"是的。真的没有。可是后来鲨鱼打败了我。"

孩子走出了门,老头儿又睡着了。他依旧脸朝下睡着,孩子坐在一旁守护他。老头儿正在梦见狮子。

《局外人》
阿尔贝·加缪

**1957年
诺贝尔文学奖得主**

"由于他重要的文学著作，在这著作中，他以明察而热切的眼光，阐明了我们这时代人类良心的种种问题。"

——获奖评语

阿尔贝·加缪
〔法国〕

阿尔贝·加缪是法国小说家、剧作家、理论家，1913年11月7日生于阿尔及利亚蒙多维的一个小村庄。加缪出世才十个月时他的父亲因战争而死，他那从未受过教育的寡母靠当清洁工带着一家人艰难度日。他在贝尔科特小镇上小学，博得了一个叫路易斯·杰曼的教师的好感，为他在阿尔及尔公立中学争取到了一份奖学金。在那里，加缪钻研哲学，博览群书，同时也参加足球运动和游泳。1931年他进入阿尔及尔大学学习。1934年，他与漂亮的西蒙娜·耶结婚，但由于她嗜毒成瘾和乱交，致使他们一年以后就离婚。

1934年底，加缪加入共产党，但不久他的幻想就破灭了，并于1937年与之决裂。1936年到1938年间，他创作了他的第一部长篇小说《幸福的死亡》，这是走向《局外人》的一个实验。1938年，他担任《共和阿尔及尔报》记者。他的两部论文集分别于1937年和1938年出版。1939年底，加缪因为肺结核而免服兵役。1940年12月，与弗朗馨·福尔结婚，1945年她生了一对孪生兄妹。

1942年，加缪离开阿尔及利亚前往巴黎，公开为《巴黎晚报》工作，然后在加利马尔出版公司工作，秘密地活跃于抵抗运动中，主编地下刊物《战斗报》。1942年，他的中篇小说《局外人》问世，这部作品使加缪一举成名，奠定了他作为存在主义文学派创始人之一的地位，次年他的哲学随笔《西西弗的神话》也引起评论家的极大反响。在战争年代的大部分时间，他和妻子是在阿尔及利亚的奥兰镇度过的，此时加缪与萨特并肩向巴黎文学界发起猛烈的攻势并创作了《鼠疫》。

从 1952 年开始，加缪为严重的笔涩而苦恼。但在 1956 年，他仍然发表了《堕落》，并开始创作第一部长篇小说《第一人》。1960 年 1 月 4 日，他乘朋友米歇尔·加利马尔的赛车从一个乡间避暑胜地返回巴黎，在靠近荣纳省的维尔希勒文村的地方，加利马尔将车连续撞在两棵树上，加缪当场死去。

局 外 人

第一部

母亲今过世了，也许是昨天死的，我不清楚。我收到养老院一封电报，电文是："令堂辞世，明日出殡，深致吊唁。"从电报上看不出什么来。很可能昨天已经死了。

养老院在马朗沟，离阿尔及尔 80 公里远。乘两点钟那班的长途汽车，当天下午就可以到。

养老院院长说："我想你愿意再看一看你母亲吧。"我们走到一座小屋的门口，院长说："我不陪你了，莫尔索先生。下葬定在明天十点钟，这样你可以有充分的时间守灵。"

我走进去了，这是一间相当明亮的屋子，粉刷的石灰墙，上面是玻璃天棚，里面放着几排椅子，还有交叉支着的架子。在正当中的两个架子上，放着一口棺材，盖着棺盖。黑夜很快就笼罩在玻璃天棚上。看门人开了电灯，突然的亮光，使我的眼睛睁不开。他叫我去吃饭，我说不饿，他便拿了一杯牛奶咖啡给我喝。晚上，我和母亲的朋友们一起为她守灵。待我出来时，天已经全亮了。在马朗沟和海山之间的山岭上空，布满了红色的云彩。

院长要见我。我到他办公室里后，他叫我在好几张东西上都签了字。我看见他今天穿着黑色的礼服、条子的裤子。他一边拿起手边的电话，一边问我："殡仪馆的人已经来了一会儿了，我要叫他们封口去，你要不要再看一下你母亲？"我说不要。他放低了声音对着电话说："喂！叫他们去封口好了。"

此后一切都进行得很匆忙，而且按部就班，照章行事，以致我几乎记不得任何细节。只记得一件事，那就是在村口上，护士长跟我说过话。她的声音很特别，清脆而颤抖，跟她那张脸儿实在不配。

从养老院回来后，我便蒙头大睡。我简直起不来了，因为昨天一天实在是太累了。刮脸的时候，我自己在想今天干什么，我决定去游泳。在海滨浴场我看见玛丽·卡多娜，她以前是我们公司一个打字员，当时我对她很有意思。我相信她对我也有意思。但我们共事的时间很短，因此没有产生什么结果。我们上了橡皮艇，我半开玩笑地把头枕在她的肚子上。她似乎并不在意，就这样我们半睡半醒在橡皮艇上待了好久。

今天我在办公室里工作了很久。老板的心情很好。他甚至问我累不累，他也问到母亲的年纪。我告诉他"60来岁"，因为我不想瞎说来搪塞他。

接下来的整整一个星期，我在公司里都很忙。

昨天是周末，玛丽依约而来。她很惹人喜欢，她穿了一件漂亮的、红白相间的连衣裙，脚上穿着皮鞋，胸部很丰满，太阳晒出来的棕色皮肤使她的脸像一朵花似的。我们坐上公共汽车，到离阿尔及尔几公里以外的一个一面是山、一面是芦苇的海滨去。玛丽游到我身边紧抱住我，把嘴贴在我的嘴上，我吻了她。

等回到岸上又穿好衣服之后，玛丽闪着明亮的眼睛望着我。我又亲了亲她。从此，我们就没有说过话。回到家后，我们就上了床。我没有关窗户，夏季夜晚的凉风吹在我们棕色的身体上，实在舒服。

老板叫人喊我，说他有意在巴黎设一个分号，以便就地和巴黎的各大厂家直接建立关系，他问我有没有意思去那里工作，并说这样我就可以住在巴黎，每年还有机会旅行几次。"你年轻，我想这样的生活方式，可能你会喜欢。"我说我随时都可以去；不过我实在不在意去或不去。

晚上，玛丽来找我了。她问我愿意不愿意跟她结婚。我说无所谓，如果她一定要结婚，我们就结。她想知道我爱不爱她，我说我大概并不爱她。她说道："那么，为什么又肯跟我结婚呢？"我跟她说这是毫无关系的事情。如果她要的话,我们可以马上结婚。

星期天,我同邻居雷蒙与高个子的朋友马松去阿尔及尔近郊的海滨浴场。在海滨尽头离我们很远的地方,我看见两个穿蓝色工作服的阿拉伯人朝我们走过来。他们是雷蒙的情妇的弟弟纠集来的,他们想找雷蒙的茬儿,雷蒙说道:"要是打起来,马松就打第二个。我仍旧打我那一个。如果再有第三个的话,就让莫尔索去对付。"沙子像火一般烫,烫得已经发红了。我们迈着均匀的步子冲着阿拉伯人走去,雷蒙先下手了,马松也不怠慢,朝着指定由他应付的那个人扑过去,用尽力打了两下,就把那个阿拉伯人打到水里去了。和雷蒙格斗的那个人抽出刀子划破了他的胳膊和嘴。随后两个阿拉伯人便逃走了。

马松随雷蒙去看医生,一直到差不多一点半钟,他们才回来,雷蒙的胳膊上缠着纱布,嘴角上贴着一块胶布。医生跟他说不要紧,但是雷蒙的脸色很沉。最后,他说他要到海边去散步。我们走到海滨的尽头,那里有个小水泉,从一块大岩石后面的沙土窝里流出来。那两个阿拉伯人就躺在那里。雷蒙用手按住他口袋里的手枪,可是那两个家伙并没有动,他们你望我,我望你地彼此观望。雷蒙说:"我先骂他一顿,他要是一答腔,我就开枪。"我说:"如果他不拔出刀来,你也用不着开枪。"可是忽然间,那两个阿拉伯人倒退着钻到岩石后边去了。雷蒙跟着我只好回来。

等我走到离岩石不远的地方,我看见雷蒙的对头又在那里了。那个阿拉伯人把刀子亮了出来。我似乎感到一把寒光四射的宝剑对准我的额头,我的神经紧张着,不知怎的,扳机打开了,于是我射出了一颗子弹。我甩掉了身上的汗水和太阳。我对准那个尸体一连又开了四枪,子弹打进他的身体,也看不出什么特别。可是这四下短促的枪声等于我在苦难之门上敲了四下。

第二部

我被捕以来已经被提审过好几次了。不过都是问问姓名、籍贯,审问的时间并不长。开头的时候,我并没有把这件事看得很认真。这位法官是在一张挂着帷幕的法庭里开庭问话的,他桌子上只有一盏灯,照着他叫我坐的那把椅子,他自己却坐在黑暗的地方。不久以后,我又一次被法官传去了。他要我再把那一天的情形述说一下。我就把已经对他说过的话又重说了一遍:雷蒙、海滨、游泳、发生纠纷,又回到海滨、小水泉、太阳炎热、一共开了五枪……我每说一句话，他都是说："对，对。"等我说到那个人被打死后躺在地上，他又同意地说道："完全对。"

在接受讯问的 11 个月中，多次的谈话属于一般性质，法官也颇为和善。我甚至以为我"跟他们是一家"。有一天，我正在抓着铁栏杆，脸伸向有光亮的地方往外看，一个看守进来了，告诉我说有人来看我。我想一定是玛丽，果然是她。我觉得她很美，不过我没有说出口来。

玛丽只来看过我一次，后来她来信说，他们不让她来了，因为她不是我太太。从接到信的这天，我明白了，这里是我最后的家，我已走到了死亡的尽头。

我常常想女人，被渴望女人的情欲所折磨。我想女人，随便什么女人，所有过去认识的女人，想到我是在什么场合爱过她们的，想来想去，牢房都成了女人的脸了，到处只见性欲的冲动。这样的生活，从一方面看，神经可能不正常，但是从另外一方面看，这也是消磨时光的办法。开始的时候，我夜里睡不好觉，白天更不能睡。慢慢地，夜里睡得也好了，白天也可以睡觉了。我可以保证，在最后的几个月里，我每天要睡 16 到 18 小时。因此，我每天只有六小时的时间可以消磨。

又一个夏天到来了，大约六月时，律师告诉我要开庭审理我的案子了，并保证两三天就可以结案。

早晨七点半钟，我被监狱的车子送到法院，领到被告席。陪审团的人、三个法官、我的律师，还有新闻记者都来了。他们都是那种冷漠的样子，在我看来都是傻瓜。检察官严肃庄重地指控我："这个人在他母亲死去的第二天就去游泳，就开始乱搞不正当的男女关系，寻欢作乐。别的就用不着多说了。"当检察官和我的辩护律师发生争辩的时候，我看得出来，大家都在谈我，甚至于谈我比谈我罪行的还要多。通过几场辩论，最后主审法官宣布以"法兰西民族的名义"要在一个广场上把我斩首示众。

我拒绝接见神父，这已经是第三次了。我觉得我没有话跟他说，我也没有说话的兴致，不过，他一会儿还是会来的。

尽管我有服从的善意，但我也无法接受这样使人难堪的肯定性。因为，在决定判处死刑和宣布判决以后的过程当中，我感到一种特殊的不均衡现象。我想改变用刑的办法，我认为最主要的是给被判死刑的人一个活命的机会，但我的上诉被驳回了。"哎，眼光放宽些吧，其实 30 岁死和 70 岁死并没有太大的区别。"我在心里想。

正在这个时候，神父走进了我的牢房。我看到他之后，轻微地颤抖了一下。他发觉了，跟我说不用害怕。他的手很细致，筋骨毕露，我看起来好像两只灵巧的动物。他向我解释，叫我"朋友"，说他这样跟我说话，并不是因为我是个判死刑的人，依照他的看法，我们全是判死刑的人。因为即使你今天不死，以后总是要死的，人总有一天还会遇到同样的问题，到那时候，又该怎样来接受这个考验呢？

他走了以后，我倒安静了下来。我累得要命，躺在我睡觉的木板上，我想我是睡着了，因为我醒来的时候，看见头顶上满天星斗。村野种种声响隐约传来，夜晚的气息，土地和盐的气息，清醒了我的头脑。夏季沉睡中神奇的安静，像潮水似地透进我的全身。忽然，在黑夜即将结束的时候，汽笛响了起来。它宣告有些人走进了一个永远不再和我有任何关系的世界里。为了让一切圆满，为了避免感觉自己太孤单，我只想我受刑的那一天要是能有很多人来围观，对我发出咒骂的呼声就行了。

鼠　疫

阿尔及利亚的奥兰城是一个平淡无奇的城市，既没有鸽子，也没有树木，更没有花园。不知是否由于干热的气候缘故，人们的一切活动全都是用同样的狂热而又漫不经心的态度来进行的。

某年4月16日的早晨，贝尔纳·里厄医生从他的诊所出来的时候，踩到了一只死老鼠，奇怪的是，这幢楼以前并没有发现过老鼠。晚上，他在公寓的走廊里又看见一只大老鼠口吐鲜血死去。

里厄并不在意，一来他很忙，二来他妻子病了一年，现在正躺在床上休息，他准备送她到山区的疗养院治疗。他母亲就要到阿尔及利亚的这个滨海城市，以便在他太太不在家时替他料理家务。

第二天早晨8点钟，看门人拎着三只死老鼠的脚，站在门槛上，责骂着那些恶作剧者，因为他认为，本大楼是不会有老鼠的。但里厄却觉得迷惑不解。

他照例开始到城郊去为他那些较贫穷的患者看病。沿途他发现路旁的垃圾箱里都有死老鼠。

中午时分,里厄将他太太送上了通往山区疗养院的火车,两人依依惜别。

这天下午,他接待了新闻记者朗贝尔,朗贝尔要为巴黎一家大报采访当地阿拉伯人的生活条件和健康状况。里厄告诉他,这些状况并不好,此刻市内发现大量死老鼠,关于这件事,可能有不寻常的报告可写。

从18日起,奥兰市到处可见成群的死老鼠,到月底,每天要烧掉几千只死老鼠。25日,一天收集和烧毁的老鼠就达6231只,这个数字加剧了人们的慌乱。到28日,当情报资料局宣布收集到8000只左右的老鼠时,人们的忧虑达到了顶峰。

里厄那幢楼的看门人得了病,发高烧,呼吸困难,病情迅速恶化,最后死了。他的死使人们原先的震惊逐渐变成恐慌。里厄打电话问别的医生,他们回答也正接待着同样症状的病人。市长不愿采取严厉措施,怕惊动居民。只有里厄医生肯定这种病是淋巴腺鼠疫,因为据称这种病在西方已经绝迹,但其他医生觉得还要再研究。鉴于死亡人数迅速增加,市长被迫做出一些预防措施:往阴沟里灌煤气,身上有蚤子的人要到卫生所检查,病人要隔离,病人房间要消毒。

在此期间,里厄还碰到一些怪人怪事:三楼有个叫柯塔尔的想上吊,他在自己的房门上用红粉笔写着:"请进,我上吊了。"幸亏他的邻居格朗听到他踢翻椅子的声音,及时把他救了下来。柯塔尔说话吞吞吐吐,很怕同警方接触。

格朗在市政府当小职员,他正埋头于创作一部小说,但他写了好多年,仅仅完成开头第一句,眼下还正在继续修改这句话。

里厄还认识了一个政治鼓动家塔霍,他把奥兰城的轶闻琐事全记在笔记本上。他的笔记对那些看来琐碎但又有重要性的细节作了忠实的记录。

被市政府统计部门叫去的格朗,有机会统计死亡数字。这天,他举着一张单子告诉里厄:"医生,数字在上升,两天里死去11人。"里厄感慨万分,对在历史上造成过1亿人死亡的这种瘟疫,有必要予以公开的肯定!正是在他的坚持下,"鼠疫"这个词被提出来了。

然而鼠疫已无法控制。这个20万人口的城市，死亡人数已达每天30人。市政府被迫宣布发生鼠疫，封闭城市。自此，禁止通信，因为怕通过信件把病传染出去。打长途电话也只能在生死结婚等紧急情况下才许可，电报要简而又简。原先两地分离的母子、恋人、夫妻，不但是相见的机会，而且连通信都在毫无准备的情况下被剥夺了。因此，人们生活中的主要情感出现了一个新的层面。里厄也收到了他妻子发来的令人不安的电报。

在这个封闭的城市里，人们体验了一切囚徒和流放者的悲惨遭遇，那就是生存于无益的回忆之中。人们在大多数情况下是把自己放逐在家中。不过电影院却生意兴隆，咖啡馆也是这样，甚至有的咖啡馆贴出这样的广告：最好的免疫法莫过于一瓶好酒。

里厄整天紧张地工作着。早上他亲自主持病人入院、防疫、手术，还要考核统计数字，午后回去看门诊，到晚上再去出诊，直到深夜才回家。好在他体格健壮，还能顶得住。

夏天到来了。无线电台报告的每天死亡数已破百人大关。由于纸张日益紧张，期刊减少了篇幅，唯独新的报纸《瘟疫通讯》问世并大为畅销。

在城市里，人们又把某些鼠疫特别猖獗的区同其他各区隔离开来。一些因亲人死亡而精神失常者企图烧死瘟神，竟然纵起火来。处理尸体也是个大问题。公墓挤满了，火葬场大大不够，最后什么廉耻与体统也不顾了，在野外掘两个大坑，一个放男尸，一个放女尸。当这个两坑填满后，又掘了一个更大的坑，因为已经没有力量再挖两个坑来分男女尸了。

到了9月与10月，鼠疫已使奥兰城成了一座与世隔绝的孤城，人们完全听凭天命的摆布。里厄想尽量减轻病人的痛苦。他用卡斯泰尔医生研制的新血清去治疗法官奥东的儿子，起了一点作用，但是还没有治好。大家眼睁睁地看着孩子痛苦地死去，都十分难过。帕纳鲁神父原先在做弥撒时，代表教会祈求鼠疫神施恩，认为奥兰流行鼠疫是罪有应得。如今，他看到这个并没有罪孽的孩子死去，便改变了看法。但他在布道上仍要人们顺从上帝的意志。不久，他也染上鼠疫而死去。

新闻记者朗贝尔来找里厄，要求医生给他开一张健康证明，他要离开奥兰，去巴黎同爱人相聚。里厄拒绝了，说是即使开了证明他也出不去。朗贝尔通过柯塔尔，同一些走私者搭上了关系，想伺机越过看守严密的城门。他认为自己选择爱情的权利是正当的，当他知道里厄的妻子也在外地时深受感动,他打电话告诉里厄,直到他离开奥兰之前,他愿意帮助里厄工作。一天,里厄告诉他,他的行踪已被警方侦知,要他赶快离开。朗贝尔问里厄,为什么他不阻止自己出走。里厄回答,他不能反对朗贝尔选择幸福。朗贝尔思想上十分矛盾,就在他要走的当天,他终于下了决心,他要同里厄在一起战斗。他认为离开奥兰去寻求个人幸福是耻辱,原先他要离开是因为他觉得自己是个局外人,现在他觉得自己是属于这儿的。

同里厄一起向鼠疫做斗争的还有塔霍。塔霍对里厄讲述了自己的经历。他的父亲是个律师,他17岁时父亲让他去旁听一些审判,他对那个判死刑者十分同情,自此反对死刑。一年后他离家自谋生路。他认为人与人之间要有同情心,正是出于这种思想,他才会同里厄一起向鼠疯做斗争。他组织了第一个志愿防疫队。这种市民自卫组织很快扩大并发挥了作用。但是当疫情在人们的顽强斗争下有所减弱时,塔霍累垮了,不幸染上了鼠疫,他坚强地说:"我不想死,我要斗争。"里厄和母亲为他治疗,可是病魔还是夺走了他的生命。

在里厄的朋友中,只有格朗得了鼠疫居然会死里逃生。

来年一月,鼠疫渐渐缓和下来。人人都面露喜色,唯独柯塔尔惶惶然不可终日。原来他有血案在身,本来想自寻绝路,谁知得救后正碰上鼠疫横行,正常的生活秩序瘫痪了,没有人顾得上他,他反倒如鱼得水,干上了走私的营生。鼠疫使他财运亨通,他倒希望鼠疫继续蔓延下去。他公开地说:"我在鼠疫中间也过得不坏,我看不出我为什么要参加进来去制止它。"不久,他的行踪被警方注意到了。最后他发了疯,大批警察便衣前来缉拿他归案。

里厄接到了封电报,告知他的妻子一个星期前因肺病医治无效已经病逝。虽然他表面看上去很平静,但心里却怅然若失。

街上像节日一样热闹,爆竹声声,礼花闪闪,人们欢呼着,充满着勃勃生气,奥兰城终于解除了鼠疫的威胁。里厄登高鸟瞰整个城市,感慨万千,他要把自己耳闻目睹的事实记录下来。他知道,威胁欢乐的东西始终是存在的。鼠杆菌永远不死不灭,它能沉睡在家具和衣服中历时几十年,它能在房间、地窖、皮箱、手帕和废纸堆中耐心地潜伏守候,也许有朝一日人们又遭厄运,瘟神会再度发动它的鼠群,驱使它们选中某一座幸福的城市作为它们葬身之地。

经典品读

1958年
诺贝尔文学奖得主

"由于他在现代抒情诗和俄罗斯伟大叙事诗传统方面所取得的重大成果。"

——获奖评语

鲍里斯·帕斯
捷尔纳克
〔苏联〕

鲍里斯·帕斯捷尔纳克1890年2月10日出生于莫斯科一个有文化教养的家庭里。他的父亲列昂尼德是个画家,母亲罗莎·考夫曼是一位钢琴家。鲍里斯通过父母很早就认识了各国一些著名的作家、艺术家和音乐家。

帕斯捷尔纳克11岁以前一直在家庭里接受教育,以后就读莫斯科德国文法学校和第十五大学预科,这两所学校都强调古典文学的教育。1909年帕斯捷尔纳克进莫斯科大学攻读法律,但兴趣马上又转向了哲学。在莫斯科参加毕业考试前,他去德国马堡大学学习了几个月。在这些年当中他已开始写诗,1914年出版了第一部诗集《云中的双子星座》。

由于帕斯捷尔纳克的一条腿受过伤,使他在第一次世界大战和内战期间免于服兵役。他为了自立,干过许多工作,出版了最初写的一些诗和翻译作品。1917年出版的诗集《生活——我的姐妹》显示了他诗作最重要的特征。1922年在他与叶甫盖妮娅·洛里埃结婚的时候,他已经是一位引人注目的年轻诗人。1931年他同叶甫盖妮娅离婚,又与齐娜伊达·涅伊哈乌斯结合。

20世纪30年代末,当斯大林加强意识形态方面的清洗时,帕斯捷尔纳克停止了诗集的出版,专门从事翻译工作。他的儿子列昂依德生于1937年。

他的长篇小说《日瓦戈医生》用了近十年时间才写作完成,于1957年在意大利出版,到了20世纪60年代初,已有25种文字的译本,反响极大,这激起了苏联文化界的强烈反抗,他们认为该书具有明显的反十月革命的倾向。因而禁止出版并将他开除出作家协会。

公开的指责和暗中的骚扰,使帕斯捷尔纳克的健康受到严重损害。1960年5月30日,帕斯捷尔纳克逝世。几千人参加了他的葬礼,墓场成了他文学成就的纪念碑。

日瓦戈医生

尤拉·安德烈维奇·日瓦戈医生出身于莫斯科一个煊赫一时的豪富之家,他记得那时有许多东西都冠有他们家的姓氏,有日瓦戈工厂、日瓦戈银行、日瓦戈大楼……在母亲去世前他并不知道父亲早年就把他和母亲抛弃了,一个人在外,四处游荡、吃喝玩乐,把万贯家财挥霍一空。不久,母亲患肺病死去,父亲被陪伴他的律师所怂恿,跳火车自杀了。尤拉的一切都灰飞烟灭了。成了孤儿的尤拉,受到了叔父和舅父的保护、关心,和他们住在一起。以后,舅父把年少的尤拉重又带回莫斯科,住在化学教授格罗麦科家里。在那儿,他和格罗麦科的女儿托尼娅、同学米沙·戈尔顿一起为伴,常常合读《爱的意义》《克莱采奏鸣曲》一类的书,成天沉浸在道德说教的讨论中。

格罗麦科教授的妻子叫安娜·伊凡诺夫娜。她的父亲是一家制铁厂厂主,此外在乌拉尔的尤梁津附近还拥有一大片林区,林区里有矿产,但因无利可图,已经不再开采了。有一年冬天,她让管院子的马尔克尔帮忙安装衣柜。在安装过程中,安娜为了帮忙,踏上尚未安牢的柜底,跌了一跤,从此以后,她就开始衰弱起来。1911年11月,她终于因病卧床不起。病中,她常把尤拉和托尼娅唤去,对他们讲述自己的童年,往往一讲就是几个钟头。

尤拉、米沙和托尼娅明年春天就要从大学和高等女子学校毕业了。尤拉学的是医学,托尼娅学法律,米沙在哲学系学语文。通过学习,尤拉的思想完全变了。他的观点、习惯、志趣都很独特,感受力特别强。他善于思考,善于写作，一些见解极其新颖。

有一次，当尤拉和托尼娅肩并肩地站在安娜·伊凡诺夫娜床前时，她一面咳嗽，一面把他们挨在一起的手抓在自己的手里，控制住自己的声音和呼吸说："如果我死了，你们不要分开。你们是天生的一对儿，你们结婚吧。现在就算是你们已经订婚了。"说完，就哭了起来。

安娜·伊凡诺夫娜病故后，托尼娅成了外祖父财产的继承人。她和日瓦戈医生——工作以前大家都叫他尤拉结婚了，生活过得十分美满幸福。战争爆发后的第二年秋天，托尼娅生了个儿子。日瓦戈从医院产房探望完妻子，回到了自己的医院。大家争先恐后地向他道喜，内科主任却带来了不愉快的消息："……这一次我们留不住你了，前线太缺乏医疗人员，你要去闻闻火药味儿了。"

到了前线，日瓦戈开始在师医疗队里工作。儿时的朋友米沙·戈尔顿有一次作为向前线官军赠送礼物的社会代表拜访了他。米沙几乎天天都要和日瓦戈到处去看看，实地体会体会军人的生活。因为战争局势的不断变化，米沙在前线多逗留了一个星期。当得知米沙可以离开前线时，日瓦戈在村边与他告别后，贴着墙快步往回走去。突然一颗炮弹炸在他的前面爆炸，一块破片击中了他，他倒在地上，不省人事。他被抬进了离大本营很近的野战医院。在医院住了没多久，他便听说医院里新来了一个护士，叫拉莉萨。当她过来时，日瓦戈觉得很面熟，躺在对面的加里乌林也认出她来，而她并不认识他们。"真想不到在这里见面，拉莉萨·费多罗夫娜，"加里乌林说，"我原来和您的丈夫巴维尔·巴甫洛维奇在一个团里，我和他很熟识。我还保存着他的东西呢。"加里乌林没有勇气把听来有关她丈夫的死讯告诉他，他决定说谎，"他被俘了，"他说，"他在进攻的时候，带着自己的队伍拼命向前冲，孤军深入，被包围了，他只好缴械。"拉莉萨并不信加里乌林的话。她有意不朝加里乌林那边看，免得大哭起来。她径直走到日瓦戈床前，漫不经心地、机械地说："您好，您怎么样？"日瓦戈望着她悲痛的样子，说道："谢谢您。我是医生，自己可以照料自己，您不必管我。"拉莉萨吃惊地看着这个翘鼻子的陌生人。拉莉萨是基莎尔的女儿，基莎尔是一个完全俄化的法国女人，丈夫死后，她采纳了情夫科马罗夫斯基律师的主意，带着女儿，靠着丈夫留下的积蓄，在莫斯科开了一间裁缝店借以谋生。但她万万没想到，道德败坏的科马罗夫斯基竟会勾引、奸污了她的女儿。拉莉萨为了摆脱他的纠缠，只好在同桌同学娜加·科洛格里沃夫家住了三年多。在那儿，她自由自在，边帮忙干些家务活儿，边上大学。

　　巴沙是一个工人出身的科学家。他和拉莉萨从小就已非常熟悉，现在他正如醉如痴地爱着她。拉莉萨也盼望着等大学毕业后，他们就结婚，然后一起到乌拉尔去教书。为了早日实现这一计划，拉莉萨迫切想尽早独立生活，而过独立生活需要钱。于是在1911年圣诞节，她做了一个不幸的决定：向科马罗夫斯基要钱，如果他不肯，便杀了他。怀着这样的念头，拉莉萨在她的皮手袋里藏了手枪，神志恍惚地出现在斯文季茨基的圣诞舞会上。这天，尤拉和托尼娅也参加了舞会，亲眼目睹了枪杀场面。遗憾的是，她没打中，只得坐等逮捕、判刑。科马罗夫斯基为此心情十分矛盾。他明显感到是他摧残了她的一生！她拼命地挣扎、反抗、搏斗，只是想改变一下自己的命运，重新掌握自己的命运。科马罗夫斯基觉得现在应当帮助她，可以先给她租一套房间，无论如何不能再碰她，否则又会出问题。过了几个钟头，他把发着高烧、魂不附体的拉莉萨送到租下了的房间里。她害了神经性热病，拉莉萨想枪杀的人未被杀死，却又得到了这个人的保护，这使巴沙感到困惑不解。

　　等到拉莉萨病情好些了，她把巴沙叫了来，对他说："我是个坏女人。你离开我吧，把我忘掉吧，我不值得你爱。"说完，哭得很伤心。巴沙无法相信她的话，尽管也怀疑她有各种各样重大的罪过，本该诅咒、痛恨她，可偏偏又爱她爱得要命。他果断地做了立即和她结婚的决定。新婚之夜，这一对刚刚毕业的大学生，到达了幸福的顶峰，也坠入了绝望的深渊。他的猜疑和她的坦白招认不断地相互交替。她每回答一次问题，他的心便往下沉一次，他受伤的心怎么也接受不了新发现的事实。不久，他们俩都接到了从乌拉尔尤梁津市发来的聘书，到那儿当教师。在那儿的生活比他们预料的要好得多。他们有了一个3岁的女儿——卡秋莎。拉莉萨很习惯这里的生活，而巴沙却很看不惯这儿粗野的不文明。巴沙没和拉莉萨商量就去服兵役了。拉莉萨跪在他的脚下，求他放弃这一想法。望着巴沙无动于衷的表情，她方才意识到巴沙误解了她对他的态度。她对他体贴入微如母爱一般，而他并不了解这爱是一个女人对一个男人感情的更深表现。他一走，她觉得这个城市里都冷清了。最初她还能收到一两封从前线寄来的信，当军队转入进攻阶段后，巴沙便音讯全无了。

　　为了能够找到巴沙，拉莉萨在战争一开始便热心地来到军医院帮忙。在这儿,她遇见了日瓦戈医生。频繁的接触,使他们之间产生了感情,在日瓦戈的脑海里翻滚着两种思绪:一是怀念着托尼娅、家庭和原来十分安定的生活,急不可耐要回到这离开两年多的生活中去;二是渴望着吸收点新鲜的东西。这是不由自主、不可遏止、像迅雷一样突然的、来自现实的新东西。护士拉莉萨那种不流露自己痛苦、以不表示怨为美的品质,是他以前从来没接触过的。但他克制了对拉莉萨的感情。

十月革命后,他回到了莫斯科,欣喜地见到了家里人,特别是他的宝贝儿子。舒拉一生下来,他就应征入伍了,这还是头一回见面呢!他发现周围的人都变了,朋友们变得罕有的黯淡而没有光彩,已经没有一个人保留自己的展望,自己的世界了。米沙不像中学时代那样讨人喜欢了,杜多罗夫也变成一个严肃持重的学者。渐渐地他感到自己的孤独,但他并不怪罪任何人。唯与尼古拉舅舅的见面,令人激动不已,充满情趣。他们一谈到具有创作气质的人所熟悉的东西,别的一切似乎就都不存在了。在他的影响下,日瓦戈终于成了一位杰出的诗人、作家。

这一切使他觉得不是回到家里,而是在莫斯科做客。他到处感到失望,到处觉得在空谈,日常生活像跛子一样,挣扎着往前走。这是一个黑暗、饥饿、寒冷的冬天。一切都已被摧毁,一切有待重建。人们都在拼命挣扎,不挣扎就无法生活下去。日瓦戈患上了伤寒,他的同父异母弟弟格兰尼亚关切地来探望过他。终于,他们受不了这些苦,全家准备到遥远的乌拉尔,靠近尤梁津城的瓦雷金诺庄上去。旅途中,他们的火车曾进入土匪猖獗的地带和刚刚平定了叛乱的地区,司机担心火车在积雪没人扫的轨道上行驶出事故,所以开得很慢很慢。他们还曾停在一块没有人烟的小地方,下车扫了整整三昼夜的积雪。沿途,他们听见许多关于斯特列尔尼科夫对付反革命如何凶狠的传闻。

在快到达尤梁津时,日瓦戈在车厢内见到了迈着矫健步子走来的斯特列尔尼科夫。他立刻意识到,这是个意志完美的人,其实他就是昔日的巴沙。巴沙刚参加战争就做了俘虏,在敌方呆了很久,因为长期没有音讯,人们都以为他死去了。1917年底,他听说俄国发生了革命,便逃了回来。他现在是一个党外军事专家。日瓦戈被斯特列尔尼科夫的部下当成了可疑分子受盘问,最后斯特列尔尼科夫帮他解了围。

当他们下了火车来到庄园时,总以为不会发生的事情发生了:庄园总管米

《日瓦戈医生》
鲍里斯·帕斯捷尔纳克

库里增对他们的到来十分冷淡,认为这会给他带来很大的负担。日瓦戈急忙解释道:"我们决不会打扰你们的安宁,只是在破旧的空房子里找个角落,再找一块没人要的荒地,种点菜,没人的时候,到树林里去弄车柴火就行了。"米库里增是个刀子嘴、豆腐心的人,说过也就算了。他们住下后,日子过得也算平静、安逸。萨姆杰维亚托夫常为他们带些可口的食物、灯油、肥皂及其他。日瓦戈开始写些杂记,还会抽空去市图书馆读书。在那儿,他看到了拉莉萨,并从她的借书单上抄下了她的住址:商人街的转角上,正面对着雕刻装饰的青灰色的房子。他没费多少劲,便找到了她家,在门前的井边见到了正在挑水的她。他们一起走进一幢破旧不堪、别人丢弃的房子,里面老鼠成群。他一时忘记了人们所说斯特列尔尼科夫是她丈夫的传闻,一进屋便讲了他们见面的经过。她先是一愣,很快就平静下来。"斯特列尔尼科夫就是我丈夫巴沙,卡秋莎也知道这事,并且很高兴有这样的爸爸……他明知我们在城里,但从来没有打听过我们母女是否平安,他是怕暴露他的秘密,我们也就一次也没见着他。"

经过这次邂逅,他们的关系变得越来越密切。他开始欺骗托尼娅,向她隐瞒那愈来愈严重、不能容许的事。这一切扰乱了日瓦戈的心灵。他爱托尼娅,爱得十分炽烈。如果有人伤害她的尊严,他会亲手把这个坏蛋撕得稀烂。而现在,这个坏蛋正是他自己。"今后怎么办?"有时他问自己,但他找不到答案。于是便异想天开,他希望能发生一些意外的情况,自然解决这个难题。没想到,奇迹果真出现了:当他策马扬鞭奔赴拉莉萨家时,突然响起了枪声,三名武装骑士拦住了他的去路,征调他去做医务工作。在被掳去的一年多时间里,游击队司令员、米库里增的儿子利维里·列斯内赫很器重他,让他睡在自己的帐篷里,日瓦戈却把这种亲热看成一种负担。他曾出逃过三次,但均未成功。在一次东进转移途中,他思念着已经有两个孩子的托尼娅,借机逃走。

蓬头垢面、面容憔悴的日瓦戈来到了商人街那幢带雕像的房子前,他背着口袋、拄着拐杖走近正在看墙上布告的人们,然而他的视线却投向了对面房子二楼的窗户。他再也控制不住自己的感情,穿过大街,走进了房子,踏上他熟悉而亲切的楼梯。他正要敲门时,看见门上上了一把大锁。日瓦戈确定拉莉萨和卡秋莎不住在这里了,可能也不在尤梁津或已不在人世了。不过既然已经到了这里,他还是伸手到墙缝里去摸拉莉萨有可能留下的钥匙。哇,简直是奇迹!不仅有钥匙,还有写给他的一封长信。从信中得知,她已事先知道他的到来,她急着要去瓦雷金诺找他,但又怕他到这里来,便留下了钥匙。一种狂热的兴奋和无法控制的不安代替了日瓦戈的疲劳。他上了街想先去理个发,但是找不到理发店,只好在小裁缝铺里,请人帮忙理了发,并打听到他家的人没在瓦雷金诺,已去了莫斯科。这一夜,他昏昏沉沉地倒在拉莉萨床上睡着了。当他醒了又睡,睡了又醒后,发现拉莉萨正俯身坐在他身旁,他高兴得昏了过去。在拉莉萨的精心护理、悉心照料下,日瓦戈极度疲劳的身体迅速复原。在这座破屋里,他们同居了,生活得很美满。他们共同称赞萨姆杰维亚托夫崇高的精神境界,不约而同地又谈到了那个可恶的科马罗夫斯基。原来,正是他怂恿日瓦戈父亲自杀的,共同的感受使他们的心更贴近了。然而,拉莉萨并不安心这种生活:"你必须回到自己家里。在回家之前,先找个本行工作干干。不管怎么说,离开革命部队就是开小差,你不能赋闲,不能失去公民权。我的情况也不妙,我也要到教育局去工作,否则我也不太平。""怎么不太平?因为斯特列尔尼科夫吗?""就是因为他。我以前对你说说过,他有许多敌人。现在红军胜利了,那些上层的非党军人掌握的情况太多,准得挨整。"日瓦戈同意了她的建议,筹措去莫斯科的旅费。这样又过了两三个月,他们非常不适应新政权提出的各种口号,害怕当局会以最高革命原则的名义消灭他们。他们惶惶不可终日,担心被捕。这时那个幽灵似的科马罗夫斯基重又来到他们中间,恐吓他们说:"我在这里只呆两天,可是关于你们的情况,我了解到的比你们自己想到的要多得多。你们正处在悬岩边缘,而你们还蒙在鼓里。如果不及时采取对策,你们自由自在的日子,以至活着的日子已经屈指可数了。"

听了科马罗夫斯基的话,他们在一个灰暗的冬日清晨离开尤梁津,到了瓦雷金诺,米库里增的房子挂上了锁。日瓦戈把锁和锁扣一起扭了下来,进屋后发现屋里有几处很凌乱,似乎不久前有人住过,他们很快便安顿下来,过起了露营式的生活。日瓦戈对四周笼罩着的幸福、甜美气息十分满意,开始了自己的创作,写下了他记得最清楚的一些诗作,并做了修改,拉莉萨却很不习惯这种无所事事的生活,提出要回去。日瓦戈没有劝阻她,因为尽管没有了被逮捕的危险,可他们手无寸铁、势单力薄,在这又冷、又危险的荒僻乡村呆下去,也不见得好多少!当他们商量妥当,刚要坐上雪橇离去时,科马罗夫斯基来了。他和日瓦戈进行了单独谈话:"斯特列尔尼科夫已经被抓到,枪决了。他死后,拉莉萨和女儿危在旦夕了,请您助我一臂之力,救救他们。"原来，他想带走拉莉萨母女，又怕她不肯，便要日瓦戈假装答应跟她同行。日瓦戈上了他的当，答应道："斯特列尔尼科夫既然被处死，拉莉萨和卡秋莎也就在劫难逃，这样看来，还是让您把他们母女带走，走得愈远愈好。"拉莉萨甚至没和日瓦戈好好告别，便随科马罗夫斯基走了，她还以为日瓦戈随后就会赶到，然后他们一块儿奔赴一个安全可靠的地方去。"永别了，永别了，"日瓦戈把发自内心深处的话向傍晚的寒风倾吐。"永别了，我唯一的爱人，我永远失去了你！"斯特列尔尼科夫的不期而归，使日瓦戈感到惊讶。原来他就是这屋子里发现的那些物品的主人。他被指控，应受到军事法庭的审判，在被捕前，他到处躲藏。那天晚上，日瓦戈和他促膝长谈，留他过夜。他谈到许多关于"革命"的事，也谈到了他的经历，谈到了拉莉萨和女儿："战后，我从俘虏营中归来，我利用传说我已死亡的机会，伪造姓名，参加了革命。我想为她经受的痛苦报复，洗刷她痛苦的回忆，让她不再想到过去，让过去那些屈辱的事不再发生。"第二天早晨，日瓦戈燃起厨房的炉灶，拿起水桶到井边打水时，发现斯特列尔尼科夫横躺在小路上，他用手枪自杀了。

  日瓦戈在实行新经济政策的初期来到了莫斯科，得知家里人都已被驱逐出境，去了法国；他的名下的房屋已住了其他人；里面的东西都已不翼而飞。大家都躲着日瓦戈，将他视为危险分子。他家里的仆人马尔克尔现在已飞黄腾达了，在他的帮助下，日瓦戈住进了一间破屋。马尔克尔的女儿玛丽娜，后来成了日瓦戈没办手续的第三位妻子，并生下了两个女儿。儿时的伙伴戈尔顿和杜多罗夫现在都是知识界人士，日瓦戈有一段时间还经常同他们在一起闲谈。日瓦戈离别多年的异母兄弟格兰尼亚帮助他进了一家医院工作。在一次乘车上班的时候，他感到头晕、胸闷，想挤下车去，不巧，摔倒在路上，再也没起来过……

  日瓦戈的遗体运到他的住处时，玛丽娜痛不欲生，杜多罗夫和戈尔顿也在，他们和她一样伤心。在悼念的人群中，有一男一女两个人很引人注目。他们并没有宣称自己与死者的关系，但他们却承担了料理后事的责任。他们便是拉莉萨和格兰尼亚。

  当拉莉萨一个人在日瓦戈遗体旁时，她一动不动，很长时间她什么话也没说，什么也没想，也没哭泣，她用自己的身体，自己的头、胸膛、自己的心灵以及像心灵一样宽大的双臂紧紧抱住棺材、鲜花和他的遗体。她和格兰尼亚在这儿呆了好几天，清理日瓦戈的遗稿。这些事没做完，拉莉萨便离开了，再也没有回来，也许是死了，也许是进了集中营，被人们遗忘了。成了将军的格兰尼亚找到了日瓦戈和拉莉萨所生的女儿，担负起了养育责任。他还设法出版了日瓦戈生前的诗作。

《德里纳河上的桥》
伊沃·安德里奇

1961年
诺贝尔文学奖得主

"以史诗般的气魄,从他祖国的历史中摄取题材,描绘这个国家和人们的命运。"
——获奖评语

伊沃·安德里奇
〔南斯拉夫〕

伊沃·安德里奇是一个铜匠的儿子,1892年10月10日生于波斯尼亚特拉夫尼克附近的多拉茨。他曾分别在萨格勒布、克拉科夫、维也纳以及格拉茨的大学就读,并于1919年毕业于奥地利的格拉茨大学。1918年出版的诗集《越过浮桥》是他的第一部作品。第二年,诗集《动乱》问世。由于他的革命倾向,他在第一次世界大战期间受到奥地利当局的迫害,并因为加入青年波斯尼亚党而被捕,度过了三年的铁窗生活。

1923年,安德里奇进入南斯拉夫外交部工作,作为一名外交官,安德里奇在将近20年的时间里,分别在罗马、布加勒斯特、格拉茨、巴黎、马德里、布鲁塞尔、日内瓦和柏林任职。1939年,作为南斯拉夫驻柏林大使的安德里奇,陷于一种进退维谷的境地。在第二次世界大战的其余时间内,自愿与世隔绝的他隐居贝尔格莱德,在这里写出了《特拉尼克纪事》《德里纳河上的桥》和《女士》,这三部著作都在战争刚刚结束后发表。这样,他在文坛的地位得以完全确立。在生命的最后30年间,他作为当代南斯拉夫主要作家,担任了种种名誉职务,并继续写作,发表作品。他在文坛的这种名望由于1961年获得诺贝尔文学奖而得到极大的升华。他晚年的主要作品有:《新故事集》《宰相的像》《泽科》《在枥树下》《魔鬼的院子》《面容》等。他于1975年3月13日逝世时,被誉为南斯拉夫当代最伟大的作家。

德里纳河上的桥

德里纳河的河道大部分蜿蜒于高山峻谷之间,在那青色的急流穿过黑色的峭壁奔泻而下的地方矗立着一座壮丽的11孔大石桥。由桥而下是一块扇形的起伏不平的谷地,维舍格列城及其郊区就在这里。这座大桥横跨德里纳河中上游的河面,是波斯尼亚和塞尔维亚之间的交通要塞。关于大桥的建成和变迁的传说,也就是一部维舍格列城及其世世代代的居民生活的历史。每当人们谈到维舍格列时,就必然要联系到11孔大石桥这一主线,而桥上的加比亚台则是该城一块不朽的丰碑。

1516年的某天早晨,当一个10岁的小孩从他的家乡苏科罗维契附近的一个村庄,被带到斯坦布尔经过这里的时候,在他的脑海中闪现过一个关于这座大桥的初步构想,虽然这个构想当时还很模糊不清,但是后来实现了。他在德里纳河渡口时又是悲哀又是痛恨,他对远离故乡和亲人感到彻心的痛楚,又暗恨自己和乡亲们的软弱和畏怯。这个小孩就是被奥斯曼帝国征集的基督教徒儿童——"血贡"。"血贡"们到异乡以后,要给他们行割礼,扳依伊斯兰教。他们将忘记自己的宗教信仰、自己的故乡和家庭,终身在土耳其苏丹的禁卫军中服役,或许在更重要的机构任职。若干年以后,这个小孩在历史上出尽了风头,成了苏丹宫廷中从一个果敢的青年军官升为海军大将军,再后来当上了驸马,成为世界闻名的军事家和政治家。他指挥了三大洲进行的多次战争,这些战争大都取得了胜利。他60年的宦海生涯总共服侍了三位皇帝,宠信之深、权位之高是我们难以想象的。随着年龄的增加,他对德里纳河渡口那份痛楚愈来愈鲜明,他决心在河上架一座桥。他,就是丞相穆罕默德·巴夏·苏格利。根据他的命令,并由他出资,德里纳河上的建桥工程就在这年开始了。

丞相派遣的官员及其随从来到了维舍格列。他们的出现,在这个小城及其附近的农村,尤其是在基督教徒当中,引起了恐惧和不安。领导建桥的阿比达加是个心毒手狠的家伙,他召集当地的行政首脑与穆斯林绅士开会,坦

《德里纳河上的桥》
伊沃·安德里奇

率地说:"我要求人人认真工作,绝对服从,否则,我不是打,就是杀。工作一天做不好,我就一天不走,希望大家自爱。"就这样,工地上一切事情在他的监督与绿色长棒的威逼下进行,被抓来服劳役的平民、穷人,个个蓬头垢面、周身湿透、筋疲力尽、心事重重。毫无报酬、遥遥无期的劳役把他们的身体整个拖垮了。他带给这个小城的是一场无法理解的大祸,一场看不到头的灾难。

服劳役的乡民中,有个叫拉底斯拉夫的,他是维舍格列一个小村庄乌尼士得人。他鼓动反抗,对乡民们说:"兄弟们,这两三年来,为了建这座桥,我们真是受够了,我们迟早要累死的。我们这些穷光蛋、基督教徒要桥有什么用?干嘛要替他们卖命?我们几个人商量了一下,决定趁着黑夜,去把已经造好的部分尽量捣毁,然后放出传闻,说是河神反对造桥,暗中施法力毁掉的。"

破坏大桥工程事故的发生与关于河神不让在德里纳河上建桥的谣传,使阿比达加火冒三丈。他把巡逻队长找来,限他三天内止住流言,抓到破坏分子,否则就处死他。巡逻队长惊恐万状地把手下的人训斥一通后,带着他们彻夜在河边巡逻。到了第三夜,也就是最后一夜,他们抓到了乘木筏来到工地脚手架搞破坏的拉底斯拉夫。残暴的阿比达加命令士兵并把粗壮的尖头木桩斜穿钉入这位反抗者的身体中。在两岸观看行刑的人,一个个目瞪口呆,感到窒息。对他们来说,同胞被害是最有号召力的,如今,他们无所畏惧了。

春回大地的时候,新任官阿利夫贝代替了暴虐的阿比达加。他总是和颜悦色,一到任,就取消了强制劳动。工人们人人都能得到一定的报酬,诸如盐、面食之类的食物,应有尽有,所以工程进展很快,质量之好是阿比达加在时所无法比拟的。原来是阿比达加把上面拨下来的公款全部私吞了。在阿利夫贝的领导下,大石桥又重新动工了。工程一天一个样,大桥以外还有一家旅店,旅店的内部也是富丽堂皇,别具风格,令人赞不绝口。到第五年,一座完美无瑕、富丽堂皇的11孔大石桥便赫然出现在人们眼前。10月上旬,阿利夫贝搞了个盛大的庆祝会,庆贺大桥落成。他经手的造桥费用,一分钱也没有落入个人腰包,他在人们心中的威信很高,所以他搞的庆祝会轰轰烈烈、丰富多彩。

大桥和旅舍建成后,旅客在德里纳河渡口所饱受的艰辛困苦和种种不便也就随着消失了。人们刻了一个碑来歌颂这位丞相。然而丞相没有更多的时日享受维舍格列两座建筑物落成后带给他的快乐。一天，他带着一批人来到清真寺前，被一个苦行僧刺客刺杀了。但这两座壮丽的建筑物却不管这些，它们对商业和交通的发展，对维舍格列城乡的发展，开始发生影响。

第一个世纪过去了，这期间，人类几经沧桑，许多建筑物已不复存在，但大桥、加比亚台和附近的旅舍却仍然屹立在那里，雄姿不减当年。维舍格列有史以来所经历的最大洪水发生在18世纪的最后一年，这次水灾长久留在人们的脑海中，德里纳河上的大桥安然无恙，它经得起任何风浪。除水灾外，还有一些其他祸患，这就是历史事件和社会动乱。不过，这些历史事件和社会动乱对于大桥的损害比洪水还要小得多，更没有发生什么根本性的变化。

19世纪初，塞尔维亚爆发了一次起义。这个小镇本来就位于塞尔维亚和波斯尼亚交接地带，这期间，大桥的重要性变得更突出了，镇里现在长期驻着一支军队，他们的任务是守桥和做一些劳役工作。为了执行任务，他们在大桥中央盖了一座木板碉楼。碉楼的外形，所占位置和所用材料，都很不雅观。嗜血成性的土耳其刽子手随便抓了一个过路的老头和一个唱歌的小伙，很快把两条人命结果了，以此来祭拜新造的木楼。

从这一天起，凡在边区地带或在桥上被捕获的起义人员和可疑分子，都被带到加比亚台上来审问，行刑。被带到碉楼下面来的人，只要一给捆起来审讯，便很少有生还的希望。由于作恶多端、声名狼藉的碉楼占据了加比亚台，人们再也不到这儿来聚会聊天，台上原先的歌声笑语早已绝迹。土耳其人到这里来时也觉得索然无味，塞尔维亚人更不用说了，他们只有迫不得已的时候才从桥上经过，而且总是低着头匆匆而过。

塞尔维亚和边区的局势安定后，碉楼存在的意义也就自然消失了。那桥上的碉楼，在一天晚上因为一根蜡烛没有吹灭，引起了大火。人们看见木屋被熊熊烈火烧毁了，个个拍手称快。这样，碉楼以及与之有关的那些冤案便只剩下一些辛酸的回忆还残存在人们的脑海中，这些回忆后来也越来越淡薄，不久就随着这一代人的相继去世而完全消失了。

到了19世纪中叶，土耳其帝国已经快要成强弩之末了。其间，萨拉热窝发生了两次瘟疫和一次霍乱，为了检查行旅、封锁交通，桥上又建起了岗哨，镇上的人也没有再到桥上来了。时过境迁，加比亚台上的生活总是在不

《德里纳河上的桥》
伊沃·安德里奇

断变迁,而这座桥,不管多少年,多少世纪,人类生活中出现多少悲欢离合,它始终依然如故。千秋世事,从桥上掠过,就像潺潺的流水从桥下光洁完美的桥孔流过一样。

当时加比亚台上发生的一件绝无仅有的事,像轰动世界的新闻一样,震动了全城,传播到远方各地。事情发生在维里芦和奈左开两个小村庄。维里芦山青水秀,人也长得漂亮,有个叫花姐的姑娘,姿容俊俏,遐迩闻名。与维里芦村遥遥相对的奈左开村,有幢白色大厦,住着一家富商,富商的独生子纳义尔向花姐求婚。花姐不为财富所动,拒绝了他。但花姐的父亲由于经营亏损,一时难以开交,这时富商见状慨然相助,于是两家就来往密切了。于是花姐的父亲答应了富商为独生子的说亲。这消息犹如晴天霹雳,花姐充满痛苦的神情,望了父亲一眼,默默无言地顺从了父亲的意愿。一个月后,在迎新队伍经过大桥的时候,她像飞鸟那样轻盈,纵身跳进桥下滚滚的大河。这位绝顶聪明、美丽无双的少女只留下了一首歌词,好像她永远活在人间。

距上次卡拉乔治起义以后,过了70年左右,塞尔维亚地方战事又起,边疆地区立刻起来响应。在加比亚台上又见到了被杀的塞尔维亚人的首级。但是,这一切情况并没有持续很久。土耳其和塞尔维亚之间的战事一结束,大家又安定下来。这当然是表面上的安定,人们忧虑万状地谈论着奥地利军队如何取代土耳其军队,开进波斯尼亚,人们肯定土耳其苏丹没有抵抗就把波斯尼亚交了出去。1878年7月初,伊斯兰教长老在加比亚台上,召集镇上的首要人物,激励他们起来抵抗奥地利人。当大家和教长争论的时候,反对最强烈的人是镇上最有威望的阿里霍扎。他反对武装抵抗,因为这样只能招来失败,甚至带来更加深重的灾难。他被主战的奥斯曼·卡拉兰利亚骂为叛徒,并且带讽刺地劝他在德国佬到来以前去接受洗礼。

奥地利人渐渐逼近了。他们的先遣部队从一个小树林内对准被遗弃的石头旅舍扔了几颗手榴弹,使已经摇摇欲坠的旅舍进一步摧毁。随后,匈牙利的步兵端着枪缓缓前进,到了加比亚台。他们占领了这个城市后,在大桥下贴了一张占领者的公告。

生活又恢复了正常,在军队的占领下,开始了一个新时期。一长列一长列的黄色军车从桥上隆隆穿过,运载着食物、服装、家具、工具以及各种军需品。时间慢慢过去,外国人与日俱增。他们悄悄地推行了很多改革,使镇子的面貌和风俗都有了不少的改变。他们把街道修整得比以前整洁宽阔，将市集店面老木屋改建成砖瓦房。

他们还在镇里安装了照明设备，在主要街道和十字路口的绿杆子上挂了路灯，里面点的是煤油灯。人们对这些变化，开始不习惯，可随着时间的推移，也就慢慢地习惯了。

三月初，司令部警告守桥部队要加倍注意，因为根据可靠情报，有名的大盗捷阿利亚已经从黑塞哥维那儿窜到波斯尼亚来了，现在潜伏在维舍格列附近，他很可能设法从维舍格列逃往塞尔维亚或土耳其边界。如果被他逃脱，后果不堪设想。守桥部队的费杜纳听到这个警告后，十分认真对待，但他又觉得未免过于夸大，因为不能想象一个人能够通过这座宽仅十余步的大桥而不被发现。有一天中午，从岗哨旁边走过一个年轻的土耳其姑娘。她身上那条五颜六色的披肩随着她的步态迎风飘荡，在阳光下闪闪发亮，十分动人。披肩紧紧包着她那副文静秀丽的脸儿，一双眼睛低垂，但却滴溜溜地乱转。她就这样从他身旁走过，在市中心消失不见了。第二天中午时分，这位土耳其姑娘又从这里走过，在市中心消失不见了。第三天中午时分，这位土耳其姑娘又从这里走过。第四天，那位姑娘趁台上没人的时候，轻声问他下一次值班是什么时间。费杜纳告诉她是黄昏时分。她说："我准备把老祖母领到城里去过夜，然后我独自一个人回来。"六个小时后，暮色苍茫中，大路上出现了那位年轻的土耳其姑娘的身影。在她旁边，有一位土耳其老太太，蒙着一条很厚的面纱，弯腰驼背，走起路来几乎要趴在地上似的，她右手拄着拐棍，左手拉着年轻姑娘的胳膊，她们就这样从费杜纳身旁走过了。由于迷了路，她们在河边被宪兵发现了。原来"老太太"是"大盗"乔装的。姑娘被带进审讯室，费杜纳为逃避军法制裁，举枪自杀了。

大桥旁边的城市生活越来越繁华，越来越井井有条，呈现出前所未有的稳定局面。大家都觉得现在的生活比土耳其人统治时更加宽阔，更加自由、多样化和繁荣。首先进入这座城市的是军队，继军队之后是宪兵队，继宪兵之后，派来了官吏，官吏之后又出现了商人。人们开始砍伐森林，随之也来了一些外国承包商、工程师和工人，他们给老百姓和商贩带来了各种赚钱的机会，也带来了新的生活习惯，在居民的服装和语言方面，也引起了一些新的变化。不久，有人在桥头建起了第一座酒家，人们称它为"罗蒂卡酒家"。罗蒂卡是个年轻美貌的小寡妇，她善于经营，的确赚了不少钱，而且她又善

《德里纳河上的桥》
伊沃·安德里奇

于守财,所以一开始那几年就积蓄了一大笔财产,同时她又慷慨大方,救济乞丐和病人,救济那些亲友,使他们生活得更加融洽、美好、光彩。她住在酒家楼上拥塞闷气的一个小房间里,只有一个窗户,紧紧对着大桥的第一个桥孔。她在这个小房间里度过属于她个人的秘密生活。

1900年,旧的时代在安静祥和中结束了,新的世纪即将开始,许多人想象并感到这个新世纪会更幸福。就在这一年,政府对大石桥进行了一次大规模的修建。接着,又在桥上铺设自来水管,把河对岸山里的泉水引来给镇民使用。第二年秋天,开始建造铁路。铁路建成,开始通车以后,大家才看出这条铁路对这座大桥本身,对大桥在城市生活中的作用以及对大桥的命运发生了什么影响。马车夫、马匹、带棚骡车以及过去到萨拉热窝时乘坐的旧式小马车,现在都没有什么大用处了。这一段路,以前旅行一趟,需要整整两天时间,现在只要四个小时就够了。大家兴奋地计算这个速度给人们带来多少好处,节省了多少钱。

1908年来到了,形势出现了动荡不安,一种阴霾的气氛开始不断威胁这座城市。由于物价上涨、纸币、股息和外汇的影响,人们越来越多地谈论起政治。萨拉热窝建立了一些塞尔维亚的民族党派以及穆斯林的宗教组织,接着,维舍格列很快成立了这些党派组织的分支,萨拉热窝还创办了报刊,这些报刊也运送到维舍格列。书报阅览室和宗教合唱团纷纷建立起来。到维也纳和布拉格上学的大中学生回家度假时,带来许多新的书籍、小册子,发表了新的言论。新的组织名称不断出现,有宗教组织,也有民族组织,最后出现了工人组织。

当局对这座城市越来越加紧采取行动,实行高压手段,过去只是注意观察人们的行动,现在则进一步调查人们的思想和言论。对那些出言不慎,或者唱塞尔维亚禁歌的年轻人,警察当局立即加以逮捕关押,或处以罚款。

1913年爆发了巴尔干战争,结果是塞尔维亚人胜利。这些大事直接或间接地影响了这座大桥、城市以及全体居民的命运。七月,维也纳、布拉格、格拉茨和萨格勒布各大学的法科、医科和文科的学生陆续回来了,他们的到来使城市变了样。一个时期以来,尤其是塞尔维亚取得了巴尔干战争的胜利以后,民族主义成了一种共同信仰,在许多青年心里产生了一种强烈愿望:行动起来,牺牲个人。

这天夜里,只有"罗蒂卡酒家"仍有一扇窗子亮着灯。20多年来,每当感到慵倦时，她便躲到这里来清静一会儿。她的生意近十年来每况愈下，戴尔迪克在白杨树下开了一家妓院，夺走了罗蒂卡的许多顾客。罗蒂卡叹息世道完全变了，什么社会秩序、什么法纪全都不存在了，要规规矩矩地挣钱谋生已不再可能。罗蒂卡的股票交易也不比她的酒馆生意好多少。她手里的股票天天看跌，她每个星期看到《维也纳行情周报》时都要失声痛哭一场。她忧思成疾，得了严重的神经衰弱症，治愈后仍像疯了一样，同别人谈话总是心不在焉，前言不搭后语，两眼木然看着对方。

  1914年来临了，这是德里纳河上的大桥最后存在的一年。一年一度的圣一琦节那天，塞尔维亚人在梅扎兰，即德里纳河和撒夫河汇流的地方，举行了一个露天庆祝会。人们婆娑起舞，舞姿优美动人。正式庆祝活动刚要开始时，宪兵队长满脸杀气地出现了。原来奥国皇太子斐迪南和他的妻子今天上午在萨拉热窝被刺，现在正到处搜捕塞尔维亚人。

  局势一天比一天吃紧。七月末的一天，边界那边终于爆发了一场战争，后来这场战争席卷了全世界，使许多国家和城市遭到了巨大的损失，德里纳河上的大桥被全部摧毁。阿里霍扎是大桥被摧毁的见证人，不过他同大桥同归于尽了。那天，大桥笼罩着一种异常静寂的气氛。自奥地利向塞尔维亚宣战，战争开始以来，还没有过这样安静的时刻。阿里霍扎不由得感到心满意足。他生命的火花早已趋于暗淡，现在出现的安静气氛，使他感到至少可以暂时度过真正的余生。正在这个时候，阿里霍扎突然感到身子底下的小椅子飞了起来，他自己也像玩具似地往上弹，那种美好的寂静被打破了，顿时变成了阵震耳欲聋的声音。一切都被窒息、压垮、连根拔掉。他呻吟了一声，更准确地说，他的思想在呻吟，因为他已经听不见，也发不出声音，已经不省人事了。在他下面，就是那座被炸成两截、惨不忍睹的大桥。桥之间有一个长达15米的豁口，被切断的桥孔两面怅然相望，无法合拢。

《愤怒的葡萄》
约翰·斯坦贝克

一九六二年
诺贝尔文学奖得主

"通过现实主义的、富有想象的创作，表现出蕴含同情的幽默和对社会敏锐的观察。"
——获奖评语

约翰·斯坦贝克
〔美国〕

约翰·斯坦贝克1902年2月27日生于加利福尼亚州的萨利纳斯市。他生活在一个小镇上，靠近几家农场；他对乡间生活的熟知在他的许多小说中都明显地表现出来。

斯坦贝克在20世纪20年代几度就读于斯坦福大学，学习写作课程，但终未毕业。他还在大农场、筑路队以及甜菜厂工作过。1925年他来到纽约，试图成为一名作家。他为一家报社工作了不长时间，但不能养活自己，所以又回到了加利福尼亚州。

1929年他发表了第一部长篇小说《金杯》，随后发表了《天堂牧场》《献给无名神》，但都未能引起人们的注意。1930年他和第一位妻子卡罗尔·亨宁结婚。他的一个短篇赢得了1934年的欧·亨利奖。1935年通俗小说《煎饼坪》的出版成功，使他有资格转让该书的制片权。他逐渐深入了解穷人、离乡背井的工人以及罢工者的困境，写出了他最好的一些小说如《胜负未决》《鼠与人》《长谷》等。《愤怒的葡萄》是这些作品的顶峰，被视为斯坦贝克的代表作。大众和评论界都认为这部小说是一次巨大的成功，它使小说家获得了以前从未体验过的经济自立。

第二次世界大战爆发后，他曾作为美国空军特派记者去前线采访，写了不少报道与宣传品。1942年发表了《月落》。大战结束后，他陆续发表了长篇小说《罐头厂街》中篇小说《珍珠》《倔强的公共汽车》。1947年他游历苏联后写出了《俄罗斯纪行》。1961年他的另一部重要长篇小说《不满的冬天》问世。1964年他获得美国总统自由勋章。1968年斯坦贝克在纽约市去世。

愤怒的葡萄

在大萧条时代的奥克拉荷马，年轻的汤姆·约德因自卫杀人被判七年徒刑，后因表现良好提前三年获得假释回到故居。他发现自家的房子东倒西歪，家里的人也都走掉了。有人见他站在那里发呆，告诉他由于公司和银行感到租赁制度无利可图，于是便将佃户全部赶走，并用拖拉机将房屋推倒，赶走了所有的佃户。他说："你的家人全去你约翰叔叔那里了。"

与约德同行的还有牧师凯绥，但他此时已经不再是牧师了，因为他已看出，圣灵既不是上帝，也不是耶稣，而是人类的精神，而所有一切的人类只是一个大灵魂的一个部分。

在约翰叔叔的家里，约德与一家人团聚了，大家悲喜交集。老约德告诉儿子：家里所有东西都变卖了，好不容易买了辆旧卡车，准备移居西部加利福尼亚谋生。妈妈也说："我希望加利福尼亚一切都好。我看见过人家散发的传单，说那边有许多工作可以干，工资也很高，好处多得很；我还看见报上说，人家需要有人去摘葡萄、橙子和桃子。那可是很好的工作。"

一向对痛苦逆来顺受的妈妈，可以说是全家的堡垒，不会失陷的要塞。而今约德既已回家，她又等不及地要从头干起了。于是他们杀了猪，腌了猪肉，只带一些非用不可的东西，就准备出发了。他们爬进大卡车中，爸爸望着凯绥犹疑地问妈妈："我们能多喂一口吗？"妈妈说："不是我们能，是我们愿——若说'能'，我们什么也做不成，但我们可以做我们愿意做的。"

就这样，约德的父亲、母亲、祖父、祖母、约翰叔叔、弟弟诺亚、怀孕的妹妹罗撒香和妹夫康尼，未成年的妹妹和温飞特弟弟，再加上凯绥，挤在破旧的卡车上，由大弟奥尔驾驶，往西部出发了。车上的人都在向后望。他们看见那所屋子和那个仓棚，烟囱上还微微冒出一缕炊烟。他们看见那些窗

《愤怒的葡萄》
约翰·斯坦贝克

户映着太阳最初的色彩，渐渐红起来。他们看见他们的邻居冷冷清清地站在门前院子里，目送着他们。接着，山岗便截断了他们的视线。卡车向着公路、向着西部，从尘沙中慢腾腾地开走了。

逃荒的人们在66号公路上川流不息地前进，有时候是单独的一辆车，有时候是一个小小的车队。他们沿着这条大路缓缓地行驶着，到了晚上就在水边停歇下来。这是个自由的国家，谁都可以随意到什么地方去。只要有钱，那就爱怎么自由就怎么自由。

车上的人各有美好的憧憬。奥尔想去西部驾驶汽车，讨上个漂亮的老婆。康尼对罗撒香说着悄悄话："如果加利福尼亚有许多活计可做，我们将来自己就可以买一辆汽车。""我倒想有一所房子，还要有一辆那样的汽车。"罗撒香说。而老约德夫妇希望一家子人不要拆散，大家同甘共苦。

爷爷经不起颠簸，似乎在挣扎；他全身的筋肉都抽动了。忽然间，他好像受了一下沉重的打击似的，发出了刺耳的声音。他静静地躺在那里，呼吸停止了。于是，男人们草草地将爷爷埋葬了。

沿途尽是西去的移民。在客店里，他们遇到了一个衣衫褴褛的人，他是从加利福尼亚流浪回来的。"我是回来挨饿的。我宁可到家乡来饿死。"

爸爸说："你怎么这样胡说？我有一张传单，说那边工钱很高。不久以前我还在报上见过一段新闻，说那边招人去摘水果呢。"爸爸伸手到袋里，拿出那张折叠着的传单来。那人说："这算什么意思！这家伙要招800人。他就印发了5000张传单，说不定有2万人都看到了。他招去的人越多，他出的工钱就越少。"衣衫褴褛的人把精神振作起来。"我只是要把实话告诉你们。"他说，"这是我熬了一年才弄明白的情况。死了两个孩子，死了我的老婆，我这才弄明白了。"衣衫褴褛的人随即转过身去，匆匆地走到黑暗中去了。

爸爸说："也许他说的是真话，是他亲身经历的。"然而，他们还是茫然地让车子往西开去。

约德一家慢慢向前行进，越过了高原的峰峦。他们夜里在崎岖的山路上爬行，黯淡的车灯在路旁的灰白石壁上闪烁着。终于进入砂石遍地的荒原。爸爸嚷道："我们到了——我们到了加利福尼亚了！"

在一个小镇的停宿地，他们遇到两个穿工装裤和蓝衬衫的男人。爸爸客气地问道："你们是上西部去的吗？""不。我们是从那边回来的，要回家乡去。我们在那儿挣不到饭吃。"爸爸问道:"你们在家乡能过活吗?""不。可是我们至少能跟认识的老乡们一道饿死,不会跟那些恨我们的人一道挨饿。"

爸转过头来看看约翰叔叔:"自从我们离开家乡,你一直没怎么说话,你对这个问题有什么意见?"约翰叔叔皱起眉头:"我们既然要去,那就去了再说吧。"

于是,一家人乘上卡车,穿越沙漠,继续西去,来到了大平原。然而,奶奶也经不起长途跋涉,死去了。

当他们到达加利福尼亚乡下的一个停宿地的时候,夜幕已经低垂了。他们一见那堆又脏又乱的棚屋和游民,不禁吃了一惊,但他们已经没有别的地方可去了。他们结识了一个叫弗洛依德的年轻人。弗洛依德热心地为他们提供找工作的线索。一天,一辆雪弗兰双座新汽车朝停宿场开来。它停在停宿场当中,一个人走出来,穿着咔叽裤子和法兰绒衬衫,戴着平边的斯德生帽,衬衫口袋里插着一叠纸,前面还有一小排自来水笔和黄色铅笔,屁股口袋里鼓出一本金属皮的笔记簿。

那个男人说:"你们这批人要做工吗""我们当然要做工。什么地方有工作?""都莱亚县,果子熟了,要用一大批摘果子的人。"弗洛依德开口了:"你是来招募工人的吗?""对啦,那块地是归我承包的。""你给多少工钱?"他问道。穿咔叽裤子的人说:"也许多一点,也许少一点。"弗洛依德走上前去,他轻声说:"你是承包人,当然有执照。请你先把执照拿出来给大家看看,再给我们订一份招雇的合同。"那个承包人转过头来,皱着眉头说:"我不能听你管教。我对你们说过,我要雇人。"弗洛依德忿忿地说:"你没说明要多少人,也没说明你要给多少工钱,你就没有招雇工人的权利。"

那个承包商向那辆雪弗兰汽车转过脸去叫道:"乔埃!""怎么啦?"叫乔埃的警官向那个承包商微笑着:"他在讲赤党的话,鼓动风潮。""哼……"警官伸出一只大手,抓住弗洛依德的左臂。弗洛依德使劲把身子一转,拳头砰地一声打在那张大脸上,顺势就沿着那排帐篷跑掉了。警官身子一晃,约德伸出脚去把他绊倒了,警官沉重地跌倒在地下,打了个滚,伸手出去摸枪。这时候,凯绥忽然从人群里走上前去。他对准警官的脖子踢了一脚,看见胖子昏倒过去,才退回来。

那辆雪弗兰车的发动机轰隆隆地一响,卷起一片尘沙,就开跑了。老远传来一阵尖厉的警笛声,凯绥向奥尔转过头来,说:"你走开吧,总得有人来担当责任。我没孩子。他们会把我抓去坐牢,反正我就闲坐着,什么也不用干。"

一辆敞篷汽车飞快地开进了停宿场。四个背着步枪的人推挤着下了车。凯绥站起身来,走到他们跟前说:"是我把你们那个人打倒的。"凯绥得意洋洋地坐在两个看守之间,他昂着头,脖子上一条条的筋都鼓了出来。他的唇边挂着一丝隐约的微笑,脸上有一种神秘的胜利的神情。

弗洛依德回来告诉约德,警察要来报复,放火烧掉停宿场。于是,他们连夜仓促启程。车子开出不到几分钟,便传来了一阵喊声和惊叫声,于是从住宿场那方面升起了熊熊的火光。那光扩大起来,蔓延开来,远远地又传来了爆炸的响声。望着熊熊大火,妈妈笑了:"这也许会使我们更坚强。我们才是该活在世上的人。我们的路会越走越宽的。"她的脸色是沉静的,眼睛里有一种奇怪的神情,那双眼睛就像一尊古老的雕像的眼睛一样。

夜已经深了,约德还在沿着乡间的大路开着车子,寻找青草镇的收容所。

收容所干干净净、有条有理。人们一面东奔西跑地寻找工作,想方设法地谋生,一面也随时都在寻求欢乐,发掘欢乐,制造欢乐;他们如饥如渴地盼望着娱乐。他们演奏各种乐器,举办露天舞会,有时候娱乐就在谈话中间,他们说许多笑话,把日子打发得很好。约德一家在收容所住了一个月,终因找不到工作,又离开那里继续往前去。

在公路上,约德正在给车胎打气的时候,北面开来一辆小汽车,一个穿着一身淡灰色便服的人从车上下来,问道:"你们这些人要找工作吗?""当然要找,先生。""你们会摘桃子吗?""这种活我们还没干过。"爸爸说。他们来到摘桃工人的停宿场,管账的前来告诉他们:"我在13号房子。工钱是五分一箱。不许有弄坏的果子。马上开始干活。"约德和爸爸、奥尔、约翰叔叔跟着他顺着那条满地灰尘的小道走过去,进了果园,在桃树林中走着。约德急急忙忙地干着。一桶满了,两桶又满了。他把那两桶桃子倒在木箱里,一连摘了三桶,木箱就盛满了。"我挣到五分钱了,"他大声说。他端起那只木箱,连忙送到站上去。"这是五分钱的活。"他向那个验收员说。那人向木箱里看了看,翻了翻一两只桃子。"放到那边去,这是废品。"他说。"每只桃子都碰伤了,这一箱不能验收。"

他们又重新开始了,这一次,他们把桃子轻轻放下,木桶满得比以前慢了。太阳下山的时候,他们摘好了 20 箱。暮色深沉的时候,约德、奥尔、爸爸和约翰叔叔才走出果园,回到屋里来,他们的脚踏在路上,有些沉重的感觉。

晚上,约德到帐篷外走走,想不到竟然遇到了凯绥。黄色的灯光落到他那高高的苍白的额头上。"监狱里真是个有趣的地方,"他说,"我进了监狱,才真正懂得了真理。牢里那些人都是些好人。他们变成坏人,无非是因为他们太穷,需要东西。"他还谈起在监狱里团结起来斗争的情形。他告诉约德:"我们也是上这儿来干活的。他们说要给五分。我们来的人多得要命。我们到了那儿,他们却说只给两分半了。这点钱连吃饭也吃不成,所以我们说不干。他们就把我们赶走了。所有的警察都过来对付我们。现在他们又给你们五分了。等他们破坏了这场罢工之后——你想他们还肯给五分吗?"约德表示:"我一定要想法把这情况告诉其他人。"

警卫听到了他们的谈话,其中一个朝凯绥走来。"你们是饥饿的孩子——你们不知道你们在做些什么。"凯绥如此说道,而这句话竟成了他的最后遗言,因为那名警卫举起警棍,一下子砸碎了他的脑袋。另一个警卫抓破了约德的脸。约德趁机逃开了。

黎明到来了。约德把一切都告诉了爸爸、妈妈,说:"我打算离开这儿。"妈妈气冲冲地说:"有许多事我都不懂。从前我们自己有块地。老的死掉,小的又生出来,我们始终是一体——我们始终是一家——完整的、自由自在的一家。现在我们再也不那么自由自在了。我简直想不通。"

外面有一批汽车开过,还有些说话的声音。"多少人?""只有我们——三个。给多少工钱?""两分半。""唉,真糟糕,那连饭也吃不成呀。""我们就出这个价钱。有两百人从南边来了,都愿意挣这个工钱。干就干,要么就滚蛋。我没工夫跟你废话。"

警察正在搜捕受伤的"凶手"。约德被迫躲到丛林里用葡萄遮盖的洞里。洞穴里没有亮光,约德过起了兔子似的日子。

妈妈替他送来了吃的,将攒下的七块钱送给约德,说:"我希望你跑远一点,跑出三四百英里以外去。也许可以到一个大都市去。到了那儿,人家就不会再找你了。"

他沉默了好久,说:"好,我心里琢磨了许多事情,想到了我们老百姓过着猪一样的日子,好好的肥沃的土地却让它荒着,一个人管着一百万亩地，却有上十万能干的庄稼人挨饿。我老在瞎想，要是我们全体老百姓聚拢来大嚷大叫……"妈妈说："他们会把你赶走，把你干掉。""他们反正是要赶我的。他们到处都在赶我们老百姓呢。"

他们在那漆黑的藤蔓挡住的洞里，悄悄地坐着。妈妈说："以后我怎样才能打听得到你的消息呢？"

约德笑着说："到处都有我——不管你往哪一边望，都能看见我。凡是有饥饿的人为了吃饭而斗争的地方，都有我在场。凡是有警察打人的地方，都有我在场。我们老百姓吃到了他们自己种出的粮食，住着他们自己造的房子的时候——我都会在场。你明白吗？我像凯绥一样在说话呢，这是因为我常常想到他，有时候我仿佛还看得见他呢。"

1964 年
诺贝尔文学奖得主

"他那思想丰富、充满自由气息和探索真理精神的作品，已对我们时代产生了深远的影响。"
——获奖评语

让-保尔·萨特
〔法国〕

让-保尔·萨特法国著名哲学家、作家、评论家、记者，于 1905 年 6 月 21 日出生于巴黎。

在学校，萨特是哲学专业一名十分出众但又颇爱争论的学生。在部队服役期满后，他到一所中学教哲学。

1936 年萨特出版了第一部哲学著作《想象》，第二年发表了第一篇短篇小说《墙》。1938 年出版的长篇小说《呕吐》被公认为萨特在文学方面的代表作、存在主义文学诞生的标志。它的出版为萨特赢得了巨大的声誉。

第二次世界大战爆发时，萨特应征入伍，后被德军俘虏。在集中营，萨特写了几个剧本，发展了自己的自由和团结的观点。设法获释后，他在巴黎度过了战争期间的大多数岁月，创作了大量作品。1944 年他与别人共同创办《现代》杂志，开始用马克思主义的立场观察当代问题。

萨特被称为"存在主义的鼻祖"，并且成为颇有影响的"左岸"知识分子中著名的中心人物。后来他终于跟他许多昔日的老友发生争执，如雷蒙·阿隆、阿尔贝·加缪、亚瑟·凯斯特莱以及莫里斯·梅洛-庞蒂等。萨特游历过世界上许多国家，由于他对苏联、尤其是对美国政策的攻击和对资产阶级压迫的谴责，招致了不少非议。渐渐地，他认为文学创作是不解决任何实际问题的空谈，到 20 世纪 50 年代，他几乎完全放弃了小说和戏剧创作，集

《呕吐》

让—保尔·萨特

中主要精力进行论战和政治斗争。萨特支持阿尔及利亚和以色列的独立斗争，谴责苏联入侵匈牙利和美国入侵越南，反对南非的种族隔离政策以及其他许多非正义行动。1968年巴黎大学学潮期间，萨特大胆支持学生。任何人采取这种举动都会遭到逮捕，幸好他有诺贝尔文学奖这项桂冠的保护。

20世纪50年代末，高血压引起了他一系列严重的病症。在生命的最后十年中，萨特眼睛失明，并患有血循环、大脑及肺部多种疾病。于1980年4月15日因尿毒症去世。尽管他已不再是法国文化生活中的活跃人物，却仍然是久为众人敬仰的偶像。

呕　吐

这一页没有注明日期，星期六，有些顽童在打水漂，我也想学他们的样子，把石块投到海面上去。正在这时候，我停了下来，我让石块落下去，然后我走了。我看了一件东西而且产生了呕吐感，可是我再也不知道我看的是海还是那块石头。

1932年1月29日星期一。今天早上在图书馆里，当那个"自学者"走过来和我打招呼时，我花了10秒钟才认出他。我看见的是一个陌生人的脸，只是一张脸孔，然后便是他的手，他的手像一条肥大的白色的虫握在我的手里。我马上把他的手松开，他的臂膀软绵绵地垂下来。

1月30日星期二。我在图书馆从9点工作到下午1点。我整理好第12章和关于德·洛勒旁逗留在俄国直至保罗一世死前的资料。我是孤零零地活着，完全孤零零的一个人。我从不跟任何人谈话；我不接受什么东西，也不给予什么东西。那"自学者"不算在内，还有铁路饭店的老板娘法兰梭瓦丝也不算。我们的性爱是互利的交易，她从中得到愉快，我也能够消除某些烦闷，可是我们很少交谈。交谈又有什么意思？归根结底，我到目前为止只是孤独这玩意儿的业余爱好者。我很喜欢拾起票子、破布，尤其是一张张的纸。我爱把它们拾起来，捏在手里，只差一点我便会像婴孩那样把它衔在嘴里。今天我看着一个从军营里出来的骑兵队队员的淡褐色靴子，当我用眼睛追随着它时,我看到水坑旁的一张纸。那是从学生的笔记本里撕下来的。雨水已经把它淋湿和卷起,上面布满了水泡,浮肿着,像烧伤了的手一样。页边的那条红色边线已经褪成粉红色,有几处墨水已经溶化了。这页纸的下边埋藏在泥泞里。我弯下身,我已经体会到接触这块柔软的泥团的快乐,我要用手指把它揉成一只灰色的小圆球……可是我没有能够做到,我害怕和它们接触,仿佛它们是有生命的动物似的。我清楚地记得前几天我在海边打水漂时的感觉,那是一种带甘味的恶心感觉。这种感觉多么令人不愉快!

星期四下午。"德·洛勒旁先生的容貌很丑。可是他获得宫廷里所有妇人的欢心。1790 年失踪后,人们发现他在俄国。他一边做买卖,一边进行间谍活动。他 70 岁时,被控犯了叛国罪,被逮捕关进监狱……"我带着忧郁的心情重读一遍诺尔曼·贝惹尔的这一段注解。我觉得洛勒旁是一个富有吸引力的人,我爱上了他!为了他,我才来到布城。因为这里的市立图书馆收藏这位侯爵的大部分文件。

星期五。墙上有一个白色的洞,那是一面镜子。我走近它,镜子里照出来的是我的面孔。我一点也不了解这个面孔。别人的面孔有种种意义,而我的没有,我甚至不能决定它到底是美或是丑。虽然这样,在额头的上方,还有一件使人看了感到愉快的东西,它就是装饰着我的脑袋的美丽的红火焰,它就是我的头发,我的视线缓慢而疲乏地落下来,这里有鼻子、有眼睛、有嘴巴,可是这一切都没有意义,甚至连人类的表情都没有。尤其是这双眼睛,在这么近的距离看来,尤其令人感到恐怖,它呆滞、柔软、布满红丝,好像什么也看不见,简直像鱼鳞一样。

五点半。糟了!真的糟透了!我感到它,那龌龊的东西:"呕吐"。这一次是新的,它是在咖啡馆里把我抓住的。到目前为止,咖啡馆是我的唯一的避难所。我到咖啡馆来是为着接吻的,可是我刚推开门,侍女玛德兰纳就冲着我嚷:"老板娘不在家,她有事到城里去了。"我马上觉得性器官部分有一种尖锐的失望感觉,一种不愉快的持久的发痒的感觉。呕吐感抓住了我,我想呕吐。我叫侍女过来放一张唱片,那是爵士音乐,我开始感觉到温暖,感觉到愉快。

星期一。我不再继续写关于洛勒旁的书了;它写完了,我再也不能写下去。我要怎样度过我的一生呢?一种猛烈的恶心感突然侵占了我,笔从我的手中落了下来,墨水溅满了纸。发生了什么事情?我产生厌恶吗?我明白,过去是不存在的，德·洛勒旁先生已无声无息地回到虚无中去了。

星期三。一圈阳光照在纸台布上。在光圈里，一只苍蝇懒洋洋地爬行，取着暖，两只前脚互相擦着。我要为它效劳，把它压死。它看不见有一只巨大的食指伸出来，这只食指上面金黄色的毛在阳光底下闪闪发光。"别弄死它，先生！""自学者"大声喊。它裂开了，它的白色的小肠从肚子里挤出来；我把它从存在里清除出去了。"我这样是为它效劳"。

傍晚六时。"呕吐"没有离开我，我也不相信它会很快地离开我；可是我不再忍受它了。我刚才在公园里坐着，微弯着身体，低垂着头，孤独地面对着这堆黑色、多节而完全没有感觉的橡树根，它使我害怕。接着我就领悟到了一番道理。这个启示使我透不过气来。在这几天以前，我从来没有预感过所谓"存在"的意义。我坐在那里，动也不动，像冻僵了似的，沉溺在可怕的陶醉状态中。可是，即使在这陶醉状态中，也有新的东西出现了：我懂得了"呕吐"，我占有了"呕吐"。

星期六。安妮穿着一件黑色的长袍来给我开门。现在她再也不像小姑娘了。她长胖了，胸脯挺结实。"我变了，"她冷冷地说，"我有一种确信。我觉得没有所谓完美的时刻。我只是在肉体上还活着。"我抓住她的手臂，把她拉到身旁。我清楚地看出她的容貌了。她的脸突然变得苍白而憔悴，像是一个老太婆的脸，十分可怕。

星期三。这是我在布城的最后一天。下午二时我到图书馆去。我在想着：图书馆，我最后一次到你这儿来了。四点半，"自学者"走了进来。我本来想跟他握手说声再见的，可这时两个中学生漫不经心地在书架上选择了一本字典，走到"自学者"身边。我微微地转过头来，从眼角中发现了一些情况，我发现了一只手，就是刚才沿着桌边滑的那只白色的小手。现在这只手朝上搁着，摊开，柔和而有肉感，像一个沐浴后在晒太阳的女人懒洋洋的裸体。另一个棕色而多毛的东西迟迟疑疑地靠拢来。那是一只被烟草熏黄了的大手指，接近了这只手以后，这只手指就完全像男性生殖器那么难看。它停了一停，硬直地指着那只柔和的手指，然后突然间，它怯生生地开始抚摸那只手。对此我并不感到惊异，我只是对"自学者"感到愤怒；他不能克制一下吗？"我看见你了，"科西嘉人很喜欢中学生，因为他可以像父亲般管教他们，见此情景，他愤怒得发狂，猛然把拳头打在"自学者"的鼻子上。血从他的鼻子流到他的衣服上。"坏蛋，"旁边的一位太太说，"打得好。"

过了一小时以后。再过两个钟头，火车就要开了。我又来到了咖啡馆，咖啡馆侍女玛德兰纳走过来："真的吗，你要离开我们吗？""我要到巴黎去。"玛德兰纳想讨我欢喜，举着一张唱片对我叫喊："你的唱片，你喜欢的，你愿意听最后一次吗？""请放吧。"唱片开始了，有些蠢人是从艺术里找寻安慰的。萨克林管奏起来了，我感到羞耻。一种光荣的小小痛苦出现了，这是一种典型的痛苦，我请玛德兰纳把唱片再放一遍。唱片又唱起来了。可是我再也不想我自己，我想那个创作这支乐曲的家伙，我总觉得他的痛苦和他流的汗是动人的，我羡慕他和他的演唱者，他们洗掉了存在的罪恶。我不会尝试作曲，我要试写一本书，不是使德·洛德旁复活的那种书，它必须像钢铁一样美丽和坚实，它要使人们对自己的存在感到羞耻。

墙

我们被带进了一间白色的大厅。整个审讯延续了将近三个小时。那四个家伙讯问我们的姓名和职业，不时提出一两个问题，例如"你参加过破坏军火生产吗？"或"9日上午你在哪里？在干什么？"

他们问我雷蒙·格里在哪里？我说："不知道。"审讯就这样结束了。

看守叫我出去，汤姆和璜早已在过道里等着我了。

给我们作牢房的，是医院里的一间地下室，十分寒冷，我们冷得发抖。璜是个小孩子，很少说话，他什么事也没有做过，只不过他哥哥是一名战士。汤姆是个健谈的爱尔兰人，参加过"国际兵团"。

晚上近8点的时候，一个大队长带着两个长枪党员进来，手里拿着一张纸。他问看守：

"他们叫什么名字？这三个？"

"斯坦波克、伊比埃塔和美尔巴尔。"看守回答。

大队长戴上夹鼻眼镜，看了看手上的名单。他说："明天早上枪毙。"说完，举手行了个军礼，走了出去。

牢门打开了，一个金黄头发的汉子跟着看守进来。他说："我是医生，我被批准在这痛苦的时刻来帮助你们。"他拿出英国香烟和上等雪茄递给我们,可是我们都拒绝了。我对他说:"你不是为了同情我们才到这儿来的,我认识你,我被逮捕那天看见你在军营的院子里和那些法西斯分子在一起。"

我本想继续说下去,可是讲话的欲望离开了我。医生带着好奇的神气打量着我。我觉得一个沉重的东西在压着我。它既不是死的念头,也不是害怕,而是一种无名的压力。我的脸颊像火似地在燃烧,我的脑袋十分疼痛。

汤姆用手抱着头,只看得见他的肥胖的白颈背。璜的样子更加可怜,他张开嘴,两只鼻孔在颤动。那个比利时医生用三个手指捏着璜的手腕,一边看表。过了一会儿,他松开璜的手腕,从口袋里拿出小记事本,写了几行字。"这混蛋,"我愤怒地想,"只要他来按我的脉,我就给他一拳。"

他依然注视着我,眼光冷酷无情。我抚摸自己的脸,原来被汗水浸透了,衬衫也湿了,至少已流了一个钟头的汗。

璜突然说起话来:"是不是痛苦……会很长久?"

"哦!在……的时候吗?不,很快就会完的。"

璜非常害怕死亡时的痛苦,这在他的年龄是很自然的。我站起来。汤姆猛然一惊,仇恨地望着我,因为我的鞋子发出了叽叽嘎嘎的声音。我见他也在流汗。

汤姆开始用低沉的声音说话。他的话是说给我听的,可是他并没望着我。他一定是害怕看见我现在这副样子:脸色死灰,流着汗。我们俩一模一样。他望着比利时人,对我说:"你明白吗?我,我不明白。"

我知道这个比利时人到这儿来的目的:我们想些什么他不感兴趣;他到这儿来是要观察我们的躯体,活生生地被死折磨着的躯体。

汤姆心神恍惚地不断喃喃自语,好像神经错乱似的,脸上有着死亡的痕迹。他想象当八支枪对着他时,多想钻进墙去,但那墙屹然不动。

我突然发现他的两脚之间地上有一摊尿,裤管上还有余滴在滴下来。

其实,我们已是三个没有血肉的影子,不再感到自己的身体了。我既感觉疲劳,又过度兴奋,不愿再去想即将面临的死亡。但只要一想别的任何事情,就觉得有一排来福枪口对准了我。一瞬间,我的全部生活都涌现在我的眼前:失业,饥饿,追求幸福,追求女人,追求自由,解放西班牙……我想这是一个漫天大谎。既然我的一生已完结,它就是毫无价值的东西。

比利时人摸出挂表看了看,说:"现在是3点半钟。"

璜开始哭喊："我不愿意死，我不愿意死。"然后扑倒在一块草垫上呜咽起来。

我对自己说："我希望勇敢地死去。"

天亮时，一个中尉军官走进来，后面跟着四个士兵。

"斯坦波克呢？"看守指了指汤姆。

"璜·美尔巴尔呢？""就是倒在草垫上的那个。"

"站起来，走吧。"中尉说。

我想跟着他们一起出去的时候，中尉拉住我："你是伊比埃塔？"

"是的。"

"你在这儿等着，待会儿有人会来找你的。"

我听见排枪的响声，几乎很有规律地每隔一定时间响一次，每次我都要哆嗦起来。

过了一个钟头，有人把我带到二层楼的一间小房间里。

"你叫伊比埃塔吗？"

"是的。"

"雷蒙·格里在哪里？"

"我不知道。"

那审问我的军官抓住我的两条胳膊，用一种能使我钻进地底下去的神气盯着我，说："这是你的生命和他的生命的交换。如果你告诉我们他在哪里，我们就让你保全性命。明白吗？"

"我不知道格里在哪儿。"

"你有一刻钟可以考虑。"他慢条斯理地说，"把他带到藏衣室去，过一刻钟再带回来。如果他再拒绝回答，立刻枪毙。"

在藏衣室里，我开始思索。我当然知道格里在哪儿：他躲在他的表兄弟家里，我不会供出他躲藏的地方，我宁愿死也不会出卖格里。我对他的友情已经消失了，但我仍然尊重他，他是个硬汉。他的生命并不比我的生命更有价值，任何生命都是没有价值的。我可以出卖格里来挽救自己的生命，但我拒绝这样做。这简直有点滑稽：这是一种固执。

他把我带到军官那里。

"怎么样？你考虑好了吗？"

我好奇地打量那军官，仿佛他是一种十分罕见的昆虫。我说：

"我知道他在哪儿。他躲在墓地里。"

我是和他们开玩笑的。我想看一看他们怎样匆匆忙忙站起来，扣上皮带，发布命令。

他们一跃而起。"你们到那边去。摩勒士，去请求洛布兹中尉派15个人来。你，"军官对我说，"如果说的是真话，我答应过你的话一定做到。"

他们在喧闹声中走了，我在长枪党员的看守下安静地等待着。我不时露出微笑，因为我在想着他们马上就要十分懊恼。

过了半个钟头，中尉回来了。"把他带到大院子里和别的犯人关在一起。"他说。

傍晚时分，一个下午刚被抓来的新犯人对我说："今天早上，格里干了一件愚蠢的事。他星期二离开了他表兄的家，因为他们两人吵了嘴。肯收藏他的人还有不少，可他再也不愿麻烦任何人。他说他本来想躲到你家里，可既然你已经被捕，他就躲到墓地里去。在掘墓人的小屋里，他们找到了他，他对他们开了枪，他们把他打倒了。"

周围一切开始旋转起来，我发觉我自己坐在地上：我笑得那么厉害，以致眼泪涌上了我的眼睛。

经典品读

1965 年
诺贝尔文学奖得主

"由于在描绘顿河农村的史诗式作品中,作家以真正的品格和艺术感染力,反映了俄罗斯人民某个历史阶段的生活面貌。"
——获奖评语

米哈依尔·肖洛霍夫
〔苏联〕

米哈依尔·肖洛霍夫 1905 年 5 月 24 日出生于俄国顿河军屯州维辛斯卡亚镇附近的克鲁齐林诺村。

1914 年肖洛霍夫先是被送往莫斯科,后来又回到哥萨克村里上学。13 岁时,正值第一次世界大战,德军对乌克兰的入侵中断了他的学业。1919 年至 1922 年这段时间里,年轻的肖洛霍夫为红军做过各种工作,其中一项是在顿河地区征集军粮,大部分哥萨克人却竭力抵制布尔什维克的"横征暴敛"。1922 年,肖洛霍夫去莫斯科,加入了"青年近卫军",成为年轻的无产阶级作家组织的一员。1923 年,肖洛霍夫与一位哥萨克的女教师玛丽娅·格罗斯拉夫斯卡娅结婚。1923~1924 年间在《青年真理报》上登载了他的三篇杂文《考验》《三》《钦差》和他的第一部短篇小说《胎记》。1925 年他们回到了顿河地区定居。《静静的顿河》第一部的巨大成功使肖洛霍夫声名鹊起,经过 14 年的时间终于全部闻名于世。

1930 年肖洛霍夫见到了斯大林,1932 年肖洛霍夫成为一名正式的苏共党员。根据后来发表的文件,肖洛霍夫曾两次在斯大林的亲自过问下,于 20 世纪 30 年代救助过遭受饥荒和政治清洗的顿河人民。1938 年肖洛霍夫本人受到人民内务委员会的迫害,但由于斯大林的帮助而幸免于难。在 20 世纪 30 年代,肖洛霍夫的国际声誉逐渐上升,他在文学界为党所做的政治工作使他得以崛起。

第二次世界大战期间,肖洛霍夫两次被授予"社会主义劳动英雄"的称号,1939年他获得列宁勋章,1941年获得斯大林奖金,1960年获得列宁文学奖金,并获其他多种荣誉。他支持第二次世界大战结束至斯大林死后解冻时期的苏联文学界的高压政策,因而声誉下降,但在人民中间仍受崇敬。1984年肖洛霍夫在他的出生地克鲁齐林诺村去世。

静静的顿河

卷 一

葛利高里·麦列霍夫家的院子坐落在顿河南岸的鞑靼村。当家的潘苔莱是哥萨克和一个土耳其女人的儿子。那年村中发生了从未有过的畜疫,于是,大家纷纷传说是由于这个土耳其女人使妖法的缘故,于是哥萨克们竟把她活活打死了。潘苔莱后来娶哥萨克姑娘为妻,生了两儿一女,从此在村中繁衍起来了。大儿子彼得罗、儿媳妲丽亚、小儿子葛利高里、女儿杜妮亚。葛利高里长得很像父亲,下垂的鹰鼻子,稍微有点斜的眼眶里嵌着一双发蓝的热情的眼睛,高颧骨,红棕色的皮肤,像父亲一样背也略微有些驼,甚至笑的时候也像父亲一样粗野。

1912年5月一天的清晨,葛利高里替代哥哥去顿河边放马饮水。这时候他们的邻居,哥萨克斯切潘·阿斯顿霍夫的妻子阿克西妮亚从坡上挑着水桶走下来,葛利高里纵马疾驰过去,缠住她不放。这天,彼得罗和斯切潘以及同村几十名哥萨克要去入营参加军事训练。葛利高里隔着篱笆看见阿克西妮亚恋恋不舍,像小狗对主人那样送走了丈夫。

阿克西妮亚17岁时嫁给斯切潘,在她出嫁的前一年,她的父亲强奸了她。婚后第二天,斯切潘把她关在仓房里狠狠打了一顿。从那时起,他几乎每夜都出去喝酒,玩女人。每次出去,他都把阿西妮亚锁到仓房或者小屋子里。如今,葛利高里顽强地、像牛一般执着地追求着她。这种顽强劲儿搅得她心慌意乱。这种感情，使她觉得好像是踏着三月里即将解冻的冰面穿过顿河那样，战战兢兢，提心吊胆。送走斯切潘后，她决心尽量跟葛利高里少见一面，但是葛利高里的魅力太强烈了。割草季节到了，男人和女人穿着节日盛装来到草地。阿克西妮亚绣花边的白裙总在葛利高里眼前晃动着。夜晚，葛利高里把柔顺的、热乎乎的阿克西妮亚搂到怀里……她完全被爱情征服了。不久大家都知道了他们的风流韵事。并且话也传到了潘苔莱的耳朵里，他怒火中烧，跑去责骂阿克西妮亚，没想到她毫不害羞地说："葛利高里是我的！是我的人！我的人！现在我抓在手里，以后还要抓在手里！……"潘苔莱自讨没趣后，一瘸一拐地找到儿子算账，说是要给他娶个傻丫头。不久，他果然给葛利高里说了亲。新娘是柯尔叔诺夫家的长女娜塔莉亚。柯尔叔诺夫是鞑靼村的头等富户。新婚宴会很热闹。被结婚仪式折腾得够呛的葛利高里心却是冷冷的，一点也不高兴。

卷 二

鞑靼村另一家豪富是莫霍夫，家业到了谢尔盖·普拉托诺维奇手里时，靠残酷剥削附近各村哥萨克，大大兴旺起来。莫霍夫家的店铺和磨坊生意兴隆、门庭若市，除了各村来的众多哥萨克外，还有不少乌克兰人，大家你推我挤，为了磨面粉的先后次序经常斗殴。

圣母节前夕，眼看要爆发的一场大群架被铁匠施托克曼阻止了。他是从罗斯托夫迁来的外乡人。从这次事件后，每天晚上，被解雇的工人达维德加、杰克，机械师科特里亚洛夫，贫农柯晒沃依等人都聚集到他家，先是玩牌，而后听他念书。经过长期的筛选，布尔什维克派来的施托克曼把10个哥萨克组成了核心小组，他一点一点地给他们灌输一些简单易懂的概念和观点，使他们对现有的制度产生憎恶和仇恨。

公公和婆婆很喜欢娜塔莉亚，她吃苦耐劳的禀性很合公婆的心意。婆母伊莉尼奇娜内心里不大喜欢爱打扮的大媳妇妲丽亚。因而娜塔莉亚一进门就得到她的疼爱。葛利高里对新婚生活渐渐有点习惯了，可是过了三星期后，他突然意识到他仍然忘不掉阿克西妮亚。尤其是面对有些性冷淡的妻子时，他总能想起阿克西妮亚疯狂的爱。他很苦闷地对妻子说："我不爱你，娜塔莉亚，你不要生气。"娜塔莉亚仰望着高不可攀的星空，什么也没说。12月里的一个星期日，葛利高里参加完镇上举办的青年哥萨克宣誓仪式后，得知娜塔莉亚被他气得想回娘家去。父亲痛斥了他:"你要是不愿意和娜塔莉亚同住,就给我从家里滚出去!"葛利高里不顾妻子伤心的呼唤,一气之下,果真走了。他带着阿克西妮亚私奔了。他们来到了附近的一个地主庄园,替叶甫盖尼中尉当佣人。葛利高里当车夫,阿克西妮亚的活儿是擦地板和喂家禽。

娜塔莉亚住在娘家,像个临时居住的过客。她总觉得葛利高里会回到她的身边,一心一意等着他,并托人捎去一封信给丈夫,希望他回心转意。没料到,回音只是潦草几个字:"你一个人过下去吧。"娜塔莉亚读完回信,好像不相信自己还有力量支持下去。她什么也不想,痛苦和羞辱使她丧失了活下去的勇气,她举起镰子,使劲用刀刃向喉管、胸口压去……

在叶甫盖尼家的阿克西妮亚过了一年的安稳日子,生了一个女儿。转眼之间,葛利高里接到了去村征兵站报到的通知。出发前,父亲潘苔莱来送行,他把娜塔莉亚自杀的事告诉了他:"娜塔莉亚一下子毁啦!一条很要紧的筋被割断啦,所以脖子歪了。"潘苔莱表示要把娜塔莉亚接回来,对此葛利高里未置可否。

卷 三

一个阳光和煦的化雪日子,娜塔莉亚回到了公婆家,一家人殷勤热切地欢迎了她,尤其是葛利高里的妹妹格外高兴。娜塔莉亚在公婆家劳动和生活着,盼望丈夫回来的希望一天比一天强烈,她那颓丧的精神就靠这种希望支撑着。娜塔莉亚从不到娱乐场去,但她很喜欢听杜妮亚天真无邪地讲她与柯晒沃依正在热恋的秘密。葛利高里来信说,奥地利皇帝想要进攻彼得堡,一列列红色的军车满载着一团一团的哥萨克和一连一连的炮兵朝俄奥边境开去。仗打起来了……葛利高里所在的连队开进了前线的一座市镇。

葛利高里透过满耳朵的尖叫声,听见了还离得很远的噼噼啪啪的枪声。一个身材高大的白眉毛的奥地利人,跪在战壕里,对着葛利高里放了一枪。子弹的热力灼痛了葛利高里的脸,他挺起长矛奋力向奥地利人刺去,矛杆刺进去一半。当哥萨克攻占了这座城镇后,葛利高里又用马刀劈死了一个奥地利人,马刀从他的太阳穴上往外拔时,鲜血哗哗地往下淌。战役结束后,葛利高里一直想忘掉这一切,恢复原来的平静,可是办不到,总有一种讨厌的内心的痛苦沉重地折磨着自己。不管在什么时候,他都见到被他杀死的奥地利人。这时有个叫"秃子"的哥萨克教导他说:"在打仗的时候杀敌人,这是天经地义的事……"在一次攻城战斗中,葛利高里的脑袋受了伤,当他苏醒过来,朝自己营地缓步走去的路上,还救起了一个中校军官,为此他获得了乔治十字章。不久,他的眼睛又负了伤,被送到后方眼科医院去医治。在那儿他认识了一个叫贾兰沙的伤兵。贾兰沙天天往葛利高里脑子里灌输闻所未闻的道理,指明发生战争的真正原因,还谈到工人农民新政权的建立以及对美好生活的憧憬。这些新思想促使他不愿再回前线。

  葛利高里在医院养好了伤,回家来探望阿克西妮亚。他悄悄跳过栅栏,遇上了萨什卡老爹,萨什卡犹豫片刻,把阿克西妮亚的丑事告诉了他。原来,阿克西妮亚在女儿患病夭折后,痛不欲生,少东家叶甫盖尼以安慰为名乘机占有了她。葛利高里听完萨什卡老爹的叙述,一声不响地走了出来。第二天早晨,葛利高里装成像原先那样的温顺车夫的样子为叶甫盖尼赶车。他把车赶到了远离庄园的洼地里,突然从座位上跳下来,扬起鞭子向中尉猛抽。直打得没了劲儿,这才坐上马车,来到下房,继续抽打阿克西妮亚,然后大踏步朝鞑靼村走去。葛利高里终于来到了自己的家门口。潘苔莱一瘸一拐地下了台阶,屋子里是母亲响亮的哭声。用手扶住门框的娜塔莉亚被丈夫迅速、慌张的目光一扫就跌倒了……夜里,伊莉尼奇娜到葛利高里房门口瞅了一眼,告诉潘苔莱:"他们睡在一块儿呢!"老头子画了个十字,用胳膊肘撑住身子抽搭起来。

卷 四

  战争进行到第三年的时候,村子里明显地露出败露的景象。那些没有剩下哥萨克的人家,许多敞着门的板棚和破败的院落都像大张着嘴一样丑陋,只有麦列霍夫家的院子还能看出像个院子。彼得罗和葛利高里上了前方,娜塔莉亚去年秋初时生了一对双胞胎,一男一女。她很会博取公婆的欢心。葛利高里在战斗中忠于哥萨克的光荣,表现出忘我的勇敢、疯狂的冒险。他在战争初期所感受到的那种对人类的痛惜心情已经一去不复返了。他连获四个乔治十字章和四个奖章。

  布尔什维克党人彭楚克在军队中宣传列宁的主张,号召哥萨克建立新组织,反对自己的政府、自己的资产阶级,得到了周围士兵们的拥护。不久,沙皇被推翻,被迫签署了退位文告。克伦斯基临时政府在彼得堡宣告成立。

原西南军总司令科尔泥洛夫任总司令,他野心勃勃地企图进攻彼得堡,取代克伦斯基。当士兵们得知这一消息时,一个身材细高的哥萨克说出了大多数人的心里话:"刚出火坑,又进地狱!"他们决定不替科尔尼洛夫卖命,枪口对准自己人。十月底的一个早晨,率部队来到彼得格勒的叶甫盖尼接到团长命令,向皇宫进发去打布尔什维克。直到11月初,关于彼得格勒爆发十月革命的消息才传到刚从前线撤退的哥萨克们的耳朵里。后来,等到接到推翻临时政府和政权移交到布尔什维克手中的公报后,哥萨克们都很高兴,盼望停止战争。

卷 五

1917年深秋,哥萨克们陆续从前方回家来了。他们给鞑靼村里带回来一个消息,说是葛利高里已经投靠了布尔什维克,留在卡敏镇上了。葛利高里因为立了战功,于1917年1月被升为少尉,担任排长。十月革命以后,他晋升为连长。他的思想受到周围发生的一些事件的影响转变了,特别是由于认识了同团的一位军官伊兹瓦林中尉。他是一个狂热的资产阶级自治分子。二月革命使他振奋起来,他和那些信仰独立自主论的哥萨克们联络起来,宣传顿河军州自治的论调。当葛利高里问道:"依你看,布尔什维克的主张对呢,还是不对?"他说:"今天的哥萨克生活方式和社会主义之间有一道不可逾越的深沟……"葛利高里无意中还遇到了在顿河革命历史上起过不小作用另一个哥萨克,他叫费道尔·波得捷尔柯夫,于是经过短短的动摇之后,以前领悟到的道理又在他心里占了上风。

葛利高里和他谈起了政权问题。他简单清楚地指出:"咱们要的是人民政权……选举出来的政权。咱们决不能搞古代那一套,要不然又要套上枷锁,那枷锁比沙皇的枷锁更要沉重。"葛利高里苦苦地思索、考虑,想把混乱的思想理出一个头绪,得出一个结论。

诺沃契尔卡斯克成了逃避布尔什维克革命的各种亡命徒的集中地。许多高级将领、瓦解了的俄罗斯军队命运的支配者,都跑到顿河下游来了。他们妄图依靠反动的顿河人的支持,向苏维埃进攻。11月2日,阿列克塞耶夫将军到了这里。国内战争的炮声已由乌克兰方面来的风传送过来。

1918年1月在卡敏镇举行了前线哥萨克代表大会。葛利高里参加了这次大会。会场拥挤不堪而且秩序很乱,有人主张跟布尔什维克干革命,也有人主张和军政府谈判。直到波得捷尔柯夫在会上宣读了白匪军政府逮捕参加这次大会的全体人员的命令以后，哥萨克们立刻喧哗起来，都主张反对诺沃契尔卡斯克政权，选举革命军事委员会。最后，哥萨克军人代表大会宣布：把顿河区的全部政权都转移到革命军事委员会手里。波得捷尔柯夫担任了主席。列宁在无线电广播里把这个震动了顿河流域的事件宣布出来："顿河上46个哥萨克团宣布成立自己的政府，并且正在同卡列金作战。"白匪军政府想逮捕代表的阴谋破产后，卡列金一方面派代表团赴卡敏谈判，一方面命令柴尔涅曹夫上校指挥一支几百人的队伍，进攻顿河革命军事委员会的军队。顿河革命军事委员会一名强有力的指挥员郭鲁博夫上校组织了反击，葛利高里所率部队大获全胜，俘虏了包括柴尔涅曹夫本人在内的40名军官。郭鲁博夫要求哥萨克保护俘虏的安全，把他们活着送到司令部去！俘虏们被赶过来的时候，波得捷尔柯夫把马刀抽出了鞘，使出全身力气照柴尔涅曹夫头上砍去，他朝着押送队的哥萨克们声嘶力竭地喊叫道："把他们全宰了……斩尽杀光！！"葛利高里用充血的眼睛直盯着波德捷尔柯夫，心中十分反感。

  葛利高里在这次战斗中受了伤，住了一星期医院，伤好了一点后，便决定回家去疗养。他真想远远地离开这个充满了仇恨和敌视的难以理解的世界。过去的一切都稀里糊涂、矛盾重重，探索一条正确的道路是很困难的。

  1918年初，顿河流域的形势逐渐向着有利于苏维埃政权方面发展。顿河军区司令官卡列金因兵败辞去司令官职务，自杀身亡。可是，到了这年4月，顿河地区的革命形势发生了逆转。乌克兰的红军部队受到乌克兰军和德国人的攻击被打垮了，冲到顿河地区，队伍里充满了不服从命令的犯罪分子，红军部队在这些坏分子的影响下完全溃乱了。他们沿途杀人、抢劫、强奸，引起了顿河哥萨克的暴动，最后把他们全部歼灭了。各村喧闹起来，推翻苏维埃政权，选镇长和村长。鞑靼村也选举了柯尔叔诺夫为村长。最后彼得罗当上了军事指挥官。葛利高里因干过布尔什维克而没当成。

  顿河军事委员会苏维埃主席波得捷尔柯夫决定带一支远征队去北方，希望能在那里动员一些打过仗的士兵，组成三四个团，去打德国人和镇压顿河哥萨克暴动。彭楚克参加了这支队伍。彭楚克曾训练过一支工人机枪队，有一个美丽的犹太姑娘安娜爱上了他。他们一起战斗过，后来又结了婚。不幸的是，有一次彭楚克带领的机枪队在哥萨克的包围下仓促应战，安娜奋不顾身，饮弹而亡。彭楚克为摆脱对安娜思念的痛苦，才乐意参加了这支远征队。远征队行进十分艰难,推翻了苏维埃政权的哥萨克村民敌视他们,不愿把食品卖给他们,有的干脆躲得远远的。当他们到达卡拉希尼克村时,遭到了哥萨克的包围,波得捷尔柯夫命令战士抵抗,可是只有一小部分战士跟着他,于是他只好长叹一声,同意和哥萨克谈判并交出武器。远征队交出武器后,暴动的哥萨克立即改变了态度:他们把波得捷尔柯夫部队的全体红军战士都枪决了,其中也有彭楚克。在枪决过程中葛利高里抓住他的袖子,气呼呼地问道:"你记得格鲁博克附近的战斗吗?你是怎样枪毙那些军官的……现在轮到你啦!你这个坏家伙,把哥萨克都出卖啦!"当他离开时,又听到被判处了绞刑的波得捷尔柯夫临刑前,对受骗的哥萨克群众高声叫道:"你们以为把我们杀了,事情就了结啦?不会的!今天你们枪毙我们,明天就枪毙你们啦!苏维埃政权一定会在全国建立起来。"

卷　六

　　1918年4月底,顿河流域已经有三分之二的地区没有了红军,当地重新建立了地区性政权。潘苔莱完全相信,政权已经掌握在十分可靠的人的手里,不久就可以打垮布尔什维克,他的两个儿子就可以回家种地了。鞑靼村的哥萨克连在彼得罗的率领下,正在向北部进军。他和葛利高里都很清楚地知道:从前联系着他们的道路,现在因为生活方式的不同已经荒芜了,再也不能谈什么知心话了。这天他们接到命令,将连队分成两半,他们兄弟俩各带一半人马去两个团报到。在分手前彼得罗找弟弟谈心:"我觉得,你离我越来越远……我怕你会去投红军。""不一定……我也不知道。"葛里高里回答得很不干脆、很勉强,彼得罗叹了一口气。葛利高里在战斗中渐渐痛恨起布尔什维克来。布尔什维克成了他的生活上的敌人,他们使他背井离乡!由于贫困和仇恨,白军杀害俘虏的事渐渐多起来,还到处抢劫,葛利高里干不惯这种事,他憎恶抢劫行为。他这种过分的温厚引起哥萨克和团首长的不满。上级撤销了他的连长职务,降为排长,他高高兴兴地把连队交出去,觉得再也不用对同村人的生命负什么责任了。

　　从11月中旬起,红军开始反攻。他们顽强地迫使着哥萨克部队节节后退。葛利高里明白,无论用什么方法也阻拦不住迅速展开的退却的洪流了。于是在夜里,他怀着愉快的决心,自动离开了队伍,回到了自家的院子。彼得罗也回了老家。

兵荒马乱的日子过去了。鞑靼村选举了阿列克塞耶维奇为村苏维埃主席、柯晒沃依为副主席。时隔不久，可怕的流言从顿河上游传来，据说肃反委员会和革命军事法庭要对干过白军的哥萨克进行严厉的、无情的审判。审判程序简单极了：提起公诉，问两个问题，就判决，用机枪一扫完事。在鞑靼村里，哥萨克们家家户户都交了枪，人们惶惶不安。潘苔莱充分感觉到，世上有些道理跟过去不同了，跟他格格不入了。他想听听亲家公的看法，柯尔叔诺夫干脆地说："应该暴动！……"本来已经心惊胆战的潘苔莱从亲家公家里回来后就更惊慌了。第二天他就害上了伤寒病，失去知觉，不省人事。

生活发生了急剧的变化。从州革命军事法庭来了两个人，他们和阿列克塞耶维奇说："现在州里到处都有发生暴乱的势头。必须消灭那些特别仇视咱们的人。"柯晒沃依根据他们的指示列出了一张逮捕10个人的名单，其中包括葛利高里和他父亲。葛利高里刚好躲避在外，潘苔莱因病卧床，幸免于难。其他人被逮捕后，立即由民警押送走了。半夜时，帮助押解犯人去军事法庭的哥萨克慌张地敲开阿列克塞耶维奇的窗户告诉他："犯人们一送去，马上就审问，天还没黑，就枪毙啦……我亲眼看见的！"阿列克塞耶维奇急忙去找施托克曼，他是刚分派来州里工作的红军。施托克曼开导他说："如果在州里不把最凶恶的敌人抓起来，就会发生暴动。不是他们杀死我们，就是我们杀死他们！第三条路是没有的。"这条新闻很快就传遍了全村。没几天，顿河沿岸的村庄全都暴动起来了。躲藏在外的葛利高里听到哥萨克暴动的消息，立刻飞身上马，发疯般向鞑靼村奔去。现在他觉得世上根本就没有对任何人都适用的真理……为了一块面包，为了一块土地，为了活下去，人和人一直在你争我压……哥萨克不能和俄罗斯没有土地的庄稼佬走一条路，不能和工厂工人走一条路。要和他们拼个你死我活，要把顿河土地从他们脚底下夺回来。把他们赶出去！但有一会儿他心里发生了矛盾："这是财主和穷人斗争呀，不是哥萨克和俄罗斯的斗争……"他狠了狠心，赶走了这些念头。

当葛利高里回到了鞑靼村时，整个村编成了两个哥萨克连。彼得罗当上了骑兵连长。他们保留原有的政权形式，喊出了蛊惑性口号："拥护苏维埃政权，但是反对共产党，反对枪杀和抢劫。"暴动的哥萨克部队和红军展开了激战。彼得罗让葛利高里带半个骑兵连去截断红军后路。葛利高里走后，战场形势发生了变化。红军包围了他们,彼得罗等人被迫投降。柯晒沃依亲手击毙了彼得罗。葛利高里率领的半个连打垮了红军部队,大胜而归。他被任命为团长,经过数次战斗,他的队伍不断壮大,已拥有一个师的兵力。葛利高里心里激起了自豪和愉快,他有生以来还未指挥过这么多的人。但是有时又有一种酸涩的痛苦滋味在翻滚着:"我率领他们去反对谁呢?谁是对的呢?"在一次战斗中,他一连砍死了四名红军战士,突然他栽倒在雪地上哭泣起来,声嘶力竭地喊叫着:"我杀死的是什么人呀?弟兄们,不能饶恕我!为了上帝,砍死我吧……"施托克曼、阿列克塞耶维奇、柯晒沃依暴动时逃走,参加了红军。施托克曼在劝说塞布道尔团全团战士不要上坏人的当、叛变革命时,壮烈牺牲了。柯晒沃依逃走了。阿列克塞耶维奇被俘,妲丽亚开枪打死了他,为丈夫报了仇。

  1919年5月,为了防止暴动军和白军联合,红军派了优秀兵团开赴前线。整个顿河右岸的叛军开始撤退。葛利高里率领着12个精锐骑兵连抵挡着红军进攻,掩护叛军和难民渡河。途中,他与躲在姑妈家的阿克西妮亚邂逅。她扑进葛利高里的怀中,抽搭着:"想死我啦!"

  自从施托克曼被杀害以后,自从阿列克塞耶维奇牺牲的消息传到柯晒沃依的耳朵里,他心里对哥萨克的痛恨就达到了极点。从那时起,他没有宽待过一个俘虏。他不仅要杀人,还要把"红公鸡"放进暴动军放弃的村庄里的房子,他回到鞑靼村,使他吃惊的是,街道上一个人也没有,多数人家的门却大敞着。最终,他找到了葛利高里的母亲。他提醒她:"不要随便叫杜妮亚嫁人,因为我喜欢她。"黄昏,柯晒沃依离开时,一连烧了七座房子。

卷 七

  顿河上游的暴动,牵制住南方前线红军的大量兵力。1919年6月白军的一支三千人的骑兵团突破了红军防线的顿河,暴动军会师了。骑兵团团长在庆祝宴会上把暴动军狠狠地教训了一通。他说:"如果没有我们,红军早把你们消灭啦。你们放弃过阵地,把布尔什维克放到哥萨克的土地上来……要洗刷这段可耻历史、将功赎罪……"他还说:"我们对你们的信任是有一定限度的……"葛利高里有点醉意,他怀着愤怒的心情想:"哼,我们给你们干,也是有限度的!"他摇摇晃晃来到了阿克西妮亚姑母家,没想到碰上了冤家对头斯切潘,他被这次无意的见面弄得非常沮丧,只得和传令兵普罗霍尔一起回到了鞑靼村。在家里，他把自己的两个孩子抱在膝盖上，轮流亲着他们，笑着，听他们高高兴兴地唠叨了半天。他这个从童年时代就很少哭的不富于感情的人，竟流出了眼泪。太阳快要落山时，葛利高里扔下活儿，来到妻子身旁。她打扮得漂漂亮亮的，穿着高领衣服，为的是不叫他看见脖子上的伤疤。这一切都是为了他……一股柔情的激浪冲进葛利高里的心里。第二天早晨，娜塔莉亚带着孩子送丈夫到门外。孩子们哭着央求妈妈："别叫他走呀！打仗会打死他的！"葛利高里怀着沉重的心情，和普罗霍尔一块儿离开了村庄。他回头看了看，只见娜塔莉亚一个人站在大门口，清新的晨风好像要把那条黑黑的、像孝巾一样的头巾从她手里夺走。

　　夜里，他们回到了师指挥部。这次回来后，他的心出奇地冷漠起来！他决定不再冒着机枪火力带领哥萨克去冲锋。他头一次拒绝执行军队的命令，头一次避开直接参加战斗。过了两天，暴动军改编了。葛利高里被提升为中尉，但却由师长降为连长。

　　割草季节到了，麦列霍夫一家子又和哥萨克们一起忙开了。有一次妲丽亚出于嫉妒心把葛利高里和阿克西妮亚重有来往的消息告诉了娜塔莉亚。娜塔莉亚一声不响地吞着眼泪，这又一次的打击对她来说是如此突然，如此沉重。葛利高里上次回家后，娜塔莉亚又怀孕了。她决心不再为他生孩子，悄悄去找人打了胎，直至深夜才回来。她摇摇晃晃地走着，像一只受了重伤的野兽，在她脚踩过的地方，留下了黑糊糊的血印子。"你怎么会流了那么多的血呀！"伊莉尼奇娜抽抽搭搭地哭起来。娜塔莉亚一声不响地躺着，脑袋在枕头上滚来滚去，头发被汗水湿成一绺一绺的。她的血不住地往外流。太阳刚升起的时候，潘苔莱请来了医生，医生看后，毫无希望地挥了挥手，说："顶多活到吃午饭的时候。"

　　早晨，娜塔莉亚的情况更坏了。她招了招手，把孩子们叫到跟前，搂住他们，对他们画了个十字，吻了吻他们，就叫母亲把他们带回家去。后来好像想起什么似的，突然在床上欠起身来，"把米沙特卡叫回来！"米沙特卡走到床前，她把儿子拉到怀里，对着他耳朵悄悄说了几句话，然后问道："不会忘了吧？会说吗？""忘不了。"米沙特卡回答。娜塔莉亚用眼睛一直把他送到门口。中午，她死了。

　　等到葛利高里赶回家来，娜塔莉亚已经埋葬三天了。他抱住迎接他的两个孩子，用颤抖的声调说："别哭！别流泪！我的好孩子！这么说，你们成了没娘的孩子啦？"吃饭时，米沙特卡爬到父亲的膝盖上，腼腆地用左手搂住他的脖子，使劲亲了亲他的嘴唇。"你是怎么啦？"葛利高里很感动地问。"妈妈还活着的时候，叫我对你说：'你爹回来，你替我亲亲他，告诉他，叫他心疼你们。'她还说了一些别的话，可是我忘了……"屋里一片沉闷的寂静。他把儿子放到地上，自己急忙走到院子里去了。为了摆脱伤痛的思念，葛利高里提前回到前线。一路上，顿河军腐败可憎的场面展现在他的眼前，这种腐败恰恰是在暴动军补充进顿河军之后才开始的。哥萨克进入村庄后，就像侵略者到了外国的土地上：抢劫财务，奸淫妇女，烧粮食，宰牲口。10月，斯大林到了南方前线，红军很快打垮了白军。在顿河军撤退的日子，鞑靼村的哥萨克们也决定全部撤退。

潘苔莱染上了伤寒病，死在异乡。葛利高里和他的传令兵普罗霍尔来到了诺沃罗西斯克。在这里，一艘艘轮船载着俄罗斯的富商、地主、将军和政界要人的家眷往土耳其开去。有人劝葛利高里："咱们走吧，上土耳其去。无论如何要逃命呀！眼看要完啦……""不，我不走。"他从普罗霍尔手里接过马缰，像个老头子一样很费劲地骑到马上。

卷　八

1920年春天，阿克西妮亚从受伤回来的普罗霍夫那儿得知：葛利高里在诺沃罗西斯克参加了布琼尼的骑兵队伍，当上了连长。自从参加红军后，他变得快活起来，胖得像匹骏马。阿克西妮亚赶紧把这好消息告诉了日夜思念着儿子的伊莉尼奇娜。葛利高里家已完全变样了：父亲病故，彼得罗被枪决，妲丽亚自从丈夫死后，生活放荡，害上了梅毒，灰心失望，自己在顿河里洗澡时，淹死了。这年夏天，柯晒沃依从前线因病回到村里，和杜妮亚结了婚。伊莉尼奇娜很不称心，觉得女婿是个外人，没多久她就病死了。阿克西妮亚征得杜妮亚同意之后，把孩子们领到自己家去了。

葛利高里在和弗兰格尔作战时受了伤，再加上因为历史问题，他得不到红军的信任，终于复员回家了。当天晚上，他和已经当上了鞑靼村革命军事委员会主席的柯晒沃依进行了一次很严肃的谈话。"对于我回来，你是不是很不高兴？""是的，咱们是敌人。""那是以前的事。""以后还会是。""那么你信任不信任我呢？""不信任。你必须在明天赶到肃反委员会去登记。""我现在全明白了……"葛利高里恨恨地看了看柯晒沃依。不久前他还认为在红军里真心诚意地干,就能赎回自己的全部罪过,可以过上和平的庄稼人的生活,可是现在看来,没那么简单。第二天黄昏,他从肃反委员会登记回来,没想到工作人员叫他六天之后去办第二次登记手续。葛利高里就像惊弓之鸟,吓得六神无主。他想,他们一定会把我逮捕或者干脆枪毙的。第四天夜里杜妮亚慌慌张张跑来报信:"我听柯晒沃依说,要把你抓起来……你快走吧!"他很快拿了点面包,告别了阿克西妮亚便逃走了,他的短暂的安宁生活就这样结束了……

1920年深秋,因为余粮征集工作很不顺利,鞑靼村组织了武装征粮队。顿河哥萨克暗暗的骚动又开始了,出现了一小股一小股的武装匪帮反抗苏维埃政府。葛利高里在出逃的路上,落入了佛明匪帮之手,被迫参加了这一组织。佛明每到一个村子,就煽动哥萨克拿起枪来,反对共产党,拥护他们的政府。但是哥萨克们已经尝过1919年暴动的滋味,打仗已经打够了,所以妇女们都死死地抓住自己的丈夫,再也不肯放手。春耕时节到了,土地在召唤人们返回家园。佛明的战士纷纷开小差回家,人数在一天天减少。葛利高里认定佛明的事已经输了,匪帮早晚要被打垮的。

有一天夜里行军时,他们来到了鞑靼村对岸。葛利高里悄悄离开了匪帮,回到了自己的村子,来到了阿克西妮亚身边。葛利高里把两个孩子交给妹妹杜妮亚照管,便和阿克西妮亚骑马上路了。他们要到南方去,或者上更远的地方去。他们要去干活儿,再也不去打仗。走了一段长路之后,他们找到了一块地方,躺在铺开的军大衣上。一连几夜没有睡觉,葛利高里非常想睡觉,可阿克西妮亚却坐在他身旁讲起了孩子的事:"他们很想你,常常问:我父亲上哪儿去啦?有一回,米沙特卡从街上回来哭得很伤心,他说,孩子们都不跟他玩,因为他的父亲是土匪。我就对他说:'你父亲才不是土匪呢。他是个很不幸的人'……"

深夜,月亮升起的时候,他们继续赶路。他们遇到四名征粮队的哨兵,葛利高里使劲抽了阿克西妮亚的马一鞭,那匹马往前一冲,就飞跑起来。他自己趴到马脖子上紧跟在后,等他们的两匹马跑齐了,他大声喊道"趴下,趴低点儿!"谁知阿克西妮亚突然往后一仰,中了枪弹。葛利高里跳下马来,抱起阿克西妮亚,小心翼翼地把她放在了地上。他顿时明白了,一切都完结,他这一生中能够发生的最可怕的事情已经发生了。黎明前,阿克西妮亚死在了他的怀里。他在明媚的朝阳下,把自己的阿克西妮亚埋葬了。他失去了他心爱的一切。他在佛明逃兵住的土窑里住了一段时间。他常常梦见孩子们，梦见阿克西妮亚、母亲和其他几个不在世的亲人。他想：要是能再回家乡一趟，看看孩子们，就死而无怨了。

1922年春天，难友们告诉他五月一日就要大赦，那时就能自由了。但葛利高里不愿再等待，他把步枪、手枪和子弹全扔到了刚刚融化的碧绿河水中，踏着三月的蓝色残冰，过了顿河，大踏步朝自己家走去。米沙特卡小声告诉他："波柳什卡害白喉病死了。"他站在自家的大门口，手里抱着儿子……这就是他这一生仅剩的东西，有了这东西，他还能感到大地，感到这广阔的、在寒冷的阳光下闪闪发光的世界是亲切的。

1966年
诺贝尔文学奖得主

"他的深刻而具特色的叙事艺术,能从犹太人民的生活中汲取主题"。
——获奖评语

希莫尔·约瑟夫·阿格农
〔以色列〕

希莫尔·约瑟夫·阿格农是第一个荣获诺贝尔文学奖的犹太作家,原名查兹克斯。阿格农是笔名,意为"被抛弃的人"。1888年7月17日出生于当时还在奥匈帝国统治下的东加利西亚的布卡兹。阿格农从三岁起,就跟父亲用希伯来语原文学习犹太教义,后来又随母亲艾瑟尔学习德语和世俗文学。他还能讲一口流利的家乡话意第绪语。除了跟父母和外祖父耶胡达学习之外,他还随当地的拉比和学校教师学习。此外,阿格农还曾花费大量时间自学《摩西五经》《塔木德》和其他犹太希伯来文学作品。

阿格农对布卡兹镇当地人民和环境的了解,所受传统犹太文学的浓厚熏陶,加上他从十几岁就参加复国主义运动对锡安产生的热爱,这一切形成了他日后文学创作的坚实基础。

1903年,阿格农15岁时创作的第一批诗歌发表在当地的犹太期刊上。三年以后,他在鲁奥夫创办了一份希伯来语报纸。1908年,他的第一部重要的小说集《被抛弃的妻子》在耶路撒冷出版,这是他在文坛上首次露面。1909年他发表了短篇小说《阿格农特》,并由此为自己取名"阿格农"。

1912年,阿格农去柏林旅行,并继续学习和创作。他在柏林遇到了对他一生有重大影响的三个人:哲学家马丁·布伯、出版商阿隆·艾黎斯堡和商人塞尔曼·萧肯。萧肯定期给阿格农资助,并于1928年成立了一家出版公司,使阿格农的作品得以出版。在柏林期间,阿格农于1919年5月16日与艾瑟尔·马克斯结婚。他一边从事研究,一边继续写出了小说《作家的故事》和《洞房的纱帐》。1924年阿格农从柏林回到耶路撒冷后,一直住在以色列,直至1970年2月17日去世。

1938年,发表了他的第三部重要作品《过夜的客人》,以后陆续发表了《一个简明的故事》《订婚》《就在昨天之前》《两个故事》等。

阿格农的作品具有独特的、神秘的、戏剧性的、象征意义的内容风格。他的贡献主要在于记录了一代犹太人的思想与行为,反映了他们对犹太古老传统的留恋与以色列新生活的向往。他对后来的犹太作家产生了很大的影响。

阿格农除获"比厄立克奖"和"诺贝尔文学奖"外,还获得过"乌希金奖""以色列奖",他是著名的犹太法学博士,被称为"多才多艺的犹太人"。

订　婚

小城楂化是大海的宠儿,浪花吻着她的岸脚,蔚蓝的天空是她的头纱,她的土地上住满了各种各样的人,有犹太教徒,有回教徒,也有基督教徒。他们为商业、劳动和运输而忙着。不过楂化也有一些人是做其他行业的。例如教师约伯就是一个例子,他的故事正是我们要讲的。

约伯拿到博士学位后,想去巴勒斯坦搞研究,于是他报名参加了一个旅行团。艾立克先生为他支付了旅行费用,以表示对他的资助。他见到此地民风淳朴,便深深地爱上了这个岛。有一次他拜访一所学校,恰巧学校需要一位教拉丁文与德文的老师,虽然他攻读的是植物学与自然科学,但还是接受了学校的聘用。不到两三个月,他已在城里赢得极佳的名声,成为最受人们欢迎的人。就像大多数单身汉,他喜欢加入到团体中,沉浸在多种思路中思考问题。他爱海洋与植物研究,他发现了科学家未曾发现的某种特殊的海底植物,他将这一发现报告了一位权威学者,那位教授将他的研究报告发表在帝国皇家社会出版公司所出的维也纳杂志上。在这沿岸一带，没有人研究海洋植物如他透彻勤奋的。

艾立克是个富商，也是一个小国家的荣誉领事，他的别墅花园毗临约伯父亲的房子，约伯小时候常跟艾立克的独生女苏珊一道玩，她是个任性的女孩，对约伯这个男孩具有特别的幻想力，从不许其他小女孩加入他们的游戏。"约伯是我一个人的，长大以后我要嫁给他。"为了证实这句话不是讲着玩的，她剪下一束头发，也剪了他的，然后混在一起燃成灰，吞下肚去并发下神圣誓言，彼此情深不渝。艾立克夫妇是很喜欢约伯的，也正由于他们的帮助，约伯才进了高中，然后又进了大学。进校第一年，约伯大部分时间跟苏珊在一起，夏天他们制作花环送给对方，冬天在花园里结冰的池子上溜冰。后来约伯的父亲为了还债把房子卖了，在别处租了间公寓，苏珊也被送到另外一个城市的女子专科学校就读。不久，约伯的父亲经济情况有所改善，可以不再靠艾立克的资助供约伯读大学，但约伯家对老先生的敬爱未有稍减，每年总要定期聚会两次。艾立克夫人去世后，约伯全家都出席了葬礼。约伯找到教师职位定居楂化后，一直惦记着恩人，每年两次——犹太教与基督教的新年节期，他都寄信给艾立克先生，但他从未写信给苏珊，他们毕竟都长大了。

约伯是教师又是学者，他所认识的姑娘都是崇尚知识型的。这些以色列的女儿们，漂亮纤秀、举止端庄、大方可爱。你若在楂化听到一个姑娘在谈论希腊、罗马，谈到希腊女诗人萨福与希腊神话人物米底亚，你可以断定她是从约伯那里学来的。她们喜欢约伯，心中向往着婚姻；约伯也喜欢她们，想为自己找个妻子。海普琳与露丽雅，究竟谁最适合，约伯还不能决定，他有时会拜访玛喜格，同瑞雅聊天，也和米拉闲扯，还会不时看望一下丽娃。有时他和这些姑娘会在晚上一起沿海岸散步，眺望海浪吻着沙滩，看蓝天亲抚大地。由于他们七个人常在晚上一起散步，城里的人们称他们是"七大行星"。

一天约伯接到艾立克先生从非洲寄来的一封信，原来他与苏珊要来朝拜耶路撒圣城，约伯极为高兴，希望能好好接待他们，回报他的厚恩。艾立克父女如期而至。苏珊给他伸出温暖的、修长美丽的手，用老朋友的语调与约伯交谈，态度相当亲密。站在恩人面前，约伯一切接待计划都从脑中飞走了，他又成为艾立克先生餐桌上的客人。艾立克倒了一杯酒给约伯，一杯给自己，他为约伯事业上的进展干杯，说约伯对海底植物研究的声名已远播国外。他们约好晚上一起吃饭。

下午约伯心神不定地呆在自己的房间里，海普琳与露丽雅发现老师的神态有些不对劲，就建议去散步。海普琳已二十三四岁了，身材丰满，每个见到她的人都可感觉到她端庄的风采。而露丽雅比她更美，露丽雅苗条得像棵棕榈树，谁见了她微笑的唇都会倾心于她。她们都是出身好家庭的女子。他们的父亲在重建以色列的历史上占有重要地位。两位姑娘都对老师的客人很感兴趣。当他们漫步走回旅馆时，苏珊正在庭园内散步。露丽雅注视着她，惊叫道："那姑娘好漂亮啊！她是谁？"约伯马上叫她不要出声，轻声说："她就是领事的女儿。"露丽雅用一种不寻常的语调说："她看起来很高傲。"海普琳看着约伯手上空空如也，便对他说："你不能两手空空地去参加晚宴，我们想法为你采一束鲜花吧！"

晚宴上，艾立克问女儿午饭后去了哪儿，苏珊说："你问一问我们的客人吧，他会告诉你。"约伯迷惑不解地看着苏珊，想到在他看见她在庭院内散步前，正同海普琳与露丽雅漫步海滩，不由得低着头，难以回答主人的提问。艾立克笑着说："看来，你们间有个小秘密。"微风轻轻吹了进来，柠檬及柑橘的香味在餐厅里弥漫，苏珊静静地坐在那，有些无精打采，她吻了父亲的额头，并让约伯吻了手，不发一言地告别了。艾立克估计女儿累了，就取消了明天游耶路撒冷的计划，邀请约伯明天共进午餐。

第二天中午，约伯如约前来，可是苏珊不在。据说她整夜在看她购买的画片没有睡好，现在正在休息。艾立克与约伯静静地用饭，显然没什么胃口。当约伯要离开时，苏珊才露面，邀请他过一小时去散步。

散步时，苏珊一句话都不说，约伯有满腹心里话要告诉她，却不知从何说起。远处的大海平静而且湛蓝，约伯不知用什么办法才能唤醒这位同他并肩而行的睡美人。突然，苏珊停住脚步，问："你记得以前我们怎样在我们家花园里玩吗？"他轻声回答："我记得。"她又再次停住："你记得我们玩什么游戏吗？"约伯边走边算着游戏种类，每一细节她都点点头，说："对了，我以为你忘了。"他们经过一座墓地，苏珊又问："你记得我们一起发的誓言吗？""我记得，"约伯说，"我们对火与水，对我们的头发及我们的血发誓，我们要结合成夫妻相互厮守，没有任何力量能破坏我们的誓言，直到永远永远。"苏珊静静地点了一下头，"你是否准备遵守你的誓言？"约伯的心跳得厉害，最后还是高声叫着："我愿意。"约伯要送她回去，苏珊谢绝了，说："我绝不会迷路的，即使在梦中我也会记得我所去过的每一个地方。"

艾立克在耶路撒冷待了一段时间，比原先预定的要长。现在他太太逝世周年到了，便想留在圣城纪念她。等到艾立克父女回来的那天，约伯又来到了楂化饭店，外面寒风刺骨，湿气很重。"今天不可能去海滩散步了。"约伯有些难为情，以为领事是在指他与苏珊海边散步的事。事实上，领事只是提到这些天的暴风雨误了他的行程。苏珊似乎有些妒忌约伯身边的那些漂亮的女学生，问："你送给我的花，是她们中哪一位送给你的？"她决意留在楂化，故意说："她们以为，我今天在这里，明天就去了？她们错了。我爸爸打算整个冬天都待在这儿——是不是爸爸？"领事狐疑地看着她的女儿，勉为其难地点点头。苏珊从桌旁站起来，吻着父亲的前额，"好爸爸！"领事的眼中闪烁着泪花。

下午约伯上邮局去，在市场碰到苏珊，她正在闲逛，怀里抱着一大堆陶器。他们一同回到旅馆，并来到熟悉的花园里，苏珊吩咐服务员拿几支埃及烟来，她不禁联想起埃及人的智慧——木乃伊，便说："我们在世的日子就好像一场梦，我们的日子充满了痛苦。那些木乃伊多福气，躺在地里，再没有烦恼和痛苦，我真希望能像他们那样就好了！"她睁开眼睛，抬头企望着什么，似乎渴求从世上的痛苦中解脱。约伯问她："苏珊，你这么忧愁，究竟是怎么一回事？"苏珊笑了："你问是什么原因，好像只有一个原因似的。原因有很多，每一个都足以让人非常难过。"她深情地看着约伯，过了一会儿，说："我要把眼睛闭上，约伯，你来吻一下它吧。"约伯的眼眶里也充满了泪水，他亲吻了她湿了的眼睫毛。

纽约的一所大学邀请约伯去讲学，这在楂化引起了轰动。就连和学院无关的人也在谈论这位年轻的博士当上教授的事。不论同他是否熟识，碰到他的人都向他表示祝贺，老朋友们邀他喝一杯庆祝。这在姑娘们心中激起了更大的波澜。露丽雅送给他更多的鲜花；丽娃烘了一个船形蛋糕给他，上面还插了美国国旗；海普琳特地写了贺信，她虽然口齿伶俐，但要写信给自己心上人却很困难。

约伯开始学英文，做去美国讲学的准备工作。但一个星期中总有两三次，他应邀去领事住的旅馆，边进餐边交谈。有一天，三人吃饭的时候，苏珊突然沉默下来，闭眼睡着了。当苏珊不在场时，艾立克总是说："这孩子有点累了，她头痛。"第二天，约伯看到艾立克先生送一位医生走出旅馆，艾立克见到约伯时显得很不自然。原来，苏珊长期以来患了一种非常奇怪的病。艾立克邀约伯进餐，饭后，他们在沙发上闲聊。艾立克问："你是怎么走上这种研究道路的？"约伯说："我是从高等植物研究转向低等的海洋植物的。"但他还有另外的一个动因没有说。领事问："这些植物都有它们特别的疾病吗！"约伯答："上帝创造的万物都会有病。"这时，艾立克家中的花园池塘又浮现在约伯的脑海中。很奇怪，20年来从没想过这件事，而现在这一幕又出现了：他和苏珊在池塘边采摘花朵，把它们编织成花环，苏珊跳进池塘，当她浮现的时候，身上像美人鱼似地盖满了海草，头发湿淋淋地淌着水滴。就在同一天，苏珊剪掉一绺头发，和他前额的头发卷在一起，然后烧掉……领事见约伯陷入沉思，关心地说："你有点累了。你需要多休息。"约伯起身告辞，压低声音问："苏珊的病情如何？"艾立克被触动难言之隐，冷冷地说："我要知道就好了。"

苏珊患了非常严重的疾病，她感到头昏目眩，两腿无力，声音含糊不清，好像在说梦话，她想的只是睡觉，有时一睡好几天。瑞雅的父亲是个医生，他认为这是苏珊生活过的地方带来的一种昏睡病，可能是被一种毒虫叮咬所致，如果在发病早期尽快医治是能治好的。但像现在这样，如果不及时控制病情，几个月后很难再保持她美丽的外貌了。苏珊受到了很好的护理，艾立克告诉约伯："我们很快要去维也纳找诺顿格医生，让我们祷告他能医好她的病。"花园里鲜花盛开着，柠檬树散放着香气，棕榈树枝直指蓝天，艾立克为苏珊在病床上看不到春天的壮丽而黯然神伤。他又说："就好像我手里拿了一件颇有价值的东西，我正打算把它还给法定的所有人，突然这件宝物在递到对方的手中时从我手中滑落了，我们两人都双手空空地站在那儿。"约伯了解他的心愿，他辞别这位沮丧的老人，希望自己能使他感到宽慰。

约伯在赴美国之前，夜以继日地埋头做研究。他在显微镜前忙着做分析，小小的、彩色的海草带给他很大的快乐。学校为欢送约伯举行了欢送会，这个酒会一直开到午夜。大家再次对这位共事三年的年轻人表示衷心祝贺。

一天晚上，约伯独自呆在房间里，他正经历着难得的心灵自由的体验。为了苏珊，他同海普琳等姑娘们疏远了；苏珊病了，他也绝望了。放在心上的只是工作与即将开始的旅行。这时响起了敲门声，门被推开了，进来的是丽娃，她告诉约伯，她准备去欧洲念医科，但她的兴趣在雕塑，她想创造艺术形象。约伯感到她十分有趣，有一种想吻她的冲动。就在这时，敲门声又响了起来，原来是海普琳与露丽雅来访，露丽雅像往常那样，为大家泡茶，海普琳则随手拾起桌上的海草，把它们编织成一个花环。这时，玛喜格、瑞雅、米拉也不约而同地来了。

眼前的海伸展开来无垠的一片，绵延的海岸，沙滩上映着月光。"七大行星"再度形成了。姑娘们手拉着手，围着约伯跳舞。海普琳问："约伯，你什么时候启程去美国？"露丽雅却说："他孤零零一个人，怎么走这么远？""孤零零是什么意思？"海普琳问。"就是没有结婚。"海普琳说，"很可惜，我们中间没有人能最先牵着约伯的手和他一道赴美国。"这时海普琳举起海草编织的花环，说："好，大家听着，谁赢了这场比赛，谁就得到这顶冠冕。""希腊人不是这样做的，"露丽雅说，"他们是这样做的：年轻的男子赛跑，谁胜利就从最美的女子中得到冠冕。"她说这话的时候，觉得两腿发抖，她对海普琳说："你要和我一块跑吗？""跑呀，露丽雅，说不定你会赢得它呢！"这时候其他姑娘也围拢来了，露丽雅向她们说了这一决定，并问约伯是否同意，约伯点点头说："同意。"但是他的脸色变白了，他的心开始怦怦跳。

所有的姑娘都聚在塞米拉斯饭店前，面向旧坟场。约伯站在她们中间，左右看着这些做起跑准备的姑娘，又看着海普琳手中的花环，不知哪一个会赢得冠冕。他的手发抖、心跳快得使他难以呼吸。六个姑娘只待他一声号令，就会像离弦的箭一样射出去。海普琳把花环交给了约伯，约伯突然喊道："一，二，三，——"

六个姑娘并肩跑着，后来有一个人跑到了前面，但她很快就被追上了，接着大家又散开了，有时能分得开先后，但过一阵子，又有了另一个先后之分了。海普琳像羚羊一样轻快，她似乎会脱颖而出；但是稳重的露丽雅现在超过了海普琳。而米拉又超过了露丽雅——这是理所当然的，因为她喜欢运动和赛跑。小丽娃消失了，消失在空气中，不一会儿又出现了。约伯有点怕丽娃超过其他人，然而，他安慰自己，离旧坟场还有一段路程，其他人还会有机会赶上她的。真的，现在有一个人显然跑在丽娃前面，但是因为距离太远，分不清到底是谁。约伯闭上眼睛，让时间去决定谁是胜利者。

《订婚》

希莫尔·约瑟夫·阿格农

过了好一会儿,约伯站着不动,发生了什么事?他正奇怪着。现在她们应该回来啦,却不见人影。他四周看了看,大地、海洋都连成一片,海浪卷得好高,然后一声巨响碎裂了,姑娘们的奔跑声一点也听不到。她们去哪儿了?消失了吗?

约伯把花环挂在手臂上也开始跑,他跑到旧坟场,发现大家都在那里,只有一个人开始的时候没有和他们一块跑,她穿着睡衣,像一个女孩突然被人由睡梦中惊醒。姑娘们惊恐地静静地站着,和她们站在一块的是苏珊,她跑了个第一。她们六个人没有人看见她跑,但是每一个人都感觉到赛跑的时候有一个人抢在前头。约伯突然听到有人在叫他,声音似乎是从苏珊的眼睫下传出来的。约伯闭上眼睛,悄声回答:"苏珊,你在这儿吗?"苏珊眨了眨眼睛,她伸出手,拿过约伯的花环戴在自己的头上。

经典品读

1967年
诺贝尔文学奖得主

"由于他出色的文学成就，他的作品深深地植根于拉丁美洲印第安人的民族气质和传统之中。"

——获奖评语

米格尔·安赫尔·阿斯图里亚斯
〔危地马拉〕

米格尔·安赫尔·阿斯图里亚斯1899年10月19日生于危地马拉城。1904年被迫举家移居米格尔外祖父家所在的小镇萨拉玛。在这里米格尔开始上学，并通过印第安奶妈和外祖父农场里的工人，发现了印第安民间故事这一文化宝藏。

1908年，阿斯图里亚斯全家又回到了首都的郊区，他在这里度过了青少年时代。1917年和1918年的两次大地震迫使人们进入集中居民区，这改变了首都人民的生活。由这种集体生活经历所产生的团结精神，最终导致独裁者卡布雷拉1920年的垮台。两年后，阿斯图里亚斯与同学创办"民众大学"，为穷人提供免费学习的机会。1923年他从圣卡罗斯大学获得法律博士学位和优秀论文金质奖章。同年，阿斯图里亚斯去了欧洲，先是在伦敦，五个月后又到了巴黎，师从乔治·雷诺教授学习人类学和玛雅时代美洲宗教。

1930年出版了短篇小说集《印第安人的传说》，这是一部唤起人们怀念已经消失了的玛雅部族理想世界的书。它倾注了作者早年建立起来的对印第安人的纯朴感情。后来他在法国开始做记者，1933年回国后仍从事记者这一职业，并带来了一部爆炸性的小说稿《总统先生》，但鉴于当时国内严重的恐怖气氛，无法出版，直到1944年乌斯科政权垮台后两年才在墨西哥问世。后来在欧洲翻译出版后，引起很大反响，使阿斯图里亚斯在世界文坛上赢得了声誉。它掀起了拉美地区写作以揭露寡头政治罪恶面目为题材的文艺作品的高潮，在艺术手法上又成为魔幻现实主义的先驱。

1939年阿斯图里亚斯与克里麦西娅·阿摩多结婚，生有两子，1947年两人离婚。在艰难的岁月中，他被迫流亡墨西哥，饱尝父子不能团聚之苦。1948年，阿斯图里亚斯获得重大转机，新当选的危地马拉总统任命他在外交部供职，多次出任危地马拉驻外大使，阿斯图里亚斯正是在法国任大使期间荣获诺贝尔文学奖的。那时，人们已把他视为一位重要作家和人道主义者。阿斯图里亚斯一生到过许多国家，曾会见过从古巴到印度的多位世界知名领导人。

他的主要作品有《玉米人》《疾风》《绿色教皇》《死不瞑目》《珠光宝气》《混血女人》《马拉德龙》等，他还写过一些剧本，收录在1964年出版的《戏剧全集》里。

他在1974年不幸去世于马德里之前，曾获得过无数国际公认的荣誉和奖章。

总统先生

夜晚，群星汇集天空，乞丐们不约而同地都跑到天主教堂的门廊下来过夜，把他们聚集到一起的唯一的共同纽带就是贫困。他们各顾各地和衣而睡，像小偷似地把自己的"财富"打成小包枕在头下，他们的全部"财富"就是剩菜、破鞋、蜡烛头、旧报纸包着的饭团、烂橘子和烂香蕉。

这一天，傻子佩莱莱半死不活地躺在地上，他已经好几夜通宵未合眼了。忽然一个黑影走近傻子，朝他踢了一脚。佩莱莱从地上跳起，向来人猛扑过去，直到那人一动不动了才住手。就这样，一股盲目的力量结果了这个绰号叫做"小骡人"的松连特上校的性命。

乞丐们一个一个地被抓来，关进一间名叫"三个玛丽亚"的又小又暗的地牢。一个矮胖的军法官告诉他们说，把他们抓来是为了调查一件政治谋杀案。他把乞丐们挨个儿问了一遍，最后集中到一个问题上：他们是否知道头天夜里天主教堂门廊下谋杀陆军上校的杀手是哪一个人，或者哪几个人。乞丐们异口同声地重申是佩莱莱。"你们全在撒谎!"军法官肯定地说,"凶手是卡纳莱斯将军和卡瓦哈尔硕士。"他们一个个都像街上吃了警察投的毒饵的野狗,浑身哆嗦,全都依照军法官的说法招了供。只有外号叫"苍蝇"的乞丐一个人不干,结果他被活活打死,警察把他的尸体扔在一辆垃圾车上,拉到野外的墓地去了。

在总统府里,总统正在签署文件,一个小老头站在一旁伺候,总统签署完了最后一份文件,小老头赶紧拿起吸墨器,匆忙间竟碰翻了墨水瓶,墨水洒到了刚签好的文件上。"畜生!"总统咆哮着吩咐副官:"把这个混蛋带下去,打二百棍子,快!"那可怜的小老头知道求饶也是枉然,因为总统先生近来正为上校被杀事件大动肝火。几分钟后,副官站在总统的餐厅门口,"总统先生,我来向你汇报,那个畜生没有能忍受得了二百棍子。"

总统对他的亲信卡拉·德·安赫尔说:"有关当局已经下令逮捕卡纳莱斯将军。虽说他是凶手之一,但由于某种特殊的原因,政府不便把他关进监狱,你立刻去找他,劝他今晚就逃走,不能招人怀疑。"于是安赫尔来到卡纳莱斯家门前的小酒馆里,不时望望将军的家。不一会儿,他看将军家里走出一位小姐,便迎上去说:"你是将军的女儿吧?这是我的名片,请他赶快到我家来,他有生命危险。"

自从松连特上校被杀以后,便衣警察无时无刻不在天主教堂的门廊附近警戒,负责监视的都是些心狠手辣的家伙。当他们看见佩莱莱出现时,便开枪打死了他。

卡纳莱斯将军离开安赫尔的家时,还保持着威风凛凛的军人风度,好像统率着千军万马。可他一上街,就立即改变了他那阅兵式的步伐,像个赶集卖鸡的印第安人似地小跑起来。他要躲避几天。按照他与安赫尔商定的潜逃计划,在半夜二点时,他顺利地逃走了。为了感谢安赫尔,他已将自己的女儿许配给了安赫尔。

与此同时,军法官正从一辆马车上跳下来,低声下达命令。一个上尉带着一小队士兵,一手拔刀出鞘,一手握着手枪,冲进了卡纳莱斯的家,就像彩色画片上面画的日俄战争时的军官一样。但他们扑了个空。安赫尔抱着将军的女儿卡米拉,躲进了酒馆。

国庆节到了。总统在一群亲信的簇拥下,出现在离人群很远的地方,那个担任致词的女人一见总统出来,立即开始演说:"人民的儿子!……让欢呼您万岁的声音传遍四面八方,永远响彻世界!祖国的功臣,……共和国宪法总统先生万岁!"

赫纳罗·罗达斯的妻子费纳娜听说要逮捕将军,并抢走将军女儿时,她飞也似地跑出家门。来到将军家,她用力一推,门竟虚掩着,一个人也没有,满目凄凉。她在一扇窗户下捡到了将军写给堂胡安的信,信中要他帮忙照顾他的女儿。正当她往外走时,一个满脸凶相的军官把她抓住了。军法官发现将军已逃走,便下令把她押往监狱。

费迪娜被关进了一间墓穴般的牢房,形状像把吉他。在此之前,对她进行了全身搜查,从头到脚,从手指甲到胳肢窝。两个男人把她带到军法官那儿受审。"你今天一大早到卡纳莱斯将军家里去干什么?""我去找将军有事。""什么事?……""我个人的小事,先生!完全是偶然的原因,我认识了他的女儿,跟她说好了,请她带我儿子去受洗……"远处,一扇门打开了,传来一阵婴儿的啼哭声,孩子在拼命啼哭,听了令人心碎……"为你儿子想想吧!你的孩子已经哭了两小时了;他肚子饿了,你要是不告诉我将军的下落,他就要活活饿死!"她扑向门口,可是三个彪形大汉拦住了她。一个守门人用力一推,把她推倒在地。另一个使劲踢了她一脚,把她踢得趴在地上动弹不得。当她清晨苏醒过来时,她的儿子已经死了。

军法官喝完了他的可可粥,用衬衣袖子抹了抹那苍蝇翅膀似的八字胡须。他的周围堆着一叠叠的公文和落满尘土的法典。这个人沉默寡言、相貌丑陋,眼睛高度近视,又嘴馋贪吃。此时,他正舒服地坐在靠背椅里读一封信。他的一位同事给他介绍一笔生意。"妓院的老板娘'大金牙'琼太太,今天到我事务所来,说她物色到一名年轻美貌的女子,愿出一万比索赎出,留在她院里做生意。据我所知,该女子是你下令逮捕的,因而给你写上此信,望告能否接受此项赎金,将该女子转让给我的主顾……"军法官津津有味地盘算着这笔唾手可得的收入,这真是一笔好生意。

接着他全神贯注地阅读自己的最新杰作——卡纳莱斯将军潜逃案的起诉书。本案共有主犯四名:费迪娜·罗达斯,赫纳罗·罗达斯,巴斯克斯,还有米格尔·安赫尔。他一遍又一遍地查阅军事法典上的各项条款,在那部厚厚的法典中翻阅到"判处死刑"或者要同样功效的"无期徒刑"等字句时,心里就乐开了花,那双蜥蜴眼睛不由得闪闪发亮,麻布似的脸也发出了光泽。米格尔,你终于落到了我的手里,这是我渴望已久的复仇良机!第二天上午他去见总统,随身带着对米格尔·安赫尔的起诉书和逮捕令。

"喂,军法官先生,"总统听完他的报告,对他说道:"你把这案件的宗卷留在我这里！罗达斯太太也好，米格尔也好，他们全都无罪。把这张逮捕令也给我撕掉，只有像你们这样的笨蛋才有罪！你们统统是废物……只要卡纳莱斯特将军稍有逃跑的企图，警察就可以开枪把他击毙，这是我下的命令！可是这帮警察，一看见人家大门开着，手就发痒想抢东西！至于另外的两个犯人：巴斯克斯和罗达斯，你给我好好管教管教，这是两个无赖，尤其是那个巴斯克斯，他知道的事情未免太多……你可以走了。"

一辆马车在监狱门前停住，军法官命令把在押犯费迪娜·罗达斯交给琼太太带走，代价是一万比索。从此，费迪娜就是"大金牙"琼太太开设的妓院"醉春院"里的人了。但是丧儿的痛苦与监狱的折磨使她精神和肉体垮了，根本无法充当摇钱树。

卡纳莱斯特将军的坐骑在暮色苍茫中像醉汉那样趔趔趄趄地走着，它已经累得精疲力尽。将军来到一间印第安人的茅屋休憩，茅屋里住着一个孤苦老人。老人告诉他：我的儿子被拉去当了壮丁，要交三千比索才能把人赎出来。我卖了土地换来三千比索，钱被他们拿走了，而我的两个儿子还是被抓进了兵营，一个在边界巡逻时被打死了，另一个下落不明……""原来我们军人保卫的就是这个！"老卡纳莱斯再也抑制不住内心的激动，这种不公正的事情在他这个正直人的心灵深处激起了风暴。现实是什么样子？过去他从未思考过这个问题。身为军人，却在维护一伙道貌岸然的剥削者和卖国贼的统治，这要比在流亡中饿死更可悲更可耻！有什么理由要求我们军人效忠于这个背叛理想、出卖祖国和欺压人民的政权呢……卡纳莱斯建议印第安人跟他一起到国外去。

指控卡纳莱斯和卡瓦哈尔两人犯有叛乱、暴动和卖国等种种严重罪行的起诉书，足有厚厚的一大本。14名证人异口同声地起誓作证：4月21日夜里，他们这群赤贫如洗的穷人，在他们经常过夜的天主教堂门廊下，亲眼看见卡纳莱斯将军和卡瓦哈尔硕士两人扑向一名军人，后来查明，此人就是松连特上校。证人们还一口咬定，行凶之后卡瓦哈尔硕士曾对卡纳莱斯将军说过如下的，或是类似的一段话："我们既已干掉了'小骡人'，各兵营的军官们都会放心地把武器交出来，推举您将军为军队的最高统帅。要赶紧把这件事告诉在我家聚会的人，好让他们马上行动，逮捕并处死共和国总统，立即组织新政府。"卡瓦哈尔读到这里不胜惊讶之极，起诉书的每一页都使他大吃一惊，不，应该说是使他感到荒诞可笑。但情况是如此严重，又怎么能笑得出来！"我要对判决提出上诉！"卡瓦哈尔用嘶哑的声音喊道。"别做梦了!"军法官没好气地说。"这里没有什么上诉下诉的,定了罪就立即执行!"

罗达斯在兵士的押解下来找军法官,称他同谋杀无关,要求撤诉。军法官灵机一动,说:"你在这个上面签个字。明天我就下令释放你。"罗达斯非常高兴地签了字。但更高兴的还是军法官,因为那张纸上写的是"兹因妓院老板娘'大金牙'蒙蔽当局,哄骗我妻费迪娜·德·罗达斯女士,借口雇她为仆,擅自诱良为娼,特付我一万比索以赔偿我精神和物质方面的部分损失。该款业已收讫,恐后无凭,立此存照。赫纳罗·罗达斯"。这样军法官与此事就无任何关系了。

这天,安赫尔突然接到通知,命他火速前往总统府。一进门便见军官和士兵们全都以临战的姿态严守岗位,好像有什么大事要发生。总统下令各报刊刊登安赫尔与卡拉米结婚的消息,并为他们主婚。安赫尔听后高兴地乘马车离开了总统府。然而他万万没有想到,他已落入总统的监视网中。

卡拉米在许多天后才得知父亲去世的消息。有一个陌生人打来电话说她父亲是在报上读了总统先生当她主婚人的消息时突然死去的。

安赫尔掩饰不住内心的不安。因为接近总统先生的一位美国佬告诉他,有人向总统告密,说他反对总统先生再度当选,站在已故的卡纳莱斯一边,拥护革命。安赫尔碰见正要去见总统先生的国防部长,便一起去总统官邸。总统在办公室里,迈着细碎的步子,来回走着,他对安赫尔说:"在国内我固然需要你的帮助,但我更需要你到国外去协助我。我的政敌们正在国外施展阴谋诡计,进行恶意的诽谤宣传,这可能会破坏我的连任选举……"安赫尔意识到,这是一条活命的出路。但他哪里知道一只为他走向坟墓计算时间的无形钟,开始嘀嗒嘀嗒地走动起来。

在头等车厢里,安赫尔庆幸远远离开那家伙,仰头眺望窗外的景色。火车到站时,他看见法尔范少校老远就向他敬了个礼。列车一停下,少校就走上车来,恭恭敬敬地同他握手问候。其余的旅客都匆匆地走下车去……"我奉总统先生之命,"法尔范手执左轮枪对他说道,"宣布你被捕了!"。他成了17号单身牢房的囚犯,他的形容面貌全变了,与入狱前判若两人,简直像是一具死尸……缺乏空气,不见阳光,不能活动。他染上了痢疾、风湿症、慢性神经痛,双目几乎失明,最后唯一鼓舞着他活下去的,是重见爱妻的希望。不久,总统先生接到禀报:17号因传染性痢疾致死。

1968年
诺贝尔文学奖得主

"以敏锐的感受，高超的叙事技巧，表现了日本人的精神实质。"

——获奖评语

川端康成
〔日本〕

川端康成1899年6月11日出生于日本大阪。他父母只有他和一个女儿。川端康成两岁时失去了父亲，一年后又失去了母亲，又过了一年，他的姐姐也死去了。此后他便跟外祖父母一起生活。1906年外祖母去世，十年后，他又参加了外祖父的葬礼。这样，刚刚16岁的川端康成便成了一个地地道道的孤儿。

在大阪上小学时，川端康成立志要当一名画家，但这个念头被他后来对文学的兴趣所取代。20世纪20年代初，当川端康成还是东京帝国大学的学生时，他的作品就受到了著名戏剧家兼小说家菊池宽的注意和赏识，并开始为菊池宽的刊物《文艺春秋》撰稿。1924年川端康成大学毕业后不久，就与横光利一及其他热爱文学的朋友创办了《文艺时代》杂志。

1926年《伊豆的舞女》问世，它标志着川端康成已形成了自己的艺术个性，从而进一步奠定了他在文坛的地位。1933年他同丰岛与志雄等创办了同人杂志《文学界》，并发表了《禽兽》《花的圆舞曲》等小说。《雪国》是他最著名的代表作，也是其创作成熟的标志和艺术高峰。20世纪30年代后期，他着手写传奇中的围棋大师特齐的故事。此后几年，日本越来越深地陷入战争冒险之中，忧郁的川端康成放下手中的笔，出国旅行。回国后，他便沉溺于对佛教古典作品的研究。

战后，他在文坛的威望日益提高，社会活动也随之繁忙。曾担任过日本笔会会长、国际笔会副会长，被选为日本艺术院会员。这一时期，他在创作上进入了炉火纯青的"老熟期"。著名作品有《舞姬》《千鹤》《古都》《睡美人》等。

1968年，他以《雪国》《千鹤》《古都》三部代表作荣获诺贝尔文学奖，获奖以后，一向不计名利的川端康成，仍然尽职尽责地做着自己该做的事情。据说，1970年三岛由纪夫的剖腹自杀，给了作为三岛由纪夫保护人的他很大的打击。1972年4月，川端康成出人意料地在自己的工作室中用煤气自杀，没有遗言，也没有任何解释，身后留下了妻子和一个女儿。

雪　　国

穿过县境上长长的隧道，便是雪国。夜空下，大地一片银白。

岛村无聊地摆弄着左手的食指，动过后又凝眸注视，终于奇妙地感觉到：从这只手指，竟能活灵活现地感知即将前去相会的那个女人。他越是想回忆得清楚些，便越是无从捉摸，反而更觉得模糊不清了。在依稀的记忆中，只有这个指头还残留一丝湿润的感觉，把自己的思绪引向那个遥远的女人身边，他觉得有点不可思议，把手指凑近鼻子闻了闻。无意之中，这个指头在玻璃窗上画了一条线，上面分明照见女人的一只眼睛，他惊讶得差点失声叫出来，因为他魂牵梦萦正想着远方。等他定神一看，不是别的。原来是对面座位上的那位姑娘映在玻璃上的影子。窗外，天色垂暮；车厢里，灯光明亮，窗上玻璃便成了一面镜子。

姑娘与一男子坐在岛村的斜对面，岛村本可以直接看见她的，但刚上车时，姑娘那种冷艳的美，使他暗自吃了一惊，不由得低头垂目；蓦地瞥见那男人一只蜡黄的手紧紧攥着姑娘的手，岛村便觉得不好意思再去多看。

姑娘上身微微前倾，聚精会神地守视着躺在面前的男人。她那肩膀使劲的样子，带点严肃、眨也不眨的目光，都显出她的真情实意来。

镜子的衬底，是流动着的黄昏景色，人物是透明的幻影，背景则是朦胧逝去的日暮野景，两者融合在一起，构成一幅不似人间的象征世界。尤其是姑娘的脸庞上，叠现出寒山灯火的一刹那间，真是美得无可形容，岛村的心灵都为之震颤。

车厢里灯光昏暗，因为没有反射的缘故，窗玻璃照出来的东西自然不及镜子清晰。所以，岛村看着看着，便渐渐忘却玻璃之存在，竟以为姑娘是浮现在流动的暮景之中。

这时，在她脸盘的位置上亮起一盏灯火。镜里的映像亮得不足以盖过窗外这星灯火；窗外的灯火也暗得抹煞不了镜中的映像。灯火在她脸上闪烁，却没能将她的面孔照亮。那是远远的一点寒光，在她眸子周围若明若暗的闪亮。当姑娘的双眸同灯火重合叠成印的一刹那，她的眼珠儿便像美丽撩人的萤火虫，飞舞在夜晚的波涛之间。

岛村暗中盯着她看了好一会儿，忘了自己的失礼，想必是镜中的暮景有股超乎现实的力量，把他给吸引住了。

事隔半小时之后，出乎意料的是，这个叫叶子的姑娘与那男子竟和岛村在同一个站下了车，他觉得好像要发生什么跟自己有点关系的事似的，回过头去看了一眼。但是，一接触到月台上凛冽的寒气，对刚才火车上自己的失礼行为，他顿时感到羞愧起来，便头也不回地绕过火车头径自走了。

滑雪季节之前，温泉旅馆里客人最少，岛村从室内温泉上来时，整个旅馆已睡得静悄悄的。在走廊那头账房的拐角处，一个女人长身玉立，和服的下摆拖在冰冷黑亮的地板上。

一见那衣服下摆，岛村不由得一怔，心想，她到底还是当了艺妓了。他忙走上前去，两人无言地走进房间。

上一次——雪崩的危险期已过，到处一片嫩绿，正是登山季节。终日无所事事的岛村，不知不觉对自己也变得玩世不恭起来。那天晚上，他下山来到这个温泉村，便要人替他叫个艺妓来。因为艺妓忙不过来，女佣便带来一个姑娘，岛村不禁一愣，姑娘给人的印象是出奇的洁净。使人觉得恐怕连脚丫缝儿都那么干净。打扮虽然有点艺妓的风致，但和服下摆毕竟没有拖在地上，柔和的单衣穿得齐齐整整。只要有腰带不大相称，好像挺贵重似的。

她说她今年19岁，可看起来倒像二十一二岁的样子。两人聊着聊着，岛村这才觉得不那么拘束了。也许她一直渴望有这样一个人可以谈谈，所以，说得起劲的时候，便露出风尘女子那种坦率的天性。

第二天下午，姑娘到他房里来玩。岛村冷不防提出要她帮着找个艺妓。她太洁净了，乍一见她，岛村就把那种事同她分开了。

可是，姑娘不愿意，说："你真是！我可做梦也没想到，你会求我这种事。"

后来，岛村让女佣去找。来了一个十七八岁的艺妓，一见之后，岛村刚下山时那种对异性的渴念，顿时化为乌有。后来发现，在山上待了七天，养精蓄锐，之所以想把过剩的精力一下子消耗掉，实在是因为他先就遇见了这个洁净的姑娘。

那天晚上，姑娘喝醉了，她大声喊着岛村的名字，咕呼一声闯进他房里。她摇头晃脑，语无伦次地乱说一气后走了。大约又过了一个钟头，长长的走廊上响起零乱的脚步声，似乎一路跌跌撞撞地走了过来。

"岛村先生！岛村先生！"她尖着嗓子在喊，这是女人一颗赤诚的心在呼唤心上人。岛村感到很意外，她缠着岛村坐下，紧靠着他。稍一松手，她便瘫倒下来，一下子扑倒在岛村怀里。

岛村的手伸进了她的前胸，对他的要求，她没有搭理，只是抱住胳膊，像门闩似地挡在上面。

她不时打起精神，连声嚷着"回去，回去"的，可醉得不行。不知不觉竟过了凌晨两点。

她像失了神似的，安静了片刻。忽然又像想起了什么，尖刻地说岛村在笑她，说着便伏下身子啜泣起来。但立刻又停住不哭了。她像要把自己整个儿都交给他似的，温柔得如同小鸟依人一般，款款地谈起自己的身世来。

直到旅馆里的人快起来之前，她才赶紧拢好头发，一个人匆匆忙忙逃也似地溜了出去。岛村当天便回东京去了。

早晨，岛村刚从女侍那里打听到，姑娘的艺名叫驹子。昨晚驹子在旅馆陪伴岛村，因怕人瞧见，天不亮就急着走了。谈说间，纵然她没有流露出寂寞的神情，但在岛村眼里，却发现有种异常的哀愁，倘若是岛村沉溺于这种思绪里，恐怕会陷入淡淡的感伤中去，竟至于连自己的生存也要看成是徒劳的了。

岛村进村碰到驹子，驹子请他顺便到屋里坐坐。片刻之后，刚要跨出门口，一件东西掠入眼眸，回头一看，是三弦琴的桐盒。这时，有人拉开熏黑的了拉门。

"驹姐，从这上面跨过去行吗？"

声音清澈悠扬，美得不胜悲凉。岛村记得这声音，那是火车上坐在他对面的女子在夜车上探身窗外，向雪地里招呼站长的声音。

"不碍事的。"驹子刚说完，这个叫叶子的女子穿着雪裤，轻盈地迈过放在地上的三弦琴。手上提着一只玻璃夜壶。

岛村出了大门，仍觉得叶子的目光在他眼前灼烁。那眼神冷冰冰的，如同远处的灯火。岛村想起了昨夜的印象，昨晚他望着叶子映在车窗上的面庞，山野的灯火正从她面庞上闪过，灯火和她的眸子重叠，朦胧闪烁，岛村觉得真是美不可言，心灵为之震颤不已。想着这些，又想起驹子浮现在雪镜中那赤红的面颊。

到了旅馆，岛村请了个按摩盲女给他按摩，他从盲女处得知，师傅的少爷行男，即岛村同一趟车上叶子照顾的那个病人是驹子的未婚夫，驹子为了寄钱给他治病而当了艺妓，对此，岛村实在难以理解。后来问起驹子，驹子说全是无稽之谈。尽管师傅有这个心思，但他俩本来并不怎么样。

驹子在岛村的房间里练琴，弹了一出《化缘簿》。蓦地，岛村感到一股凉意，从脸上一直凉到丹田。他不是给慑服了，而是整个儿给击垮了。他为一种虔诚的感情所打动，为一颗悔恨之心所涤荡。

直到《化缘簿》一曲终了，岛村才松了口气。心想，唉，这个女人竟迷恋上我了，也真是可怜。从那以后，驹子留下来过夜，不再赶着天亮前回去了。

岛村要回东京了，驹子一直送到车站。这时叶子慌慌张张跑来说："啊，驹姐！行男他……，快回去，他样子不大对，赶快！"

驹子闭起眼睛，仿佛是在忍着肩膀上的疼痛，脸色刷白。想不到，她竟然断然地摇了摇头说："我在送客，不能回去。"

任凭他们怎样劝告，可是驹子怎么也不愿回去。陡然间，岛村从心理上对驹子感到厌恶。对此岛村简直迷惑不解了。

火车开动了，玻璃窗上又隐现出驹子的脸，那是雪天映在镜子中的脸，介于梦幻同现实之间的另一种颜色。

岛村第三次来到温泉村，正是飞蛾产卵的季节。

驹子站在走廊上，面对面地凝目望着岛村。

"你来做什么？到这种地方来做什么？"

"来看看你。"

"不是真心话吧。东京人最爱撒谎，讨厌。"

原来岛村曾同驹子相约，在2月24日那天前来过驱鸟节。但他失约了。

岛村心想：在不到三年的时间里，我来了三次，每次驹子的境况都有变化。从旅馆的浴池上来后，驹子用平静的语调又坦然说起自己的身世来。

驹子告诉岛村，从17岁那年起，她就跟一个男人持续相处了五年。不过因为年龄相差太大，感情上始终不能融洽。驹子还告诉岛村，叶子天天都要去给行男上坟。

第二天清晨，驹子依旧起得很早。她回去之后，岛村也到村里散步去了。离别之后，会时时思念驹子，可是一旦到了她身旁，也不知是因为心里泰然呢，还是对她的肉体过于亲近的缘故，觉得对人的肌肤的渴念和对山的向往，恍如化入同一梦境之中。

旅馆的大门拿红叶装饰起来，以示欢迎前来赏枫的客人。叶子在厨房里帮忙，看到叶子也在这里，岛村觉得再叫驹子，就不免有所顾忌。驹子虽然对他表示爱恋，但岛村自己却感到空虚，认为那只不过是一场美丽的春梦而已。也正因为如此，他好像摸到光滑的肌肤一般，反而感受到驹子身上那股求生的活力。他既哀怜驹子，也哀怜自己。他觉得叶子仿佛有一双慧眼，无意之间能洞察这一切似的。岛村同时又为她所吸引。

他这次逗留了很久，好像把妻儿家小都给忘记了。驹子越是苦苦追求，岛村越是责备自己，难道自己已经心如死灰了吗？驹子闯入自己的心灵，岛村觉得很不可思议。她的一切，岛村都能理解，而岛村的一切，驹子似乎毫无所知。岛村听着驹子碰壁后所发出空虚的回声，如同雪花纷纷落在自己的心坎上。他忽然看见驹子的一双小脚，迈着如铃声一般细碎的步子，从那铃声悠扬的远方走来。岛村一惊之下，决意非尽快离开这里不可了。

突然响起了警钟。

岛村和驹子回头一看，喊道："失火了，失火了！"

火焰从下面的村中升起。黑烟滚滚，火舌时隐时现。那是茧房，今晚正在放电影，里面挤满了人。

驹子哭了。脸庞在岛村手里显得比平时还小。绷紧的太阳穴颤个不停。

两人朝村里跑去。银河的光从他们跑来的身后,流泻到他们前面,驹子的面庞好似映在银河里。可是,纤细而笔挺的鼻子轮廓有些模糊;小巧的双唇也失去了色泽。

茧房的半边屋顶和墙壁已经烧掉,柱子和房梁还竖在那里冒烟。

突然,围着的人群"哎呀"一声,只见一个女人从二楼掉落了下来。那奇怪的样子像个玩偶,一看就知道她已不省人事了。

"啊——!"驹子骤然尖叫一声,捂上眼睛。

掉下来的是叶子。驹子的尖叫直刺岛村的心。看着叶子的腿在地上痉挛,岛村的脚尖也都跟着发凉,抽搐起来。

叶子的抽搐很快就停止了。叶子闭上了那双美丽迷人的眼睛,翘着下巴,仰着脖子。火光在她苍白的脸上闪过。不知为什么,岛村压根没想到死上去,只感到叶子的内在生命在变形,变成另一种东西。岛村蓦地想起几年前,到这个温泉村与驹子来相会的途中,在火车上看到叶子的脸在窗上映着寒山的灯火的情景,心头不禁为之震颤起来。一刹那间,仿佛照彻了他与驹子共同度过的岁月。那令人难耐的惨痛和悲哀,也正存乎其间。

驹子拖着艺妓的长下摆,磕磕绊绊地跑了过去。把叶子抱在胸前,想往回走。

"让开!请让开!"

驹子发狂似地叫着。岛村想走近她,但被那些要从驹子手中接过叶子的男人挤得东倒西歪的。当他挺身站住脚跟时,抬眼一望,银河仿佛哗地一声,向岛村的心头倾泻下来。

古　都

千重子发现枫树的老干上紫花地丁含苞吐蕊了。上面一株,下面一株,相距一尺来远。

正当妙龄的千重子常常想:"上面的紫花地丁同下面的紫花地丁会相逢

吗？这两株花彼此认识吗？"

千重子应水木真一之邀，去平安神宫赏樱花。其间，她告诉真一自己是个弃儿。她说："记得上中学时，母亲把我叫去，告诉我：'千重子，你不是我亲生的。当时我看到一个可爱的婴儿，就抱了乘上车，一溜烟跑回了家。'不过，在什么地方偷抱的，父亲和母亲有时不留神，说法上会有出入。一个说在癨园的夜樱下，一个说在鸭川边上……我想我是给扔在店门前的弃儿，他们准是觉得我太可怜，才这么说……"

"哦，那你不知道生身父母是谁么？"

"现在的父母很疼我，我也就无意再去打听生身父母了。也许他们早已成为仇野墓场里的孤魂野鬼了。石冢已经陈旧不堪……"

捡来的孩子也罢，偷来的孩子也罢，在户籍上千重子的的确确是佐田家的嫡亲女儿。

千重子的父亲佐田太吉郎开了一爿绸缎批发店，形式上是股份公司，坐落在京都的市中心。这三四天来，他为了获得设计方面的灵感等，独自躲进了在尼姑庵租的房子里。

这天，佐田突然打电话给妻子繁子，要她带着女儿一同去御室赏花。城里的樱花，数御室的有明樱和八重樱开得迟。他们这时去也算是同京都的樱花最后惜别吧。

由于樱花林中太吵闹，他们转而去植物园。正在花圃间徜徉，只听有人喊："佐田先生"！

原来是织锦匠大友宗助和他的长子秀男。佐田同大友除了生意上的交往外，彼此性情颇相投合，从年轻时就是"老交情"了。秀男继承父业，手艺高于父亲，在同行和批发商中间小有名气。前些天，佐田将躲在嵯峨的尼庵里给女儿画的一幅腰带的花样交给大友，请他帮忙织，大友让秀男来织。可是秀男觉得图样还"缺少内在的和谐，不够柔和，略嫌火暴，带点病态……"等等，这使佐田感到难堪，但事后他还是承认"手艺比他老子好，眼光很尖，一直能看到心里"。

他们一行五人，从低洼的郁金香花圃走上石梯。秀男方才说他们的女儿千重子比奈良和京都最美的佛像还要漂亮的话一直萦绕在佐田脑际。秀男对千重子竟会如此钟情吗？

两家人分手后，太吉郎问妻子："繁子，你看如果秀男做咱们的女婿怎么样?"

"什么?怎么忽然提起这事来?"

"他人很靠得住。"

繁子说,这事先得问问千重子,决不可勉强。千重子低着头。眼前浮现出水木真一扮成童子的面影。

朋友真砂子打来电话约千重子去高雄看嫩枫叶。千重子觉得又直又美的北山杉看着心里格外痛快,便建议从高雄顺道去看看。

在清泷川边,山势陡峭逼人。不一会儿,就望得见美丽的杉树林了。一群女人从杉山上走下来。

真砂子呆呆地站着,一动不动,盯住其中一个姑娘。

"千重子,那个人真像你。简真跟你一模一样。"

那姑娘穿了件藏青色碎白花的窄袖上衣,系着吊袖带子,下面是扎脚裤,围着围裙,手上戴着手套,头上包着手巾。装束与别的姑娘一样。

"真像。你不觉得奇怪么?千重子,你仔细瞧瞧。"真砂子唠唠叨叨的,"就像是你的异母姐妹一样。"

"你瞧,你多冒失呀!"

真砂子自觉失言,这样的说话确实太离谱了,忙掩住笑声说:"虽然人和人有长得很像的,可你们俩简直像的吓人。"

回家吃晚饭时,千重子低着头,目光停在枫树旁那个基督像石灯上。她问道:"妈,我到底是在哪儿出生的?"

母亲跟父亲面面相觑,不知千重子为什么会突然问起这个问题。

"在祇园的樱花树下。"太吉郎十分肯定地说。

千重子有些后悔起来。为什么会出其不意地发问呢?她自己也不明白。难道是模模糊糊想起真砂子说的,北山杉村里那个姑娘跟她长得一模一样的缘故?

母亲繁子抬头望着天空说:"哎,千重子,你就是生在这个家里的。尽管不是我生的,但确实是生在这个家里的。"

祇园会的法事,实际上7月里要做一个月。这天晚上,千重子一个人去逛前夜祭。千重子走到神舆前面买了一支蜡烛,点了供在神前。庙会期间,八坂神社的神道都迎到神舆那里,出了新京级,过四马路,往南便是神舆。

在神舆前面,千重子发现有个姑娘在行七跪礼。虽然只是背影,但一看就知道是北山那个姑娘。千重子好像受到了感染，也行起七跪礼来。拜完后，姑娘目不转睛地望着千重子。

"你祈祷什么呢?"千重子开口问道。

"你看见了?"姑娘的声音颤抖了，"我想知道我姐姐的下落……你就是我的姐姐。神佛保佑，让我们相逢。"姑娘眼中充满了泪水。她，正是北山杉村里的那个姑娘。

千重子强忍住泪水。"我是独生女儿，没有姐妹。"说完脸色苍白。

北山杉姑娘哽咽着说:"我知道，小姐，请原谅。原谅我吧。"她反复说道。"因为我从小一直思念着姐姐，所以认错了人……"

"……"

"是双胞胎，也不知究竟是姐姐还是妹妹……"

"陌生人也有长得很像的。"

姑娘点点头，泪水顺着脸颊往下淌。

"你父亲呢?"千重子问了一句。

"早就不在了……一次给北山杉剪枝，从这棵树跳到另一棵树上，一失足，掉下来摔坏了……这是村里人告诉我的。那时，我刚出生，什么也不知道……"

千重子的内心仿佛被戳了一刀。——我时常想去那村子，想着挺秀的北山杉，不知是不是父亲的阴魂在召唤我?

千重子的额角沁出了冷汗，眼前一片昏黑。

那山村姑娘扶住千重子的肩头，用手帕替她擦额角。

"谢谢你。"千重子接过手帕，擦了擦脸，不知不觉中随手掖进自己衣袋里。

"你母亲呢?"千重子小声问。

"母亲也……不在了。"

千重子正在犹豫下一步不知该怎么办时，那姑娘用一只皮肤粗糙的手握着千重子柔软的手，说:"小姐，再见。"

"你叫什么名字?"

"苗子。"

苗子发誓今晚她们见面的事，谁也不告诉。只有这瘟园的神知道。虽说是孪生姐妹，但身份悬殊太大，苗子大概意识到了这一点。千重子思念及此，便什么话也说不出来了。但是，被抛弃的难道不正是自己么？

"再见，小姐。"苗子又说了一句。"趁别人还没看见……"

千重子一阵心酸。她不知就这样分手好，还是走过太吉郎老店，甚至走到店门附近，让苗子知道店在什么地方好？对苗子，油然而生一缕亲切之情。

在四马路大桥上，秀男错把苗子认作千重子，跟她打招呼。落后几步的千重子倏地躲入人群。

千重子回到家，父亲正在后房同一位客人喝过节酒。今晚，天井里那盏基督雕像灯也点亮了。大枫树凹处的两株紫花地丁隐约可见。花已经凋落了。上下两株细小的紫花地丁，不就是千重子和苗子么？两株花似乎各据一方，可是今晚不就相逢了么？千重子望着薄明微暗中的两株紫花地丁，不禁又流下了泪水。

秀男将设计好的腰带图案——一幅菊花配绿叶，一幅是江中叶，拿来给千重子过目。千重子告诉他：前夜祭那晚，在四马大桥上，你说要给我织腰带，其实那人不是我，而是我妹妹，她在北山杉村做工。秀男大吃一惊。千重子要秀男给苗子织一条江松青杉图案的腰带，并请他直接送去。千重子的嘱托里，似乎另有深意。

大字篝火后的一天，千重子换上一身素净衣服去看苗子，还要同她讲秀男织腰带送给他一事。

千重子走在北山街上，只见苗子一阵风似地跑了过来。"小姐，你来得可太好了。真的真的，来得太好了……"她拉着千重子的袖子到山上杉林里去说话。

说着说着，下起了阵雨，并响起一阵轰隆隆的雷鸣。

"好怕人！"千重子脸色发青，抓住苗子的手说。

苗子叫她把腿蜷起来，缩得小一点，然后将身子伏在千重子身上，几乎把她整个儿给遮住了。苗子把体温也传给了千重子，一直暖到她心上。

"苗子，太谢谢你了，在娘胎里，大概你也是这么护着我的。"

"我想准是你推我，我踢你的。"

"可不是。"千重子亲热地笑了。

千重子回去时，苗子没有送至车站。不是因为衣服湿，大概是怕引起别人注意。到家后,千重子把苗子的事告诉了妈妈。

繁子沉吟了一下,"知道了这事也好。那么千重子你……"

"妈,千重子是妈的孩子,还像过去一样,让我做你们的孩子吧。"

"这还用说。千重子就是我的孩子,都已经20年了。"

"妈……"千重子把脸伏在繁子的腿上。

繁子要千重子把苗子领到家里来一次。

一天,早饭吃完刚收拾好,真一打来电话说:"千重子,时代祭那天,你俩个好快活呀!"看来真一也认错人了,把苗子当成了千重子。原来秀男给苗子送去织好的腰带时邀请她一起看时代祭。千重子不知是否要告诉他认错了人。从真一的电话来看,苗子大概穿着千重子送的和服,系着秀男织的腰带,去看时代祭了。苗子的伴,准是秀男。陡然之间,千重子颇感出乎意料,一转念,心里感到一丝温暖,脸上不禁浮出笑容。

真一的哥哥龙助请千重子吃元鱼,真一也去。席上,千重子似乎有些醉意了。她对真一说那天时代祭,你看到的不是我,而是我妹妹。

"我是给抛弃的……"

"……"

"要真是那样,当初扔在我家店门口前该多好……真的,扔在我们家门前该多好。"龙助一往情深地说了两遍。

龙助的弟弟真一,和千重子是从小就认识的,一直同学到高中,性情温和恭良。千重子知道真一很爱她,可他从来没像龙助那样说过使她动心的话。千重子可以不拘形迹地同他在一起玩。

这天快吃完早饭时,北山杉村的苗子给千重子打来了电话。说想见见她,有件事要跟她商量一下。因苗子不愿到千重子家店里来,于是千重子决定到村里去见她。

苗子告诉千重子,秀男向她求婚,说:"他以前把我当成你,虽然现在弄清楚了,但我想他内心深处一直只有你"。她还担心秀男家是织锦带的,跟千重子家的店发生什么瓜葛,而给千重子添麻烦。

"没有的事。"千重子说,"秀男自己画的带子,花样又好,织得也密,人是非常认真的。"还告诉苗子今天到这儿来,父母都知道。父亲说:"要是苗子那姑娘有什么困苦为难的事,就把她领回家来吧……对那孩子要尽量不分厚薄。"

临走时,千重子要苗子到家里来一次,俩人哪怕一起过一晚也好。

回到室町店里,父亲在里屋正等着千重子。千重子把秀男向苗子求婚的事告诉了他。并要父亲同意让苗子来住一晚,父亲说:"当然可以。这有什么……我不是说过吗?收养她都行。"

这天,龙助和真一的父亲水木邀请太吉郎到圆山公园的左阿弥吃晚饭。席间,吞吞吐吐地说龙助想到他们店里帮帮忙,其实也为的是想在千重子小姐身旁,多待上半个小时或一小时的。万一有朝一日,千重子对龙助还觉得中意,佐田先生能否招门纳婿?太吉郎回答说这全看两个人将来是否情投意合,并告诉他千重子是捡来的。水木表示,"捡来的孩子又怎么样"。

第二天清晨,龙助早早来到太吉郎的店里,立即把掌柜和伙计招集拢来,开始盘货。

当晚,苗子来了。太吉郎和繁子看到与千重子这么相像的姑娘,简直瞠目结舌,几乎说不出话来。

上楼后,千重子用力摇着苗子的肩膀说:"你就住下来不好么?爸爸妈妈都这么说……我一个人又很孤单……"

苗子仿佛站不住似的,一歪身跪了下来,眼泪滴在膝盖上。"小姐,直到现在,咱们的生活境遇都不一样,教养也不同。室町这儿的生活,我未必过得惯。就让我到府上来这么一次,……"

千重子刚要铺被褥,苗子忙说:"千重子,就让我给你铺一次床吧。"并替千重子暖了被窝。

翌日清晨,苗子很早就起床了,她叫醒千重子说:"小姐,这大概是我一生中最幸福的一晚了。趁着还没人看见,我回去了。"

门外细雪霏霏,寒气袭人。苗子没要千重子送的天鹅绒外套、折叠伞等东西,头也不回地走了。

《女士及众生相》
海因里希·伯尔

1972 年
诺贝尔文学奖得主

"表扬他的作品,这些作品兼具有对时代广阔的透视和塑造人物的细腻技巧,并有助于德国文学的振兴。"
——获奖评语

海因里希·伯尔
〔德国〕

  1917 年 12 月 21 日,海因里希·伯尔出生在德国科隆的一个大家庭中。当时正值兵荒马乱的第一次世界大战期间,童年的伯尔经历了战后的动荡岁月,他的家境因战乱与恶性通货膨胀而陷入贫困。他从小痛恨战争与军国主义。1937 年高中毕业后,开始学习德国文学。1939 年到 1945 年期间他在德军服役。第二次世界大战期间他曾四次负伤,最后被盟军俘虏。1942 年他与一位小学教师安妮玛丽·切赫结为伉俪,并生了三个孩子。安妮玛丽·切赫与丈夫密切合作,将大量的英美文学作品译成德语。

  战后,伯尔恢复了对文学的研究,并开始创作最早的一批小说,如《列车正点》《亚当,你在哪里》《浪游者,你若来斯巴……》。1949 年在他尚未成名时,就应邀参加了颇有声望的"四七社"年会。在历时几天的年会上,每位作者都要宣读自己的作品,然后接受来自社内的评论。伯尔落落大方的风度和表现出的出色的叙事能力赢得了同仁和新闻界的尊重。1951 年,他在社内宣读的讽刺小说《败家子》被评为最佳作品。从此,他的作品数量剧增,并频频获奖。

  20 世纪 60 年代,伯尔创作了长篇小说《小丑之见》,中篇小说《离队》与《一次出差的终结》。1971 年,长篇小说《女士及众生相》一问世,立即轰动了文坛,被誉为 1971 年"欧洲之书",作品问世的第二年,他荣获诺贝尔文学奖。获奖后，他继续创作了不少有影响的作品，如中篇小说《丧失了名誉的卡塔琳娜·勃鲁姆》，长篇小说《保护网下》《面对大河秀色的女士们》等。

由于他的自由倾向及其对教会和国家的尖刻批评，伯尔此后的文学创作时常引起争议。直到1985年7月16日去世，他对于政治和宗教界的排除异己倾向一直进行着不妥协的斗争。

女士及众生相

本书的女主角莱尼是一个48岁的德国人，身高1.71米，体重68.8公斤。她长着一双有时深蓝，有时乌黑的眼睛，一头浓密的金发。她有过历时32年被人们称为工作经历的奇特经历：先在她父亲的公司当过5年办事员，后来又当了27年的花圃工人，她所做的这些工作事先都未经过职业培训。由于她曾在1941年和德国国防军的一名职业军士阿洛伊斯结婚，共同生活过三天，所以如今她能够领到一份阵亡士兵家属抚恤金，但没能增领一份社会保险养老金。可以说，莱尼目前的境况——不仅在经济方面——相当糟糕，尤其是她的爱子莱夫为帮助她偿还债务，伪造汇票而身入囹圄之后，眼下莱尼没有男子能够经常给她以保护或参谋。这几个月，莱尼有过许多男客：有信贷机构派出人员、有法院执行员、有律师的信差、还有法院执行员派来取走抵押品的法警。此外，莱尼有三间带家具的房间出租，不时更换房客。在这些男客中间，有些人想占莱尼的便宜，但一无所获；大家都知道，正是那些调情不成功的男人才特别喜欢吹嘘自己对付女人的功夫，因此人人都能料到，莱尼的名声很快就被败坏了。

虽然我对莱尼的全部物质生活、精神生活和爱情生活并不曾亲眼目睹，但为了收集有关莱尼的情况，掌握人们所说的客观资料，我已竭尽全力了。这里的报道可以说是属实的。知情人提供的情况一清二楚地表明：莱尼无法理解这个世界了，她怀疑自己过去是否理解过这个世界；她不明白为什么周围的人如此敌视她，为什么人们对她如此憎恨，对她这么坏；她从来没有做过什么坏事，也不曾得罪过别人。近来，为购买生活必需品她不得不离家外出时，总会受到公开嘲笑，诸如"骚货！""破鞋！"之类的话还算是比较客气的，有人甚至搬出将近30年前的事情来骂她："共产党的婊子！""俄国人的姘头！"但莱尼并不理睬这些辱骂。

根据大量详尽的旁证材料，包括有关莱尼的最新和最最新的材料，可以断定，莱尼一生至今总共和男人同房大概20多次：两次是与后来娶她为妻的俄国人波利斯，其余的是和第二个男人。她第一次做出人们可以称之为失足的事情的经过是这样的：她答应一个跪在地上用她听不懂的语言向她求爱的土耳其人，她之所以答应他，只是因为她不忍心看到有人向她下跪。也许还要补充一点：莱尼是个孤儿，父母双亡，周围的人都非常希望莱尼能够尽快地消灭或滚蛋，甚至在她背后骂一声："去你妈的！"有据可查，有时还有人要求用毒气杀死她。

为了避免大家产生莱尼似乎很孤独的印象，就得一一列举她所有的朋友。她最好的朋友玛格蕾特和洛蒂，在她最困难的时刻站在她一边。目前玛格蕾特因性病很严重正住在医院的隔离病房里，可能已无法医治，她说自己"全坏了"。玛格蕾特的堕落，并不是因为她自己贪恋风情，而是因为别人非常渴望从她身上得到欢乐，而她又天生乐善好施，愿意满足别人的要求。洛蒂57岁，和莱尼一样也是阵亡军人遗孀，她是办公室职员。

莱尼的癖好不仅是每天抽八支烟、弹奏舒伯特的两支钢琴乐曲、观赏人体器官的挂图，也不仅是一往情深地思念她那目前身陷囹圄的儿子莱夫，她还喜欢跳舞，一直是个舞迷。但一个要被周围的人们用毒气置于死地的48岁的单身女人，又能到哪里去跳舞呢？她有自己的解决办法，她一个人跳，有时穿得很少，在卧室兼起居室里跳，有时甚至脱光衣服，在浴室里对着那面讨人喜欢的镜子跳。

当然莱尼并非总是48岁，有必要回首一下往事。她16岁时进入父亲格鲁伊滕的办事处。她的父亲大概注意到女儿正处于从俊俏到美丽的飞跃中，尤其是鉴于她对男人们的作用，便带她参加重要的业务会谈。她上学也是活受罪，经过两次并非留级的"自愿重读"，她念完了小学四年级，据这所小学的教师中今天仍在世的见证人之一、已退休的65岁校长施洛克斯透露，学校本来有一段时间想让莱尼转到辅助小学去，但有两个因素使她没有被转走：一是她父亲有钱，二是莱尼11岁和12岁时连续两年获得"全校最标准的德意志少女"的称号,甚至一度被提名为"全市最标准的德意志少女"候选人。为了避免产生误会,这里得介绍一些具体的情况来说明莱尼所遇到的或被迫接受的糟糕的学习环境。本来莱尼是完全可以造就的,她甚至如饥似渴地求知,只不过人们向她提供的东西都不适合她的智力,不适合她的天赋,不适合她的理解力。迄今只有和莱尼同过房的两个男人中的后一个才发现莱尼是才智过人、异常敏感的人。而此人偏偏是个外国人,而且还是个俄国人。她16岁那年,刚从寄宿学校退学不久的六月的一天黄昏,她骑自行车外出,仰卧在一片石楠丛中,伸开四肢,情不自禁,两眼注视着仍然掩映着夕阳余晖的刚刚开始闪烁的星空,完全沉醉在"受"与"施"的感觉之中。后来她这样对玛格蕾特讲:如果她怀上孕的话,她是丝毫也不会感到吃惊的。因此,对莱尼来说,童贞女怀胎生子也决非是不可思议的事。

莱尼在上女子中学时被剥夺了参加初领圣餐仪式的权利,因为她在上准备课时多次迫不及待地、像小孩子一样火烧火燎地连声追问:"请——请把这块生命之饼给我!干吗要我等这么久呢?"宗教课教师觉得莱尼的自发的感性流露是"罪恶的"。对他来说,这种意志的表现属于"肉欲"之列,令他感到震惊。他当然断然地拒绝了莱尼的无理要求,以"表明不成熟和不能领悟圣餐"为由,将莱尼初领圣餐的时间推迟了两年。等到莱尼14岁半就读寄宿学校时,她的全部感觉器官已经准备好沉浸到狂喜之中,她曾对当时感到吃惊的多尔恩这样描述道:"而如今,放在我舌头上的竟是这个白不呲咧、软绵绵、干巴巴、不知什么滋味的玩意儿——我差点把它吐出来!"

本来在文章里应尽量避免涉及伤风败俗的事,但为了完整起见,不得不提到寄宿学校的性知识课。在莱尼毕业离校之前,由宗教课教师讲授性知识。这位教师名叫霍恩,是个禁欲主义者。在他嗲声嗲气地使用难以形容的纯属饮食方面的象征讲授有关接吻和性交的难以形容的细节时,莱尼有生以来第一次脸红了,必须补充一点:她并不是不知羞耻的人,因此必须把她第一次脸红当作引起轰动的事情记录在案。用不着在这里强调,莱尼内心潜藏着对情爱和性爱的美好憧憬,宗教课教师以这种方式向她讲解,加剧了她对自己迄今不曾有过的脸红的恼怒和惶惑。

在寄宿学校,莱尼结识了拉黑尔修女,她有一个外号叫肠卜僧。她在1936年被禁止授课,只干些被女孩子们称为"走廊修女"干的那种被看作非常下贱的活,社会地位大体上相当于一个普通的女清洁工。她的职责是按时叫醒女学生，督促她们进行晨洗，在她们发生女人所特有的那些事情时，向她们讲明是怎么一回事。这本来是教生物课的修女的事，但她坚决拒绝承担这一任务。此外拉黑尔还有一项任务就是检查年轻人的粪便。在大多数情况下，拉黑尔只要看一眼就能准确地说出有关学生的身体状况和精神状态，甚至能根据粪便预测学生的学习成绩，因此每次课堂测验之前她都要被学生们围住问个不停，而她的外号肠卜僧就这样一年一年地传了下来。拉黑尔修女共记录消化道排泄约28800次并附有简要分析，这是一部惊人的教材大纲，作为粪便学文献很可能是无价之宝，但估计它已被人们不屑一顾地销毁了！每天早晨，她以观察马桶的同样热情观察受她管的女孩们的眼睛，规定她们洗眼睛，为此专门准备了好几种洗眼杯和一罐矿泉水。她向女孩们讲解视网膜构造，并告诫女孩子们说，她们的眼睛是不可再得的宝贵财富。当她进而大讲绒毛、乳突、神经节和睫状肌时，人们于是还叫起她的另一个外号：绒毛修女或邋遢修女。

莱尼在寄宿学校的第一个月还结识了另一位成为她终生好友的玛格蕾特。玛格蕾特当时就已背上了"荡妇"的名声。拉黑尔依靠她那"十拿九稳的化学直觉"，根据玛格蕾特的皮肤"显示出被人疼爱和疼爱别人的迹象"发现了她的秘密，她不得不承认她在夜里用她不能透露的方式溜出修道院，与村里的男孩而不是与成年男子幽会。

莱尼对过去很少见到的哥哥海因里希开始有所了解。哥哥比她大两岁。8岁就上寄宿学校，在那里待了11年。父母亲想把他培养成"一个受真正良好教育的年轻人"，但他却进了该死的国防军。

1938年至1940年间，在她的父亲和归来的哥哥之间产生了紧张乃至怨恨的情绪。他拒绝了父亲公开向他提出的"后门关系"，因为他父亲"可以轻而易举地"把他"调到合适的环境中去"，或让他退役充当重要的军工生产人员。他却从口袋里掏出一本《军队服役教程，反坦克炮兵版》的书，并朗读了其中一篇将近五页长的论文《敬礼》。海因里希此刻已拥有政府为他提供的一架专机，非常忙碌。而忙于处理极端重要事务的父亲，有时不得不勉强抽出时间，取消重要约会，为的是不错过与心爱的儿子见面的机会，他是多么希望儿子能在罗马或佛罗伦萨的艺术史研究所当所长啊！

大约在1939年7月，莱尼接受了一个男人的爱，此人就是她的表兄艾哈德。高中毕业后，他出乎意料地被征召入伍，在那个冷酷无情的机构里与表弟海因里希相遇了。表弟庇护他，并在回家探亲期间相当明目张胆地帮他同妹妹牵线，正当莱尼编织爱情花环时候，传来了艾哈德与海因里希因犯有开小差和叛国罪以及"企图盗卖军用作战物资"罪被处决的噩耗。两个骑士表示愿意一起死，他们做到了这一点：他们都被枪毙了。海因里希在被枪决前喊了句"去他妈的德国！"文静腼腆的艾哈德在审讯中说："我们是为一项高尚的职业，为贩卖军火而死的。"

海因里希的死使他的父亲格鲁伊藤未老先衰，他试图"从宗教中寻求安慰"，把钱"大把大把地""成包地"送给别人。他"看上去像70岁了，而他的妻子刚刚39岁，看上去却像有60岁"。莱尼更加频繁地去找拉黑尔，"肠卜僧"现在已不再担任任何职务了，连"厕所管理员"也不当了，她搬到过去堆放扫帚、地板刷、清洁剂和抹布的一个小阁楼里去住。莱尼后来才知道，她是犹太人，修道院会把她藏起来，却又不让她吃饱。他们说，因为她没有食品配给证。

1941年6月中旬举行公司庆祝会，格鲁伊藤也邀请了"所有正在国内休假的职工"参加。本来莱尼对跳舞不感兴趣，只是由于父母的请求，为尽义务而参加了这次庆祝活动。"美男子"阿洛伊斯在舞会上出现了，他的出现引起了莱尼的注意。关于莱尼在这个晚会上重又舞兴大发一事，没有什么可靠的材料，只有一些传闻和耳语。莱尼和阿洛伊斯在午夜过后离开舞厅。到了夜里一点钟左右，她在他的诱惑下跟他钻进了附近一条已改为公园的要塞壕沟。可以认为，他迷上了艳丽夺目、重又活泼起来的莱尼；他对法国妓院里那乏人的、并不令人快活的寻花问柳感到厌倦；莱尼的"鲜艳"使他简直心醉神迷。那条要塞壕沟至今犹在，仍然是个公园，到现场去看看并不太费事，因此我曾前去看了看：那里已经被过改造过了，像是植物园，有一块50平方米左右的地方种上了（大西洋）石楠。不过，公园管理处"找不到1941年的花草树木平面图"。他们在户籍登记处办理结婚手续，在教堂举行婚礼的这些过程还需要描述吗？也许值得一提，在婚礼上莱尼拒绝穿白色礼服，阿洛伊斯因为要返回军队，极其紧张不安地吃完喜酒，莱尼并没有因为取消正式的洞房花烛夜而感到悲伤，至少还送他上了火车，在月台上让他亲吻。正如莱尼在1944年一次特别严重的空袭中，在玛格蕾特的地下防空室向她透露的，阿洛伊斯在动身前一个小时向莱尼明确指出她应尽的妇道，强迫她"光明正大、名正言顺"同他睡了一觉，从此以后，阿洛伊斯"在未死之前就已经在我心目中死掉了"。1941年6月24日傍晚,莱尼就收到了阿洛伊斯在攻打格罗德诺时"光荣牺牲"的消息。关于这件事,只有一点值得一提:莱尼不肯为阿洛伊斯戴孝表示哀悼;她尽义务地把阿洛伊斯的一张照片挂在艾哈德和海因里希两人的照片旁边。不过,到了1942年底,她就把阿洛伊斯的照片又从墙上取了下来。

"那件事"纯粹是由于一桩荒唐的纯文学偶然事件而被揭露的。格鲁伊藤因为失子之痛,发誓要报仇,他在大约60公里外的一个小城市里专门成立了一家公司,命名为"施莱姆父子公司"。他弄来了假证件,带有伪造签字的伪造订货单,用替纳粹修筑工事的水泥、钢材等军用物资做黑市买卖,并把《死魂灵》中的乞乞科夫、索巴维奇等人物都列入工资单,连普希金、果戈理也成了工资低廉的战争奴隶,在他的工资单上甚至连托尔斯泰的名字也未能幸免。案发后格鲁伊藤被判处无期徒刑,全部财产予以没收。莱尼曾两次出庭,但被证明无罪;她出生的那幢公寓房子没有充公,成为留给她的唯一财产。格鲁伊藤太太没有能经受住这场丑闻,不久就病死了。

莱尼由于一位"有一些门路",不愿披露姓名但我知道的恩人在幕后活动的结果是她到一家花圈场去工作。后代人或许会问:1942年至1943年花圈怎么会成为重要的军事物资?答案是:为了使葬礼也像从前那样办得尽量体面一些。这个时期花圈是紧俏货,光是官方对花圈的需求量就非常大:献给被炸死的人、死在军医院里的军人,此外由于"常有个人的自然死亡"以及"经常有党、经济界和国防军的要人获得不同等级的国葬"。因此各种花圈,从最简单的普通品种到用玫瑰花扎成的特大花圈,都属于重要的军用物资。莱尼是个修饰天才,插花能手,如果评奖的话,所有的奖都会被她夺得。此外,她还很会精打细算。也许由于她暗自思念已去世的阿洛伊斯,所以人们说她这一年"和蔼可亲、非常安静"。

现在必须在这里介绍一个名叫波利斯的俄国人,他竟凭借得天独厚的优势,在1943年能到一家德国花圈场干活。由于我口头上答应过莱尼要保守秘密,才得知波利斯是一个双重的幸运儿:他不仅被许可到佩尔策的花圈场去工作,而且还成了莱尼所期待的意中人。他大概身高1.76米,身材瘦削,金发,体重至多54公斤,戴一副红军军用镍镜。他闯入莱尼生活时23岁,说一口流利的德语。他出生于一个俄国工人家庭,他的父亲后来被提升为苏联驻柏林商务代表处职员。他的父亲利用其中一条渠道把他被俘之事通知了一位我不能披露姓名的先生，不过波利斯却始终不知道：他的父亲因此被抓走，并丢了老命。波利斯进场的第一天，就掀起了轩然大波。那是1943年12月底或1944年1月初的一天，天气很冷。莱尼给波利斯斟了一杯她的咖啡，送到他干活的那张桌子上去。她知道这有多么大的政治性。在场的人都惊呆了，因为战俘属于比犹太人还要低下的劣等民族。一个叫克雷姆普的独腿的纳粹分子从墙上的钩子处取下那条解开的假腿，从那个完全被搞糊涂的俄国人手中把杯子打掉了，接着是死一般的寂静。莱尼拾起杯子，走到水龙头跟前，仔仔细细地冲洗——洗得那么仔细，就好像那是个圣餐杯。接着她用一条洁净的手帕把杯子擦干，走到她的咖啡壶那里，从壶里倒出第二杯，并把它平心静气地端给波利斯，看也不看克雷姆普。她还说了一声："请吧。"波利斯一定知道，整个场面具有多大的政治意义。他接过咖啡，用德语清楚响亮地说："谢谢，小姐。"

1943年底、1944年初莱尼的这次决定性亮相，我觉得非常重要，因此想进一步广泛收集材料，便再次走访了所有仍活着的这一幕的目击者，这里我再次破例直接介入，想把这一事件称为莱尼的出世或再生，可以说是一次中心事件。

波利斯和莱尼的恋爱关系可作如下颇为详尽的推想。一天，莱尼在厕所门口迅速地小声对波利斯说："我爱你。"波利斯也急忙小声回答："我也是。"大约在二月中旬他们第一次接吻，这次初吻使两人销魂。第一次"同房"或第一次"留宿"有据可查的时间是，直到3月18日白天的一次空袭时才进行。

玛格蕾特说："他们俩胆子越来越大，我真替他们捏一把汗。莱尼此时每天都给他带点东西：香烟、面包、白糖、黄油、茶叶、咖啡、折成小方块的报纸、刮脸刀片、衣服。您可以计算，从1944年3月中旬起，她没有一天不给他带东西。她总是在最下面的泥炭中掏个洞，然后用泥炭把洞口堵上，当然，藏东西的地方对着墙，然后让他去取。"

佩尔策说："那个时候生意一度开始滑坡，企业处于瘫痪状态，入不敷出。后来业务突然又上升，这和英国人空袭活动增加有关。这个时候莱尼搞出了一项创造发明，大大地推动了生意。她不知从什么地方找来几盒花盘已破的石楠，干脆就用它去扎无骨架花圈，扎出来的东西小巧紧凑，几乎像是金属做的，后来甚至还涂上一层清漆，为此我欣喜若狂，顾客也欢欣鼓舞。有时她扎进一些宗教象征、锚、鸡心、十字架等小饰物，超过了她以往的水平。"

这里应当概括地提供一些具体资料：莱尼此时22岁，从1944年9月12日至11月31日，共有17次白天空袭，一般过分拘谨的情侣这时会畏缩不前，而莱尼和波利斯显然都不是这样的。根据空袭的统计资料几乎可以相当精确地计算出，莱尼和波利斯在1944年8月至12月这段时间有将近24个小时是在一起度过。在这一点上我们得把这一对说成是命运的宠儿，他们竟大逆不道地希望英国空军进行白天空袭，以便他们能在博尚普家教堂再次相会。有一点波利斯没有想到，大概也永远不会知道：因为要经常给他送东西，莱尼经济上已经非常困难了。有据可查，1944年9月她已负债两万马克，债主们开始逼债了。正是在这个时期，她的欲望变本加厉了：她渴望像刮脸刀片、肥皂之类的奢侈品，甚至巧克力，还有葡萄酒。为此她不得不把她的房子低价典给债主。

克雷默尔说："1945年3月2日发生了空袭，有许许多多人在这次空袭中神经失常或几乎精神失常；这是我们经历过的最严重、最厉害的一次空袭，整整持续了6小时44分。躲在地下室里的只有六个人，两个女的，我和一个带着一名3岁男孩的少妇，此外还有三个男人，真叫人难以启齿，叫我怎么说呢？兽性发作或死皮赖脸，不，这样说都不符合事实。他们没有袭击我们，而我们也没有反抗，我们就在那儿干上了，我们同舟共济，我一直还能感到那个挑中我的年轻人吻我时满嘴尘土，我还能感到我是多么快乐，心情已平静下来，继续祈祷。

就在"3·2"轰炸这天晚上，莱尼生下了一个儿子。不久，美军进了城，战争终于结束。莱尼和波利斯像圣母玛利亚和约瑟那样生活，当然有时也接个吻，此外就只是围着孩子转！那已是1945年6月了，他们每天傍晚到莱茵河畔散步，直到宵禁时间才回家。那儿的景色也确实很美。6月的一天晚上，波利斯被一支美军巡逻队抓住了，因为他竟糊里糊涂地把那张德国士兵证带在身上。为了找回波利斯，莱尼骑上一辆自行车跑遍了市区，甚至越过边境，到了法占区、萨尔区，前往比利时，又折回萨尔区，从那儿前往洛林，跑遍所有营，向司令官打听他的下落，为他求情，她表现得既勇敢又顽强。最后她找到了她的波利斯，她找到了他，她在公墓里找到了他，他死了，死于洛林某地位于梅斯和萨尔布吕的一次矿井事故。这时她好刚好满23岁，严格地讲，她已经是第三次守寡了。

我很想跳过有几个情况提供者已隐约提到的莱尼一生中的一段经历：莱

尼对政治并非不关心，她"最爱看到那些谈论政治的人士的面孔"，莱尼"参加过"德国共产党的活动。我访问了那位前德共干部，他说莱尼在有生命危险的情况下和一个红军士兵谈情说爱，偷偷送给他食品、地图、报纸、形势报道，甚至还同他生了一个孩子，取了个俄国名字。我们想把她改造成一名抵抗战士，我们有几次曾让她举着红旗跟我们上街游行，因为她胆小得要命，我们不得不把她几乎灌醉。她不知什么时候真的成了党员，而且忘了退党，后来我们遭取缔时，马上就有人去搜查她家，这反倒使她发了牛脾气，说什么"更"不退党了。有一次我问她，为什么她真的跟我们一起干？她说："因为苏联产生了像波利斯这样的人。"

莱尼和梅赫梅特已拿定主意组成家庭，这是暂时的说法，因为梅赫梅特已经结过婚，但他是穆斯林，根据他的国家的法律可以娶第二个妻子，如果莱尼改信伊斯兰教，这并非是不可能，因为《古兰经》也给圣母玛利亚留下了一个位置，莱尼在此时"又高兴又羞愧"地脸红起来。一位妇科医生确诊她已怀孕，现在她三天两头去就医，"上上下下、前后左右"都检查到了，这些被人们说成是"寡妇变态心理"，但我可以证明这一说法过于简单化和完全不确切。我对梅赫梅特已产生相当大的好感，他说："我想把那个土耳其人掐死——她究竟看上了这个乡巴佬什么呢？一身膻气和大蒜气味，而且还比她小十岁。"他对自己的状况作了确切的说明："我一辈子从来没有谈过恋爱，是的，我经常逛窑子，至于我老婆，嗯，我过去很喜欢她，现在也喜欢她。至于莱尼，嗯，自从第一次见到她，我就想得到她，可老是有外国人给我插上一杠子，从前我并没有爱上她，自从一星期前又见到她，我才爱上她……"

积极参与调查的克莱曼蒂娜几乎是一个不可多得的人儿。她那无可争辩的德国文学造诣使我感到欣慰；此外，克莱曼蒂娜在观察事物方面也作出了无法估价的贡献。她差不多相信，莱尼在目前的情况下跟梅赫梅特也不肯发生亲密关系，至于她的儿子莱夫，她丝毫也不担心。"他很快就会出来"。在迄今提到过的所有的人当中，她发现了莱尼深夜与圣母会面的秘密。克莱曼蒂娜具有前修女和非修女共有的本领，固执不化，不屈不挠。她可以一连好几个小时不声不响地看着莱尼画画，帮这位女艺术家煮咖啡、洗画笔，满口奉承——当然，她也是作为唯一得以在电视中见到圣母的人。她的评论平淡无奇，不足登大雅之堂："那就是她自己，是她，由于尚未搞清楚的反射，她所看到的是她自己。"

1973年
诺贝尔文学奖得主

"他史诗般的和擅长于刻画人物心理的叙事艺术,把一个新的大陆介绍进文学领域。"
——获奖评语

帕特里克·怀特
〔澳大利亚〕

帕特里克·怀特1912年5月28日出生于伦敦,父母都是澳大利亚人。

遵照怀特夫妇所在社会阶层的惯例,他们把12岁的儿子送往英国接受教育。1929年回到澳大利亚后,怀特在一个牧羊场当了三年新牧童。然后又回到英国,在剑桥大学获得现代语言学位。此后他便生活在伦敦,游历欧洲和美国,并决心成为一名剧作家。1939年发表了第一部小说《幸福谷》,接着他又创作了《生者与死者》,这两部小说奠定了他日后创作的基本主题与风格。第二次世界大战的爆发结束了他这种优雅闲暇的生活方式。1940年他参加了英国皇家空军,在情报部工作,主要驻扎在中东和希腊,并与一位名叫玛诺丽·拉斯卡利丝的希腊女兵邂逅,后来成为他的终身伴侣。

战争结束后,怀特感到自己犹如无本之木,同时也向往澳大利亚的自然风光,所以他决定回国。除了到国外旅游外,他与妻子从此就一直生活在澳大利亚。

1955年怀特推出史诗式的作品《人类之树》,使他成为国际公认的著名小说家,他的创作也进入了高峰期。

怀特是澳洲第一个获诺贝尔文学奖的作家,在此前,他曾获得"澳大利亚文学与社会金质奖章""迈克斯·富兰克林奖金""国家基智协会奖金"。

获诺贝尔文学奖后,他的笔端更为犀利,批评时弊更为大胆,他不仅是澳大利亚无可争辩的领袖人物，也是当代英语文学最有影响的杰出作家之一。

人类之树

　　一辆大车在两株高大的硬皮桉树中间停了下来。车上坐着的那个男人跳了下来，举起一把斧子，朝毛乎乎的树干砍去。那砍树的声音又冷又响。在这一带未开垦的丛林，还是第一次发生这样的事情。

　　许多天过去了，这个叫斯坦的拓荒者开垦着他的土地，他在这儿造了一所房子或者说一个小木棚。有时他会赶着马车到远处去带回各种生活必需品。有一次，他带回一个名叫艾米女人。她从车上下来的时候，男人带来的那条狗伸长脖子，颤抖着爪子，默默地嗅着她的裙边。

　　斯坦和艾米的婚礼是在尤罗加一座建在高低不平的地方看起来歪歪斜斜的小教堂里举行。当艾米提着随身携带的东西准备爬上丈夫的大车离开尤罗加时，她姨夫眼圈红红的，表弟表妹们跟她揪扯着，难舍难分。她再也忍不住，哭泣起来。

　　这条路可真长，风把马肩胛上的汗珠吹到他们的脸上。忽然，风吹折了一根弯曲的树枝，那根黑黝黝的、曲里拐弯的干树枝落下时划了一下艾米的面颊，"啊——"艾米吓得尖叫了一声，手摸着脸上的伤口，她所受的惊吓比受的伤还厉害。斯坦用他那相当丰满的、被风吹得有些粗糙的双唇吻她面颊上那个小伤口的血。啊，天哪！她不无感激地喘息着，感觉到他的身体是那样结实。直到傍晚，他们才来到斯坦开垦的那块林中空地，那是他居住的地方。他没有对她讲什么温柔的情话。不管怎么说，这不是他的方式。那一夜变成了一首月光的诗。女人钻到毛毯下面挨靠着那熟睡的男人的身体。他是她的丈夫。

　　生活在继续着。清早他走了之后，她躺在床上，觉得肩膀头很冷。有时在赶集之后，如果还有事要办或者有东西要买，他会在外面呆整整一天一夜。倘若那样，她在这间空荡荡的屋子里，虔诚地、一页一页地翻着在婚礼上牧师的妻子送给她的那本《圣经》，一句句地念那里面的话。

不久，其他的人也陆续来这一带居住了。有一位年轻妇女因为头晕，走进来在门廊里坐了一会儿，她说，简直寂寞得可怕。艾米没有答话，她还没听说过寂寞为何物。

这天晚上，大团大团的阴云滚动着、膨胀着，相互拥挤着，奔涌而来；狂风开始撞击这个小木屋，把她困在里面。因为害怕，她的嘴大张着。这当头，她的丈夫正夯在一座他正盖着的小棚屋旁边。整个大地在运动，一种狂风和奔涌的林海的运动。他处于被卷走的危险中。男人看见他的妻子向他奔跑过来，她的四肢和风以及风撕攫着的衣服搏斗着。看见她被折磨成一副他不熟悉的模样以及她那毫无血色的古怪的面庞，他忽然觉得，这不是尤罗加教堂里跟他结婚的那个姑娘，那个跟他相爱、也跟他吵架的女人。但他还是强迫自己跟跟跄跄地向她跑去，去抚摸她。他们站在暴风雨里，相互搂抱着。"我害怕，斯坦。"她说。他本来应当说点儿什么让她宽宽心。但因为他自己也害怕，便没说什么。他抚摸着她，她觉得好一点儿了。冰冷的雨幕包裹着他们，直到他们觉得自己好像是赤身露体，根本就没有穿衣服。大雨滂沱，他们偎依地在雨地里走着。旧棚屋被掀了个底朝天，幸亏盖了个新棚屋，丈夫找到干木柴后，炉灶里又升起一点令人惬意的火光。

离斯坦家大约一英里远，在马路的岔口盖起了一家杂货铺，之后又添了个邮政局。这样一来，杜瑞尔盖这个地名就名副其实了。在这个地区，人们活着，几乎谁也不问生存的目的。从娘胎里出来，就该活着。那一群群拖着鼻涕、皮肤黝黑的爱尔兰小孩，和那些头发黄红、生着疥癣的苏格兰小孩，从未开垦的丛林里跑出来，走上蜿蜒而去汇合成条条大道的小路，很快就变成个子细长的姑娘和小伙。当艾米终于有自己的孩子时，邻居们的面部表情恰如其分地表示了对他们的祝贺和赞美。他们认为生孩子是一桩普通而又普通的事情，许多"多产"的女人经常洗完衣服，或者烤完面包，或者在炎热的早晨到教堂做完祈祷之后，躺在那儿就生下了孩子。可是艾米却为自己生孩子一事很得意。她是整个宇宙的中心了，她的目光聚集在她怀抱着的白色襁褓之上。微风吹过，花儿和树叶都向这位怀抱孩子的女人弯下腰来，用它们长长的、乐善好施的嫩枝给她以祝福。艾米管儿子叫"雷"。现在，这屋子里充满了婴儿那温馨、柔润的气息。孩子的爸爸进屋的时候，简直像是参加一次盛典，他嘴里哼着什么，在角道上跺着脚蹭掉靴子上的泥块。

当男孩已经能够自由地跑来跑去，变成一个让人讨厌的小家伙时，艾米怀上了第二个孩子。当第二个孩子诞生的时候，人们又都来贺喜，他们喝着茶，说些祝贺的话，谈论他们自个儿的事情，然后又都扬长而去。艾米把小女孩抱在怀里，雷的头贴着她的裙子，她觉得一切都那么圆满、那么温暖，她的生命终于可以这样延续下去了。

他们第二个孩子受洗礼的日期一再拖延，因为这孩子确实有些体弱。在一个炎热的日子，他们夫妇为洗礼做了些安排，不久赶着一辆马车去那座简陋的、棕黄色的教堂。受洗时，她给第二个孩子取名为塞尔玛，斯坦对这个名字还有点儿犹豫不决，但是妻子的沉默终于战胜了他。孩子们在家里一直居支配地位。那些年，他们的日子过得平静而安宁，孩子们在明显地长大。他们对孩子们的未来做了种种设想。虽然没有多少信心，但符合人们惯常的心理。"我希望雷在政府机关谋个职位，或者当个有名的外科医生，或者成为什么人物。穿着黑色的礼服，我们能从报上读到他的消息。"母亲用一种梦呓般的声音说。

盛夏统治了整个原野，大地干枯了。被晒干的树叶像卷在一起的沙纸。这个夏季，有时候看起来好像什么东西都要死掉了，但是当人们手搭凉棚，遮着昏花的眼睛，或者擦抹着油腻的皮肤时，对这一切就变得并不在乎起来。可是后来，等荒火烧起来，而且无法控制，沿着溪谷蔓延开来，烧到家禽的围栏，钻进窗户，柔软的窗帘变成一团团邪恶的火时，人们才终于惊醒过来，意识到他们并不想死。那些被野火烧着了的人们，喉咙里迸发出声声惨叫。他们想起自己的童年，自己的罪恶。荒火烧起来之前的一天，富翁阿姆斯特朗派人来买四只煺好的鸭子，艾米在这天傍晚送了过去。在这个富翁的客厅里，艾米见男人们正神情专注地望着马德琳小姐裸露的双肩、胳膊与乳峰间的曲线，听着她说话。艾米收取报酬后回家，在路上看见烟雾首先从那个叫"群岛"的村庄升了起来。那村庄在曾经发洪水的乌龙雅的方向。"失火了。"她告诉丈夫。"是啊，"他说，"是起火了。"

男人们开始聚集在一起，他们找出斧子，拿出麻袋，灌满水袋，还要带点干粮，以备外出时应付万一。然后他们跨上马背或者马车，朝那着了火的"群岛"方向出发。这时，火势已经很大了，暴躁的烟柱在丛林之上腾空而起。一位报信人断言，"群岛"几乎烧光了，这是有史以来最大的一场荒火，听了这番描述，男人们决定立刻返回家乡，寻找一块能够保卫杜瑞尔盖的阵

《人类之树》
帕特里克·怀特

地,他们沿着山脚把矮树丛铲掉,开出一条较宽的防火带,防止火向他们这里烧过来。随着危机的日益加深,天空一片浑沌,人们愈感孤独。阿姆斯特朗先生朝起火方向走了一趟,回来后他的抽搐病就发作了,他的两个女儿一直在安慰他。而马德琳却依然我行我素地过着她那懒惰的生活,她穿着一件白色的、看起来很凉快也很华贵的连衫裙。尽管灾情严重,她的衣着依然引起人们的注意,对于这场火灾,她是这样说的,"没事,会有人把它扑灭的。"但她心里清楚,大火会把她向往的一切:财富、宴会、珠宝、红木家具、明亮的烛光全部化为灰烬。

人们就这样等待着这场大火,一只狐狸惊叫着,从一片矮树丛中跑了出来。它身上的火比它本身还凶猛。大火确实来临了。杜瑞尔盖以西的村野一片火海。任性的风助着火势,没有一点儿迹象表明它会在夜间停息。灭火的或看热闹的人们,甚至孩子们,开始聚集到格兰斯顿伯里。阿姆斯特朗先生很高兴地看到所有这些人穿过牧场,踏上大路,向他这儿拥来。如果他们扑灭了这场大火,他真不知道该怎样报答他们。火蔓延开来,人们看得出,他们将被装进格兰斯顿伯里下面的一个"口袋"里,被火包围起来。火从溪谷窜上来,扑向阿姆斯特朗院子里的松树。男人们抱着水管向马德琳住的那幢房子浇水的时候,水射到她身上,胸前全湿透了,衣裙贴在胸口,就像没穿衣服似的。"斯坦,"艾米碰了碰丈夫,说,"你去楼上,把那个小姐弄出来吧。"斯坦原不打算对妻子唯命是从,但他还是接受了大火的邀请,他一进这座房子便毫不怀疑,他是应该来的。明亮的火光已经破窗而入,斯坦一阵风似地冲进这幢房子中心的地方,看见她正背朝他站着。火焰盘桓而上,要寻找新的猎物,女人和她的"救星"站在那儿向下望着。他离她很近,他突然希望自己的脸能陷入她的肌肤之中,去闻温馨;希望能分开她的乳房,把脸贴在乳峰中间。他们摸索着走下似乎变软了的楼梯,慌乱中把对方的手错当成楼梯扶手,又把扶手错当成手。他把她抱了起来,现在他们已经不再是肌肤相触,而是筋骨相连。他们挣扎着穿过大火。他们已经进入一种痛苦的状态,部分地失去了知觉。

斯坦就这样出来了。他把这个女人抱在怀里,她的身体僵硬而弯曲。"她莫非死了?"人们压低嗓门相互询问着。她没有死,只是被吓倒了。她把脸藏在他的脖子下面。然后,她的爱人,从悉尼赶回来的小汤姆·阿姆斯特朗跑上去把她接了过来。"求求你,"她说,"别碰我,现在别。"她爬起来,蹒跚着向黑暗中走去。她的头发被火烧光了。难道这就是马德琳?艾米暗暗问自己,有关她的"传奇小说"就此结束。

大雨倾盆而下,人们忘乎所以地在雨中走来走去。斯坦和艾米在雨水中穿行的时候,艾米渴望知道斯坦在那座燃烧着的房子里找到马德琳的时候,他会跟她说些什么。她还渴望在灯光下抱住她丈夫,双手捧着丈夫的脸,看到他的内心深处。

烧成焦土的山岭和溪谷不久又涂上了绿色。这天,斯坦去铁路大旅店找人,听到人们神情严肃地在议论战争新闻。人们告诉他:"我们都要应征去打德国人了。"果然,斯坦被部队招募,一家人神情呆板地把他送上去营房的大车。

那充满泥泞与炮火的岁月过去之后,斯坦很少再谈论往事。他不像有些人那样,打完仗就爱夸夸其谈。他回乡时因为邮件耽搁,家里人事先不知道。因为没想到他会回来,妻子又正在忙着两件暂时脱不开手、还挺重要的事情,她只是轻轻吻了他一下。"孩子们怎么样?"为了打破沉默,他问道,"他们都挺好,"她说,"塞尔玛有时候把头发盘在头顶上玩,那模样看起来可真的长大了。雷已经是个壮小伙子了,他的脾气不好。发起脾气时,他甚至可以放火把房子烧了。"整个下午在他们的交谈中过去了。这天晚上一家人有说有笑,共叙天伦。

战后的日子缓慢而又令人激动地开始了。斯坦又开始忙自己的活儿了。一天,他经过曾从大火海里救出马德琳的地方,那里新修的房子还未竣工,他把头靠在尚未完成的砖墙上,想象着如果那天真有机会,他会怎样结束他对妻子的不忠。而往事都在时光的流逝中烟消云散了。不久,斯坦买回一辆汽车,怀着一种骄傲学着开车。有一次,他把儿子叫上汽车,说他们要开车出去兜风。儿子闷闷不乐地望着车窗外面的道路。他不愿意和父亲待在一起。

斯坦让儿子到班加雷的老鞍具匠雅曼那儿去当学徒。"谁想当破鞍具匠?我不!"男孩充满厌恶,拼命反对。"不管怎么说,试一试吧。"父亲说。男孩不吱声儿了。雷在鞍具匠那里没待多久,便不辞而别,到东海岸昆士兰州的布里斯班,找到了一份轮船上做厨师的工作。他写了封信给父母,斯坦读信后,说:"这很自然,艾米。"但艾米却因儿子的出走常在黄昏时偷偷地哭。做母亲的由此想到自己花在儿子身上的心血太多,而关心女儿不够。她为塞尔玛收拾箱子，特意把一个香袋放在箱子里面，女儿要去悉尼上女子商业学校。父亲开了辆福特牌小汽车把她送进城里。塞尔玛功课很不错，她在商业学校毕业后，很快找到了工作，是在海运商行里当初级打字员，工作干得非常出色。后来，她突然离开那家海运商行，在一个初级律师那儿找到了个职位，也许因为她觉得这个差事比较自由。

艾米逐渐接受了儿子不在家这个事实，这件事在她头脑中也渐渐变得淡漠起来。不过有一次，雷从奥尔班尼寄回过一张明信片，说他在做买卖。

斯坦到了现在这个年龄，有时候确实感到纳闷，自己还有什么所求呢？他受人尊敬，他和这个地区已经没法分开了，他的名字已经变成了一个地方的名称。他的牛群不算大，但是对于一个小规模经营者来说，那群牛的质量还是很好的。他算不上富裕，也没有什么野心，不过是个小康之家。他在他生活着的这块土地上四处走动着，这块土地真把他消耗尽了。"这就是我的生活。"如果他要表达自己的思想感情，除了用身体各种动作之外，他只会这样说。

一天，斯坦去乌龙雅参加那儿举办的一个农业机械销售会，临走时在花园里吻别了艾米。这时，有个流动推销员上门推销长筒袜、女内衣以及很时新的扣子。艾米给他倒了杯水，然后，他们紧紧抱住对方，牙齿碰着牙齿，胳膊搂在一起。欲火从他们身上冒了出来。他们爬上那张艾米在上面睡了大半辈子的硬床。当艾米把舌头伸进那张嘴里时，她感到像是往丈夫脸上吐了一口唾沫，那长长的、异常快活的波浪把她有罪的身体载向这毁灭。那男人在把惊奇与恐惧放开之后，迅速地伸向他的能力所能够达到的高度，那种相当平凡，而且发着喘息的肉欲。终于艾米也静下来了。"人们都叫我利奥。"他俯下身，看着这女人的皮肤。"利奥。"她有点沉闷地说。

塞尔玛同福斯迪克律师婚礼举行后又过些天，搬进了新居，才回乡下去看望斯坦夫妇。在事务所里，一开始大家都奇怪，福斯迪克怎么被这个姑娘迷住了？她有能力，这当然是事实。可她是个面色苍白的姑娘，甚至有点瘦骨嶙峋。在这个着重表现的艺术时代，她居然喜欢细心雕琢，她甚至花了相当一部分薪水训练说话的声音。福斯迪克作了礼节性的拜访后，带着塞尔玛驱车离开，艾米说："你看他们高兴吗，斯坦？"斯坦没有回答，他拿上铁桶，走进牛棚，习惯已经使得这些行为成一种几何图形。

一天，雷突然来到塞尔玛家，他告诉妹妹，他在做汽车生意。他要塞尔玛借给他20镑，因为星期二他要同一个叫埃尔西的姑娘结婚。雷走了后，塞尔玛心潮奔涌。她头痛，觉得身上发烧，吃了一片阿司匹林，拿起一本诗集读着。

  人类之树永远不会安静，

   那时是罗马人，现在轮到了我……

念完诗，她仍坐在那里沉思着。后来，她去探望母亲。艾米告诉她，儿子的婚礼很热闹，新娘的父亲是个杂货商。埃尔西很快怀了孕，生下一个娇嫩的男孩。她常带孩子去杜瑞尔盖他爷爷奶奶那儿。婴儿长成了小男孩，埃尔西悠然自得地领他走着、跑着，回答他的提问。后来，斯坦病了一阵子，他得了胸膜炎，不过有大家悉心照料，他的病很快就好了，他又能穿着肥大的衣衫慢慢走动了。

  沿着斯坦夫妇一直居住的杜瑞尔盖的那条大路，另外一些人家又盖起了房子。原先那几栋房子被这些新房子挤到大路后边去了，正处于被遗忘、甚至坍塌的过程中。斯坦夫妇已经到了这样的年纪，他们周围发生的事情对他们的生活并没有什么影响。他们住的那个地方实际上已经变成郊区了，女儿福斯迪克太太有时会开着自己那辆车来看他们。女儿劝父亲改变一下习惯了的生活，星期天到他们家去坐坐，但斯坦对此不置可否。女儿走了以后，斯坦在他的牧场慢吞吞地溜达时，他才加倍眷恋起他熟悉的一切来。不久，他们开始分批拍卖斯坦家的财产。因为那块地土质好，接近新开发区，拍卖时又有女婿帮忙，因此工作进行得相当顺利。斯坦给自己留下三四英亩土地、一头长了两只不对称角的奶牛。后来，斯坦夫妇突然决定进城，他们在一个素朴无华的旅馆住了一个星期。有天晚上，斯坦说他们该去看戏，"是《哈姆雷特》，"他说，"莎士比亚写的。""哦，"妻子说，对于她来说，这样大胆的举动简直有点令人难以置信了。

  年老的艾米，大部分日子都在自己种植的花草间绕来绕去。一天，雷带着同罗拉生的孩子突然出现在她面前。"谁是罗拉？"艾米问。"这孩子不是我的孙子，"老太太说，"另外那个男孩才是我的真孙子。"冬天，塞尔玛来看她，带来了一位朋友，叫菲希尔太太。原来，她就是当年的马德琳。客人走了以后，斯坦又犯了他那个老毛病，不答话，也不露声色。"不过她现在老成什么样子了。"艾米说。

  那天，斯坦光着脑袋站在一片寒霜之中，他是出去取晨报的。他在报纸

《人类之树》
帕特里克·怀特

上看见了关于雷在某家夜总会被人开枪打伤肚子的报道,他已经死了。报上还说,雷是个出名的窝赃者,因侵入他人住宅行窃而蹲了几次监狱,死者事实上的妻子罗拉提供了证词,她是个女艺人。他把报纸塞到一个杉木橱柜后,对妻子说要去悉尼一次。在火车上斯坦终于伤心地对着玻璃窗外模糊的房子哭了。接着,艾米也读到了儿子的死讯,就像晴天炸响了霹雳。受了这次打击以后,两个老人骨头越发僵硬了,身体一直没有恢复。斯坦去世那天,一直在后花园摸摸索索地干点杂活,或者坐下来休息。

归根结底,这里还是一片树木,仍然屹立在这幢房子后面的溪谷里,屹立在谁也不想耕种的那块贫瘠的土地上。这一片丛林中除了菝葜细弱的藤蔓之外,再没有别的东西了。不一会儿,那个两腿细长、脸色苍白的男孩走进这片丛林。他是因为再也受不了那幢死了人的房子里的气氛才跑到这儿的。哦,他的祖父死了。一个老头,他很爱这个老头。他要写一首诗,一首包含了所有的生命,包含了那些不曾相识、又曾相识的生命的诗。男孩垂着头,从这树木中间走过,瘦小的身躯正在变得茁壮,绿色的、思想的嫩枝在舒展。因此,归根结底,没有一个完结的时候。

1976年
诺贝尔文学奖得主

"他在作品中表现了对于人类的理解，以及对当代文化的精湛的分析。"

——获奖评语

索尔·贝娄
〔美国〕

1915年6月10日，索尔·贝娄生于加拿大拉辛的索罗门·贝娄家中。不久他们全家移居到蒙特利尔，贝娄在这里度过了他的童年，学会了英语、希伯来语、意第绪语、法语，并了解到市井之上粗俗的生活经历。

贝娄九岁时，全家又移居到美国芝加哥。他先是就读于芝加哥大学，继而转到西北大学，1937年毕业并获得人类学和社会学学位。

1941年，贝娄发表了处女作《两个早晨的独白》。使贝娄真正走上文坛的是他的第一部长篇小说《晃来晃去的人》。20世纪50年代是贝娄创作的成熟时期，1953年问世的《奥吉·玛琪历险记》在美国引起了很大轰动。20世纪60年代后，贝娄的创作向新的高度与深度发展，其长篇小说《赫索格》《赛纳勒先生的行星》获国家图书奖。

第二次世界大战期间，贝娄由于健康原因免服军役。在商船队服役很短一段时间之后就开始为《简明不列颠百科全书》工作。战后贝娄定居纽约，从事出版工作，直至古根海姆研究基金会资助他旅欧两年。回国后他先后受聘执教于纽约大学、普林斯顿大学、巴德学院和明尼苏达大学。

作为一个犹太作家，他最主要的贡献在于以独特的思维角度和丰富的艺术技巧写下了一系列以犹太人的思想、生活和社会情况为背景的小说，并形成了最有特色的创作风格。

赫 索 格

摩西·赫索格心里想要是我真的疯了，也没什么，我不在乎。有些人确实认为他疯了，他自己有一阵子也怀疑过他的精神是否正常。他整天给天底下的每个人写信，已经入了迷。写给报章杂志，写给知名人士，写给亲戚朋友，最后居然给已经去世的人写起信来，先是写信给和自己有关的无名之辈，末了就写给那些作了古的大名鼎鼎的人物。

赫索格独自一人呆在一幢很大的旧房子里，靠啃面包、罐头豆和干乳酪充饥。他睡的则是一张没铺被单的床垫，这是他久已弃而不用的结婚时的床，有时他就裹着大衣睡在吊床上。

他的朋友、他过去的挚友，和他的妻子、他的前妻曾对人散布谣言说，他的神经已经失常。这是真的么？

到春深时分，赫索格觉得再也受不了啦，他要进行解释，说出事情始末，要阐明自己的观点，为自己辩护，澄清事实真相，以正视听。

当时，他正在纽约一所夜校里给成年人上课。他整天若有所思，讲课时经常会长时间地发呆说不下去，有时甚至干脆停了下来，喃喃地说声"对不起"，然后伸手从怀中掏出钢笔，使劲地在一些碎纸片上写起来，弄得讲台也吱吱嘎嘎作响。他全神贯注，眼圈发黑，苍白的脸上七情尽露。他在说理，在争辩，在经受着痛苦。全班学生都在等着他，三分钟、五分钟，鸦雀无声。

现在他也不得不承认，他实在不太像个教授了。他的博士论文《18、19世纪英法政治哲学的自然状况》是个出色的开端，以后他还成功地写了几篇论文和一本叫《浪漫主义和基督教》的书。但除此以外，他的那些雄心勃勃的计划，便都一个个胎死腹中了。

他承认自己在两次婚姻中都是个坏丈夫。他待第一个妻子戴西很糟糕，而第二个妻子马德琳则要把他搞垮了。对儿女，他虽不乏慈爱，但仍是个不称职的父亲。对父母，他是个忘恩负义的儿子。对国家，他是个漠不关心的公民。对兄弟姐妹，虽然亲爱，但平时很少往来。对朋友，他自高自大。对爱情，他十分疏懒。论聪明才智，自己愚昧迟钝。对权力，他毫无兴趣。对自己的灵魂则不敢正视。他对于自己能够毫不含糊地、实事求是地进行严格的自我批判，感到十分得意，于是就高举双手，双腿一伸，在沙发上伸了个懒腰。

尽管如此，我们每个人不是仍有不少迷人之处么？

马德琳不但风姿迷人，而且漂亮，才智超群。她的情夫格斯贝奇，虽然粗眉大眼，心狠手毒，但依然不失其迷人之处。他下巴宽大，长满一头火红的铜色卷发，装着一条木头假腿，走起路来一高一低，很是"优美"，宛如一名在威尼斯运河上撑平底船的船夫。其实赫索格自己的迷人之处也不少，只是他的性功能被马德琳搞垮了。

在性生活这种玩意儿上争高比低，实在无聊。

几年前，由于遇上了马德琳，赫索格替自己的生命史写下了新的一页。为了讨得这位新婚妻子的欢心，他辞去了一份极为体面的教职，并且动用了从他父亲那儿继承来的两万元遗产，在马萨诸塞州的路德村买了一幢很大的房子。他成了房屋修理工，如果他不是自己动手，别说两万元，就是有更多的钱也会被花个精光的。那两万元钱是他爸爸在美国40年辛苦换来的血汗钱。他天天晚上熬夜，捧着那本《无师自通百科全书》悉心钻研，然后发狂似地干着涂油漆、修补、通阴沟的活儿。

在这环境幽雅的伯克夏附近，他还有朋友格斯贝奇夫妇。按理说，这儿看来是赫索格进行研究工作最理想的地方了，他要写一本叫《心灵现象学》的书，其中涉及许多问题，如西方传统中的"良心法则"的重要性。

和戴西结婚后，他一直过着虽属平凡，但极其体面、安定的助理教授生活。与戴西离婚，娶了马德琳后，他便辞了教职，隐居路德村后，他曾计划写一部如实反映20世纪革命运动和群众动乱的历史巨著，但现在在这个问题上，他不能再自欺欺人了。马德琳不想她的丈夫一辈子做个平平凡凡的教书匠，她认为自己聪明、貌美、能干，而且生气勃勃、善于交际，绝不该在伯克夏这样的穷乡僻壤埋没掉。她决定要读完她的斯拉夫语研究生课程。于是，赫索格便给芝加哥写了封谋职的信。此外，他还得给格斯贝奇找个工作。马德琳说了，你不能让格斯贝奇夫妇孤零零地留在这令人伤心的乡下啊！赫索格一家就这样搬到中西部来了。但在芝加哥住了大约一年后，马德

《赫索格》
索尔·贝娄

琳觉得与赫索格实在合不来,便决定要求离婚。赫索格不得不同意。这第二次的离婚,给赫索格的打击实在太大了,他感到自己快要垮了。他一向不工于心计,直到现在他才看清,马德琳为了摆脱他,事先做了多么周全的准备。这一切都发生在秋高气爽的日子里。他看见马德琳出现在楼上的后窗,她正在侍候女儿琼妮睡觉。随后,他听到浴室里的水声。她说:"我不得不对你直说,我从未爱过你,这是痛苦的,我们继续这样相处下去是毫无意义的。"赫索格说:"可是,马德琳,我的确是爱你的啊!""你应该继续保留这种感情。"她说,她还从来没有这么高兴过哩。

赫索格回到后院刚才装防风窗的绿荫丛中的阴湿处,茫然地站在番茄藤中间一筹莫展。用破布条扎在桩柱上的番茄藤,由于遭受霜冻,都萎靡不振地垂着头,但它们那股气味仍然浓郁异常。他不知如何去应付内心深处这份创伤。

他瘫卧在沙发上,双臂随意搁在头上,双腿伸直,以一种超然物外的心情,看着他在花园内种植的花草。

这是一个多灾多难的滑稽角色。

他自己也知道他的涂鸦式的笔记和与人通信的方式是怎样荒谬无比,可是这并非出于自愿,是他的怪癖在控制着他。

亲爱的妈妈,说到我为什么这么久没去你坟上看你……

亲爱的旺达,亲爱的津卡,亲爱的莉比,亲爱的雷蒙娜,亲爱的园子,我现在山穷水尽,极需援助。我怕我真要垮了。亲爱的埃德维医生,事实是我想疯都疯不起来。我根本不知道究竟为什么要给你写信。亲爱的总统先生,税务局的规章条例很快要把我们美国人全都训练成会计师了。

赫索格去看埃默里克医生,做身体检查。医生说:"你的身体很健康。"赫索格听了当然很满意,但他仍感到有些不快。因为他一直希望自己患上某种病,能住院一段时间,到那时,他的那两位对他已经绝望了的哥哥会来看望他,他的姐姐海伦说不定还会来医院照顾他。不但如此,家里人也许还会帮他付医药费以及与戴西生的儿子马科、与马德琳生的女儿琼妮的生活费呢。现在这一切都成了泡影了。

赫索格还有另外一个女人,她叫雷蒙娜,是个女店主,在列克星敦街开了一家花店。30多岁了吧,可是她实在美得迷人,受过良好教育,有点儿外国情调。她刚取得了哥伦比亚大学艺术史硕士学位。她听过赫索格的夜校课程。原则上来说，赫索格是反对老师和学生发生男女关系的，哪怕是和雷蒙娜这样的显然要给人做情妇的学生。她做事有分寸，很有自知之明。她的体香、她软绵绵的手臂、她丰满的胸脯、她洁白的牙齿、她微弯的小腿——这一切的一切，都能大显神威。他说："那女人实在为你做了一件好事。你今后的生活会比过去好得多。"

摩西！他写道，哭泣时胜利，胜利时哭泣。显然，我们决不能轻言成败。要化痛苦为幸福。

经过一番冷静的考虑，赫索格觉得还是不要接受雷蒙娜的好意为妙。不论外表上显得怎样精明世故，人总有其纯朴的人性的一面。雷蒙娜的那些风流勾当，显然并不是从《性爱手册》之类书里学来的。现在她爱上了赫索格，想必是要渴求安定的生活了。在夜校的学期快要结束时，赫索格几经考虑，觉得还是离开雷蒙娜的好。他决定去葡萄园港休假。

在疾驰的火车上，赫索格给芝加哥的老朋友、动物学家阿斯弗特，给华沙的贝什可夫斯基教授，给印度宗教领袖巴夫博士，给总统先生写了一封又一封的信。在给史蒂文森州长的信中写到：1952年您竞选总统时，我支持过您。像大多数美国人一样，我认为我们这个国家的伟大时代也许已经到来，聪明才智将在公众事务中取得应有的地位，知识分子能够得其所矣。但美国人的天性是排斥智力的，是更相信看得见的好处的。因此，一切还是老样子：好学深思的人轮不到事情做，而那些不学无术的人却掌管一切。我相信你这个配角的角色是不容易演的，你要到处去拍选举人的马屁，尤其是还得到像新罕布什尔那样冷的州去拉选票。也许是由于您在这次选举中表现了人文主义者的传统的激情，表现了一个因献身社会失去私生活而悲痛的才智之士的形象，你总算做出了一些有益的贡献。呸！那位将军老爷之所以能当选，还不是靠的他那套小恩小惠和低级的博爱之类。

哟，赫索格，你要干什么！

亲爱的雷蒙娜，你千万别以为我不辞而别就是不爱你了。我非常爱你，我常常觉得你就偎依在我的身旁。

他的内心在大声疾呼：嫁给我吧！做我的妻子！让我摆脱苦恼！——但他一下子就被自己这样轻率、软弱和与生俱来的易于冲动的性格给吓住了。因为他看到自己这是多么的神经质，多么的典型。雷蒙娜对他来说确实是一位可娶的非常好的妻子。她受过教育，善于体谅人，在纽约也混得不错，又有钱。至于在性方面，真是老天爷的杰作。她那对乳房多么性感！优美丰满的肩膀，苗条纤细的腰肢。两腿虽然短而且微弯，但正因为如此，所以才格外迷人。真可说是他要什么就有什么了。只可惜赫索格在别处还有未了的爱爱恨恨的账，他还有别的情犹未了的风流艳事要操心哩！

亲爱的津卡，上星期我梦见了你。梦见我们正在卢布尔雅那散步。我实在舍不得离开你。不过对你来说，我还是离开的好。

夏皮罗，我早该写信告诉你的，……给你道歉……向你赔不是……你的专著写得很好。这一点我希望在我的书评中已说清楚。

夏皮罗很懂得奉承人，他对马德琳极为欣赏。马德琳非常渴望有人和她谈学问。而夏皮罗恰好什么文学都懂，什么书都看。马德琳和这位贵宾正大谈俄国的教会、泽登斯基、陀思妥耶夫斯基和赫尔岑。夏皮罗又大大地旁征博引了一番，话一说完，就哈哈大笑起来，笑得开心，笑得气喘，笑得歪了嘴，笑得无缘无故，笑得口沫横飞，笑得头直往肩膀里缩。在这样的兴奋状态下，马德琳的脸上会产生种种奇异的变化。她的鼻尖抽动着，眉毛会神经紧张地竖起来，埃德维医生说，这是受虐狂的症状之一。四周是伯克夏的一带斜坡，大树参天，附近没有别的房屋来妨碍他们观赏周围的秀丽景色。青草长得新鲜、浓密、娇嫩，这是六月的芳草。刚脱壳而出的红眼蝉，颜色鲜艳夺目，身上湿黏黏的，一动不动地伏在地上，但一待身体干后，就开始爬动起来，接着跌跌撞撞地蹦跳着，最后一飞而起，上了大树，留下一串余音不绝于耳。

很快，赫索格就发觉自己又犯了一个错误。葡萄园港不是他待的地方。不错，这地方美极了，而且莉比又是那么的可爱。可是他决不该来。

赫索格盯着砖墙出神，竭力想弄清究竟发生了什么事。赫索格为带马科出来玩做了充分的准备，否则时间就很难捱过了。在火车上，他把南北战争的史实，如日期、人名、地名、战役等都记得滚瓜烂熟，因为等他们到了常去的卡菲泰里亚动物园的餐室里吃汉堡包时，就会讲到这些故事。

赫索格喜欢收藏照片。他保存着一张马德琳12岁时拍的穿着骑装的照片。长长的头发、身体结实、手腕滚圆，眼睛下有道黑影，那是遭受苦难和有复仇欲的早熟征象。她12岁时懂得的东西，就比我这个40多岁的人懂得的还多。戴西和她很不一样，戴西是个比较冷静、比较规矩的旧式犹太女子。赫索格床底下一只小脚柜里，也保存有她的照片。

赫索格现在在纽约一幢不高不矮的房子中，裹着满是皱褶的衣服，喝着冷咖啡，朝下望着那些赶赴午餐的人群，仿佛就像一群挤在熏黑了的玻璃上的蚂蚁。现在，他为了取得更大的成就，把日常工作都搁在一旁，全心全意地要回到以前的研究工作中去，可是在他的内心，对自己的使命却没有以前那么有信心了。

亲爱的莫斯贝奇博士，很遗憾，我对待休姆的态度，使您感到不满。现代科学最不关心人性的定义问题，它只知道从事调查研究，只承认智力的卓越作用，以摒弃个性特征来取得意义最为深远的成就。

那时候，赫索格的祖父还在世。在对待大事情上，他真有赫索格家传统的气派，1918年，他避难竟避到冬宫去了（布尔什维克暂还允许）。这老头子还用希伯来文写来一些长信。他写到蒙特利尔来的信，全都由赫索格的父亲朗读给大家听，里面说的尽是些有关饥饿、寒冷、瘟疫和死亡的事。我过去的岁月，年湮日渺，真像比埃及的历史还要久远，多雾的冬日，没有黎明。黑暗中，只有灯泡亮着。炉子是冷的。爸爸把炉棚摇了几下，弄得厨房里到处灰尘飞扬。赫索格心中对这条发臭的、肮脏的、破烂的、千疮百孔的、玩具般的、饱经风吹雨打的拿破仑街依恋不已，他在这儿体验过种种人类感情，以后再也没有碰到过。犹太人的儿子，一个接一个，一代接一代地生下来，睁眼看着这一个奇异的世界，人人都念着同样的祷文，深恋着他们发现的东西。他母亲给人洗衣服，不时会哀伤叹息一番。他父亲穷途落魄，担惊受怕，但仍努力不懈地追求生活。他那长着一对狡诈眼睛的哥哥瑞拉，处心积虑地图谋征服整个世界，成为百万富翁。他的另一个哥哥威利则与哮喘病做着斗争，他要呼吸时就双手扳住桌边，翘起脚尖，好像一只要啼鸣的公鸡。他姐姐海伦是音乐学院的毕业生，性情温婉，一本正经。

电话铃响了——五下、八下、十下。他不想去接电话。但毕竟他已有了两个孩子——他是一位父亲，他不能不去接。他伸手拿起听筒，听到了雷蒙娜的声音，唤他去享受欢乐的生活。那可不是普通的欢乐，而是一种玄妙的、超凡的欢乐，这种欢乐能回答人类得以生存的谜。就在遇见赫索格之前，雷蒙娜和电视助理制片人霍布里分了手，霍布里为这件事很伤心，很可怜——几乎发了疯。雷蒙娜要赫索格去吃饭，赫索格说："我不应该出去，我实在不能出去，我有很多事情要做——很多信要写。"雷蒙娜说："什么信！你这人真神秘。你总得吃饭吧。""好吧，"赫索格说，"我就来，我带瓶酒来。"

他刮着胡子,像个瞎子似的,靠着手摸,靠着声音——胡子和刀片摩擦的声音。

亲爱的艾森豪威尔将军,在您现在闲居的生活里,您也许有这份时间和心情去思考一下您做总统时显然没有时间考虑的事情了。冷战的压力,这是政治歇斯底里的一种表现。那天您在联合国谈到核战争可能因判断错误而引起时,我恰好坐在记者席上。那赫鲁晓夫用皮鞋敲打桌子的时候,我也在场。您在这些危机中,自然没有时间去考虑我所关心的这些比较一般的问题。国家的目的现在已经和制造那些并非人类生活必需的商品纠缠在一起了。我们全都被吸引到国民生产总值的奇迹之中,我们被迫接受某些荒唐或虚伪的事情。在另一方面,现在比一世纪前有了更多的私生活,这整个事情最为重要,因为这关系到私生活(包括性生活)受到剥削和统治技巧的侵犯。

就这样,赫索格的思潮没完没了,永无休止。他穿好窄条子的上装,又坐了下来,写道:每一个人都有权改变自己的生活。改变!我希望你能看出我摩西·赫索格正在改变。在生活中,必须给色欲以适当的地位,尤其是在一个解放了的社会之中,因为这个社会了解性的抑制和疾病、战争、财产、金钱的关系。事实上,做爱是公民富有建设性的、有用的社会行为。所以,此时此地,我在这日暮黄昏里,洗过澡、刮过胡子、擦过粉之后,穿上窄条子上装,又流着汗,神经紧张地牙齿咬住嘴唇,仿佛在期待着雷蒙娜会怎样咬我的嘴唇。我没有力量拒绝一个巨大的工业文明对精神上的要求所开的享乐主义的玩笑。

雷蒙娜用自己的嘴唇来回摩擦着赫索格的嘴唇。她正在引导他(多少带些侵略性)离开仇恨和狂热的内心搏斗。她的头向后仰着,带着激动、技巧与目的。他们互相拥抱着。但是突然他们停止了接吻,电话铃响了。"啊,天哪,是霍布里打来的。他一定看到你到这儿来了……"赫索格准备写给霍布里一封信。他抚摸着她浓密的头发,堕入了梦乡。

和雷蒙娜的一夜给了他新的力量。但是,当他回到自己住的公寓时,他又变成那个无法逃避的摩西·赫索格了。他又感到自己倒在了人生的荆棘上,流着血。他接通了律师辛金的电话,同他商量关于女儿琼妮的监护权的问题。辛金很忙,赫索格请他帮忙推荐位律师。辛金告诉他:"请律师要花很多的钱，你又不是百万富翁，我接受你的案子。"

他走进浴室，在浴室里，他感到自己比较有力量，比较能控制住自己。实际上，他想起了住在路德村的那一段日子，当时一连好几个星期，他都要求马德琳和他在浴室的地上做爱。马德琳虽然答应了，可是他看得出来，当她躺在那冰冷的旧瓷砖上时，充满一肚子的怨气。他涂着肥皂泡，把刀片夹到刮胡刀上。我感谢上苍给予我一个人的生命。可是这生命在哪儿呀！作为我生存唯一借口的人的生命在哪儿呀！他的脸出现在斑驳的镜子里。脸上长着涂满肥皂泡的胡子。我的天哪！这个生物是什么？这东西认为自己是个人。可是究竟是什么？这并不是人。但它渴望做个人。像一个烦扰不休的梦，一团凝聚不散的烟雾。一种愿望。

纽约现在留不住他了。他得去芝加哥看望他的女儿，去勇敢地面对马德琳和格斯贝奇。飞机着陆的时候，赫索格拨回了表上的钟点。出租车驶向他已故父亲的房子，房子里还住着父亲遗下的寡妇——他年迈的继母陶贝。他就坐在靠近父亲去世前一年要用枪打他的地方，父亲所以会大发雷霆是因为钱的事，赫索格当时身无分文，他要求父亲借给他一笔钱。"要不要我去给你烧杯茶？"陶贝说。"好的。我是想喝点茶。我还想看看爸爸的书桌。"赫索格终于在书抽屉里找到了他要的东西——老赫索格的手枪。他打开枪膛，里面有两颗子弹。

他告别了继母，朝哈珀大街走去。并不是每个人都有机会带着清白的良心去杀人的，是他们自己开启了理当挨杀的大门。死是他们应得的报应。他有权杀死他们。当他站在他们面前的时候，格斯贝奇只会低下头为自己的罪恶痛哭流涕。马德琳会尖叫，在他心里，她已经是他的杀人凶手了。

赫索格走近厨房窗子，马德琳在里面！他注视着她，停止了呼吸。她的光滑的头发散披在肩上，她在餐桌和水槽间来回走动着。隔壁就是浴室，有只手伸出来关掉水龙头，那是一只男人的手，是格斯贝奇。他正在给赫索格的女儿洗澡！琼妮正在咯咯地笑着，身子扭来扭去，泼着水，脸上现出酒窝，露出雪白的小牙齿，皱起鼻子，在玩着。格斯贝奇为她擦肥皂，冲洗，用她的玩具小船舀水浇她的背，他温柔地给她洗着。她微微弯着腰让他去洗她的小屁股。赫索格瞪着眼看着这一切。一阵极度的痛苦传遍了他的全身。现在就可以打死他，弹膛里有两颗子弹……但他从垫脚的水泥砖上下来，重又悄悄地走过院子，并倾身走出了院门，走进了小巷。用这支手枪杀人只不过是一个念头而已。

这天，他在老朋友阿斯弗特家里过夜。第二天，在阿斯弗特的帮助下，赫索格终于与女儿琼妮在杰克逊公园科学博物馆灰色的长石阶上见面。"我的小宝贝，爸爸多想你。"他拥抱着天真、童稚的女儿。他牵着她的手，带她去参观水族馆。直到孩子玩够了，他也累得够呛。离开杰克逊公园后，因为他的小福特车刹车太灵敏了，为避让从后面超越的小卡车，不料撞到了电线杆上。他听到琼妮的尖叫声，但是他转不过身来，很快昏了过去。两名警察拿到了他的皮夹子，当然还有那支手枪。在他苏醒过来后，受到了警察的盘问，并被带到警察局。警方通知马德琳来领小琼妮。马德琳回答警察提问时说："他骚扰过我。他的精神病医生认为应该对我发出警告，因为他妒忌成性，是个爱惹是生非的人，他的脾气坏透了，我希望受到保护，以免受到各种暴行的迫害。"马德琳带走琼妮后，赫索格疲劳不堪地拨通了哥哥威利的电话。威利花了300美元的保释金才把他保释出来。当兄弟俩离开警察局的时候，他的哥哥说："你得好好休息一下。我们顺路请我的医生给你看一看吧。"

赫索格回到了路德村，他要在自己的乡下住宅养伤。庭院里长满了杂草，他再也不会有力气来干这么多活：锤打、油漆、修补、拼接、修剪、喷洒，屋子里有一股霉气，这是意料中的。他在卧室里发现了猫头鹰，它的窝在床上面的一盏大吊灯的灯座里。在这灯下面的床上，他和马德琳不知道经历过多少痛苦和仇恨（当然也有一些欢乐）。他打开更多的窗户，阳光和乡下的空气立刻进入房中。就在这儿，赫索格发自一种宁静的真情，认真地开始考虑起另外一系列书信来。

我亲爱的雷蒙娜，你是一个多好的女人。写到这里他停下考虑了一会儿，他是否应该告诉她，他现在在路德村。然而，他还是把发信地点写成芝加哥，他现在需要的是安宁。

亲爱的马科，我已经来到乡下的老屋，这儿的情况还不错。夏令营结束后，你也许愿意和我在这儿消磨一段时间，就只我们两个人——过一过艰苦的生活。也许在圣诞节时你和我可以去加拿大做一次旅行，只为了体验一下真正的寒冷。你该知道我也是一个加拿大人。

要是我真的疯了，也没什么，我不在乎。

我亲爱的默梅斯坦教授，我要祝贺您写出了一部辉煌的著作。您知道，在有些方面,您抢先说了我原来要说的话,我感到难过极了,为此整整恨了您一天。

他的最后一个星期的写信生涯就这样开始了。他漫游在自己那20英亩的山坡上和村子里,写着他那些信件,但是没有一封发出去的。

威利来看望他。他建议赫索格把这座房子卖掉。"你是个明白事理的人。你所需要的是监督下的休息,我已要我的医生给此地的医院打个电话,是皮茨菲尔德的医院。"但赫索格坚持认为,把他交给一个精神病医生是一种错误的做法。这时,雷蒙娜找到了他,她盼望赫索格在这个乡下住宅招待她一顿美好的晚餐。于是赫索格请当地汽车行老板娘塔特尔太太帮他打扫了房间、准备好饭菜。他拿起一把大镰刀,去清理院子,以便让雷蒙娜对这幢房子有个较好的印象。他想到了吃饭时应该点蜡烛,因为雷蒙娜喜欢烛光,从林子里回来时,一路上他为装饰餐桌采了一些鲜花。侧耳倾听塔特尔太太那有节奏的扫帚扫地声。他心里想,除了拒绝进医院之外,他还能为自己的神志正常提供些什么证据呢。也许他得停止写信。是的,事实上也是那样。他知道,他不会再去写那种信了。不管过去几个月来他发生了什么事,这种写信的冲动似乎真的过去了,真的消失了。现在,他对任何人都不发出任何信息。没有,一个字都没有。

《庄园》
艾萨克·巴希维斯·辛格

1978年
诺贝尔文学奖得主

"他的洋溢着激情的叙事艺术,不仅是从波兰犹太人的文化传统中汲取了滋养,而且还重视人类的普遍处境。"
——获奖评语

艾萨克·巴希维斯·辛格
〔美国〕

艾萨克·巴希维斯·辛格1904年7月14日生于波兰的莱昂辛镇。父亲是一位贫穷的虔敬派犹太教拉比,母亲出身于犹太教拉比世家。父亲神秘的虔信主义和母亲的理性主义对年幼的辛格思想的形成起了决定性的作用。

1908年,全家迁居华沙。辛格在华沙教区学校学习犹太民族的希伯来语与意第绪语。

1921年,为了逃脱比尔戈雷令人窒息的气氛,辛格准备遵从父母之命进华沙犹太神学院学习。受他哥哥伊斯雷尔·约瑟夫的启发,他开始从事世俗创作。他15岁时就开始使用希伯来语写诗和短篇故事,后来便永久地转向用意第绪语创作。20世纪20年代,他靠做一些翻译工作勉强谋生,并为一家意第绪语文学期刊《文学丛刊》担任校对,同时也在期刊上发表了最早的一些短篇小说。1935年辛格出版了第一部作品——以魔鬼撒旦为题材的《戈兰的撒旦》。

1935年辛格离开波兰,到美国和已经在纽约安家的哥哥一起生活。在那里,他开始为一家意第绪语日报《犹太前进日报》撰稿,并在其写作生涯中一直与它保持联系。1940年他与德国移民阿尔玛·海尔曼结为伉俪。1943年加入美国籍。

从 20 世纪 40 年代开始，辛格致力于以犹太社会的生活为主要题材的小说创作。30 多年中，他写了 16 部长篇小说与短篇小说集，三个剧本及回忆录、散文集等。从辛格整个创作来看，短篇小说的成就更高于长篇小说。

辛格使用的意第绪语现在已很少有人使用，他的创作不但拯救和继承了古老的波兰犹太人的文化传统，而且也丰富与发展了美国当代文学。1978 年获得的诺贝尔文学奖是对他继承与发展意第绪文学和美国文学双重传统的最高奖励。

庄　　园

在 1863 年起义失败后，许多波兰贵族都被绞死了，那些未被绞死的——包括雅姆波尔斯基伯爵在内——都被流放到西伯利亚去。这个市镇就是以他的名字命名的。几个星期后，镇里读公告的人打着鼓把雅姆波尔人都召集起来，宣读了一项从圣彼得堡来的法令。这项帝国法令宣告完全没收雅姆波尔斯基伯爵的产业，沙皇亚力山大把伯爵的财产赐给了他手下的一个将军。

卡尔门是一个有点儿地位的犹太人，他问到了雅姆波尔斯基庄园新主人的名字，斗胆恳求公爵阁下准许他租借这所庄园和它的附属地。年轻的公爵接见了卡尔门，并与他签了一份租契。不久之后就由卡尔门掌管了雅姆波尔斯基产业。卡尔门搬进了原先是庄园铁匠住的一间小屋里。因为上帝没有赐福卡尔门老婆齐尔达生一个男孩子，所以卡尔门只得为他们的四个女儿预备嫁妆了。没过不久，庄园丰收的事实证明卡尔曼的新投机行为是正确的。就这样，卡尔曼还不到 40 岁时，他已经很有钱了。他的文化程度并不高，但他却因他的虔诚、正直和精明而受人尊敬。

尽管卡尔门已腰缠万贯，但生活上却仍勤俭持家，严禁他那来自富裕家庭的妻子齐尔达染上奢侈的恶习。

在雅姆波尔，不仅卡尔门而且所有犹太居民都繁荣昌盛起来。卡尔门发过誓再不冒新的商业风险了，但他却卷进了一项恢复位于雅姆波尔郊外的一家濒于破产的砖瓦厂的计划中。卡尔门以他的资产和现金储备做保证,可以随时获得低息贷款,这样他有了砖瓦厂,对于新的公共建筑工程,就不但能供应木材和石灰,而且也能供应砖瓦了。

未来的亲家公维纳从华沙送来了一封信,信上说他本人和他一家人要到雅姆波尔来两次,一次订婚,一次结婚,卡尔门欣然同意了。他的大女儿约雪贝德就要19岁了,已经过了一般结婚的年龄了,而且他认为女儿越早出嫁越好。这次婚礼在雅姆波尔是一件大事。新郎梅耶一到达马上就去畜舍看牲口,然后在他兄弟的陪同下在正在播种冬小麦的田野上逛了很久。在天篷下面,新郎一只脚踏在约雪贝德的鞋上,借此表示他将做主人,他摔碎一只酒杯作为好运气的兆头。当地的宾客都认为卡尔门挑中了一个得意女婿。但是这并不值得惊诧:金钱可以买到任何东西——甚至可以买到天堂里的一席座位。

在犹太教堂和读经室还在建造期间,作为临时教堂用的棚屋里,拉比巴贝德的儿子爱兹列尔每天在读犹太教法典,他还读描述自然奇迹的书、大城市和外国的导游书、报道未开化的人生活的书。他甚至会发出这样荒谬绝伦的邪说来,说是地球绕着太阳转而不是太阳绕着地球转;有一次爱兹列尔带回家来一块磁铁证明它能吸引钉子;另外一次,他点燃了一支蜡烛,用一只平底酒杯倒过来覆盖着,用来说明火焰熄火的原因是由于缺乏氧气。爱兹列尔的母亲虽然惊讶儿子的古怪行为,但对他能具有这样的智慧而感到高兴,而他父亲则老为儿子发愁。他之所以到雅姆波尔来当拉比,原因之一也是为了避免儿子被外界诱惑。

卡尔门和巴贝德都急于看到他们的孩子二女儿谢英德尔和儿子爱兹列尔结婚,于是就把婚期定在犹太五旬节之后的安息日。这期间卡尔门邀请未来的亲家到庄园来参加新年圣诞节的盛宴,这是一次家庭宴会。在宴会上男宾们争论着鬼魂的故事。"科学只关心看得见的东西,只关心有重量有尺寸的事物,"爱兹列尔说,"人们不能承认荒谬的东西。"梅耶对爱兹列尔的自大以及对神灵的亵渎表示不满。正送点心进来的谢英德尔听了也很吃惊,于是她拿着托盘站在桌子旁边听他们的谈话。她很高兴她的未婚夫持有先进的见解并且敢于表达出来。"那么你不相信灵魂的轮回吗?"梅耶问道。"无论在《圣经》中还是在犹太教法典中都没有提到过这点。"爱兹列尔回答。

梅耶力图劝说他岳父取消这次婚约,但是卡尔门不愿使爱兹列尔或者他父亲——雅姆波尔的拉比失面子。当他知道了谢英德尔对爱兹列尔的感情以后，卡尔门就开始为爱兹列尔辩解了："在争辩热烈的时候谁不会说错话呢？"

卡尔门近来发的财似乎给他带来的都是埋怨。他永远在为自己辩护，向人道歉，进行贿赂和做出许诺。夜里，齐尔达常常唤醒他说头痛和肚子阵痛，"你的财产对我有什么用处呢？"卡尔门愈发相信他是他自己财富的奴隶而不是主人。他妻子的话实在是对的。

在节日期间，有人向卡尔门推荐两个年轻人作为他三女儿米列爱姆的对象。一个是约雪南，是拉比的寡妇女儿坦美列尔的儿子；另一个是普洛茨克来的富翁戈比纳的儿子。但米列爱姆不愿嫁给约雪南，而卡尔门又不愿使坦美列尔失望。于是卡尔门只得把他11岁的小女儿叫来。"特西贝尔，你见过约雪南吗？"卡尔门问道，一面握着她的手。"是坦美列尔的儿子么？我看见过他的。""他给你的印象怎样？""他的鬓发很漂亮！""你喜欢他做新郎吗？"特西贝尔变得认真起来了。"他不是要同米列爱姆订婚吗？""米列爱姆不要他。约雪南是一个大学者，你将嫁给他，上帝许可。"

在华沙的一个郊区伏拉，有一家雇佣了大约40人的家具厂，雅姆波尔斯基伯爵失踪的儿子鲁西恩在这里做工。一天下午伯爵的女儿海仑娜和卡尔门的三女儿米列爱姆在庄园的池塘边玩，鲁西恩突然从树林中出现。"别害怕，姑娘们，"鲁西恩喊着，一面向她们走着，"海仑娜，这位姑娘是谁呀？"他向米列爱姆点了点头，并请她们不要对任何人说他曾来过这里。这一次意外的见面决定了米列爱姆的命运。

晚饭时，一家人都发现米列爱姆神态异常，她闭了眼睛坐着，俯了头对着菜盘，匙子从她手中掉了下来。"你睡着了吗？你怎么不吃？"齐尔达说。"你有什么不舒服，感到什么地方发痛吗？""她在梦见一个骑着白色战马的骑士。"谢英德尔开玩笑道。

夜里，她睡得很不安，像在发烧一样。鲁西恩连续不断地以不同的装束在她面前出现，她梦见他们一起私奔但是总有阻碍。一个接一个奇怪的梦把她困扰得无法入睡。直到天亮，她才朦朦胧胧地睡着了。但没过多久，海仑娜来找她，希望她能去看看鲁西恩，并说鲁西恩有话同她说，显然鲁西恩爱上了米列爱姆。经过一段时间的接触，米列爱姆也深深爱上了鲁西恩。鲁西恩要她和他一起去林堡，然后去巴黎结婚。他出人意料的要求使她惊骇不已。要是跟他私奔，她将会失去一切，但牺牲这一切的后果会得到爱情吗？经过一番激烈的思想斗争，她还是跟他走了。

第二早上卡尔门发现米列爱姆跑掉了。女儿的私奔使卡尔门受到极大的刺激，他想起了《圣经》上的一行诗，两条腿几乎要弯下去了，那行诗说"天主给的，天主拿去了"。

两年过去了。约雪南与特西贝尔结了婚，婚礼十分豪华，使卡尔门耗费了一大笔财富。婚后过了七天，这对小夫妇就住到玛希诺夫拉比的宅邸里去了。约雪贝德与梅耶也搬出去住在自己的家里。特西贝尔婚后三个星期，齐尔达便病故了，这样，卡尔门家里就连一个女主人也没有了。同卡尔门一起住在家里的只有一个女儿谢英德尔。谢英德尔的儿子开始学说话了。但是连谢英德尔也不能使卡尔门感到称心如意。爱兹列尔因拒绝接受供给膳宿的建议而出门到华沙去学习了。

许多信件寄给卡尔门向他推荐续弦的对象，媒人不断地到庄园里来。由于凑巧，卡尔门同营造商卡米纳27岁的寡妇女儿克拉拉同到华沙去。在月台上，卡米纳说着粗俗的笑话。克拉拉年轻、迷人、聪明，鲜花和香水的芬芳使卡尔门发晕。在二等车厢里克拉拉向他靠拢过来，她的膝盖靠拢他的膝盖。情欲使卡尔门欲火难耐。他祈祷起来，求主救他免受魔鬼的试探。如果克拉拉注定是他未来的妻子，他将领她到举行婚礼的天篷下去。

自从拉比生病以来，约雪南一直在他的顶楼房间里念经而不到读经室去。他听见别人都在说这老人死后他将被选作拉比，但是约雪南决定不接受这个职位。首先，他算是什么人，可以做拉比呢？他脑子里充满了邪念，他深陷在肉欲、愤怒、骄傲、忧郁和其他邪恶之中。在这个问题上，只有他的妻子特西贝尔支持他。

在雅姆波尔和周围的地区，人们经常闲聊的有两个话题。第一个是卡尔门要同卡米纳的女儿克拉拉结婚；第二个是公爵把庄园的租借期延期10年，但不是租给卡尔门一个人，而是租给卡尔门与克拉拉两人合伙。雅姆波尔现在有了谈话、讥笑和嘲弄的事物了。人们传言经常看见克拉拉同公爵手挽手在散步，有人甚至声称亲眼目睹看见他们在树下接吻。

卡尔门希望婚礼不要张扬，就在华沙的一个拉比家里举行。他是一个鳏夫而她是个寡妇，干吗要大吹大擂呢？但是克拉拉已经决定婚礼在她姑妈的公寓里举行。克拉拉想要炫耀一下她的奢华的衣衫和珍贵的珠宝。卡尔门婚礼上吃着理该禁食的食物，同一个未行沐浴仪式的女人睡在一起。"我在变成一个异教徒了。"卡尔门心里想，对于魔鬼这么快就把他勾引进地狱感到惊讶。

米列爱姆同鲁西恩的生活一开始就很苦难。鲁西恩很快就把他在华沙变卖他母亲珠宝所得的2000卢布挥霍光了。他在一家家具厂里找到了活干，但不久后就同雇主吵翻了。每夜回家都喝得烂醉，米列爱姆怀孕的时候曾不止一次地挨饿。一个洗衣妇邻居劝米列爱姆收一些单身汉的衣服来洗并且给了她几个地址，她便以此为生，直到她分娩那一天，她仍在替人洗衣服。他们的孩子弗拉吉奥夜里难免哭闹，鲁西恩居然吼道，"把这小杂种永远扔掉！"米列爱姆听了这话伤心得放声大哭。

卡尔门从来不提米列爱姆的名字，也没有人敢在他面前提到她。她逃走之后，他为她悲痛了7天，此后她就不再是他的女儿了。卡尔门住在庄园宅子里，占着伯爵的卧室，睡在伯爵的床上。克拉拉不但接管了房子，而且也买下了房内的家具。她不仅是卡尔门的妻子，而且还是他的产业和石灰矿的合股人。她自称为克拉拉·杰柯贝娃夫人，她怀孕了。但这种情况也不能使卡尔门认识到他已犯了重的错误。他们刚结婚就争吵得很凶，原因是她太任性了，未经卡尔门的许可就解雇他以前的雇工，常与邻近的地主发生争吵，邀请卡尔门不喜欢的男人到家里来。虽然卡尔门仍勤奋地工作，但由于开销大，往往入不敷出。克拉拉过着女皇般的生活，乱花钱，任意使唤人。当卡尔门提出克拉拉是否可以少买些首饰。她轻蔑地回答道，"别以为你是在跟你的齐尔达讲话！我是克拉拉，我爱好漂亮的东西，不喜欢雅姆波尔的破旧衣服。"卡尔门没说什么。这不是她的错，而是他自己的错，他一生中第一次诅咒了自己。

巴贝德坐在克劳契玛尔纳街他的书房里，面前翻开着一本犹太教法典的注释本。每个人都要来请教这位拉比，包括窃贼和堕落的女人。谁想得到事情竟然变成这样子呢？他儿子爱兹列尔把一切犹太人的东西都抛弃掉了。他不顾做父亲的义务，扔掉长大衣去学做医生了。

当儿子沙夏出生时，卡尔门欣喜若狂。上帝赐给他以后嗣。沙夏不满3岁时就会了爬树。他淘气得出奇，虐待农民作为礼物送给他的小动物，他打雇来的保姆和女仆，捉弄为他请来的家庭教师。如果卡尔门为这些事打了他，他会骂卡尔门是"龌龊的犹太人"，然后用脚踢他。克拉拉此时会拼命地护着的儿子。他们很快又吵起架来。克拉拉笑啊，哭啊，威胁啊，辱骂啊，并且警告他她会带着孩子出去，或者自杀。她甚至宣称要弄个情夫使卡尔门戴绿帽子。

卡尔门身穿长睡衣，戴着便帽坐在床上，胡子蓬松，两只脚悬空着，看见了镜子中的面容，他的胡子花白了。那边的世界已经在召唤他，他却同这个给他生了一个怪孩子的坏女人争吵，浪费光阴。

在为穷人设立的免费门诊部工作的医生们，在回家之前通常都到休息室来坐一下。爱兹列尔和大多数年轻医生一样都参加社会公益服务的活动，他们组织了一个叫作"卫生"的协会。爱兹列尔非常羡慕那些专业比他更为明确的医生——内科医生、性病医生、皮肤科医生、妇科医生，他却进入了一个几乎是毫无所知的领域——精神病与心理咨询。他也有过一次艳遇，真正的充满秘密和危险的艳遇。但他知道，他同谢英德尔的婚姻毕竟是预先安排好的婚姻。

卡尔门65岁了。曾经有个时候他认为到了那个年纪他就死了。但是感谢上帝，他很健康。梅耶现在对产业和已经几乎挖空了的石灰矿负完全责任。卡尔门把所有的事情都交给了女婿，他本人依旧做着重体力劳动。他同克拉拉分居了，已经过了好几年没有妻子的生活；肉欲在他血管中沸腾。要是无所事事，他会疯了的。他满心充满了对古代的渴望，那时犹太人住在以色列的土地上。他们每年三次到耶路撒冷去朝圣。他们有自己的土地、森林、葡萄园、无花果树。一个国王统治着犹太人，还有人作预言。卡尔门想到，在那个时候同样也有罪孽，这怎么可能呢？真是不能理解。

1981年
诺贝尔文学奖得主

"作品具有宽广的视野、丰富的思想和艺术力量。"
——获奖评语

埃利亚斯·卡内蒂
〔英国〕

埃利亚斯·卡内蒂于1905年7月25日出生在保加利亚的鲁斯丘克城。其父是奥地利籍犹太人,其母是西班牙籍犹太人。

卡内蒂六岁时,他们全家迁居英国曼彻斯特,在那里,他学会了用英语谈话和阅读。在中学,他学习法语,但还是德语最吸引他。由于父亲1912年突然去世,卡内蒂的母亲决定移居维也纳,并在整个夏天教他学习德语。卡内蒂先后在苏黎世和法兰克福等地读完小说和中学。接着,他进入维也纳大学学化学,1929年毕业并获博士学位。但他从未从事过化学专业的工作。

卡内蒂精通多种语言,但他始终用德语写作。他不是一个多产作家,也不是专门致力于某种文学体裁的作家。在他的九种作品中包括了七种不同的体裁,有小说、戏剧、自传、游记、笔记、文集、论著。他的全部作品放在一起就显示出他的独创天才,他的作品具有广阔的视野、丰富的思想和感人的艺术魅力。

他的文学生涯正式开始于25岁时,那时他开始写唯一的一部小说《迷惘》。1932年他发表了第一个剧本《婚礼》。1934年2月,卡内蒂与维奈蒂娅·陶柏娜·卡尔德隆结婚。1938年5月,希特勒吞并了奥地利,他们在同年11月随着最后一批逃出维也纳的人前往巴黎。第二年他们移居伦敦,并在那里安家。

《迷惘》
埃利亚斯·卡内蒂

1950年他发表了剧本《虚荣的喜剧》，1964年发表了剧本《确定死期的人们》，这些戏剧没有主角，没有情节，只表现某种生活场面和人物的心理状态，带有荒诞派的色彩。1960年他出版了继《迷惘》之后最引人注目的论著《群众与权力》。第一个妻子死后，1971年他与埃拉·比舍尔结婚，后来生了女儿约翰娜。此后，他分别将他的家安在英国汉姆斯特德和瑞士的苏黎世。

1977年和1980年，他出版了自传《得救的舌头》和《耳中火炬》，回忆了他从童年时代到1931年经历。

迷　　惘

彼得·基恩教授，瘦高个，是位汉学家，他生性沉默寡言，郁郁寡欢。他每天早上7点至8点散步，经过书店时总爱看看书店的橱窗。他拥有这个大城市最大的一家私人图书馆。他出门时总是随身带上几本书。在他那忙忙碌碌、清教徒式的生活中，藏书是唯一的乐趣。

他掌握了十几门东方语言，至于掌握几种西方语言当然就更不在话下了。许多古代的汉语、印度语、日语文稿中残缺不全的地方他都能设法补起来。他对自己要求极严，总是十分小心地、慢慢地、不厌其烦地用几个月的时间仔细斟酌一个字母、一个词汇或一个句子，直到他觉得肯定无懈可击了才肯罢休。虽然他迄今发表的论文为数甚少，但他的每一篇论文都成了别人上百篇论文的理论基础，这使他享有当时首屈一指的汉学家的声誉。

这天他散完步回到家里。他的图书馆就设在家中，位于诚实大街24号那幢楼房的最高一层，即第五层。他家的大门用三把很复杂的锁锁着。他打开门，穿过前厅，步入书房，然后在连接四个大房间的笔直走廊里走了几个来回。这四个房间便是他的藏书室。房间四壁一直到天花板摆放的全是书。没有一件多余的家具，也没有闲人来扰乱他严肃的思考。

第一个房间是书房。一张很大的旧写字台前摆着一把扶手椅，另一把扶手椅在对面角落里，此外还有一张狭长的沙发床，基恩很不愿意看它，因为它只是睡觉用的。靠墙倚着一把活动梯子，它比沙发床重要得多，每天都得从一个房间搬到另一个房间。这些就是全部陈设，其他三间屋里只有书架，没有椅子、桌子和梯子。他用梯子把散步时随身带的几本书放归原处。尽管他非常小心，最后一本书，他最喜爱的《孟子》还是从书架上掉了下来。"笨蛋！"他冲着自己喊道："野蛮！文盲！"他十分心疼地从地上拾起来那本书，匆匆地向大门走去，打开门朝外喊道："把那块最好的抹布拿来！"

女管家很快就来了，她走进房间，一眼就看出发生了什么事。她径直朝那本书走去。她那浆过的蓝裙子一直拖到地毯上，遮住了她的双脚。她的头是歪的，一对招风耳又扁又大。由于脑袋向右边歪着，右耳朵碰到了肩膀，并被肩膀遮住了一部分，所以左耳朵就显得格外大。她走路或说话时总是摇晃着脑袋，两个肩头也就交替着晃来晃去。她弯下腰，拾起那本书精心地擦了十几下，然后像递一个干净盘子一样把书递给他。她本来很想跟他攀谈几句，但没有成功。他只是简短地说了声"谢谢"就转过身去。她明白他的意思，于是悻悻地走了。

八年前基恩在报纸上登了如下一则广告："拥有大量藏书的学者招聘一名尽心负责的女管家。凡品德端庄者均可报名，品德恶劣者请勿上门。报酬听便。"台莱瑟·克鲁姆霍尔茨当时本来已有一份称心的工作，但她当时还年轻，不满48岁，所以很想到一位单身汉家里帮佣，在那里她可以更好地支配一切。看了广告的第二天，她一大早就到基恩那里，基恩和她谈过话后就把她留了下来。清扫图书馆的任务她完成得不错，基恩很满意。至于她的烹饪技术好不好，他不知道，这一点对他来说实在是无所谓的，只要有饭吃就行了。因为他总会按时付给她丰厚的报酬，所以台莱瑟对基恩的工作怀着某种敬意。

教授每天清晨6点起床，穿衣漱洗一会儿就完毕了。然后他会在书房里一直呆到7点，谁也不知道他在里面干些什么。通常他总是坐在写字台旁写作。他出去散步的时候，台莱瑟便整理兼搜查一下交给她管的几间房间，因为她猜想他一定干着见不得人的勾当，但她的搜查总没有什么结果。就这样，那罪恶的勾当渐渐变成了一个秘密。她对他那见不得人的勾当是深恶痛绝的。这鬼东西，真讨厌！他是一个严肃的人，从来不笑，也从来不多说一句话！他是在我面前装傻，而这样一个家伙竟然有钱！有很多很多钱！他应当有个监护人。他怎么知道这钱该怎么花呢！他要这么多书干什么？他又不能一下子把所有的书都看完。这种人只能称作傻瓜，为了不让他白白浪费钱，应该让他滚蛋。我要让他看看他引进家里的究竟是不是个正派女人。他以为他可以把任何人都当成傻瓜。对我可不行，他也许可以愚弄我 8 年，但决不会更长了，决不会！她心里这样想着。

在第二个星期天的一个偶然场合里，基恩听到台莱瑟对孩子的教育和学习发表了一通议论，不禁被她的话所吸引。这个没有受过教育的女人居然如此重视学习，看来她的本质还不坏，她也许非常渴望受到教育。于是他说："如果您想读点什么，尽管向我提出来。""那我就不客气了。我早就想向您借书了。"基恩答应明天找本书给她，过后又想：她已经 50 多岁了，她看得懂书吗？她的手指又粗又硬，薄薄的书页经得起她翻弄吗？第二天她果真来借书了。他找了一本封面满是污渍、书页油腻的小说递给她。她从腋下抽出一叠包书纸，她细致地挑选出大小合适的一张，像给孩子穿衣似地把书包好，接着又抽出第二张说："包双层更好。"但这张纸有点不合适，她把它又放了回去，重又抽出第三张把书包好。

基恩目不转睛地盯着她的动作看，好像平生第一次见她似的。他以前小瞧她了，她比他更爱惜书。他为自己的小心眼感到羞愧，为她感到高兴。他向她走近一步，用瘦骨嶙峋的手拍拍她的肩膀，几乎是亲热地说道："您真是一个好人。"她怀着胜利的心情飞快地溜进厨房。

不过基恩还没有完全放心。或许她仅仅是在他面前表演给他看的？他的图书馆远近闻名，说不定她正在策划一个庞大的窃书阴谋呢。他一定得知道她独自一人拿着那本书的时候在干些什么。一天，他突然闯进她的厨房。他说他要一杯水，当她急忙去替他拿水的时候，他看见那本书放在一块天鹅绒的绣花垫子上，书翻到了第 20 页。她把水递给他，手上戴着一副白色的软羊皮手套，见此情景，他一句话也说不出来。自他打 5 岁起读书，至今已有 35 个春秋，还从未想到过戴着手套看书。她还说每一页都要读十几遍，否则就学不到什么东西。她为书里沾有已无法去掉的油污斑而感到可惜，她说这样一本书是多么有价值。她没有说"价钱"，而是说"价值"，她指的是书本身的价值，而不是指价格。看来她是一个高尚的人，她有一颗怜悯之心，不是对人，而是对书。基恩十分激动地离开了厨房，对这个神圣的女人一句话也没说。她只听见他在外面走廊上喃喃自语，她知道自己已达到目的。

基恩在图书馆高大的房间里踱来踱去。他想，我犯了一个大错误，8 年来我一直是个瞎子,有一位这么好的女人在我身边,我怎么就没发现呢?我一定要弥补她所失去的8年。我要和她结婚!她是管理我的图书馆最理想的人。一旦发生火灾,我完全可以依靠她。她秉性善良,是一个天生的保管员。除了和她结婚,还有什么更好的做法呢?想到这儿,他不禁有些激动,他冲到厨房,直挺挺地站在台莱瑟面前说:"把您的手给我!"她把手伸给他。他现在上钩了,想到这里,她开始浑身冒汗。他说:"我要和您结婚!"台莱瑟没料到这个决定来得如此之快。她又惊又喜地回答道:"我听您的!"

婚礼是悄悄进行的。只有两个证婚人参加了婚礼。新郎的穿着跟平常一样:鞋底磨歪了,衣服有些破旧。他的脸上没有爱情的喜悦,眼睛也不是看着新娘,而是老看着他随身带的书包。

他们回到家里之后,当基恩畏畏缩缩,顾虑重重地想着干那事,甚至在那张沙发床上放了一叠书,以此把话题引到那件事上去时,想不到台莱瑟已经脱掉那条浆得像贝壳一样硬邦邦的蓝裙子,直截了当地准备干那事了。她走到床前,伸出左臂把所有的书统统扫到地上,随后躺到床上,摆好舒适的姿势,弯起小指头,笑着说:"来吧!"基恩惊愕地张大嘴巴,想叫却叫不出来,一种可怕的憎恨在他心中渐渐升起来,她如此胆大妄为,竟敢这样对待书!他大步冲出房间,把自己关进他家唯一没有书的厕所里,机械地脱下裤子,坐到马桶上,像小孩似地哭泣起来。

过了一天,在台莱瑟的要求下,第四个房间,即离写字台最远的一个房间被当作餐厅,他们每天就在那里吃饭。这样过了还不到一个星期,台莱瑟又要求每人各使用两个房间,这样才公平合理。接着她又借口她的两个房间快被书占满了,为了弥补这个损失,还要给她增加一个房间。基恩则要求她保证吃饭时不说话。为此,他们签署了一个由基恩起草的协定:"我确认,在属于我的三个房间里的全部书籍都是我丈夫的合法财产,其所有权在任何情况下都丝毫不得改变。鉴于让给我三个房间,我保证在共同进餐时不说话。"

后来,台莱瑟又不断地在他跟前唠叨说,他那只沙发床太硬了,睡起来不舒服,应该买一只正正经经的床。他想起结婚那天发生的事,为了抹去这段不愉快的回忆,终于答应了。第二天,台莱瑟不仅买了一张新床,还买了一张梳妆台和一只床头柜。他怒气陡生,再也不愿和她说话了,甚至连看都不想看她一眼。当她还在唠叨地为自己辩白时,他命令道:"别再说了!从现在起我要把所有通向你的三个房间的门统统关起来。只要我在这个房间里，就禁止你进来。我的时间非常宝贵。现在请你出去！"

这样住了几个星期后，他抱怨起新居室太狭窄，他被限制在以前空间的四分之一里面，这使他开始体会到囚禁的痛苦。有时候，他责备自己，因为是他自愿把一个统一的有机体——他的宠儿肢解开的。不过他也得到了无法估量的好处——几个星期没跟她说过一句话。

一天，台莱瑟对他说，她以前做女管家时睡的那个房间太小了，她要搬到里间的藏书室里去睡，因此要买一套卧房家具。基恩给她开了张支票，上面写了一笔大得惊人的数目。——这是按照她说的一套高级卧房家具的价格写的。他要借此打发她去逛商店，自己则在她的房间里用梯子爬上爬下，把书架上的书一本本抽出来，然后翻个个，把书脊朝里一一放好。他要把书名都隐匿起来，他要保护好它们。可是当他翻书翻到书房里的时候，他从梯子上摔了下来，梯子砸在他身上，他流血了，晕了过去。

台莱瑟在一家家具店买了家具后回到家里，她发现家里变了样了，并看见他直挺挺地躺在书房的地上，身上压着梯子，地毯上全是血。她以为他死了，于是就到写字台那里去寻找遗嘱。写字台上了锁，钥匙和遗嘱都没找到。她就去找看门人，说她丈夫死了。看门人是个退休警察，生得又黑又壮，两只长着红毛的拳头痒痒的老想揍人。当他们进了书房后，发现梯子在动，原来基恩还活着，台莱瑟感到大失所望。看门人把基恩放在床上，叫她快去请医生。

现在基恩只能躺在床上了，他很想知道其他房间有什么变化。台莱瑟已经把新的卧室布置好了。她把另外两个属于她的房间上了锁，并把钥匙随身藏在裙子里的一个秘密口袋里。这样，她至少能把一部分财产始终带在身边。她不得不照料他，她也的确在照料他，在此期间她翻遍了写字台的所有抽屉，但是没有找到遗嘱，于是她就唠唠叨叨地向他暗示要遗嘱。同样的话一天要说上十几遍。她每个小时都要打听一次他在银行的存款总数是多少，是否都存在同一家银行里。

天天来探望教授的看门人却是另一种想法。他越来越担心他以后无法得到每月从教授那里为报答他赶走那些烦人的乞丐和无赖而得到的赏钱。只要教授还活着，他就肯定能得到这笔丰厚的赏钱。于是他每天上午都要在教授身边守护整整一小时。

台莱瑟在看门人来探望的时间里总是忙碌着。她在编一份书籍清单。她丈夫当初把书统统翻转过去时她就想到了这一点。此外她也怕她丈夫最近在昏睡中提到的那个弟弟出现，把最有价值的书随身带走。为了弄清图书馆到底有些什么，为了防止受骗上当，她就在餐厅里开始了这项重要的工作。

六个星期以后，基恩可以起床了。他感到自己恢复了健康。他从未感到过自己如此年轻、精力充沛。在一次和台莱瑟的争吵中，他突然感到她是为了乞讨爱情。他是为了书才娶她的，而她却爱着他。她把沙发床上的书统统扫到地上，就是在说：我是多么喜欢你，而不喜欢书。这是一个象征性的求欢姿态。结婚好几个月了，她还巴望着他爱她呢。她比他大16岁，知道自己会死在他前面，但依然坚持双方都写一份遗嘱。她肯定有些积蓄，愿意馈赠给他。为了使基恩接受她的积蓄，台莱瑟就要求他也写一份遗嘱。她想通过金钱来证明她还爱着他。为了摆脱她的爱情，得到她的遗产，他将满足她的要求：写一份遗嘱。这样，她就可以写她自己的遗嘱了。

他在纸上写下了遗嘱。台莱瑟看看那个数字，说好像少了一个零。他说绝对没错，为此她绝望得几乎要掉眼泪：原来他存在银行里的钱只够两年的家用。她要给他考虑所有财产的时间，他应该明白仅有银行存款列在遗嘱上是不行的。她期待着他会加上一个"0"，甚至再加一个"0"。当他第四天早晨7点像往常一样去散步时，她来到写字台旁，找出那份遗嘱，她看到她所希望的那个零仍没有加上去。后几天她再去检查时，发现还是老样子，还是12650这个数字。于是她就在遗嘱上的这个数字后面加上两个零。

基恩散步回来后坐到写字台旁，台莱瑟来到他身后，极度兴奋地对他说了一大堆话，其中提到那个增加了100倍的数字。他听着她语无伦次的话，渐渐明白了是她的一个亲戚给他留下了百万遗产。他想应当用这笔钱去扩大藏书，将图书馆再扩大一倍。他们都谈到了这笔钱的用处，都以为对方真有这笔巨款，最后他看了看那张遗嘱，觉得上面的数字很熟悉，再仔细一检查，才认出这原来是他自己的遗嘱。他说："这可是我的……"她微笑着说："对不起，我加了……"基恩勃然大怒，而台莱瑟却并不在意他的态度，声明道："大丈夫一言为定。"并逼他再写一份。他一下子瘫倒在椅子上。过了好一会儿，他才第一次明白了对方真正的意图。

基恩根据手头的各种证件和单据向台莱瑟证明他现在没有多少钱，他告诉台莱瑟他当年继承了多少遗产，买书又用去了多少钱。最后统计的结果表明基恩藏书的价值远远超过 100 万，于是台莱瑟决定把属于她的三个房间和其余部分隔开，虽然她美好的憧憬落空，但她毕竟占到了三个房间和里面的藏书。

第二天早上基恩醒来时，发现通往隔壁房间的门被锁上了。他看了看，觉得房间并没有比原先狭窄。看来问题不在于这些门，因为他生活中的一切依然如故。他站起身来，因饥饿而略感头晕，这才想起他昨天的午饭和晚饭都没有吃。

他想拉开通往过道的门，却发现自己被锁在屋里了。直到当他自愿放弃吃饭时，台莱瑟才打开房门，进去后对他说，一个男人不能挣钱养家，就甭想得到吃的东西，并且还说过道也属于她。当他尿憋得实在受不了，不得不通过那段禁止通行的过道到厕所去时，台莱瑟就决定要在他那间书房里再占据一部分，作为他走过道的条件。于是她到街上叫了一个搬运工，趁基恩不在房间里时，用屏风把基恩的房间一隔为二。基恩回来后看到这种情况，也没有吭声。

晚上，他从饭馆里吃完晚饭回到家里，看见自己的房间没有灯光，就轻轻地打开房门，轻轻地脱了衣服，轻轻地爬上床，突然他感觉到身下有个不同寻常的软软的东西，他立刻想到可能是"一个强盗"！于是赶紧闭上眼睛，不敢动一动。他感觉到这位不速之客是个女性。他想，这个女强盗肯定已经把台莱瑟杀死了，我应该向她脱帽致敬。他要同台莱瑟离婚，尽管她死了，这事也一定得办。如果台莱瑟还活着，他就要把她打成肉酱。一定得踩她，一定得揍她！

基恩越想越生气，在盛怒中他从床上爬起来。在这一瞬间他挨了重重一记耳光。女强盗大喊大叫起来，声音同台莱瑟的一模一样。他明白过来了，意识到自己想错了，于是就一声不吭地任由她狠狠地揍。她坐起来，时而用拳头，时而用胳膊肘揍他。几分钟后她觉得胳膊有点累，就把他推下床去，用两条腿在他身上乱踢乱踹，当她感到胳膊又有劲时，就骑在他肚子上，用两只手左右开弓地扇他耳光。基恩渐渐失去了知觉。但台莱瑟还在不停地打，骂着不堪入耳的脏话。一直到她觉得全身的骨头像散了架似的才停下。

基恩在沉默和半昏迷状态中度过了两天。他清醒过来之后，忍着剧痛，不敢喊叫。每当台莱瑟走近他的床时，他就缩成一团，像一条被打怕了的狗。几天之后，他终于能从床上起来了。台莱瑟现在一直要睡到上午 9 点，基恩一般是早上6点起床后工作到上午9点。9点到晚上7点他就坐在椅子上一动不动，仿佛被凝固成了坚硬的石头，这样，他就不怕挨打了。因为她的手打在石头上是要疼的。7点过后，当台莱瑟走到房间里最远的角落时，他就迅速离开这幢房子，到饭馆去吃唯一的一顿饭。

台莱瑟现在是发慈悲，才让基恩在家里再栖身数日，因为她还未得到那本还有一点剩余财产的存折。一天晚上，她走到写字台旁，把抽屉翻了个遍，但没有找到要找的东西。她把纸张扔得乱七八糟，愤怒地把最后一个抽屉里的东西撕得粉碎。这些东西都是他几十年来勤奋和毅力的结果呀。他要忍不住了。但他不能动，因为他是石头。但他还是突然站起来，用全身的重量倒在她身上，她厉声叫道："存折在哪里？酒鬼——罪犯——小偷！"她揪住他的脑袋往写字台上撞，用胳膊肘捣他的肋骨。她喊道："从我的家里滚出去！"她往他脸上啐唾沫。他全感觉到了，他感到疼痛，他不是石头。忽然，她揪住他的衣领，把他拖出门外。房门砰地一声关上了。一会儿门又开了。台莱瑟把他的大衣、帽子和公文包统统扔了出来，然后又消失了。她把公文包扔给了他，因为里面什么也没有，可那个银行存折恰恰就在公文包里。台莱瑟万万没有想到这一点。

基恩被赶出自己的家门后，无时无刻不在忙碌着。每天一清早他就上路了，中午既不吃饭也不休息，整天在城里跑书店。从他流落街头开始，他时时刻刻都在想着那些他留在家里的论文。他急于要完成它们，可是没有他的图书馆是根本不行的。为此，他经过深思熟虑后，开列了必需的专门文献目录。由于某种原因，他不得不暂时跟他的图书馆分手，表面上看来他是屈服了，实际上他是用智慧战胜命运。为了科学，他决不后退半步。等他购齐了这些文献，几个星期后他将重新开始工作。他的斗争方式不仅豁达大度，而且是与自己目前的状况相适应的。他是不可战胜的。这期间，他又拥有一个几千册的小书库了。因为他每天都要换一家旅馆过夜，所以他有些担心新图书馆扩充过快，这日益增多的书他怎么拿得了呢？好在他有着惊人的记忆力，于是他就把这个新图书馆装在脑子里，公文包里依然空空如也。

三个星期过后，他把本城所有的书店都搜索了一遍。一天下午，他决定到人多的地方去。这也许会使他忘记自己的孤独，他环顾四周店铺的招牌，忽然看到一块招牌上写着"理想的天堂"，便兴致勃勃地走了进去。门里面烟雾弥漫，什么也看不见。一个黑影把他送到一张小桌旁并叫他坐下，并给他端来一杯加倍的浓咖啡。等烟雾渐渐散开后,他才发现这地方肮脏、凌乱。这时,一个驼背侏儒坐到了他对面的椅子上,并自我介绍说,他叫菲舍勒。他问基恩会不会下象棋,说不会下棋的人算不得人。他滔滔不绝地说了一阵之后,忽然问基恩有没有老婆,基恩说没有。于是他把自己的老婆叫来了。这个女人年过半百,个子高大,身材肥胖,她是个廉价的妓女。沉默了几分钟后这个女人终于问道:"怎么样,你打算付多少钱?"基恩脸红了。菲舍勒骂道:"别胡说,不许侮辱我的朋友;他有意资助我,自愿捐献 20 先令。"她问什么叫资助。菲舍勒说和犹太文中的本钱是一回事。女人说她哪有什么本钱。菲舍勒说这位先生知道我们省下钱来下棋。女人骂道:"我可没这个打算!我又没挣多少钱,我从你那儿连个屁也没得到。背驼成这个样子,早该知足了!你觉得不合适,就下你的棋去!"听了这话,菲舍勒缩成一团。他对基恩说:"您没有结婚,应该感到高兴。她和她的那些朋友把我的本钱全挥霍光了。"

  基恩同情起这个身体残废但精神高尚的人来,而这个女人是什么货色,她一张口向他要钱时他就看出来:简直是台莱瑟第二。他必须给菲舍勒一点帮助。为了不侮辱这个行为高尚的人,他不想直截了当地递钱给他。他掏出装着许多大额钞票的皮夹,取出全部钞票数起来。菲舍勒看到这么多钱就明白了,向基恩要一点资助,对他这种人来说并不是很难的事情。可是侏儒没有开口。基恩数到第 60 张 100 先令的钞票时没再往下数,而是站起身来,拿出一张 100 先令的钞票说:"尊敬的菲舍勒先生,我对您有个难以抑制的请求,请您笑纳这笔小小的钱款,作为您所习惯称呼的资助!"

  突然,他的肩上重重地挨了一击。一只大手搭在他肩上,一个闷雷般的声音在他耳边响道:"也送我一些!"十来个家伙就坐在他身边。有更多的人涌上前来,很快店里挤满了人。当基恩明白过来发生了什么事时,他的公文包已被抢走,自己躺在地上,许多大大小小的手在他衣服的每一只口袋里乱搜。当他们从他身上一无所获时,所有的手又都把他放开了。他赶紧爬起来溜到街上,侏儒在不远的地方等着他,把皮包交给他。他万分感动,真想拥抱这个小矮子。侏儒又把他的皮夹交给他,他连连说:"我该怎样感谢你才好!""百分之十的酬金。"侏儒说。基恩从那叠钞票里拿出一把递给菲舍勒。他不知道自己原来有多少钱,只有菲舍勒知道他自己从这叠钞票里藏起了多少张。侏儒在取得了酬金后对基恩说,他为基恩冒了多大的风险。他希望能从基恩那里再得到一点小费。基恩感到自己有义务帮助他，于是就雇佣了他。

菲舍勒跟着基恩才干了几个小时，就把主人的秉性和脾气摸得一清二楚。他们一进入旅馆的房间，基恩立即取出包装纸，把纸一张张展平。接着，他们把纸一张张铺在地板上。铺完后，基恩没头没脑地说："请您帮我把书放好吧！"他从脑子里取出一摞书递给侏儒。侏儒伸出长胳膊灵巧地接住书，小心翼翼地在地板上堆好。一直到地板上都堆满了书，他们才歇手睡觉。

早晨起床后，菲舍勒把一半的书又全都装进了主人的脑袋里，另一半的书，基恩让菲舍勒替他保存在自己的脑子里，然后他们就上街了。

第三天，基恩陪菲舍勒去一家当铺赎银烟盒。路上，菲舍勒向他介绍了当铺的情况，讲到书的时候，他便绘声绘色地描述了当铺里的那些人怎样收纳典当的书籍：一个猪猡估价，一个狗东西开当票，一个女人用脏布把书裹起来并系上号码，一个颤颤巍巍的老头踉踉跄跄地把书拖走。看到这情景，谁能不心碎呢？基恩很气愤，并且忧虑不已。等菲舍勒赎出银烟盒后，基恩就叫菲舍勒带他到书籍典押处那儿去。他在通向典押处的楼梯上等了整整一个小时，这时，一个饿得半死的大学生前来当席勒的著作。基恩拉住他，拿过皮包仔细看了看，说这版本不值什么钱，又问他想要多少钱。然后按索价给了大学生 32 先令，并劝他说："别再干这种事，书比人还贵重呢！"最后他把皮包还给大学生，并同他亲切地握了握手。

从这天起，基恩每天早上不等当铺开始营业便来到这里，一开门他就准时来到通往那楼梯的玻璃门前，一旦有人推开玻璃门，他就上前问道："您有何贵干？"菲舍勒则在一边为他放哨，因为他站着的地方是严禁停留的。一天，在去当铺的路上，菲舍勒叫基恩先走，他在外面放哨，他们得装作不认识，有紧急情况他会来提醒的。基恩刚跨进当铺，菲舍勒就一溜烟地跑到"理想的天堂"咖啡馆，叫拢来四个人：一个小贩、一个"瞎子"、一个下水道工人、一个女报贩。他对他们说："我开了家公司，你们只要签个字，一切听我这个老板的，我就雇佣你们。每人每天可以挣到 20 先令，事情大概要 3 天才能干完。开张第一天预付每人 5 先令。不过签字者要保证把赚到的每一个铜板都上交公司。"于是这四个人都在这张颇为吸引人的合同上签了字。菲舍勒带着他们上了路。到一家书店门口，他进去买了 10 本廉价小说，让伙计捆成一个引人注目的包裹。按他的吩咐，下水道工人等在门口，其他三人继续往前走。他把包裹交给下水道工人，把去当铺的路线讲解了三次，并告诉他有个又高又瘦的先生站在玻璃门边。如果这位先生拦住他，就索取200先令。然后把钱和包裹带到教堂后一个特定的地方去取报酬。关于他所做的事，对任何人都不能透露。明天早晨9点，他得准时再来，下水道工人走后，菲舍勒赶上另三人。菲舍勒又把同样内容的话分别关照每个人，让他们都拿着包裹去向基恩要钱，这一天，装进菲舍勒腰包里的钱总数达到950先令。但是即使如此，菲舍勒认为这笔钱也只是他为基恩找回钱包所应得的酬金。在对书呆子进行这次有组织的诈骗时，菲舍勒时刻在想他这是对敌人进行报复，因为基恩昨天曾想用借钱的方法骗回他给菲舍勒的一切。

  第二天，菲舍勒又指挥他的四个雇员诈骗了基恩一大笔钱。其中那个"瞎子"是用台莱瑟的死讯去欺骗基恩而索要4500先令的。关于台莱瑟的情况是基恩自己告诉菲舍勒的。基恩听到这个喜讯简直欣喜若狂。同时又想象她是因为被他关在家里而饿死的，因此他需要为自己辩护。他和菲舍勒谈到这件事时，菲舍勒问他是否有亲戚能为他帮忙，基恩提到他在巴黎的弟弟是一位有名的精神病医生。

  第三天，当下水道工人又第一个来重演故伎时，基恩认出了他，一个子儿也没给他。这时玻璃门又开了。首先出现的是一条蓝裙子和一个巨大的包裹，接着是台莱瑟的身影。他身边是看门人，肩上扛着一个更大的包裹。台莱瑟把基恩赶出家门后不久就和看门人勾搭在一起了。看门人白天仍干老行当，晚上就到她的房间里过夜。看门人还怂恿她在基恩回来之前悄悄地把书全部当掉。所得的钱分给他一半。从此，他们每隔三四天就带着一大批书去一次当铺。

  看门人一眼就认出了教授，但他不想理睬基恩。看门人刚走过去，基恩便跨出一步挡住台莱瑟的去路，并一把抓住包裹不放，斥问道："拿到哪里去？"台莱瑟尖叫起来："这人耍流氓！"当她发现他上衣口袋里鼓鼓囊囊装着一个大的钱包时，她明白了，他一定是拿走了存折并取走了所有的钱。于是她大叫起"他偷了钱"来。看门人回过来抓住基恩的双手重复道："你偷了钱！"台莱瑟上前掏出了基恩的钱包，把那卷钞票抓在手里，并叫看门人揍基恩。这时看门人突然对基恩产生了一点同情，对台莱瑟厌恶起来，于是他在打基恩的同时，又狠狠地揍了台莱瑟。台莱瑟手中的钞票散落在了地上。这时，菲舍勒接到下水道工人的报告后气喘吁吁地跑来了，他不能白白丢掉基恩身上剩下的 2000 先令，他看到地上的钞票后，就飞快地捡了起来。台莱瑟发现后大叫道："抓小偷！抓小偷！"她的喊声招来了当铺所有的人。人们挤上前来将他们团团围住。在当铺开电梯的门房见势不妙，赶紧报告了警察。菲舍勒趁乱溜了出去，六个警察将剩下的三个人带到了警卫室。经过了一番毫无结果的审讯之后又把三人都放了。看门人请基恩住到他那间小屋去，基恩接受了他的建议。

菲舍勒逃出去之后，找到了他的雇员，对他们说他破产了，他的顾客停止了付款，这一点得到了下水道工人的证实。他还说这个顾客被带到警察局去了，他也将在几天后受到通缉。他劝他们仍去干老行当，闭上嘴什么也别说就得救了。而他必须躲起来，也许要到美国去。说完他就和他们告别了。他是要到美国去的，他多年来一直做着当世界象棋冠军的梦，他要到美国去当冠军。他走在街上，突然想起基恩在巴黎的弟弟乔治，此人有一笔可观的财产。他决定在去美国的途中在巴黎稍事停留，于是他找出基恩留给他的乔治的地址，要打一个能对这个医生产生作用，引起他注意的电报。他反复考虑着，终于发出了一份"我完全疯了，你的哥哥"的电报。然后他到"狒狒咖啡馆"去做了一张假护照，等他从咖啡馆出来时已是第二天清晨了。等到商店开门后，他去买了一个巨大的皮夹，把那些骗来的钱全都装了进去。他到裁缝那里去定做了一套西装和一件大衣，又去买了一双鲜黄色的皮鞋，一顶黑色礼帽，然后在一家最豪华的澡堂洗了个澡，从头到脚穿上了新的行头，换下了一身的破烂。他来到街上，买了一只藤箱，存放在小件寄存处。他仔细看了列车时刻表，决定乘半夜一点零五分的车去巴黎。

菲舍勒在大街上慢慢地溜达着。他进了一家咖啡馆，受到了店里那些花哨女人的热情接待。出门时他和那个为他伪造护照的人撞了个满怀。那个人提醒他说："假如你在哪个城市走投无路，你就直接去找象棋大师，你不是有他们的地址吗？你别忘了带地址！"菲舍勒家里有一本袖珍日历，每两页上记载着一位象棋大师的情况，从此人的出生日期到地址全都有。这本日历藏在他老婆的床底下，此时他决定要回去把日历取出来。他推开门，爬到床底下，找到了那本日历。这时他听见有两个人在说话，那个男的说："驼背和臭狗尿是一码事！"说话的人好像就是"瞎子"。菲舍勒听到这话，忍不住笑出声来，因为他穿上这套衣服已经不是驼背了。那人走到门边说："他就藏在屋子里！"说完砰地一声关上了门。"他就躲在床底下！"菲舍勒的胖老婆喊了起来。于是两个人一起把侏儒从床底下拉出来，男人把侏儒杀了。

此时侏儒发的电报送到了乔治的手里。乔治万万没有料到会得到这样的消息。他哥哥从来不使用这种表达方式，如果他也用这个词，那肯定是出了什么岔子。乔治马上就动身了，到了目的地之后，他去诚实大街24号找哥哥，给他开门的是一个丑陋不堪的老妇人。他在向她打听哥哥下落的谈话中看出他哥哥的这个妻子是一个狭隘卑鄙的人。看门人也对他说了一番对台莱瑟不利的话，这使乔治看出了问题的所在。看门人把他带到了楼下的小屋里，屋里一片黑暗，窗户都用木板钉死了。乔治摸索着找到了像垂死者一样的彼得·基恩。基恩知道是弟弟来了，又变成了原来的基恩。他严厉地命令看门人离开这间小屋。木板被拆了，小屋又亮堂了。乔治向基恩问了事先想好的问题，基恩都像从前一样头脑清醒地做了回答，事情都坏在那个女人身上，看门人显然已经和那个女人串通一气，看门人呆在她房里就是证明，他甚至忍心用木板把窗户钉死，不让基恩接触新鲜空气和阳光。乔治想，我要把那个女人和看门人一起赶走，把丢失的书全部找回来，要解决钱的问题，此时基恩也许已经一文不名了，我要把他送回他心爱的书房，重新唤起他的热情，让他着手干他早就想干的事情。

乔治请基恩在饭店里吃了午饭，饭后把他安顿在自己住的旅馆里，然后就去了哥哥的住宅，巧妙地把那女人和看门人都赶出这幢大楼。三天后，基恩迁回了自己家里。他已经变成一个信心十足，甚至可以说是相当活泼的人了。他感谢乔治为他做了许多事情。当天晚上他们就告别了。

弟弟前脚刚走，基恩后脚就关上了大门。他用三把复杂的锁把门锁牢，再用几根又宽又沉的铁条加固。在这道门里面他才真正感觉到是在家里。这时，他前一段时间的可怕经历像恶梦一样在他脑子出现了，它们像走马灯一样不停地穿梭盘旋，使他渐渐地疯狂起来，疯狂中他点燃了自己的住宅。他和他的图书馆就这样葬身在一片火海之中。

1982年
诺贝尔文学奖得主

"他在小说中运用丰富的想象能力，把幻想和现实融为一体，勾画出一个丰富多彩的想象中的世界，反映拉丁美洲大陆的生活和斗争。"

——获奖评语

布里尔·加西亚·马尔克斯
〔哥伦比亚〕

布里尔·加西亚·马尔克斯于1928年3月6日诞生于哥伦比亚的阿拉卡塔卡镇，这是加勒比海岸的一个小镇，后来在他的小说中逐渐变形，成了《百年孤独》的背景。他八岁以前一直与外祖父母一起生活，八岁后到巴兰基雅和西帕吉拉念中学。后来他进入波哥大法律学校。

加西亚·马尔克斯1947年开始发表短篇小说，并作为记者在巴兰基雅、卡塔赫纳和波哥大工作。1954年，马尔克斯的短篇小说《周末后的一天》获哥伦比亚全国文艺家协会奖。1955年，他发表了第一部长篇小说《枯枝败叶》，并作为《观察家报》的驻外记者旅行欧洲。当报纸被政府查封时，加西亚·马尔克斯留在巴黎继续写作。1959年，马尔克斯为古巴通讯社"拉丁社"在波哥大、古巴和纽约工作。1961年到1967年，加西亚·马尔克斯和妻子、两个儿子主要居住在墨西哥，在那里他担任记者、公关代理人，从事电影脚本写作，并继续创作小说。

1961年他出版了中篇小说《没有人给他写信的上校》，1962年出版了短篇小说集《格朗德大娘的葬礼》与长篇小说《恶时辰》，后者获埃索奖。1967年《百年孤独》出版后，立即被评论家誉为一部杰作，被译成多种文字，并为他赢得各类奖金，使马尔克斯得以全身心投入写作。

1967年～1975年间的大部分时间时,加西亚·马尔克斯一家都住在西班牙巴塞罗那,继续从事小说和新闻写作。出版的重要作品有《伊莎贝尔在马孔多等候下雨》等。1975年以后,马尔克斯大部分时间住在墨西哥城。

1982年荣获诺贝尔文学奖后,他不断地推出新作,主要有文学谈话录《番石榴飘香》、长篇小说《霍乱时期的爱情》《迷宫里的将军》等。他的文学成就被认为主要在运用"魔幻现实主义"等表现手法上有独创精神。他善于把现实主义场面、情节同完全虚构的幻想情景有机地融合为一体,通过光怪陆离的魔幻世界的折射,来反映活生生的社会现实。

百年孤独

马孔多是个20户人家的村庄,一座座土房都盖在河岸上,河水清澈,沿着遍布石头的河床流去,河里的石头光滑、洁白。这块天地是新开辟的,有许多东西都叫不出名字,不得不用手指指点点,每年三月,衣衫褴褛的吉卜赛人都要在村边搭起帐篷,在笛鼓的喧嚣声中,向马孔多的居民介绍科学家的最新发明。他们首先带来的是磁铁。他们拽着两块磁铁挨家串户,大伙惊异地看到铁锅、铁盆纷纷从原地落下,木板因铁钉的没命挣脱而嘎嘎作响。年轻的族长布恩蒂亚狂热的想象力经常超过大自然的创造力,甚至越过奇迹和魔力的限制,他认为这种暂时无用的科学发明可以用来开采地下的金子。

他用自己的一匹骡子和两只山羊换下了那两块磁铁。他大声地不断念着咒语,勘察了周围整个地区的每一寸土地,甚至河床。但他唯一掘出的东西是一副15世纪的铠甲,里面有一具石化了的骷髅和一缕女人的头发。

第二年三月间,吉卜赛人又来了。这次他们带来的是一架望远镜和一只大小似鼓的放大镜,说是阿姆斯特丹犹太人的最新发明。在一个炎热的晌午,吉卜赛人用放大镜做了一次惊人的表演:他们在街道中间放了一堆干草,借太阳光的焦点让干草燃了起来。布恩蒂亚马上又产生了利用这个发明作为作战武器的念头。他用两块磁铁和三枚殖民地时期的金币交换了放大镜。他想证明用放大镜对付敌军的效力，就让阳光的焦点射到自己身上，因此受到灼伤，伤处溃烂，很久都没有痊愈。他编写了一份使用这种武器的指南，请一个信使送给政府，并说只要政府一声令下，他就去向军事长官们实际表演他的发明，甚至亲自训练他们掌握太阳战的复杂技术。他等待政府的答复等了好几年也没有消息，最后他等得厌烦了。在雨季的漫长月份里，布恩蒂亚都把自己关在宅子深处的小房间里，不让别人打扰他的试验。他完全抛弃了家务，整夜整夜呆在院子里观察星星的运行；他养成了自言自语的习惯，在屋子里踱来踱去，对谁也不答理。而他的妻子乌苏娜和孩子们却在菜园里忙得喘不过气来，她们忙着照料香蕉、海芋、木薯、山药、南瓜和茄子。

自从迷上了磁铁和天文探索，幻想能够采到金子和发现世界的奇迹，精力充沛、衣着整洁的布恩蒂亚逐渐变成一个外表疏懒、衣冠不整的人，有时甚至满脸胡髭，乌苏娜费了大劲才用一把锋利的菜刀把他的胡髭剃掉。村里的许多人都认为布恩蒂亚中了邪。不过，当他把一个袋子搭在肩上，带着铁锹和锄头，要求别人去帮助他开辟一条道路，以便把马孔多和那些伟大发明连接起来的时候，那些坚信他发了疯的人扔下自己的家庭与活计，跟随他去冒险。

布恩蒂亚想离开这个与世隔绝的小村庄，决定把马孔多迁到更合适的地方去。可是妻子立即警告他，破坏了他那荒唐的计划。"不要成天想入非非，最好关心关心孩子吧。"当乌苏娜打扫屋子，决心一辈子也不离开这儿时，布恩蒂亚全神贯注地望着两个孩子，终于望得两眼湿润起来。"好啦，"他说，"叫他们来帮我搬出箱子里的东西吧。"

布恩蒂亚的长子霍·阿卡蒂奥长大成人了。他爱上了一个像只干瘪的小青蛙似的吉卜赛姑娘，一个星期六晚上，霍·阿卡蒂奥在头上扎了块红布，就跟吉卜赛人一起离开了马孔多。发现儿子失踪之后，乌苏娜就在整个村子里到处找他，她打听了吉卜赛人所去的方向，就沿着那条路走去，碰见每一个人都要问一问有没有看见她的儿子，后来她离村子越来越远了。布恩蒂亚发现妻子也失踪了，他苦恼了好久。

乌苏娜失踪了五个月之后，自己又回来了。她显得异常兴奋地说："到门外去看看吧！"布恩蒂亚走到街上，看见自己房子前面有一群人，这些人是从沼泽地另一边来的，从这儿出发，只需两天就能到达那儿，那里的人一年当中每个月都能得到邮件，而且使用能够改善生活的机器。原来乌苏娜没有追上吉卜赛人，但却发现了她丈夫枉然寻找伟大发明时未能发现的那条道路。

马孔多与外界有了联系。政府派来了摩斯柯特镇长。他租了一个门朝街的小房间，离布恩蒂亚的房子有两个街区。他在房间内把带来的共和国国徽钉在墙上，并且在门上刷了"镇长"二字。他的第一道命令就是要把所有的房屋刷成蓝色，借以庆祝国家独立的周年纪念。

乌苏娜靠出售糖果和面包赚了很多钱，建造了白得像鸽子似的新宅，定购许多稀罕和贵重的东西用作房屋的装饰和设备，其中有一件将会引起全镇人的惊讶和青年们狂欢的奇异发明——自动钢琴。

布恩蒂亚的二儿子奥雷连诺也已长成英俊的青年了，他爱上了镇长的女儿——9岁的雷麦黛丝。小雷麦黛丝还没有抛弃儿童的习惯，是母亲及时地把青春期的变化告诉了她。但在一个下午，当几个姐姐正在客厅里跟奥雷连诺谈话时，雷麦黛丝却尖声怪叫地冲进客厅，让大家瞧她的裤子，这裤子已被黏搭搭的褐色东西弄脏了。为了让她保守合欢床的秘密，也花了不少工夫，因为她一知道初夜的细节，就那么惊奇，同时又那么兴奋，甚至想把自己知道的这些细节告诉每一个人。三月里的一个星期天，奥雷连诺和雷麦黛丝在圣坛前面举行了婚礼。

自由党人与保守党人的斗争终于酿成了内战。摩斯柯特先生虽然拥有市镇军长官的头衔，但却是一个有名无实的镇长。一切都是由指挥警卫队的一个保守党人的上尉决定的，他每天早上都会想出一种新鲜的特别税。有一次他的四个士兵还从一户人家拖出一个女人，在街道中间用枪托把她打死了。这一切激起了民愤，在市镇被占之后过了两周的一个星期天，奥雷连诺指挥21个30岁以下的人组成的队伍，拿着菜刀和利器，出其不意地袭击了警备队，夺取了他们的枪支，在广场上枪决了上尉和那四个打死女人的士兵。黎明时分，在摆脱了恐怖的居民们的欢呼之下，奥雷连诺的队伍离开马孔多，去同革命将军麦丁纳的部队会合。

奥雷连诺上校一生中发动了32次武装起义，但32次都遭到了失败。他跟17个女人生了17个儿子，但这些儿子都在一个晚上接二连三地全被杀死了，其中最大的还不满35岁。他自己遭到过14次暗杀、73次埋伏和一次枪决，但都幸免于难，他曾升为革命军总司令，在全国广大地区拥有生杀予夺之权，成了政府最畏惧的人物。他拒绝了政府给他的终身养老金，直到年老都在马孔多作坊里以制作小金鱼为生。尽管他作战时经常身先士卒，但他从未受过伤，他身上唯一的伤是他亲手造成的，那是结束20年内战的尼兰德投降书签订之后的事。他用手枪朝自己的胸膛开了一枪，子弹穿过脊背，可是没有击中要害。这一切的结果是马孔多的一条街道用他的名字命了名。

奥雷连诺离开镇子时，把管理家乡之责交给了哥哥霍·阿卡蒂奥之子阿卡蒂奥。阿卡蒂奥在执掌政权之初，对发号施令表现出了很大的爱好。有时，他一天发布四项命令，想干什么就干什么。乐队小号手用军号声欢迎他，引起了哄堂大笑。阿卡蒂奥认为这个号手不尊重他，于是下令把他枪毙了。"你是杀人犯！"乌苏娜每次看到他的横行霸道，都向他叫嚷。

三月底的一天晚上，敌军包围了马孔多镇，最后发生了冲突。三小时后，抵抗就被镇压下去了。阿卡蒂奥所带领的人没有一个幸存。黎明时分，根据战地军事法庭的判决，阿卡蒂奥在墓地的墙壁前面被枪决了。

霍·阿卡蒂奥死得很神秘。九月里的一天，眼看就要下大暴雨了，这使他不得不比平常早一点回家。他刚刚带上卧室的门，室内就响起了手枪声。门下溢出一股血，穿过客厅，流到街上，沿着凹凸不平的人行道前进，流下石阶，爬上街沿，径直流向布恩蒂亚的房子；另一股血在饭厅的饭桌旁边画了条线，沿着秋海棠长廊蜿蜒行进，穿过库房，流进了厨房。

"我的圣母！"乌苏娜一声惊叫。于是，她朝着血液流来的方向往回走，想弄清楚血是从哪儿来的。她走进霍·阿卡蒂奥的房子，推开卧室的门，一股浓烈的火药味呛得她喘不过气来；接着，她看见了趴在地板上的儿子。

死人是密封在特制棺材里的，尽管如此，送葬队伍在街上行进的时候，还能闻到火药味。许多年后，霍·阿尔蒂奥的坟墓依然散发出火药味，直到香蕉公司的工程师们给坟堆浇上一层钢筋混凝土，火药味才逐渐消失。

老布恩蒂亚的晚年，长年累月地呆在栗树下面，练成了随意增加体重的本领，胖得以致七个男人都无法把他从板凳上抬起，最后只好将他拖到床上去。乌苏娜照顾他，给他吃的，把奥雷连诺的消息告诉他。在只有布恩蒂亚一个人的时候，他就在梦中寻求安慰，梦见无穷无尽的房间。他死的那天，整整一夜，黄色的花朵像无声的暴雨，从市镇上空纷纷飘落，铺满了所有的房顶，堵塞了房门，遮没了睡在户外的牲畜。天上落下了那么多的黄色花朵。第二天早晨，整个马孔多仿佛铺了一层密实的地毯，人们不得不用铲子和耙子为送葬队伍清除道路。

乌苏娜满100岁时，仍有充沛的精力、严谨的性格与清醒的头脑。布恩蒂亚家族第四代霍·阿卡蒂奥第二、奥雷连诺第二也长成了血气方刚的青年，俏姑娘雷麦黛丝更成为马孔多公认的头号美女。

马孔多居民被许多奇异的发明弄得眼花缭乱，简直来不及表示惊讶。他们望着淡白的电灯，整夜都不睡觉；电机无休无止的嗡嗡声，要好久才能逐渐习惯。剧院里放映的电影，搞得马孔多的观众恼火之极，因为他们为之痛哭的人物，在一部影片里死亡和埋葬了，却在另一部影片里又死而复生活得挺好，而且变成了阿拉伯人。花了两分钱去跟影片人物共命运的观众，忍受不了这种空前的欺骗，把座椅都砸得稀烂。

一批工程师、农艺师、水文学家、地形测绘员和土地丈量员也来到了马孔多。这市镇已经变成了一个营地，搭起了锌顶木棚，棚子里住满了外国人，他们几乎都是从世界各地乘坐火车来到这儿的。没过多久，外国佬就把没精打采的老婆接来了，这些女人穿的是凡而纱衣服，戴的是薄纱大帽。多情的法国艺妓们居住的一条街变成了那些没带家眷的外国人消遣的地方。

过了八个月，马孔多的老居民已经有些认不得自己的市镇了。大家只明白了一点：外国佬打算在这块土地上种植香蕉树。俏姑娘雷麦黛丝不明白外国女人们为什么要用乳罩和裙子把自己的生活搞得那么复杂，她拿粗麻布缝了一件肥大的衣服，直接从头上套下去，一劳永逸地解决了穿衣服的问题，这样既穿了衣服，又觉得自己是裸体的，因为她认为裸体状态在家庭环境是唯一合适的。

外国人很快就发觉：俏姑娘雷麦黛丝身上会散发出一种引起人不安的气味，令人头晕的气味。在她离开之后，这些气味还会在空气中停留几个小时。在世界各地经历过情场痛苦的男人认为，俏姑娘雷麦黛丝的天生气味在他们身上激起的欲望，是他们从前不曾感到过的。

到三月里的一天下午，奥雷连诺第二的妻子菲兰达打算取下花园中绳子上的床单，想把它们折起来，俏姑娘雷麦黛丝走过来帮忙，她双手抓住床单的另一头。突然菲兰达发现一道闪光，她手里的床单被一阵轻风卷走，在空中全幅展开。雷麦黛丝周围是跟她一起升空的、白得耀眼的、招展的床单，床单跟她一起离开了甲虫飞舞、天竺牡丹盛开的环境，下午四点钟就跟她飞过空中，永远消失在上层空间，甚至飞得最高的鸟儿也追不上她了。马孔多的大多数土著居民也相信这个奇迹，甚至点起蜡烛举行安魂祈祷。

香蕉公司出现以后，专横傲慢的外国人代替了地方官吏，手执大砍刀的雇佣刽子手取代了以前的警察。为此马孔多人反抗这些凶恶的外国人。本来霍·阿卡蒂奥第二和其他的工会头头一直都处于地下活动状态的，但周末却忽然到了镇上，并且在香蕉地区的城镇里组织示威游行。然而，星期一的夜里，一伙士兵把工会头头们从床上拖了起来，给他们戴上五公斤重的脚镣，投进了省城的监狱，可是不到三个月，他们就获释了。因为谁该支付犯人的伙食费，政府和香蕉公司未能达成协议。

食品质量的恶劣和劳动条件的不好又引起了不满的浪潮。大罢工爆发了。种植园的工作停顿下来，香蕉在树上烂掉了，120节车厢的列车凝然不动地停在铁道侧线上。城乡到处都是失业的工人。士兵们耀武扬威地经过马孔多之后，就架起了枪支，开始收割香蕉，装上列车运走了。至今还在静待的工人们，进入了树林，他们用大砍刀武装起来，展开了反对工贼的斗争。他们焚烧公司的庄园和商店，拆毁铁路路基，阻挠用机枪开辟道路的列车通行，割断电话线和电报线。

星期五清早聚集在车站上的三千多人中，有男人、妇女与儿童，也有霍·阿卡蒂奥第二。但政府军的上尉发出了开枪的命令，14挺机枪立即响应。哒哒声可以听到，闪闪的火舌可以看见，好像强烈的地震，好像火山的轰鸣，好像洪水的咆哮，震动了人群的中心，顷刻间扩及整个广场。阿卡蒂奥第二苏醒的时候，是仰面躺着的，周围一片漆黑。他发现自己是躺在一些尸体上的。尸体塞满了整个车厢，他看见死了的男人、女人和孩子，他们将像报废的香蕉似地被扔进大海。半夜以后，大雨倾盆而下。阿卡蒂奥第二不知道他跳下的地方是哪儿，但他明白，如果逆着列车驶去的方向前进，他就能回到马孔多。

一个星期之后，暴雨还在继续下着。政府的话重复说了多次，通过官方的各种消息渠道传到居民们耳朵里，居民们终于相信：上星期五在车站上没有死人。满意的工人们回到了自己家里，香蕉公司暂停一切活动，直到暴雨终止。

阿卡蒂奥第二回到老家后，过了好几个月才摆脱了恐惧。他开始研究吉卜赛人留下的羊皮纸手稿，他越不理解它们，就越有兴趣继续研究。他已听惯了雨声，他渴望找人聊天，告诉人们那天死了三千多人。

雨整整下了四年十一个月零两天，有时，它仿佛停息了，居民们就像久病初愈那样满脸笑容，穿上整齐的衣服，准备庆祝晴天的来临，但在这样的间隙之后，雨却更猛，大家很快也就习惯了。隆隆的雷声响彻了天空，狂烈的北风向马孔多袭来，掀开了屋顶，刮倒了墙堆，连根拔起了种植园最后剩下的几棵香蕉树。

　　雨终于停息了。雨云消散，每一天都可能放晴了。星期五下午两点，吉祥的红太阳普照着大地，它像砖头一样粗糙，几乎像水那样清澈。

　　马孔多成了一片废墟。街道上是一个个水潭，污泥里到处都露出破烂的家具和牲畜的骸骨，骸骨上长出了红百合花——这是一群外国佬最后的纪念品，他们匆忙地来到马孔多，又匆忙地逃离了马孔多。"香蕉热"时期急速建筑起来的房屋已经被抛弃了。香蕉公司运走了自己所有的东西。那一座座木房子，从前每天傍晚都有人在那无忧无虑地玩纸牌的凉台也都被狂风刮走了，这种狂风是未来12级飓风的前奏；多年以后，那种飓风注定要把马孔多从地面上一扫而光。从这一年起，马孔多整整十年没有下雨。

　　奥雷连诺第二抽骡子彩票时赢了一笔钱，他开办了一家简陋的彩票公司，然后走家串户地兜售。每个星期二晚上院子里都聚集了一群人，等待有幸被选出来开彩的小孩子刹那间从一只布袋里抽出中彩的号码。这种集会很快变成了每星期一次的集市。

　　八月九日，阿卡蒂奥第二在房间里跟小奥雷连诺——布恩蒂亚家族的第六代、奥雷连诺第二的外孙谈话，谈着谈着，他就前言不搭后语地说："你要永远记住：他们有三千多人，全都被扔进了海里。"说完，他便一头扑倒在羊皮纸手稿上，睁着眼睛死了。他至死没有破译羊皮纸手稿，同一时刻，瘦得皮包骨的奥雷连诺第二也去世了。

　　小奥雷连诺·布恩蒂亚背诵破书中的幻想故事，阅读克里珀修士的学说简述，看看关于鬼神学的短评，了解点金石的寻找方法，细读诺斯特拉达马斯的《世纪》和他关于瘟疫的研究文章，就这样跨过了少年时代。

　　他学会了梵文，花了三年多的时间，才译出一页羊皮纸手稿，毫无疑问，他在从事一项浩大的工程，但在那条长度无法测量的道路上，他迈开了第一步。就这样，小奥雷连诺继续独自一人坐在房间里钻研羊皮纸手稿，逐渐把它全部译了出来，尽管上面的意思依然不得其解。

　　12月初，布恩蒂亚家族的第五代、奥雷连诺第二的小女儿阿玛兰塔从布鲁塞尔一路顺风地回来了。她拉着丈夫系在脖子上的丝带，领他到了家。尽管经过长途跋涉已经很累了，但她连一天都没休息。她全身上下都换上了她丈夫夹在自动玩具里一道带来的粗布衣服，并把这座房子里里外外打扫了一遍。在她回来三个月以后，人们又可以呼吸到自动钢琴时代曾经有过的朝气蓬勃、愉快欢乐的气息了。

她几乎同俏姑娘雷麦黛丝同样漂亮和诱人。她打算重建马孔多，她要在马孔多寻求舒适的生活以安度晚年。当她像姐姐似地拥抱小奥雷连诺、使他喘不过气来时，小奥雷连诺还是个童男子。每当他见到她，特别是她表演最新式的舞蹈时，他都有一种骨头酥软的感觉。他埋头在羊皮纸手稿中，想排遣苦恼，躲开她天真烂漫的诱惑。因为她给他带来了一系列的痛苦，破坏了他夜间的宁静。但是，他越是躲着她，就越是在心中期待着见到她。有一天早上，阿玛兰塔感到非常孤寂，跑进屋来。她陷入了外甥的情网。她的丈夫暂时离开马孔多，去布鲁塞尔了，他俩单独在一起时，才置身于长期受到压抑的狂热的爱情中。这是一种失去理智、戕害身体的情欲，这种情欲使他们始终处于兴奋的状态，甚至使得坟墓里的菲兰达——她的母亲惊得发抖。忽然，在他俩幸福得失去知觉的这个王国里，箭一般地射来了丈夫将要回来的消息。小奥雷连诺和阿玛兰塔面面相觑，当他们扪心自问时，才明白他俩已经结为一体，宁死也不愿分离了。

阿玛兰塔怀孕期间，曾想用鱼脊骨编制一些项链去卖，可是一共只卖掉一打。小奥雷连诺这才第一回明白过来，他那语言上的才能、渊博的知识以及罕见的记性都跟他妻子——阿玛兰塔收藏的世代相传的首饰箱一样无用。

一个星期日的傍晚六点左右，阿玛兰塔感到一阵临产的剧痛。笑容可掬的助产婆领着几个由于饥饿而出来干活的小女孩，把阿玛兰塔抬到餐桌上，然后叉开双腿，骑在她的肚子上，不断地用野蛮动作折磨产妇，直到一个健壮小男孩的哭声代替了产妇的叫喊声。这孩子命中注定将重新为这个家族奠定基础，将要驱除这个家庭固有的致命缺陷和孤独性格。因为他是百年里诞生的所有的布恩蒂亚当中唯一由于爱情而受胎的婴儿。

在给婴儿剪掉脐带之后，助产婆开始用一块布擦拭他小身体上一层蓝莹莹的胎毛，小奥雷连诺为她掌着灯，他们把婴儿肚子朝下地翻过身来时，忽然发现他长着一个别人没有的东西，他们俯身一看，竟然是一条猪尾巴！然而，小奥雷连诺没有时间去考虑这件事了，因为阿玛兰塔开始大出血，血如泉涌，怎么也止不住。助产婆在产妇的出血口上撒上一些蜘蛛网和灰末，但这就像用手指按住喷泉口一样毫无用处。在充满绝望的 24 小时之后，他们眼看着阿玛兰塔死去了，像泉水一般喷涌的鲜血已经流尽了。

真是祸不单行，当小奥雷连诺从悲痛中醒来看到了自己的儿子——一块皱巴巴的被咬烂的皮肤，从四面八方聚集拢来的一群蚂蚁正把这块皮肤沿着花园的石铺小径，往自己的洞穴尽力拖去。小奥雷连诺一下子呆住了，但不是由于惊讶和恐惧，而是因为在这个奇异的一瞬间，他感觉到了最终破译羊皮纸手稿的卷首上有那么一句题辞，跟这个家族的兴衰完全相符！

"家族中的第一个人将被绑在树上，家族中的最后一个人将被蚂蚁吃掉。"

小奥雷连诺从来没有像这天早晨这样有理智：他忘记了死去的亲人，忘记了对死者的悲痛，他找到了这些依然完整无损的羊皮纸手稿；他无法克制自己迫不及待的心情，还没把它们拿到光亮的地方，就伫立在那儿嘀嘀咕咕地破译起来——他没有碰到任何困难，这是布恩蒂亚的一部家族史。在这部家族史中，这个家族里的事件提前一百年作了预言，并且陈述了一切最平常的细节。他把羊皮纸手稿翻过十一页，开始破译和他本人有关的几首诗，就像望着一面会讲话的镜子似的，他预见到了自己的命运。他又跳过了几页羊皮纸手稿，竭力想往前弄清楚自己的死亡日期和死亡情况。可是还没有译到最后一行，他就明白自己已经不能跨出房间一步了，因为按照羊皮纸手稿的预言，就在小奥雷连诺译完羊皮纸手稿的最后瞬刻间，马孔多这个镜子似的城镇，将被飓风从地面上一扫而光，将从人们的记忆中彻底抹掉，羊皮纸手稿所记载的一切将永远不会重现，遭受百年孤独的家族，注定不会在大地上第二次出现了。

1983年
诺贝尔文学奖得主

威廉·戈尔丁
〔英国〕

"他的小说用明晰的现实主义的叙述艺术和多样的具有普遍意义的神话,阐明了当今世界人类的情况。"

——获奖评语

作者小传

威廉·戈尔丁1911年12月19日出生于英国靠近西南角的康沃尔郡。父亲是位教师,痴迷于求知和探索。戈尔丁继承了父亲开明、理智的秉性。母亲是位主张女性有参政权的妇女。

戈尔丁曾就读于马波罗中学,后入牛津大学布拉西诺斯学院攻读科学和英文——这两方面的影响在他后来的大部分作品中都常有反映。他1935年毕业后,在一家小剧院当过临时演员、导演和编剧。以后又到英国南部索尔兹伯里的一所教会学校任职。戈尔丁在1934年出版的一本诗集被收入新星诗人丛书中。1939年,他同安·布鲁克菲尔德结婚。第二次世界大战爆发后,戈尔丁加入了英国皇家海军。作为战舰的指挥官,他亲身经历了许多难忘的战斗。战后复员,他重又回到该教会学校执教。

经过战争,他对人类的看法完全改变了。以后他就开始了小说创作,从《蝇王》到《纸人》,展现了人的本质是罪恶的观念。

《蝇王》完稿后,开始时命运不佳,曾遭21家出版社拒绝,直到1954年才出版。使人意外的是该书一问世即获得极大的成功,享有"英国当代文学的典范"的地位。此后他陆续出版了《继承者》《平彻·马丁》《赢得自由》《塔尖》《金字塔》等作品。1962年退休之前,戈尔丁在美国弗吉尼亚州堆林斯学院做了一年客座教授。1970年获布赖顿市萨西斯大学文学博士学位。此后，他就在旅游、演说、教书、写作、拨弄乐器和航海中度过他的时光。

蝇　王

第一章　海螺之声

金发少年攀下岩石最下面的一截后，又开始摸索着朝环礁湖方向走去。

"等一等!"说这话的是一个胖乎乎的孩子，他正从矮灌木林丛中脱身退出来，他稍矮一些，人们给他起了个绰号叫"猪崽子"。

"这里到底还有没有大人呢?"

"我认为没有。"刚满12岁的金发少年板着面孔回答。可随后，一阵像已实现了理想般的高兴劲儿使他喜不自禁。

他们是在一场未来的战争中，乘坐飞机撤离美国本土时失事坠落到这里的。

"咱们被攻击了!"胖男孩晃晃脑袋。

"下降那阵子我从一个窗口往外瞧过。我看见飞机的其他部分直朝外喷火。"

胖男孩迟疑一下又问："你叫什么名字?"

"拉尔夫。"

胖男孩站在他身边，有些上气不接下气。"我姨妈叫我别跑，"他辩解地说，"因为我有气喘病。"

海岸边长满了棕榈树，在长着棕榈树的斜坡和海水之间是一条狭窄的弓形板似的海滩，拉尔夫解开皮带的蛇形搭扣，用力地脱掉短裤和衬裤，光着身子站在那儿，察看着耀眼的海滩和海水。

他用脚啪嗒啪嗒地打着水游回来，抬起下巴说："我5岁就会游泳，是我爸爸教的。他是个海军军官，他一休假就会来救咱们的。"

"猪崽子"摇摇头，"他们不会的。你没听驾驶员说的原子弹的事?他们全死了。"

一会儿"猪崽子"又说开了:"咱们得找找别人。咱们该干点事。"

拉尔夫拾到了一只海螺,他吹了起来,螺声嗡嗡作响。他越吹越使劲,声音升高了一个八度。吓得鸟儿在惊叫,小动物在急促地四散奔逃。这时林中响起了许多小孩的声音。

海滩上此刻出现了一派生机勃勃的迹象。左右伸展开达几英里长的,在暑热烟霭底下震颤着的沙滩上,时隐时现着许多人影:一群男孩子经过烫人而无声的海滩,正朝平台赶来。

领头的男孩是个瘦高个儿,黑帽子下露出红头发。他脸上长着鸡皮瘩疙和雀斑,长相很难看,但并不带傻样。他是教堂唱诗班的领队,名叫杰克·梅瑞狄。

杰克说话了,"咱们该想定一个办法,想想怎么才能得救。"

拉尔夫举起海螺,"我觉得该有个头儿来对某些事情下决定。"

"我该当头儿,"杰克骄矜地说,"因为我是合唱队的领唱,又是领头的。我会唱升C调。"

拉尔夫表示应由大伙儿投票表决来决定人选。

这场选举的游戏几乎像海螺那样令人开心。拉尔夫点着数。选举结果是拉尔夫当选了头头,孩子们鼓起掌来。杰克恼羞成怒,脸红得连雀斑都看不见了。拉尔夫瞧着杰克,急于表示点意思。"杰克,合唱队仍然归你管。"

拉尔夫、杰克与长得瘦小、却挺精神的西蒙对他们的处境进行"摸底",经过侦察,他们确定他们所在的地方是一个孤岛。

"这个岛是属于咱们的。"拉尔夫回头对另两个人说。

第二章 山上之火

拉尔夫一吹完海螺,孩子们就已在平台上挤得满满的了。他清了清嗓子,"我们是在一个孤岛上。我们几个到过山顶,看到四周都是海水。我们没看到房子和炊烟,也没看到足迹、船只和人。我们是在一个没人居住的荒岛上,这岛上没别人。"

杰克插嘴说:"我们得有一支队伍去打猎。猎野猪,否则我们会饿死的。"杰克把刀猛劈进一枝树干,挑战似的朝四下瞧着。

拉尔夫又举起海螺,他一想到自己接下去要说的话,心情又好了起来。

"我相信早晚会有船派到这儿。说不定还是我爸爸的船呢。大家等着,咱们早晚总会得救的。因此必须在山顶上升起烟来。咱们一定要生堆火并保持不要使它熄灭。"

很快,大家堆起了树枝,杰克提出用"猪崽子"的眼镜做聚光镜,拉尔夫把眼镜片前前后后,上下左右地移来移去,夕阳的一道亮闪闪的白光落到一块烂木头上,几乎同时升起了一缕轻烟,杰克也跪下轻轻地吹着,于是轻烟飘散开去,接着烟更浓了。终于出现了一小团火苗。火越来越大,闪现着灿灿的火光,孩子们一片欢腾。

第三章　海滩上的茅屋

"咱们需要肉——"杰克说。

"咱们需要窝棚。"拉尔夫说。

他们俩全都涨红着脸,难以互相正视。拉尔夫拨弄起地上的草,说:"要是遇到咱们刚掉到岛上时的那阵下的大雨,窝棚对咱们真是少不了的。还有件事,咱们需要窝棚是因为咱们需要拿它作为一种住所。"

这时,只听得一句叫声:"找到啦!"

杰克叫得这么响,倒把拉尔夫吓了一跳。

"什么?在哪儿?是条船吗?"

"——野猪爬上高坡。到了那高处,太阳晒不到的地方,正在暑热之中休息呢,真像老家的母牛——"

拉尔夫对杰克的表现实在忍不住了,他气呼呼地说:"我在谈烟呢!你不想要得救了?你只会说猪呀、猪呀、猪呀!"

杰克反驳道:"可咱们需要呢!否则会饿死的。"

第四章　花脸和长发

正午时发生了许多稀奇古怪的事情。闪闪发亮的海面上升着,往两边分开,显出许多根本不可能存在的平面;在原先没有陆地的地方隐约出现了陆地,而当孩子们聚精会神地注目时,陆地又像个气泡似的一晃就不见了。"猪崽子"颇有学问地告诉大家这一切只不过是"海市蜃楼"。

杰克站在约十码远的一棵树下,往脸上抹着黏土。"我要是有点绿色的该多好!"杰克抬起头来把涂好的半边脸朝着罗杰,回答罗杰带疑问的目光。

"我这样是为了打猎,像在战争中那样。你晓得——涂得使人眼花缭乱。尽量装扮成看上去是另一个模样——"

罗杰勉强地微笑着说:"可你看上去真像个大花脸。"

各种蜃景都已消失了,拉尔夫郁闷地用眼睛扫着笔直的、蓝蓝的海平线。紧接着他一跃而起,大声叫起来:"烟!烟!"海平线上的烟是紧密的一小团,正在慢慢地伸展开来。烟的下面有一个小点,可能是船只的烟囱。

但是,这时山上的火熄灭了。拉尔夫沿着岩石跌跌撞撞地奔跑着,直跑到粉红色的悬崖边上,他朝船开走的方向尖声喊道:"回来!回来呀!"但他所做的一切都是徒劳的。他发疯似地对杰克叫道:"你们怎么能让火给灭了呢。"

"我们可以把火再生起来。拉尔夫,真够刺激的,我们打中了野猪——"杰克却洋洋得意地说。

船开走了,这给"猪崽子"的打击实在太沉重了,痛苦使得他的胆量也变大了,他尖声地叫嚷起来:"你们!你们的鲜血!杰克·梅瑞狄!你们!你们的打猎!咱们本来可能已经回家了——"

"猪崽子"又说话了。"你们不该把火弄灭了。你们说过你们会一直保持有烟的——"

杰克"啪"地捆了一下"猪崽子"的脑袋瓜。"猪崽子"的眼镜飞脱出去,"叮当"一声砸在岩石上,他吓得叫喊起来:"我的眼镜!"西蒙为"猪崽子"找到了眼镜,"一片碎了。"西蒙说。

"猪崽子"一把抓过眼镜,戴到鼻梁上。他仇恨地看着杰克:"现在我只有一只眼睛了。你等着瞧——"

第五章　兽从水中来

拉尔夫对海螺油然而生出一种深情的敬意,尽管那是他本人从环礁湖里把它捞上来的。他面向会场,把海螺放到了唇边。

孩子们得知要开会,都赶紧跑来。一些孩子知道有艘船曾经经过海岛,但因为他们的火灭了,未能被发现。他们想到拉尔夫在发怒,不由得放低了声音。会场很快就挤得满满的,杰克、西蒙、莫里斯、大多数猎手坐在拉尔夫的右边;其余的坐在左边,他们都坐在阳光之下。

"咱们需要开个会。咱们决定从那小溪里打水,把水盛在那些椰子壳里,放在新鲜的绿叶下面。"

他舔了舔嘴唇,接着说:"还有茅屋,窝棚的事。大家全都必须到岩石那边去大小便,否则这个地方会越来越脏。"他停了下来。孩子们感到一种危机,他们紧张地期待着。"此外还有火的事。火堆是岛上最重要的事情,要是咱们不生着火,那除了凭运气之外,咱们怎么能得救呢?难道大家就连一堆火也照管不好吗?"

拉尔夫按照仪式把海螺搁到身旁的树干上,表示他的发言结束了。

杰克站起来拿过海螺,说:"我拿着海螺。我要讲一讲野兽。"

这时,一个叫帕西佛尔的小男孩皱起面孔,泪如泉涌,嘴巴张得令人可以看见他的虫牙。他喃喃地说着什么。

杰克清清嗓子,然后无所谓地报告道:"他说有野兽从海里出来。"

西蒙离拉尔夫很近,他把手搁到海螺上。西蒙感到有一种危险的必要使他要发言,"大概,"他犹豫不决地说,"大概是有一只野兽的。"

孩子们尖声乱叫着,拉尔夫惊讶地站了起来,"你,西蒙?你也信这个?"

"我是想说……大概野兽不过是咱们自己。"西蒙接着说道:"咱们可能是一种……"西蒙竭力想表达人类基本的病症,却说不清楚。他灵机一动,"什么东西是最肮脏的?"

会场终于又静了下去。有人说:"大概他指的是一种鬼魂。"孩子们发出一阵嘘声,接着不知是谁插了一句。"也许野兽就是鬼魂。"

大家像是被风摇撼了一下。"抢着说话的人太多了,"拉尔夫说着,"要是你们不遵守规则,咱们就不会有真正的大会。"

但是杰克仍叫喊着反对他。"让规则见鬼去吧!我们是强有力的——我们会打猎!要是有野兽,我们就把它打倒!我们要包围上去揍它,揍了再揍——!"

他狂叫一声,跃下灰白的沙滩。平台上立刻充满了一片喧哗声、骚动声、争夺声、尖叫声和哄笑声。与会者四下散开,他们乱纷纷地从棕榈树处跑向水边,沿着海滩越跑越远,消失在朦胧的夜色中。

第六章　兽从空中来

一弯新月在海平线上升起来了,月亮小得很,就连直投到水面上时也形不成一道亮光，孩子们都睡着了。

拉尔夫正做着美梦。经过几小时嘈杂的辗转反侧，他终于在枯叶堆中进入了梦乡。

"拉尔夫！醒醒！"有人摇他的手臂。

"——野兽——""我们看见野兽了——"

拉尔夫站了起来，尽管他心里忐忑不安，但为了维护自己的尊严，他还是硬撑着走向平台。"猪崽子"和西蒙跟着他，其他孩子也蹑手蹑脚地跟在后面。

拉尔夫拿起海螺放到嘴边，可接着他犹豫片刻，并没有吹，只举起贝壳向大家示意了一下，他们都明白了。他把海螺递给最靠近他的埃里克——双胞胎中的一个。"我们俩亲眼看到了野兽。不——我们当时没睡着——"

双胞胎中的另一个——萨姆接着故事讲下去。

"野兽是毛茸茸的。头的后面有东西飘来飘去——像是翅膀。它动得太——"

"有眼睛——"

"牙齿——"

"爪子——"

"我们俩没命地奔逃——"

"猪崽子"取下摔坏了的眼镜，擦擦残余的眼镜片，"拉尔夫，你看我们该怎么办呢？"

"你总是被吓破胆。"杰克轻蔑地插了一句，"该让有些人知道他们应该闭上嘴，让我们其余的人来下决定——"

拉尔夫再也不能无视他的发言了。他的热血涌上双颊。"难道你们全都不想得救了吗？"他回过头去看了杰克一眼。"我从前说过，火堆最要紧。眼下火堆一定灭掉了——咱们必须再把火生起来。"

拉尔夫和大家伙沿着海滩出发了。他们把"猪崽子"留在平台上支撑局面。西蒙走在拉尔夫前头，他对那对双胞胎的话感到有点儿怀疑——一个会用爪子抓人的野兽，坐在山顶上，没留下任何足迹，而且它跑得不很快，捉不住萨姆、埃里克。他含糊不清地咕哝道："我不信有什么野兽。"

拉尔夫一言不发。他带路翻上山岩，检查着一种略呈半洞穴状的岩石，里面没什么可怕的东西，他把长矛斜倚在一块石头上，两手把头发往后捋。

"我们必须往回赶,爬到山上去。野兽是在那儿发现的。"

第七章 暮色和高树

队伍正前方的矮灌木丛突然哗啦一声被撞开了。孩子们发狂地从野猪小道上逃开来,他们在藤蔓中爬呀叫呀。拉尔夫看见杰克被别人的手肘推到一边,并倒在地上。随即有一个东西沿着野猪的小道径直朝他跳着冲来,它的獠牙闪闪,发出恫吓的哼哼声。拉尔夫感到自己能冷静地算出距离瞄准目标。拉尔夫把手中那根笨拙的尖木棒掷过去,"我投中了!长矛扎了进去——"

"我狠狠地把它扎了一下。我想那就是野兽!"

杰克回来了。"那不是野兽,那是头野公猪。"

"我打算上山头。"杰克恶狠狠地说着,就像是在诅咒。他瞪着拉尔夫,绷直了瘦身子,手里拿着长矛,好像在威胁拉尔夫。

"我打算上山去找找野兽——现在就去。"随后是火辣辣的刺激,貌似信口而出,实则怀恨在心。"你去吗?"杰克问道。

拉尔夫措手不及,因为他想着回到窝棚,回到平静而亲切的环礁湖水去,神经已经放松了。"我不在乎。"他说。

第八章 献给黑暗的供品

"咱们现在就到森林中去打猎。"杰克转身快步跑开,片刻之后,猎手们都顺从地跟在他后面。

猪群躺在那儿,挺着胀鼓鼓的大肚子舒坦地享受着树荫下的凉意。杰克在离野猪群15码的地方停住了脚,他瞄准那头老母猪,伸直手臂,探询地往四下里探望,想确定一下是不是大家都领会了他的意图,其他孩子表示理解了,都朝他点点头。一排右臂向后摆去。"打!"猪群惊跳起来。大家一起用火烧过的硬木头长矛的矛尖朝选定的老母猪飞去。

在孩子们的重压之下老母猪垮掉了。野猪身上骑满了猎手。杰克把自己沾血的双手往岩石上擦擦,然后开始宰割这头猪,他剖膛开胸,把热气腾腾的五颜六色的内脏掏出来,在岩石上把猪内脏堆成一堆。此刻森林一片静谧,他们所听见的最响的噪音就是苍蝇的嗡嗡声,它们围着掏出在外的野猪内脏直转。

杰克大声说道:"这个猪头是献给野兽的,猪头是供品。"寂静接受了这份供品,并使他们感到敬畏。猪头还留在那儿,眼睛是昏暗的,微微地咧着嘴,牙缝中满是黑污的血迹。他们立即拔腿而逃,全都尽可能快地穿过森林逃向开阔的海滩。

西蒙藏在叶丛边,即使他闭上眼睛。猪头的形象仍会出现在他的脑际中。

一大群苍蝇把一堆猪内脏围成了个黑团,发出锯子锯木头那样的声音。在西蒙的面前,挂在木棒上的猪头似乎变成苍蝇之王露齿而笑。西蒙的脑袋微微翘起。他的眼睛没法子离开那猪头,蝇王好像随时都挂在他面前。

"别梦想野兽会是你们可以捕捉和杀死的东西!"猪头说道。"你心中有数,是不是?我就是你的一部分?"蝇王说。"回到其余的人那儿去,——不然,我们就会要你的小命。明白吗?杰克、罗杰、莫里斯、罗伯物、比尔、猪崽子,还有拉尔夫要你的命。懂吗?"

第九章 窥见死尸

由于鼻子流血过多,西蒙痉挛了过去,他进入昏昏欲睡的状态。

傍晚渐渐地过去,放炮似的隆隆雷声仍在响着。西蒙终于醒过来了,他模模糊糊地看到贴近脸颊边的黑色泥土。他站了起来。光线是神秘的。蝇王悬挂在木棒上,像个黑色的球。西蒙转脸避开空地,慢慢地爬出了藤蔓,他处在森林的薄暮之中。

他继续朝前走,由于疲劳而跌跌撞撞,但他并不停止前进。西蒙看到山顶上有一个隆起的东西突然端坐起来,俯看着他。西蒙把脸遮住,继续吃力地往前走。苍蝇也已经发现了那个身形。那个东西突然动了一下,这一动,把苍蝇全都吓得飞开了,苍蝇围着那东西的脑袋形成一朵黑云。随后蓝色的降落伞倒坍下来,臃肿的身形更朝前倾,发出叹息的声音,而苍蝇则再一次停落下来。原来,传闻中的空中来的"野兽"只是飞行员的尸体。西蒙急匆匆地往回赶,他要去告诉伙伴们真相。

森林的那一边闪过一道明晃晃的闪电,霹雳又炸开了,一个小家伙吓得哭起来。大滴大滴的雨点落到他们中间,每一滴打下来都发出一记声响。"要下暴雨了。"拉尔夫说。猎手们不安地看着天空,躲避着雨点的袭击。一阵焦虑使孩子们左摇右晃,没有目的地乱动起来。

为了稳定大家的情绪，杰克跳到沙地上。"咱们跳舞吧！来吧！跳舞！"他跌跌撞撞地穿过厚厚的沙地，跑到火堆另一边的空阔的岩石上，孩子们吵吵嚷嚷地跟着他。罗杰装作一头野猪，呼噜呼噜地哼哼着冲向杰克，杰克则朝边上让开了。猎手们拿起长矛，管烤肉的拿起木叉和余下的木柴。一个圆圈在跑动着、在扩大着，孩子们和唱的声音也越来越响。

"杀野兽哟！割喉咙哟！"

他们头上又裂开了一道蓝白色锯子状的口子，带着硫磺味的霹雳声又猛地打将下来。此时小家伙们从森林边飞奔出来，他们尖声怪叫着，四散乱逃，有一个冲破了大家伙们的圆圈，惊恐地叫道："野兽！野兽！"

有一个东西正从林丛里爬出来，黑咕隆咚的。在"野兽"面前孩子们发出受伤似的尖利急叫。"野兽"磕磕绊绊地爬进马蹄形圈圈。

"杀野兽哟！割喉咙哟！放它血哟！干掉它哟！"

一条条木棒揍下去，重新围成一个圆圈的孩子们的嘴发出嘎吱嘎吱咬嚼的声音和尖叫声。"野兽"在圈子中间双膝着地，手臂交迭地护着面孔。衬着电闪雷鸣的巨响，"它"大叫大嚷说山上有个死尸。"野兽"挣扎着朝前，冲破了包围圈，从笔直的岩石边缘摔倒在下面靠近海水的沙滩上，人群立刻跟着"它"蜂拥而下，他们从岩石上涌下去，跳到"野兽"身上，叫着、打着、咬着、撕着。没有话语，也没有其他动作，只有牙齿和爪子在撕扯。

即使在大雨滂沱之中，他们也能看得出那"野兽"小得可怜，"它"的鲜血染红了沙滩。所谓"野兽"就是西蒙。

潮水的大浪沿着岛屿向前推移，海水越涨越高。一条由充满了好奇心的小生物组成的闪亮的边镶在西蒙尸体的四周。就这样，西蒙的尸体轻轻地飘向辽阔的大海。

第十章　海螺和眼镜

拉尔夫坐在野草中，面对着头儿的座位和海螺。"猪崽子"跪在他左边，两个人好久都没有说话。"那是谋杀呀。"拉尔夫说。

"别说了！""猪崽子"尖叫道。"那时天昏地暗，加上——那该死的狂舞，再加上又是闪电，又是霹雳，又是暴雨，咱们全吓坏了！"

"我没有吓坏，"拉尔夫慢吞吞地说，"我只是——我也不知道自己当时怎么了。"

"那是一次意外事情，""猪崽子"突然说道，"就是这么一回事，一次碰巧发生的事情。"他尖声锐气地又说。"走进了一片漆黑当中——他没有必要那样从黑暗中爬出来。他疯了，是自食其果。"

连结城堡岩和岛屿主体部分的隘口处现在被杰克一伙把守着，在最高的一块岩石下面塞着一根圆木，下面还有一根杠杆。罗伯特把身子稍微倾斜一点压在杠杆上，岩石发出轧轧的响声。要是他用足力气就会把这块岩石隆隆地直送下隘口。这使罗杰钦佩不已。

头领杰克正坐在那儿，光着上身，脸上涂着红的和白的颜色。一伙人在他面前围成半圆坐着。在他们的后面，刚被打过、已松了绑的威尔弗雷德正大声地抽噎着。罗杰跟别人蹲坐在一起。"你们中的一部分人呆在这儿把岩穴弄弄好，守卫住大门。我将带几个猎手去弄点肉回来。守大门的人可得看着点，别让旁人偷偷地溜进来——"头领吩咐手下的野蛮人。

拉尔夫拿了一片木柴投到火堆里，注视着飘向暮色之中的烟。

"咱们一定要使烟老飘着。"

他领头走向第一个窝棚，窝棚虽然七歪八倒，但还算竖立着。那里面铺着睡觉用的枯叶，摸上去窸窣作声。邻近的窝棚里有个小家伙在说梦话。四个大一点的孩子爬进了窝棚，钻在树叶下面。双胞胎躺在一块儿，拉尔夫和"猪崽子"躺在另一头。他们尽量想睡得舒服点，所以弄得枯叶堆窸窸窣窣地响了好一阵子。

突然窝棚口发出了一阵恶意的嚎叫声，几个活东西猛地闯了进来。有的绊倒在拉尔夫和"猪崽子"的角落，结果乱成一团；又是哇哇乱叫，又是拳打脚踢，一片稀里哗啦。拉尔夫挥拳出去，随之他跟似乎十几个别的东西扭住滚来滚去：打着、咬着、抓着。拉尔夫被撕拉着，被人猛击，当他发现口中有别人的手指时，便一口咬下去。一只拳头缩了回去，又像活塞似地回击过来，整个窝棚被搞得摇摇欲坠，外面的光漏到了里面来。窝棚最终倒坍下来，不知名的这些人挣扎着夺路而出。

"那是杰克和他的猎手们，"拉尔夫痛苦地说，"为什么他们老是要惹咱们呢？"

第十一章 城堡岩

"我什么也看不清楚，我得把眼镜找回来。""猪崽子"啜泣起来。他发现眼镜被杰克一伙偷走了。"我拿着海螺。我要去找那个杰克·梅瑞狄,我要说我不是来乞求眼镜的,不要因为你强你就可以为所欲为,有理才能走遍天下。把眼镜还我,我要说——你一定得还!"

拉尔夫坐直了身子,把头发往后一捋,说,"好吧。我说——你要这样就试试吧。我们跟你一起去。"

他们走向被弄得乱七八糟的野果树林。

埃里克说:"他们涂得五颜六色的!你们知道这是什么意思——"大家连连点头。他们太清楚不过了,使人隐藏起真相的涂脸带来的是野性的大发作。

"哼,咱们可不乱涂,"拉尔夫说,"因为咱们不是野蛮人。"

在他们头上,从高高的尖顶的岩石上,突然传来一声叫喊,随后是一种模仿战争呐喊的叫声,紧接着在岩石背后十几个人跟着喊起来。"把海螺给我,呆着别动。"

拉尔夫仰起头,看见岩石顶上罗杰黑黑的面孔。

他把海螺凑到嘴边,呜呜地吹起来,野蛮人一个个冒了出来,脸上涂得无法辨认出谁是谁,全都围挤在朝隘口方向的侧石边上。他们手里擎着长矛,摆好阵势守在入口处。拉尔夫继续猛吹,也不管"猪崽子"已被这种场面吓得魂飞魄散。

罗杰大声叫道:"你当心点——明白吗?"

拉尔夫终于挪开嘴唇,停下来喘一口气。"——开大会。"

他扫视着野蛮人。"杰克在哪儿?"

拉尔夫背后响起了一个人的话音。"你们要干什么?"拉尔夫很快地回过身去。杰克——从那个人的神态和红头发可以辨认出那是杰克——正从森林里走向前来,他两边各蹲伏着一个猎手,三个人的脸全涂上了黑色和绿色。在他们身后的草地上,扔着一个剖开肚子并砍去了头的野母猪。

杰克叫喊得比嘲笑声还要响。"你们滚开,拉尔夫。你们守着你们那一头,这儿是我的一头,我的一伙人,你们别来管我。"

"你抢走了'猪崽子'的眼镜,"拉尔夫说道,他有些上气不接下气,"你一定得还给他。"

杰克往前一冲,拿长矛直刺拉尔夫的胸膛。拉尔夫因为看见了杰克的手臂,察觉到他的武器的位置,所以用自己的矛柄把刺过来的矛尖挡开了。接着拉尔夫转过长矛朝杰克一刺,矛尖擦过了对方的耳朵。他们俩现在胸对胸,大口喘着粗气,推推搡搡,怒目相视。

在一片喧闹声中,"猪崽子"的声音传到拉尔夫耳中,"让我说话。我拿着海螺!"

"猪崽子"叫道:"是照规则、讲一致好呢?还是打猎和乱杀好呢?"

拉尔夫不顾喧哗声,叫喊道:"大家说哪一个好一些?——是法律和得救好呢?还是打猎和破坏好呢?"

在他们俩头上高高的地方,罗杰极度兴奋地、恣意地把全身的重量压在杠杆上。拉尔夫早在看到巨石以前就听到了它的声音。他觉察到大地震动了一下,这震动通过他的脚底传来,他还听到悬崖高处有石头破碎的声响。接着一块红色的巨石直朝隘口蹦跳而下,那一伙人尖声叫喊,拉尔夫忙扑倒在地。巨石从"猪崽子"的下巴到膝盖之间这一大片面积上擦过;海螺被砸成无数白色的碎片,不复存在了。"猪崽子"一言未发,连叫唤一声都没来得及发出,就从岩石侧面翻落了下去。他脑壳迸裂,脑浆直流,头部变成了红色。

随后大海又开始起落,发出了缓慢而长长的叹息,白色的海浪翻腾着冲上礁石,又夹上了缕缕粉红色的血丝;而随着海浪再退落下去,"猪崽子"的尸体也被卷走了。

第十二章 猎手的狂叫

拉尔夫躺在一个树丛中,思量着自己受的伤:右肋上直径几英寸的皮肉青紫,被长矛刺中的伤口处浮肿着,有一块血红的疤。他一瘸一拐地穿过了野果树林,想随便找点食物来吃。

城堡岩的后面传出了响声。拉尔夫使思想摆脱潮起潮落的声响,他仔细地听,听得出是一种熟悉的节奏。"杀野兽哟!割喉咙哟!放它血哟!"

拉尔夫哆嗦起来。杰克带领着他的野蛮人正在往城堡岩上爬,一直往顶上去,拉尔夫听得到各种说话的声音。

接着,他听到岩石上传来一声惊叫和一阵慌乱声。被迫投奔杰克的双胞胎互相紧紧地抓住,结结巴巴地嘟囔着什么,"是我,拉尔夫。"

终于,他们俩弯腰朝前,注视起他的面孔。埃里克一声不吭,可萨姆倒试图尽起他的职责,"你得走,拉尔夫,你马上就走开——"他晃着长矛,做出凶狠的样子。

"他们恨你，拉尔夫。他们打算干掉你。""他们明天要追捕你。"双胞胎一声不响。在拉尔夫下面，那块死亡礁石上又飞溅起浪花。

有人正从那一伙人所在的地方朝他们爬来。"他来查岗了。快走，拉尔夫！"

拉尔夫在多刺的荆棘丛中飞奔。他猛地一头撞进了一块空地，发现自己又回到了那块空地里面——死猪头的嘴咧得很大，在那儿笑，这时不再是嘲笑一方湛蓝的天空，而是讥讽一片浓烟。拉尔夫在树木下奔跑着，他明白了树林里的隆隆声是怎么回事。他们要用烟把他熏出来，他们在放火烧岛。

烈火熊熊，他本以为甩在身后老远地方的擂鼓似的响声，此刻却更近了。光影越闪越快，又暗淡下去，终于消失了，他看见岛上升起的滚滚浓烟遮住了太阳。

有人在叫喊。这下准是他们已经逼近了，他的心开始怦怦直跳。躲藏、突围、上树——到底哪种法子最好呢？困难在于他只有一次选择的机会。

他被一个树根绊倒在地，追逐的喊叫声更响了。他摇摇晃晃地站起来，紧张地准备承受更进一步的种种恐怖，抬头一看，只见一顶大盖帽。那帽顶是白色的，绿色帽檐上有王冠、海锚和金色的叶饰。他看到了白斜纹布军服、肩章、左轮手枪、制服上一排从上到下的镀金的纽扣。站在沙滩上的是一个海军军官，吃惊而又警惕地俯视着拉尔夫，在军官后面的海滩边上有一艘小汽艇，艇首被拖上了海滩，由两个海军士兵拉着，艇尾部还有个士兵持有一挺轻机枪。

"我们要带你们走，你们一共多少人？"

拉尔夫止不住热泪滚滚，全身抽搐地呜咽起来。这是他上岛以来第一次尽情地哭；他失声痛哭：为童心的泯灭和人性的黑暗而悲泣，为忠实而有头脑的朋友"猪崽子"坠落惨死而悲泣。

1985年
诺贝尔文学奖得主

克洛德·西蒙
〔法国〕

"通过对人类生存状况的描写，善于把诗人和画家的丰富想象与对时间作用的深刻认识融为一体。"

——获奖评语

克洛德·西蒙 1913 年 10 月 10 日生于马达加斯加的首府塔那那利佛。父亲是一位法国骑兵军官，死于第一次世界大战初期的一次战斗中。在他 11 岁那年母亲也不幸去世。

西蒙曾在教会学校和巴黎的斯坦尼斯拉斯学院接受教育。20 世纪 30 年代他在牛津和剑桥大学经过短期逗留后，开始在安德烈·洛特学校学习绘画，并广泛游历德国、意大利、希腊、苏联和西班牙。西班牙内战期间，他还站在共和国一边参加了战斗。第二次世界大战爆发后，他加入了法国军队。1940 年 5 月，他所在的部队被击败，本人也成了德国人的俘虏，但很快又从囚禁地逃脱。一直到 1945 年他都是一位活跃的法国抵抗运动成员。他的战争经历对他的创作产生了很大的影响，成为许多作品的主要题材。战后，他在佩皮附近的萨拉塞斯继承了一小笔财产。他经营着自己的葡萄园，有时也卖掉一小块土地，以此来补助自己的写作事业。直到 20 世纪 50 年代末他才在文学和经济上获得一定程度的成功。

1945 年西蒙出版了他的处女作《作弊者》。1954 年他因大病卧床数月，写成了《春天的祭礼》。西蒙创作的真正转折点是 1957 年发表的《风》。1960 年发表的带有自传性质的《弗兰德公路》，奠定了西蒙在文坛上的地位。此后，他坚持不懈地探索新的小说创造方法，发表了一系列作品。其中《归营田园的人们》是西蒙最重要的作品之一，可以看作是他一生文学探索的总结。

法国和世界的文学界对他长期的"文学探险"给予了理解和尊重，他于1985年获诺贝尔文学奖。

弗兰德公路

第一部

我过去以为自己在学习怎样生活，其实是在学习怎样死亡。

——达·芬奇

队长手里拿着一封信，抬眼看着我说："您的母亲写信给我。"哎，母亲怎么不顾我的反对，居然写信给德·雷谢克，我听了感到自己满脸通红。他停了一会儿，接着对我说："佐治，我想我们多少还是表亲，对一位做母亲的人来说，这事是天经地义的，她做的对。"我说："谢谢你，队长。"他说："要是有什么问题，请来找我，不必客气。"

自从他的骑兵队减损到仅剩下我们这四人起（他的骑兵队几乎等于整个团最后剩下的全部人马，也许还有几个散落在荒野各处被打落马的骑兵），队长德·雷谢克可以说是摆脱、免除了军官的职责，从中解放出来了。虽然如此，他在马上总是仍旧保持笔挺的姿势，好像是正在7月14日国庆阅兵典礼上被检阅的队伍之中，而不是在全面撤退，或更确切地说是总崩溃，或者可以说是灾难临头。在这一切土崩瓦解中的，似乎不是一支军队而是全世界，不仅是物质的现状而且是精神的表现都在剥蚀分化，在崩裂瓦解，都在变为粉末、流水，在归于虚无。

天色一片漆黑，时间的行进是看不见的，非物质的，无始无终，无标记可寻。就在这时间的行进中，佐治感觉到自己坐在马上，有些冰冷、僵直。即使他尽量睁大眼睛，也什么都分辨不清。既不知朝什么地方去，也不知朝什么目标走去。他好像听见那经久耐磨的整个旧世界在黑夜中颤抖着、乱动着、振响着，像空心铜球发出的金属互相碰撞的声音。

后来他们在谷仓里安顿下来，面前出现一位手提着灯高高举起的少女，像一个圣灵的幻影，有点像那用烟丝汁液绘的古画中的一个人物。她几乎全身赤裸着，当她站在谷仓的阴暗光线中时，她的黑色的身影便清晰地显出，但一跨过了门，这身影似乎就消失得无踪了。佐治好像听见自己的心里有一个声音在说："喂，你看见过那年轻女人……"布吕姆说："哪一个年轻女人？"他的马还没有卸鞍，甚至也没有用绳子拴住，他倚着墙好像害怕自己要倒下去。佐治说："他妈的，别管马了。快去睡觉吧。"他自己几乎是一边说一边站着就睡着了。在梦乡中，他用柔软的黏土粗略地塑成两条大腿、一个腹部、两个乳房、一个圆柱形的颈子；像那些原始简单但造型确切的塑像，在中央、在皱折凹入处雕了一个毛篷篷像野草丛生的女性下体开口处……

然后出现的是德·雷谢克与他的妻子科里娜。她比他年轻20岁，4年前他在人们的纷纷议论中，在沙龙喝茶时的窃窃私语中和她结了婚。那位18岁的新夫人，头发、身体、皮肤几乎是像她身上的丝绸、香水一样地不实在，好像是由碰不得的娇贵物质所构成的。她穿着浅淡的服装，袒胸露臂，真是不知羞耻。这两个人是高不可攀的、缺乏现实性，好像他们已经进入他们的先人肖像集画之中了……

雷谢克用自己的手拿着那管枪——把枪口对着自己的太阳穴，使劲按下扳机，他手指的肌肉由于用力而变白，最后响起一声干枯的、无足轻重的声音。房间里保留着同样的油漆家具，同样的褪色的条纹窗帘，同样的挂在墙上描绘风流韵事或田野景色的版画，同样的带浅灰脉纹大理石的壁炉架，雷谢克就是这样把臂肘支在这上面开枪打掉脑袋的。……

佐治感觉到那肉体的温热气味，呼吸到从嘴唇朦胧的黑色花形状物发出的气息，她说："那时在那种地方我完全被你控制着（黑暗中好像发出笑声，使她微微抖动了一下，致使她的乳房抖动起来），或更确切地说，是你们要拿我怎样都行，因为当时你们是三个人，依格莱兹亚，你，还有一个叫什么……"佐治说："布吕姆。"佐治没听她说下去，也再没听见她说的话。他觉得胸口压着一种东西，不是女人温热的肉体而是空气。黑色空气好像沉重腐烂的尸体直挺挺地压在他身上，嘴巴紧贴着他的嘴巴，而他同时拼命想把这种带着死亡、腐烂气味的气息吸入到自己胸肺里面。后来空气突然吹入，发出的命令与空气同时进入车厢。佐治现在醒了过来。

第二部

是谁使上帝产生要创造男人和女人的念头，而且使他们俩结合起来？瞧，上帝配给这男人一个女人，她胸前有两个乳房，两腿之间有一小洞，在里面放进人类种子的一小滴，就会从中长出这么大的一个身体；这微不足道的一小滴将变成肉、血、骨头、神经、皮肤。

——马丁·路德

过了好一会儿，他才辨认出来：那不是成形的一堆干泥，而是一双瘦骨嶙峋的脚，合拢弯曲起来像做祷告的姿势，这是一匹马，或者更确切地说，曾经是一匹马，而现在返回原来出身的大地，看来不需要经过腐烂这一中间阶段，由于蜕变或质变加速，好像一下子就越过了从一种领域进入另一领域的过程中平常需要的时间界限。佐治在想："也许现在已是明天，也许我们在这里度过了很多时日而我却不觉得。我们怎么能说某人已死了多久了呢，既然对这个人来说，昨天、今天、明天都显然不再存在了，这就是说，已不在他考虑之中，不能再烦扰他了……"

佐治和布吕姆两人在口袋里搜刮着，希望能发现一点被遗忘的烟丝，搜采着留在衣缝中的许多混杂在一起的面包碎屑、碎片和布毛，他们寻思着是否可以把它们当食物来吃或是当烟来抽。他们终于在自己的两唇间塞进了一个用纸卷成的，搓成扁平、纤细、不成个样子的东西。那里面卷着的只有一点烟草，大部分是碎布毛和各种残屑，比一支牙签还要扁平、细小。吸一口吐出来的是呛人、讨厌的烟。佐治说："……这一切令人作呕的东西还没有断绝，它粉碎了我们身上怀着的那些纯洁天真的欲望，你可记得我们一直在守候，不断地抬头望那个窗子。在疯狂、残杀的高潮中，骑着我们那筋疲力尽的马，穿过时间，在雨淋淋的黑夜中，为了走到她身旁，找到她。我看见她在马厩中，在灯笼的光照下，温热半裸的身体呈乳白色。我记得她开始时是伸直手高举着灯笼的。"

那时，队长和他年轻的妻子雇佣的骑师依格莱兹亚不得不经常冒雨骑马参加比赛，从那淋湿了的马上下来时，连眼睛也沾着烂泥。依格莱兹亚说："从来没有一个赌马的人会想，他输了钱是由于没运气或由于选了一头蹩脚的马。"佐治这时意识到自己一直细看着那一截只有一毫米半的烟头，更确切地说是那发黄的卷扭的纸。

  有一天早晨，科里娜说她一定要有一个赛马用的马厩。可是很快这件学骑马的事就结束了，正像她曾醉心于开意大利式汽车那样，那半纯血种的马从此留在了马厩里。根据依格莱兹亚所讲的，他头一次远远看见她时，以为是德·雷谢克星期天从中学里带到外面走走的小孩子或少女。依格莱兹亚说，首先最使他惊讶的是她那天真烂漫、蓓蕾初放、像处女般纯洁无瑕的外表，"甚至是在电影里也没见过，天哪！"依格莱兹亚谈到她时，不是像一个男人谈到自己曾经占有、紧压、搂抱在怀里呻吟惊怕的女人，而是像在谈一种奇怪的动物，虽然他曾把这个身份、金钱和社会地位都高于他的女人推倒，使她翻滚、把她压在身下。

  马队在小树林的右面出现了，现在它们以正常的步子朝比赛出发点走去。我不难辨认出他，就在那儿，跑在最前面，身体挺直地坐在马上，与其他人的懒洋洋的身体姿态完全不同。马队快速地横排前奔，好像是装在一条铁线上或小轮子上那样平稳地滑动，像小孩玩具似的，所有的马连成一块，从一块厚纸板或着色的铁皮上剪出，然后沿着专为达到这种效果而安排的一条漕沟快速移动，背景是画得逼真的涂釉发亮的风景，骑师的上身全都向前俯倾，马的腹部以下都被树篱的边沿所遮掩了；后来骑师们从跑道的衔接处跑出来，一时可以看见马蹄急速地前后交替着，像圆规样一开一合，但总是保持着弹簧玩具的动作节奏，机械、规律、整齐但不实在；后来人们又再一次只能看见在小树林后面另一些树干和树枝被割碎割断的路。骑师穿的颜色鲜艳的绸上衣像一把彩纸屑——也许由于它的材料和鲜艳夺目的颜色——它似乎把阳光明丽的下午那闪耀的光线全部聚拢集中在自己身上。那粉红色的小点现在出现在第四位上。他们终于在跑出最后的一株树以后重新出现了，仍然是原来的排列，那斑点、那粉红色的小圆点仍旧在同一位置上。这一堆出现在跑道直线末端的东西，像翻滚的浪涛，人头在原地上一起一伏，聚成一堆的马一时似乎不再前进，全体陆续地呈现出保持平衡静止不动的姿态，像那跳动的玩具马，看起来是在原地不动，身躯向前倾，再动起来时蹄落着地。它们越来越接近终点，最后终于出现在眼前：一阵闷雷似的声音，马蹄下的地面隐约地颤动着，草坪上的泥土远远地飞溅到蹄后，骑师们揉皱的绸上衣在马的飞奔中啪啪发响。

  布吕姆说："这场悲怆动人而且崇高的自杀可能不……对马的爱好，我是想说，她同样倾向于骑马，同样有兴趣在马厩旁选择她的情夫……"佐治说："不过……"布吕姆："她只有一种姿势以满足一切需要，那就是双腿弯曲，臀部紧靠胁部，膝盖几乎触着阴暗的腋窝——现在地面好像在翻动，使她仰面翻倒，她背朝着地脸朝着天，像在期待那家喻户晓的繁衍生殖、期待着金色的雨滴。"佐治说："可不是这样！……"布吕姆说："而雷谢克突然来到……"就这样，他留下了他的溃败的军队，下级军官、逃兵。这些逃兵也许也在大声叫喊着被人出卖了，他们惊慌失措，像患了精神上的腹泻一样无法控制，德·雷谢克却是两重的叛徒，——首先是背叛了他出身的阶级，自己毁了自己，可以说进行了头一趟的自杀，第二重背叛了他所选择的事业，不过这次背叛是出于无能，也就是说，出于过错。因为他出身贵族阶级，打仗是他的专业。

布吕姆说："当时的情景可以想象是这样：大庭院中响起马蹄铁踏在铺路石上的嘈杂声，将军很快走到台阶，登了上去。这一切他的妻子都听见了，惊跳着醒来，虽然仍处于睡眠后和淫乐后懒洋洋、有气无力的状态中，她推着情夫的肩膀朝那大壁橱或小房间里去。然后大声说：'就来啦！'这时她又发现了一件男人的背心和一只男人的鞋子，她一边拾起来一边又朝着门喊：'就来啦！'她站在那儿，一副天真无邪、纯洁无罪，令人无法生气的样子，把身体紧靠着他，搂抱着他，嘴贴嘴地跟他说话，以避免他看见她由于跟另一个男人的亲吻而肿胀起来的嘴唇，而他站在那儿，思想混乱，惶惶不安，他彻底失败了，失去一切，他已走投无路了。四天以后他拖着自己那梦想幻灭的沉重，走到壁橱前，把门打开，然后拿起手枪，正面紧贴着自己的头部猛开一枪，因脑浆的溅溢而产生一种有益身心的减轻苦痛的东西……"

佐治高声地说："连将军也自杀了。"并不是只有他在这公路上寻找得到一种掩盖真相的得体的自杀方式。他的联队不再存在了，从参谋的军用地图上被抹掉了，像一件被吸掉、融化、解体、被喝干的东西那样，看起来并非出于恐慌而逃跑、溃败，他的骑兵队好像是气化了，似魔术般变没了，被吸收、擦掉、不留痕迹，只剩下几个发呆地到处流浪或躲藏在树林里或喝醉了酒的士兵。

第三部

感官的享受，就是两个活着的人对一个死者身体的搂抱。这里指的"死尸"是变为与触觉同体的，一时间被毁灭了的时光。

——马尔柯姆·德·沙扎勒

　　我们在黑暗中摸索着，我什么也回想不起来了。那时我大概是突然睡着了，也许话还未说完，沉沉的睡眠落在我身上像一口钟把我笼罩，埋没了。也许我是死了，也许那哨兵更快地首先动手开了枪，也许我仍然在那地方躺着，在壕沟芳香的野草中，在大地的这条轨迹中，呼吸着、用鼻子吸着腐殖土苦涩的黑色香味，舔着土地粉红色的东西，不对，不是粉红色的，只是一片黑色。这东西舔着我的脸，我的双手。我的舌头能触到她，认出是她，我那放心地瞎摸的双手接触到了她的全身，到处摸摸她的背，她的腹部，发出丝绸的窸窣声，碰到那在她光滑赤裸的身上长得像外来寄生物似的乱蓬蓬的一簇毛。我继续不停地摸着她的全身，在她下面爬行，在黑夜中探索，她的身体巨大无边和黑沉沉，像是处在一头喂奶的母羊下面，我们好像互相吸啜，彼此拿对方来解渴，互相杀戮，在饥饿中彼此拿对方来充饥。我尝试咀嚼草根，希望能稍减饥饿之苦，一条细长的根像剃刀般割伤我的舌头，痛得像火烧。

　　我考虑到那条公路大概是东西方向，我们极力想象，我们四人连同影子在大地表面移动的情况，微小不足道，朝着反向走，几乎是与10天前我们迎着敌军走去的路线平行。一星期前原来的炮兵团、骑兵团、装甲兵团、人，这一切现在都消失了。以致那位将军终于朝自己的脑袋开了枪。我们也不能完全算是军人，因为我们已与任何正规部队失去了联系，而且不知道该怎样行动，五匹马以梦游似的步伐前进着，走在前面的队长从来没有回头来跟在后面的勤务兵说话。由于队长一时的感情需要，他娶了一个大约比他年轻一半的女子，由于这女子的一时爱好使他建了一个赛马用的马厩而且雇佣了一位骑师，由于这年轻妻子的一时喜欢或更确切地说是她的肉体一时的需要，对他……原因恐怕是在于她感情上的一时任性，从这骑师的身体外表看来，似乎完全没有什么特别魅力，要不然是不考虑他的外貌只看他的一些优点，要不然就是她把他视为淫荡的工具，我怎么能搞得清呢？

　　也许他还怀疑她对他不忠。依格莱兹亚曾说过：这位丈夫总是装作什么也没看见。有一次他几乎把他们俩突然捉住，她由于惊骇和欲望未得到满足而在颤抖，几乎来不及在马厩中把衣服整理好。可是他连看也不看一眼就径直走到那匹小雌马那儿，弯下腰摸摸它的膝弯，他骑在这匹马上，默默沉思，无所作为，迎着那手指大概已指向他的死神走去。随着他的走近，身影逐渐增大。耐心地等候着杀死他的人眼睛动也不动地注视着他，食指按在扳机上，他身影逐渐增大，直到射击者渐渐看清了他的肩章、上衣的纽扣，甚至他的脸部的线条。现在准是在选择他胸前最要害的部位，枪口不动声息地移动，紧跟着他。不过，我真的是看见或以为是看见，或只是事后想象出来，或是做梦。也许我在大白天里睡着了，也许我一直在睡觉，只是眼睛大睁着，在五匹马单调的马蹄声中摇晃着。静止不动的天空下呈现一片荒漠无人，空空洞洞的景色。停顿，冻僵的世界风化了，剥落了，逐渐成为碎片崩溃了，像一座无用的被废弃的建筑物，任凭时间通过缺乏条理、漫不经心、客观自然的作用把它毁灭。

1988年
诺贝尔文学奖得主

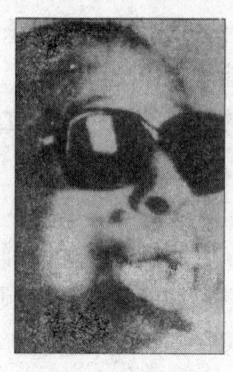

纳吉布·马哈福兹
〔埃及〕

"他通过大量刻画入微的作品——洞察一切的现实主义，唤起人们树立雄心——形成了全人类所欣赏的阿拉伯语言艺术。"

——获奖评语

纳吉布·马哈福兹1911年12月11日出生于埃及开罗杰马里耶区的一个公务员家庭。他四岁时就被送到私塾学习《古兰经》，接受宗教启蒙教育。

1930年，纳吉布·马哈福兹进入开罗大学文学院哲学系学习，接触了西方各种民主主义和社会主义思潮，逐步接受了一些社会主义思想和科学观点。

1934年大学毕业后，他一边留校工作，一边为一些哲学杂志撰稿。他先后在宗教基金部、文化指导部等政府部门任职，曾任文学艺术最高理事会理事、电影局局长和文化部顾问。1970年退休后，他进入《金字塔报》编委会，任该报专职作家。

20世纪二三十年代的埃及正处于反帝爱国斗争的革命风暴之中，在家庭与社会的影响下，马哈福兹从一开始创作，便以明确的历史责任感，承担起了一个正直作家的责任。他最初发表的三部历史小说《命运的嘲弄》《阿杜比斯》《埃伊拜之战》都是表现爱国主义的。20世纪四五十年代是马哈福兹现实主义创作阶段，发表了四部揭露社会黑暗、呼吁社会变革的小说《新开罗》《赫利市场》《梅达格胡同》《始末记》。标志着他小说创作顶峰的三部曲：《宫间街》《思宫街》《甘露街》被公认为阿拉伯小说史上的里程碑。此后他还发表了《小偷与狗》《道路》《乞丐》《尼罗河上的絮语》《平民史诗》

《声名狼藉的家》

吉布纳·马哈福兹

等作品。

他曾多次声明自己信仰社会主义和科学，提倡以科学反对宗教迷信，强调人要进行自我净化。

1970年获国家文学表彰奖，1988年获埃及最高奖赏——尼罗河勋章。1988年获诺贝尔文学奖，成为阿拉伯世界第一个获得此奖的人。

声名狼藉的家

当一位太太请求艾哈迈德先生接见时，他正在专心致志地伏案工作。

"早上好，艾哈迈德先生。"那位太太一边坐下一边说。

这是一位中年妇女，脸颊憔悴得深深地陷了下去，嘴巴微微鼓出，两只眼睛闪现出疲惫的目光，她身上的那套丧服更使她显得愁眉苦脸、悲伤凄苦。从她的谈话中，艾哈迈德很快知道了那妇女求见的目的：她希望能顺顺当当地办完手续，领到抚恤金。艾哈迈德正准备把她转到年金处处长那儿去，不料却看见她那双疲惫的眼睛一直紧紧地盯着自己看。他一直以为她在用一种拘谨不安和羞涩的眼神看着自己的。这是怎么一回事呢？难道她认识我？他这么想着想着，记忆里一下子出现了她，并照亮了往事的黑暗。于是他茫然若失地叫起来：

"噢，是你呀？太太。"

那太太不好意思地垂下眼帘，微微有点激动地说：

"是的，我的运气还算不错，认识您总稽查阁下。"

艾哈迈德已经想不起她的名字了，但是他所熟悉的小名咪咪却一下子跃入他的脑海中。是咪咪！她现在的模样显然要比她的实际年龄显得大，其实她还不到50岁呢。他也许想找出一个理由来说明他为什么没有立即认出她，便说："我正在忙着工作，看你一眼也是心不在焉的，所以完全没有认出你来。"

其实艾哈迈德没能一下子认出她来，是她意料中的事。她满脸堆笑地说："我的样子变了许多了，愿真主保佑你远离邪恶。生活已经耗尽了我的精力。我有三个女儿，两个已经出嫁，还有一个待嫁。正当我们的生活开始好转时，我那可怜的丈夫却去世了。"

接着两人寒暄起来，各自询问了对方的家庭情况，那妇人滔滔不绝地开始从她结婚、丈夫去世，说到他们原来住在开罗，后来迁居到了阿高里姆。艾哈迈德在她滔滔不绝地叙述时，好不容易从记忆的深处找回了昔日咪咪的形象。在这之后，他给她写了一张条子介绍她去找年金处处长，这次会见才结束了。

艾哈迈德把她送到门口，回到自己的座位上。他已经陷入了对往事回忆的梦中，在梦中的迷雾里寻找那个年月。是哪一年呢？噢，是1925年。

那一年发生了许多历史事件，但是咪咪和咪咪那个奇特的家庭比那一切都重要。那是一个古老的大村庄，坐落在巴迪拉沙漠地带。灰蒙蒙的街道，在街道两边鳞次栉比的是一两层楼的小住宅，住宅的门外高高地悬挂着路灯，每个家庭都处在神秘的气氛中。那里的女人不多，恋爱是禁止的，结婚是人所履行的一种手续。然而哈拉瓦家的人却与众不同，他们显得异常孤独。这个声名狼藉的家是人人皆知的，关于这个家有许多可怕的闲言碎语，小伙子和姑娘们只要一提到它，便会被当作是一种罪恶而受到斥责，周围的人也会因此与他们断交，这个家真像是瘟神似的。艾哈迈德记不清是什么事了，却只记得那个倒霉的日子，它因而也成为历史事件。唉，那到底是怎么回事呢？

那家的女主人是个风流的女人，嫁给了一个大职员。尽管她当时已50岁了，而且生完咪咪后也不会再生育了，可是上街还要戴上全副的装饰品，在人们面前显示它们的漂亮和光泽。她是本地区第一个外出不戴黑面纱或白面纱的女人。她有四个女儿，她们也和她一样不戴面纱，涂脂抹粉，在外面走。而这些对没有订婚的姑娘来说，在那时是绝对不允许的。她们每星期或与男主人，或独自到库兹莫拉夫戏院去通宵看戏，早上只要没有人离开，她们是决不会离开戏院的。有哪一个女人、哪一个男人、哪一个姑娘是这种样子的！更不像话的是，这家人正规地欢迎别人到他家做客时，并不按阿拉伯人的待客规矩分男女宾招待，而是男男女女地混杂在一起。地区里的年轻人都高兴地聚集在灯光闪烁的接待室下面，倾听从房间里传出的一阵阵欢笑声、弹奏声和唱歌声。同时从窗口看里面戴着红毡帽的人在相互使眼色，说俏皮话，或长篇大论，幻想着美好的事情。奇怪的是，只要一提到哈拉瓦家,人们便会把它与"放荡"这个词联系在一起。这家人完全知道邻居们对他们的看法和感情,但仍然我行我素,毫不在意。她们走在马路上目空一切,旁若无人,好像根本不是本地区的后裔。

咪咪经常出现在马路上或者商店里,而且总是一个人。那时候她还是个15岁的小姑娘,长得很漂亮,酷似她的妈妈和姐姐们。艾哈迈德已经记不起她那时的面容,只能记起她曾把乌黑发亮的头发结成两条粗粗的辫子,有一双蔚蓝的眼睛,下颌上方有个小酒窝。艾哈迈德常常用充满爱恋的目光惊奇地窥视她。最初,他的目光里还有些对她轻蔑和讥讽的味道,后来完全变成欣赏和神魂颠倒了。于是他悲哀地对自己说:"多可惜啊!"一两年后,小姑娘长大了,艾哈迈德对她爱得发狂。为了不被人说闲话,他始终把这个秘密埋藏在心里。有人去勾引她,想把她当作容易上钩的猎物来品尝,但都不知道用心计。一天晚上,咪咪出人意料地瞥了他一眼。当时两个人都站在糕点铺里,她在无意中赐给了他一个令人心醉的目光。于是他飘飘然起来,心里充满了胜利的喜悦。他的心里翻滚着的幸福的浪花吞掉了一切邪恶,使他不再卷入别人的流言蜚语中去认为那是个名声不好的家。他相信自己心里的感觉比所有人说的都要危险。在斋月的那些夜晚,他们两人遥遥相望,饶有兴趣地玩着耐风火柴。他们相约到巴德提的沙漠幽会。每当这种时候,艾哈迈德总是发现自己有些惶惑不安,而咪咪却毫无顾忌地向他问好,用她的勇敢来回报他那副失魂落魄的样子。

"你穿西装显得比穿大袍更潇洒,我喜欢潇洒。"咪咪有一次这么说。这一句话就道出了她的新发现和令人不安的大胆。他们在辽阔的大沙漠里显得很不起眼,尽管这样,艾哈迈德还是小心翼翼地说:

"也许有人会看见我们了。"

"会有谁呢?"咪咪问道。

"家里人或者邻居。"

清凉的秋风吹拂着她的两条大辫子,她轻蔑地耸了耸双肩,问道:"那我们到动物园去,你看如何?"

尽管艾哈迈德常常有很好的机会去亲吻咪咪,但他总是很有教养地克制着自己。为了约个适当的时间,咪咪把家里的电话号码告诉了他。也许这个号码至今还保留在他昔日的记事本里。

"我们是不是一起去动物园?"咪咪问道。

"不，还是在那里碰面，在那里分手好。"他恳求似地说。

那是一个幸福的日子，他们在动物园门口碰面了。两人手拉着手漫步而行。摸着咪咪的手，一股幸福快乐的暖流涌上艾哈迈德的心头。似乎为了对她放心，他问道："你是怎么对你妈妈说的？"

"我就说去动物园。"咪咪简单地回答。

"说你自个儿去？"艾哈迈德不理解地问。

"我说和你一起去。"咪咪摇摇头，仍然简单地回答。

艾哈迈德哈哈大笑，表示对她的话不相信。可是当他看见咪咪一本正经的样子时，禁不住又问："她同意了吗？"

"是的，但很不热心。"

他真不知如何去相信这一切。咪咪接着又说："她对我说，离那个男孩远一点，他跟别人是一样的，他家的人也像那些邻居。"

他感到自己是个被驱逐的人，处在茫然不知所从的窘境中，犹如站在铁栅栏危险的尖顶上。

"那么她已经知道我们俩在这儿了！"他忧心忡忡地说。

"我敢和你打赌，你会放弃希望的。"

"为什么？"

"有谁了解我呢？"

她明明知道谁了解她，却还要装出那副样子！随后咪咪站到拱桥上，凝视着被树叶覆盖着的水面，建议到假山洞里去。但是艾哈迈德紧紧握住她的手说："告诉我吧！"

"你不会相信的，"她大胆地注视着他的眼睛说，"她知道我们两人在这儿，同时也知道你哥哥娶了三个老婆！"

"是他的自由。"

"请别生气，你生气就证实了我妈妈的看法。现在你该知道你问的是什么了吧？"

他的心里充满了悲伤，事实远远超出了他的想象。他们完全生活在遥遥相望的两个世界里，尽管他对她的爱更加如痴如狂。

接着他低声问道："她怎么会同意你来呢？"

"为什么不同意？这有什么错？"

他没有回答她的话，于是她的口气带着一点讥讽的味道说："为什么你也同意了呢?"

他还是没有回答她的问话。她又问道:"难道我们应该分开吗?"

艾哈迈德为了使她满意,便热情地安慰她,带着歉意说:"请别生我的气,是我不对,很不对。请原谅,这是我第一次与姑娘约会。"

"你对我怎么看?"咪咪怀疑地望着他。

"你一切都好,我……我爱你,咪咪。"他赶紧消除了她的疑虑。

咪咪的脸上绽开了笑容,两人一起走到长椅子前,旁边是一块绿茵茵的草地,可是两人就在上面坐下来,默默地并肩坐着。

"让我们谈谈你的前途吧!"咪咪首先打破了沉默说。

于是他谈起了从司法学院毕业后的辉煌前程,在不久的将来,他不是当上法院的顾问,便是当上机关里的稽查员,这真是一个美好的梦。

"这真是太美好了,可是我又怎么办呢?"咪咪问道。

艾哈迈德发现自己像一只关在四面都被围住的笼子里的野兽一样,为了控制自己的恐惧心理,他十分简单地说:"结婚。"

咪咪莞尔一笑,把脸转过去,目光凝视着青草地的边缘。她把人和动物的嘈杂声全都忘得一干二净。

"可是我们还得等许多年,怎么办呢?"她仍然遥望着远处,问道。

"你一定要等待,等到我毕业。"他叹了一口气恳求道。

"我一定会高兴地等着你的,可是我需要有点什么能够在别人面前表明我是在等待你。什么都行,用什么方式把我们联系在一起好呢?"

艾哈迈德立刻把咪咪的要求和那个声名狼藉的家联系在一起了,他变得张口结舌,半天说不出一句话。"你说什么?"

"我现在对你提的这个要求,其实是很容易办到的。"

"你不能为了我不提出这个要求吗?"他用非常小的声音叹息着,他感到自己不停步地跑完了漫长的历史进程。

"你不愿意?没有足够的勇气?难道我们家就可怕到这种地步?"

"不,事情还没有到这一步……"

"你不用骗人了,我什么都明白。我母亲没有错,我们整条街的人都是愚蠢透顶的人。我们比所有的人都体面,这些你是应该知道的。"

"你误解了我的意思,我有……我恳求你设身处地为我想一想,给我……"他痛苦地喊叫着说。

"什么也不要说了,让我们把过去说过的一切都忘记吧,那些全都是彻头彻尾的废话!"

"可是我爱你,让它成为我们两人的秘密,直到……"

"我们家的人不喜欢保密!"

接着她怒火冲天,几乎要把手中的小手帕撕破。她又说:"求真主保佑。我对这条街上的人一个也尊敬不起来,别饶恕他们,别饶恕他们!"

他们就这样永远分手了。

文哈迈德眼望着椅子,脑子在迎接往事的急流,他的记忆中只留下星星点点的回忆。虽然辛劳和丧事使咪咪筋疲力尽,但她对真正的胜利却无比自豪。往事像紫色的蜃景一样环绕着他。他想起那个名声不好的家庭的姑娘是怎样一个接着一个出嫁的。尽管耳朵里多少次听见人们说这些姑娘不可娶,决不会有人要娶她们。但以后有消息传来说,那几个姑娘对丈夫出奇地顺从,当时他为此而心乱不安。

一天的工作结束后,艾哈迈德回到家里,吃完午饭就躺下睡觉了。他要为去奥巴拉宵夜作准备,他和他的妻子、三个女儿都受到邀请去那儿。邀请他们的是他大女儿的同事,在部里的翻译处供职。尽管邀请者还没有用任何方式肯定和他大女儿的关系,但他还是接受了邀请。夜幕降临时,他的妻子、女儿都在为等待已久的晚会进行梳妆打扮,以便在灯光下得到人们赞赏的眼光。她们都兴致勃勃地忙着做准备。这时他独自踱到书房,从一个抽屉里取出一本陈旧的日记本,那抽屉是专门保存地契、保险单之类珍贵东西的。他在那个梦想得到诱人皇冠的青年时代,已经习惯一天又一天记下那些爱国事件和社会大事。他把日记本翻到1925年,在那些日子的中间找到了那个电话号码。他不知受什么驱使,竟然伸手拨了那个老电话号码。

"喂……"

"是哈拉瓦家吗?"他的脸上显出诙谐的微笑。

"不,先生。这儿是卖粗布的塔姆里巴商店。"一个粗嗓子的声音回绝了他。

《帕斯库亚尔·杜阿尔特一家》
卡米洛·何塞·塞拉·特鲁洛克

**1989 年
诺贝尔文学奖得主**

"作为西班牙内战（1936～1939 年）后文艺复兴中的有影响人物，他的笔下带有浓郁情感的丰富而精简的描写，对人类弱点的揭示，具有令人难以企及的想象力。"

——获奖评语

卡米洛·何塞·塞拉·特鲁洛克
〔西班牙〕

1916 年 5 月 11 日，塞拉出生于西班牙西北部加利西亚的一个小镇。父亲是西班牙人，母亲是英国人，有意大利血统。

1922 年他开始在加利西亚著名港口城市维戈上小学。1925 年随全家移居首都马德里。他先后在埃斯科拉比奥斯神文中学和马里斯塔斯修士中学念书。1934 年入马德里大学攻读法律、医学和哲学。1936 年，西班牙内战爆发，塞拉被迫中途辍学。同年出版了他的第一部作品集——诗集《踏着白日朦胧的光》。1936～1939 年的内战是他人生的转折点。他替法西斯卖命，血腥的屠杀和在内战中人性的扭曲使他精神上受到强烈的震撼。1939 年内战结束后，塞拉开始独自反省那场战争，认识战后的现实并理解人生。

1942 年，塞拉发表了他的第一部小说《帕斯库亚尔·杜阿尔特一家》。其后又根据他的两次患病体验创作了《憩阁疗养院》。

20 世纪 50 年代初期，塞拉创作中的现实主义倾向更加显著。他的名作《蜂巢》在读者与作家中引起强烈反响。《蜂巢》之后，他一再变换写作风格和题材，力求在艺术上不断更新自我。先后写了《考德威尔夫人与儿子谈心》《黄发女人》《为亡灵弹奏玛祖卡》《飘过的云》《西班牙故事集》等作品。

341

除小说外，塞拉还写了许多游记、回忆录、随笔、剧本等。

1956年塞拉获"西班牙评论"文学奖。1957年当选为西班牙皇家学院院士。1964年出访美国，在各大学举行文学讲座，获得纽约一所大学的名誉文学博士称号。1984年获西班牙阿斯图里亚斯亲王文学奖。1989年获诺贝尔文学奖。1994年获联合国教科文组织颁发的毕加索金质奖章。1995年获西班牙塞万提斯文学奖。

帕斯库亚尔·杜阿尔特一家

我今年已经55岁了，老家在巴达霍斯省的一个不为人知的小镇上。虽说有种种原因使我变成现在这个样子，但我并不是坏人。我小时候留下的记忆都不是美好的。我父亲叫埃斯特万·杜阿尔特·迪尼斯，是葡萄牙人。他身高体胖，像座大山；皮肤黝黑，又黑又浓的八字胡向两边耷拉着。他生性粗鲁，脾气暴躁，生起气来就揍妈妈和我。我妈妈经常以牙还牙，拿大棒来回敬他，我从来也不敢问我妈妈，父亲为什么被捕入狱，后来知道他是因走私而被关押起来的，看来他在这一行干了好多年了。我妈身体不胖，但个儿很高，又细又长，脾气坏得不能再坏，说出来的话难听得连上帝都不会原谅她。每当家里有几个小钱时，她就拿去买酒。

我妹妹罗萨里奥出世的时候，她扯着嗓门大吼大叫。这时，我父亲正跨着大步在厨房里长时间地踱来踱去。罗萨里奥刚一生出来，他就走到母亲的床边，不问青红皂白地大骂她是个狡猾的母狐狸，还拿皮带头狠狠地抽打她。他抽打得那么狠，以致现在我还觉得奇怪，当时我妈妈怎么没有被他给活活打死。接着，他就离开了家，一直过了整整两天，他才回来。回来时他已烂醉如泥。他走近我母亲的床，吻了她，她也让他吻……尔后，他就到马厩里睡觉去了。

罗萨里奥长大成人后，成了全家的女王，她什么都会，就是不干正经事。她偷盗的本领简直可以和吉卜赛老妇人相媲美。年纪轻轻，就嗜酒成性，还替那些搞不正当男女关系的女人拉皮条。由于谁也不去管教她，她就

《帕斯库亚尔·杜阿尔特一家》
卡米洛·何塞·塞拉·特鲁洛克

变得越来越坏,以致有一天,这个只有14岁的小姑娘,竟将家中仅有的一点财物席卷一空,跑到特鲁希略的拉埃尔维拉家去了。

罗萨里奥在特鲁希略混了五个月。一场高烧把她害得半死不活,逼得她回到家来,卧床长达一年之久。但她身体一好又把我们这个穷家里仅有的一点积蓄囊裹一空,不告而别,远走高飞了。在阿尔门德拉莱霍她又偏偏认识了一个名叫帕科·洛佩斯的男人,诨名叫埃斯蒂劳。虽说他有一只眼睛的眼球是玻璃做的,看上去有些呆滞,但这小伙子模样长得还挺俊。也不知是在哪一次奇功伟绩中,他失去了一只眼睛,他没有职业,就凭一张漂亮的脸蛋混日子。因为总有那么一些蠢女人愿意养着他,他可以不干活。

在我妹妹15岁的时候,我母亲又给我们生了一个小弟弟。人们都认为这是拉斐尔的儿子,因为那阵子她和拉斐尔先生有点瓜葛,而母亲的生养正好和父亲的去世时间巧合了。在马里奥出世的两天前,父亲被狂犬咬了。由于这个可怜虫已无可救药了,于是,我们就想了一个办法,在几个邻居的帮助下,将他关进壁橱。他在壁橱里就像雄狮一样乱蹬乱踢,并发誓要将我们全部杀死。在我们将他关起来的那两天里,他又是嚎叫,又是猛踢壁橱门,为此,我们不得不用几块木头将壁橱门加固。怪不得马里奥出生时,大概让父亲的咆哮和母亲的哭嚎给吓坏了,竟变成了一个小呆子。第三天,父亲不喊不叫了,我们估计他已经死了,就去把他抬了出来。我们发现他趴在地上,脸部表情就像恶魔一样令人害怕。令我吃惊的是,母亲不但没有像我们想象的那样啼哭,反而笑了。我看到父亲的尸体,两滴泪珠不禁夺眶而出。

马里奥和我们在一起生活的时间很短,他离开我们时才只有10周岁。对一般人而言,这样的年龄早该会走路会说话了。可是马里奥却什么都不会。这可怜虫只能像蛇一样地在地上爬行,像老鼠一样地在喉咙和鼻腔里发出一阵轻微的吱吱声,这是他学会的唯一的本领。他得了麻疹,屁股上都长满了疹子。小屁股两边的好肉与小便和水痘上的浓血混在一起,看上去像是被剥去了一层皮一样。我记得有一天他狠狠地咬了拉斐尔先生一口,那老头子使劲地踢了他一脚,踢得他鲜血直流,直挺挺地躺在地上。我母亲不但没有把他抱起来,反而和拉斐尔先生一同放声大笑。拉斐尔先生走后,我母亲扶起马里奥,将他抱在怀中,就像产了崽的母狗舔小狗一样,轻轻地抚摩着他的伤口,整整抚摩了一夜。小家伙任她爱抚着,微笑着……进入了梦乡。这一天夜里,我可以肯定,是在他的一生中我第一次见到他微笑……正像被厄运追逐的人，就是躲在岩石缝里也难以逃脱一般。有一天，我们到处找他，都没有找到。后来，发现他淹死在油缸里了，他的姿势就像一只偷食的猫头鹰被风吹进缸里一样，身躯倒栽在缸里，鼻子顶着缸底。我们将他捞起来时，从嘴里淌出的油就像金丝一样连续不断，一直流到肚子上。

儿子死了，我母亲没有哭，这个无情的女人，她的心一定是铁打的，我哭了，我对母亲恨到了极点。

当时葬礼进行得相当顺利。那墓穴已事先挖好，只要将我弟弟的尸体推入其中，上面埋上泥土就成了。后来成为我妻子的洛拉跪下时，黑色袜子上部露出了两条像粉肠一样白而皮肉又绷得很紧的大腿……我全身的血往脑门上涌，心跳得像是要从胸口蹦出来似的。太阳快下山了，洛拉站在我身边，随着呼吸，她的胸脯一起一伏……接着就是一阵残酷的搏斗。她被我按倒在地上，不能动弹，模样显得从来没有过的好看。我抓住她的头发，我咬她，把她咬出血来，弄得她精疲力尽，她驯服得就像一匹小母马……"你原来是喜欢我这样！""对。"洛拉露出她那整齐的牙齿，对我微笑……然后，对着我整理着头发。"你跟你弟弟不一样！……你是个男子汉！"我记得很清楚，那土地十分松软，……

弟弟的葬礼之后还不到五个月，我被一个完全出乎我意料的消息惊得目瞪口呆。洛拉面色有点苍白地出现在我面前，表情异常："帕斯库亚尔！……""怎么啦？""我怀孕了！"我注视着洛拉的肚子，向她走过去，吻着她的面颊。"我爱你，洛拉，就这样爱你。"我说的是真话。她年轻，腹中有了孩子，是我的孩子。对我的孩子，我曾设想要对他进行教育，让他成为有用的人……在办妥了教堂所规定的一切手续后，洛拉和我结婚了。

宴请过宾客之后，我就扶着我妻子，骑上母马，我们朝梅里达方向走去。在那儿，我们打算住三天，也许这是我一生中最幸福的三天。

第三天是星期六，我应在单身汉时一起干活的伙伴们的邀请，跟着他们来到迦略酒店。我在洛拉面颊上吻了一下，让她先回家去和女友们打个招呼，同时等我回去。酗酒真是害死人。萨卡里亚斯在狂欢痛饮时，讲了个关于小偷的故事。那时我敢发誓他讲的故事是指的我。我打开了折刀，站起身来，向他扑过去。在他还没有来得及皱一皱眉头之前，就向他砍去……

我在三四个挚友的陪同下，向家里奔去，家里寂静无声，这使我感到吃惊。人们告诉我，洛拉流产了。她从母马上摔下来了。一阵暴怒使我头昏目眩，眼前一片漆黑，两耳失聪。朝屋后那块空地上开的马厩门的门框很矮，我弯腰走进去，我扑向母马，用折刀向它戳去，戳了少说也有20下，鲜血直溅到我的手臂上。

自从那次不幸的事件发生后，我神情沮丧，精神萎靡，思绪异常消沉，直到清醒过来时，已消磨了整整12个月的光阴。洛拉又有了身孕，我第一个儿子，倒是顺利地出世了。

我长时间地坐在床边上，洛拉红着脸，轻声对我说："我给你生了一个孩子。""感谢上帝。""到7岁的时候我们送他上学。""我来教他打猎。"洛拉笑了，她是幸福的。看到她那稀有的美色，怀抱孩子像圣母玛丽亚一样，我也感到了幸福。

然而厄运似乎跟定了我。孩子病了，呻吟声如同风吹橡树发出的哀鸣声。他只挣扎了两天就死了。我们埋葬他时，他才只有11个月。11个月的生命，花了我们11个月的心血。

不知道是不是上帝因为我罪孽深重，而且还要继续作孽而严厉地惩罚我。当孩子离开我们的时候，有三个女人总是围着我。她们没有一个人懂得以感情和行动来安慰我因孩子死亡而引起的伤悲。相反，她们好像经过协商似的，都让我生活得更痛苦。这三个女人是我妻子、我母亲和我妹妹。她们是令人讨厌的，心存不良的饶舌者。我总想装作没有听见她们的话，不去理睬她们，不去听她们讲的话……让痛苦像摘下来的玫瑰花一样，随着时间的流逝而消逝。有时她们又像缉私队员一样，板着脸各干各的，谁也不理我，倒是我要先跟她们讲几句话，以图打破寂静冰冷的局面。

我准备逃离这个家庭。我利用夜色，像小偷一样，手提行李，匆匆离开家，走上公路，在田野里片刻不停地走去。我搭上火车，买了一张到马德里的车票。在那里我只待了约两个星期，然后继续旅行来到一个港口城市。在那里我住了一年半，另外，我离家后又在外面浪荡了半年。这样一来，我就越来越经常地想到我抛弃了的家。开始时只是在夜里，躺在床上的时候想。久而久之，我就整小时整小时地想念着家里，以致到后来，白天也想家了。思念之情不断地侵袭着我，以致我觉得要不了多久就能在公路旁的小茅舍里再与家人见面。我这种愿望像生长在湿地上的蘑菇一样，滋生得很快。我费了不少劲才借到一些钱。在一个晴天，我启程回家了。

妻子至少从外表上看来非常亲热地迎候了我。她细声地对我坦白道：

"我要有孩子了。"我大吃一惊。"是谁的?""不要再问了!""为什么不要问。我要问,我是你的丈夫。"她放大了嗓门。"就是你这个把我抛弃了二年的丈夫!像躲麻风病人一样躲开了我的丈夫!"她扑倒在地,吻着我的腿。"假如你需要的话,我连自己的生命都可以给你!但不要把孩子流产掉,我就是为他而活着的。"

我那倒霉的母亲是发生这事的拉皮条的人。她总是躲躲闪闪的,所以我总是见不到她。她好像知道自己做错了事,所以很少讲话,但她总会按时为我准备好饭菜。为了避免争吵,她也害怕见我,想起来真叫人难过。

忧伤过度的洛拉从来没有这样苍白过,看起来令人可怕。她那可怕的脸色是因我回家来而引起的不幸造成。我抱着她的头,我抚摸着她,理解她的遭遇和不幸。"是谁?"我要她说出那男人的名字。"埃斯蒂劳!"说完,她便死了,她的脑袋耷拉在胸口上,头发散落在脸上。

我不禁心潮翻滚,万箭穿心,全身的热血往上涌。我要出去寻找杀害我妻子的凶手,玷污我妹妹的无耻狂徒。去找那个给我带来无限痛苦的人。我终于找到了他。"埃斯蒂劳,你杀害了我的妻子。""她是只母狐狸。""不管她是什么,是你杀害了她,你还糟蹋我的妹妹。""我找到她时,她早已臭名昭著了。"我抓住他的脖子。把他摔在地上,我们互相扭打着。我打倒了他,用膝盖顶住他的胸口,逼他坦白。"我曾答应过不把你杀死。""答应谁?""洛拉。""那么,她是爱我的了。"真是太无耻了,我用力踩了他一下……他的胸部发出了像烤肉放在锅上一样的声音……鲜血从嘴里喷了出来。我站起来时,他有气无力地让脑袋倒向一边,死了。

根据判决,我得在钦契拉蹲28年监狱。可是,因我表现得很好,最终感动了司法当局,只关了3年就把我释放了。我孤身一人,又是在晚上,灰溜溜地回到了村镇。我靠近门,敲了两下。"谁?"是我母亲的声音,我听到后很高兴,"我,帕斯库亚尔。妈妈,是我。"她开了门,在油灯下她活像个巫婆。我敢肯定,当时我母亲一定是不想再见到我的。往日对她的仇恨重又涌现在我的脑海,我竭力摆脱它,想把它抛到脑后。"罗萨里奥呢!""走了。""到哪儿去了?""阿尔门德莱霍。""和人姘居?""是的。"这时我真想死,或回到监狱里去,就是让我出钱重进监狱我也干。

罗萨里奥得知我回来,就来看我了。她对我很关心,热心地帮我找对象,这使我很高兴。罗萨里奥为我找的对象确实是个漂亮的姑娘。她叫拉埃

《帕斯库亚尔·杜阿尔特一家》
卡米洛·何塞·塞拉·特鲁洛克

斯佩兰萨，她和她的姑妈恩格拉西亚太太住在一个小山上。当我和她第一次见面的时候，我们两个都比较紧张。"帕斯库亚尔，我一直在等你，为让你能早日回来，我天天为你祈祷，上帝都听到了我的声音。""是真的……"我吻了她的手。我只有这点勇气，我不敢吻她的脸。在我的心里涌出对她的一片柔情。

我们结婚两个月后，我发现我母亲跟我在入狱前一样，仍喜欢耍手段、玩花招。她孤僻、冷漠的举止使我厌恶，说起话来指桑骂槐，恶语伤人。一天，拉埃斯佩兰萨对我母亲的所作所为实在忍受不下去了，把问题跟我提了出来，我感到她们之间有点水火不相容，解决的办法，我看只有分开。分居两地的想法，曾在我头脑里出现过多次。我想搬到拉科鲁尼亚或马德里或离首都近一点的地方去。但问题是我一拖再拖，拖到最后，我的脾气坏到了极点。

我决心动武的那天，我确信无疑，我的罪恶行径必将玷污这一日子。我没有受到良心的谴责，我最后一次吻了妻子，来到母亲的房间。

她睡得死死的，对将要发生的事一无所知。我胆怯了。不管怎么样，她总是我的母亲，是生我的女人，就凭这点，我也得原谅她……不，决不能因为她生了我就原谅她。她只是把我扔进尘世，却没有给我任何好处，丝毫也没有……再不能浪费时间了，我在她身旁站了足足有一个多小时了，像是在守护她，让她静静地睡觉似的。可我是来杀她的啊！我好像陷进了泥塘，越陷越深，不能自拔，没有任何解脱的办法。我已没有勇气杀人，我好像瘫痪了……我转身要走时，地板吱吱响了一下。我母亲在床上翻了个身。"谁?"这时确实再没有别的办法了。我猛地朝她扑去，紧紧地按住她。她拼命地挣扎，挣脱了……她抓住了我的脖子，像个囚犯一样大喊大叫。我们展开了异常激烈的搏斗。我一回头，看到我妻子，她的脸吓得像死人一样苍白，站在门口不敢进来。借着灯光我看到我母亲的脸，她的脸像神父的法衣一样呈深紫色……我们继续搏斗着，她抓我，对我拳打脚踢，还咬我。她一下咬住了我左边的乳头，一口咬了下来。这时候，我才……

我把她放开，逃了出去，在门口碰到我的妻子，我把她手里的灯吹灭，便朝田野跑去。我一口气跑了好几个小时，一停也没停。野外很凉爽，一股轻松的感觉传遍全身。这时，我可以喘口气了……

1991年
诺贝尔文学奖得主

"纳丁·戈迪默辉煌的、史诗般的作品——借用阿尔弗雷德·诺贝尔的话来说——对人类是有巨大好处的。"

——获奖评语

纳丁·戈迪默
〔南非〕

纳丁·戈迪默1923年11月20日生于南非约翰内斯堡附近的矿业小镇斯普林斯。父亲是立陶宛人，母亲是英国人，均系犹太裔。戈迪默先后在一所修道院学校和威特沃特斯兰德大学读书。她从小个性独立，九岁就开始学习写作，15岁时便在南非的一家刊物上发表短篇小说。十年之后，她的第一部短篇小说集《面对面》问世。1953年出版了她的第一部长篇小说《说谎的日子》。迄今为止，戈迪默已经有十部长篇小说和200多篇短篇小说问世，此外，她还创作和编写了三部评论文集《黑人解释者》《基本姿态》和《今日南非创作》。

纵观戈迪默的创作轨迹，她的每一部作品几乎都与南非的现实密切相关。它们直接或间接地揭示了种族主义的种种罪恶，生动而深刻地反映了生活在南非的黑人与白人的种种苦恼，以及他们为种族歧视制度所付出的沉重代价。

戈迪默不仅善于描写受压抑的白人心态、社会的畸形和人性的扭曲，也敢于正面描写黑人战士反抗种族隔离制度的正义斗争，歌颂为正义而英勇献身的人们。她以其创作实践证明，在南非作家的基本姿态"只能是革命的姿态"。

戈迪默优秀的创作风格还为她赢得了国际声誉。从20世纪50年代起，她就被评论界称为"一颗最明亮的彗星";数本优秀短篇小说集的问世则使她赢得"短篇小说大师"的称号。她的短篇小说结构精巧严谨,语言简洁凝重,叙述风格丰富多彩,描写角度多变,加之笔触细腻和善于烘托气氛,使她的优秀短篇作品成为当代世界文学中的出色范例。戈迪默的长篇小说亦令人称道,20世纪80年代中已有评论宣称,其长篇小说的写作技巧已超乎短篇之上。正是由于戈迪默的创作以其高超的技巧深刻地表现了当代人类的生存状况,她才得以"因为史诗般壮丽的作品使人类获益匪浅",并荣获1991年的诺贝尔文学奖。

博格的女儿

现在你解脱了。你知道我的父亲已经不在那儿了,再也不在那儿了,他不再只是被高墙和铁栅栏关起来了;现在你解脱了。喜欢专断地支配他人生活的詹纳森设想让我离开此地到另一个国家去,当然,我是不会离开非洲的,因为这是我的父亲为我们争取到了成为它的一员的权利的土地。我口袋里装着佩兹利的头巾,听着证人出入法庭证明我父亲有罪的话。那时我母亲已经死去,在那儿父亲只有我一个亲人了。我的学习、我的工作、我的爱情生活都必须纳入一月两次探监的轨道之中,只要他活着我就要一直如此。我的教授、雇主、我的情人都必须接受这一裁决。我得不到护照,因为我是他的女儿。与我有联系的人都必须做好准备成为怀疑对象,因为我是他的女儿。而且还不止于此,我曾希望拿到法律学的学位,但是现在这样做已经没有意义了,作为他的女儿是不会被允许去当律师的。因此我就不得不干别的,什么都行,只要被认为是在政治上无关紧要的就行了。而现在他死了!死了!我知道自己一定是希望他死去,对我说来,狂喜和哀伤是一样的事。

我们俩在那所铁皮小屋里共同有着过如此可怕的孩提时的秘密:你可以睡你母亲,并希望你父亲死去。

还有更多的你不知道的东西。我的瑞典人,那个你以为会使我痛苦而从未提起过他名字的马库斯,他想在斯德哥尔摩拍一部关于我父亲的电影。我父亲这一角色由一个演员扮演，我必须看瑞典演员们的照片，然后说出我认为哪一个最像莱昂内尔·博格，因为马库斯当然不可能见到他。有一个周末我们一起到德兰士瓦省的一个村子里去，以便让他看看我父亲是在什么样的环境中长大的。我们也一起到开普敦去了，因为我父亲曾在那儿的一所医学院学习过，但这还不是我们去开普敦的真正原因，真正原因是为了到海边去做爱。他对大自然有着性激情，我认为这是北方人特有的激情，这和北方太冷黑夜太长有关。

我告诉过你我和诺埃尔订婚只是为使他在监牢中能够得以和外界保持联系的一个手段。你带着人们对自己不愿沾边的事的好奇而产生的坚持不懈的渴望说，你是说地下党活动是利用你和他保持联系吗？谁都知道诺埃尔是父亲的同事之一，反正他差不多就住在我们家，他向莱昂内尔·博格的女儿求婚也并没有什么值得大惊小怪的。而他的未婚妻和其他犯人的妻子同样享有探监、通信等等的权利。除了我，他没有别人了，他母亲是葡萄牙人，因为她同情莫桑比克解放运动，曾被葡萄牙当局逮捕过，所以南非禁止她入境，他父亲到澳大利亚后失踪了，还有谁会去给他送书、送写字用的纸呢？我的父母懂得这些东西在监牢中意味着什么，——能看到一张象征着外部世界仍然存在着的脸，这张脸使你联想到别人正在继续从事着该做的事业。监狱长无法拒绝一个"订了婚"的姑娘来看心上人，狱吏们对一个在探监室隔着铁栏凝视着情人的人，即使是共党分子，也会偷偷地感到感情的共鸣。诺埃尔一个月见到一次女人，他见的就是我的脸，我的身体。每个月他们都告诉我必须在写往监狱的伪装成情书的信里传递些什么信息。那时我还不到18岁，一遍又一遍地重写那封500字的信。我一直也不知道我是否成功地写出了我对诺埃尔的真正的柔情和爱，尽管那是伪装的情书。我出发去监狱时会往胸口滴上香水，再倒点在手里，然后擦在腹部和大腿上。我挑选一件能露出双腿的裙衣，或一件男女都能穿的衬衫和长裤以突出我的女性特征。我要让他嗅出我的气味来，闻闻我的肉体，找到我，接受我。我带上一朵花，我把花放在双乳中，或用手转动花柄，让诺埃尔能够欣赏它，而且知道这是给他的。

妈妈坐在监狱门外的汽车里看着书等我，见我出来时她就会抬起头来，脸上带着狡黠、焦虑、知情和欢迎的神情。我小时候刚开始上学的几天，放学时她等着我的时候脸上就是这种神情。回到家里我坐在饭桌旁，父亲把手

《博格的女儿》

纳丁·戈迪默

放在我肩上（从我很小的时候起，每当他看完病人回来，总是这样在我椅子背后站上一会儿，手放在我肩上爱抚我）询问我在绵绵情话的掩盖下诺埃尔都说了些什么。我总是能精确地记住监狱探视室中我和诺埃尔的谈话，尽管当时还有好几个别的犯人同时在各自的小隔间里和来探视的人谈话，许多个声音说出的话与我和他的话乱糟糟地混杂在一起。后来我去监狱探望父亲时也是如此。我找到了能把托付给我的信息传递给他的方法。每月一次我按他们的要求被派去坐在那儿，把他们的信息传递给他，并把他的带回来。出现在他面前的是一个女人，她口露微笑，凝视却又躲闪的双眼，当她向前倾斜着身体时乳房微微下垂，露出一朵代表了她的情欲的花。当诺埃尔刑满时，监狱当局把他放了出来。当他抵达英国后，通过另一个联系人给我寄来了一封信，感谢我给他写的那些使他快活的信，那些使他能坚持下来的探视。

我想我应该到伦敦去上几天，好和一个英国同事谈谈。——是的，当然是伦敦经济学院——他搞的研究和我的类似。罗莎·博格和伯纳德·沙巴利耶在科西嘉共度的四天三夜使他们尝到了两个人独处的滋味，他们是处在纯洁状态下的一对，他们并不企图过那种无限拖延的婚姻生活。他们的身体在睡梦中互相守护，就像并排躺在墓棺上的雕像，代表着因死亡而被遗弃的相爱的躯体。住旅馆太冒险了，不管多么偏僻不引人注意的旅馆，说不定都会有认识他或她的一个人住在里面。她可以搞到一套房间——在霍兰公园有一套房间，她任何时候都能拿到钥匙，她还从来没有利用过。霍兰公园太理想啦！和法国所有的中学校长一样，伯纳德在学校是教授，10年中他没请过一天病假或科研假，但为了罗莎他请了一个星期的假，他并不在乎才开学就请假，然后他们就在同一天回巴黎来。——你是和我做过爱的男人中唯一我爱的人，所以我感到你能使一切事情对我都成为可能。他们在大胆地互相陶醉、完完全全放心的状态下分别了。只是短暂的分别——不到两个小时，伯纳德就从他刚刚着陆的戴高乐机场找了个借口离开了来机场接他的人几分钟，去给罗莎·博格打个电话。这一次他直率地怀着惊异说道：你是我在世界上最最亲爱的人。

10天以后她坐火车去了伦敦，在游艇停泊港重操旧业治疗推荐来的病人，挣了一点钱，但她带到欧洲来的旅行支票几乎已经用完了。她并不特别担心。她已经给唐纳森打了电话，对她解释说她在法国过了夏天，现在想去伦敦。她没有告诉唐纳森她和什么人住在一起，也没有告诉她住在法国的什么地方。

伦敦的街道并不像人们说的那样是肮脏的雨雾中的一条坑道,街道两边的树木绿色深沉而朴素。阳光照进玻璃窗,像是在唐纳森的西班牙地席上铺上了块小地毯。这是在一层的一套房间,她几乎不在室内呆着。除了在学生中心登记时用了假姓这个防范措施外,罗莎·博格在和人交谈时毫不拘束。流亡在伦敦的忠实同仁往这房间打来电话,希望罗莎不要再以无名房客的身份回电话。她去参加了一个集会,结果发现这次会是为欢迎莫桑比克解放运动的一个代表团来伦敦寻求英国政府的援助而开的。《卫报》的一名记者问她,是否有可能接受一次采访?一个独立的电视制作人想安排和她谈一下关于将莱昂内尔·博格的事迹收录进暂定名为"站在历史的双肩上"的电视系列节目中去的事。——啊,我一直认为你是个大夫,和你爸爸一样——搞电视的那人回来了,还跟着一对与会的年轻人等着被介绍给罗莎。——真不可思议,他在监狱里就这样继续给人看病,是真的吗?他们不怕他会下毒啦什么的?《卫报》的记者向他们解释她的父亲和他们的领导人的关系。她打了个呵欠,感到一阵轻松,对伯纳德的肉体的渴望征服了她,使她感到愉悦。

电话铃响进了桃色梦的深处,是伯纳德,跌跌撞撞——睡得晕头转向——快活地在黑暗中东磕西碰地走向客厅。来自故乡的声音说:罗莎,——是我。——是呀,罗莎。——是你吗?贝西?——不是,——长长的、想使她动摇的停顿。——可是是你呀。——我不是"贝西",我是韦林齐玛·伏林德拉。——对不起,今晚刚刚才知道……——你知道我的名字是什么吗?罗莎?"苦难的土地",我父亲给我取的名字。你认识我父亲。——是的。从咱们童年时候起。——他们怎么杀死他的?——我不谈……他们一直这么说,他们发现他吊死在自己的牢房里。——用囚犯穿的裤子吊死了自己。——"贝西"她没有说出这个名字,但在她声音里有她们童年的亲密。我问你是不是愿意来看我,或者明天我去看你。——不,我现在就在和你谈话。——你知道现在是几点吗?我甚至都不知道——我是摸着黑来接电话的。——开开灯,罗莎,我在和你说话呢。

他们开始吵嘴。她在求他,笑着。——啊!可是我累极了,老兄!求求你明天再——全世界的每一个人都得知道他是多么伟大的英雄,他为黑人受了多大的苦,每个人都得为他哭泣,把他的生平搬上电视,登在报纸上。听着,有许多像我们的父亲一样病得要死的人,当他们不能够干活时就会被像

《博格的女儿》
纳丁·戈迪默

狗一样一脚从他们居住的地方踢出去,在监牢里老死。在监牢里被杀死,这不算什么,我认识许多像博格一样的黑人,英国的电视是不会演这些的。——他不认为白人当政治犯有什么特别之处,也不认为发生在他身上的一切更具有重要性,——不错我了解他。你要告诉他们那些搞电视节目的人来问我,告诉他们你的父母如何把那个小黑孩子收留在自己家里,不像别的白人把他放在后院里,而是一直带到他们宅子里,和他们一同吃饭,在卧室中睡觉,睡同样的床。可后来这个小杂种被推回到自己的小泥屋和铁皮棚子里去。他的父亲太忙,照顾不了他。因为他总是在逃避警察的追踪。

她已经开始发抖,光着的脚趾紧蜷在一起。他的声音跳动着,越来越响。——我为什么要见你,罗莎?难道是因为我们那时老在一起洗澡的缘故?——她在扯着嗓子叫喊了。我们为什么要在半夜三更谈话?——我不是你的贝西,你就别再继续想到那个和你在一起住过的小男孩了,别再想到那个黑皮肤的"兄弟"了,就这样吧,——我们不会见面了。你是对的,伏林德拉,你到底想要什么?他俩谁也没说话,谁也没有放下电话。她跑向卫生间,经过门时头撞在了墙上,她跪在便盆前吐了起来。

罗莎·博格从卫生间出来后在单元里走来走去,一面走一面把所有的电灯都打开。她一直睡到第二天中午,这又是一个美好的午间,好天气还会继续上一小段时间。因此对罗莎·博格来说英国将永远是这个样子:层层阴影沿着整个这条充满阳光的大街伸展开去。在古老的河流上,游艇的浪迹在阳光中扭动着,在人们坐在酒吧外面的长凳上喝酒的地方,姑娘们用手指梳理着她们闪亮的头发。

1993年
诺贝尔文学奖得主

"第一流的艺术家,作品想象力丰富、有诗意,显示了美国现实生活的重要方面。同时,她深入钻研语言本身,要把语言从种族桎梏中解放出来。她是用诗歌一样璀璨的语言写作。"

——获奖评语

托妮·莫瑞森
〔美国〕

作者小传

莫瑞森1931年2月18日生于美国俄亥俄州克里夫兰附近的罗伦镇,原名琪洛·沃尔德。她出生时正值大萧条时期,父亲靠做零工维持一家人的生活。为了在经济上帮助家庭,莫瑞森12岁便开始打工,同时顽强地坚持学习,以优异的成绩读完高中,1949年进入华盛顿专为黑人设立的霍华德大学。1953年大学毕业后,莫瑞森进入康奈尔大学深造,研究福克纳和吴尔夫的小说,于1955年获文学硕士学位。此后她先后在南德克萨斯大学和霍华德大学教书。她与建筑师哈罗德·莫瑞森结婚,并开始试笔写作。1964年与丈夫离婚后,莫瑞森离开霍华德大学,到纽约兰登出版公司当编辑。1976年后又担任教职,曾在耶鲁大学、巴德学院教授黑人文学和小说创作,现为普林斯顿大学教授。

1970年莫瑞森发表了第一部长篇小说《最蓝的眼睛》。她1977年出版的《所罗门之歌》被瑞典文学院评价为莫瑞森的代表作,这部作品奠定了她在美国小说界的地位。另一部获得好评的小说是1987年出版的《铭心的爱》。1992年出版的《爵士乐》被誉为杰出的后现代主义的作品。

莫瑞森在创作小说的同时,还发表了一部散文集《在黑暗中表演:亲眼目睹和文学想象》,并写了两个剧本《新奥尔良》《充满幻想的埃米特》。

《所罗门之歌》
托妮·莫瑞森

所罗门之歌

　　北卡罗来那州互惠人寿保险公司的代理人史密斯按事先约定好的时间从慈善医院飞往苏必利尔湖对岸。这次的观众没有四年前林德伯格那次多，在场的只不过四五十人。已故医生的女儿露丝看到，史密斯先生像他曾经许诺的那样，从圆顶后面迅速地出现了，他那对宽大的蓝色的丝质双翼，围绕着前胸向前弯着。这时她手中的大篮子落在地上，里面的红丝绒做成的玫瑰花瓣散落开来。她的两个半大的女儿玛格达琳和科林西安丝在她周围忙乱着，她们想抓住这些绒花瓣；而露丝却呻吟着，两手捧住肚子的下边。迎风乱飞的玫瑰花瓣吸引了人们极大的注意，而孕妇的呻吟却无人理睬。

　　第二天，在慈善医院诞生了第一个黑人婴儿。史密斯先生当时那蓝色丝质翅膀肯定给他留下了深刻的印象，因为当这个小男孩长到4岁时，发现只有飞禽和飞机才能飞，于是他对自己失去了全部兴趣……

　　在一个过去被医生称作书房的小屋，露丝把儿子抱在大腿上，解开上衣，微微笑着。可是他已经太大了，对无味的母乳已经觉得厌倦。而当露丝把儿子抱在胸前时，她能实实在在地感觉到他的存在，这是她的不肯放弃的愉快。

　　看门人弗莱狄带着房租来到医生的住宅，透过常青藤往窗子里看的时候，露丝一下子跳起来，掩上前襟。"我真该死，露丝小姐，"弗莱狄说，"在南方，过去有很多妇女常常给她们的孩子喂奶喂很长时间。好在你只有一个奶娃。"

　　露丝的丈夫麦肯·戴德不知道他的独子怎么会得到"奶娃"这样一个绰号。这个名字听起来肮脏、暧昧、淫秽。曾经有过一个时期，那时他还年轻，他总是故意慢慢地去解露丝那逗人喜爱的繁琐的内衣。当露丝一丝不挂地躺在那里，像原色甘蔗似的浑身精湿和无能为力时，他就迅速上了她身。而在几乎20年之间，那些圆圆的、无辜的胸衣和扣眼已经在他的记忆中荡然无存了，对她内衣的记忆却培养起了他的憎恨。因此，如果人们把他的儿子叫作奶娃，其中一定有某种不干不净的联系，至于有没有人告诉他详情与否，对麦肯·戴德来讲是无关紧要的，可是并没有人去跟他说。唯一敢说而又不愿说的那个人是他的妹妹派拉特·戴德。派位特是在这个世界上比他恨自己的老婆还要恨的人。

麦肯刚刚25岁时，就已经是一位有产业的黑人了，如今他的房产东一处西一处地在他四周伸展开来，犹如一个个蹲伏着的鬼影，戴着风帽，露出眼睛……

12岁的奶娃已经身高5英尺7英寸了，他第一次全身心都感到幸福——他在派拉特那里遇上了朋友吉他，一个比他大的男孩，机灵、善良、无所畏惧的小伙子。不过，在他父亲回家后的一小时之内，这种幸福感便全都烟消云散。"好好听着我说，派拉特是一条蛇，可以像条蛇一样地引诱你。"麦肯对孩子说。"你是在说你的亲妹妹吗？"奶娃低下了头，父亲一点都没解释出个道理。"孩子，你可以用你的时间干更重要的事。从星期一开始，你放学后到我办公室来，在那儿干上两小时，学点真本事：掌握财产。"

奶娃开始给麦肯工作之后，他的生活大大改善了。可是，同他父亲的愿望相反，他有了更多的时间去拜访派拉特的酒馆。不过，他很难跟吉他多见几次面，只有星期六这一天他才可以肯定找到吉他。……

那一年，奶娃22岁。6年以前，他开始了性生活，其中包括和哈格尔的几次同眠共枕。这样，他开始用一种新观点来看待他母亲。麦肯告诉他："我是1917年跟你母亲结婚的。她当时16岁，和她父亲住在一起。他简直是这城里的第一号黑人，也是个从未有过的最大的伪君子。他亲自为你两个姐姐接生，我不喜欢他给自己女儿当医生的做法，我告诉他，再没有什么事比一个做父亲的给女儿接生更下流的了。不过他们父女俩商量后还是这么干了。后来我发现他吸乙醚，他病倒了，就躺在你妈现在还在上边睡觉的那张床上死了。"他接着说，"我打开屋门时发现你妈在床上，就躺在他身边。像条看家狗似地一丝不挂，亲吻着他。他的尸体苍白、肿胀、皮包骨，她把他的手指含在她嘴里。……他死了她还肯这么干，他活着时候，不知她还会干出什么事来呢？对这样一个女人只能杀掉。"

奶娃的脖子上冒出了冰冷的汗珠。他记起了什么。也许他以前梦见过，那两个男人和他母亲睡在一张床上，两人各叼着一个奶头，但这画面破灭了。跟着又出现了另一幅，是一间很小的绿房间，她的母亲坐在里面，敞开

《所罗门之歌》
托妮·莫瑞森

上衣，露出乳房，有个人正在吃奶，而那个人就是他自己。……

吉他到哪儿去了呢？他得找到这个从不使他失望的明智的朋友。他下决心一定要找到他。他第一站就来到托米的理发馆，吉他正和几个人呆在那里，一个个或倚或靠，可是全都在倾听着什么。"日报上会登出来的。""白人报纸才不登这种新闻呢。""你赌什么？要是见了报你赌什么？"吉他嚷道："一个小伙子让人大卸八块了，可你们却站在这儿争论什么臭白人是不是会把这事登在报上。他死了，就因为他冲着白种女人那骚娘们吹口哨。根本就没有给黑人保障的法律，只有送他坐电椅除外。"人们开始追述那些暴行故事。奶娃等着吉他，然后他俩出了屋，沿街默默地走着。……

圣诞夜的前一天，奶娃在列克索尔杂货店把圣诞节日物品办妥了，剩下的问题就是给哈格尔的礼物了。现在，在一起呆了12年之后，他对她开始感到厌倦了。从他第一次见到她，他就深深地爱上了她起。那时候他才12岁，她17岁。时间一年年地过去了，他的青春的呼吸在哈格尔面前跟以往一样急促。"你今年多大了？"哈格尔问。她就像一个温柔的妇女对一个小孩的年龄感到兴趣似地把眉毛一扬，闪身跑进卧室。他跳起来去抓她，往屋里走得太快，忘了躲闪从屋顶吊下来的一只绿色口袋。等他走到她跟前，额上已经肿起了一个包。"你们把什么玩意儿挂在那儿啦？"他问她。"那是派拉特的东西。她说是她的遗产。"哈格尔边说边解开外衣的纽扣。"她会留下些什么产业呢？是砖头吗？"这时他已经看到她裸露出了上身。那时，他俩这种笑着闹着扭在一起的关系是自由的、和平的。奶娃那种无忧无虑的男孩子时代已经延伸到31岁，哈格尔已经36岁，她变得有些神经质了。他把挑好的礼品的钱交给收款员，就离开了杂货店，心中已经决心把这事就此一刀两断。……

奶娃静静地在阳光下躺着，脑子里空空的，只是非常想吸几口烟。他对死的恐惧和渴望逐渐恢复了。他首先想摆脱他所了解的一切，摆脱他被告知的一切的含义。大约在一周前，当他母亲离家外出时，正是这种理所当然的心情支配着他像个密探似地悄悄跟在后面。现在他明白了，他父亲原来告诉他的一切全是真的。她是个愚蠢、自私、古怪、还有点下流的女人。"喂，妈妈，"奶娃的声音那样冷酷无情，"你跑到这儿来趴到你父亲的坟上啦？这些年你是不是一直这么干来着？时常来和你父亲过上一夜？"露丝却用镇静得令人吃惊的口气对儿子说："他是唯一关心过我死活的人。我不是个怪女人，我是个小女人，是麦肯杀了我父亲，麦肯把他的药拿走了，我根本不知道。要不是派拉特，我也救不了你的命。"

"派拉特？"奶娃开始清醒了。"是派拉特。又老又怪又温柔的派拉特。自从我父亲死后，你父亲和我从未同过房。我们大吵了一场。他威胁说要杀死我。我反过来威胁他说要到警察局告发他，但我们谁也没真的这么干。你知道你父亲不跟我同床睡觉时我才22岁。那日子不好过，你应该会懂的。"

"于是你让我吃你的奶。""是的。""直到我……大了，太大了。"……
奶娃摆弄着他那杯啤酒，吉他慢慢地喝着茶。

"有一个团体。这个团体由几名愿冒危险的男人组成。当一个黑人孩子、一个黑人妇女或黑人男人被白人杀掉，而且他们的法律和法庭没有采取任何行动时，这个团体就随便挑一个类似的对象，用类似的办法去处决掉他或她。如果那黑人是被绞死的，他们也就用绞刑；要是有黑人遭到强奸和谋害，他们也照样强奸和谋害。他们自称'七日'。他们由七人组成。我现在是其中的一个成员。"在吉他说话的这段时间里，奶娃始终一动也不动。

"你，你打算杀人？"

"不是杀人。是杀白人。"

"那些好人怎么办呢？有些白人为黑人做出了牺牲。真正的牺牲。"

"这只不过说明有那么一两个正常人。但他们也没办法制止残杀。"

"你杀人，可你并没有杀死那些杀人凶手，你杀害的是无辜的人。"奶娃使劲憋住的战栗穿过了全身。"我可不能赞成这个，吉他。"……

"父亲，我已经三十出头了。请资助我一年，我想出去走走。等我回来后，我就一年不拿工资，还你钱。"

"问题不在钱，而是要你留在这儿，照管这儿的事务。"麦肯对奶娃说。

"让我现在就用一部分吧，我现在需要。你不要学派拉特的样子，把钱放在一只绿口袋里，吊在梁上，谁也够不着。"

"你说什么？"就像一条老狗嗅到一块生肉就扔掉一只臭鞋一样突然，麦肯怀着一种新的兴趣张开了他的鼻翼。"她对你说那是她的遗产，嗯？"

"不是的。她没说过，是哈格尔说的。有一天，口袋挡路碰了我的头，撞了个包。我问哈格尔那是什么，她说是'派拉特的遗产'。"

"听我说。不要打断我的话，因为那样可能会打断我的思路。很久以前，我告诉过你我小时候在农庄的故事。关于我父亲被杀的事，我漏掉没讲的部分就是有关我和派拉特的。"

麦肯开始讲他的故事。父亲死后，12 岁的派拉特和 16 岁的麦肯无家可归，他们在田野里游逛，看到有一个人坐在不到 50 码远的一根树桩上，模样就像他们的父亲一样。他一边招手，一边偶尔回头看一下他们是否跟着他，慢慢地接近了洞口。洞里一团漆黑，什么也瞧不见，连父亲也不见了。麦肯往洞深处走去，里面竟躺着一个发出让人害怕的微笑的老头。麦肯拔出刀子猛刺老头儿的肋骨，并想把死人灭迹。当他拽起毯子时，发现了一些藏着金子的小口袋。派拉特在洞里窜来窜去，叫着他，找着他。这时，麦肯已经把装金子的口袋都放到了油布里。"咱们走吧，派拉特。咱们离开这里。""我们不能拿那个。"她指着油布包说。麦肯用种种丑话骂她，可她一声不吭。他离开了山洞，朝开口处走去。整整一天他都在等着她出来，而她则在里面呆了整整一天。最后他回到那里时，油布和金子都不见了。

"油布是绿色的。她有个绿色口袋，装满了硬东西，足以把你的头碰出个包。这就证明那就是金子了，那就是藏金！孩子，拿到藏金，你可分到一半，随便你到哪儿去。你去拿吧，儿子，拿那金子去吧。"……

奶娃找到吉他，提议去盗窃一份藏金回来分赃时，吉他笑了，"金子？没人有金子。"他简直难以相信。"派拉特有"。

派拉特房间里冷冰冰的。月亮升起来了，像聚光灯一样直直照进室内。他俩同时看到了那个口袋，沉重地从屋顶吊下来，颜色绿得就像在染料里浸泡过久的复活节彩蛋。吉他在口袋前边跪倒，手指交叉在一起，奶娃移动着身子，坐到吉他的肩膀上，吉他慢慢站起身来，奶娃顺着口袋一直向上摸，摸到了袋口。口袋比他们预先估计的要轻得多。这时，从窗口露出了一个女人的面孔。"真见鬼，他们要那东西干嘛？"……

为搜捕杀害男孩的黑人，警察命令奶娃停车。奶娃因带着一口袋石子和人骨开车被拘留了。"完全是一个错误，真是一团糟。"麦肯说。派拉特则想不通为什么会有人携带她丈夫的骸骨逃跑呢；她丈夫 15 年前在密西西比被人用私刑处死了，一口棺材要 50 块钱，打一副匣子也得 12 块 5 毛，而她根本没有钱，因此她就把所罗门先生（她总叫他所罗门先生，因为他是个挺神气的黑种男人）剩下的骨头装进一条口袋，带在身边。……

"我父亲认为东西仍然在山洞里，所以我打算去找金子。"奶娃把这个决定告诉了吉他。"如果我把它背回来，照我们讲好的对半分。"

奶娃走过平地，来到满是树丛、幼树和石头的缓缓的上坡。他沿着边缘走，寻找着孔穴。他攀着石头向上爬，把膝盖陷进罅隙，用手指摸索着硬土块或石头棱。最后，他站到一块平地上，在洞口的右边有20英尺远。他走进洞里，里面黑洞洞的一时什么也看不见了。他趴在地上，一手拿着打火机，另一只手在坑底摸来摸去，用指头抠、钩、探、戳。可里边没有鼓胀的装金子的小口袋。什么也没有。

回到阳光之下，他停住脚步，喘了口气，奶娃想，派拉特没有讲实话。她带走了骸骨，这没问题；她带走的还有金子，拿到弗吉尼亚去了。也许弗吉尼亚的什么人会知道。奶娃沿着她的路线追踪前进。

他终于抵御不住疲劳的侵袭，一屁股坐了下来，在树皮上蹭着后脑勺。他并不清楚吉他脑子里想些什么，不过他知道反正同金子有关。他应该明白，我在设法弄到藏金，正在履行自己的诺言。派拉特在弗吉尼亚住过，但不是这个州的这一带地方。谁也没有听说过她。……

他这时已经离通向城里的大路不远了，天色渐渐黑了下来。他抹净了沾在胡须上的饼干屑，转身踏上了大路。他一眼便看到了在钴蓝色天空的映衬下站着的吉他。他们互相对视了一会，吉他先开口了。"你拿走了金子。""什么金子？那儿根本就没有金子。""何必耍花招呢，伙计？你只是贪心吗，像你的老子那样？你偷了我们！你坏了我们的事情！你的日子到了，不过要由我决定。"……

没有金子。尽管他俩之间永远会存在许多差异，但这场追捕总可以结束了。无论如何，吉他抓住了稻草，不管这根稻草是多么湿、多么不中用，他要向自己证明他必须杀掉奶娃。……奶娃一心要把自己的所见所闻告诉派拉特，急切地想见见她。他推开门。"派拉特！"他叫道。奶娃大张着双臂，准备把她全身亲热地拥抱起来。……奶娃似乎听到了随着她的倒地而传来的一声枪响。他过了好一会儿才意识到她已死了。……

吉他站在另一个平顶的峰巅的边上，他在他的枪筒下面微笑着。奶娃勉强在黑暗中依稀辨出吉他的头部和肩部。"你想要我的命吗？拿去吧。"他没有抹掉泪水，没有做一次深呼吸，甚至都没有弯一下膝盖——就这样跳了出去。他像北极星那样明亮、那样轻快地朝吉他盘旋过去。

《个人的体验》
大江健三郎

1994年
诺贝尔文学奖得主

"通过诗意的想象力,创造出一个把现实与神话紧密凝缩在一起的想象世界,描绘出现代的芸芸众生相,给人们带来了冲击。"
——获奖评语

大江健三郎
〔日本〕

大江健三郎于1935年出生在日本爱媛县喜多郡大濑村。1941年入大濑国民学校就读,1944年丧父。1950年入县立内子高中,翌年转入县立松山东高中,在校期间编辑学生文艺杂志《掌上》。1954年考入东京大学文科,热衷于阅读加缪、萨特、福克纳等人的作品。1955年入东京大学法文专业,在渡边一夫教授的影响下开始阅读萨特的法文原作,并创作剧本《死人无口》和《野兽们的声音》。大江积极从事文学活动,于1957年5月在《东京大学新闻》上发表《奇妙的工作》,并获该报"五月祭奖"。著名文艺评论家平野谦在《文艺时评》上谈到该短篇小说时,认为这是一篇"具有现代意识的艺术作品"。在这一年里,大江还相继发表了习作《死者的奢华》《人羊》和《他人的脚》等短篇小说,其中《死者的奢华》被推荐为芥川奖候选作品,著名作家川端康成称赞该作品显现出了大江"异常的才能"。自此,大江作为学生作家开始崭露头角。1958年又发表了《饲育》和《在看之前便跳》等短篇小说,其中《饲育》获得第三十九届芥川奖,并被视为文学新时期的象征和代表;而稍后发表的第一部长篇小说《摘嫩菜打孩子》,则更是决定性地把他推到了新文学旗手的位置上。

1959年3月,大江完成学业。同年,接连发表了长篇小说《我们的时代》和随笔《我们的性的世界》等作品,开始从性意识的角度来观察人生,试图表现都市青年封闭的内心世界。当时,这种尝试在社会上引起了轩然大波,他也受到了种种攻击性的批评。1960年2月,大江与著名电影导演伊丹万作的长女伊丹缘结婚,积极参加"安保批判之会"和"青年日本之会"的活动,明确表示反对日本与美国缔结安全保障条约。在这一年里,大江还发表了长篇小说《青年的污名》,其虚构性自传体长篇小说《迟到的青年》也于9月开始在《新潮》杂志上连载。他这一时期的作品大多具有较浓厚的民主主义色彩,反映出他对社会和人生的思索。

1964年他出版了长篇小说《个人的体验》和随笔《广岛札说》。1967年,他的代表作《万延元年的足球队》问世,同年获第三届谷崎润一奖。

他的作品的影响超越了国界。1989年获欧共体设立的犹罗伯利文学奖。评委会认为,大江对欧洲文学也给予了相当的影响,他创造了能够表现个人体验与普遍性经验相结合的文体。1993年,他创作的长篇三部曲《燃烧的绿树》获意大利蒙特罗文学奖。他的重要作品还有长篇小说《洪水涌上我的灵魂》,系列短篇《新人呵,醒来吧》等。

1994年,大江健三郎获诺贝尔文学奖。同年他拒绝了日本政府颁发的文化勋章,以示他的平民情趣与立场。

个人的体验

鸟,他27岁零四个月,他被人们叫作"鸟",是15岁时候的事。鸟矮小瘦削,他耸起的双肩像收敛的鸟翼,他的容貌也让联想到鸟:光滑无皱的淡褐色鼻梁像鸟一样强有力地弯曲着;眼睛溢满胶液般迟钝的光,几乎没有表情流露,但偶尔却会惊讶地猛然睁开。他的嘴唇总是紧绷着,薄而且硬,从脸颊到下颚则尖尖的。红褐色头发像燃起的火焰,挺挺地直指天空。

鸟是25岁那年五月结的婚,那年夏天,整整四周时间,他连续不断地狂饮威士忌。鸟放弃了一个研究生全部应尽的义务,他把打工、学习等等统统抛在脑后。鸟向研究生院递交了退学申请,又请岳父帮助谋到补习学校教师的职位。两年以后的今天,鸟正面临着妻子的生育。

《个人的体验》
大江健三郎

　　鸟像受惊的潮虫一样蜷曲着身子睡着。鸟睡着的床和妻子空荡荡的床中间，放着一张大鸟笼似的白色婴儿床，婴儿床上罩着的塑料包装尚未拆去。这时电话铃突然响了起来，鸟被惊醒。他拿起话筒，是一个男子的声音，没有客套寒暄，确认了他的名字后便说："请立即到医院来！婴儿出现异常，有事需要商量！"

　　在诊疗室前，鸟喘了喘气，走进光线暗淡的室内，对着几张在这里等着他的眉目不清的面孔，声音嘶哑地说："我是孩子的父亲。"院长转过身来盯着鸟看，他拉开和当时的气氛颇不相宜的大嗓门问："先看看实物吗？""不，在看之前请您先给说明一下。"鸟念念不忘反驳医生"实物"的用语，用深受惊吓的声音说。"脑疝。因为头盖骨缺损，脑里东西都溢出来了。自从我结婚后开设这座医院以来，头一次遇到这样的病例，实在罕见，当然也实在吓人呀！"脑疝，鸟怎么也想象不出这种病症的具体模样，"送到大学医院去吧。"鸟下了决心。

　　鸟像握手榴弹似的慎重地握着酒瓶，回到铺着石头的校园。明天，或者后天，如果可能，他就要被关进残酷的神经官能症的地牢里了。因此，今天，这一瓶威士忌和自由解决的时间，就是他现在的权利了。

　　突然间，鸟想到了一位女友。无论冬夏，这位女友总是躺在光线暗淡的卧室时里，思考一些极为神秘的事情。鸟是刚上大学的那年五月，在班级联欢会上和她认识的。她在自我介绍的时候，给同学们出了个题，希望有人能猜到她的名字"火见子"的出处。鸟说，这是从《风土记》的逸文"肥后国"取来的。回答正确。火见子在临近毕业时，与研究生院的一位研究生结了婚。她倒是没离婚，但实际上比离婚更糟，结婚一年，她的丈夫自杀了。鸟听到过非常露骨的流言，说火见子是属于超常规型的性冒险家。甚至还有人说，她丈夫的自杀也与此有关。

　　"是睡着了吧？"鸟问给他开门的火见子。

　　"睡觉，这时候？"女友嘲笑似地轻声说。

　　"我这边儿出了点事。孩子生出来了，但一出生就死了。""鸟也遇到了这样的事呀？我的朋友那儿也遇到了同样事情哟。大概是被核污染的雨影响的吧？"

　　鸟和火见子都沉默着，然后，又像甲虫喝树液样，非常严肃地喝光了杯里的威士忌。"我只想问你一个问题，一个人，孩子的时候就死了，他死后的世界呢?"鸟踏了踏脚,想试试自己能不能站起来,同时提出了问题。"如果确实有死后的世界,那他的世界肯定是非常单纯的。难道你不相信我所说的多元宇宙说吗? 在最后一个宇宙里,你的孩子也会活到 90 岁。"鸟好不容易才把自己绵软而沉重的身体从藤椅上拉了下来,然后立刻把手臂缠绕在火见子结实而有力的肩膀上,向卧室走去。

  突然,一个念头在鸟脑中闪过,要是火见子属于那种有性虐待兴趣的女人,那我们总会有办法干得好。即使被打、被踢、被踩,我也能心平气和地忍受,即使喝她的尿,我可能也不会犹豫。直到今天,鸟才第一次发现了自己有性受虐狂的意识。我渴望独自一人达到高潮,我不愿意在女人的眼睛里看到自己性交时的面孔。鸟的脑海里不断地闪现出这样一些片断念头。这是达到欢乐高峰前的混乱。我现在是用最污辱女人的干法蹂躏着女人,在鸟猛烈燃烧的头脑里响起了这样的喊声。我是干尽最卑鄙事情的人,我是最可耻的人……鸟想着,紧接着,几乎让他头眼昏花的性高潮猛烈地袭了过来。

  当鸟登上他妻子的病房所在的三层楼梯的时候,医生正往下走。"先生,婴儿的脑病,我还没对您夫人说,只说是内脏不好。本来脑也是内脏的,所以不是撒谎。"鸟随声应道:"啊。"

  岳母站在他的妻子对面,床和窗的空隙很窄,她向鸟发出秘密信号。"孩子究竟怎么样了呢?"妻子说,声音里满含着自我封闭的孤独气氛。"是内脏不好,医生没有给出详细的解释,可能还在研究吧。那座大学附属医院也够官僚的了。"鸟说,同时他闻到了自己的谎言的恶臭味。"对我们的孩子,你要是见死不救,我就和你离婚,你听见了吗?"妻子说。毫无疑问,这是她支着腿在床上,眺望着窗外绿叶时深思熟虑的话。

  鸟想:现在,孩子正在那非常明亮的病室里一天天地衰弱下去,而我,只是在这里等待他死亡。但妻子却拿我们的未来生活打赌,来考验我究竟是否对孩子的健康恢复尽了责任,我似乎是在玩一场败局已定的游戏。并且,鸟现在开始感到补习学校讲师的职位是那么值得留恋,那不是随便开开玩笑就可以丢掉的工作。还有,该怎样面对岳父的责问呢? 先天异常的孩子出生的当天,我却喝得烂醉如泥? 第二天因宿醉未醒,而导致被解雇。

  鸟趴在床上,像河马似地仰起头,和双手抱膝坐在地板上的火见子一起看深夜里后一次电视新闻。又过了一会儿,火见子把电视关了。屏幕上银白色的雪花点,唰地一下从画面上消失了。这纯粹是一种被抽象化的死的形

《个人的体验》
大江健三郎

式。鸟望着画面，那尖锐的印象使他禁不住"啊"地短促惊叫了一声。他想这时候我那奇怪的婴儿也许已经死了。从早晨直到深夜，他只是一味地等着电话，除了吃点儿面包、火腿，喝点儿啤酒外，就是和火见子一遍遍地性交。如果说他现在考虑什么的话，那就是他的孩子的死。他正处在明显持续的退化之中。

"鸟，如果你一直这样被婴儿的幻影缠住的话，婴儿死了以后，你恐怕是逃脱不掉的？你现在对婴儿的这种心理态是不对的。"火见子说。她套用莎士比亚笔下的麦克白的台词用英语说，"你那么考虑是不行的，鸟，你那样做的话就要发疯了。""可现在我不能不考虑婴儿的事，婴儿死了以后，也许就这样，那也是没办法的。"鸟说道。"如果你什么计划也没有的话，把婴儿交给我的一个医生的朋友怎样？鸟，他可以帮助想拒绝婴儿的人，只有这样才能不弄脏我们的手而杀死婴儿。"火见子用异常慢的语调说。

鸟和火见子出发了。他们的车离开胡同时，不知是谁从后面扔来一块小瓦片。到了医院，鸟拎着婴儿篮，火见子抱着婴儿的衣物，急匆匆地穿过长长的走廊朝特儿室走去。从玻璃隔板那边抱过来的鸟的婴儿——菊比古穿着火见子挑选的柔软的衣服，躺在婴儿篮里。鸟感到看着婴儿的火见子受到了冲击。婴儿长大了一圈，睁开了斜视的眼睛，很像是褐色的皮肤上刻的一道深深的皱纹，而且脑袋上的瘤子好像越发发育起来了，它比脸色还好，发出红亮的光泽。婴儿频频地挥动着握着的小拳头，好像要从小篮里逃出去。

鸟和火见子抱着婴儿篮走出了特儿室，病院前的广场上，正下着不知是第几场的倾盆大雨。火见子的汽车像水鳖似地在雨中疾速地退到了抱着婴儿篮的鸟的跟前。

鸟们的汽车载着婴儿持续的哭声，在马路上跑着，就像装载着五千只蝉在跑。

鸟和火见子一直沉默着。他们都有些烦躁，他们没有自信，不知该说些什么才能使对方不受伤害。医生在电话里特意叮嘱过，到我这里来时，不要在病院附近的小铺子停留。因此，鸟们几乎没完没了地堂堂正正地在那一带兜开了圈子。他一直在想，他该如何处置这个有残疾的婴儿，或许那种为杀死婴儿而设立的医院本来就不存在吧？鸟的脑袋里装满了如此固执的念头

鸟们把婴儿篮提到一木墙壁上涂着灰浆的医院的正门前，鸟觉得医院正门那明显荒废的印象威胁着他的心。

"我想把孩子带回大学医院接受手术。我不再兜圈子逃了。""你并没有兜圈子逃跑呀?怎么了,鸟,事到如今你还要手术。"火见子惊讶地问。"从那孩子出生的那个早晨到现在,我一直是在兜圈子逃呢。"鸟肯定地回答说。"手术即使能救孩子的性命,那又能怎么样?鸟,你不是说过他只能像植物人似地活着吗?""我只是不想做一个兜圈子逃避责任的男人。"鸟不屈服地说。

秋末,鸟从外科主任那儿告辞后回来时,在特儿病室前,围在妻子身边的岳父岳母正微笑着等着他,妻子抱着婴儿。"祝贺你,鸟,孩子真像你啊!"岳父说道。

万延元年的足球队

至少还要过一个小时,太阳才会升起来。在此之前,我不知道今天会是个怎样的日子。我浑然无知地躺在黑暗中,恍若一个胎儿。那只失明的眼睛不过是日日更新着丑陋、时时强调着丑陋罢了。

这个夏末,我的友人用朱红色涂了一头一脸,然后赤裸着全身,肛门上插着黄瓜,自缢身亡了。唯一的一个朋友把头涂得通红自缢而死,妻子又出人意料地突然醉倒,儿子则是个白痴!这一连串的打击使我感到自己正被危险却又来路不明的东西侵蚀着。我战栗着睡去。

去年夏季里的一天,我的友人在纽约的一家药店里遇见了我的弟弟。弟弟鹰四,是作为学生剧团的成员之一赴美的。他们演完一出名为《我们自身的耻辱》的忏悔剧之后,又以悔过学运领袖的名义,为妨碍总统访日一事向美国市民谢罪。

弟弟突然打来电报,说要结束在美国的流浪生活,即刻回国。接到电报的那天下午,我和妻子在羽田机场见到了弟弟的那些年轻的朋友们。当鹰四从晚点的飞机上下来的时候,我妻子与他那群年少的朋友已经完全熟识了。

"婴儿是严重的低能儿,我们把他送到养育院那儿去了。""啊,我听说了。"弟弟忧郁地安慰着我。"我的朋友自杀的事你也听说了吗?""听说了。

那个人多少有点特别啊。"我明白，鹰四连朋友自杀的细节都知道了。我第一次从与自缢身亡的朋友毫不相干的人口中听到了对他的死表示哀悼的话。

从大学的文学系毕业后，我主要以翻译野生动物的收集及饲养的记录为主。其中的一本动物观察记再版了几次，我和妻子靠着版税保障了生活的最低限。"家庭生活怎么样？不太好吧。看到你躺在脏乎乎的床上睡觉时我很吃了一惊。"鹰四问。"自从朋友死后我确实很消沉，再加上婴儿的事儿。"我畏缩地为自己辩护着。"你必须开始新生活，阿蜜。"鹰四加快了说话的速度，加重了语气重复着。"我想我们也应该回去看看将要被拆的旧宅子。我还想回村里再明确地听听曾祖父与他弟弟的那件事。我从美国回来也是为了这个原因。"

曾祖父为了平息村里的大动乱杀了他弟弟，而且还吃了弟弟腿上的一片肉。他这样做是为了向藩里当官的证明自己与弟弟所引起的动乱无关。鹰四用非常胆怯的声音反复讲着这个听来的事。但据我所知曾祖父在动乱后帮助他弟弟穿过森林向高知方向逃去了。他弟弟渡海到东京后改名换姓成了大人物。他明治维新前后给曾祖父寄来了几封信。曾祖父一直对这件事保持沉默，所以大家就编造了一个鹰四听到的那样的传闻。

大客车把我们留在林中道上，兀自开走了。鹰四出发去山谷的时间比我和妻子要早两周，他和"亲兵们"一起乘坐雪铁龙进行了大轿车旅行。醉酒的征兆已经完全从妻子的眼里消失了，充血消褪之后的眼睛成了两个暗灰色的坑。"阿鹰来接我们了！"妻子充满确信地说，吉普车在离我和妻子五米远的前面掀起赭土的浪花，然后掉头，停下。"嗨，莱采嫂，嗨，阿蜜。"鹰四快活地和我们打着招呼。他穿着兜帽搭肩的皮斗篷，像个消防队员。

我们迎来了在山谷的第一个早晨。在宽敞的没有地板的土间里有一口用厚板子盖了盖儿的井，与这个房间和正房的炉灶相接的是一个铺地板的房间。我们在这个房间里正围着地炉吃饭，不知什么时候，有四个瘦成倒三角，只有眼睛很大的孩子，在微暗的土间里并排地望着我们。吃完饭后，妻子由年轻人和鹰四带路去看宅邸内部，我则由四个孩子带着，到住在独间儿的阿仁和她家人的住所去。

"S兄的骨灰在寺院里……"阿仁说。仅仅这些对话，就已经把阿仁累得疲惫不堪了。我们把车开进寺院时，曾是S兄过去同届同学的寺院住持正在和一个年轻男子在院子里站着说话。我们走进正殿，观看了地狱图。"地狱里的死者们确实经历了很长时间的折磨，所以他们已经习惯于痛苦了。"住持对我的观察表示赞同。

阿鹰渐渐地和山里的年轻人打成一片了，但是我却好像没有办法和他们亲近。

傍晚时分，山谷的入口处吹起一阵强风，触怒了纺锤形的洼地。它给山谷的每一户人家都带来一股烧烤了大量肉类的怪异气味，直引得人身体难受或是恶心反胃。夜幕完全降临之后，鹰四和他的"亲兵们"回来了。他们虽然都已筋疲力尽而且还脏兮兮的，但除了一语不发的星男外，鹰四和桃子都是意气轩昂。"阿蜜，我为训练山谷青年小组组建了一支足球队，能不能赞助我们五万块钱？我从城里买了十个球，放在雪铁龙里，可是花销太大了。""一个球有那么贵吗？"我略带寒酸地问大学里曾是足球队员的鹰四。

我重新沉溺到深深的睡梦里面。在新的梦境中，一群农民身穿草绿色国防服，肩背铁盔，头结发髻，生得极像万延元年的遗民，又颇似战争末期的村夫，他们正手不停歇地砍伐下竹枪，是他们举起竹枪，把万延元年的战斗推到了顶峰；也是他们在飞机和登陆舰装甲的侧翼拼了性命展开攻击。

母亲认为，万延元年的暴动，是因为山脚农民无厌的贪婪欲望和强烈的依赖心理引起的。有一位老教师与我有过书信往来，他是一个乡土史学家，谈及暴动的原因，他对我母亲的意见不置可否。他这人总是持有科学态度，强调在万延元年前后，不只是本地有暴动，整个爱媛县到处都有暴动发生，将这些力量和取向综合为一的力量，便是维新。

早晨，鹰四和他的"亲兵们"打算把山脚的年轻人召集起来开始练习足球，便跑到正放寒假的小学操场去了。我和妻子也感到一种焦灼的空虚，仿佛我们也得开始着手做点什么似的。

我希望阿鹰的足球训练跟曾祖父在森林里开辟练兵场训练青年队伍有所不同，因为它的目的完全是为了有益于和平。鹰四的训练在山谷的日常生活中的确发挥着它的这种作用。这是除夕前一天我亲眼所见的。那天过了晌午，一阵暖风吹过仓房那牢不可破的窗户，这时一声大叫穿透了我和暖松弛的耳鼓。"有人给冲走了！"一个孩子从临时搭成的便桥木板的缝隙中滑落下去，年轻人们设法要去救这陷入绝境的孩子。他们从便桥的立脚处绕着出事的桥墩，把两根合在一起的圆木用粗缆绳吊了下去。指挥年轻人趴在水泥石块正上方的便桥上救孩子的人是鹰四。

《万延元年的足球队》
大江健三郎

一个下腿奇长的男人骑着辆非常老式的自行车，像练慢跑似地悠然地从我身边超过去，然后，轻松地单腿支地，回过头，不以为然地说："蜜三郎啊，鹰四的领导能力不得了啊！"他以前是村公所的助理，所以现在他仍然骑着村公所的自行车，他身体肥胖，还用暧昧的神情打探我的态度。"要是失败的话，鹰四要受罚吧？"我说，与助理同样冷静的声调里含着厌恶。"哪里，哪里！"他微笑着说。他的话含糊之中带有谨慎和令人怀疑的成分。"山谷里的人也不都那么坏。""你们现在还搞诵经舞的活动吗？"我问他。"不了，都五年多没搞了，蜜三郎，你家就剩下个看门的，哈！"助理的话里带着对新话题的戒备。"为什么诵经舞的队伍总在我家院子里跳舞？是因为我家在森林里和山谷中间吗？""那大概是因为你家姓'根所'，是山谷中人们灵魂扎根的地方吧。"助理说道。

我冒着雪回到仓房，山谷里已经万籁俱寂。我在上了霜的细长的玻璃窗上擦出一块像老式镜子那样的椭圆形，向下一望，只见鹰四赤裸着身体，正在前院的积雪上绕着圈跑。赤身裸体跑着的鹰四是曾祖父的弟弟，也是我的弟弟，一百多年来所有的瞬间都层层重合成这一瞬间。浑身赤裸的鹰四停下来，走了一会儿，然后跪到雪地上，用两手来回抚弄着雪。我看见弟弟瘦骨嶙峋的臀部，和他那多节虫一样柔软弯曲着的修长的腰身。接着鹰四用力发出啊、啊、啊的声音，横倒在雪下。鹰四赤裸着站了起来，浑身沾满了雪。那与身体不大协调的长长的双臂像大猩猩一样颓丧地下垂着，他慢慢地向灯光更亮的地方走过去，我看见他的阴茎勃起着、让人感到被禁欲主义压制的力量和莫名的怜悯。他正要从敞开的门口进去时，等在土间里的姑娘一步迈出，打开浴巾把赤裸的鹰四裹住了。

快到正午的时候，我睁开眼睛醒来。今天是除夕。从正房传来很多年轻人的笑声。外面并不太冷，雪还在继续下着，"听阿鹰讲万延元年农民暴动的事，他那些队员怎么都听得那么开心？"我压低声音问侍候在旁边的妻子，对此我觉得奇怪。

"他看待暴力是不带任何成见的，阿鹰可不像你，把暴动看得一片忧郁，一团沉重。这不正是他生气勃勃的地方么？"人们一个一个地敲村长和官吏的脑袋，这的确是农村的不良少年想出来的土气而滑稽的法子。可是那些村长、官吏们的脑袋叫几万民众一个一个敲过去，脑壳里面便被敲得像豆腐渣一样稀碎，惨死在那儿了。

飘落的雪花，使我感觉到自己脸上的皮肤有些灼热而且厚重。可我的情绪反而镇静得有些萎靡不振了。想到我和妻子之间癌症般致命的性冷淡，我的心情就很抑郁。如果能像个疲惫不堪的士兵，从这冷淡的沼泽里，步履沉重地逃将出来，这难道不是最好的吗？然而我并没有承认妻子和鹰四会直接发生性关系的可能性。

夜里，我半梦半醒时，如同幻听一样，耳边传来少女的叫喊声，我爬起来，摸着黑蹑手蹑脚地走近微光浮动的窗子，朝上房那边窥探。

雪已经停了。前院里的积雪被檐灯照得通亮。鹰四穿着衬衫和运动裤，他面前站着的年轻人则身穿短浴衣，袒胸露足。屋檐下，足球队员们已经站好了队伍，他们穿着制服般相似的棉睡袍，全部抱着胳臂，只有鹰四面前的年轻人未着棉袍，给人一种刚被人从青年们的小团体排斥出去的感觉。鹰四突然地跳起身，猛击年轻人的头部。那年轻人也不反抗，踉跄着后退，一脚陷进雪里，仰面倒下。可鹰四却不肯罢手，朝这仰倒在地的青年俯下身去，继续毒打。目睹兄弟如此残暴，我所感到的全然是憎恶。……

大鼓、小鼓、铜锣同时响起。诵经舞游行队伍奏起的音乐，一大早便开始响个不停，整整演奏了四个多小时。这不合时宜的诵经舞乐，也是阿鹰首领的创举吗？阿鹰还打算用诵经舞乐唤起山脚人对万延元年暴动的联想吧？这样会搅得四邻不安，简直拙劣透了！

昨天在超级市场发生的抢劫案，在山脚一般居民的眼里，不过是一个偶发事件。"阿蜜，最好你也到山脚去，瞧瞧那儿到底发生了什么事情。"妻子漫不经心地说。

石板路上的积雪被人们踩得结结实实的，成了浅黑色，路面也滑溜溜的。我小心翼翼地往下挪动。关于那场对超级市场的抢劫，是对也好，是错也好，我无心干预，只是，我已下了决心，绝不卷进鹰四他们的行动。

鹰四怪模怪样地斜坐在简易炉旁的一张小木凳上，那个孩子气的山脚理发师正在他的头上精心地修剪着。理发师仿佛对这位暴动领袖怀有一种狂热的敬爱，一心要用自己的劳动做出点贡献。"抢劫超级市场实际上不算什么暴动，不过是场小骚乱罢了，阿蜜，参加的人谁不知道这些啊。可他们通过参加暴动超越百年，体验到了万延元年暴动的振奋，这是想象力的暴动！"鹰四说。我疲惫不堪，甚至觉得自己也参加了一整天暴动似的。同时，我也感到一种无限的悲哀，我实在无话可说。

《万延元年的足球队》
大江健三郎

将近中午时,诵经舞蹈的音乐重又奏起,这诵经舞乐昨天是在几个地方同时震响的,今天却一直只集中在超级市场门前,它已不再能够唤起山脚的人们的响应。演奏诵经舞乐的人,只剩下了鹰四以及他的那群足球队员。在山脚的村民毫无反响的情况下,他们还有多少气力把这单调的音乐一直演奏下去呢?这一次音乐停止的那一刻,便是宣告"暴动"的反动时期开始的一瞬间。

半夜里,我和星男并排盖着毛毯,把冰冷的身体缩进自己的膀臂,抵抗着大雪开化时逼人的寒气。正在我翻来覆去的时候,妻子突然默默地登上楼来。她确信我们在黑暗当中根本没有睡着时,就用疲惫无力的哑声叫起来,"快到上房来。阿鹰要强奸山脚的一个姑娘,把她给钉了。足球队员全都不管阿鹰,回家去了。明天整个山脚的男人们都要来抓阿鹰的呀。"一时间只听见我心脏的跳动和开始疲惫啜泣的妻子的喘息声。过了一会儿,我只好说:"还是去看看吧。"

我和妻子以及星男一声不响地、刷刷地踏着前院里半冻半融的泥泞往前走。山脚笼罩着黑暗的死寂,恰似深不见底的一个大坑,阴湿冰冷的风不断地吹将出来。

鹰四正低垂着脑袋坐在火炉旁边,一只手熟练地磨着猎枪折弯的枪身,在做一项他经年常做的娴熟工作。他一直在擦枪,可是却未曾把手也擦擦干净。手上和头上粘着的污物,都是人血,紧闭的嘴唇里开始不断挤出疲惫之极的吃吃笑声。妻子独自先来到炉旁,朝着鹰四那张笑得麻木了的嘴巴挥拳猛击。我怀着更加可靠的感觉,再次认定弟弟和妻子是睡过觉的。

"我打算强奸阿蜜见过的那个性感的小妞儿,可她反抗得好厉害,我把那姑娘打死的时候,隐士基伊就藏在鲸岩对面,他全都看见了,他是个证人。"鹰四僵硬的皮肤下面,有种粗野的笑意在蠢动。

"阿蜜,我有话想说。我想把真实的情况告诉你。"鹰四仿佛怀疑自己是不是真正表达出了话里的含义,他带着点恍惚,羞怯犹豫地说。"阿蜜,我们的妹妹为什么要自杀,我以前一直说我也不清楚。妹妹虽是个白痴,可她真是个很特别的人。她只喜欢听悦耳的声音,听到音乐,她就会感到幸福,可要听到飞机的响声,或是汽车启动的马达声,她耳朵里就像叫火烧了似的,直喊痛。我把妹妹抱在怀里安慰她,可是这时,我感到一种奇怪的亢奋。于是,我就和妹妹做爱了。……妹妹怀孕了,是伯母发现的。我吓得都

371

要发疯了。"

"就是那天的晚上，妹妹吓得要死，没法平静，希望我帮一帮她，这是很自然的。那时我们两人做爱已经习惯了，我是想通过这个得到点安慰。可是，即便像我当时那样只有错误性知识的人也知道在那种手术以后不能够马上性交。我刚一拒绝妹妹的请求，她突然变得固执起来。于是我打了她……第二天一早，妹妹就自杀了……"我如同被劈雷击穿一样，在意识里突然有一种无法驾驭和排斥的火，从头直烧到脚。

不一会儿，仓房里传出了一声枪响，那砰然的回声直飞到深夜的林中间。我光着脚跑到前院，这时，第二声枪声又响了起来。我站在台阶的入口，向灯火通明的二楼喊叫起来。"是我开的枪，阿蜜。明天早晨，我要和那群充满想象力的暴民打仗，我想看一下各种霰弹的杀伤力和扩散方式。"鹰四冷静地回答。过了半小时，又响起了一声枪响。我把脏兮兮的双脚插进靴子，奔向仓房，在台阶下，我呼喊鹰四，但他没有回答。我磕头碰脑地一直跑上楼去。只见一个男人半靠着正面屋的墙壁，躺在地上。他的头部和裸露的胸部已是皮开肉绽，鲜血淋漓，仿佛抛上了无数殷红的石榴子。他人头轮廓旁边的墙壁上，用红铅笔写道：——我说出了真相。鹰四还在沉重地呻吟不止。我在血泊里跪下来，摸一摸鹰四伤痕累累的血脸，——他真的死掉了。

鹰四刚死，推进"暴动"的中坚力量便土崩瓦解了。鹰四用自己的力量超越了他的地狱。在我后半生的所有岁月里，耻辱的痛苦会折磨着我，而我将用唯一的那只眼睛，像老鼠一样小心翼翼地窥伺着模糊晦暗的外部世界，苟延残喘下去……

像是要打破我的沉默，又像是要鼓励她自己，妻子竭力粗声地说道："阿蜜，让我们重新一起生活下去，好不好？我们怎么就不能一起养孩子，一起生活下去，养好保育院的那个孩子，还有我就要生出来的孩子呢？"讲完话以后，她静静地啜泣了一会儿。"试试看吧，我想把英语教师的工作接下来。"我吐了一口粗气，"把那孩子从保育院接回来，他能适应我们的生活吗？"我的声音里渗出了心中的不安。

《铁皮鼓》
君特·格拉斯

1999年
诺贝尔文学奖得主

"他的作品中充满离奇,对二战前后德国那段风云变幻的历史和光怪陆离的众生相做了惊世骇俗的讽刺。"
——获奖评语

君特·格拉斯
〔德国〕

君特·格拉斯,德国作家。1927年10月16日出生于波兰但泽一个普通市民的家庭。他17岁的时候被卷入第二次世界大战,曾当过美军俘虏,大战结束后被释放。1948年,格拉斯进入杜塞尔多夫艺术学院学习雕塑和绘画,并开始写作。1955年,他因诗作《睡梦中的百合》获南德意志电台诗歌征文三等奖而被接纳参加"四七社"的活动,由此进入当时的联邦德国文坛。1959年,格拉斯出版了他的第一部长篇小说《铁皮鼓》,此书使他获得世界声誉。这部小说与《猫与鼠》(1961)、《狗的岁月》(1963)一起合称为《但泽三部曲》。三部小说均以作者的亲身经历和体验为基础,表现了第二次世界大战前后波兰但泽地区与德国的历史和社会情况,展示了特定历史条件下各种人物的心态及命运。20世纪六七十年代,格拉斯逐渐参与政治生活,他的诗集《三角轨道》(1960)、《盘问》(1967)、小说《局部麻醉》(1969)、《蜗牛日记》(1972)等都具有强烈的政治色彩。1977年出版的长篇巨著《鲽鱼》是他创作上的突破,证明了他杰出旺盛的创作力,反映了作者对整个人类历史的思考。而十年后出版的《母老鼠》(1986)则又表露了他对人类将在现代化的社会中自我毁灭的忧虑,1999年君特·格拉斯获诺贝尔文学奖。

铁皮鼓

　　我叫奥斯卡·马采拉特，是个侏儒，模样丑陋，因为被指控杀害了护士多塔特娅而被送到精神病院。在这里，我敲着铁皮鼓回忆往事，铁皮鼓记录着我家庭的故事，留着我的童年和少年时代。

　　1899年10月的一个秋雨天，我的外祖母穿着宽大的裙子坐在土豆地里烧土豆。这时远远地跑来一个被追捕的逃犯向她求救，于是外祖母把他藏在裙下，躲过了警察的追捕。后来他成了我的外祖父，但警察仍在继续追捕他，有人说他被打死了，有人说他跑到美国去了。

　　我的母亲阿格耐斯·布隆斯基因为自己的身世，也有躲藏的习惯，她是一个十分性感的女人。17岁时，她与表兄扬·布隆斯基相爱了。但在第一次世界大战中，妈妈在医院做护士时，结识了风趣的德国人阿弗里德·马采拉特，并很快与他结婚。婚后他们经营着一家杂货店。生活是富足的，妈妈最初感到很满意，但外祖母反对这桩婚姻，为此她与女儿分开居住了。妈妈虽然结了婚，但还是经常与扬眉目传情，保持着情人的关系。我在家庭相册里就看到一张妈妈和杨、阿弗里德的合影，他们构成一个三角，直到今天，我还无法肯定谁是我的亲生父亲，因为我的蓝色大眼睛很像扬。

　　我出生于1924年9月初的一个雨天，那日是处女星座。我在妈妈腹中时已经有了成熟的思维；我"反应灵敏"、"耳聪眼慧"；我一出生，便能用小脑袋判断是非。所以当阿弗里德要我长大后经营杂货铺时，我对此厌恶之极。是妈妈要在我3岁时送给我一个铁皮鼓的想法才让我决定暂时生活下去。我就这样孤独地不被理解地来到这个世界。我要拒绝马采拉特的安排，考验妈妈的允诺。

　　在我3岁生日那天，家里来了很多大人。他们打牌、唱歌、调情，并没有人注意到个子矮小的我，为此我感到压抑，决心不参加到这个成人社会，永远保持三岁孩子的身高。我放好妈妈送给我的生日礼物——铁皮鼓，然后故意从地窖的楼梯上摔到地窖里。尽管妈妈为我请了医生，治好了伤口，但

《铁皮鼓》

君特·格拉斯

却再也长不高了。从那时起,我就和铁皮鼓相依为命,铁皮鼓将我与成人社会隔开,掩盖着我外愚内聪的面目,使我不被人们注意。

虽然我的身高停止了生长,但我却增加了一种特殊的功能:我的声音可以喊碎玻璃。利用声音的帮助,我可以更好地保护我的鼓和我自己。有一次,妈妈带我去看病,医生要给我检查身体,让我把鼓放下,我不肯,他便硬要夺走我的鼓,我便放开声音大叫,喊碎了医生的玻璃器皿和试管。还有,我上小学的第一天,我用鼓声回答老师的提问,老师很生气,要我放下鼓,结果我一声尖叫,喊碎了老师眼镜的镜片。不仅如此,我的声音还有另外的作用,有时候,在下雪的夜晚,我躲在街边,用声音喊碎商店橱窗的玻璃,然后观察过往行人的反应:有的人顺手牵羊,拿走橱窗里的东西,有的人则小心翼翼,不敢动手。连扬也拿过珠宝店的一条项链,后来我看见这条项链戴在了妈妈的脖子上。我就这样生存下来,牢牢地守住我的鼓,保持3岁孩子的身高,拥有超过成年人三倍的聪明。

妈妈仍然和扬来往。每个星期四她都会带我进城,把我领到犹太商马尔库斯的商店,请他照看我45分钟,然后去办重要事情。她拐进胡同,进入一家小旅馆,在那里与扬约会。我有一次终于发现了妈妈的秘密,愤怒使我再一次发出尖厉的叫声,叫声摧毁了城市剧院正面的玻璃窗。

日子就这样一天天过去。圣诞节时,妈妈带着我去看童话剧演出。演出剧团的团长贝布阿,53岁,他10岁的时候身高就不再长了。他说像他和我这样的侏儒不能只作观众,应该上台表演,规定情节的发展,否则别人就会主宰我们。这次会面后,我对舞台发生了兴趣。

1934年,马采拉特和其他许多人一样入了党,还被提拔当了小头目,当时扬在波兰邮局任职,马采拉特常常不客气地警告他。渐渐地家里的陈设起了变化,希特勒的画像占据了先前贝多芬画像的位置,马采拉特经常穿好制服,戴上袖章,蹬起马靴参加什么集会、活动。每当这个时候,扬就会来拜访妈妈,我为了不打扰这对情人,便独自溜到外面闲逛。纳粹举行庆功集会的一天,我溜到了五月草地广场,这里人山人海。纳粹的一个头子发表完演讲后,乐队高奏进行曲。我偷偷钻到台下,用我的鼓敲响了华尔兹的节拍,于是庆功大会变成了一个露天舞会。我扰乱了会场,但我并不是一个反抗者,我只是一个怪僻的人,只是由于个人和美学的原因拒绝当时的音乐,才用玩具提出抗议。

当我满了12岁后,妈妈开始带我去耶稣圣心教堂,教堂是用玻璃建成的。妈妈到神父那里忏悔,试图减轻自己的内疚。天主教堂如同一位红色的女孩儿吸引着我,我细细打量着教堂中的各式塑像和十字架。最引我注意的是圣母玛丽亚和她怀抱的两个孩子。耶稣与我一般高矮,可以作我的胞兄,我想他应该会敲鼓,于是把鼓挂到了他的脖子上,递上鼓槌,然而奇迹没有发生,耶稣一动不动,不会敲鼓。耶稣不与我合作,深深地伤害了我,我大叫,教堂的玻璃碎了,为此妈妈感到无地自容。

耶稣受难节的这天,新教徒们去教堂,天主教徒则呆在家里擦窗户。马采拉特关了店门,我们全家去郊游,扬也和我们一同来到海边。我们看见一位码头工人正用一个巨大的死马的头打捞鳗鱼,望着粗细不一、浑圆溜滑的鳗鱼,妈妈突然呕吐不止,回到家后,她坚决拒绝喝马采拉特熬的鳗鱼汤。但在马采拉特的一再强迫下,妈妈还是喝下了,从此以后,她饥不择食地吞食各式各样的生鱼和熟鱼。最终,妈妈死了,肚子里怀着三个月的胎儿。

1939年夏,正值德国侵占波兰的前夜,扬带着我去波兰邮局。我目睹了邮局的职工如何保卫邮局、抵抗纳粹的全过程。谁知抵抗最后失败了,参加抵抗的职工都被枪决,扬也死了。我因为是个小孩,逃过了纳粹的枪决。

18天后德军进入波兰。我过着无聊的日子,鼓声渐渐消失。玛丽亚的出现使我的生活出现了新的内容。她来我们家里作帮佣,她话不多,很爱唱歌、吹口哨。她与我同岁,常常用糖为我换鼓,她洗澡、睡觉从不回避我,给我带来快感。我很喜欢她,但她却与马采拉特发生了关系并嫁给了他。婚后生下小库特,我觉得,库特是我的儿子而不是我的弟弟。

在贝布阿的劝说下,我加入了他的前线宣传队,随军到巴黎等地为士兵们表演我的绝技。同时我又爱上了侏儒罗丝维拉,不幸的是她在撤退时死于炮火之中。

在一次与"扫尘者"组织的较量之后,我以绝技征服了他们,成为"扫尘者"的一员,并当上首领。可惜这个组织的成员连同我都被纳粹抓获,因为我是个孩子,所以他们再次放过了我。

1945年1月,苏军进驻但泽。马采拉特对德国的胜利失去信心。他躲在地窖的时候,取下帽子上的党徽,塞到我的手里,而我又故意还给了他。他无计可施,便把党徽塞到嘴里试图吞下,结果被苏军发现,他当场毙命。埋葬马采拉特的时候,我突然意识到自己的责任。17年来,为了不做成人,我一直都躲在成百上千个铁皮鼓后面,现在我想要担当起丈夫和父亲的责任,我需要长高,我把鼓扔进马采拉特的墓地一起埋葬了。突然库特扔过来一块石头击中了我的头部,我流血不止,但却开始长高了。随着身高的增加,我的身体也在变形,我成了一个身高1米21的驼背。

"二战"结束后,玛丽亚领着我和库特登上了西去的列车,我们被迫离开故土,来到西德。

战后的黑市生意非常兴旺,玛丽亚和库特都精于此道。我起初进了学校准备多读一些书,后来又感到无聊。渐渐地,我产生了做一个正常公民的愿望,便去打工做石匠。我曾西装革履地约女护士们跳舞,但由于矮小的个子和奇怪的身材,我常常受到嘲笑。我也曾鼓起勇气向玛丽亚求婚,但遭到拒绝,玛丽亚看不起我。一个偶然的机会,我的特殊身材被人发现,我做了艺术学院的模特儿,手头开始宽裕起来。我自己租了房子,还可以给玛丽亚和库特一些钱。住在我隔壁的护士多塔特娅使我着迷,单相思害得我夜不能寐。币制改革了,我重新操起铁皮鼓,在一个名叫"洋葱店"的乐队中充当鼓手,我的鼓点敲出了历史和往事,唤起了听众的回忆。我慢慢地出了名。先前侏儒剧团的团长贝布阿不知怎么找到了我,他帮助我在全国做巡回演出,我的鼓声响遍各地。我成了富翁,贝布阿却病故了。

现实生活中的种种遭遇令我心力交瘁。我厌倦了,迷茫了,我从何而来,又向何处去。我想摆脱这一切。我和朋友维特拉合谋制造了我是杀人凶手的假案,于是我被抓住,送进了精神病院。我庆幸自己在精神病院找到了安静的藏身之地。可悲的是,经过调查,法院确定我不是真正的凶手,我被获准释放。朋友们为我庆贺,而我的内心却无比悲哀。我又将被投入社会,恐惧的阴影又将笼罩我的生活。